Michael Peinkofer / Christoph Dittert

Splitterwelten

PIPER

Zu diesem Buch

Gildenmeisterinnen bewahren den fragilen Frieden auf den Welteninseln. Dort haben die Menschen die Vorherrschaft über Animalen und Chimären gewonnen, die als niedere Geschöpfe betrachtet werden. Doch die Unterdrückten begehren auf. Es kommt zu tödlichen Angriffen – und die Hinweise mehren sich, dass die Verschwörer sich den endgültigen Sturz der Meisterinnen zum Ziel gesetzt haben. Die Gildenschülerin Kalliope begibt sich mit ihrer undurchsichtigen Meisterin Cedara auf eine Mission, die sie zu den gefährlichsten Geheimnissen der zersplitterten Welt führen wird. Und alle Zeichen deuten darauf hin, dass der Untergang kurz bevorsteht …

Michael Peinkofer, 1969 geboren, studierte Germanistik, Geschichte und Kommunikationswissenschaften und arbeitete als Redakteur bei der Filmzeitschrift »Moviestar«. Mit seiner Serie um die »Orks« avancierte er zu einem der erfolgreichsten Fantasyautoren Deutschlands. Seine Romane um »Die Zauberer« wurden ebenso zu Bestsellern wie seine Trilogie um »Die Könige«.
Christoph Dittert, 1974 geboren, hat Romane aus den Bereichen Fantasy, Science-Fiction und Horror geschrieben und gehört zum Autorenstamm der Bücher um die »Drei ???«. Gemeinsam mit Michael Peinkofer schreibt er dessen Saga um die »Splitterwelten« fort.

Michael Peinkofer / Christoph Dittert

SPLITTER WELTEN

Roman

PIPER

Von Michael Peinkofer liegen bei Piper vor:
Die Zauberer
Die Zauberer. Die Erste Schlacht
Die Zauberer. Das dunkle Feuer
Das Zauberer-Handbuch
Die Rückkehr der Orks
Der Schwur der Orks
Das Gesetz der Orks
Die Herrschaft der Orks
Die Ehre der Orks
Unter dem Erlmond. Land der Mythen 1
Die Flamme der Sylfen. Land der Mythen 2
Splitterwelten
Splitterwelten 2. Nachtsturm
Die Könige (Die Könige 1)
Kampf der Könige (Die Könige 2)
Sieg der Könige (Die Könige 3)
Tote Helden. Die Legenden von Astray 1

FSC
www.fsc.org
MIX
Papier aus verantwortungsvollen Quellen
FSC® C083411

Ungekürzte Taschenbuchausgabe
Oktober 2017
ISBN 978-3-492-26960-5

Umschlaggestaltung und -motiv: www.buerosued.de
Satz: C. Schaber Datentechnik, Wels
Gesetzt aus der Dante
Druck und Bindung: CPI books GmbH, Leck
Printed in Germany

Veränderung

»Erzähl es mir bitte«, forderte das Mädchen.

Ein tiefes Atmen folgte, ehe eine samtene Stimme antwortete. Sie klang weich, als hätte sie Flügel, auf denen sie zum Ohr des Kindes schwebte.

»Am Tag, als die Begräbnisbarkasse flog – und sie flog hoch, musst du wissen – fiel ein Blütenblatt vom Bug hinab. Es ist unbedeutend, und außer mir hat es niemand gesehen. Aber es kam mir vor, als würde mein Herz in genau diesem Moment alles verstehen. In meinem Kopf wusste ich schon lange, was geschehen war ... doch der Weg von dort zum Herzen ist weit.«

Von Ferne drang Rauschen zu den beiden, die sich an diesem Abend unterhielten; zu der Frau und dem Mädchen. Es klang fast wie ein Fluss, der seinen Weg durch Steine suchte, aber tatsächlich war es die Hitze der Feuer, die die Luft bewegte und Wind entfachte. Über den Klippen brannte ein Schiff, das Holz knackte, das Segel längst nur mehr Asche. Es würde nie wieder fliegen.

»Ich fühlte mich«, fuhr die samtene Stimme fort, »als könnte ich auf diesem Blatt in winzigen Buchstaben die gesamte Geschichte lesen. Ich kann sie dir unmöglich auf einmal von vorne bis hinten erzählen. Immerhin hat sie alle Weltensplitter verändert. Es gibt Gute in dieser Geschichte, und Böse, und solche, die nicht wussten, was sie sind.«

»Aber jetzt wissen sie es?«

Die Frau hob ihren Blick in den Raum zwischen den Splittern. War das Crescat, dort oben? Sie blinzelte eine Träne hinweg. »Ja«, sagte sie, log sie. Es war besser so. »Jetzt wissen sie es.« Sie atmete tief durch. »Ich denke nun an dieses Blütenblatt, um meine Gedanken zu sammeln und mein Gleichgewicht zu finden. Wenn ich die Augen schließe, sehe ich es vor mir: das kräftige Rot vor dem dunklen, glänzenden Holz des Schiffbugs. Es muss sich von dem Platz erhoben haben, an dem normalerweise die Leiche gelegen hätte. Wir umgeben die geehrten Toten nämlich mit Blumen, weißt du, ehe wir die Begräbnisbarkassen aufsteigen lassen. Sie sollen von Schönheit bedeckt ihren Weg antreten, wohin er auch führen mag. An jenem Tag jedoch begruben wir etwas völlig anderes.«

»Was?«, wollte das Mädchen mit weit geöffneten Augen wissen. *Wie konnten sie nur so rund werden und so voller Neugierde stecken?*

Und bin ich, fragte sich die Frau, *immer noch so neugierig wie dieses Kind? Nach allem, was geschehen ist?* Sie dachte darüber nach und gab sich selbst die Antwort. Ja, sie war es, nach wie vor. Gerade weil sie so viele Dinge gesehen und erlebt hatte. Sie lachte. »Du willst das Ende dieser Geschichte vor dem Anfang erfahren? Um es zu verstehen, musst du sie von vorne hören. Hast du die Geduld dafür?«

Das Mädchen stemmte die Arme in die Seiten, als wäre es beleidigt. »Natürlich! Ich werde dir drei mal drei Tage lang lauschen, ohne auch nur ein einziges Mal zu schlafen!«

Ein leichter Wind zog auf, und er trieb winzige Regentröpfchen mit sich, kaum mehr als ein aufziehender Nebel. Irgendwo in der Nähe sang ein Vogel, aber seine Melodie übertönte nicht den Schrei, der plötzlich über allem hallte.

Ein Laut der Wut, oder des Schmerzes? Jedenfalls klang er hinter dem Feuer auf, hinter dem Chaos, das das Kind überhaupt erst zu seinem Wunsch verleitet hatte: *Erzähl es mir bitte.*

Die Frau erinnerte sich an eine Geschichte der Veränderung. Aber wann hatte jemals ein Kind das Licht der Weltensplitter erblickt, ohne dass es vorher unter Schmerzen geboren worden wäre? Wann wäre nach dieser Geburt je alles sofort voller Frieden gewesen? Es gehörte zum Wesen der Dinge, dass Neues im Leid begann und Aufbegehren mit sich brachte. Das Gleichgewicht kam nicht von alleine, weder im Kleinen noch im Großen. Man musste es suchen, es festigen und die Hindernisse beseitigen.

Erzähl es mir bitte.

Wenn das nur so einfach wäre. Es gab Angst und Schrecken in dieser Geschichte, ebenso wie Freude und Lachen, und für diejenige, die nun erneut ihre Stimme erhob, gab es viele Wunder darin.

Es war die Geschichte sämtlicher Weltensplitter, und mehr als das. Aber für sie war es vor allem die Geschichte ihres Lebens. Wie jung sie gewesen war, als es seinen Anfang genommen hatte. Fast selbst noch ein Kind. Ein weiter Weg von damals bis zu diesem Tag, bis zu dem Feuer unten am Hafen.

»Kommen Ungeheuer vor?« Das Mädchen blinzelte.

»Ungeheuer?«, fragte die Frau zurück. »Wie meinst du das?«

Die Kleine legte den Kopf in den Nacken. »Zwischen den Weltensplittern, da ist doch nichts. Meine Schwester sagt, das Nichts dort oben ist wie ein dünnes Tuch, und wenn es reißt, stürzen die Ungeheuer durch, die dahinter lauern! Die haben noch nie Licht gesehen!« Mit einem Mal zögerte das Kind und verknetete die Hände ineinander. »Meint meine Schwester jedenfalls«, ergänzte sie kleinlaut.

»Das stimmt nicht«, sagte die Frau. Und lachte. Doch es klang nicht so überzeugend, wie sie es gerne hätte. Natürlich gab es zwischen den Splittern kein Tuch, das reißen konnte, und es gab keine *Ungeheuer*, aber …

Sie fröstelte.

»Lass uns ein Stück zur Seite gehen«, forderte sie. »Dort können wir uns hinsetzen. Und dann hör gut zu und erzähl es danach deiner Schwester. Und allen anderen Kindern. Jeder soll es wissen. Die Wahrheit wird für Freiheit sorgen.«

Die neugierigen Augen blitzten vor Freude und Erwartung.

Sie gingen los und setzten sich auf hohe Steine, warm von der Sonne. Das Mädchen wählte einen etwas größeren, und so sahen sie sich gleich auf gleich ins Gesicht.

Die Frau stützte sich ab, und eine Echse huschte mit pendelndem Schwanz über ihre Finger. Der Anblick und das kitzelnde Gefühl brachten sie zum Lächeln. Das Tier verschwand im Schatten.

»Iih!«, machte das Mädchen.

»Ich mag Echsen.«

»Wieso?«

»Warum nicht?«

»Ich finde sie eklig.«

»Ich früher auch, aber …« Die Frau brach ab, in Gedanken versunken.

»Ja?«

»Ich … ich sollte jetzt beginnen. Also lausche dem, was für mich damals auf diesem roten Blütenblatt geschrieben stand, in winzigen Buchstaben.

Lausche der allumfassenden Veränderung und der Geburt der neuen Zeit.

Es ist meine Geschichte und die meiner Freunde.

Und glaub mir, es *wird* drei mal drei Tage dauern, um alles zu erzählen … und du *wirst* zwischendrin schlafen müssen. Aber am Ende kehren wir zu dem Feuer zurück, das heute lodert, zu der Begräbnisbarkasse und zu dem, was wir darin begraben haben, zwischen roten Blütenblättern, die wir in den Himmel schickten.«

Sie begann zu reden, und von Satz zu Satz fiel es ihr leichter, und bald war sie mittendrin in der Vergangenheit.

Prolog

Es war kein vorübergehender Zustand, in dem sich Meisterin Glennara befand. Es war das Leben selbst, die einzig wirkliche Art des Seins, so wie der Haiku der *primae* es beschrieb:

Leichter als Federn,
den Elementen trotzend,
Himmel und Erde.

Die Augen geschlossen, die Hand- und Fußflächen aneinandergelegt und den Gesetzen der Natur entrückt, fühlte Glennara sich frei und ungebunden … selbst an einem Ort wie diesem.

Nicht ihre eigene Entscheidung hatte sie hierhergeführt, auf diesen Weltensplitter, der weit abseits der Zivilisation und jedes wärmenden Feuers lag, sondern die der Erhabenen Schwester, und Glennara glaubte fest genug an die äonenalten Prinzipien der Gilde, um sich ihrer Entscheidung ohne Widerspruch zu fügen. Auch wenn in diesen Tagen jedem, der sich auf den Außenwelten aufhielt, klar werden musste, dass die Dinge nicht mehr waren wie einst.

Bewahren, was wert
und was besteht seit Langem
der Gilde Macht und Glanz.

Anfangs waren die Veränderungen kaum zu bemerken gewesen, winzige Abweichungen vom Kreislauf der Geschichte, jede für sich genommen unbedeutend. Doch tief im Inneren hegte Glennara die

Befürchtung, dass das große Ganze davon betroffen sein würde, das Gleichgewicht der Welten, vom eisigen Pol bis hinab zum Mahlstrom, der alles Wasser verschlang.

Welten unzählig,
schwebend wie im dunklen Traum,
umgeben vom Nox.

Der Gilde kam von jeher die Aufgabe zu, die Welten des Sanktuarions miteinander zu verbinden. Sie war das Blut in den Adern eines Körpers mit unzähligen Gliedern. Ohne die Gilde gab es keinen Fortschritt, keine Zivilisation. Sie hielt das Sanktuarion zusammen, schlug Brücken zwischen Welten, die ansonsten füreinander unerreichbar gewesen wären, ermöglichte Austausch und Handel und, wenn es die Lage gebot, auch feindliche Auseinandersetzung – und das allein aufgrund der geistigen Fähigkeiten, über die die Levitatinnen der Gilde verfügten und die sie weit über jedes andere sterbliche Wesen stellten.

Nie sich zu beugen
und niemals zu erliegen
weltlicher Gewalt.

Schon früh in der Geschichte hatten die Gildemeisterinnen ihre besondere Verantwortung erkannt und entsprechend gehandelt. Die *primae*, mutige Frauen, die über die Gabe der Levitation verfügten und nicht gewillt waren, sich zum Werkzeug machthungriger Weltenherren machen zu lassen, sagten sich von diesen los und schlossen ein Bündnis, das als der »Pakt« in die Weltengeschichte einging. Dies war die Geburtsstunde der Gilde von Ethera, die von diesem Augenblick an die Geschehnisse im Sanktuarion entscheidend mitbestimmte. Nicht durch Krieg oder Gewalt, wie die Weltenherren es taten, sondern durch die alleinige Kontrolle über das Element der Luft.

Bedacht mit Gaben,
welche niemand sonst besitzt,
vom Schicksal bestimmt.

Glennaras Atem ging ruhig und gleichmäßig.

Die kollektive Erinnerung, die Generationen zurückreichte und von großen Taten kündete, von Gildemeisterinnen, die die Geschicke der Welten maßgeblich beeinflusst hatten, strahlte etwas Beruhigendes aus und versprach Beständigkeit. Selbst in Zeiten wie diesen.

Glennaras Meistergrad entsprach nur dem der dritten Stufe, und es stand ihr nicht zu, Entscheidungen der *soror levitata* infrage zu stellen. Dennoch ertappte sie sich dabei, dass sie immer wieder nach einem Grund dafür suchte, dass sie auf diese entlegene Welt versetzt worden war.

Hatte sie sich etwas zuschulden kommen lassen? War dies der Grund, dass man ihr befohlen hatte, ein Handelsschiff in die Polregion zu geleiten und bis auf Widerruf dort zu verbleiben? Nein. Sie musste darauf vertrauen, dass ihr Aufenthalt auf diesem barbarischen, von Eis und Schnee bedeckten Weltensplitter einer höheren Bestimmung diente. Sie musste Geduld bewahren und Trost aus der Meditation gewinnen, aus dem Zustand der Schwerelosigkeit, in den Glennara sich kraft ihres Willens zu flüchten vermochte, und in der beruhigenden Gewissheit der eigenen Vergangenheit.

Glennara erinnerte sich gut daran, wie es gewesen war, als sie die Fähigkeit erstmals an sich entdeckt hatte. Mehr als vierzig Zyklen lag dies zurück, dennoch konnte sie noch immer die Freude verspüren, die sie dabei empfunden hatte. Sie war aus dem Schlaf erwacht und hatte geglaubt, noch zu träumen. Erst allmählich war ihr aufgegangen, dass sie wach war und dass sie tatsächlich mehrere Ellen *über* ihrer Schlafstatt schwebte …

Auch jetzt öffnete Glennara die Augen und blickte hinab auf den steinernen Boden der kargen Kammer. Das schneeweiße Meditationsgewand schützte sie nur unzureichend gegen die Kälte, die jeden Winkel der Festung durchdrang. Dennoch hatte sie es angelegt, um sich der Gemeinschaft der Gilde verbunden zu fühlen. Wie ein zu Eis erstarrter Katarakt fiel der Stoff an ihr herab, während sie selbst in der Mitte der Kammer schwebte, scheinbar schwerelos und den Naturgesetzen entrückt.

»Gildemeisterin?«

Die Stimme, die von jenseits der grob gezimmerten und mit Eisenbeschlägen versehenen Tür drang, riss Glennara aus ihren Gedanken. Ihre erste Reaktion war Verärgerung, doch sie beherrschte sich, wie es von einer Meisterin erwartet wurde.

»Ja?«

»Es gibt Nachrichten, Gildemeisterin. Man wünscht Euch zu sprechen.«

Da es spät nachts war, flüsterte die Stimme. Dem Lispeln war jedoch zu entnehmen, dass sie einem der Animalen gehörte, die in der Festung ihren Dienst versahen, zu Glennaras Verdruss und Ärgernis.

»Worum geht es?«, schnaubte sie.

»Das weiß ich nicht, Gildemeisterin.«

Glennara schüttelte unwirsch den Kopf. Ihrer Abneigung gegen die barbarischen Bewohner dieser Welt gemäß hatte sie in den vergangenen Wochen kaum Kontakt zu ihnen unterhalten. Von den offiziellen Anlässen abgesehen, die ihr keine andere Wahl gelassen hatten, als die Gesellschaft des Weltenherrschers und seiner ungehobelten Gefolgschaft zu ertragen, hatte sie es vorgezogen, in ihrer Kammer zu bleiben und sich der Kontemplation zu widmen. Umso überraschter war sie darüber, dass jemand sie zu sprechen wünschte.

»Kann es nicht warten bis morgen früh?«

»Ich glaube nicht, Gildemeisterin. Die Besucherin meinte, es sei dringend.«

Die Besucherin!

Glennara atmete innerlich auf. Das musste bedeuten, dass jemand von außerhalb nach Jordråk gekommen war, womöglich eine Abgesandte der Gilde, die ihr Nachricht von Ethera brachte …

Sie beendete die Levitation und sank zum Boden zurück. Die Wehmut, die sie gewöhnlich überkam, sobald ihre Füße den Stein berührten, verspürte sie diesmal nicht. Sie bemerkte noch nicht einmal die eisige Kälte der grob behauenen Fliesen, über die sie eilig zur Tür schritt.

Mit einem Ruck zog die Gildeschwester den Riegel zurück und öffnete. Der Diener, der davor stand und dessen birnenförmiger Körper ihr nur bis zur Hüfte reichte, blickte furchtsam zu ihr auf.

Seine Barthaare bebten, Glennaras strenge Züge spiegelten sich in den schwarzen Knopfaugen.

»Worauf wartest du?«, fuhr sie ihn an. »Bring mich zu ihm!«

Der Phocide nickte ergeben. Sie versuchte, den Diener und den strengen Geruch, den er verströmte, zu ignorieren, während sie seinen schlurfenden Schritten den von Fackeln beleuchteten Gang hinabfolgte.

Es dauerte nicht lange, bis sie die Orientierung verloren hatte. Für die Levitatin sah einer der kalten, aus groben Steinen gemauerten Gänge wie der andere aus, und weder hatte sie sich je die Mühe gemacht, noch war sie oft genug unterwegs gewesen, um sie genauer zu erkunden. Wann immer sie von einem Ort zum anderen zu gelangen wünschte, nahm sie die Dienste eines Hausknechts in Anspruch. Eines Menschen, wenn es möglich war, eines Animalen, wenn es sich nicht vermeiden ließ. Doch obwohl sie sich nicht auskannte, war Glennara schon nach wenigen Abzweigungen und Treppen überzeugt, noch niemals zuvor in diesem Teil der Festung gewesen zu sein.

»Wohin führst du mich?«

»Zu Eurem Besuch«, lispelte der Robbenmann schlicht. »Das war Euer Wunsch, nicht wahr?«

Die Gildemeisterin empfand es als unter ihrer Würde zu antworten. Stattdessen fragte sie sich, was die Botin – denn um eine solche musste es sich handeln – ihr zu sagen haben würde. Hatte sich die Erhabene Schwester anders besonnen? Würde ihr Dienst an diesem unwirtlichen Ort womöglich schon bald zu Ende gehen? Würde sie auf eine andere Welt versetzt? Durfte sie womöglich zurückkehren in den Schoß der Gilde und den schützenden Hort von Ethera?

Allein der Gedanke ließ ihren Herzschlag beschleunigen, während sie weiter den Gang hinabschritt, ihre schlanke, von weißem Stoff umflossene Gestalt ein krasser Gegensatz zur gedrungenen Erscheinung des Animalen.

Schließlich gelangten sie an eine Tür, die einen Spalt weit offen stand; flackerndes Licht fiel auf den Gang, dazu war das leise Knacken von Kaminfeuer zu hören. Der Robbenmann blieb stehen und wies ihr den Weg. Glennara öffnete die Tür vollends und trat ein.

Dahinter befand sich ein mittelgroßes Gewölbe, dessen hohe Decke von Säulen getragen wurde, grob und plump wie alles an diesem Ort. In einer Esse loderte Feuer, in dessen flackerndem Schein die Pfeiler lange Schatten warfen. Weitere Möbel gab es nicht, und es war niemand zu sehen. Im ersten Moment glaubte Glennara, der Diener hätte sich einen Scherz mit ihr erlaubt, und wollte sich wutentbrannt abwenden, als sie das Geräusch vernahm.

Ein Rauschen wie von feinem Stoff.

Instinktiv blickte sie nach oben – um verblüfft zurückzufahren, als sie die Ehrfurcht gebietende, von einem weiten Gewand umwallte Gestalt gewahrte, die dort schwebte, reglos und mit vor der Brust verschränkten Armen. Ihre Augen starrten in milchigem Weiß.

»Ihr?«, fragte sie nur.

»Seid Ihr überrascht?«

»Durchaus. Ich hatte nicht erwartet, Euch so weit entfernt von …«

»Ihr hattet vieles nicht erwartet, ist es nicht so? Auch Eure Versetzung an diesen Ort nicht.«

»Nun«, entgegnete Glennara ausweichend, »ich habe mich bemüht, die Anweisungen der Erhabenen Schwester nach bestem Wissen auszuführen.«

»Das habt Ihr«, bestätigte die schwebende Gestalt, »und mehr als das.«

»Wie meint Ihr das?«

»Ihr habt dazu beigetragen, die Geschichte zu verändern, Glennara, dafür gebührt Euch mein Respekt und mein Dank.«

»Die Geschichte zu verändern?«, fragte die Gildemeisterin zweifelnd. »Ich fürchte, ich verstehe nicht. Wann soll ich die Dinge getan haben, von denen Ihr sprecht?«

»Noch nicht«, gab die schwebende Gestalt zurück, »aber Ihr werdet sie tun, schon in wenigen Augenblicken.«

Glennara begriff noch immer nicht, wovon die Rede war, aber sie gab sich alle Mühe, es sich nicht anmerken zu lassen. Es musste sich um einen Test handeln, um eine Prüfung ihrer mentalen Reife. Entsprechend konnte ihre nächste Antwort über ihre Zukunft innerhalb der Gilde entscheiden …

»Was soll ich tun?« Sie neigte ergeben das Haupt, kaum anders als der Robbenmann zuvor.

»Nichts«, lautete die seltsame Antwort. »Wartet ab. Schließt die Augen und vertraut darauf, dass Eure Bestimmung Euch leiten wird.«

Glennara gehorchte.

Sie wollte zeigen, dass sie würdig war, den nächsten Grad der Reife zu erlangen, dass sie bereit und willens war, zur Ordenswelt zurückzukehren und sich dort neuen Aufgaben zu stellen, dass sie in der Lage war ...

Ein leises Knurren unterbrach ihren Gedankengang.

Die Gildemeisterin widerstand der Versuchung, die Augen zu öffnen. Auch dies mochte Teil der Prüfung sein. Stattdessen versuchte sie, sich zu konzentrieren und das innere Gleichgewicht zurückzuerlangen, das den Schwestern der Gilde als das höchste Ideal galt.

Es gelang ihr nicht.

Ein erneutes Knurren hinderte sie daran.

Es war näher als zuvor und paarte sich mit dem ekelerregenden Gestank von Fäulnis und Verwesung.

Die hässliche Erkenntnis, dass etwas nicht stimmte, ließ die Gildemeisterin alle Beherrschung vergessen. Sie riss die Augen auf und sah, wer vor ihr stand.

Einen Moment lang war sie wie erstarrt vor Entsetzen. Dann öffnete sich ihr Mund zu einem gellenden Schrei, der jedoch nie erklang. Denn die Klaue des Wolfs schnellte vor und zerfetzte ihre Kehle.

Erstes Buch

CALIGO PRODITIONIS

»Das Erste unter allen Gesetzen jedoch ist Folgendes:
Die Herrschaft über das flüchtige Element soll auf alle Zeit jenen vorbehalten bleiben, die befähigt sind, kraft ihres Willens die Klüfte zwischen den Welten zu überbrücken – den Levitatinnen der Gilde.«

Pakt der Gilde · Präambel

1. Kapitel

Es war eine Prozession des Schweigens.

Dreizehn Frauen in weiten Roben, die die steinernen Stufen hinabstiegen. Immer weiter drangen sie in das Gewölbe vor, das sich dem Inneren eines gigantischen Schneckenhauses gleich in die Tiefen Etheras erstreckte. Das Licht, das sie begleitete und die umgebende Schwärze doch nur unzureichend vertrieb, rührte von kleinen eisernen Schiffen her, in denen Kohlefeuer brannten; wie von unsichtbarer Hand geführt, schwebten sie neben den Frauen her, deren Augen von einem milchig anmutenden Schleier überzogen waren.

Sie waren die *numeratae*, die Gezählten; die obersten und ranghöchsten Schwestern der Gilde und damit die legitimen Nachfolgerinnen jener glorreichen *primae*, die die Schwesternschaft einst begründet hatten. Vor vielen Generationen schon hatten sie sich königlichem Gebot widersetzt, auf dass kein weltlicher Herrscher, auf dass kein Mann jemals wieder Macht über sie gewänne. Doch hier, tief im Herzen der Gildewelt, war die Erinnerung an sie so lebendig wie einst.

Die dreizehn Frauen setzten ihren Weg fort, vorbei an bizarren Skulpturen, die sich im Fels geformt hatten, hinab zur Quelle der Macht. Je tiefer sie kamen, desto schwieriger wurde das Vorankommen. Nicht nur, weil die Luft in dem sich krümmenden und windenden Felsengang mit jedem Schritt stickiger wurde und sich beständig erwärmte. Sondern auch, weil sich den Schwestern des Rates eine unsichtbare Barriere in den Weg zu stellen schien; eine Barriere, errichtet von einem fremden Willen.

Schließlich endete der Stollen und mündete in eine Höhle, die so riesig war, dass der Schein der Feuerschiffchen nicht mehr ausreichte, sie vollständig zu erhellen. Im Zentrum stand ein geräumiges Zelt, das von innen beleuchtet war, wie ein großer Leuchtkörper inmitten der Dunkelheit schwebend. Der Boden ringsum lag in Schwärze, lediglich eine steinerne Brücke war zu sehen, die vom Rand der Höhle zum Vorplatz des Zeltes führte und dabei ungeahnte Tiefen überwand. Lautlos schritten die Frauen hinüber, begleitet von ihren Fackeln, die erst zu Boden sanken, als die *numeratae* die andere Seite erreicht hatten. In einem Halbkreis nahmen sie vor dem Zelt Aufstellung, schlugen die Kapuzen ihrer Roben zurück und verbeugten sich tief und ehrerbietig. Dabei klärte sich der Blick ihrer Augen.

»Erhabene Schwester«, rief schließlich Harona, die die Gezählten zu ihrer Sprecherin gewählt hatten. »Wir sind gekommen wie von Euch verlangt!«

In dem Zelt, dessen Eingang verschlossen war, schien sich zunächst nichts zu regen. Dann war ein leises Schlurfen zu vernehmen, als wenn sich jemand langsam und schwerfällig über den steinernen Boden schleppte, und eine zaghafte Stimme erklang. »Ich danke Euch, Schwestern, dass Ihr meinem Ruf gefolgt seid. Wichtige Dinge sind es, die Eure Anwesenheit hier erforderlich machen.«

Die *numeratae* verbeugten sich abermals, um ihrem Oberhaupt Respekt zu erweisen. In einigen Mienen war Betroffenheit zu lesen. Die Stimme der *soror levitata* hatte seit der letzten Versammlung abermals an Kraft verloren. Es schien sich zu bewahrheiten, was einige hinter vorgehaltener Hand behaupteten und die meisten längst befürchteten.

Die Erhabene Schwester wurde schwächer.

Sie würde sterben.

Ein tiefer, rasselnder Atemzug war in der Stille zu hören. Einige Gildemeisterinnen tauschten betroffene Blicke. Andere starrten zu Boden, um sich ihr Entsetzen nicht anmerken zu lassen.

»Geliebte Schwestern«, drang es weiter aus dem Zelt, »ich habe Euch rufen lassen, weil tiefe Sorge mein Herz verdunkelt. Über tausend Zyklen hinweg hat die Gilde von Ethera die Lüfte beherrscht, so wie die *primae* es uns vorgegeben haben, und die Völker des Sanktuarions sind uns dafür dem Pakt gemäß mit Respekt und Dankbarkeit begegnet. Doch diese Zeiten der Ruhe und des Friedens gehen ihrem Ende entgegen. Dunkle Kräfte erstarken. Menschen, die dem Einfluss des Nox verfallen sind und Lügen über die Gilde verbreiten; aber auch Animalen und Chimären, die den Menschen gleich sein wollen und unsere Vorherrschaft anzweifeln, sodass sich die Geschichte gegen uns zu wenden droht.«

Wieder wurden verstohlene Blicke getauscht.

Die Ratsschwestern hatten von den Gerüchten gehört, sie jedoch ins Reich der Legenden verwiesen, so lange sie nicht offiziell bestätigt worden waren. Genau dies jedoch schien gerade zu geschehen.

»Immer häufiger«, fuhr die Erhabene Schwester mit brüchiger Stimme fort, »wurde mir in jüngster Zeit berichtet, dass Levitatinnen angefeindet wurden. Auf Pilar kam es zu einer bewaffneten Erhebung, der die dortige Gesandte mithilfe der Schöpferin entkommen konnte, zu unseren Schwestern auf Ayforas und Ulster haben wir jeden Kontakt verloren, sodass ihr Schicksal ungewiss ist. Auf Jordråk jedoch ist geschehen, wovor wir alle uns insgeheim gefürchtet haben.«

Erneut tauschten die *numeratae* verstohlene Blicke.

»Als Euer Oberhaupt habe ich die traurige Pflicht, Euch darüber in Kenntnis zu setzen, dass unsere Mitschwester Glennara, die als *missa* auf Jordråk weilte, auf ebenjener Welt einem feigen Mordanschlag zum Opfer gefallen ist.«

Wären die Tiefen Etheras von einem Weltenbeben erschüttert worden, die Bestürzung der Ratsschwestern hätte kaum größer sein können.

»Ein Mordanschlag?«

»Gegen eine Vertreterin der Gilde …?«

Entsetzte Blicke wurden getauscht, einige Schwestern, vor allem die älteren, begannen zu weinen. Doch auch ihre bitteren Tränen änderten nichts daran, dass auf jener fernen, bitterkalten Welt geschehen war, was niemals hätte geschehen dürfen.

»Frevel!« Graia, die Älteste der dreizehn, raufte sich das ergraute Haar. »Der Pakt wurde gebrochen!«

Zustimmende Rufe wurden laut, das Entsetzen schlug in Empörung um. Geduld und Gleichmut, die notwendigen Voraussetzungen für ein ausgewogenes Urteil, drohten verloren zu gehen angesichts der schrecklichen Nachricht.

»Der Pakt wurde gebrochen, in der Tat«, verschaffte sich deshalb Meisterin Cedara Gehör, deren besonnenes Wesen von allen geschätzt wurde. Das satte Königsblau ihrer Robe bot selbst im Fackelschein einen auffälligen Kontrast zum Grau und Schwarz ihrer Mitschwestern. »Doch sollten wir abwarten, was unsere Erhabene Schwester uns weiter zu sagen hat.«

Die Aufregung legte sich daraufhin ein wenig, nicht weil die Frauen sich beruhigt hätten, sondern aus Respekt vor ihrer geistigen Führerin. »Ich danke dir, Schwester Cedara, für deine Worte«, ließ diese sich wieder vernehmen. »So großes Verständnis ich für Eure Wut hege, geliebte Schwestern, und sosehr auch mein Innerstes in Aufruhr ist über diese frevlerische Untat, rate ich dennoch zur Besonnenheit. Zorn und Rachsucht sind schlechte Ratgeber, die das Gleichgewicht stören und die Vernunft verstummen lassen.«

»Das ist wahr«, räumte Meisterin Graia ein. »Dennoch kann die Gilde es nicht einfach hinnehmen, wenn eine der Ihren getötet wird. Offenbar haben wir den Lügen und Schmähreden, die man über uns verbreitet, zu lange tatenlos beigewohnt. Nun haben sie furchtbare Wirkung gezeitigt.«

Wieder gab es Zustimmung, und erneut war es Cedara, die einen Einwand erhob.

»Solange es die Gilde gibt«, gab sie zu bedenken, »wurde sie mit Neid und Missgunst bedacht. Daran ist nichts Neues.«

»Wollt Ihr leugnen, dass die Aggression gegen unsere Schwesternschaft in den vergangenen Zyklen zugenommen hat? Habt Ihr nicht gehört, was die Erhabene Schwester gesagt hat?«

»Ich habe es gehört«, versicherte Cedara. »Doch solange wir nicht wissen, was dort auf jener fernen Welt tatsächlich vorgefallen ist, sollten wir keine voreiligen Schlüsse …«

»Voreilige Schlüsse? Eine der Unseren wurde getötet, und Ihr sprecht von voreiligen Schlüssen?« Der helmartige Schopf, zu dem Graia ihr langes graues Haar gebunden hatte, bebte vor Empörung.

»Ich glaube, Schwester, dass Ihr es Euch ein wenig zu leicht macht. Meisterin Glennara wurde nicht das Opfer eines tragischen Unglücks! Zu allen Zeiten wurden wir angefeindet und geschmäht, das ist wahr, aber nie zuvor hat es jemand gewagt, die Hand gegen uns zu erheben. Was, so frage ich Euch, geliebte Schwestern, wird als Nächstes geschehen? Womöglich wird auch auf anderen Welten schon bald unser Blut fließen!«

Das Entsetzen, in das sie diese Vorstellung stürzte, war den meisten der Gezählten deutlich anzusehen. Lediglich Cedara bewahrte zumindest äußerlich ihre Gelassenheit – und Harona, deren schmale, von Askese gezeichneten Züge kaum jemals eine Gefühlsregung erkennen ließen.

»Sehr richtig«, pflichtete sie Graia ruhig, aber entschieden bei. »Was auf Jordråk geschehen ist, sollte uns eine Warnung sein – eine Warnung der Schöpferin, den Veränderungen, die allenthalben vor sich gehen, nicht weiter tatenlos zuzusehen.«

»Von was für Veränderungen sprichst du«, fragte Cedara.

»Als ob du das nicht wüsstest!« Eisige Blitze schienen aus Haronas gletscherblauen Augen zu schlagen. »Muss ich ausgerechnet dir sagen, was auf den Außenwelten vor sich geht? Dir von den Unruhen erzählen? Von den blutigen Fehden, die dort vor sich gehen?«

»Wenn ich mich recht entsinne«, konterte Cedara, »haben wir selbst diese Fehden stets gutgeheißen, so lange sie unseren Zwecken dienten ...«

»Das war zu einer anderen Zeit! Nordath Durandor war ein großer Herrscher, der es verstand, die Welten des Sanktuarions im Gleichgewicht zu halten und den Schwestern der Gilde zuverlässigen Schutz zu gewähren. Sein Sohn jedoch ist durch und durch verkommen. Unter seiner Herrschaft ist Tridentia ein Hort der Unzucht und des Lasters geworden – wen will es da verwundern, wenn das Reich in Auflösung begriffen ist und die Gesetze des Paktes, die uns über so viele Zyklen geschützt und bewahrt haben, keine Gültigkeit mehr besitzen?«

Cedara unterdrückte ein Seufzen. »Wir alle wissen, Schwester, dass du kein Parteigänger König Ardaths bist, dessen ausschweifende, ja verschwenderische Lebensweise der unseren in jeder Hinsicht widerspricht. Aber es missfällt mir, dass du den tragischen Tod unserer Mitschwester Glennara dazu missbrauchst, um Unfrieden zu stiften und unsere Mitschwestern gegen den König aufzubringen.«

»Unfrieden?« Haronas Augen weiteten sich. »Du behauptest, ich würde Unfrieden stiften? Bin ich es, der seine Frevlerhand gegen unsere Mitschwester erhoben hat? Der die Werte unserer Gemeinschaft verachtet und sie mit Füßen tritt?«

»Nein, aber ...«

»Oder bin ich es gewesen, der seine Fürsorgepflicht der Gilde gegenüber sträflich vernachlässigt und der durch seine falsche Politik das Sanktuarion ins Chaos stürzt?«, legte Harona nach, noch ehe Cedara ihren Einwand vorbringen konnte. »Nein, geliebte Schwestern! Nicht wir sind es, die den Unfrieden säen, sondern jene dort draußen, die von nokturnen Mächten besessen sind und nach unserer Vernichtung trachten, die Tiermenschen und jene, die sich mit ihnen verbünden. Und was den König betrifft, so spreche ich nur die Wahrheit aus – jene Wahrheit, die du nicht anerkennen willst, Cedara.«

»Eine jede unserer Schwestern weiß, dass ich mich der Wahrheit nie verschlossen habe«, widersprach Cedara. »Dennoch warne ich vor voreiligen und übereilten Schlüssen.«

»Ist es voreilig, wenn wir uns gegen die Mörder unserer Schwester stellen?«, fragte Harona. »Ist es übereilt, wenn wir handeln, statt weiter abzuwarten, was geschieht?«

»Was wollt Ihr tun?«

»In meinen Augen haben wir schon viel zu lange gewartet, geliebte Schwestern«, entgegnete Harona, und einige, allen voran die gestrenge Graia, bekundeten lautstark ihre Zustimmung. »Den Feinden der Gilde muss Einhalt geboten werden – oder dort draußen wird sich ein Sturm zusammenbrauen, der uns alle hinwegreißen wird! Wir müssen ein Zeichen setzen, ein Signal, dass auf Jordråk eine Grenze überschritten wurde, die niemals hätte überschritten werden dürfen. Die Frevler müssen ausfindig gemacht und bestraft werden.«

»Darin stimmen wir überein«, gab Cedara zu. »Doch wer sind die Täter? Sollten wir dies nicht zunächst herausfinden?«

»Durchaus«, räumte Harona ein, und ihrem dünnen Lächeln war anzumerken, dass sie mit dem Einwand gerechnet, ja ihn sogar erwartet hatte. »Deshalb sollte jemand nach Jordråk gehen und die Vorgänge vor Ort untersuchen.«

»Sehr richtig«, stimmte eine der anderen Ratsschwestern zu, »ein *legatus legis* sollte sich der Sache annehmen!«

»Ich würde Euch zustimmen, Meisterin Vana, wenn Nordath noch an der Macht wäre«, erwiderte Harona, »doch statt seiner sitzt sein liederlicher Sohn auf dem Thron. Wie soll ein Legat des Königs auf Jordråk für Recht und Ordnung sorgen, wenn noch nicht einmal der König selbst dies vermag? Nein, geliebte Schwestern, wir selbst müssen uns dieser Aufgabe annehmen und eine der Unseren nach Jordråk entsenden.«

»Eine von uns? Ihr meint, eine *inquisitora*?«

»Jenes Wort hast du gebraucht, nicht ich«, wehrte Harona ab. »Du weißt so gut wie ich, dass das Amt der Inquisitorin nicht mehr existiert.«

Cedara schnaubte, ihre sonst so wachen Augen verengten sich zu Schlitzen. »Was sagt Ihr dazu, Erhabene Schwester?«, wandte sie sich dem Zelt der Anführerin zu, die zuletzt beharrlich geschwiegen hatte.

Die Antwort ließ auf sich warten, so als müsste die Erhabene Schwester zunächst Atem schöpfen. »Angesichts der jüngsten Ereignisse«, ließ sich ihre brüchige Stimme schließlich vernehmen, »ist es schwer zu beurteilen, was richtig ist und was falsch. Aber ich stimme zu, dass wir mehr Informationen brauchen, um ein ausgewogenes Urteil zu fällen – und dass wir diese Informationen aus erster Hand bekommen sollen. Ich entspreche deshalb Schwester Haronas Ersuchen, eine *numerata* nach Jordråk zu entsenden.«

»Und wer?«, fragte Meisterin Vana. Furcht und Ratlosigkeit schienen ihre kleinwüchsige, zerbrechlich wirkende Gestalt zu beugen. »Wer soll auf jener entlegenen, barbarischen Welt den Kampf gegen das Nox aufnehmen?«

»Ich erbiete mich freiwillig, diese Aufgabe zu übernehmen«, verkündete Harona großmütig.

»Du?«, fragte Cedara schnell und sehr viel schärfer, als es unter den *numeratae* üblich war. »Ausgerechnet du?«

Haronas Gesichtsausdruck blieb unverändert. Nur ihre schmalen Brauen hoben sich. »Du hast Einwände?«

»Du selbst hast gesagt, dass es an den Rändern des Reiches gärt und brodelt«, konterte Cedara. »Hältst du es für klug, auf diese Weise noch weiter Öl ins Feuer zu gießen?«

»Vielleicht nicht«, räumte Harona ein. »Mir ist durchaus bewusst, dass ich auf den Außenwelten einen … zwiespältigen Ruf genieße. Aber ich kann hier beim besten Willen niemanden sehen, der außer mir bereit wäre, sich dieser schwierigen und gefährlichen Aufgabe zu stellen. Oder seht Ihr das anders?«

Erneut zeigte sich ein dünnes Lächeln auf ihren blassen Zügen – und Cedara wusste, dass sie in die Falle gegangen war. Sie biss sich auf die Lippen, suchte fieberhaft nach einem Ausweg, nach einer Lösung, die den Rat überzeugte und sie dennoch nicht dazu zwang, etwas zu tun, was sie nicht tun wollte. Aber es gab keine.

Harona hatte den Köder ausgelegt, und sie war darauf hereingefallen.

Genau wie früher …

»Ich werde gehen«, erklärte Cedara und gab sich Mühe, ihren Widerwillen dabei zu verbergen.

»Ihr?«, fragte Graia.

»Ihr alle wisst, was ich einst gewesen bin und dass ich genau wie Schwester Harona über die Kenntnisse verfüge, die nötig sind, um diesen Auftrag zu erfüllen«, sagte sie in die Runde, »aber nicht als Inquisitorin, was die Völker der Außenwelten nur noch mehr gegen uns aufbringen würde, sondern in meiner Eigenschaft als Mitglied dieses Rates.«

»Und du glaubst, damit Erfolg zu haben?«, fragte Harona.

»Geschulte Sinne und ein wacher Verstand vermögen die Wahrheit eher ans Licht zu bringen als nackte Furcht.«

»So hast du nicht immer gedacht.«

»Aber heute denke ich so«, beharrte Cedara und wandte sich den anderen *numeratae* zu. »Wer von uns beiden also soll gehen?«

Ratlosigkeit sprach aus den Augen der Ratsschwestern. Eine jede von ihnen wusste genau, worauf Cedara angespielt hatte und weshalb vieles dagegen sprach, Harona mit jener Mission zu betrauen. Aber nicht eine von ihnen hatte den Mut, dies offen auszusprechen.

»Ich habe nachgedacht«, vermeldete die Anführerin der Gilde bedächtig, »und in meiner Weisheit habe ich beschlossen, dass Cedara gehen soll.«

»Wie Ihr wünscht«, sagte Harona nur und verbeugte sich tief – die Tatsache, dass sie auf jeden Widerspruch verzichtete, machte deutlich, dass Cedara richtig vermutet hatte.

Es war eine Falle gewesen.

Und sie war blindlings hineingetappt …

»Euer aller Fähigkeiten und Vorzüge habe ich wohl abgewogen«, fuhr die Erhabene Schwester leise fort, »Cedaras Gabe jedoch, stets die Mitte zu finden zwischen Vernunft und Gefühl, scheint mir am besten geeignet, um diese schwere Aufgabe zu lösen. Die Schuldigen müssen gefunden werden, und das möglichst rasch.«

»Wie Ihr es wünscht, Erhabene Schwester«, sagte Cedara und verbeugte sich ebenfalls – was hätte sie sonst auch tun sollen? »Jedoch bitte ich Euch zu bedenken, dass ich eine Schülerin habe, die kurz davor steht, die Windweihe zu empfangen. Wenn Ihr es erlaubt, so werde ich sie für die Zeit meiner Abwesenheit in die Obhut einer anderen Meisterin geben.«

»Das wäre nicht ratsam«, wandte Schwester Vana ein. »Die Ausbildung zur Levitatin darf nicht unterbrochen, das Band zwischen Euch und Eurer Schülerin nicht durchtrennt werden.«

»Dann soll deine Schülerin dich begleiten«, schlug Harona unverblümt vor. »Welche Schule könnte besser sein als die der rauen Wirklichkeit?«

»Du willst Kalliope dem Schutz der Gemeinschaft entreißen? Ausgerechnet jetzt?« Cedara sah die Ratssprecherin herausfordernd an. »Würdest du das auch deiner eigenen Schülerin zumuten?«

Erneut formten Haronas Lippen ein dünnes Lächeln. »Wenn es ihrem Vorankommen diente – warum nicht?«

»Es ist entschieden«, gab die Erhabene Schwester bekannt, mit einer Endgültigkeit, die jeden Widerspruch zum Frevel gemacht hätte. »Deine Schülerin wird dich begleiten, Cedara. Jedoch darfst du ihr die wahre Natur eurer Mission erst enthüllen, wenn ihr am Ziel eurer Reise angelangt seid. Zudem werdet ihr Ethera nachts und in aller Heimlichkeit verlassen. Nichts von dem, was hier gesprochen wurde, darf vorher nach außen dringen.«

»Ja, Erhabene Schwester«, bestätigte Cedara und verbeugte sich. »Wie Ihr wünscht.«

»Ich danke euch, Schwestern«, drang es aus dem leuchtenden Inneren des Zeltes. »Geht nun, die Beratung hat mich geschwächt und ich muss ruhen. Nur Harona und Cedara bitte ich, noch zu bleiben.«

»Wie Ihr wünscht, Erhabene Schwester.«

Graia, Vana und die übrigen *numeratae* beugten die Häupter, dann schlugen sie die Roben ihrer Kapuzen wieder herauf, und sie gingen so lautlos, wie sie gekommen waren, elf schweigende Gestalten. Ihre Feuerschiffchen verließen den Boden und folgten ihnen, sodass es merklich dunkler wurde in der Höhle. Nur noch das Zelt sowie die beiden verbliebenen Fackeln verbreiteten unstetes Licht, das einen beständigen Kampf gegen die umgebende Dunkelheit zu führen schien.

»Kommt näher«, verlangte die Erhabene Schwester.

Cedara und Harona leisteten der Aufforderung Folge. Dabei konnten sie, wie schon bei ihrer Ankunft, den Widerstand spüren, der sich ihnen entgegenstellte und der nun, da sie sich dem Zelt noch weiter näherten, zu körperlichem Schmerz wurde. Cedara merkte, wie ihr Schweiß auf die Stirn trat. Unruhe erfüllte sie, die ihr inneres Gleichgewicht bedrohte.

»Näher«, forderte die Erhabene Schwester unbarmherzig.

Cedara streifte Harona mit einem Blick. Auch ihr war anzusehen, dass ihr die Präsenz der Erhabenen Schwester zusetzte.

Die beiden *numeratae* bemühten sich, sich weder den Schmerz anmerken zu lassen, der mit der Wucht eines Schraubstocks auf ihre Schläfen drückte, noch die Überwindung, die es sie kostete, die Eingangsplane des Zeltes beiseitezuschlagen und einzutreten. Feuchtwarme, von Kräutergeruch durchsetzte Luft schlug ihnen entgegen, die von Dampfschwaden durchsetzt war, dass man kaum die Hand vor Augen erkennen konnte. Erst als die beiden Schwestern weiter vortraten, klärte sich die Sicht – auf den Anblick, der sie jenseits der Schleier erwartete, waren sie jedoch nicht gefasst. Der Zustand ihrer

Anführerin hatte sich seit ihrem letzten Besuch dramatisch verschlechtert, die Verwandlung war weiter vorangeschritten.

Unumkehrbar.

Unaufhaltsam.

»Seht mich nicht so an«, verlangte die Erhabene Schwester mit ihrer wispernden Stimme, die in solch krassem Gegensatz zu ihrer Erscheinung stand. »Ihr wusstet, was geschehen würde.«

»Das ist wahr«, gab Cedara zu. »Jedoch Euch so zu sehen …«

»Es ist der Preis für das, was ich bin. Doch ich habe euch nicht zu mir gerufen um eures Mitleids willen, sondern weil ich euch etwas mitzuteilen habe. Ich hätte wissen müssen, dass eine unserer Mitschwestern gewaltsam zu Tode kommen würde, denn ich war gewarnt.«

»Wir alle waren gewarnt«, versicherte Harona. »Wären wir den Animalen gegenüber nicht so nachlässig gewesen …«

»So meine ich es nicht«, wandte die Anführerin der Schwesternschaft ein und hob abwehrend die kurzen Arme. »Vor einigen Wochen hatte ich einen Traum. Darin sah ich, wie eine Schwester unserer Gemeinschaft grausam ermordet wurde, aber weder konnte ich ihr Gesicht erkennen noch den Ort des Verbrechens. Ich wusste nicht, was ich von jenem Traum halten sollte – bis du, Harona, mir die Nachricht vom Tod Schwester Glennaras überbrachtest. Von diesem Augenblick an wusste ich, dass es die Zukunft war, die ich gesehen hatte.«

»Ihr … habt die Gabe der Prophetie erlangt?«, erkundigte sich Cedara vorsichtig. Gelegentlich kam es vor, dass Gildeschwestern über die Fähigkeit der Levitation hinaus auch noch andere Begabungen entwickelten, darunter auch jene der Hellsicht – doch sie taten es stets erst am Ende ihres Lebens, wenn die Schatten der ewigen Nacht bereits begannen, sich über sie zu breiten …

Die Erhabene Schwester wog das entstellte, unförmig gewordene Haupt. »Ich werde diese Welt bald verlassen«, stellte sie mit erschreckender Nüchternheit fest, »und ich will nicht gehen, ohne euch zu warnen.«

»Uns zu warnen?« Harona hob eine Braue. »Wovor?«

»Glennaras Tod war nicht alles, was ich gesehen habe. Jordråk war erst der Anfang, und es gibt nichts, was wir dagegen tun können. Mehr Blut wird fließen, der Krieg wird über uns kommen, und eine Zeit der Finsternis wird anbrechen. Aufruhr und Revolte werden das Sanktuarion in Flammen setzen, und die Welten, wie wir sie kennen, werden untergehen.«

»Ihr … sprecht vom letzten Kampf«, sagte Cedara vorsichtig. »Vom Ende der Zeiten.«

»Doch wenn dies geschieht, werde ich nicht mehr am Leben sein – und es ist an euch beiden, meine Nachfolge anzutreten.«

»Welche von uns?«, wollte Harona wissen.

»Diese Frage habe auch ich mir wieder und wieder gestellt: Welche von euch beiden wird am ehesten in der Lage sein, unsere Gemeinschaft durch diese dunklen Zeiten zu führen?« Die Erhabene Schwester keuchte, ihr Atem ging rasselnd und schwer. »Ich erinnere mich, wie ihr einst wart. Gemeinsam seid ihr nach Ethera gekommen, erst sehr viel später als die meisten, und habt eure Ausbildung begonnen. *Sorores facto animoque* – Schwestern in der Tat und im Geiste …«

»Das ist lange her«, bemerkte Harona kühl. »Seither ist viel geschehen.«

»Vieles, das euch geprägt hat«, stimmte die Anführerin der Gilde zu, »und vieles, das euch trennt. Du, Cedara, würdest die Schwesternschaft mit Nachsicht führen, du, Harona, mit Disziplin. Da ich trotz meiner Gabe nicht zu sagen vermag, welches von beiden uns in jener dunklen Zukunft besser dienen wird, ist die Entscheidung über meine Nachfolge zugleich auch eine Entscheidung über das Schicksal der Gilde. Lange habe ich mit mir gerungen und die Urmutter um Weisheit gebeten – und endlich wurde sie mir zuteil.«

»Und?«, fragte Harona nach. »Zu wessen Gunsten habt Ihr Euch entschieden?«

»Zu euer beider – oder für keinen von beiden«, entgegnete die Erhabene Schwester rätselhaft. »Ich werde mein Amt an euch beide übergeben. Auf diese Weise ist alles vereint, Milde und Disziplin, Weisheit und Strenge.«

»Aber … das ist unmöglich«, wandte Cedara ein. Die Aussicht, zum Oberhaupt der Gilde ernannt zu werden, bestürzte sie. Nie hätte sie mit einer solchen Entwicklung gerechnet, und der bloße Gedanke der Verantwortung, die auf den Schultern einer Erhabenen Schwester ruhte, ließ sie erschaudern. Jedoch entsetzte sie die Vorstellung, sich dieses Amt mit Harona teilen zu müssen, noch ungleich mehr.

»Nichts ist unmöglich, wenn guter Wille am Werk ist«, zitierte die Erhabene Schwester den Codex. »Ihr werdet eure Differenzen überwinden und wieder Schwestern sein wie einst – das Überleben der Gilde hängt davon ab.«

Cedara biss sich auf die Lippen. Der Widerspruch lag ihr auf der Zunge, zusammen mit einem Dutzend Argumenten, die belegen sollten, dass die Anführerin der Gilde Unmögliches verlangte – aber sie schwieg. Auch in der Vergangenheit hatte es Zeiten gegeben, da zwei Erhabene Schwestern das Schicksal der Gilde gelenkt hatten, Zeiten der Krise und des Neubeginns. Und wenn sich bewahrheitete, was die Visionen von der Zukunft gezeigt hatten, so standen der Schwesternschaft genau solche Zeiten bevor.

»Ich verstehe«, sagte Cedara deshalb nur.

»Harona?«

»Ich bin einverstanden«, erklärte die Sprecherin des Schwesternrates ohne Zögern.

»Dann habt ihr mein Herz soeben um eine schwere Bürde erleichtert.«

»Soll ich es den Schwestern sagen?«

»Noch nicht, Harona. Der Augenblick, da sie all dies erfahren werden, naht ohnehin mit beängstigender Schnelle. Gönne ihnen noch diese kurze Zeit des Friedens und des Gleichgewichts. Es wird nicht mehr lange währen.«

»Wie Ihr wünscht.«

»Geht jetzt und stärkt euren Geist für die Aufgaben, die vor euch liegen«, entgegnete die Erhabene Schwester, die sich nicht länger aufrecht halten konnte und erschöpft auf ihr Lager niedersank. Ihre Augen wurden glasig und nahmen einen entrückten Ausdruck an. »Uns allen stehen Zeiten der Prüfung bevor. Dunkelheit senkt sich über die Welt, das Nox … Der letzte Kampf steht bevor, das Ende der Welten. Und wir, die Schwestern der Gilde, müssen obsiegen.«

2. Kapitel

Es lag eine gewisse Ironie darin, dass das Wirtshaus »Zum Feuerkürbis« hieß. Denn der flackernde Schein jener orangefarbenen, wagenradgroßen Früchte, die von den großen Bäumen hingen und deren ölhaltiges Fleisch überall in Shantanpur dazu benutzt wurde, auch die dunkelste Nacht zum Tag zu machen, drang nicht bis in jenen finsteren Winkel, in dem sich die Schenke befand. Das war allerdings durchaus beabsichtigt, denn der »Feuerkürbis« war bekannt dafür, eine Sammelstätte all jener zu sein, die Grund hatten, das helle Licht zu meiden.

Croys fellbewachsene Züge verzerrten sich vor Abscheu, als er über die Schwelle trat. Der Gestank, der ihm entgegenschlug – eine widerwärtige Mischung aus Fusel, Rauch, Pisse und Schweiß –, war eine Beleidigung für seinen ausgeprägten Geruchssinn. Viel lieber hätte er sein Geld in eines der Wirtshäuser in den oberen Regionen Shantanpurs getragen, dorthin, wo der Brandsaft weniger gepanscht war und die Luft weniger von Pilzrauch geschwängert. Aber das, was er brauchte, würde er nur hier unten finden. Nicht in den Kronen der riesigen Shantik-Bäume, über deren mächtige Äste sich die Stadt erstreckte, sondern an deren Fuß, im Bodensatz von Madagor.

Croy brauchte keine zwei Augenblicke, um zu erkennen, dass sich seit seinem letzten Besuch nichts geändert hatte. Die Nischen, die sich entlang der Wände reihten, waren noch immer mit abgerissenen Gestalten besetzt, die billigen Fusel schluckten oder mit entrückten Mienen den Pilztabak rauchten, den der Wirt ihnen verkaufte; am Tresen lungerten noch immer grobschlächtige Kerle,

Tauriden und andere, die Streit suchten und nur darauf warteten, einem Ahnungslosen die Hörner in die Eingeweide zu rammen; und auf der kleinen Bühne in der Mitte der Spelunke tanzte eine Menschenfrau, die nichts als ihr Sklavenhalsband am Leibe trug, zu den schrägen Klängen, die ein Kröterich seiner Flöte entlockte. Die Auswölbungen an seinem Hals blähten sich dabei unaufhörlich.

Croy verzog abermals das Gesicht.

In der Tasche seines Rocks kramte er nach einem Geldstück. Anderswo in der Stadt hätte man dafür nicht einmal ein Kaublatt bekommen, hier genügte es für einen gut gefüllten Krug. Vorausgesetzt, dass man bezüglich des Inhalts keine Ansprüche stellte.

Durch einen Pulk betrunkener Halbkreaturen, deren Ursprünge sich nur mehr erahnen ließen, bahnte er sich einen Weg zu einem kleinen Tisch, der noch unbesetzt war und von dem aus sich die Umgebung gut im Blick behalten ließ. Ein schmächtiger junger Mensch, der wie die Tänzerin das lederne Sklavenband um den Hals hatte, wischte den Tisch mit dem Saum seines schmutzigen Hemdes ab. »E-Euer Wunsch?«, erkundigte er sich dann in der Allgemeinsprache, die er einigermaßen flüssig zu beherrschen schien.

»Bier«, sagte Croy nur, worauf der Junge in den Dunstschwaden verschwand, die wie dichter Nebel über dem Schankraum hingen.

Aufmerksam, die gelbgrünen Augen zu Schlitzen verengt, spähte Croy umher. Am Tresen waren zwei Tauriden inzwischen in eine heftige Auseinandersetzung verwickelt, die ein langohriger Leporide noch zusätzlich anzustacheln schien. Die Tänzerin hatte ihre Darbietung beendet, dafür waren einige Gäste auf die Bühne gesprungen und vollführten unter dem Einfluss von Alkohol und Pilztabak wilde Verrenkungen.

Croy verachtete sie.

In seinen Augen waren sie Feiglinge. Schwache Geister, die es vorzogen, sich in den Rausch zu flüchten, statt sich der Wirklichkeit zu stellen. Unter ihnen würde er keinesfalls finden, wonach er suchte, da war er sich ganz sicher.

Der Sklave kehrte zurück, einen Krug Bier im Arm, der von gelbem Schaum gekrönt wurde. Auch wenn er nur ein Mensch war –

der Junge hatte etwas an sich, das Croys Aufmerksamkeit erregte. Vielleicht war es das kurz geschorene schwarze Haar, das sein markantes Haupt betonte, vielleicht die stahlblauen, aufmerksamen Augen, die nicht recht zu seiner schmächtigen Postur und seiner unterwürfigen Haltung zu passen schienen.

Croy nickte dem Jungen zu und legte ein Kupferstück als Bezahlung auf den Tisch. Der Sklave nahm es und prüfte seine Echtheit, dann ließ er es in dem Beutel verschwinden, den er am Gürtel trug. Sodann verschwand er wieder, und Croy trank von dem Bier. Es war warm und schal und schmeckte nach Elefantendung. Und vermutlich, dachte Croy missmutig, war das auch eine der Zutaten.

Plötzlich gab es ein lautes Klirren.

»Was fällt dir ein?«, zeterte jemand. »Bist du völlig von Sinnen? Willst du elender Menschenfott mich ruinieren?«

Auf der anderen Seite der Schenke, wo der Tresen endete und sich der Durchgang zur Küche befand, gab es Tumult. Zuerst dachte Croy, dass es der streitsüchtige Leporide wäre, der so lautstark lamentierte, aber das war nicht der Fall – das Langohr war noch immer mit den beiden Tauriden beschäftigt. Stattdessen war ein kleinwüchsiger Chamäleonid auf ein Fass gesprungen und gebärdete sich dort wie von Sinnen. Die Krallenhände zu Fäusten geballt, hüpfte er zeternd auf und ab, während sein Hals sich aufblähte und seine Schuppenhaut sich vor Ärger braun verfärbte; seine halbkugelförmigen Augen blitzten zornig, und es sah aus, als wollten sie vollends aus den Höhlen treten.

Croy kannte den Kerl.

Sein Name war Jago, und er war der Inhaber des »Feuerkürbis«.

»Elender Tölpel!«, tobte der Chamäleonid weiter. »Jede Nacht ist es dasselbe Theater, ich verliere allmählich die Geduld mit dir!«

Erst jetzt konnte Croy sehen, auf wen sich Jagos Zorn richtete. Es war der junge Sklave, der seinen Tisch gewischt und ihm das Bier gebracht hatte. Offenbar war er von irgendwem angerempelt worden und hatte einen Tonkrug fallen lassen, der daraufhin zu Bruch gegangen war. In der drückenden Enge der Spelunke war das nicht weiter verwunderlich. Jago jedoch schien nicht in nachsichtiger Stimmung zu sein.

»V-verzeiht, Herr«, murmelte der Junge, während er über den Boden kroch und die Scherben aufzusammeln versuchte. Dabei schnitt er sich die Finger blutig, aber seinen gestrengen Herrn kümmerte das nicht.

»Ich habe dir schon viel zu oft verziehen«, plärrte er, »nun ist es genug! Wenn du nicht hören willst, dann muss Brutor dich eben Ordnung lehren!«

»N-n-nein, Herr«, stammelte der Junge, »bitte nicht« – aber es war bereits zu spät. Einer der riesigen Tauriden löste sich vom Tresen, ein grobschlächtiger Hüne, auf dessen Armen sich Muskelberge türmten. Sein schwarzes Fell glänzte vor Schweiß, sein lederner Rock war blutbesudelt. Die Tatsache, dass sein rechtes Horn abgebrochen war, ließ vermuten, dass er schon häufig in Kämpfe verwickelt gewesen war – vermutlich ein ehemaliger Söldner oder Grubenkämpfer, der jetzt für Jago als Rausschmeißer arbeitete.

Heißen Dampf aus den Nüstern stoßend, trat er in den Kreis der Schaulustigen, der sich im Nu gebildet hatte. Wenn es etwas gab, das die Gäste im »Feuerkürbis« noch mehr schätzten als billigen Fusel und Pilztabak, dann war es die Aussicht auf Blut. Das Gemurmel, das eben noch den Schankraum erfüllt hatte, hatte sich gelegt. Aller Augen (mit Ausnahme derer, die im Rausch von Fusel und Pilztabak schwammen) richteten sich auf den Jungen.

»B-bitte n-nicht, Herr«, flehte dieser abermals, noch immer auf dem Boden kauernd. Mit vor Schreck geweiteten Augen blickte er zu dem Tauriden auf, der sich drohend wie ein Ungewitter über ihm aufbaute.

»Verpasse ihm eine ordentliche Tracht Prügel, Brutor«, wandte sich Jago an den Tauriden. »Brich ihm die Knochen, wenn du willst, aber lass ihn am Leben, hörst du? Vergiss nicht, dass er mein Eigentum ist.«

Der Tauride schnaubte eine Bestätigung, dann beugte er sich zu dem Jungen hinab, packte ihn an seinem Sklavenhalsband und riss ihn zu sich empor. Der Mensch schrie vor Angst, als er den Boden unter den Füßen verlor. Mühelos hob Brutor ihn in die Luft. Die Menge grölte begeistert, jeder wollte sehen, wie der Mensch grün und blau geprügelt wurde.

Mit einer Ausnahme.

»Lass den Jungen los.«

Croy hatte seinen Platz am Tisch verlassen und stand nun unmittelbar hinter dem Tauriden. Der schnaubte geräuschvoll, dann wandte er sich langsam zu ihm um, wankend vor ungebändigter Kraft.

»Was?«, fragte er nur. Seine Augen rollten in den Höhlen.

»Ich habe gesagt, du sollst den Jungen loslassen«, wiederholte Croy, auf den Menschen deutend, den der Tauride noch immer in der Luft hielt.

»Sonst?«, erkundigte sich Brutor genüsslich. Der heiße Atem, der aus seinen Nüstern quoll, roch faulig.

»Sonst wird es dir leidtun«, antwortete Croy, wobei er jedes einzelne Wort betonte.

Im Schankraum hatte sich freudige Erwartung breitgemacht. Jeder wusste, dass es mehr als unklug war, sich einem Tauriden in den Weg zu stellen. Noch mehr Blut würde fließen, daran gab es keinen Zweifel.

Brutor stieß etwas aus, das wohl Gelächter sein sollte. Erneut fuhr weißer Dampf aus seinen Nüstern, sein Maul dehnte sich zu einem Grinsen, während er das Haupt bedrohlich neigte.

Als Erwiderung bleckte Croy die Zähne und ließ ein Knurren vernehmen. Gleichzeitig schlug er seinen Umhang zurück und entblößte die beiden Klingen, die er so vor der Brust trug, dass sie einander kreuzten, jedoch unternahm er keine Anstalten, sie zu zücken.

»Was soll das, Fremder?«, rief Jago von seinem Fass herab. »Willst du dein Fell riskieren wegen eines Menschen?«

Croy bedachte zuerst das Chamäleon, dann den Jungen mit einem prüfenden Blick. Er konnte den stummen Hilferuf in den Augen des Menschen erkennen, so wie er die Arglist in Jagos zornverzerrter Miene erkannte.

»Lasst den Jungen gehen«, sagte er noch einmal.

»Herr?«, fragte Brutor nur.

Jago machte ein abfälliges Geräusch, zu dem er seine lange Zunge flattern ließ. »Wenn er nicht hören will, muss er eben fühlen«, erklärte er und zuckte gleichmütig mit den schmalen Schultern. »Stopf dem Fremden das Maul, er hat es nicht anders verdient.«

Der Tauride nickte bereitwillig und senkte das Haupt noch weiter, bereit, den aufsässigen Fremden zu durchbohren – doch der war bereits nicht mehr da.

Croy hatte die Unaufmerksamkeit seines Gegners genutzt, um in dessen Rücken zu gelangen. Mit einer fließenden Bewegung zückte er die beiden Klingen und brachte dem Tauriden zwei Schnittwunden am Oberarm bei. Überrascht ließ Brutor den Jungen los. Mit einem Aufschrei landete der auf dem Boden, raffte sich jedoch sofort wieder auf die Beine.

»Lauf«, raunte Croy ihm zu, während Jago auf seinem Fass Gift und Galle spuckte.

»Das reicht!«, brüllte er. »Mach ihn fertig, Brutor! Bring den Katzmann um! Quetsch ihm die Eingeweide raus!«

Das ließ sich der Tauride nicht zweimal sagen. Die Schnittwunden an seinem linken Arm spürte er wohl kaum, aber seine Eitelkeit war gekränkt, und er brannte darauf, es seinem Gegner heimzuzahlen. Sehr viel schneller, als es einer Kreatur seiner Form und Masse zuzutrauen war, wirbelte er herum, und seine riesigen Fäuste schlugen so blitzschnell zu, dass Croy kaum ausweichen konnte.

Der linken Faust entging er, indem er sich blitzschnell duckte, die rechte traf ihn mit der Wucht eines Schmiedehammers. Er taumelte zurück und verlor das Gleichgewicht, fand sich auf dem Boden wieder, wo er jedoch nicht lange blieb. Die wutverzerrte, von Hörnern gekrönte Miene des Tauriden erschien über ihm, während seine Pranken ihn an den Schultern packten und in die Höhe rissen.

»Tot«, beschied ihm der Koloss, während die Menge begeistert Beifall klatschte. »Tot.«

Croy entsann sich der Tatsache, dass er die beiden Dolche noch immer in den Händen hielt, doch der Griff, mit dem Brutor ihn umklammerte, war so erbarmungslos, dass er seine Arme nicht bewegen konnte. Hilflos wie ein Fisch auf dem Trockenen zappelte er in den Pranken des Tauriden, der ihn, wie es unter seinesgleichen üblich war, zunächst auf den Boden schmettern, dann mit den Hörnern durchbohren und schließlich unter seinen Hufen zertrampeln würde.

Vorausgesetzt, man ließ es dazu kommen.

Unter wütendem Gebrüll und begleitet vom Johlen der Menge holte Brutor aus, um Croy mit aller Macht auf die morschen Dielen zu werfen – doch er hatte nicht mit der Schnelligkeit seines Gegners gerechnet. Kaum hatte er Croy losgelassen, warf dieser sich in der Luft herum und fing den Sturz ab, indem er federnd auf allen vieren landete. Unter heiserem Gebrüll sprang er auf, ließ die beiden Klingen wirbeln und hieb so rasch zu, dass kaum einer der Schaulustigen mitbekam, was geschah. Am allerwenigsten Brutor selbst, der breitbeinig dastand und auf den blutigen, unförmigen Haufen Fleisch starrte, der plötzlich unter ihm auf dem schmutzigen Boden lag.

»Sieh an«, knurrte Croy, der ungerührt vor ihm stand, »aus dem Stier ist ein Ochse geworden.«

Damit schob er die beiden Klingen in die Futterale zurück, und ohne seinen Gegner noch eines weiteren Blickes zu würdigen, schritt er an den verblüfften Zuschauern, deren Gegröle jäh geendet hatte, vorbei zur Tür. Dort traf er auf den Sklavenjungen, der zitternd am Boden kauerte und nicht zu wissen schien, wohin.

»Willst du frei sein?«, fragte Croy und hielt ihm die rechte Krallenhand hin. »Dann komm mit mir.«

Der Junge, der völlig verängstigt schien und am ganzen Körper bebte, starrte ihn unentschlossen an – als der Tauride zusammenbrach. Mit fürchterlichem Getöse ging der Verstümmelte nieder und riss noch einen Teil des Tresens dabei mit. Fässer stürzten um, Krüge gingen zu Bruch. Eine Staubwolke stieg auf, aus der das Haupt des wütenden Jago ragte.

»Da sind sie!«, keifte er, als er Croy und den Jungen erblickte. »Haltet sie, sie dürfen nicht entkommen! Wer sie mir bringt, kriegt ein ganzes Fass vom besten Gesöff!«

Auf ein solches Angebot hatten die Gäste des »Feuerkürbis« nur gewartet. Jeder von ihnen wäre bereit gewesen, für ein Fass Bier zu morden, und so waren von einem Augenblick zum anderen überall blanke Klingen zu sehen, die nach Blut lechzten.

»Weg hier«, sagte Croy nur, und ohne die Entscheidung des Jungen abzuwarten, packte er ihn und stieß ihn zur Tür hinaus, er selbst folgte auf dem Fuß.

Die schwülwarme, von Feuchtigkeit durchsetzte Nachtluft Madagors empfing sie, doch sie kamen nicht zum Durchatmen. Eine grobschlächtige Gestalt setzte aus der Finsternis heran, einer von Jagos Türstehern.

Croys katzenhafte Reflexe sprachen augenblicklich an, und so entging er der mörderischen, mit eisernen Stacheln versehenen Keule, die der Angreifer nach ihm schwang. Es war ein Menschensklave, ein feister Bursche, der nur mit einem Lendenschurz bekleidet war. Tumbe Einfalt sprach aus seinen winzigen Augen. Wütend fuhr er herum und wollte abermals zuschlagen – Croy sprang senkrecht in die Luft und brachte ihm einen Tritt vor die Brust bei, der ihn zurücktaumeln ließ. Mit markigem Knacken brach das Geländer, das den Steg begrenzte, und ein dumpfes Platschen erklang, als ein Sumpfloch den Schläger verschlang.

In diesem Moment flog die Tür der Spelunke auf, und die mordlüsterne Meute erschien. In ihrer Gier auf die Belohnung hinderten sich die Verfolger jedoch gegenseitig daran, die Tür zu passieren, sodass Croy Zeit blieb zur Flucht. Anstatt jedoch einfach dem hölzernen Steg zu folgen, der über Brücken und Leitern in die weniger zwielichtigen Regionen Shantanpurs hinaufführte, blickte er senkrecht nach oben, wo sich ein dichtes Gewirr von Zweigen und Ästen in der Dunkelheit verlor.

»Halt dich fest.« Er packte den Jungen und lud ihn sich auf den Rücken. Dann sprang er mit einem kräftigen Satz senkrecht empor, krallte sich an einem der Äste ein und zog sich mühelos hinauf. Just in diesem Augenblick platzte der Knoten der sich gegenseitig behindernden Verfolger.

Unter dem enormen Druck der nachdrängenden Massen brach die Tür aus den Angeln, und die geifernde Meute quoll hinaus in die Nacht.

Croy hörte ihr wütendes Geheul, während er immer weiter hinaufkletterte. Geschickt sprang er von einem Ast zum nächsten, während sich der junge Mensch angstvoll an ihn klammerte. Erst nachdem er eine beträchtliche Distanz zwischen sich und Jagos Spelunke gebracht hatte, gönnte Croy sich und dem Jungen eine Pause.

Auf einem Ast, der so breit war, dass ein Fuhrwerk darüber hätte fahren können, lud er den noch immer zitternden Menschen ab. Croy hatte wenig Übung darin, menschliche Mimik und Gesten zu deuten, aber er nahm an, dass der Junge verwirrt war und Angst hatte, und er konnte es ihm nicht verdenken.

»Es ist alles in Ordnung«, sagte er deshalb und gab sich Mühe, ruhig zu sprechen. »Hier werden sie uns nicht finden. Du bist in Sicherheit.«

Der Junge starrte ihn an, als sähe er ihn zum ersten Mal. »Ihr habt mich ger-ger-ger-ger…«

»Gerettet.« Croy nickte. »Ganz recht.«

»Warum?« Die stahlblauen Augen des Jünglings blickten ihn fragend an. »Wa-wa-was wollt Ihr dafür?«

Croy lachte freudlos auf. Auch wenn der Knabe noch keine zwanzig Zyklen alt war – als Jagos Leibeigener schien er bereits gelernt zu haben, dass man im Leben selten etwas geschenkt bekam.

»Ich möchte, dass du mir hilfst.«

»Ich?« Die blauen Augen weiteten sich.

Croy nickte. Hätte man ihm noch am Morgen gesagt, dass er mit einem halbwüchsigen Sklaven im Gepäck zurückkehren würde, hätte er es für einen schlechten Scherz gehalten. Aber bisweilen beschritt das Leben eben seltsame Wege.

»Und w-was sssoll ich für Euch tun?«

»Das wirst du noch erfahren«, versicherte Croy und deutete auf das lederne Band, das um den Hals des Jungen lag. »Du wirst tun, was ich verlange, und ich werde dir dafür helfen, dieses Ding loszuwerden. Einverstanden?«

Der Junge brauchte nicht lange nachzudenken.

»Einverstanden«, erwiderte er.

»Wie ist dein Name?«

Der junge Mensch zögerte einen Augenblick.

»K-K-Kieron«, erwiderte er dann.

3. Kapitel

Es war die Nacht vor der Abreise.

Die Nacht vor dem Aufbruch.

Kalliope lag wach in ihrem Bett, die Augen zum aus feiner Seide gewobenen Himmel gerichtet, der sich darüber spannte. So oft hatte sie hier gelegen und diesen Ort als den Inbegriff von Geborgenheit empfunden, von Trost und Frieden. Sie hatte es geliebt, sich vom Gesang des Windes in den Schlaf wiegen zu lassen, der sanft um die Türme Etheras strich, und von den Stimmen der *musae*, die vom *artificium* heraufdrangen. In dieser Nacht jedoch schien der Wind ein anderes Lied zu singen, das von Ferne und Ungewissheit kündete; die Musen waren verstummt, und selbst jene vertrauten Wände, die Kalliope über die letzten sieben Jahre hinweg Heim und Zuflucht gewesen waren, vermochten ihr keinen Trost mehr zu spenden.

Es ging fort.

Fort von Ethera.

Fort von der Gilde.

Fort von der Gemeinschaft, die ihr Halt gegeben hatte, wann immer sie seiner bedurft hatte, hinaus in die Fremde.

Jordråk.

Schon der Klang des Namens ließ Kalliope erschaudern. Noch bis vor wenigen Tagen hatte sie den Namen jener Welt, nach der ihre Meisterin und sie entsandt werden sollten, nie vernommen; seit er zum ersten Mal gefallen war, hörte sie jedoch kaum noch etwas anderes. Und was sie über jenen fernen Weltensplitter erfahren hatte, erfüllte sie mit Unbehagen.

Und mit Furcht.

Nicht nur, dass Schnee und immerwährende Kälte jene Welt überzogen, die am Rand der Polregion lag; nicht genug damit, dass sie von kriegerischen Barbaren bevölkert wurde und blutrünstige Bestien in ihren Eiswüsten lauerten; eine Schwester der Gilde war dort auch auf geheimnisvolle Weise verschwunden, und es oblag Kalliopes Meisterin Cedara, diesen unheimlichen Vorfall vor Ort zu untersuchen.

So sehr Kalliope die Notwendigkeit einer solchen Untersuchung einleuchtete, so sehr fragte sie sich, weshalb ausgerechnet ihre Meisterin damit betraut worden war. Gewiss, Cedara war eine Gildeschwester ersten Ranges, die die Windweihe schon vor langer Zeit empfangen hatte und dem Rat der *numeratae* angehörte. Aber sie war vor allem eine Levitatin und verfügte über keinerlei Erfahrung, was den Umgang mit derlei Vorfällen betraf; Kalliope war überzeugt davon, dass sich ein vom König bestellter Legat der Angelegenheit um vieles geschickter und wohl auch effektiver hätte annehmen können – und vor allem hätte sie selbst dann nicht die Sicherheit und Annehmlichkeit der Gildewelt verlassen müssen.

Noch nicht, jedenfalls.

Natürlich wäre der Tag des Aufbruchs ohnehin irgendwann gekommen, wenn Kalliope bereit gewesen wäre, sich der Herausforderung der *levitatio* zu stellen und sie als *missa* der Gilde auf eine andere Welt versetzt worden wäre. Aber ganz sicher wäre sie dann nicht bis in die Polregion gereist, in Gefilde, die im Grunde genommen jenseits aller Zivilisation lagen. Menschen und Animalen lebten dort zusammen, und die Geschicke wurden von roher Gewalt bestimmt. Was, bei Ayona, hatte die Erhabene Schwester nur dazu bewogen, Cedara dorthin zu entsenden? Und warum musste Kalliope ihrer Meisterin bis ans buchstäbliche Ende der Welt folgen?

Nicht, dass Kalliope gezögert hätte, ihre Meisterin zu begleiten, doch die Aussicht, die lieblichen Hügel Etheras mit ihren grünenden Gärten und glitzernden Seen gegen die eisige Wildnis einer feindseligen und barbarischen Welt zu tauschen, ängstigte sie. Natürlich sagte sie sich, dass sie derlei Empfindungen nicht hegen durfte und dass es ihr eine Freude sein müsste, im Auftrag des Rates einen solch wichtigen Auftrag zu erfüllen, und natürlich hatte sie bislang niemandem von ihren Ängsten erzählt; doch in dem Widerstreit, den sich ihr Pflichtbewusstsein und ihre tatsächlichen Empfindungen lieferten, drohte ihre Furcht als Siegerin hervorzugehen, und das erschreckte Kalliope beinahe noch mehr als alles andere. Schlimmer noch, je länger sie in ihrer Kammer wach lag und über alles nachdachte, desto deutlicher spürte sie, wie sich ihre Angst in Panik verwandelte. Panik, die so heillos war, dass sich alles darin zu verlieren drohte. Wie ein Untier lauerte sie tief in ihrem Inneren, knurrend und die Zähne fletschend, bereit und willens, sie zu verschlingen …

Furcht ist der natürliche Feind der Levitatin, zitierte sie in Gedanken den *codex primarum*, jenes Regelwerk, dem unterzuordnen jede Gildeschwester Etheras feierlich geschworen hatte, *denn Furcht stört das innere Gleichgewicht. Das innere Gleichgewicht jedoch ist die unabdingbare Voraussetzung für das Erlangen der Reife …*

»Kalliope?«

Ihr wurde bewusst, dass sie die Worte laut ausgesprochen hatte. Sie erschrak, denn es war nicht ihre Absicht gewesen, Prisca zu wecken. Erschrocken sah sie zu ihrer Zimmergenossin hinüber, die wach in ihrem Bett saß. Besorgnis war in ihren blassen, von wirrem rotem Haar umrahmten Zügen zu lesen.

»Alles in Ordnung?«, erkundigte sie sich.

Kalliope nickte, doch zugleich stiegen ihr Tränen in die Augen, die im einfallenden Sternenlicht glänzten.

»Du weinst«, stellte Prisca entsetzt fest.

Kalliope antwortete nicht. Sie ärgerte sich über sich selbst und über ihre kindische Furcht und wischte die Tränen beiseite.

»Ist es der Abschied?«, fragte Prisca so sanft und einfühlsam, dass es wehtat. Erneut blieb Kalliope eine Antwort schuldig, aber die Freundin fühlte auch so, dass sie gebraucht wurde. Kurz entschlossen verließ sie ihr Bett, huschte zu Kalliope und setzte sich zu ihr.

Eine ganze Weile lang saßen sie schweigend nebeneinander, und es war fast wie damals, als sie im Alter von elf Zyklen ihre gemeinsame Lehrzeit begonnen hatten. Beide waren sie ihren Meisterinnen zur Obhut und Ausbildung anvertraut worden, und man hatte ihnen diese Kammer zugewiesen, die sie sich seither teilten – zusammen mit allem, was ihnen während der letzten sieben Jahre widerfahren war, Freude und Kummer, Erfolg und Misserfolg, Triumph und Niederlage. Den Regeln der Gemeinschaft entsprechend waren sie zu Schwestern geworden, *sorores facto animoque* – in der Tat wie im Geist.

»Meisterin Cedara und ich werden Ethera verlassen«, begann Kalliope endlich, »und das macht mir Angst.«

»Wovor solltest du Angst haben?« Prisca blickte sie von der Seite an. »Die Reise nach Jordråk ist deine Möglichkeit, dich zu bewähren. Du könntest die Windweihe dadurch eher erlangen als jede andere von uns. Du solltest dich darüber freuen.«

Kalliope schluckte. »Ich weiß. Aber ich freue mich nicht.« Langsam wandte sie den Kopf und sah ihre Zimmergenossin nun doch direkt an. »Ich will nicht von hier fort. Anfangs dachte ich, es wäre nur die Furcht vor der Ungewissheit, die Meisterin Cedara und mich dort draußen erwartet. Aber das allein ist es nicht. Etwas ist anders als zuvor, Prisca. Etwas hat sich verändert.«

»Etwas? Was meinst du? Meisterin Cedara?«

»Auch ihr Verhalten hat sich in den vergangenen Tagen geändert«, stimmte Kalliope zu, »sie ist ernst und schweigsam geworden. Aber das allein ist es nicht. Ich wünschte, ich könnte es dir erklären, aber da ist nur diese Ahnung … Dieses Gefühl, das mir immerzu sagt, dass die Dinge niemals wieder so sein werden wie zuvor.«

»Unsinn«, widersprach Prisca ebenso sanft wie entschieden, »das redest du dir ein. Du weißt, dass die Empfindung nur eine Quelle der Weisheit ist …«

»… Wissen und Vernunft die anderen«, vervollständigte Kalliope das Zitat aus dem *codex*. »Ich weiß. Aber die Furcht, die ich empfinde, ist stärker als alle *ratio*. Ich fühle, dass sich etwas verändert hat, und ich fürchte mich vor dem, was diese Veränderung bringen wird. Nicht nur für mich und für Meisterin Cedara – auch für dich und unsere ganze Gemeinschaft.«

Prisca rückte näher an sie heran und legte ihr beruhigend einen Arm um die Schultern. »Veränderungen hat es immer gegeben, Kalliope, und die Gilde hat ihnen zu allen Zeiten tapfer getrotzt.«

»Auch das weiß ich«, räumte Kalliope ein und ließ den Kopf auf die Schulter der Freundin sinken, so wie sie es früher oft getan hatte, als sie beide noch junge Mädchen gewesen waren und die Dinge um vieles einfacher. »Dennoch sind es dunkle Zeiten. Hast du gehört, dass auch auf anderen Welten Schwestern der Gilde verschwunden sein sollen?«

»Ja«, gestand Prisca leise, »das habe ich. Aber Meisterin Harona sagt, dass es nur unbestätigte Gerüchte sind.«

»Meisterin Audra sagt etwas anderes«, widersprach Kalliope leise. »Sie behauptet, dass auch auf Kolchis eine Angehörige unserer Gemeinschaft verschwunden sei, ebenso auf Ker Daban. Und auf Ayforas hat es angeblich einen gewaltsamen Übergriff auf die dortige *missa* gegeben.«

»Angeblich«, bekräftigte Prisca ruhig. »Audra ist alt und voller vager Empfindungen. Es gibt auch Schwestern, die behaupten, dass ihr Verstand unter der Last ihres Alters gelitten hätte.«

Kalliope nickte. Priscas Meisterin Harona war bekannt dafür, der Vernunft gegenüber allen anderen Quellen der Weisheit den Vorzug zu geben, sodass es nicht verwunderlich war, wenn auch ihre Schülerin nichts auf das Gerede einer alten Gildeschwester gab. Andererseits hatte Audra in ihrem langen Leben viel gesehen und erfahren, entsprechend groß mussten ihr Wissen und ihre Voraussicht sein.

»Im Lauf der Geschichte hat es zahllose Kreaturen gegeben, menschliche wie nichtmenschliche, die die Schwestern der Gilde um ihre Fähigkeiten und ihre herausragende Stellung beneidet haben, und zu allen Zeiten sind wir dafür angefeindet worden«, erwiderte Prisca ruhig. »Dennoch ist es uns stets gelungen, diese Missstimmungen auszugleichen und die Welten des Sanktuarions in der Balance zu halten.«

»Das ist wahr.« Kalliope richtete sich auf und sah ihre Freundin herausfordernd an. »Aber was, wenn etwas dieses Gleichgewicht bedroht? Wenn all der Hass, der die Weltenherren untereinander entzweit, sich plötzlich gegen uns richten würde? Hast du darüber schon einmal nachgedacht?«

»Was willst du damit sagen?«, fragte Prisca, schärfer als zuvor. Im Halbdunkel konnte Kalliope sehen, wie die grauen Augen der Freundin sich prüfend verengten.

Kalliope zögerte. »Meisterin Audra sagt, dass es Krieg geben könnte«, äußerte sie dann mit bebender Stimme ihre größte und ärgste Befürchtung, die sie bislang niemandem anvertraut hatte, im Grunde noch nicht einmal sich selbst. »Eine Auseinandersetzung, die nicht zu vergleichen ist mit den Zwistigkeiten der Weltenherren untereinander, sondern die das gesamte Sanktuarion erfassen und es ins Chaos stürzen wird. Wenn das geschieht, Prisca, möchte ich nicht irgendwo auf einem entfernten Weltensplitter weilen, sondern hier auf Ethera, bei den Menschen, die ich liebe. Kannst du das verstehen?«

Prisca betrachtete sie prüfend, und einige Augenblicke lang war nicht zu erkennen, was hinter der unbewegten Miene der Freundin vor sich ging. Dann jedoch streckte sie die Arme aus und zog Kalliope an sich heran.

»Ich kann deine Befürchtungen verstehen, aber ich denke, dass deine Sorgen unbegründet sind. Die Erhabene Schwester wird nicht zulassen, dass es so weit kommt, ihre Weisheit wird uns führen, so wie sie uns immer geführt hat. Auf sie musst du vertrauen, Kalliope, dann wird alles gut.«

»Glaubst du?«

»Nein.« Prisca beendete die Umarmung und fasste sie so an den Schultern, dass sie ihr tief in die Augen blicken konnte. »Ich *weiß* es, Schwester.«

Von den Worten ihrer Freundin und der Überzeugung, mit der sie sie sprach, ging etwas Beruhigendes aus. Kalliope nickte, und ein Lächeln huschte über ihre Züge, das sie wärmte wie ein knisterndes Feuer.

»Danke.«

»Schon gut.« Prisca erwiderte das Lächeln. »Wozu ist eine Schwester da?«

Sie wandte sich ab und wollte aufstehen, um in ihr eigenes Bett zurückzukehren. Kalliope jedoch ergriff ihre Hand und hielt sie fest. »Ganz gleich, was dort draußen geschieht, und egal, was die Zukunft bringen wird – ich werde dich nie vergessen. Das schwöre ich.«

Prisca deutete ein Nicken an. Wenn sie Rührung verspürte, so war es nicht zu erkennen. »Und ich erwidere den Schwur«, entgegnete sie flüsternd. »Wir wollen niemals vergessen, wer wir sind und woher wir einst kamen.«

Kalliope lächelte, und die Zuneigung, die sie in diesem Augenblick verspürte, war überwältigend. Eine endlose Weile lang hielten sie einander bei den Händen, und plötzlich sah Kalliope die Mitschwester, mit der sie seit sieben Jahren diese Kammer teilte, mit anderen Augen.

Sie sah die edlen Züge mit der etwas zu spitzen Nase, den schlanken, anmutig geformten Hals, auf den das feuerrote Haar fiel, die schmalen, aber rosigen Lippen – und spürte das unbändige Verlangen, sie zu liebkosen. Gleichzeitig erschrak sie, denn die Wege, die ihre Gedanken in diesem Augenblick beschritten, waren verboten. Dennoch ertappte Kalliope sich dabei, dass sie sie weiter ging.

Und weiter …

Ihr Herzschlag beschleunigte sich, und einen endlos scheinenden Augenblick lang hatte sie das Gefühl, dass Prisca, die sie nicht weniger unverwandt anblickte, dasselbe empfand und dieselben Empfindungen hegte. In unendlicher Langsamkeit, so als würde sie einen Traum durchleben, beugte sich Kalliope vor. Einen Augenblick schwebten die Gesichter der beiden Schülerinnen dicht voreinander, so als gäbe es eine unsichtbare Barriere, die sie trennte. Dann jedoch erlosch auch diese, und ihre Lippen begegneten einander, zärtlich und voller Sehnsucht nach Liebe und Geborgenheit in einer unsicher gewordenen Zeit.

4. Kapitel

Es ging so schnell, dass Kierons Augen kaum folgen konnten.

Im einen Augenblick hatte sich der Pantheride noch an die beiden Wachtposten herangeschlichen – im nächsten Moment lagen sie mit durchschnittenen Kehlen auf dem Boden.

Mit vor Entsetzen geweiteten Augen starrte der Junge auf die beiden leblosen Echsenmänner, die der Schein der Kürbislaternen in unheimliches Licht tauchte. Sein Herz schlug heftig, Schweiß stand ihm auf der Stirn, was nicht nur an der drückenden Schwüle Madagors lag.

»Worauf wartest du?« Der Panthermensch, der, wie Kieron inzwischen wusste, auf den Namen Croy hörte, nickte ihm auffordernd zu. »Los doch, wir müssen weiter!«

Kieron wusste selbst nicht, warum er der Aufforderung Folge leistete. Vielleicht, weil er dem Pantheriden gegenüber eine gewisse Dankbarkeit empfand. Vielleicht aber auch, weil ihn die schlanke, von blauschwarz glänzendem Fell überzogene Gestalt, deren gelbe Augen im Dunkeln zu leuchten schienen, einfach nur Furcht einflößte. Oder weil er es als Sklave schlicht gewohnt war zu gehorchen.

Es war wohl etwas von allem, das ihn dazu bewog, den halbwegs sicheren Posten auf der Astgabel aufzugeben und auf die Plattform hinabzuspringen, die zwischen den Bäumen befestigt war und den Vorplatz zu einem Gebäude bildete, das sich ins Innere eines riesigen Shantik-Baumes erstreckte. Palisaden und ein aus einem großen, senkrecht aufragenden Ast gearbeiteter Wachturm waren dem

Eingangstor vorgelagert und bis vor wenigen Augenblicken noch von zwei gefährlich aussehenden und bis an die Zähne bewaffneten Echsenmännern bewacht worden.

»Fass mit an«, forderte Croy Kieron auf, während er den einen der beiden leblosen Körper packte und hinter die Palisadenwand zog, damit er nicht sofort gefunden würde. Erneut tat Kieron, was man ihm sagte, auch wenn es ihn Überwindung kostete. Von Grauen geschüttelt packte er den zweiten Echsenmann an den Klauen und zerrte ihn hinter seinem Kumpanen her. »Keine Sorge«, beschied ihm der Panthermensch und entblößte sein Raubtiergebiss zu einem breiten Grinsen, »der spürt nichts mehr.«

Kieron wusste nicht, was er darauf erwidern sollte. Sein Herz schlug noch immer wie wild, zudem war ihm so schlecht, dass er sich am liebstem übergeben hätte. Froh darüber, den Leichnam wieder loszuwerden, legte er ihn zu dem anderen in den Schutz der hölzernen Mauer. Dabei achtete er darauf, dass die Kettenrüstung des Toten kein verräterisches Geräusch verursachte.

»Gut so«, anerkannte der Panthermann und deutete am Wachturm empor, »und nun hinauf mit dir.«

»Do-do-dort hinauf?«, Kieron starrte ihn verständnislos an.

»Genau das. Du wirst die Gegend im Auge behalten. Wenn sich jemand nähert, schreist du.«

»Schreien?«

»Kannst du das nicht?«

»D-d-doch, ich … denke schon.«

»Gut.« Croy nickte. »Wenn du fliehst, werde ich dich finden und dir das Herz herausreißen«, versprach er dann ungerührt, »wenn du deine Sache gut machst, bist du anschließend frei.«

Frei!

Wie ein Wort hallte das Echo in Kierons Bewusstsein nach, auch wenn er keine rechte Vorstellung davon hatte, was es bedeutete. Die grünen Raubtieraugen blitzten, und ihm war klar, dass jedes weitere Zögern lebensbedrohend gewesen wäre. Hastig eilte er zur Leiter, kletterte daran empor und spähte vorsichtig über die von zugespitzten Palisaden gekrönte Brüstung. Der Panthermann hatte recht gehabt. Sowohl der von Feuerkürbissen beleuchtete Vorplatz als auch der breite Steg waren von oben gut zu erkennen. Falls sich jemand näherte, würde Kieron ihn schon von Weitem sehen.

Er wollte dem Pantheriden ein Zeichen geben, aber der war bereits auf dem Weg. Sein schwarzes Fell sorgte dafür, dass er mit den Schatten der Nacht verschmolz, während seine vergleichsweise kurzen, nach hinten gebogenen Beine ihn in großen Sprüngen zum Tor trugen. Kurzerhand machte er sich am Schloss zu schaffen, zu dem er – zu Kierons größter Verwunderung – den Schlüssel zu besitzen schien. Schon hatte er einen der schweren Flügel einen Spalt weit geöffnet und schlüpfte in das Bauwerk, das ins Innere des Baumes führte.

Wer, so fragte sich Kieron, war dieser Croy? Warum hatte er für ihn Partei ergriffen und ihn mitgenommen? Und was, zum Henker, hatte er in diesem Gebäude zu suchen? Was war so wichtig, dass er dafür sogar kaltblütig mordete?

Es war nicht das erste Mal, dass Kieron einen Leichnam gesehen hatte. Ein Leben – zumal das eines Menschen – war in Shantanpur nicht viel wert, und je tiefer man in die Stadt der Bäume hinabstieg, desto schlimmer wurde es. Hoch oben, wo die Shantikai ihre Äste in den Himmel reckten und die Drachenschiffe zu fernen Welten ablegten, residierten die Reichen und Mächtigen. Unter ihnen wohnten all die Händler und Handwerker, die in der Stadt ansässig waren, unterhalb von ihnen wiederum die Arbeiter, dann die Tagelöhner, die Diebe und Bettler. So ging es weiter hinab, bis zu jenen traurigen Gestalten, die im »Feuerkürbis« verkehrten. Und selbst sie standen im Ansehen noch weit über jenen, die in Shantanpur ohne Rechte waren, die in schmutzigen Löchern hausten und ein elendes Dasein als Sklaven fristeten …

Den Menschen.

Kieron war Sklave, solange er denken konnte.

Fast sein ganzes Leben lang hatte er Jago gehört, dem Chamäleoniden. Andere Welten kannte er wenn überhaupt nur, weil er Gäste im »Feuerkürbis« darüber sprechen hörte; und die majestätischen Drachenschiffe, die die Dschungelwelt täglich ansteuerten und verließen, waren für ihn nicht mehr als eine ferne Ahnung, auf die er bei seltenen Gelegenheiten einen flüchtigen Blick erheischte. Sein ganzes Leben lang war ein Tag gewesen wie der andere, nie hatte sich etwas Aufregendes ereignet – bis Croy aufgetaucht war.

Woher der Panthermann kam und was er im Schilde führte, wusste Kieron nicht. Er vermochte ja noch nicht einmal zu sagen, weshalb er ihm gefolgt war. Natürlich, er war Jagos Leibeigener gewesen, und der Wirt des »Feuerkürbis« hatte ihn mehr als einmal schlecht behandelt. Aber war das ein Grund gewesen, gleich davonzulaufen? Sicherlich würde Jago fürchterlich wütend sein, und sollte Kieron ihm jemals wieder über den Weg laufen, würde er es bestimmt bereuen. Ein plötzlicher Impuls drängte den Jungen dazu, seinen Posten zu verlassen und sich davonzuschleichen. Wenn er freiwillig zu Jago zurückkehrte, würde sich der Zorn des Chamäleoniden vielleicht noch in Grenzen halten.

Dann aber erinnerte er sich an Croys Warnung. Kieron hatte gesehen, wie der Animale die beiden Wachtposten kaltblütig erdolcht hatte. Es war nicht anzunehmen, dass er bei einem Sklaven Gewissensbisse bekommen würde, der noch dazu ein Mensch war. Und natürlich würde er bei Jago zuerst nach ihm suchen …

Nein.

Wie es aussah, hatte Kieron erneut den Besitzer gewechselt, und es gab nichts, was er dagegen tun konnte.

Die Augen angestrengt zu Schlitzen verengt, starrte er ins Halbdunkel – als er plötzlich Stimmen hörte.

Sie kamen aus dem Dickicht des Shantik-Baumes, in dem sich der Steg verlor, und obwohl Kieron nicht verstand, was sie sagten, verrieten ihm die zischelnden Laute, dass es Echsenmänner sein mussten, womöglich die Ablösung der beiden Posten, die unterhalb der Palisadenwand in ihrem Blut lagen!

Blankes Entsetzen packte Kieron.

Schon im nächsten Moment wurden durch das Gewirr der Blätter zwei Gestalten sichtbar – Echsenkrieger, die mit Kettenpanzern gerüstet waren und deren Helme im Licht der Kürbislaternen schimmerten. An ihren Gürteln hingen breite Schwerter mit gekrümmten Klingen, in ihren Klauen hielten sie lange Speere. Halblaute Worte wechselnd, kamen sie den Steg herab, geradewegs auf das Tor und den Turm zu.

Gebannt sah der Junge sie näher kommen. Zur Flucht war es inzwischen zu spät, die beiden hätten ihn gesehen.

Kierons Herz raste wie der Schlag der Trommeln, von dem der Dschungel in den Nächten des Shungril widerhallte.

Wenn sich jemand nähert, schreist du.

Ein weiterer banger Moment verstrich, in dem die Echsenmänner noch ein Stück näher kamen.

Kieron brüllte seine Furcht laut hinaus.

Der Schrei gellte durch die schwüle Nacht, die ihn förmlich zu verschlucken schien. Wenn sie ihn gehört hatten, so zeigten die beiden Posten keine Reaktion. Ungerührt gingen sie weiter, gleich würden sie den Turm erreichen. Kierons Furcht wurde zu Panik. Fieberhaft suchte er nach etwas, womit er sich verteidigen konnte, aber zum einen gab es nichts, und zum anderen wäre es ein geradezu lächerliches Unterfangen gewesen, gegen einen Echsenkrieger zu kämpfen.

Die beiden waren am Turm angelangt.

Nun war es nur noch eine Frage von Augenblicken, bis sie ihre getöteten Artgenossen entdecken und Alarm schlagen würden. Und was dann geschah, wollte sich Kieron lieber gar nicht ausmalen.

Durch einen Spalt in den Palisaden konnte er nach draußen spähen. Er sah die beiden Posten, die sich soeben anschickten, den Turm zu erklimmen – als einer plötzlich innehielt.

»Was ist da los …?«

Die kehlige, zischelnde Sprechweise der Echsenkrieger hatte etwas zutiefst Bedrohliches. Kierons Atem ging stoßweise, er musste alle Willensstärke aufwenden, um nicht aufzuspringen und zu fliehen. Er hörte Schritte auf hölzernen Planken, ein leises Knarren.

»Das Tor ist unverschlossen.«

»Elende Schlamperei! Wenn der Großmercator davon erfährt, wird er diese Idioten bei lebendigem Leibe häuten lassen.«

»Wo sind sie überhaupt?«

»Verdammt, hier stimmt etwas nicht!«

Für einen Moment waren die beiden Echsen aus Kierons schmalem Blickfeld verschwunden, jetzt konnte er einen von ihnen wieder sehen. Den Speer kampfbereit gesenkt, schritt er die Innenseite der Palisadenwand ab. Seine flache Nase zuckte dabei, und seine Zunge fuhr unentwegt aus seinem halb geöffneten Maul, so als würde er Witterung aufnehmen.

Kieron hielt den Atem an.

»Verdammt, was …?«

Der Echsenmann gab eine Verwünschung von sich, als er im Halbdunkel über etwas stolperte. Prüfend stieß er mit dem Fuß dagegen – und verfiel in aufgeregtes Zischen, als der leblose Körper eines seiner Artgenossen über die Planken rollte.

Der Echsenmann fuhr herum, um lauthals Alarm zu geben – aber er kam nicht dazu. Denn eine Klinge flog heran, die für den Bruchteil eines Augenblicks im Laternenschein aufblitzte, ehe sie sich mit furchtbarer Wucht in die Kehle des Wächters bohrte. Der Schrei, den er hatte ausstoßen wollen, blieb dem Posten im Halse stecken, zusammen mit dem Dolch. Er wankte, den Speer ließ er fallen. Röchelnd tastete er nach dem Fremdkörper in seiner Kehle, als ein dunkler Schatten heranwischte und sich auf ihn stürzte. Was weiter geschah, konnte Kieron nicht mehr beobachten, denn im nächsten Moment war er auf seinem Turm nicht mehr allein.

»Sieh an, wen haben wir denn da?«

Der Junge erstarrte, als die hässliche Schuppenfratze des zweiten Echsenkriegers über der Plattform auftauchte. Der Kerl schien noch nicht mitbekommen zu haben, was seinem Kameraden widerfahren war, und so blitzten seine Augen in kalter Mordlust, während er seinen Speer mit beiden Klauen packte und damit nach Kieron stocherte.

»Was hast du hier herumzuschnüffeln, hä? Das werde ich dir gleich austreiben, Menschlein!«

Kieron, der noch immer unterhalb der Brüstung kauerte, sah die mit Widerhaken versehene Speerspitze auf sich zukommen.

Der Echsenmann schien seine Angst zu fühlen. Er lachte kehlig und wollte zustoßen – als er plötzlich innehielt. Ein Blutschwall schoss über seine wulstigen Lippen, und eine Klinge war in seinem weit aufgerissenen Rachen zu sehen, die jemand mit derartiger Wucht in sein Genick gerammt hatte, dass sie vorn wieder ausgetreten war. Ein Zischen, das sich anhörte, als würde Luft aus einem Blasebalg entweichen, war das Letzte, das der Wächter von sich gab, dann stürzte er seitlich von der Leiter und verschwand in der Tiefe. Statt seiner erschienen die dunklen Züge Croys über der Plattform.

»Alles in Ordnung?«, erkundigte sich der Panthermann.

Kieron nickte krampfhaft, zu Worten war er nicht fähig.

»Dann komm.«

Statt die Leiter zu benutzen, sprang der Pantheride in die Tiefe und kam geschmeidig federnd auf den Planken auf. Kieron brauchte sehr viel länger, um hinabzugelangen, so sehr zitterten seine Arme und Beine.

Unten standen zwei Säcke aus schwerer Jute, die mit einem nur zu bekannten Emblem versehen waren – dem Zeichen des Handelskontors. Ohne die leblosen Körper, die rings umher lagen, noch eines weiteren Blickes zu würdigen, schulterte Croy die beiden Säcke und wandte sich zum Gehen – und Kieron begriff.

Der Panthermann war, seiner eindrucksvollen Erscheinung und seinen erstaunlichen Fähigkeiten zum Trotz, nichts weiter als ein gewöhnlicher Dieb! Das Gebäude, in das er eingedrungen war, war ein Depot eines ebenso mächtigen wie einflussreichen Handelskontors! Und, um den Irrsinn komplett zu machen, er, Kieron, hatte ihm auch noch dabei geholfen!

Die Erkenntnis traf den Jungen so heftig, dass er tatsächlich wankte und Mühe hatte, sich auf den ohnehin schon zittrigen Beinen zu halten.

»Stimmt etwas nicht?«, fragte Croy.

»D-D-Dieb«, stellte Kieron unumwunden fest.

»Ihr Menschen merkt aber auch alles«, konterte der Pantheride mit einem breiten Raubtiergrinsen. »Kein Wunder, dass ihr in der Nahrungskette ganz unten steht. Und nun lass uns verschwinden, die Nacht auf Madagor hat Augen und Ohren.«

Das brauchte Kieron nicht zweimal gesagt zu werden. Dem Panthermann hinterdrein huschte er von der Plattform und kletterte hinauf ins dichte Geäst des Shantik-Baumes.

Und obschon er sich elend fühlte und von Furcht getrieben, verspürte er – zum allerersten Mal in seinem Leben und auch nur für einen ganz kurzen Augenblick – einen verwegenen Hauch von Freiheit.

5. Kapitel

Der Tag des Aufbruchs war angebrochen – wenn auch anders, als Kalliope es erwartet hatte.

Gegen Morgen war sie schließlich doch noch in unruhigen Schlaf gefallen, der abrupt endete, als die Glocke im Ostturm zur Morgenmeditation rief. Kalliope hatte erwartet, Prisca anzutreffen, doch die Freundin war früh aufgestanden und hatte die Kammer bereits verlassen. Kalliope bedauerte es. Nach allem, was in der vergangenen Nacht vorgefallen war, hätte es noch einige Dinge gegeben, die sie Prisca gerne gesagt hätte. Nun gab es vielleicht keine Gelegenheit mehr dazu.

Verwirrung war das Wort, das Kalliopes Gemütszustand an diesem Morgen am ehesten kennzeichnete. Verwirrung über das, was geschehen war, Verwirrung über das, was vor ihr lag. Die Furcht vor der ungewissen Zukunft mochte Prisca ihr ein wenig genommen haben, dafür war ihr Inneres nur noch mehr in Aufruhr geraten, und auch die morgendliche Einkehr, mit der die Schwestern der Gilde ihren Tag zu beginnen pflegten und die ihnen helfen sollte, das innere Gleichgewicht zu finden und zu wahren, schaffte keine Abhilfe.

Während der Morgenmahlzeit, die sich an die Meditation anschloss und die von den Gildeschülerinnen gemeinsam im *refectorium* eingenommen wurde, hielt Kalliope wieder nach Prisca Ausschau, doch zu ihrer Enttäuschung war die Freundin auch hier nicht anzutreffen – offenbar hatte ihre Meisterin Harona sie bereits zu sich beordert.

Nach dem Frühstück suchte Kalliope ihre eigene Meisterin auf. Cedara war eine Levitatin ersten Grades und als Mitglied der Gezählten ein geachtetes Mitglied der Gemeinschaft – auch wenn ihre Methoden hin und wieder ein wenig ungewöhnlich waren.

Die Kammer ihrer Meisterin, in der Kalliope während der vergangenen sieben Jahre viel Zeit verbracht hatte und die ihr deshalb beinahe so vertraut war wie ihre eigene, glich einem Schlachtfeld. Folianten und Schriftrollen waren aus den Regalen geräumt und verpackt worden, ebenso wie die Sammlung an Gesteinen und Kristallen, die die Meisterin von den verschiedensten Welten zusammengetragen hatte, die sie in ihrer Eigenschaft als Levitatin besucht hatte. Wohin man auch blickte, standen lederne Köcher und Kisten, die teils bereits vollgepackt waren, teils aber auch noch ihrer Befüllung harrten, und überall lagen lose Stapel von Schriftstücken und Aufzeichnungen.

Wenn Kalliope jedoch erwartet hatte, ihre Lehrherrin in entsprechender Unruhe vorzufinden, so hatte sie sich getäuscht. Denn Meisterin Cedara strahlte an diesem Morgen dieselbe unerschütterliche Ruhe aus wie an jedem anderen Tag. In ihrer schlichten blauen Robe, die nur am Saum und an den Ärmeln von Stickereien verziert wurde, die an ihre Heimatwelt Bryca erinnerten, stand die Levitatin inmitten ihrer verstreuten Habseligkeiten. Das lange graue Haar hatte sie zu einem Dutt geformt, in dem eine weiße Feder steckte, eine weitere Reminiszenz an ihre Herkunft. Ihre sanften Gesichtszüge, die trotz ihres Alters noch glatt und jugendlich wirkten, waren entspannt und zeigten jenes ermunternde Lächeln, das Kalliope so an ihrer Meisterin liebte. Die Handflächen hatte sie in einer kontemplativen Geste aneinandergelegt, während sie einen Stapel schwerer Folianten dazu brachte, sich in eine der bereitstehenden Kisten zu senken. Doch obwohl ihre Augen dabei von einem trüben Schleier bedeckt waren, entging ihr nicht, dass sie Besuch erhalten hatte.

»Da bist du ja, Kind. Hast du gut geschlafen?«

Kalliope musste lächeln, zum ersten Mal an diesem Morgen. Es sah ihrer Meisterin ähnlich, sich angesichts bevorstehender Pflichten und großer Aufgaben besonders um die kleinen Dinge zu kümmern, die andere leicht übersahen.

»Ja, Meisterin«, behauptete sie und verbeugte sich zum Gruß, den Cedara erwiderte. Dabei klärte sich der Blick ihrer Augen, und sie musterte ihre Schülerin aufmerksam.

»Eine freundliche Lüge«, stellte sie unumwunden fest und ohne von ihrem Lächeln zu lassen. »Dennoch eine Lüge.«

»Was meint Ihr?«

»Deine Behauptung, dass du gut geschlafen hättest. Alles an dir – von deiner Haltung über deine blasse Gesichtsfarbe bis hin zu den Rändern um deine Augen – deutet darauf hin, dass das Gegenteil der Fall gewesen ist.«

»Verzeiht, Meisterin.« Kalliope senkte beschämt den Blick. »Es lag nicht in meiner Absicht, Euch zu belügen. Ich wollte Euch nur nicht mit unwesentlichen Dingen behelligen, wo es doch sehr viel bedeutendere Aufgaben gibt.«

Cedara seufzte. »Wie oft muss ich dir noch sagen, dass du nicht zu entscheiden hast, was unwesentlich ist und was nicht? Von Natur aus kommt allen Dingen dieselbe Bedeutung zu, wie du weißt. Die Menschen entscheiden, was davon wichtig ist und was nicht – und oft genug liegen sie mit ihrer Einschätzung falsch. Die Ursache für eine Störung des Gleichgewichts ist stets darin zu suchen, dass den Dingen und Ereignissen falsche Bedeutung beigemessen wird.«

»Ich weiß, Meisterin«, versicherte Kalliope in Erinnerung an diesen Lehrgrundsatz, der schon den ganz jungen Novizinnen vermittelt wurde, dessen Anwendung jedoch große Schwierigkeiten bereitete. »Bitte verzeiht Eurer unwissenden Schülerin.«

»Unsinn«, knurrte Cedara. »Ich habe dich nicht rufen lassen, um dich zu rügen. Ich möchte wissen, wie du dich fühlst – und bitte sei so gut und antworte diesmal ehrlich.«

Kalliope biss sich auf die Lippen, suchte einen Moment lang nach den passenden Worten. »Ich bin unsicher«, gestand sie schließlich. »Wegen der Reise, die uns bevorsteht.«

»Das verstehe ich nur zu gut«, versicherte Cedara, und das nachsichtige Lächeln kehrte in ihr Gesicht zurück. »Schließlich wirst du Ethera zum ersten Mal in deinem Leben für längere Zeit verlassen. Genau wie ich.«

Kalliope blickte ihre Meisterin erstaunt an. »Aber – Ihr seid eine Levitatin …«

»In der Tat, was bedeutet, dass ich schon unzählige Male zu anderen Welten gereist bin und Schiffe dorthin geleitet habe. Jedoch war ich niemals als Prätorin eingesetzt und bin auch nie für längere Zeit dort verblieben – du siehst also, wir haben etwas gemeinsam.«

»Und – wie ergeht es Euch dabei?«, erkundigte sich Kalliope vorsichtig.

Das Lächeln im Gesicht ihrer Meisterin wurde noch ein wenig breiter. »Was glaubst du wohl«, fragte sie, auf die zahlreichen Köcher und Kisten deutend, »weshalb ich all dies mitnehme?«

»Um Euer Wissen zu vertiefen?«

»Unsinn – ich habe jedes dieser Bücher schon ein halbes Dutzend mal gelesen. Es geht mir darum, etwas mitzunehmen, das mir vertraut ist, eine Erinnerung an die Heimat.«

»Ich verstehe«, versicherte Kalliope – derart plumpe Sentimentalität hätte sie ihrer Meisterin nicht zugetraut.

»Außerdem«, fügte Cedara hinzu, »ist Wissen nur eine Quelle der Weisheit, wie du weißt. Kein Buch kann dich so viel lehren wie eine einzige Reise auf den Schwingen des Windes. Diese Mission ist eine große Chance, Kalliope.«

»Das hat Prisca auch gesagt.«

»Dann solltest du auf deine Schwester hören. Sie ist ein ebenso kluges wie starkes Mädchen. Eines Tages wird sie eine große Levitatin werden.«

»Dessen bin ich sicher«, entgegnete Kalliope und musste an die zurückliegende Nacht denken.

»Du hast Angst«, stellte Cedara fest.

»Was?«

»Du sagtest, du wärst unsicher. Aber die Ursache deiner Unsicherheit, du magst es selbst erkannt haben oder nicht, ist Angst. Du fürchtest dich vor dem, was vor uns liegt. Vor dem, was unterwegs geschehen könnte. Was uns erwartet, wenn wir unser Ziel erreichen.«

Abermals senkte Kalliope das Haupt. Sie kam sich ertappt vor, und sie errötete sichtlich. »Ihr kennt mich zu gut, Meisterin.«

»Kein Grund, sich zu schämen«, versicherte Cedara. »Immerhin reisen wir auf eine Welt, auf der eine Angehörige unserer Gilde verschwunden ist. Es wäre also töricht, keine Angst zu haben.«

»Soll das heißen, dass ...« – Kalliope blinzelte zaghaft auf – »... dass Ihr ebenfalls ...?«

Cedara stellte wieder das alte, sanftmütige Lächeln zur Schau. »Ich bin zu alt, um mich vor den Dingen zu fürchten.«

»Und – als Ihr noch jünger wart?«

»Lernte ich, meine Furcht zu beherrschen«, gab Cedara zur Antwort. »Genauso, wie auch du es eines Tages lernen wirst. Alles, was dafür nötig ist, ist Übung. Also fangen wir am besten gleich damit an.«

»Gleich?«, fragte Kalliope überrascht. Es sah ihrer Meisterin ähnlich, aus Situationen, in denen man es am wenigsten erwartete, eine Lektion zu machen. Aber ganz sicher hatte Kalliope nicht erwartet, an *diesem* Tag unterrichtet zu werden.

»Siehst du das Schiff dort oben?« Cedara deutete zur gewölbten Decke der Kammer, wo an dünnen Fäden das etwa zwei Ellen lange Modell eines Luftseglers hing. Es war ein Handelsschiff mit drei Hauptmasten und gestaffelten Lateinsegeln an den Seiten, dem Original nachempfunden bis ins Detail.

»Es ist ein Nachbau der *Südwind*, des allerersten Schiffes, das ich als Levitatin begleitet habe«, erklärte die Meisterin dazu. »Schon am Tag nach unserer Abreise gerieten wir in einen schweren Sturm, und es war fraglich, ob eine ebenso junge wie unerfahrene Levitatin in der Lage sein würde, den entfesselten Naturgewalten zu trotzen. Wie durch ein Wunder ist es mir dennoch gelungen. Zum Dank schenkte mir der Kapitän dieses Modell. Er ließ es von seinem Zimmermann anfertigen, der von Khorat stammte.«

»Ich verstehe«, sagte Kalliope nur. Sie hatte keine Ahnung gehabt, dass das Modell eine so bewegte Vergangenheit hatte. Allerdings hätte ihr die Tatsache, dass es in den vergangenen sieben Zyklen kaum Staub angesetzt hatte, zeigen müssen, dass es ihrer Meisterin wohl viel bedeutete.

»Ich habe beschlossen, das Modell ebenfalls mitzunehmen«, fuhr Cedara fort und deutete auf eine der noch leer stehenden Kisten.

»Dort hinein soll es gepackt werden – und du wirst diese Aufgabe übernehmen.«

»Natürlich, Meisterin.«

Kalliope nickte bereitwilig und rückte einen Schemel zurecht, auf den sie steigen konnte. Dann sah sie sich nach etwas um, womit sie die Fäden durchschneiden konnte, an denen das Modell aufgehängt war.

»Was tust du?«, erkundigte sich Cedara.

»Ich folge Eurer Anweisung, Meisterin. Ich möchte das Modell abnehmen, um es in die Kiste zu packen.«

»Das Durchtrennen der Fäden werde ich übernehmen«, erwiderte Cedara und stieg mit in Anbetracht ihres Alters bewundernswerter Leichtigkeit auf den Schemel. »Aber hast du je von einer Levitatin gehört, die ein Schiff *mit den Händen* getragen hätte?«

»Ich – nun ...« Kalliope sah verblüfft zu ihrer Meisterin auf. Sie war nicht sicher, ob sie recht verstanden habe. »Ihr meint, ich soll ...?«

»An deiner Stelle würde ich mich konzentrieren, denn ich werde die Fäden jetzt trennen«, kündigte Cedara an und hob das Messer.

»Nein, Meisterin!«, rief Kalliope entsetzt. »Bitte nicht, ich kann doch nicht ...!«

In diesem Augenblick glitt die Klinge durch den ersten Fadenstrang – und das Schiff kippte nach steuerbord.

Womöglich hätte es sich ganz um seine Längsachse gedreht, und die übrigen Fäden wären unter dem unerwarteten Gewicht gerissen, hätte nicht etwas es plötzlich in der Luft gehalten und stabilisiert, eine unsichtbare Hand, die es plötzlich zu führen schien.

»Gut so«, lobte Cedara und kappte kurzerhand auch noch die restlichen Befestigungen, während Kalliope ihren sich eintrübenden Blick auf das Modell geheftet hatte und es mittels ihrer gebündelten Gedankenkraft in der Schwebe hielt.

»Und nun lass es vorsichtig zu Boden sinken, hörst du?«

Kalliope nahm die Stimme ihrer Meisterin nur wie durch eine geschlossene Tür wahr. Tief in den Vorgang der *levitatio* versunken, verwandte sie ihre ganze Konzentration darauf, das Modell in der Luft zu halten. Zwar hatte sie schon unzählige Male Dinge kraft ihrer Gedanken bewegt und es bisweilen sogar geschafft, sich selbst in Levitation zu versetzen, doch dies hier war etwas anderes. Sie wusste, wie viel ihrer Meisterin dieses Modell bedeutete, und ihre Konzentrationsfähigkeit an diesem Morgen war mehr als eingeschränkt. Aber natürlich wusste Cedara dies und unterzog sie genau aus diesem Grund der Übung.

»Vorsicht«, mahnte ihre Meisterin, als die *Südwind* Schlagseite bekam. »Eine Levitatin wahrt die Balance. Balance in ihrem Dasein. Balance in ihrem Inneren. Balance bei allem, was sie tut. Wenn du diesen Grundsatz berücksichtigst, ist es ohne Belang, ob es sich um einen Frachter, um eine Galeere oder nur um ein Modell handelt. Ist dein Innerstes im Gleichgewicht, sind deinen Fähigkeiten kaum Grenzen gesetzt. Nagen hingegen Furcht und Zweifel an dir ...«

Furcht!

Zweifel!

Aus dem hintersten Winkel ihrer Seele, wohin sie sie vorübergehend verbannt hatte, kehrte Kalliopes Angst zurück, und je vehementer sie sie zu leugnen versuchte, desto stärker wurde sie. Entsprechend begann das Schiff in der Luft zu schlingern.

»Finde dein Gleichgewicht«, rief Meisterin Cedara beschwörend, die ihre Gedanken zu erraten schien, »finde dein Gleichgewicht!«

»Ich kann nicht!«, erwiderte Kalliope. Hilflos streckte sie die Hände nach dem Luftschiff aus, um es nötigenfalls aufzufangen, aber ihre Meisterin ließ es nicht zu.

»Lass deine Hände, wo sie sind«, schärfte sie ihr ein, nun unerwartet streng. »Die Kraft einer Levitatin ruht in deinem Geist, nicht in den Händen.«

»Aber es ... entgleitet mir«, ächzte Kalliope verzweifelt. Das Schiff schlingerte in der Luft. Sie hatte alle Mühe, es über dem Boden zu halten, zentnerschwer schien es zu sein.

»Weil Furcht und Selbstzweifel dich plagen«, war Cedara überzeugt. »Bekämpfe sie!«

»Wie?«

»Mit Wissen und Weisheit, so wie ich es dich gelehrt habe!«

»Aber ich weiß nichts über die Dinge, die vor uns liegen«, entgegnete Kalliope panisch, den Blick noch immer auf das schwankende Schiff gerichtet. Ihre Kräfte würden sie gleich endgültig verlassen.

»Dann frage mich«, befahl die Meisterin ihr streng. »Was willst du wissen?«

»Ob … ob es wahr ist«, stieß Kalliope hervor, »dass auch auf anderen Welten Gildeschwestern verschwunden sind! Ob die Völker des Sanktuarions sich gegen uns erheben …«

»Wer sagt so etwas?«

»Meisterin Audra.«

»Audra ist alt.«

Das Schiff kippte hin und her. Die Schwerkraft forderte ihr Recht. Kalliope war kurz davor, die Kontrolle zu verlieren.

»Nein … Meisterin, ich …!«

Kalliope hatte die Worte kaum ausgesprochen, als ihre Kräfte tatsächlich versagten. Jener unsichtbaren Hand beraubt, die es bislang in der Luft gehalten hatte, sackte die *Südwind* lotrecht in die Tiefe und schlug auf den marmornen Boden. Wenn Kalliope jedoch gehofft hatte, dass das Modell den Absturz aus nur mehr vier Ellen Höhe einigermaßen unbeschadet überstehen würde, so wurde sie bitter enttäuscht – das Schiff prallte mit derartiger Wucht auf den Boden, dass der hölzerne Rumpf zerbarst. Trümmer von Decksaufbauten und Bruchstücke der Masten fegten nach allen Seiten.

»Nein!«

Was hatte sie nur getan? Nicht nur, dass sie am Beschluss der Erhabenen Schwester zweifelte, dass sie in der vergangenen Nacht die Regeln der Schwesternschaft gebrochen hatte und sich von ihrer Furcht beeinflussen ließ – nun hatte sie auch noch das Modell zerstört, das ihrer Meisterin mehr als alles andere bedeutete!

Doch zu Kalliopes Erstaunen erteilte Cedara ihr keine Rüge. Ihre Meisterin begnügte sich damit zu schweigen, während sie den entstandenen Schaden inspizierte. Ein einziger Blick genügte, um erkennen zu lassen, dass man die Bruchstücke nicht wieder zusammensetzen konnte. Das Modell der *Südwind* war unwiederbringlich verloren.

»Ich bin untröstlich, Meisterin«, flüsterte Kalliope. »Bitte verzeiht mir.«

»Da gibt es nichts zu verzeihen.«

»Ich habe Eure Erinnerung zerstört!«

»Keine Sorge, Kind«, versicherte Cedara gelassen und tippte sich dabei an die Stirn, »meine Erinnerungen sind gut aufgehoben. Ihnen geht es ganz ausgezeichnet.«

»Aber das Modell ist vernichtet!«

»Erinnerst du dich an das, was ich dir über weltlichen Besitz erklärt habe? Wir tun gut daran, uns nicht zu sehr daran zu klammern.«

»Aber sagtet Ihr nicht, dass ...?«

»Es kommt der Tag, da wir uns von allen weltlichen Gütern trennen müssen, mein Kind. Je eher wir das begreifen, desto besser ist es für uns – und glaubst du wirklich, ein Sturz aus so geringer Höhe hätte es völlig zerstören können?«

»Was wollt Ihr damit sagen?«, fragte Kalliope – das Lächeln ihrer Meisterin gab ihr die Antwort. »Ihr seid es gewesen. Ihr habt das Modell mit Euren Gedankenkräften zusätzlich beschwert.«

»Sonst wäre die Übung zu einfach gewesen.«

»Aber warum habt Ihr dann gesagt, dass Euch so viel an dem Modell liege?«

»Das habe ich nicht gesagt, sondern du hast es gefolgert«, widersprach Cedara und zuckte mit den schmalen Schultern. »Und mir war klar, dass du all deine Kraft einsetzen würdest, um das gute Stück vor dem Absturz zu bewahren.«

Kalliope nickte niedergeschlagen. Einerseits war sie erleichtert, andererseits hatte sie das hässliche Gefühl, hereingelegt worden zu sein. »Dennoch habe ich versagt.«

»Dieses Mal ja«, räumte Cedara ein, »aber du wirst schon bald neue Gelegenheit erhalten, dich zu bewähren. Meine eigene Meisterin pflegte stets zu sagen, dass Übung notwendig sei – aber dass erst das wirkliche Leben wahre Meisterschaft hervorbringe.«

»Eure eigene Meisterin?« Kalliope sah auf. »Das ist das erste Mal, dass ich Euch von ihr sprechen höre.«

»Tatsächlich?« Für einen kurzen Augenblick hatte es den Anschein, als würden sich Cedaras Züge verfinstern.

»Ich hatte den Eindruck, dass Euch das Thema unangenehm berührt, deshalb habe ich Euch nie danach gefragt. Ich fürchtete, Euch zu verletzen.«

»Das sieht dir ähnlich, Kind.« Cedaras Lächeln kehrte zurück. »Aber da hat dir dein Gefühl wohl einen Streich gespielt. Das Thema ist mir keineswegs unangenehm.«

»Dann erzählt mir mehr darüber«, bat Kalliope, die für jede Ablenkung dankbar war. »Vielleicht fällt es mir leichter, meine eigenen Schwächen anzunehmen, wenn ich weiß, dass auch Ihr nicht immer so vollkommen wart, wie Ihr es heute seid.«

»Vollkommen? Ich?« Cedara lachte bitter auf. »Mein Kind, ich bin weit davon entfernt, vollkommen zu sein. Wir alle sind weit davon entfernt.«

»Ihr wisst, wie ich es meine. Bitte erzählt mir von früher. Wer ist Eure Meisterin gewesen? Ist sie noch am Leben?«

»Das ist sie«, versicherte Cedara, und erneut schwand das Lächeln von ihren Zügen. »Das ist sie.«

6. Kapitel

Der Schlupfwinkel des Pantheriden war ein Ort, der diese Bezeichnung tatsächlich verdiente.

Es war ein heruntergekommenes Gebäude, das sich unweit des Marktes befand, also in einer auch um diese späte Stunde noch belebten Gegend Shantanpurs. Wie die meisten Häuser der Stadt war es an einen gigantischen Stamm gebaut und besaß Räume, die sich ins Innere des Baumes erstreckten. Im unteren Stockwerk war ein Laden untergebracht, in dem ein feister Porcide Talismane und andere Waren äußerst zweifelhafter Herkunft verkaufte. Darüber befand sich ein Lagerraum, dessen mit Blattschindeln gedecktes Dach morsch und undicht war, sodass er nicht mehr genutzt werden konnte; genau dort hatte sich Croy häuslich eingerichtet, ob mit Wissen des Ladenbesitzers, vermochte Kieron nicht zu sagen.

Schweigend hockte er dem Panthermann gegenüber, der auf seinen kurzen Beinen auf dem Boden kauerte und im Schein einer Kürbislaterne, der schräg durch das löchrige Dach fiel, die Beute inspizierte: zwei Säcke, die bis zum Rand mit getrockneten Wurzeln gefüllt waren. Der strenge Geruch, den sie verströmten, drehte Kieron den Magen um.

»Wa-wa-wa…?«, wollte er sich erkundigen, doch er brachte es nicht heraus. Noch immer pochte sein Herz, und seine Gedanken jagten sich – Croy hingegen schien die Ruhe selbst.

»Bowurz«, entgegnete der Pantheride, während er auch den zweiten Sack öffnete. »Gemeinhin wird er benutzt, um die Manneskraft zu stärken, weswegen er das Hundertfache seines Gewichts in Gold wert ist.«

Kieron war beeindruckt – das war mehr Gold, als er in seinem Leben je gesehen hatte, und ganz sicher auch mehr, als er sich vorstellen konnte. »Was wi-wirst du mit den Wu-Wurzeln anfangen?«

Croy legte den Kopf schief. »Verbrennen. Oder ich werfe sie nur über den Weltenrand.«

»Aaa-aber dann ist das ganze Gold verloren!«

»Sehr richtig«, stimmte der Pantheride zu, »aber auch für das Kontor.«

Kieron machte große Augen.

»Diese Lieferung war für den Affenlord von Kaish bestimmt, der sie dringend benötigt, um seinen vielen Frauen zu genügen. Wenn sie nicht rechtzeitig eintrifft, wird ihn das sehr wütend machen, und da der Lord für seine unbeherrschte Art bekannt ist, wird er fraglos dem Handelskontor die Schuld dafür geben.« Die schwarzen Züge des Pantheriden dehnten sich zu einem Grinsen. »So etwas nennt man wohl einen Schlag ins Kontor.«

»Aber w-w-was hast du davon?«

»Sagen wir einfach, dass ich mit dem Kontor noch eine alte Rechnung zu begleichen habe.«

»Das ist gefährlich.«

»Das Leben ist gefährlich, junger Mensch«, verbesserte Croy. »Deshalb endet es stets tödlich.«

»Das mei-mei-meine ich nicht«, wehrte Kieron ab, dem es nicht gefiel, wenn der Panthermann ihn herablassend behandelte. Er mochte ein Sklave sein, wie das Band um seinen Hals bewies, und er hatte bisweilen Schwierigkeiten, die Worte so hervorzubringen, wie es nötig war, aber er war kein Idiot. »Das Handelskontor ist reich und mä-mächtig, und wie es heißt, hat es Niederlassungen auf unzähligen Welten. Früher oder später werden die Mercatoren dich fa-fa-fa...«

»Vielleicht«, räumte Croy gelassen ein. Er schob den geöffneten Sack beiseite. »Aber bis es so weit ist, werde ich ihnen noch ein wenig Schaden zufügen.«

»Du ha-hattest diesen Raubzug genau geplant, nicht w-wahr?«, fragte Kieron weiter. »Du hattest einen Schlüssel.«

Der Pantheride holte seufzend Luft. »Ein kluger Dieb pflegt sich stets vorzubereiten«, sagte er nur.

»Wusstest du auch, dass die W-w-w- dass die Wachablösung kommen würde?«

»Nein«, gab Croy zu, »die hatte ich erst später erwartet. Aber für Fälle wie diesen hatte ich dich ja mitgenommen.«

»Warum gerade mich?«

Croy sah von dem Sack mit Bowurz auf. Die gelbgrünen Augen spähten unter den weißen Brauenbüscheln hervor und musterten den Jungen. »Ich brauchte einen Menschen«, erwiderte er dann. »Weil es auf ganz Madagor kein unverfänglicheres Geräusch gibt, deshalb. In Shantanpur schreien unentwegt irgendwelche Menschen, und niemand schert sich darum.«

»Kann ein Animale den Schhhh- den Schrei eines Menschen denn nicht nachahmen?«, wunderte sich Kieron. »Menschen k-k-können allerhand Tierstimmen imitieren ...«

»Das denken auch nur sie«, beschied ihm der Pantheride barsch, um ein wenig sanfter hinzuzufügen: »Aber das ist nicht der einzige Grund, weshalb ich dich ausgewählt habe.«

»Nein? Warum dann?«

Erneut musterte Croy ihn, wobei es unmöglich war zu sagen, was hinter seinen dunklen Zügen vor sich ging. Dann wandte er abrupt den Blick und starrte in den offenen Jutesack, als wäre dort die Antwort auf Kierons Frage zu finden. »Weil«, erwiderte er dann leise, »keine Kreatur, gleich welchen Ursprungs sie auch sei, es verdient hat, ihr Leben in Unfreiheit zu verbringen.«

Die Art, wie er es sagte, und die Betonung, die er auf die einzelnen Worte legte, ließen vermuten, dass es nicht nur guter Wille war, der ihn so sprechen ließ, sondern tiefe Überzeugung. Auf welche Weise der Pantheride zu ihr gelangt war, vermochte Kieron nicht zu sagen, aber er ahnte, dass Croys Vergangenheit nicht weniger dunkel war als das Fell, das den sehnigen Körper des Pantheriden überzog.

Der Dieb nickte zufrieden – soweit es ihn betraf, schien der Raubzug ein voller Erfolg gewesen zu sein. »Du hast deinen Teil der Abmachung erfüllt, Junge«, sagte er dann, »nun werde ich meinen erfüllen. Zeig mir deinen Nacken.«

»Was?«

»Tu's einfach«, knurrte Croy und ließ nur für einen kurzen Augenblick die Zähne sehen. Das genügte, um Kieron das Haupt senken zu lassen.

Der Panthermann erhob sich und schlich lautlos um ihn herum, beugte sich dann über ihn. Mit Unbehagen fühlte Kieron die scharfen Krallen in seinem Nacken.

»Stillhalten jetzt«, wies Croy ihn an und ergriff sein Sklavenhalsband. Aus dem Augenwinkel sah Kieron, wie sich das Maul des Pantheriden öffnete, heißer Atem schlug ihm daraus entgegen. Und noch ehe Kieron ausweichen oder auch nur schreien konnte, schnappten die mörderischen Kiefer auch schon zu – und durchbissen das dicke Leder.

»Das war's«, erklärte Croy und erhob sich. »Du bist frei.«

»F-f-frei«, murmelte Kieron wie ein Echo. Ungläubig griff er nach den Überresten des Halsbands, die vor ihm auf den morschen Bohlen lagen, und betrachtete sie. Solange er zurückdenken konnte, hatte er Bänder wie diese getragen, mit einer metallenen Öse darin, an der die Sklaven über Nacht festgekettet wurden. Es nun plötzlich nicht mehr um den Hals zu haben, kam ihm seltsam vor, unpassend und falsch … und zugleich wunderbar.

Mit den Händen befühlte er seinen Hals, die vom Leder wundgescheuerten Stellen, kam sich nackt und schutzlos dabei vor – und plötzlich wurde ihm klar, dass er nicht nur sein Sklavenhalsband verloren hatte, sondern auch seine Aufgabe.

Seine Heimat.

Sein ganzes bisheriges Leben.

»U-und jetzt?«, fragte er unsicher.

»Du bist frei«, wiederholte Croy, der sich mit vor der Brust verschränkten Armen vor ihm aufgebaut hatte und streng auf ihn herabblickte. »Du kannst gehen, wohin es dir beliebt.«

»Aber … wenn sie mich wieder einfangen?«, fragte Kieron.

»Das sollte besser nicht geschehen. Mit entlaufenen Sklaven pflegt man nicht sehr nachsichtig zu sein.«

»Und wohin soll ich gehen?«

»Das ist deine Sache«, entgegnete der Animale hart. »Jeden Tag verlassen Dutzende von Schiffen den Hafen von Shantanpur.«

»Aber ich bin kein Ma-Ma-Matrose!«, wandte Kieron hilflos ein.

»Dann solltest du lernen, einer zu werden«, konterte Croy trocken, »denn hier kannst du nicht bleiben.«

»Ich verstehe.« Kieron nickte. »Frei bin ich also nu-nu-nur, wenn ich Madagor verlasse.«

»Frei zu sein bedeutet nicht, tun zu können, was dir beliebt, junger Mensch«, belehrte ihn Croy, »sondern sich entscheiden zu können und für die Folgen dieser Entscheidungen verantwortlich zu sein.«

»Ich kann also auch bleiben?«

»Wenn es das ist, was du willst.«

»Und – wenn ich zu Ja-Ja-Jago zurückkehre?«, fragte Kieron vorsichtig.

»Was?« Croys Barthaare zuckten, seine Brauenbüschel zogen sich unheilvoll zusammen.

»Ich habe Madagor noch nie in meinem Leben verlassen. Ich weiß nicht, wohin ich gehen soll. Bei Jago hatte ich wenigstens immer zu e-e-essen und ein Heim.«

»Du nennst diesen Kehrichthaufen ein Heim?«

»Es ist das einzige Heim, das ich je hatte.«

»Dann ist es an der Zeit, dir etwas Besseres zu suchen«, war Croy überzeugt.

Vorsichtig, fast furchtsam schaute der Junge zu ihm auf. »Und – wenn ich das gar nicht will?«

Der Animale starrte ihn fassungslos an. »Du … du verschmähst das Geschenk der Freiheit, das ich dir biete? Was für elende Kreaturen seid ihr Menschen nur?«

»Verzeih«, jammerte Kieron, der sehen konnte, dass Croy immer wütender wurde, »ich wo-wollte dich nicht verärgern, ich …«

»Verdammt, nun ist es aber genug!«, platzte eine Stimme wütend heraus, und Kieron brauchte einen Augenblick, um zu begreifen, dass es nicht Croy gewesen war. Trotzdem kam ihm die Stimme bekannt vor, ziemlich bekannt sogar.

»Nun habe ich mir diesen Unsinn lange genug angehört«, zeterte das quäkende Organ weiter – während Kieron und Croy verblüfft dabei zusahen, wie einer der Dachsparren lebendig wurde. Arme und Beine waren plötzlich zu sehen und ein schuppenbesetzter Körper, der die Farbe von morschem Holz angenommen hatte und erst erkennbar wurde, als er sich bewegte. An ihrem langen Schwanz, mit dem sie sich an den baufälligen Balken festgeklammert hatte, ließ sich die Kreatur herab, wobei ihre Farbe von fauligem Grau auf Braun wechselte und sich die beiden halbkugelförmigen Augen zornig auf den jungen Menschen und den Panthermann richteten.

»Ja-Ja-Jago!«, entfuhr es Kieron erschrocken.

»In der Tat, Ja-Ja-Jago«, tönte der Wirt des »Feuerkürbis« verächtlich, der ihm nur bis an die Hüften reichte, seine Halspartie jedoch aufblähte, um eindrucksvoller zu wirken. »Ihr hättet wohl nicht gedacht, dass ich in der Lage wäre, euch unbemerkt zu folgen. Ihr Schwachköpfe habt wohl vergessen, wozu wir Chamäleoniden fähig sind?«

»Und wie lange hängst du da schon?«, fragte Croy, der nicht sonderlich überrascht schien.

»Schon eine ganze Weile – und jedenfalls lange genug, um mir euer geistloses Geschwätz anzuhören«, maulte Jago. »Ich habe jedes Wort gehört, auch das mit dem Kehrichthaufen. Dafür wirst du mir büßen, Panthermann! Du wirst dich noch nach meinem Lokal zurücksehnen, wenn du erst gehäutet von der Spitze des Shantik-La hängst. Ich weiß, was du getan hast«, fügte er mit Blick auf die beiden mit dem Zeichen des Handelskontors versehenen Säcke hinzu.

»Schön für dich«, knurrte Croy. »Aber du solltest nicht so laut schreien …«

»Ich schreie so laut, wie es mir passt«, wetterte der Chamäleonid, der gerade erst in Fahrt zu kommen schien. Seine Klauenhände schwenkte er drohend, sein Schwanz peitschte hin und her. »Schließlich bin ich derjenige, der von dir bestohlen wurde! Hast du den Verstand verloren, Katzmann?«

»Sei endlich still«, meinte Croy nur, und Kieron glaubte, Beunruhigung in den Zügen des Phanteriden zu erkennen.

»Willst du mir jetzt den Mund verbieten? Nachdem du Unruhe gestiftet und meinen besten Leibwächter kastriert, nachdem du einen Sklaven aus meinem Besitz entwendet hast?«

»Reg dich wieder ab«, beschwichtigte der Panthermann. »Der Junge will Madagor ohnehin nicht verlassen.«

»Natürlich nicht, was hast du erwartet?« Jago verdrehte die Augen. »Er ist ein Mensch, und Menschen, die lange in Gefangenschaft waren, können in freier Natur nicht überleben. Jeder weiß das, nur du offenbar nicht, du dämlicher Katziot!«

»Vorsicht«, warnte ihn Croy. »Allmählich reicht es.«

»Im Gegenteil«, schnauzte der Wirt des »Feuerkürbis« und schnappte nach Luft, »ich fange gerade erst a...«

Er verstummte, als er merkte, wie etwas den einfallenden Laternenschein verdunkelte. Auch Kieron hatte die Schatten bemerkt, sie jedoch für die von Blättern gehalten, die sich im Abendwind bewegten. Dass es nicht so war, wurde klar, als sie plötzlich durch das marode Dach des Gebäudes brachen.

Jago schrie aus Leibeskräften, Kieron wich zurück, und Croy griff in einer fließenden Bewegung nach den beiden Klingen unter seinem Umhang.

Echsenkrieger.

Soldaten des Kontors.

Und es waren viele!

»Im Namen des Großmercators, ihr seid verhaftet!«, rief einer von ihnen, und ein wildes Handgemenge entbrannte.

Gleich drei Echsenmänner auf einmal stürzten sich auf Kieron, der keine Möglichkeit hatte, sich zu wehren. Binnen eines Augenblicks fand er sich bäuchlings auf dem Boden liegend wieder, eine Speerspitze im Genick, während ihm jemand die Hände auf den Rücken band.

Croy kam noch dazu, Widerstand zu leisten. Mit katzenhafter Schnelle zog der Pantheride die beiden Dolche, die in seinem sich vor der Brust kreuzenden Gurtzeug steckten, und wehrte damit den Speer eines Echsenwächters ab. Ein zweiter Angreifer setzte nach, und Croy brachte ihm eine klaffende Schulterwunde bei, die den Echsenmann lautlos züngelnd niedergehen ließ. Im nächsten Moment jedoch waren vier Wachen gleichzeitig mit ihren Speeren heran, sodass jede weitere Gegenwehr sinnlos gewesen wäre. Zähneknirschend und mit einem kehligen Raubtierknurren ließ Croy seine Waffen sinken und wurde überwältigt.

»Gut so!«, triumphierte Jago, der mit noch immer geschwollenem Hals hin und her sprang. »Lasst ihn ja nicht entkommen! Der Schurke hat …«

Sein Redefluss versiegte, als er sich ebenfalls von Speerspitzen umzingelt sah.

Verständnislos sah er zu den Echsenkriegern hinauf, die wiederum aus ihren Helmvisieren zurückstierten. »Was soll das? Haltet das gefälligst jemand anderem vor die Schuppen!«

»Du bist verhaftet, im Namen des Kontors«, erklärte einer der Echsenmänner.

»Ich und verhaftet!«, ereiferte sich Jago. »Seit wann lässt das Kontor unbescholtene Bürger verhaften?«

Der Wächter trat vor und wollte ihn packen.

»Wag es nicht!«, herrschte Jago ihn an. »Bist du zu dumm, um einen ehrbaren Geschäftsmann von einem Dieb zu untersch…?«

Der Rest des Satzes ging in ein heiseres Zischen über, als die Klaue des Echsenkriegers vorschoss und Jago am Hals packte. Pfeifend entwich die Luft aus dem aufgeblähten Körper des Chamäleoniden, und er wurde wieder klein und unscheinbar. Die lange Zunge hing ihm seitlich aus dem Maul, während er nach Worten rang. »Schon gut … habe verstanden … Missverständnis … wird sich rasch klären.«

»Abführen, alle drei«, wies der Anführer des Echsentrupps seine Leute an. »Zum Verhör!«

»Furchtbares Missverständnis …«, beteuerte Jago weiterhin, aber es half nichts – zusammen mit Croy und Kieron wurde er davongeschleppt, aus der Dachkammer auf die angrenzende Plattform und von dort die Stufen hinab auf den Steg, wo ein Karren bereitstand. Ein eiserner Käfig ruhte darauf, wie er zum Transport von Gefangenen benutzt wurde – offenbar hatte man genau gewusst, wo die Diebe zu finden waren.

Jago jammerte weiter, während er sich mit dem Schwanz und den dürren Beinen gegen das Gitter stemmte und auf diese Weise zu verhindern suchte, dass er in den Käfig gesteckt wurde. Dann jedoch ging ein Schlagholz nieder und brach den Widerstand des Chamäleoniden. Zusammen mit Kieron und dem Panthermann wurde er eingesperrt, und der von einem Tauriden gezogene Wagen setzte sich in Bewegung und rumpelte über die Planken des Stegs einem ungewissen Ziel entgegen.

Seine Freiheit, dachte Kieron beklommen, war nur von kurzer Dauer gewesen.

7. Kapitel

Der restliche Tag war wie im Flug vergangen.

Die verbleibenden Reisevorbereitungen hatten die Aufmerksamkeit Meisterin Cedaras und ihrer Schülerin so sehr in Anspruch genommen, dass die Stunde der Abreise viel rascher gekommen war, als es Kalliope recht sein konnte. Schon war die Sonne tief gesunken und fast hinter der charakteristischen Silhouette von Crescat verschwunden, Etheras Nachbarwelt, deren üppig grünende Gärten die Gildewelt mit Nahrung versorgten. Bei Einbruch der Dunkelheit würde das Schiff ablegen, um die günstigen Winde zu nutzen, die des Nachts vom Mahlstrom heraufzogen.

Um Aufsehen zu vermeiden, gab es keine große Verabschiedung. Jeden Tag verließen Dutzende von Gildeschwestern Ethera, um Schiffe in die Weiten des Sanktuarions zu führen, andere kehrten von ihren Missionen zurück. Es nahm also kaum jemand Notiz davon, dass eine Meisterin zusammen mit ihrer Schülerin den Gildepalast verließ – lediglich zwei einsame Gestalten warteten am Haupttor, von dem aus sich die Straße durch den Tempelbezirk wand. Von dort aus führte sie in engen Serpentinen hinab zum Hafen, wo sich die Landungsgitter der großen Segelschiffe befanden.

Die eine Gestalt war schlank und von jugendlichem Wuchs und hatte rotes Haar, das im Abendwind wehte. Die andere war älter und von hagerer Postur, und ihre dunkle, mit reichen Stickereien verzierte Robe kennzeichnete sie als Gildemeisterin ersten Ranges.

Kalliope hatte Mühe, einen Freudenschrei zu unterdrücken, als sie Prisca und ihre Meisterin Harona erkannte. Am liebsten wäre sie ihnen freudig entgegengeeilt. Der strenge Seitenblick, mit dem Meisterin Cedara sie bedachte, sagte ihr jedoch, dass dies mehr als unangebracht gewesen wäre. Eine Schwester der Gilde wahrte in der Öffentlichkeit stets Distanz. Wer die Distanz verlor, zeigte damit nur vor aller Augen, dass er auch sein inneres Gleichgewicht verloren hatte.

Kalliope widerstand der Versuchung. Gemessenen Schrittes näherten ihre Meisterin und sie sich den beiden Frauen, die sie mit derselben demonstrativen Gelassenheit erwarteten. Kalliope suchte Priscas Blick, doch die Freundin wich ihr aus und starrte zu Boden.

»Ich grüße Euch, Schwestern«, sagte Meisterin Harona, als sie einander endlich gegenüberstanden. Harona war einige Jahre jünger als Cedara und sah doch älter aus. Tiefe Furchen hatten sich in ihr von der Kapuze umrahmtes Gesicht gegraben, aus dem ein ernstes, eisfarbenes Augenpaar blickte. »Im Namen der Erhabenen Schwester wünsche ich Euch Glück und Erfolg für die bevorstehende Unternehmung. Möge das Wohlwollen der Urmutter Euch günstige Winde bescheren.«

»Und möge das Wohlwollen der Urmutter Euch, die Ihr zurückbleibt, Schutz und Gleichgewicht bescheren«, antwortete Cedara mit der offiziellen Formel, und alle vier verbeugten sich voreinander, wie das Protokoll es verlangte.

Kalliope verspürte Enttäuschung.

Sie hatte geglaubt, dass Prisca und ihre Meisterin aus freien Stücken ans Tor gekommen wären, um sich von ihnen zu verabschieden. Doch nicht ihr eigener Wille, sondern lediglich eine Anordnung der Erhabenen Schwester schien sie dazu bewogen zu haben, ein offizieller Anlass.

Einen Augenblick lang standen die beiden *numeratae* und ihre Schülerinnen einander schweigend gegenüber, und Kalliope hatte das Gefühl zu platzen. So viel hätte es gegeben, das sie hätte sagen und für das sie hätte danken wollen, so viel, das sie in den letzten Jahren für selbstverständlich gehalten hatte und dessen Wert ihr nun erst bewusst wurde, da sie davon Abschied nehmen musste.

Cedara räusperte sich leise, und für einen Moment hatte es den Anschein, als wollte sie das Schweigen brechen. Aber ihr Mund blieb verschlossen, ebenso wie Priscas, und so beschränkte sich Kalliope darauf, ihrer Freundin abermals einen Blick zuzuwerfen. Zwar fand er diesmal sein Ziel, jedoch war keine Reaktion in Priscas blassen Zügen zu erkennen.

Kein Zucken im Augenwinkel.

Nicht einmal der Anflug eines Lächelns.

Kalliope hielt es nicht mehr aus. Sie musste wissen, was ihre Freundin dachte, wie sie zu ihr stand nach jener Nacht, in der sie einander so nahe gewesen waren wie …

»Leb wohl, Schwester«, sagte sie leise und legte ihre Hand aufs Herz, um ihren Worten Nachdruck zu verleihen.

Ein knappes Nicken Priscas war die einzige Reaktion.

Keine freundliche Geste.

Kein Wort des Abschieds.

Im nächsten Moment war die Begegnung vorüber. Meisterin Harona wandte sich ab, und Prisca folgte ihr, ohne ihre Freundin auch nur noch eines weiteren Blickes zu würdigen. Kalliope schaute ihr nach und konnte nicht verhindern, dass sich ihre Augen mit Tränen füllten.

»Die Trennung schmerzt«, bestätigte Cedara leise.

Kalliope ließ ihren Blick noch einmal an den Türmen und Mauern emporschweifen, die über eine so lange Zeit hinweg ihr Heim gewesen waren, den Dächern und Kuppeln, die im Licht der untergehenden Sonne golden glänzten. In vollendeter Symmetrie reckten sie sich in den orangeroten Himmel, ein steingewordenes Abbild vollkommener Ausgewogenheit. Kalliope konnte sich nicht daran sattsehen. Erst als Cedara sie sanft an der Schulter fasste und mitzog, riss sie sich endlich davon los und ging weiter.

Der Weg zum Kai erwies sich als Reise durch die Vergangenheit. Grillen summten in der lauen Abendluft, die nach Minzblüten und Lavendel roch, und es ging vorbei an all jenen Gebäuden, in denen Kalliope eine glückliche und sorglose Kindheit verbracht hatte – vom Tempel der Urmutter, von der alles Leben stammte, über die Hallen der Erleuchtung und die Quellen der Ewigkeit bis hin zu den Säulen der Weisheit. Diese Zeit, das konnte Kalliope deutlich fühlen, war unwiderruflich vorüber – und mit ihr auch ihre Kindheit.

Die wenigen Menschen, die um diese Zeit noch unterwegs waren – zumeist Dienerinnen, die Besorgungen zu machen hatten, sowie Gildeschwestern, die in den Palast zurückkehrten –, nahmen kaum von ihnen Notiz. Gleichmut zu wahren, galt allen Gildeschwestern als das höchste Ideal – jenen Gleichmut, den Kalliope verloren hatte angesichts des Trennungsschmerzes und der Ungewissheit. Immer wieder rief sie sich selbst zur Ordnung, schalt sich eine ängstliche Närrin – aber die Unruhe, die sie erfüllte, war zu stark, als dass sie ihr einfach Einhalt hätte gebieten können. Zu viele Fragen bedrängten sie, zu viel, das sie nicht verstand.

»Meisterin?«, wandte sie sich an Cedara. »Vorhin, als wir uns von Meisterin Harona verabschiedeten ...«

»Ja?«

»Ich hatte das Gefühl, dass Ihr noch etwas sagen wolltet.«

Cedara sah sie nicht an. »Tatsächlich?«

»Ja, Ihr schient einen Augenblick zu zögern, und dann ...« Kalliope nahm all ihren Mut zusammen. »Habt Ihr Euch aus freien Stücken zu dieser Mission gemeldet?«

»Was?« Cedara fuhr herum.

Kalliope biss sich auf die Lippen, konnte selbst nicht glauben, dass sie den Gedanken ausgesprochen hatte. »Verzeiht, Meisterin. Es steht mir weder zu, Euch zu beobachten, noch Euch danach zu beurteilen.«

»Kaum«, stimmte Cedara zu. »Aber du hast recht, mein Kind. Bisweilen sind die Dinge nicht, wie sie auf den ersten Blick scheinen. Es gab eine Zeit, da Meisterin Harona und ich nicht nur die Ideale der Gilde geteilt haben. Einst bewohnten wir eine Kammer und sind Schwestern *facto animoque* gewesen – im Geist und in der Tat.«

»Ihr meint, wie Prisca und ich?«

Cedara nickte. Wie zuvor schien sie etwas hinzufügen zu wollen, es sich dann aber anders zu überlegen. Offenbar hatte Kalliopes Frage an etwas gerührt, worüber sie nicht gerne sprach.

»Ich kann Euch gut verstehen, Meisterin«, half Kalliope deshalb aus. »Gestern noch waren Prisca und ich uns innig verbunden, heute waren wir einander fremd.«

Erneut bedachte Cedara sie mit einem Seitenblick, der lang und prüfend auf ihr ruhte.

»Der Lauf der Zeit«, sagte die Meisterin dann, ohne dass zu erkennen war, was sie dachte. »Menschen kommen und gehen. Nur das Gleichgewicht bleibt bestehen. Daran müssen wir uns halten.«

»Ich weiß, Meisterin«, versicherte Kalliope traurig.

Durch eine Allee großer Platanen erreichten die beiden Frauen den Klippenrand. Als sie die schmale, von Häusern gesäumte Gasse einschlugen, die durch das Schwebende Tor zum Hafen und zu den Landungsgittern führte, war die Sonne schon fast ganz hinter dem Weltenrand versunken. Nur noch ein kläglicher Rest ihrer flachen Scheibe grüßte vom Ende der Gasse herauf und verlosch just in dem Augenblick, als Kalliope und ihre Meisterin den Kai erreichten.

Groß und eindrucksvoll ragten die Formen der *Volanta* vor ihnen auf, jenes Seglers, auf dem sie die weite Reise nach Jordråk antreten würden.

Es war ein mittelgroßes Schiff, wie es vorwiegend zum Transport von Gütern benutzt wurde; neben einem großen Hauptsegel verfügte es über zwei Dreieckssegel, die seitlich gesetzt werden konnten und ein wenig wie die Brustflossen eines riesigen Fisches aussahen. Achtern gab es ein von hölzernen Zinnen gekröntes Kastell, das die Unterkünfte des Kapitäns und der Levantin beherbergte und wo auch Kalliope wohnen würde.

Die Vorbereitungen zum Auslaufen schienen bereits abgeschlossen zu sein. Die Planken, über die das Schiff den Nachmittag über mit Proviant und Ausrüstung beladen worden war, waren eingeholt, die Aeronauten schon dabei, die Rahen zu besteigen, um die noch gerefften Segel zu setzen.

Kalliopes Herzschlag beschleunigte sich unwillkürlich. Natürlich betrat sie nicht zum ersten Mal ein Schiff, doch die wenigen Fahrten, an denen sie bislang teilgenommen hatte, waren stets nur von kurzer Dauer gewesen. Zwar blieben ihre Befürchtungen bestehen, doch sorgte der Anblick der *Volanta* auch dafür, dass sie zum ersten Mal einen Hauch von Neugier verspürte.

Das Gepäck ihrer Meisterin war bereits am Nachmittag abgeholt worden, sodass Kalliope nur noch ihren persönlichen Besitz bei sich trug, einen Beutel aus Stoff, der mit allerhand Erinnerungsstücken gefüllt war. Dem Ratschlag ihrer Meisterin gemäß sollten sie ihr in der Fremde das Gefühl vermitteln, nicht verloren zu sein und einen Platz zu haben, wohin sie gehörte – und ebenjenen Platz würde sie nun verlassen.

Mit einem ermunternden Nicken schritt Meisterin Cedara die Planke hinauf und verschwand hinter der Bordwand des Schiffes. Kalliopes Handflächen wurden feucht.

Gerade hatte sie sich dazu durchgerungen, ihren Fuß auf die Planke zu setzen und Ethera den Rücken zu kehren, als jemand ihren Namen zischte.

»Kalliope …!«

Kalliope wandte sich um. Im blendenden Schein der Fackeln, die an der Kaimauer entlang aufgepflanzt waren, lief eine schattenhafte Gestalt.

Ihr Herz machte einen Freudensprung, denn im ersten Moment glaubte sie, es wäre Prisca, die ihr nachgeeilt wäre. Doch der Schatten war zu breit und zu gedrungen, als dass es die Freundin hätte sein können.

»Komm schon her, Mädchen«, verlangte die zischende, klanglose Stimme. »Worauf wartest du?«

Kalliope schickte einen verstohlenen Blick die Planke hinauf, dann näherte sie sich vorsichtig der buckligen Gestalt, die eine dunkle Robe trug und die Kapuze tief ins Gesicht gezogen hatte. Der scharfe Geruch von kaltem Schweiß und – Kalliope schämte sich fast, es sich einzugestehen – Alkohol stach in ihre Nase und sorgte dafür, dass sie die Gestalt erkannte.

Meisterin Audra.

»Wolltest du gehen, ohne dich zu verabschieden?«, erkundigte sich die greise Gildeschwester, die wie immer einen verwahrlosten Anblick bot. Nicht nur, dass ihre Robe verdreckt und an unzähligen Stellen ausgebessert war und dass ihr graues Haar, das unter der Kapuze hervorquoll, in schmutzigen Strähnen hing. Ihr faltiges, an altes Leder erinnerndes Gesicht, aus dem ein von Tränensäcken bedrängtes, wässriges Augenpaar blickte, war auch von roten Flecken gezeichnet. Zusammen mit dem strengen Geruch, der die alte Meisterin umgab, verrieten sie den häufigen Griff zum Branntwein, obschon jede Form von Alkohol den Gildeschwestern streng verboten war.

Alkohol verwirrt die Sinne.

Alkohol stört das innere Gleichgewicht …

»Verzeiht, Gildemeisterin, ich … ich …« Kalliope wusste nicht, was sie erwidern sollte. Sosehr sie sich insgeheim eine persönliche Verabschiedung gewünscht hatte, so bestürzt war sie darüber, dass ausgerechnet Meisterin Audra erschienen war.

Audra die Verrückte, wie sie genannt wurde.

Die Ausgestoßene …

»Woher wusstet Ihr überhaupt …?«

»Du meinst, wie ich von der Mission deiner Meisterin erfahren konnte?« Das wässrige Augenpaar bedachte Kalliope mit einem fragenden Blick. »Sagen wir einfach, dass ich mehr weiß, als diese Heuchlerinnen jemals zugeben würden«, erklärte Audra mit zahnlosem Grinsen. Als Kalliope ob dieser Wortwahl die Brauen hob, musste die Alte kichern.

»Nichts ist, wie es scheint, Mädchen, das solltest du wissen. Bisweilen lohnt es sich, die Dinge zu hinterfragen. Auch deine Meisterin hat das einst gewusst – bevor sie ebenfalls zu einer Heuchlerin wurde.«

»Das ist nicht wahr!«, widersprach Kalliope entschieden. »Meisterin Cedara ist eine große Frau.«

»Von unten betrachtet, wirkt jeder groß.«

»Warum seid Ihr gekommen?«, wollte Kalliope wissen. »Um meine Meisterin und mich zu beleidigen?«

»Es macht mir Freude«, gab die kauzige Alte unumwunden zu, »aber es ist nicht der einzige Grund. Hier«, schnaufte sie und begann, in den weiten Falten ihres zerschlissenen Gewandes herumzuwühlen, »das ist für dich.«

Sie zog ein in Wildleder gewickeltes Päckchen hervor, das sie Kalliope hinhielt.

»Für … für mich?«

»Das sagte ich doch gerade, oder nicht?«

»Aber wofür?«, wollte Kalliope verwundert wissen.

Audras zahnloser Mund dehnte sich erneut zu einem Grinsen. »Dafür, dass du mir manchmal zugehört hast«, erwiderte sie. »Ich mag mich irren, aber ich denke, dass du anders bist. Anders als diese blutarmen Kreaturen, die sich Schwestern nennen und doch nur Heuchlerinnen sind.«

Kalliope wusste nicht, was sie mit diesem Lob (sofern es überhaupt eines war) anfangen sollte. Verblüfft wickelte sie das Geschenk aus dem Leder – und hielt unvermittelt einen kleinen, filigran gearbeiteten Glaskörper in den Händen, der die Form einer Spindel hatte und in einen hölzernen Rahmen gefasst war. Das Innere war mit feinem Sand gefüllt, der durch die verjüngte Mitte der Spindel rieselte.

»Was ist das?«, erkundigte sich Kalliope verblüfft, die einen derartigen Gegenstand noch nie gesehen hatte.

»Eine Sanduhr«, antwortete Audra, »ein Stundenglas. In den alten Tagen wurde es benutzt, um die Zeit zu messen.«

»Um die Zeit zu messen«, echote Kalliope nachdenklich, während sie das kunstvoll gearbeitete Stück im Fackelschein betrachtete. Inzwischen war aller Sand von der oberen Hälfte in die untere gerieselt. Kurzerhand drehte die Schülerin die Sanduhr herum, und das Spiel begann von Neuem.

»Ich verstehe«, sagte Kalliope, fasziniert von der genialen Einfachheit der Konstruktion. »Ich danke Euch von ganzem Herzen, Meisterin Audra. Indem es mich daran erinnert, wie rasch die Zeit vergeht, wird das Stundenglas mir helfen, den Aufenthalt in der Fremde zu überstehen.«

»Vielleicht«, räumte Audra ein. »Möglicherweise wird es dich aber auch zu neuen Erkenntnissen führen.«

»Wie meint Ihr das?«

»Das musst du schon selbst herausfinden«, erwiderte die alte Meisterin rätselhaft. »Wenn du so schlau bist, wie ich denke, wird es dir gelingen. Wenn nicht«, fügte sie achselzuckend hinzu, »habe ich nur eine Sanduhr verloren, aber nicht mein Leben.«

Kalliope wollte nachfragen, was die Alte damit meinte, doch in diesem Augenblick erklang die Stimme ihrer Meisterin, die laut und ein wenig ungeduldig ihren Namen rief.

»Ich muss gehen«, sagte Kalliope.

»Offensichtlich«, knurrte Audra – und zu Kalliopes Bestürzung trat sie vor und schlang ihre ebenso kurzen wie kräftigen Arme um sie. »Leb wohl, Mädchen. Und sieh dich vor.«

»Das werde ich«, versicherte Kalliope, die es eilig hatte, sich aus der Umarmung zu lösen. »Lebt wohl, Meisterin Audra. Und habt ... vielen Dank.«

»Kalliope!«, drang es vom Schiff herab. »Wo steckst du?«

Dem Ruf gehorchend, wandte Kalliope sich ab, ging zur Kaimauer zurück und betrat die Planke. Als sie sich noch einmal umwandte, war Audras gedrungene Gestalt bereits in der Dunkelheit verschwunden.

Nachdenklich, das Stundenglas noch in den Händen, stieg Kalliope die Planke hinauf. Was hatte Audra gemeint, als sie von neuen Erkenntnissen sprach? Wovon genau war die Rede gewesen? Einem Gefühl gehorchend, nahm Kalliope ihren Packsack von der Schulter, öffnete ihn und ließ das Geschenk der alten Gildeschwester darin verschwinden. Womöglich war es besser, wenn Cedara vorerst nichts von der Sache erfuhr – und so war sie schon zum zweiten Mal an diesem Tag dabei, etwas vor ihrer Meisterin zu verheimlichen.

Es war ein seltsames Gefühl, den Fuß auf das Deck des Schiffes zu setzen, das sie von Ethera fortbringen sollte. Meisterin Cedara erwartete ihre Schülerin mit tadelndem Blick, die schlanken Arme energisch in die Hüften gestemmt.

»Nun?«, fragte sie nur.

»Verzeiht, Meisterin«, sagte Kalliope. »Ich musste noch Abschied nehmen.«

»Tatsächlich?« Cedara rümpfte die Nase, und Kalliope fürchtete, bei der innigen Umarmung, die Meisterin Audra ihr hatte angedeihen lassen, könnte etwas von deren strengem Geruch an ihr haften geblieben sein. »Gibt es etwas, das du mir erzählen möchtest?«

Kalliope hielt den Atem an.

»Nein«, behauptete sie dann mit einer Stimme, die zu ihrem eigenen Entsetzen voller Überzeugung klang.

Cedara betrachtete Kalliope, so als wüsste sie genau, was ihre Schülerin verheimlichte. Dann jedoch schloss sie die Augen und schüttelte energisch das Haupt.

»Komm mit.« Cedara schlug den Weg zum Achterkastell ein. »Kapitän Baramiro hat bereits Befehl zum Lösen der Leinen gegeben. Das Schiff wird in Kürze ablegen.«

Kalliope atmete innerlich auf und folgte ihrer Meisterin quer über das Hauptdeck, auf dem rege Betriebsamkeit herrschte. Die Aeronauten – Männer mit ausgemergelten, sonnengebräunten Gesichtern, die größtenteils von den Sommerwelten zu stammen schienen – waren dabei, die zahlreichen Taue loszumachen, mit denen das Schiff am Landegitter festgemacht war. Heisere Befehle wurden allenthalben gebrüllt, von den beiden Frauen nahm niemand Notiz.

Über eine schmale Treppe gelangten Kalliope und ihre Meisterin auf das Achterdeck des Schiffes, wo sich auch die beiden großen Steuerräder befanden, mit denen sich die am Heck befindlichen Windruder betätigen ließen. Ein schlanker, hochgewachsener Mann gab lautstarke Anweisungen. Dem Umhang und der gepflegten Kleidung nach war er der Kapitän und damit der Mann, in dessen Obhut die Gildeschwestern die nächsten Wochen verbringen würden.

Über eine weitere Leiter gelangten sie auf die Plattform des Achterkastells, das im Fall eines Angriffs als Verteidigungsstellung dienen würde. An den Schilden, die unterhalb der Zinnen befestigt und von Pfeillöchern und Brandspuren übersät waren, konnte Kalliope ersehen, dass die *Volanta* wiederholt das Ziel feindlicher Angriffe gewesen war – tröstlich war allenfalls, dass sie diesen Angriffen bislang offenbar erfolgreich getrotzt hatte. Vom Achterkastell aus bot sich ein weiter Ausblick, nicht nur auf das Haupt und Vordeck des Schiffes, sondern auch auf den Kai und die Gebäude des Südhafens, über denen sich, von Sternen und Mond beschienen, der Gildepalast erhob.

Wehmütig blickte Kalliope hinüber, als ein Ruck das Schiff durchlief. Der Kiel des Schiffes hatte das hölzerne Rost verlassen. Darunter erstreckte sich, gähnend und leer, die dunkle Weite des Sanktuarions.

Nun gab es kein Zurück mehr.

Kalliope spähte nach ihrer Meisterin, deren Augen milchig weiß geworden waren und die die Arme ausgebreitet hatte. Die Vorstellung, dass es allein ihre Geisteskräfte waren, die das Schiff in diesem

Augenblick in der Luft hielten, war so ehrfurchtgebietend wie erschreckend.

Cedara wartete noch, bis gemeldet wurde, dass alle Leinen gelöst waren, dann ließ sie die *Volanta* senkrecht steigen. Das Ein- und Ausmanövrieren aus dem Hafen oblag allein der Levitatin, später würde der Navigator das Steuern des Schiffes übernehmen, während die Gildeschwester weiter dafür sorgte, dass es in der Luft blieb, über Stunden hinweg.

Tage.

Wochen.

Kaimauer und Landungsrost fielen unter dem Schiff zurück. Unaufhaltsam gewann es an Höhe, vorbei an den Hafengebäuden und den Gassen des Südbezirks, die ein letztes Mal herübergrüßten. Dann begann Cedara das Schiff langsam zu drehen, dem offenen Himmel entgegen.

Auf Kapitän Baramiros Befehl hin wurde das Rahsegel gesetzt. Der Navigator übernahm die Kontrolle und drehte das Schiff in den Wind – und schon im nächsten Moment blähte sich der Stoff, und die *Volanta* nahm so rasch Fahrt auf, dass Kalliope beinahe das Gleichgewicht verloren hätte.

Etheras liebliche, von Türmen gekrönte Hügel rückten in dunkle Ferne. Die Fackeln am Kai verblassten, ebenso wie die Lichter in den Häusern, deren Dächer und Kuppeln zu einem schemenhaften Umriss verschmolzen. Das Letzte, was Kalliope von ihrer Heimat sah, waren die Wasserfälle, die sich rauschend über die westlichen Klippen ergossen und im Mondlicht weiß schimmerten, ehe sie sich in der Tiefe verloren. Dann trübten plötzlich Wolkenfetzen die Sicht, und im nächsten Augenblick war Ethera ganz in den Schleiern der Nacht verschwunden.

Es ging dem fremden Ziel entgegen.

8. Kapitel

Der Palast des Großmercators befand sich in der obersten Region Shantanpurs. Dort, wohin noch Sonnenschein drang und die Luft weniger feucht und von Fäulnis durchsetzt war.

Es war das erste Mal nach langer Zeit, dass Kieron dem Sonnenlicht für längere Zeit ausgesetzt war, und obschon es in seinen Augen schmerzte und seine bleiche Haut rötete, genoss er die Wärme des frühen Morgens – auch wenn eine dunkle Ahnung ihm sagte, dass es der letzte Morgen in seinem Leben sein würde.

Nach ihrer Gefangennahme hatten die Echsenkrieger Croy, Jago und ihn zunächst zu einer Außenstelle des Handelskontors gebracht, wo ein Buchhalter sie in Empfang genommen hatte – ein mürrischer Alcide, der dem schwarz-weißen Gefieder nach von einer Winterwelt stammte und sich in der feuchtschwülen Hitze Madagors entsprechend unwohl zu fühlen schien. Unter seiner Führung waren die drei Gefangenen zum Palast gebracht worden, einem eindrucksvollen, auf mit reichen Schnitzereien versehenen Säulen ruhenden Bau, der sich majestätisch aus den Baumkronen erhob und den benachbarten Sitz des kaiserlichen Statthalters geradezu kümmerlich wirken ließ. Tatsächlich war es ein offenes Geheimnis, dass in Shantanpur die Macht des Großmercators jene der Kaiserin bei Weitem überwog. Sein Palast befand sich in unmittelbarer Nähe des Hafens, von wo unablässig Schiffe ablegten, die mit Gewürzen, Pflanzen, Arzneien und vielem mehr beladen waren, das in dieser Form nur auf Madagor zu finden war. Entsprechend hoch waren die Gewinne, die das Handelskontor einstrich – und entsprechend groß sein Einfluss.

Auf Anweisung des Alciden brachte man die Gefangenen in einen Raum, der keine Einrichtung besaß und lediglich über ein hohes Fenster verfügte. Es war vergittert, ließ das Licht des noch frühen Tages jedoch in fahlen Schäften einfallen. Die Handgelenke in eisernen Schellen, die an Ketten von der Decke hingen, standen die drei unfreiwilligen Gefährten in der Mitte der Kammer und warteten – während Jago unentwegt vor sich hin maulte.

»Ein Missverständnis. Warum nur haben sie mir nicht geglaubt, dass alles ein Missverständnis ist?«

»Warum wohl?«, fragte Croy spöttisch. »Weil sie dich zusammen mit der Beute erwischt haben. Das reicht als Beweis deiner Schuld.«

»Das werden wir ja sehen«, tönte Jago, der erst auf dem Weg zum Palast wieder aus seiner Ohnmacht erwacht war. »Schließlich wollte ich nichts als mein rechtmäßiges Eigentum verteidigen«, fügte er mit einem wütenden Blick in Kierons Richtung hinzu.

»Der Junge gehört dir nicht«, widersprach Croy. »Keine Kreatur kann einer anderen gehören.«

»Wer sagt das?«

»Ich«, erwiderte der Panthermann mit leisem Knurren, »und ich würde dir raten, auf meine Worte zu hören.«

»Du drohst mir?« Jago, der unmittelbar neben ihm angekettet war, blickte an ihm empor. »Obwohl dein Fell schon so gut wie abgezogen ist?«

»An deiner Stelle würde ich mir lieber Gedanken um die eigene Haut machen.«

»Ist das wahr?«, fragte Kieron. »Ziehen sie Dieben wirklich die-die-die- Haut ab?«

»Allerdings – und zwar bei lebendigem Leibe«, bestätigte Jago. »Daran hättest du denken sollen, bevor du mit dem Katzmann gemeinsame Sache gemacht hast, Mensch.«

»Aber ich wusste nicht, dass er ein Di-Di-Dieb ist«, verteidigte sich Kieron unbeholfen.

»Dieb hin oder her – du hättest nicht fliehen dürfen! Nicht nach allem, was ich für dich getan habe!«

»Es tut mi-mi-mir leid!«, stammelte Kieron.

»Du entschuldigst dich?«, fragte Croy fassungslos. »Nachdem er dich über Jahre hinweg als Sklave gehalten hat?«

»Was erwartest du von einem Menschen?«, erwiderte Jago gehässig. »Er würde mir auch dann noch aus der Hand fressen, wenn ich ihn regelmäßig geschlagen hätte – was ich, bei Licht betrachtet, auch getan habe.«

»Ist das wahr?«, wollte Croy von Kieron wissen.

»Nun – ja«, gestand der Junge ein. »Aber es hat n-n-nicht sehr wewehgetan. Jago ist nicht besonders krä-kräftig.«

»Was?« Der Chamöleonid schnappte nach Luft. »Na warte, du Bengel, ich werde dich …«

Seine Zunge schnellte aus dem Maul und versuchte, Kieron eine schallende Ohrfeige zu versetzen, was ihm jedoch nicht gelang. Missmutig rollte der Wirtshausbesitzer sie wieder ein. »Was rege ich mich über euch Schwachköpfe noch auf? In wenigen Stunden seid ihr totes Fleisch.«

»Das denke ich nicht«, widersprach Croy.

»Ach nein?«

»Etwas stimmt hier nicht«, erklärte der Panthermann. »Diese Echsenkrieger haben uns aufgelauert. Offenbar kannten sie mein Versteck und haben nur darauf gewartet, dass ich zurückkehre.«

»Oder sie sind dir gefolgt«, gab Jago zu bedenken. »Was ja keine besonderen Schwierigkeiten bereitet«, fügte er ätzend hinzu.

»In beiden Fällen hätten sie uns einfach töten können«, entgegnete Croy, die Bemerkung geflissentlich überhörend, »aber sie haben es nicht getan. Stattdessen haben sie uns hierhergebracht, in den Palast.«

»Und? Du hast doch gehört, dass sie uns aushorchen wollen.«

Der Pantheride schickte dem Chamäleonid einen düsteren Blick. »Das Kontor verhört keine Diebe«, sagte er nur. »Unsere Schuld ist bereits erwiesen, sie steht zweifelsfrei fest. In solchen Fällen flattert dein Fell gewöhnlich schneller im Wind, als du es sauber lecken kannst.«

Kieron war sich nicht sicher, ob ihn das beruhigen sollte. Alles war so schnell gegangen, dass sein Verstand kaum Zeit gefunden hatte, mit der Entwicklung Schritt zu halten.

Im einen Augenblick war er noch ein Sklave gewesen, dann der Komplize eines Diebes – und nun lag er in Ketten und wartete auf seine Bestrafung. Nein, Kieron konnte beim besten Willen nicht behaupten, dass sich die Freiheit für ihn gelohnt hatte. Dennoch empfand er seltsamerweise keine Wut auf Croy, der ihm dies alles eingebrockt hatte. Denn obwohl er ihn ausgenutzt und in Lebensgefahr gebracht hatte, hatte der Pantheride ihn auch etwas gelehrt … Ein Gefühl von Unabhängigkeit und Stolz, wie Kieron es noch nie zuvor in seinem Leben erfahren hatte.

Seit er zurückdenken konnte, war er sich klein und gering vorgekommen. Was war ein Mensch im Vergleich zu einem Animalen? Über welche speziellen Fähigkeiten verfügte er schon? Wo lagen seine Stärken? Er konnte doch letztlich nichts anderes sein als ein Sklave! Folglich hatte Kieron gehorsam das getan, was andere von ihm verlangten, und von dem gelebt, was andere ihm hinwarfen. Dass es auch anders sein konnte, darüber hatte er nie nachgedacht, und als er es schließlich doch getan hatte, hatte ihn die bloße Aussicht darauf in helle Panik versetzt. Doch je länger er das Sklavenband nicht mehr um den Hals spürte, desto lebendiger begann er sich zu fühlen …

Die Sonne war gerade über die Baumkronen gestiegen, als sich von draußen Schritte näherten. Der Türriegel wurde zurückgezogen, und der Alcide steckte sein schnabelbewehrtes Haupt herein, so als wollte er sich vergewissern, dass die Gefangenen noch da waren. Dann verschwand er wieder, und eine andere Gestalt erschien, ein schlanker Canide, der in einen teuren, mit goldenen Borten beschlagenen Mantel gehüllt war. Der dunkelgrüne Samt ließ sein Fell feuerrot erscheinen, die kleinen, gefährlich aussehenden Augen musterten die Gefangenen über die nach vorn gewölbte, sich zur Nase hin zuspitzende Schnauze. Auf seiner Schulter kauerte ein Wesen, das noch eigentümlicher aussah als er selbst, ein kleinwüchsiger Affe mit weißgrauem Fell und großen, schwarz umrandeten Augen, die die Gefangenen durchdringend ansahen.

Zwar war Kieron dem Caniden noch nie zuvor begegnet, aber er war ihm so eindrucksvoll geschildert worden, dass er ihn dennoch sofort erkannte. Dies musste Rigo Novaro sein, der Großmercator von Madagor!

Gemessenen Schrittes betrat Novaro den Raum, dessen Tür hinter ihm geschlossen wurde. Offenbar fürchteten er und sein kleinwüchsiger Begleiter sich nicht vor den Gefangenen, denn weder wurden sie von Wachen begleitet noch waren sie bewaffnet. Die Hände in den Eingriffen seines Mantels verborgen, kam der Großmercator näher, umrundete Kieron und seine Gefährten und inspizierte sie von allen Seiten.

»So«, sagte er dabei immer wieder. »Soso.«

»Was willst du von uns, Kaufmann?«, knurrte Croy ungeduldig. »Was hast du mit uns vor?«

Der Großmercator blieb stehen. Das linke Auge prüfend verengt, blickte er an dem Pantheriden empor, der ihn um einen Kopf überragte. »Was bringt dich auf den Gedanken, dass ich mit euch Gesindel etwas anfangen könnte?«

»Wäre es nicht so, hätten deine Leute uns längst getötet«, entgegnete Croy. »Ich habe Echsenkrieger aus weit geringerem Anlass Leuten das Fell abziehen sehen.«

»Echsen sind nützliche Diener, wenn auch bisweilen ein wenig einfältig«, räumte Novaro lächelnd ein, worauf sich der Affe auf seiner Schulter zu ihm beugte und ihm etwas ins Ohr flüsterte – ganz offenbar war er der Sprache mächtig. »In der Tat, Loris«, sagte der Großmercator daraufhin und nickte. »Wie mein Memento zu Recht bemerkt, kommt den Echsen schließlich die verantwortungsvolle Aufgabe zu, das Eigentum des Kontors zu schützen ...«

»... das das Kontor zuvor anderen gestohlen hat«, ergänzte Croy ohne Zögern. »Wie viele Welten habt ihr Blutsauger schon ausgebeutet? Wie viele Kreaturen in Armut und Elend gestürzt? Und eure Gier wird immer noch größer!«

»Du solltest vorsichtig sein mit dem, was du sagst, Katze«, beschied ihm der Großmercator. »Weißt du nicht, wer vor dir steht?«

»Ich weiß es«, versicherte Croy.

»Dann bist du entweder sehr töricht oder genauso unerschrocken, wie ich es von dir erwartet habe.«

»Mächtiger Rigo Novaro«, hielt Jago den Augenblick für gekommen, um auf sich aufmerksam zu machen, »bitte nehmt zur Kenntnis, dass ich ein großer Bewunderer Eurer Kunst bin! Zwar nenne ich nur ein äußerst bescheidenes Unternehmen mein Eigen, doch haben mir die Handelsgrundsätze des Kontors stets als Leitlinie gedient, und ich darf Euch versichern, dass ich nichts zu tun habe mit den diebischen Absichten dieses …«

»Was soll das heißen, du hast es von mir erwartet?«, fragte Croy. Weder er noch der Großmercator hatten dem Chamäleoniden Beachtung geschenkt.

»Das soll heißen, dass mein guter Loris und ich dir eine Falle gestellt haben«, eröffnete Novaro grinsend, wobei er den Affen auf seiner Schulter tätschelte. »Und das war nicht einmal besonders schwierig.«

»Du bluffst«, knurrte Croy.

»Wer, denkst du, hat dir die Information mit der Bowurz-Lieferung für den Lord von Kaish zugetragen? Wer hat dafür gesorgt, dass dir der Schlüssel für das Lagerhaus zugespielt wurde? Wer hat dir in deinem Schlupfwinkel aufgelauert?«

Der Panthermann bemühte sich, sein Entsetzen hinter seinen dunklen, fellbesetzten Zügen zu verbergen, doch es gelang ihm nicht. »Aber die Wachtposten …«

»Ein notwendiges Opfer, um dich glauben zu lassen, der Einbruch wäre dir geglückt«, erklärte Novaro ungerührt.

»Warum?«

»Sehr einfach – weil ich wollte, dass du in das Lagerhaus eindringst. Weil ich wollte, dass du den Diebstahl begehst. Weil ich wollte, dass du mir etwas schuldest, Panthermann, nämlich dein Leben. Ein Fingerzeig von mir, und meine Echsenkrieger häuten dich bei lebendigem Leibe, allen anderen Dieben und Mördern zur Warnung.«

»Du«, schnaubte Croy und zerrte wütend an den Ketten. Bislang hatte Kieron den Pantheriden nicht so außer sich erlebt, »du verdammter …«

»Nun sieh sich einer das an!«, rief Novaro und trat einen Schritt zurück, als wollte er den Anblick besonders genießen. Der Affe auf seiner Schulter kicherte. »Der große Croy Nachtschatten, der berüchtigte, auf vielen Welten gesuchte Dieb, übertölpelt wie ein blutiger Anfänger! Was war los, Katze? War deine Gier diesmal größer als dein Verstand?«

»Ich werde dich töten«, sagte Croy leise.

»Davon gehe ich nicht aus«, widersprach Novaro kopfschüttelnd, »vielmehr ist es so, dass ich dein Leben in der Hand habe – und das deiner Kameraden.«

»Lass den Jungen laufen, Kaufmann, er kann nichts für das, was geschehen ist.«

»Ich auch nicht«, beeilte sich Jago zu versichern. »Ich war nur rein zufällig dabei, und in der Tat wurde ich ebenfalls bestohlen ...«

»Aber du hast recht, Croy«, fuhr Novaro fort, »es gibt tatsächlich einen Grund dafür, dass dein Fell nicht schon längst an einem Speer im Wind flattert. Ich trachte danach, etwas in meinen Besitz zu bringen – und du sollst es mir verschaffen.«

Der Panthermann lachte rau. »Vergiss es.«

»Willst du nicht wissen, worum es geht?«

»Das macht keinen Unterschied.«

»Vielleicht doch«, wandte der Mercator ein. »Seit einiger Zeit schon«, erklärte er dann, während er die Gefangenen erneut umkreiste, »suche ich nach einem Gegenstand, der für mich von Wert ist und den ich deshalb in meinen Besitz zu bringen gedenke. Unlängst nun berichtete man mir, dass dieser Gegenstand auf einer entlegenen Welt zu finden sei, tief verborgen in ihren dunkelsten Eingeweiden.«

»Und?«, fragte Croy ungerührt.

»Ich möchte, dass du für mich nach diesem Gegenstand suchst.«

»Wa-was für ein Gegenstand ist denn da-das?«, wagte Kieron es erstmals, den Großmercator anzusprechen.

»Das weiß ich nicht«, entgegnete Novaro mit einem geheimnisvollen Lächeln. »Doch das ist nicht entscheidend. Entscheidend ist, dass ich ihn besitzen will.«

»Wie soll man etwas finden, dessen Aussehen man nicht kennt?«, spottete Croy.

»Ich habe dies hier.« Mit einer fließenden Bewegung zog der Canide die fellbesetzte Hand aus dem Mantel. Darin hielt er ein Stück Pergament, das er entrollte. Darauf war ein Zeichen zu sehen: zwei Halbkreise, die einander im Scheitel berührten und von einem senkrecht verlaufenden Balken durchkreuzt wurden.

»Und weiter?«, fragte Croy.

»Dieses Symbol ist die Antwort.«

»Und was soll das sein?«

»Vielleicht ein Buchstabe oder eine Zahl oder …«

»Du weißt es nicht«, erkannte der Pantheride spöttisch.

»Aber ich weiß, dass dich dieses Zeichen zu jenem Gegenstand führen wird, den ich suche.«

»Wenn du das so genau weißt, hol dir das Ding einfach selbst, Kaufmann.«

»Nun«, entgegnete der Großmercator mit unbestimmtem Lächeln, »dazu bedarf es bestimmter …« – er suchte nach dem passenden Ausdruck, den er allerdings erst fand, nachdem sein kleinwüchsiger Helfer ihm wiederum etwas ins Ohr geflüstert hatte – »… Fertigkeiten, Kenntnisse, die ich entbehre, die du aber sehr wohl hast.«

»Kenntnisse? Wovon sprichst du, verdammt noch mal?« Erneut zerrte Croy an seinen Fesseln und schnaubte geräuschvoll. Die Unterhaltung machte ihn sichtlich wütend. »Wo ist das verdammte Ding versteckt?«

»Auf Nergal.«

Croy lachte laut auf.

»Nun ist alles klar«, feixte er. »Nergal ist eine kaiserliche Minenwelt, das Handelskontor hat dort nichts zu suchen. Wer widerrechtlich dort eindringt und gefasst wird, der wird mit dem Tod bestraft.«

»Deshalb brauche ich jemanden, der sich geschickt zu bewegen weiß«, entgegnete der Mercator ohne Zögern. »Dich«, fügte er hinzu, nachdem sein Memento erneut geflüstert hatte.

»Warum ausgerechnet mich?«

»Weil du nun einmal ein Dieb bist, und zwar, wie ich ungern zugestehen muss, ein überaus talentierter. Außerdem hat ein Kundiger mir zugetragen, dass du schon einmal auf Nergal gewesen bist, erinnerst du dich? Falls nicht, helfe ich deinem Gedächtnis gerne auf die Sprünge …«

»Nicht nötig«, knurrte Croy. »Und wenn ich auf Nergal gefasst werde?«

»Dann bist du nicht schlechter dran als jetzt, Katzmann – dein Leben hast du ohnehin verwirkt. Wenn du jedoch zurückkehrst und mir den Gegenstand bringst, nach dem ich suche, dann bist du frei und kannst gehen, wohin es dir beliebt. Jedenfalls so lange, bis wir dich das nächste Mal fassen und dir endgültig das Handwerk legen.«

Croy erwiderte das Grinsen, das ihm aus Rigos spitzen Zügen entgegenschlug. »Wer sagt, dass ich zurückkehren würde? Ich könnte mich ebenso gut aus dem Staub machen, wenn ich diese Fesseln erst los bin.«

»Das wirst du nicht tun«, war der Großmercator überzeugt. »Denn der Menschenjunge wird als Geisel zurückbleiben und für deine Rückkehr garantieren. Bringst du mir den Gegenstand nicht binnen einer gesetzten Frist, so wird es seine Haut sein, die abgezogen wird und an der Speerspitze flattert.«

Kieron merkte, wie sich seine Nackenhärchen vor Entsetzen aufrichteten. Er blickte zu Croy, doch der blieb gelassen.

»Das kümmert mich nicht«, sagte er nur.

Novaro lachte heiser. »Man hat mir berichtet, was sich im ›Feuerkürbis‹ zugetragen hat. Du hast den Jungen in Schutz genommen und ihn aus seinem Sklavendasein befreit, und nun fühlst du dich für ihn verantwortlich, was sehr leicht nachzuvollziehen ist, wenn man deine Vergangenheit kennt und weiß, was sich …«

Das zornige Gebrüll des Panthermanns unterbrach den Großmercator, worauf er nur noch breiter grinste. »Es mag dir gefallen oder nicht, Nachtschatten«, feixte er, »aber unter deinem schwarzen Fell schlägt ein weiches Herz.«

Croy atmete hörbar. Weder stimmte er zu noch widersprach er, aber seinem lodernden Blick war anzumerken, dass der Großmercator in seiner Einschätzung richtig lag.»Und wenn ich mich weigere?«, fragte er dennoch.

»Dann werdet ihr beide sterben«, beschied Novaro ihm ungerührt.

»Bastard«, knurrte Croy.

»Und was wird aus mir?«, brachte sich Jago erneut ins Gespräch und klirrte mit den Ketten, um auf sich aufmerksam zu machen. Novaro und sein Helfer blickten zu ihm herab, als hätten sie ihn erst jetzt bemerkt.

»Wer bist du?«, wollte Novaro wissen.

»Großmercator, Jago ist mein Name. Ich bin ein unbescholtener Bürger und wurde zu Unrecht zusammen mit diesen beiden da verhaftet …«

»Schicksal.« Novaro lachte. »Die Kerker von Shantanpur sind voller Unschuldiger!«

»… aber das spielt jetzt keine Rolle mehr«, änderte der Chamäleonid daraufhin seine Verhandlungstaktik, seinem wechselhaften Naturell gemäß. »Ich denke, ich kann Euch auf andere Weise nützlich sein.«

»Tatsächlich?«, fragte der Großmercator gelangweilt. »Und auf welche Weise?«

Jagos sich verfärbenden Zügen war anzusehen, dass er klauenringend nach einer Antwort suchte. »Wenn Ihr es erlaubt«, brachte er schließlich hervor, »so werde ich den Katzmann auf seiner Mission begleiten und Euch unterwegs Auge und Ohr sein. Bedenkt, welchen Vorteil dies für Euch hätte!«

Novaro musterte ihn einen Augenblick lang. Dann tauschten sein Memento und er Blicke. »Was willst du als Gegenleistung dafür?«, erkundigte er sich schließlich.

»Nur mein Leben, Großmercator.« Jago setzte das unschuldigste Lächeln auf, zu dem er in der Lage war. »Nicht mehr und nicht weniger.«

Novaros Zögern währte nur kurz. »Also schön«, gab er bekannt, »so sei es. Du wirst den Panthermann auf seinem Weg nach Nergal begleiten.«

»Ich habe nicht eingewilligt«, wandte Croy ein.

»Was willst du tun? Dich weigern? Zulassen, dass der Junge deinetwegen gehäutet wird?« Der Vertreter des Handelskontors in Shantanpur schüttelte den Kopf.

Croy starrte düster vor sich hin. Seine Brust hob und senkte sich unter heftigen Atemzügen, und ihm war anzusehen, dass er sich am liebsten mit bloßen Pranken auf den Großmercator gestürzt hätte. Seine Raubtieraugen verengten sich, und einen Augenblick lang fürchtete Kieron, er könnte seine Hilfe tatsächlich verweigern und sie damit alle drei einem grässlichen Tod überantworten. Doch dann, zu Kierons und Jagos Erleichterung, nickte der Pantheride.

»Nun gut«, knurrte er widerwillig und schien sich selbst dafür zu hassen. »Aber wir werden Zeit brauchen, um den Raub zu planen.«

»Nur zu«, forderte der Großmercator ihn auf, »aber wage es nicht, mich an der Nase herumzuführen – die Folgen würden für euch alle schrecklich sein.«

Damit wandte er sich um und verließ die Kammer. Sein kleiner Helfer blickte dabei über die Schulter zurück und kicherte schadenfroh.

9. Kapitel

Die *Volanta* machte ihrem Namen alle Ehre.

Den starken Aufwind nutzend, der zur Nachtzeit von den Sommerwelten heraufwehte, legte das Schiff die ersten Etappen der Reise vergleichsweise rasch zurück, vorbei an den Splittern Eponas und anderer Königswelten und der Wetterpassage entgegen. Bei Einbruch der Dunkelheit setzte man die Segel, tagsüber machte das Schiff in einem Hafen fest oder suchte sicheren Grund, um Meisterin Cedara die benötigte Ruhe zu verschaffen.

Obschon Kalliope fest entschlossen war, sich von der Betriebsamkeit an Bord nicht anstecken zu lassen, und das Heimweh nach Ethera sie quälte, kam sie nicht umhin, sich einzugestehen, dass zumindest ein kleiner Teil von ihr auch ein wenig Gefallen an dem Abenteuer fand. Mit den kurzen Abstechern, die sie auf kleinen Booten unternommen hatte und die nur dem Training ihrer Fähigkeiten gedient hatten, war diese Reise nicht zu vergleichen. Das Gefühl, das man verspürte, wenn das Schiff in den Himmel stieg, umgeben von der Weite des Sanktuarions und den Sternen, die wie Nadelstiche den dunklen Mantel des Nox durchdrangen, war erhebend, und vielleicht hätte Kalliope ihren Widerstand gegen die Reise sogar irgendwann aufgegeben, wäre die Gesellschaft an Bord nicht so verabscheuungswürdig gewesen. Die *Volanta* mochte ein gutes Schiff sein – die Besatzung jedoch entstammte nach Kalliopes Empfinden dem Bodensatz der menschlichen Rasse.

Selten zuvor hatte die Gildeschülerin grobschlächtigere Gestalten gesehen als die Luftschiffer, die an Bord ihren Dienst versahen. Zwar waren wenigstens keine Animalen unter ihnen, doch ihre rohe Erscheinung, ihre schlechten Manieren und ihr strenger Geruch verrieten, dass sie von ähnlich geringer Herkunft und kaum weniger von Trieben gelenkt waren. Sobald Kalliope oder ihre Meisterin den Fuß auf das Oberdeck setzten, waren ihnen die Blicke der Kerle gewiss.

Kalliope hatte die meiste Zeit ihres Lebens auf Ethera verbracht, wo es abgesehen von den Luftschiffern, die hin und wieder anlandeten, den Hafen jedoch nicht verlassen durften, und den Eunuchen, die den Gildepalast und den Baum des Lebens bewachten, keine Männer gab – so wollte es der Codex. Wer in den Dienst der Gilde trat, sollte es mit Körper und Seele tun und sich dieser verantwortungsvollen Aufgabe ganz und gar widmen. Für Zweisamkeit oder die Stillung primitiven Verlangens war im Leben einer Levitatin kein Platz. Entsprechend hatte Kalliope bislang kaum mit Vertretern des anderen Geschlechts zu tun gehabt; dennoch konnte sie sich ausmalen, was die Gafferei bedeutete.

In Meisterin Cedaras Gegenwart hielten sich die Männer noch zurück, da sie offenbar die Macht der Gildemeisterin fürchteten. Wandte sie ihnen jedoch den Rücken zu oder war Kalliope allein auf Deck, gab es Getuschel und schmutziges Gelächter, und die ungewaschenen Kerle machten kein Hehl mehr daraus, dass sie die Gildeschülerin lieber einer anderen Verwendung zugeführt hätten.

Kalliope seufzte. Es blieb ihr wohl nichts übrig, als es zu ertragen.

Es war früher Abend.

Den Tag über hatte die *Volanta* an einem namenlosen Inselsplitter festgemacht, nun war die Zeit zum Auslaufen gekommen. In ihrem Quartier, das sie sich mit ihrer Meisterin teilte, nahm Kalliope ein kurzes Nachtmahl ein, das aus Getreidebrei und getrockneten Früchten bestand. Dann ging sie nach draußen und enterte zum Achterdeck auf. Als sie den überdachten Ruderstand erreichte, war Meisterin Cedara bereits dort, zusammen mit Kapitän Baramiro und den beiden Steuermännern, die die Seiten- und Höhenruder bedienten.

Baramiro war ein hagerer Mann in den mittleren Jahren, mit wettergegerbtem Gesicht und schütterem Haupt, auf dem ein breitrandiger, von einer buschigen Feder geschmückter Hut ruhte. Anders als die Mannschaften an Bord schienen der Kapitän und seine Offiziere zumindest halbwegs kultiviert zu sein.

»Guten Abend, Gildeschülerin.« Er griff sich an die Hutkrempe. »Angenehm geruht?«

»Nicht unbedingt, Kapitän«, entgegnete Kalliope kühl. »Ich kann mich nicht recht daran gewöhnen, auf wankendem Boden zu schlafen, und die ständigen Geräusche lassen mich ebenfalls nicht zur Ruhe kommen.«

»Ihr werdet Euch daran gewöhnen. Die *Volanta* mag bisweilen knarren und ächzen, aber sie wird Euch sicher ans Ziel Eurer Reise bringen.«

»Danke für Euren Trost, Kapitän«, erwiderte Kalliope. »Aber ich denke, ob wir sicher reisen oder nicht, hängt doch in erster Linie an Meisterin Cedara und ihren Fertigkeiten, nicht wahr?«

Baramiros Züge verhärteten sich. »Wie Ihr meint, Gildeschülerin«, schnarrte er, dann wandte er sich von ihr ab und dem Kartentisch zu. Kalliope gesellte sich Meisterin Cedara zu, die an der Reling stand und einige Messungen mit ihrem *astrolabium* vornahm.

»Hältst du das für klug, mein Kind?«, erkundigte sie sich leise, während sie durch die Kimme des kreisrunden Geräts spähte und den Hochstern anvisierte, der bereits am Himmel zu sehen war. Sie benutzte die Gelehrtensprache, sodass die Luftschiffer sie nicht verstehen konnten.

»Was meint Ihr?«, fragte Kalliope zurück.

»Kapitän Baramiro ist ein Ehrenmann und ein Freund Etheras. Du solltest ihm nicht die Schuld daran geben, dass du lieber an einem anderen Ort weilen würdest.«

»Ist das denn so offenkundig?«

Cedara wandte ihren Blick. »Noch etwas offenkundiger, und ich würde mich fragen, wie es um deine Loyalität bestellt ist.«

»Verzeiht, Meisterin«, versicherte Kalliope erschrocken, »das war nicht meine Absicht. Es ist nur … all diese Männer an Bord. Habt Ihr nicht bemerkt, wie sie uns ansehen?«

»Ich habe es bemerkt.«

»Sobald wir ihnen den Rücken zuwenden, stecken sie die Köpfe zusammen und tuscheln über uns.«

»Sie tuscheln nicht über mich, mein Kind«, verbesserte Cedara mit nachsichtigem Lächeln und steckte das *astrolabium* in den ledernen Beutel zurück, den sie am Riemen über der Schulter trug, »sondern über dich. Der Schöpferin hat es gefallen, dich so zu gestalten, dass du in den Augen dieser rauen Gesellen Gefallen findest.«

»Eine entsetzliche Vorstellung«, sagte Kalliope schaudernd. »Wen mag es da verwundern, dass die Schwesternschaft auf männliche Gesellschaft verzichtet?«

»Jugend und Unerfahrenheit sprechen aus dir. Mit dem Alter wirst du erkennen, dass alles seinen Platz und seine Richtigkeit hat, selbst das männliche Geschlecht, so schwach und unvollkommen es auch sein mag.«

»In der Tat«, stimmte Kalliope zu. »Wie sonst wäre es zu erklären, dass es keine Levitaten hervorbringt?«

»Jeder trägt das Seine zum Gelingen der Welt bei«, erinnerte sie Cedara. »Nur so kann die Welt im Gleichgewicht erhalten werden.«

»Denkt Ihr das wirklich, Meisterin?« Kalliope hob zweifelnd die Brauen. »Ich kann mich des Eindrucks nicht erwehren, dass es sehr viel leichter wäre, das Gleichgewicht zu wahren, wenn es keine Männer gäbe.«

»Damit magst du recht haben, Kind«, erwiderte Cedara, und es war eine der seltenen Gelegenheiten, bei denen Kalliope ihre Meisterin lauthals lachen hörte. »Aber ich fürchte, das Gleiche denken die Männer mitunter auch von uns.«

»Den Anker los!«, erklang in diesem Augenblick Kapitän Baramiros Befehl, und Cedara nahm ihren Platz auf dem Sitz der Levitatin ein, der sich an der Rückwand des Achterdecks befand. Kalliope blieb bei ihr für den Fall, dass sie etwas benötigte oder – was die Schöpferin verhindern mochte – sie dringend abgelöst werden musste.

Die Luftschiffer auf dem Vordeck betätigten die Ankerwinde, die schwere Kette wurde ratternd eingeholt. Gleichzeitig jagten Dutzende von Matrosen die Wanten hinauf, um auf den Befehl des Bootsmanns hin die Segel zu setzen.

»Hebt das Schiff!«, erging Baramiros Anweisung an Cedara, und einmal mehr verließ der Rumpf den felsigen Grund, auf dem er gelegen hatte, und stieg scheinbar schwerelos empor.

Bewundernd betrachtete Kalliope ihre Meisterin, deren Gesichtszüge völlig entspannt wirkten, fast so, als würde sie schlafen. Nichts deutete auf die ungeheure Last hin, die sie in diesem Moment mit ihrer Geisteskraft trug. Die Taue knarrten, als sie das Schiff in den Wind drehte. Schlagartig wurde es von einer Bö erfasst, und als würde sie zum Leben erwachen, sprang die *Volanta* in den leuchtend roten Abendhimmel.

Die Reise ging weiter – und unwillkürlich fragte sich Kalliope, was ihre Freundin Prisca in diesem Augenblick tun mochte, weit entfernt, auf Ethera …

»Nun, Schülerin?«

Prisca schlug blinzelnd die Augen auf – um ruckartig in die Höhe zu schnellen, als sie die Silhouette einer hageren, in einen Kapuzenmantel gehüllten Gestalt erblickte.

»Verzeiht, Meisterin«, sie verbeugte sich hastig, »ich hatte keine Ahnung, dass Ihr meiner Dienste noch bedürft. Ich dachte …«

»Was dachtest du?«, erkundigte sich Meisterin Harona. Sie schlug die Kapuze zurück, sodass ihr kahl rasierter Schädel sichtbar wurde. Von ihren Haaren, die in ihren Augen nichts waren als ein nutzloser Ausdruck menschlicher Eitelkeit, hatte sie sich schon vor langer Zeit getrennt. »Dass dein Tagwerk bereits getan sei? Eine Schwester der Gilde ist niemals unvorbereitet, Prisca. Und sie frönt auch nicht dem Müßiggang und schläft außerhalb ihrer Kammer.«

»I-ich habe nicht geschlafen, Meisterin«, beeilte sich die Schülerin zu versichern.

Haronas eisfarbene Augen bedachten zunächst Prisca und dann die steinerne Bank, auf der sie gesessen hatte, mit einem zweifelnden Blick. »Was dann, wenn es erlaubt ist zu fragen?«

»Ich … habe nachgedacht«, erklärte Prisca zögernd.

»Worüber?«

»Ich musste an Meisterin Cedara denken«, gestand Prisca offen. »Und an Kalliope. Sie sind nun vier Tage fort, und ich kann nicht …«

»Deine Freundin fehlt dir?«

»Ein wenig«, gab Prisca zu und knetete verlegen den Zopf, zu dem sie ihr rotes Haar geflochten hatte. »Immerhin haben wir dieselbe Kammer bewohnt, über eine sehr lange Zeit hinweg. Aber darum allein geht es nicht.«

Die Schärfe wich aus Haronas Blick, ihre schmalen, von Askese geformten Züge wurden ein wenig milder. »Erzähle mir, was dich bedrückt«, sagte sie, während sie sich selbst auf die Bank niederließ, die an der Westflanke des Gildepalasts stand, oberhalb der Gärten. Das Rauschen des Wassers, das sich entlang der Hänge sammelte, um dann in weißen Kaskaden über den Weltenrand zu stürzen, war in der Ferne zu hören. Sonnenlicht schimmerte sanft durch die ausladenden Kronen der Zedern, die kühlen Halbschatten spendeten, Blütenflügler und Buntfliegen schwirrten in der lauen Luft. Früher hatte Prisca all dies als Inbegriff des Friedens empfunden und sich wie ein Lamm daran geweidet. Seit einigen Tagen jedoch konnte sie das nicht mehr.

Seit vier Tagen, um genau zu sein.

Sie setzte sich zu ihrer Meisterin, deren dunkle Robe in hartem Kontrast zu ihrer hellen Schülertracht stand. »Ich hätte noch mit Kalliope sprechen sollen«, sagte sie leise.

»Nein«, versicherte die Meisterin. »Die Worte hätten euch nur noch größeren Schmerz zugefügt, und Schmerz gefährdet das innere Gleichgewicht.«

»Das weiß ich, Meisterin«, versicherte Prisca.

»Du solltest Kalliope rasch vergessen.« Haronas Tonfall verriet, dass dies nicht nur ein gut gemeinter Ratschlag war. »Ohnehin ist sie kein günstiger Einfluss für dich gewesen.«

»Wie … meint Ihr das?«, fragte Prisca verstört.

»Bis zu einem gewissen Alter ist es für eine Gildeschülerin hilfreich, dass sie nicht allein ist, dass sie ihre Sorgen und Freuden teilen kann – dies ist der Grund dafür, dass wir nach dem Codex in jungen Jahren eine Schwester im Geiste und in der Tat haben sollen. Im Leben jeder Levitatin kommt jedoch der Augenblick, da sie sich von ihrer Schwester lösen muss, denn nur so kann sie die ihr innewohnenden Kräfte entfalten. Dieser Zeitpunkt war längst gekommen.«

Prisca sah ihre Meisterin unsicher an. »Ihr … Ihr seid der Ansicht, dass Kalliope meiner Entwicklung abträglich war?«

Harona schüttelte das haarlose Haupt. »Es ist kein Geheimnis, dass Meisterin Cedara und ich unterschiedlicher Ansicht sind, was die Unterweisung unserer Schülerinnen angeht. Ich habe mich nie dazu geäußert, weil es mir fern liegt, Kritik an einer anderen *numerata* zu üben. Doch ich verhehle nicht, dass ich Kalliopes Abwesenheit nicht bedaure. Denn nun erst, Prisca, wirst du in der Lage sein, deine wahren Fähigkeiten zu entdecken.«

Prisca sandte ihr einen zweifelnden Blick. »Mir ist, als hätte zusammen mit Kalliope auch der beste Teil von mir Ethera verlassen.«

»Was für ein Unsinn!« Haronas schmale Brauen zogen sich finster zusammen. »Wer dies sagt, ist naiv und unwissend und hat keine Ahnung, wie bedeutend die Kräfte sind, die uns innewohnen!«

»Denkt Ihr?«, fragte Prisca, erschrocken über den plötzlichen Ausbruch.

»Ich *weiß*, dass es so ist«, verbesserte ihre Meisterin mit fast beschwörendem Tonfall. »Nicht von ungefähr habe ich dich und keine andere zur Schülerin gewählt – weil ich von Beginn an gefühlt habe, dass bedeutende Fähigkeiten in dir schlummern.«

»Meisterin, ich danke Euch«, entgegnete Prisca ein wenig beschämt, »ich wagte nicht zu hoffen, dass Ihr eine solch hohe Meinung von mir habt.«

»Dennoch kannst du nicht von der Vergangenheit lassen.«

»Ich versuche es, aber es ist nicht einfach. Kalliope und ich sind verwandte Seelen gewesen, zwei Seiten derselben Münze. Wir haben nicht nur unsere Kammer geteilt, sondern auch unsere geheimen Sorgen und Gedanken …«

»… und womöglich auch manches andere«, fügte Harona hinzu. Es war keine Frage, sondern eine Feststellung, entsprechend entsetzt war der Blick, mit dem Prisca ihre Meisterin bedachte. »Ich höre dich reden«, fügte die Gildemeisterin hinzu, »und erlaube mir, meine eigenen Schlüsse daraus zu ziehen.«

Hilfe suchend starrte Prisca in die Züge ihrer Meisterin, die jedoch so hart und reglos waren, als wären sie aus Stein gemeißelt. Auch der Blick ihrer Augen ließ erahnen, dass leugnen keinen Zweck haben würde. Priscas einzige Chance bestand darin, um Vergebung zu bitten, hier und jetzt.

Tränen stürzten in ihre Augen, Reue erfüllte sie, gepaart mit unsäglicher Furcht. Unvermittelt sprang sie auf und warf sich vor ihrer Meisterin zu Boden, die Arme schlang sie um ihre Beine.

»Vergebt mir«, flehte sie mit wimmernder Stimme. »Ich bin so schrecklich dumm gewesen.«

»Schrecklich dumm, in der Tat«, stimmte die Gildeschwester erbarmungslos zu. »Und du hast versucht, mich arglistig zu hintergehen. Hast die Wahrheit bewusst vor mir verheimlicht.«

»Vergebt mir! Vergebt Eurer treuen Schülerin«, schluchzte Prisca mit von Tränen halb erstickter Stimme.

»Glaubst du wirklich, dass du Vergebung verdient hast?«, fragte Harona ungerührt. »Du hast gegen den Codex der Gilde verstoßen und versucht, diesen Verstoß vor mir zu verheimlichen. Dabei hätte dir klar sein müssen, dass ich jeden Versuch einer Täuschung von vornherein durchschaue!«

»Verzeiht, Meisterin! Es wird niemals wieder vorkommen …«

»Allerdings nicht – denn wenn du erst in Schimpf und Schande davongejagt wurdest, wirst du keine Möglichkeit mehr haben, die Ehre unserer Gemeinschaft zu beschmutzen.«

»Ich … ich wollte es nicht tun«, beteuerte Prisca unter Tränen. »Kalliope war einsam, und sie hatte Angst. Ich wollte sie trösten, aber sie …«

»Eine wahre Schwester der Gilde sucht nicht Trost bei ihresgleichen, noch hat sie ihn zu gewähren«, entgegnete ihre Meisterin hart. »Sie hat sich freizumachen von allem, was sie bindet, ihre Hingabe hat allein der Unendlichkeit zu gehören, der Schöpfung der Urmutter und der Kraft, die wir daraus beziehen. Ist das nicht der Fall, sind Schmerz und Leid die unausweichliche Folge – habe ich dich das nicht immer wieder gelehrt? Mit ungebrochener Geduld?«

»Doch, Meisterin, das habt Ihr«, versicherte Prisca. »Immer und immer wieder.«

»Und dennoch hast du mich auf eine Weise enttäuscht, die ich nicht für möglich gehalten hätte.«

»Aber ich … ebenfalls nicht«, wisperte Prisca, die Stirn noch immer auf dem kalten Boden. »Nicht ich bin es gewesen, die den ersten Schritt getan hat. Kalliope war es!«

»Dessen bin ich mir bewusst – wäre es nicht so, hättest du es verdient, an den Haaren durch die Gärten gezerrt und von den Klippen gestoßen zu werden.«

»Meisterin.« Prisca hob den Blick. Ihre bleichen Züge waren von Staub beschmutzt, durch den ihre Tränen gezackte Linien gezogen hatten. »Ich verspreche Euch, dass ich alles tun werde, um dieses Vergehen vergessen zu machen.«

»Ist das so«, sagte Harona unbeeindruckt.

»Ich schwöre es bei unserer Urmutter«, bekräftigte Prisca ohne Zögern. »Niemals hat eine Meisterin eine gehorsamere Dienerin gehabt. Ich gehöre Euch, Meisterin, verfügt über mich, wie es Euch beliebt – aber jagt mich nicht davon.«

Nur einen Moment lang hielt sie Haronas bohrendem Blick stand, dann starrte sie erneut zu Boden.

»Du wirst mir untertan sein?«, begann ihre Meisterin endlich. »Mir niemals wieder etwas verheimlichen?«

»Ich schwöre es.«

»Auch dann nicht, wenn es deine Gefühle verletzt? Wenn es deiner Überzeugung widerspricht?«

Prisca hob das Haupt und schüttelte es in grimmiger Entschlossenheit. »Auch dann nicht. Mein Leben und meine Loyalität gehören für immer Euch.«

»Schöne Worte«, lachte Harona. »Aber kann ich sie auch glauben? Immerhin hast du nicht nur mich hintergangen, sondern alle Schwestern unserer Gemeinschaft ...«

»Das könnt Ihr«, versicherte Prisca und suchte verzweifelt nach weiteren Argumenten, mit denen sie ihre Reue und ihren Willen zur Besserung belegen konnte. »Was geschehen ist, das bin nicht ich gewesen«, fügte sie hinzu. »Kalliope trägt daran Schuld. Sie hat mich zu meiner Verfehlung getrieben. Ich werde ... ich werde sie aus meinem Herzen verbannen und niemals wieder zurückblicken. Niemals wieder!«

»Niemals wieder«, wiederholte Harona und ließ ihren Blick eine scheinbare Ewigkeit lang auf ihrer Schülerin ruhen – Zeit, in der Prisca reglos am Boden kauerte und sie ihre Anspannung und ihre Furcht am liebsten laut hinausgeschrien hätte.

Plötzlich entspannten sich die Gesichtszüge ihrer Meisterin jedoch. »Nun gut.«

»Ihr … Ihr vergebt mir?«

»Ich vergebe dir.«

»Ihr werdet mich nicht verstoßen?«

»Nein – jedenfalls nicht jetzt. Doch solltest du jemals wieder versuchen, mich zu hintergehen, wirst du die schändlichste Strafe erfahren, die dein Kopf ersinnen kann …«

»Das wird nicht geschehen«, versicherte Prisca und presste die Lippen auf die Stiefel ihrer Meisterin.

»Gut«, erwiderte diese. »Vergiss dein Versprechen nicht, denn schon sehr bald wirst du Gelegenheit erhalten, dich zu bewähren und mir zu beweisen, was es wert ist.«

»Meisterin?« Prisca horchte auf.

»Auch wir werden Ethera in Kürze verlassen«, eröffnete ihre Meisterin. »Die Erhabene Schwester hat auch uns auf einen anderen Weltensplitter beordert.«

Prisca gab sich Mühe, ihre Überraschung zu verbergen. Die Frage nach dem Warum dieser Entscheidung unterdrückte sie. »Ist es erlaubt zu fragen, wohin wir …?«

»Tridentia.«

»Die Königswelt?« Prisca sog entsetzt nach Luft. »Ist auch dort eine Mitschwester verschwunden?«

»Noch nicht. Aber ich konnte unsere Erhabene Schwester überzeugen, dass wir dort eingreifen müssen, ehe es so weit ist.«

10. Kapitel

Die Zeit kroch zäh dahin.

Nach der ersten Woche an Bord, in der vieles neu und ungewohnt gewesen war, wurde das Leben an Bord der *Volanta* inzwischen von Gleichförmigkeit bestimmt, die die Tage und Nächte nur noch langsam verstreichen ließ.

Früh am Abend, noch vor dem Sonnenuntergang, erklang der Weckruf. Die Mannschaft pflegte sich dann auf Deck zu versammeln, und Kelso, der Bootsmann, gab die Befehle aus. Der Anker wurde gelichtet und die Segel gesetzt, und während Meisterin Cedara und die beiden Rudergänger es übernahmen, die *Volanta* ihrem fernen Ziel ein weiteres Stück näher zu bringen, wurden die Mannschaften dazu angehalten, das Deck und die Quartiere zu reinigen. Die zweite Nachthälfte gehörte verschiedenen Übungen, die Kelso unter der Aufsicht von Kapitän Baramiro abhielt. In manchen Nächten wurde das Reffen der Segel im Fall eines plötzlich auftretenden Unwetters geübt, in anderen die Verteidigung des Schiffes gegen Piraten. Aber Kalliope schätzte, dass das eigentliche Ziel des Drills darin bestand, die Männer beschäftigt zu halten, damit keine Langeweile aufkam und die Disziplin an Bord erhalten blieb … und das war bitter notwendig.

Anders als auf Ethera, wo sie von Wohlwollen und beruhigender Ordnung umgeben gewesen war, hatte Kalliope an Bord der *Volanta* das Gefühl, von Feinden umzingelt zu sein. Kein Augenblick verging, in dem sie nicht einen lüsternen Blick in ihrem Nacken fühlte, und obschon sie kein Verlangen nach der Kälte und der Einsamkeit

Jordråks verspürte, wünschte sie sich, das Ziel der Reise schon erreicht zu haben. Nur wenn sie an der Seite ihrer Meisterin auf dem Achterdeck stand und dabei zusah, wie die Lichter der Leuchttürme an fernen Klippen vorüberglitten, während der Fahrtwind ihr das Haar zerwühlte, ertappte sie sich dabei, dass sie es ein klein wenig genoss.

Kalliope war weder in der Lage zu beschreiben, was sie dann empfand, noch hatte sie einen Namen dafür. Aber es fühlte sich anders an als alles, was sie bisher in ihrem Leben verspürt hatte …

»Freiheit«, sagte Cedara unvermittelt.

»Wie bitte?« Kalliope wandte sich ihrer Meisterin zu, die einmal mehr auf dem Sitz der Levitatin thronte und das Schiff mit ihrer Willenskraft in den Lüften hielt.

»Das Wort, nach dem du suchst, ist Freiheit«, wiederholte Cedara.

Dass sie überhaupt in der Lage war, sich mit ihrer Schülerin zu unterhalten, während sie das Schiff vor dem Absturz in die bodenlose Tiefe bewahrte, nötigte Kalliope höchste Bewunderung ab – wann immer sie selbst Gegenstände von sehr viel geringerem Gewicht und Volumen zu heben suchte, brauchte sie dazu ihre ganze Konzentration, Ablenkung gleich welcher Art bedeutete Versagen. Bei Meisterin Cedara hingegen schien die Levitation ihre Sinne und ihren Verstand nur noch zusätzlich zu schärfen.

»Ich weiß, was du empfindest, Kind. Auch ich habe einst dort gestanden, wo du jetzt stehst. Ich habe es ebenso sehr verabscheut wie du, von Ethera fortgeschickt zu werden – und ich habe es ebenso sehr genossen, die Weite und den Wind zu fühlen, die Freiheit des Sanktuarions. Ist es nicht überwältigend?«

»Alle Weltenkörper sind in Harmonie und vollkommenem Gleichgewicht«, stimmte Kalliope zögernd zu, die sich ein wenig überrumpelt fühlte.

»Etwas Ähnliches habe auch ich meiner Meisterin einst geantwortet«, entgegnete Cedara.

»Und was hat sie gesagt?«

»Dass ich ein törichtes junges Ding sei und nicht aus dem Codex zitieren solle, wenn es darauf ankäme, das Herz sprechen zu lassen«, erwiderte Cedara – und hätte Kalliope es nicht besser gewusst, hätte sie vermeint, in diesem Augenblick eine leichte Erschütterung zu spüren, die das Schiff durchlief, so als hätten die Kräfte ihrer Meisterin einen kaum merklichen Augenblick lang nachgelassen.

»Gildemeisterin, auf ein Wort, ich bitte Euch!«

Es war Baramiro, der gerufen hatte. Wie fast jede Nacht stand der Kapitän am Kartentisch bei seinen Steuermännern. Sein Diener, ein junger Mann in Kalliopes Alter, half ihm dabei, die auf hauchdünnes, lichtdurchlässiges Leinenpapier gezeichneten Karten der verschiedenen Himmelsebenen in die übereinandergelagerten Rahmen zu spannen. Eine darunter angebrachte Laterne beleuchtete sie und ermöglichte es, dass man, wenn man von oben darauf blickte, einen räumlichen Eindruck der Route gewann.

Cedara erhob sich von ihrem Sitz. Die Arme behielt sie dabei leicht ausgebreitet, nicht, weil es notwendig gewesen wäre, sondern um sich selbst daran zu erinnern, welche Bürde und Verantwortung sie trug.

In dieser Haltung schritt sie zum Kartentisch, wo Kapitän Baramiro mit einem Halbzirkel die Entfernungen der einzelnen Streckenabschnitte maß. Die Gesichtszüge des Schiffskommandanten verrieten unverhohlene Sorge.

»Ist etwas nicht in Ordnung, Kapitän?«, erkundigte sich Cedara.

»Wie man es nimmt«, entgegnete Baramiro. Ein schwaches Lächeln zerknitterte seinen Mund, um den inzwischen ein schwarzgrauer Bart spross. Viele Luftschiffer pflegten sich während einer Überfahrt nicht zu rasieren, da es ihnen als glückbringendes Omen galt.

»Wenn Ihr damit die Kursabweichung meint …«

Der Blick des Kapitäns verriet Erstaunen. »Ihr habt sie bemerkt?«

Kalliopes Meisterin lachte milde. »Was für eine miserable Levitatin wäre ich, wenn ich es nicht bemerkte. Die Winde, die wir seit einigen Nächten nutzen, haben uns rasch vorangebracht, uns aber auch ein wenig weiter nach Westen getragen, als es ursprünglich beabsichtigt war.«

»Das stimmt.« Baramiro nickte und deutete mit dem Halbzirkel auf eine Karte, die sich auf einer der mittleren Ebenen befand. »Unser ursprünglicher Kurs hätte uns ein gutes Stück östlich an den Klippen von Malakay vorbeigetragen, sodass wir die Wetterpassage ohne Probleme hätten meistern können. Nun jedoch werden wir sie hier bewältigen müssen, beim Gürtel von Malakay, dessen schroffe Klippen schon manchem Schiff zum Verhängnis wurden.«

»Sind die Klippen denn nicht durch Leuchtsignale gesichert?«, fragte Kalliope.

»Das waren sie früher einmal«, knurrte Baramiro. »Die traurige Wahrheit ist, dass der König hier draußen mehr und mehr an Einfluss verliert. Die Herren der Außenwelten vernachlässigen ihre Pflichten und sind nur noch darauf versessen, ihren Gewinn zu mehren. Bestechung und Betrug sind an der Tagesordnung.«

»Mein Freund«, warnte Cedara, »Ihr wählt gefährliche Worte.«

»Nichtsdestotrotz ist es die Wahrheit«, beharrte er und rieb sich das bärtige Kinn. »Und nicht Weltenlords sind es, die mit ihrem Schiff an den Klippen zu zerschellen drohen, sondern wir.«

»Können wir nicht umkehren und einen Bogen um Malakay machen?«, wollte Kalliope wissen.

»Dafür ist der Aufwind viel zu stark, und es gibt weit und breit keine Luftströmung, die uns zurücktragen würde«, verneinte Baramiro kopfschüttelnd. »Unser einzig möglicher Weg führt durch das Riff. Deshalb werden wir die weitere Reise am hellen Tage fortsetzen.«

»Dann dauert die Überfahrt ja noch länger«, wandte Kalliope erschrocken ein.

»Das ist wahr – dafür besteht die Möglichkeit, unser Ziel lebend zu erreichen.«

»Wann soll der Wechsel vollzogen werden?«, erkundigte sich Meisterin Cedara.

»Schon morgen. Ich habe Kelso angewiesen, die halbe Mannschaft unter Deck in den Quartieren zu lassen, damit sie die Nacht über ausruhen kann. Bei Sonnenaufgang werden diese Männer dann ihren Dienst antreten – vorausgesetzt, das übersteigt Eure Kräfte nicht.«

Cedaras Zögern währte nur einen Augenblick. »Keineswegs«, sagte sie dann. »Ein stärkender Trank wird mir helfen, die Erschöpfung in Grenzen zu halten.«

Sie streifte ihre Schülerin mit einem fragenden Blick, den Kalliope mit einem Nicken beantwortete. Dass Levitatinnen sich stärken mussten, um eine zusätzliche Wachschicht durchzustehen, kam nicht selten vor, und es gab verschiedene Sorten von Tränken, mit denen sie ihre Müdigkeit zu vertreiben und ihre Konzentration zu steigern pflegten, von getrocknetem Kaffeegras bis hin zur Frucht des Cytressenstrauchs, die freilich nur in geringen Dosen eingenommen werden durfte.

»Sehr gut.« Baramiro nickte. »Mit etwas Glück werden wir das Riff ohne Probleme hinter uns bringen.«

»Und – wenn nicht?«, fragte Kalliope leise.

»Wenn wir mit den Felsen kollidieren und das Schiff zerschellt, wird Eure Meisterin nur einen kleinen Teil davon in den Lüften halten können – haltet Euch also dicht bei ihr und hofft, dass Ihr zu diesem Teil gehört«, beschied der Kapitän ihr grimmig. Dann wandte er sich ab und erteilte dem Steuermann des Seitenruders einige Anweisungen.

Auch Cedara ging wieder auf ihren Posten, Kalliope blieb ein wenig beschämt zurück. Sie nahm es Baramiro nicht übel, dass er sich für die Herablassung revanchierte, mit der sie ihn zu Beginn der Reise behandelt hatte. Nun, da Gefahr im Verzug war, bedauerte sie, was sie gesagt hatte.

Sie gesellte sich zu ihrer Meisterin und nahm erneut ihren Platz an der Reling ein, lauschte dem Knarren der Segel und dem Rauschen des Windes. Irgendwann – dem Stand des Mondes nach, der als waagrechte Sichel am Himmel stand, war es bereits nach Mitternacht – rief Cedara sie zu sich.

»Ja, Meisterin?«, erkundigte sich Kalliope.

»Ich fühle Müdigkeit, und ein Ende meines Dienstes ist nicht abzusehen. Geh in unser Quartier und öffne die Kiste mit den eisernen Beschlägen. Darin findest du einen Beutel Süßkraut. Bereite mir einen Trank daraus.«

»Gewiss, Meisterin«, bestätigte Kalliope gehorsam und entfernte sich unverzüglich.

Über die Treppe gelangte sie hinab aufs Hauptdeck, von dort in das Heckkastell. Nicht nur der Kapitän und seine Offiziere, unter ihnen der Bootsmann und der *medicus* des Schiffes, nächtigten dort, sondern auch die beiden Gildeschwestern, und es war derjenige Teil des Schiffes, in dem das Gemisch aus altem Holz, ranzigem Öl und kaltem Schweiß, das die Luft an Bord tränkte, noch einigermaßen zu ertragen war. Der Herd allerdings, an dem der Schiffskoch einmal am Tag eine warme Mahlzeit zubereitete, die zunächst von den Offizieren und der Levitatin, dann von den Maaten und ihren Mannschaften und schließlich von den Schiffsjungen eingenommen wurde, befand sich unter dem Hauptdeck, sodass Kalliope wohl oder übel dorthin musste.

Den Beutel mit dem Süßkraut – einer Pflanze, die ursprünglich von den Südwelten stammte und auf Crescat kultiviert wurde – fand sie dort, wo ihre Meisterin es ihr beschrieben hatte. Sie verließ die Kajüte und verschloss die Tür sorgfältig hinter sich. Dann nahm sie die breite Treppe, die in die schummrigen Eingeweide der *Volanta* führte.

Wann auch immer es ihr möglich gewesen war, hatte Kalliope es vermieden, unter Deck zu gehen. Sie glaubte sich zu erinnern, dass sich der Herd in der Nähe des Hauptmasts befand, noch über dem Laderaum, aber bereits dort, wo die Luftschiffer ihre Schlaflager hatten. Da, wie Baramiro angekündigt hatte, nur die Hälfte der Männer auf Deck war und ihren Dienst versah, brauchte die Gildeschülerin nur dem lauten Schnarchen zu folgen, um den Weg zu finden. Über eine Leiter, deren morsche Tritte bedenklich ächzten, gelangte sie auf das Zwischendeck. Sie wandte sich mittschiffs, und durch das fahle Mondlicht, das durch die Deckengräting fiel, konnte sie die Luftschiffer in ihren Hängematten liegen sehen, die sie überall dort aufgehängt hatten, wo Platz war – zwischen Vorratsfässern, Holzkisten und riesigen Stücken Dörrfleisch, die von der niederen Decke baumelten, aber auch über den *ballistae*, mit denen das Schiff auf beiden Seiten bestückt war und die in der Lage waren, brennende Pfeilgeschosse auf etwaige Angreifer zu schleudern.

Auf leisen Sohlen schlich Kalliope daran vorbei, nicht ohne die bärtigen, ungepflegten Gestalten mit einem missbilligenden Blick zu bedenken. Einige der Kerle schliefen in ihren schmutzigen Kleidern, andere waren halbnackt – die Gildeschülerin fand beides verabscheuungswürdig.

Über eine Treppe gelangte sie noch ein Deck tiefer, und unweit der Stelle, wo sich der dicke Stamm des Großmasts durch das Schiff bohrte, fand sie zu ihrer Erleichterung den Herd. Im Grunde handelte es sich dabei nur um einen eisernen Kasten, der in einem Becken aus Sand stand, damit kein Funke auf das Holz überspringen konnte. Die Glut, die darin schwelte, war ausreichend, um den Süßholztrank zu bereiten. Leise öffnete Kalliope das Säckchen, gab den Inhalt in einen Topf und stellte ihn auf den Herd. Dann griff sie nach einem der gefüllten Wasserkrüge, die daneben bereitstanden, und goss etwas davon hinein. Nun würde sie nur ein wenig warten müssen.

»Was treibst du da?«

Die Stimme ließ Kalliope herumfahren.

Vor ihr stand Edo, der Schiffskoch. Sie kannte ihn, weil er die Mahlzeiten nicht nur zuzubereiten, sondern auch eigenhändig in der Messe zu kredenzen pflegte.

»Ihr seid es.« Sie atmete auf. »Ihr habt mich erschreckt.«

»Nicht doch.« Der Koch, ein feister Kerl, der mit deutlichem Südakzent sprach, stülpte die wulstige Unterlippe vor, um sein Bedauern zu zeigen. »Wie komme ich zu solch hohem Besuch in meiner *cambusa*?«

»Meine Meisterin hat mich geschickt, um ihr diesen Trank zu brauen«, erklärte Kalliope, nach dem Topf deutend.

»Ah, Gildetrank.« Edo schob seine massige Gestalt vor, reckte den Schädel über den Topf und schnupperte. »Großes Geheimnis, verstehe.«

»Eigentlich nicht.« Kalliope schüttelte den Kopf. »Es ist nur etwas Süßkraut aus dem Garten von …« Sie unterbrach sich, als sich der Koch verstohlen umblickte.

Die schmalen Schweinsäuglein des Kochs starrten sie über seine runden Backen hinweg an. »Niemand, der die Gildeschülerin begleitet?«, fragte er.

»Meine Meisterin erwartet mich«, erwiderte Kalliope. Sie verspürte den Drang, rasch aufs Oberdeck zurückzukehren.

»Das ist kein Problem«, feixte Edo. »Es dauert auch nicht lange. Nur einen Augenblick.«

Kalliope hatte nicht vor, diesen Augenblick abzuwarten. Sie wollte nach dem Topf auf dem Herd greifen und sich rasch entfernen, als plötzlich Leben in den scheinbar so schwerfälligen Körper des

Schiffskochs kam. Mit einem Satz sprang er vor, und während seine Linke nach Kalliope schnappte, riss er mit der anderen Hand ein Messer unter seiner dreckstarrenden Schürze hervor.

Kalliope unterdrückte einen Schrei, als die fleischige Pranke des Kochs nach ihr griff. Sie wich zurück, stieß dabei gegen die Laterne, die an einem Haken von der Decke hing. Die Flamme flackerte, die Schatten begannen zu tanzen – und plötzlich hatte Kalliope das Messer an ihrer Kehle.

»Lass mich los!«, zischte sie, aber Edo dachte nicht daran. Seine körperliche Überlegenheit ohne Rücksicht ausspielend, presste er die junge Frau mit einer Hand gegen den Mastbaum, während er mit der Messerspitze vom Hals abwärts über ihre Brust fuhr. »Schön«, grunzte er mit vor Erregung glänzenden Backen. »Wunderschön.«

»Nein«, flehte Kalliope, die sich vergeblich im Griff ihres Peinigers wand. »Lasst mich gehen!«

»Ich denke nicht daran.« Der Schiffskoch schüttelte das stiernackige Haupt. »Kommt nicht oft vor, dass sich ein so hübscher Vogel in meine Küche verirrt. Bin sicher, er wird mir munden«, fügte er grinsend hinzu.

»Bitte nicht«, sagte Kalliope noch einmal. »Wenn du das tust, wirst du es bereuen.«

»Ach, werde ich das?«, lachte Edo, auf dessen Stirn sich kleine Schweißperlen gebildet hatten. »Du bist keine Meisterin, und es ist niemand hier außer uns. Was also kann passieren?« Um seine Worte zu unterstreichen, setzte er das Messer am Saum ihrer Tracht an und stach kurzerhand hinein.

Kalliope war vor Furcht und Entsetzen wie erstarrt. Sie fühlte den Stahl der Klinge auf ihrem Oberschenkel, als der Koch das Messer abrupt nach unten führte und ihr Kleid zerschnitt. Für einen Moment lockerte er seinen Griff und legte die Klinge weg, um begierig die nackte Haut freizulegen, die unter dem Leinenstoff zum Vorschein kam – Kalliope nutzte die Gunst des Augenblicks und entwand sich der Umklammerung. Sie wich zurück, bis sie in ihrem Rücken die Wärme des Herdes spürte.

»Sieh an, jetzt wird das Spiel interessant«, keuchte der Schiffskoch und wankte auf sie zu.

Ohne ihren Blick von dem feisten Mann zu wenden, tastete Kalliope hinter sich und bekam mit zitternden Händen den Topf mit dem Süßholztrank zu fassen. Kurz entschlossen fasste sie ihn und schüttete Edo den heißen Inhalt ins Gesicht. Der Koch heulte auf vor Wut und Schmerz, und Kalliope fuhr herum, wollte die Treppe hinauf und zurück auf Deck – doch sie kam nicht weit.

Im Halbdunkel prallte sie gegen ein Hindernis. Instinktiv duckte sie sich und wollte hastig daran vorbei, als jemand nach ihr griff und sie unbarmherzig packte. »Sieh an, Edo«, sagte der Neuankömmling. »Welche Maus ist dir denn in die Falle getappt?«

Vergeblich wand sich Kalliope im Griff des Matrosen, der soeben die Treppe herabgekommen war – vermutlich war er durch die Kampfgeräusche geweckt worden und hatte nachsehen wollen, was es gab. Jetzt dehnte ein breites Grinsen sein schmutziges, bärtiges Gesicht, aus dem ein ausgehungertes Augenpaar starrte.

»Du hattest doch wohl nicht vor, diese Köstlichkeit allein zu vertilgen?«

Der Schiffskoch hatte sich inzwischen den Trank aus dem Gesicht gewischt. Seine Züge waren gerötet, nicht nur von der heißen Flüssigkeit, sondern auch vor Zorn.

»Halt sie fest«, verlangte er, auf Kalliope deutend.

Der Luftschiffer feixte. »Ich kenne dich, wenn du erst mal zu fressen anfängst, bleibt nichts mehr übrig. Entweder du lässt mir den Vortritt, oder ich lasse die Kleine laufen.«

Edo stierte den Matrosen an. Ihm war anzusehen, dass ihm die Abmachung nicht passte, aber er fügte sich – alles andere wäre ihm wohl zu anstrengend gewesen. Der Luftschiffer versetzte Kalliope einen harten Stoß, worauf sie quer durch die Schiffsküche taumelte und in Edos Armen landete. Indem sie ihre zierlichen Hände zu Fäusten ballte, schlug sie auf den Koch ein, aber ihre Hiebe prallten wirkungslos von seiner Masse ab. Brutal riss er sie zurück, und noch ehe sie begriff, wie ihr geschah, lag sie bereits rücklings auf dem kleinen Holztisch, der der Nahrungszubereitung diente. Als sie sich wehren wollte, krachte Edos Handrücken in ihr Gesicht. Kalliope sah dunkle Flecken vor Augen. Sie merkte, wie flauschige Pranken nach ihr griffen, hörte den Stoff ihres Kleides reißen.

»Los doch, worauf wartest du?«

Mit vor Entsetzen weit aufgerissenen Augen sah Kalliope den anderen Kerl näher kommen. Sein Oberkörper war nackt, Schweiß glänzte im flackernden Licht der Laterne. Mit einem Grinsen begann der Matrose, die Verschnürung seiner Beinkleider zu öffnen.

Kalliope wollte zurückweichen, doch Edo hielt sie unnachgiebig fest. Wehrlos und halb entblößt lag sie auf dem Tisch, Tränen der Hilflosigkeit in den Augen, die die Lust ihrer Peiniger noch zu beflügeln schienen. Keuchend zerrte der Matrose seine Hosen herab. Als würden sich ihre Sinne bereits wappnen gegen das Schreckliche, das gleich geschehen würde, nahm Kalliope nur noch Einzelheiten wahr.

Die Narbe, die der Mann über seinem linken Auge hatte.

Die beiden Lücken in seinem Gebiss.

Die Tätowierung auf seiner Brust.

Zwei Halbkreise, die sich im Scheitel berührten, dazu ein Strich, der sie senkrecht durchlief.

Der keuchende, warme, nach Fäulnis riechende Atem des Matrosen brachte sie zurück ins Hier und Jetzt. Zitternd vor Wollust wanderten seine frevlerischen Hände an ihren nackten Beinen empor, und sie hatte das Gefühl, vor Scham und Abscheu zu vergehen – als etwas Unerwartetes geschah.

Als hätte ihn der Schlag eines unsichtbaren Hammers getroffen, kippte der Luftschiffer plötzlich zurück. Ungläubig starrte er Kalliope an, als ihn ein zweiter Angriff traf, diesmal mit noch viel größerer Wucht. Entsetzt sah Kalliope, wie der Mann von unsichtbarer Kraft gepackt und lotrecht in die Höhe gerissen wurde. Mit vernichtender Wucht prallte sein Kopf gegen den Deckenbalken, und ein profanes Knacken verriet, dass sein Genick gebrochen war. Als er wieder auf die Planken zurücksank, war sein Körper schlaff und reglos.

Verwirrt sah Kalliope auf – nur um Meisterin Cedara zu erblicken, die im Eingang der Schiffsküche stand. Mit ihren milchig weißen Augen sah sie aus wie ein Geist.

Edo quiekte wie ein Schwein, das im Begriff war, abgestochen zu werden. Längst hatte der Schiffskoch Kalliope losgelassen und stand wie versteinert, während er auf seinen toten Kumpanen blickte.

Plötzlich fuhr er herum und griff nach dem Messer, das er abgelegt hatte – doch er kam nicht dazu, es gegen die Meisterin einzusetzen. Stattdessen führte der Schiffskoch die Klinge in einer weiten, widernatürlichen Bewegung gegen sich selbst. Einen Augenblick lang wankte er, und es sah aus, als würde er einen bizarren Kampf gegen einen unsichtbaren Gegner austragen. Dann rammte er sich das Messer mit furchtbarer Wucht in die eigene Kehle. In einem Blutschwall ging der Frevler nieder und blieb am Boden liegen, wo er gurgelnd sein Leben beendete.

Kalliope begriff, dass sie gerettet war. Sie wollte aufspringen und zu ihrer Meisterin eilen, doch plötzlich war ihr, als hätte sie Blei im Magen. In einer spontanen Reaktion warf sie sich herum und übergab sich, spuckte den Inhalt ihres Magens auf die schmutzigen Planken. Sie brauchte einige Augenblicke, um sich wieder zu fangen. Dann raffte sie sich auf die zitternden Beine, die Überreste ihres Kleides an sich pressend.

Cedara hatte ihr zugesehen, machte jedoch keine Anstalten, ihr zu helfen. »Geht es dir gut?«, fragte sie nur. Welche Konzentration es sie kosten musste, unter Deck zu gehen und ihrer Schülerin beizustehen, während sie gleichzeitig das Schiff in der Luft hielt, wagte Kalliope sich kaum vorzustellen.

»Ich … ich bin in Ordnung«, versicherte die Schülerin und streifte die beiden Männer, die leblos am Boden lagen, der eine in grotesker Verrenkung, der andere inmitten einer sich stetig vergrößernden Blutlache, mit einem schaudernden Blick. Natürlich hatte sie gewusst, dass eine Gildeschwester ihre Fähigkeiten auch zur Zerstörung einsetzen konnte, aber zum ersten Mal hatte sie es mit eigenen Augen gesehen. Sie war erschüttert darüber, aber ihre Erleichterung überwog. »Ich danke Euch, Meisterin. Von ganzem Herzen. Wenn Ihr nicht gewesen wärt …«

»Danke mir nicht«, entgegnete Cedara mit einer Härte, die Kalliope nicht erwartet hatte. »Dies ist nicht die Art und Weise, wie eine Levitatin ihre Gabe einsetzen sollte.«

»I-ich weiß, Meisterin«, versicherte Kalliope, »aber ich habe nicht …«

»Nicht von ungefähr ist es einer Gildeschwester untersagt, ihre Gabe zur Zerstörung einzusetzen.«

»Ich weiß«, sagte Kalliope noch einmal mit einem erneuten Blick in Richtung der beiden Leichen. »Es tut mir wirklich leid.«

»Um diese beiden braucht es dir nicht leidzutun«, widersprach Cedara, »sie kannten beide das Gesetz und wussten, dass sie ihr Leben in dem Augenblick verwirkt hatten, als sie ihre Hand an eine Schwester der Gilde legten. Doch das ändert nichts daran, dass man nur verlieren kann, wenn man eine andere Kreatur tötet. Eine größere Störung des inneren Gleichgewichts ist kaum vorstellbar. Du hast mich dazu gezwungen, etwas zu tun, das ich nicht tun wollte!«

»Ich?« Kalliope glaubte, nicht recht zu hören.

»Natürlich, was glaubst du wohl? Deine Unsicherheit ist es gewesen, die diese Männer zu ihrem Frevel ermutigt hat.«

»Meine Unsicherheit?«

»Du musst endlich begreifen, dass du dich nicht mehr auf Ethera befindest, Kalliope«, bekräftigte Cedara. »Hier draußen sind wir Gildeschwestern von Feindseligkeit umgeben. Die Tracht, die du am Leibe trägst, vermag dir einen gewissen Schutz zu gewähren, doch in Wahrheit sind es deine Haltung, dein Blick und deine Art zu sprechen und dich zu bewegen, die dich unangreifbar machen. Du darfst deine Furcht nicht derart offen zur Schau stellen, sonst wird dieser Übergriff nicht der einzige bleiben. Und ich kann nicht immer zur Stelle sein, um dich zu beschützen.«

»D-das verstehe ich«, räumte Kalliope verstört ein, die nach allem, was ihr widerfahren war, nicht damit gerechnet hatte, gemaßregelt zu werden. »Aber wie soll ich …?«

»Indem du deine Furcht ablegst und nach vorn blickst«, erwiderte ihre Meisterin prompt. »Die unbeschwerten Jahre sind vorüber. Wach endlich auf, Kind! Das heutige Ereignis sollte dir klargemacht haben, dass der Traum zu Ende ist. Das wirkliche Leben liegt vor dir.«

11. Kapitel

Es hatte zu regnen begonnen.

Nicht jener spontane, erfrischende Regen, wie er auf anderen Welten fiel, sondern die prasselnde Sturzflut, die sich regelmäßig auf Madagor ergoss und, wenn sie am späten Nachmittag wieder endete, den Regenwald in dampfendem Nebel zurückließ. Zumindest um diese Tageszeit war es durchaus von Vorteil, in den unteren Regionen Shantanpurs zu leben, denn die großen Blätter und die dichte Bebauung der oberen Stadtviertel sorgten dafür, dass dort kaum noch ein Regentropfen ankam. Die Feuchte jedoch drang auch bis hierher vor, so als wäre die ganze Welt ein einziger, sich bis in die letzte Pore vollsaugender Schwamm.

Ferner Donner und das gleichförmige Rauschen des Regens bildeten den eintönigen Hintergrund der Überlegungen, in die Croy versunken war, während er an einem der Tische im »Feuerkürbis« saß und düster in seinen Bierkrug starrte.

Nicht nur, dass ihm der Gedanke, nach Nergal zu gehen, ganz und gar nicht gefiel – die Aussicht, dies im Auftrag und mit dem Wissen des Großmercators zu tun, behagte ihm noch sehr viel weniger. Wie hatte es nur dazu kommen können?

Ganz offenbar hatte Novaro ihn über einen längeren Zeitraum hinweg beobachtet und war genau über seine Pläne informiert gewesen. Mehr noch, er hatte Croy gezielt Informationen zugespielt und ihn nach Strich und Faden manipuliert – und der Dieb hatte noch nicht einmal Verdacht geschöpft.

Das alles ließ nur einen Schluss zu.

Er wurde allmählich alt.

»Du siehst aus, als hättest du eine Kakerlake gefressen«, kommentierte Jago, als er ihn so sitzen sah. Der Wirt des »Feuerkürbis« huschte geschäftig hinter dem Tresen umher, ordnete Flaschen und stellte Krüge bereit. Sobald der Regen aussetzte, würden die ersten Gäste eintreffen, und die Geschäfte würden laufen wie an jedem Abend.

»Das schmeckt mir nicht«, knurrte Croy lakonisch, der kein Verlangen danach verspürte, sich mit dem Chamäleoniden zu unterhalten. Jagos Laune war seit ihrer Entlassung merklich gestiegen, was ihn nach Meinung des Pantheriden nur noch unerträglicher machte.

»Glaub mir, man gewöhnt sich daran«, erwiderte Jago mit einer wegwerfenden Krallenbewegung. »Als ich meine erste Kakerlake gefressen habe, dachte ich auch, sie würde mir nicht schmecken. Die harte Schale muss ordentlich gekaut werden. Aber dann …«

»Idiot«, brummte Croy. »Ich spreche nicht von deinen dämlichen Kakerlaken, sondern davon, nach Nergal zu gehen und etwas zu suchen, wovon wir noch nicht einmal wissen, wie es aussieht.« Er deutete auf das Stück Pergament, das Novaro ihnen gegeben hatte und das ausgebreitet vor ihm auf dem Tisch lag. »Weiß der Henker, was es damit auf sich hat.«

»Immer noch besser«, lallte Jago, während er seine lange Zunge dazu benutzte, einige hartnäckige Rückstände aus einem Krug zu entfernen, »als im Kerker zu sitzen.«

»Da wäre ich mir nicht so sicher. Bist du schon einmal auf Nergal gewesen?«

»Noch nicht.«

»Das dachte ich mir.« Croy knurrte. »Nergal ist ein finsteres Loch, karg und steinig und von giftigem Nebel umgeben. Kaum etwas kann dort lange existieren, von den Ureinwohnern abgesehen. Und selbst sie leben unter der Erde.«

»Sieh an«, machte Jago, der seine Zunge wieder aufgerollt hatte und neugierig hinter dem Tresen hervorkam. »Das klingt, als ob du tatsächlich schon mal dort gewesen wärst.«

Croys gelbgrüne Raubtieraugen schickten ihm einen düsteren Blick. »Nergal ist eine Strafgefangenenkolonie«, erklärte er weiter.

»Die Kaiserin lässt dort Eisenerz abbauen, aus dem die Waffen ihrer Legionen geschmiedet werden. Wer sich widerrechtlich dort aufhält oder etwas zu entwenden versucht, wird entweder getötet oder zum Dienst in den Minen verpflichtet, was auf dasselbe herauskommt.«

»Inwiefern?«, fragte Jago.

»Das willst du nicht wissen.«

»Und wenn ich es doch wissen will?«

Croy schürzte die Lippen und entblößte für einen Moment das furchterregende Gebiss. »Zuerst«, erwiderte er dann, »bekommt man Krämpfe von der giftigen Luft in den Stollen, und die Augen brennen, als wollten sie dir aus den Höhlen quellen. Dann musst du erbrechen, und dein Verstand fängt an, dir Streiche zu spielen, indem er dir Dinge zeigt, die nicht existieren. Von diesem Zeitpunkt an …«

»Schon gut, schon gut.« Jago winkte ab. »So genau wollte ich es auch wieder nicht wissen.«

»Das ist noch nicht alles«, fuhr Croy unerbittlich fort, »denn selbst wenn wir es schaffen sollten, ungesehen von Nergal zu entkommen und uns die Zwangsarbeit erspart bleiben sollte, sind wir so gut wie tot – oder glaubst du wirklich, Novaro würde sich an seinen Teil der Abmachung halten und uns am Leben lassen, wenn wir unsere Schuldigkeit getan haben? Wir sind Mitwisser, die für ihn ein unkalkulierbares Risiko darstellen – und unkalkulierbare Risiken pflegen Mercatoren grundsätzlich aus ihrer Rechnung zu streichen.«

»Anzunehmen«, meinte Jago gelassen. »Nur gut, dass mich das alles nichts mehr angeht.«

Croy sah auf.

»Du glaubst doch wohl nicht im Ernst, dass ich mich auf diesen Irrsinn einlassen werde?«

»Du hast dein Wort gegeben!«

»Na und? Morgen früh werde ich an Bord des ersten Schiffes sein, das Madagor verlässt – und ich werde erst zurückkehren, wenn Gras über die Sache gewachsen ist.«

»Und der Junge?«, fragte Croy.

»Was soll mit ihm sein?«

»Wenn wir verschwinden, wird Novaro ihn töten.«

»Wenn schon.« Jago schaute ihn verständnislos an. »Er ist nur ein Mensch!«

»Er ist dein Eigentum«, brachte Croy in Erinnerung, »hast du das nicht die ganze Zeit über betont? Und Eigentum verpflichtet, wie du sicher weißt.«

»Ich verzichte freiwillig!«, erklärte Jago rundheraus. »Außerdem gehört mir der Junge ohnehin nicht mehr – du hast ihn mir gestohlen, weißt du nicht mehr?«

»Du drehst dir die Dinge immer so, wie du sie gerade brauchst, was?«, fragte Croy, seinen Zorn nur mühsam beherrschend.

»Was erwartest du? Ich bin ein Chamäleon! Ein altes Sprichwort lautet, dass man einen Baum nicht versetzen kann – aber man kann versuchen, wie einer auszusehen.«

»Verschone mich mit deinen geschuppten Weisheiten.«

»Man muss die Spielregeln beständig ändern, wenn man am Leben bleiben will.«

»Verstanden«, knurrte Croy. In gefährlicher Langsamkeit erhob er sich von seinem Stuhl und trat auf Jago zu.

»W-was hast du vor?«, fragte Jago. Seine halbkugelförmigen Augen spähten nervös zur Tür, vor der er einen seiner Schläger postiert hatte.

»Die Spielregeln ändern«, stieß Croy zwischen gefletschten Zähnen hervor – und noch ehe der Chamäleonide sich umwenden und flüchten konnte, hatte der Panthermann ihn auch schon gepackt und hielt ihn unnachgiebig fest, während er mit der anderen Hand nach einem seiner Dolche griff. »Ich habe gerade beschlossen, dass du aus dem Spiel ausgeschieden b…«

Croy hatte die Klinge bereits halb aus dem Futteral gezogen, als er innehielt.

»W-was ist?«, fragte Jago, der furchtsam die dünnen Arme über den Kopf genommen hatte.

»Mir kommt gerade ein Gedanke.«

»A-ach ja?«

»Novaro hat den Jungen in seiner Gewalt und will ihn gegen das Artefakt tauschen«, überlegte Croy, während er den Chamäleoniden weiter umklammert hielt. »Sobald wir es jedoch aus unseren Händen geben, wird er uns ganz sicher alle töten lassen, weil er sich keine Zeugen leisten kann.«

»Deshalb wollte ich ja abhauen«, bekräftigte Jago, aber Croy hörte ihm gar nicht zu.

»Wenn sich der Junge jedoch zu diesem Zeitpunkt nicht mehr in seiner Gewalt befände, wäre ich Novaro einen Schritt voraus und hätte etwas in der Hand, um uns freizukaufen«, spann der Panthermann seinen Gedanken weiter. »Wenn es mir also gelingen würde, Kieron zu befreien …«

»Und wie willst du das denn anstellen?«, ächzte der Chamäleonid.

»Sehr einfach.« Croy ließ ihn los. »Mit deiner Hilfe.«

»Was?« Jagos Züge zerknitterten sich, als hätte sich seine Zunge doppelt verknotet. »Hast du den Verstand verloren?«

»Du kannst von Glück sagen, wenn ich dir nicht deine verräterische Zunge herausreiße. Außerdem war es deine Idee, die Spielregeln zu ändern.«

»Aber ganz bestimmt hatte ich nicht daran gedacht, mich in den Kerker des Großmercators zu schleichen«, beschwerte sich der Chamäleonid. »Ich will doch nicht einen völlig idiotischen Tod sterben, während ich meinen eigenen Sklaven befreie. Und selbst wenn es uns gelänge, den Jungen herauszuholen, wäre die gesamte Echsengarnison auf unseren Fersen.«

»Kaum«, widersprach Croy. »Ich glaube nicht, dass Novaro in seiner Eigenschaft als Großmercator handelt.«

»Was meinst du damit?«

»Das Handelskontor ist groß und mächtig. Wenn es an dieser Sache interessiert wäre, hätte es ganz sicher andere Möglichkeiten, an das Artefakt heranzukommen, als einen gemeinen Dieb zu erpressen. Ich denke, dass Novaro und sein mickriger kleiner Freund in dieser Angelegenheit auf eigene Rechnung handeln und dass das Kontor nichts davon weiß.«

»Wenn das stimmt«, schöpfte Jago Hoffnung, »müssten wir denen nur stecken, dass ihr Freund Novaro ein eigenes Süppchen kocht, und …«

»Und schon was?« Croy schüttelte den Kopf. »Dein Verstand ist so klein, wie deine Klappe groß ist. Wir wissen doch noch nicht einmal, was Novaro im Schilde führt. Außerdem – wessen Worten würde man wohl Glauben schenken? Denen eines angesehenen Großmercators oder denen zweier hergelaufener Diebe?«

»*Eines* hergelaufenen Diebes«, verbesserte Jago angesäuert.

»Wie auch immer, ich denke, dass Novaro dieses Ding« – Croy deutete einmal mehr nach der Zeichnung – »für sich will und dass ihm sehr daran gelegen ist, Aufsehen zu vermeiden. Das ist unsere Chance.«

»Unsere Chance worauf, Katzmann? Am Ende doch noch die Haut abgezogen zu bekommen? Das ist Irrsinn, so etwas kann sich nur ein Pantherhirn ausdenken! Wenn du den Jungen befreien willst, versuch ruhig dein Glück – ich werde mein Lokal verkaufen und abhauen, solange noch Zeit dazu ist. Und du solltest das ebenfalls tun.«

»Das kann ich nicht.«

»Warum nicht?«

»Weil ich dem Großmercator mein Wort gegeben habe«, entgegnete Croy. »Und das Wort eines Pantheriden gilt – auch wenn es einer Schmeißfliege wie Novaro gegeben wurde.«

»Ach herrje!«, rief Jago aus. »Das also ist der Grund, warum du das durchziehen willst? Deiner dämlichen Ehre wegen? Katzmann, das ist das Lächerlichste, was ich je …«

Er verstummte jäh, als die Klaue des Pantheriden vorschoss, ihn an der Kehle packte und ihn mit unwiderstehlicher Kraft gegen die Wand drückte. Vergeblich suchte das Chamäleon sich aus dem Griff zu befreien. Es wand sich und zappelte, aber Croy hielt es so unnachgiebig fest, dass es nicht entkommen konnte.

»An meiner Ehre«, schärfte er Jago ein, »ist absolut nichts Lächerliches, hast du verstanden?«

»V-verstanden«, lispelte Jago. Seine Augen wurden immer größer, sein Kehlkopf wanderte geräuschvoll auf und ab.

»Sie ist das Einzige, was mir geblieben ist, und ich werde sie weder eines Menschenjungen noch eines verdammten Chamäleons wegen aufgeben, geht das in deinen hässlichen Schädel?«

»K-klar …«

»Gut«, knurrte der Pantheride mit gefletschten Zähnen. Er ließ Jago los, worauf dieser mit einem pfeifenden Geräusch an der Wand herabrutschte. »Und nun lass uns überlegen, wie wir aus dieser Sache herauskommen – und zwar gemeinsam. Denn wenn du versuchst, dich aus dem Staub zu machen, werde *ich* dich bei lebendigem Leibe häuten …«

12. Kapitel

Die Reise nach Jordråk dauerte an.

Obwohl seit dem Vorfall in der Schiffsküche drei Tage verstrichen waren, waren Kalliope die grässlichen Bilder und Eindrücke noch immer gegenwärtig. Ganz gleich, ob sie die Augen schloss und Schlaf zu finden suchte oder ob sie an der Reling des Achterdecks stand und in die Weite des Sanktuarions blickte – immer sah sie die beiden Männer vor sich. Sie spürte den Griff, mit dem Edo sie umklammert hielt, fühlte seinen heißen Atem in ihrem Nacken, während sie den anderen Kerl auf sich zukommen sah, wölfische Gier in den Augen.

Und sie sah die Tätowierung auf seiner Brust, die sich unauslöschlich in ihr Gedächtnis eingebrannt hatte: *zwei sich im Scheitel berührende Halbkreise, lotrecht durchkreuzt …*

Natürlich hatte sich rasch herumgesprochen, was geschehen war. Kapitän Baramiro, der den Wortlaut des Gildepaktes gut genug kannte, um zu wissen, dass die Bestrafung der beiden Männer rechtens gewesen war, entschuldigte sich zwar und bat Kalliope im Namen der Besatzung um Vergebung, jedoch war ihr der argwöhnische Glanz in seinen Augen nicht entgangen. Und dasselbe Misstrauen hatte Kalliope auch bei den Offizieren und vielen anderen an Bord gesehen.

Zu ihrer Unsicherheit und Furcht gesellte sich noch eine Einsamkeit, wie Kalliope sie noch nie zuvor in ihrem Leben verspürt hatte. Wie sehnte sie sich danach, dass dieser Albtraum endlich enden würde und sie nach Ethera zurückkehren könnte, zurück zu Prisca, deren Freundschaft sie in diesen Tagen so vermisste, dass es wehtat. Und dies umso mehr, da sich auch ihre Meisterin gegen sie gewandt hatte.

Ihrer Pflicht als Schülerin entsprechend hatte Kalliope eingehend über Cedaras Worte nachgedacht, doch anders als die Weisungen des Codex es verlangten, war es ihr nicht gelungen, eine allgemeingültige, der inneren Balance zuträgliche Lehre daraus zu ziehen.

Im Gegenteil.

Je mehr Zeit verstrich und je intensiver sie sich bemühte, die Notwendigkeit von Cedaras Rüge zu erkennen, desto mehr wuchs ihr innerer Widerstand. Kalliope schämte sich, es sich einzugestehen, aber sie fühlte Vorbehalte gegen ihre Meisterin. Das Vertrauensverhältnis, das eine Gildeschwester und ihre Schülerin verband und das die unabdingbare Voraussetzung für die Erlangung der Reife war, hatte Schaden genommen. Nicht länger hatte Kalliope das Gefühl, von ihrer Meisterin verstanden zu werden. Cedara hatte sich verändert.

Dessen ungeachtet versah Kalliope auch weiterhin ihre Pflicht und war auf dem Achterdeck anwesend, während ihre Meisterin das Schiff durch die Klüfte von Malakay trug, vorbei an schwarzen, von Flechten und Moosen bewachsenen Weltensplittern, die von Löchern und Höhlen durchzogen waren – ein wahres Labyrinth, in dessen engen Windungen der Himmel mitunter kaum noch zu sehen war. Nicht selten kam es vor, dass der Fels nur wenige Armlängen vom Rumpf entfernt vorüberglitt, doch mit ruhiger Kraft hielt Cedara die *Volanta* in der Luft, während Kapitän Baramiros Steuerleute das Schiff mit bewundernswertem Geschick an Felsvorsprüngen und riesigen Stalaktiten vorbeimanövrierten.

»Schülerin?«

Kalliope zuckte zusammen. Cedara hatte in den letzten Tagen kaum mit ihr gesprochen, wohl weil sie ihr hatte Gelegenheit geben wollen, über das Geschehene nachzudenken.

»Meisterin?«

»Komm her, Kind.«

Cedaras Stimme war ruhig, wenn auch ein wenig entrückt, wie es in der Levitation häufig der Fall war. Vergeblich suchte Kalliope darin einen Hauch von Mitgefühl oder gar Bedauern zu entdecken. Ganz offenbar bemerkte ihre Meisterin die Verwirrung nicht, die seit dem Vorfall unter Deck von ihr Besitz ergriffen hatte, und auch das war seltsam. Die Cedara früherer Tage hatte in ihren Zügen gelesen wie in einem offenen Buch, und es war so gut wie unmöglich gewesen, etwas vor ihr zu verheimlichen. Was, bei allen Welten, war nur mit ihr geschehen?

Kalliope löste sich von der Reling und trat zum Sitz der Levitatin.

»Bist du bereit?«, erkundigte sich ihre Meisterin, ohne dass die milchweißen Augen sie dabei angesehen hätten.

»Bereit wofür?« Kalliope schürzte nervös die Lippen.

»Bereit, eine Prüfung abzulegen.«

Kalliope hob die Brauen. Cedara hatte in der Gelehrtensprache gesprochen und dabei das Wort *probatio* benutzt, das nicht nur irgendeinen Test bezeichnete, sondern eine Gildeprüfung, deren Ausgang darüber entschied, ob eine Schülerin den nächsten Reifegrad erlangte.

»Ganz recht.« Erneut ließ Cedaras Stimme keine Regung erkennen. Kalliope vermochte nicht zu sagen, ob die plötzlich angesetzte Prüfung der Wiedergutmachung oder der Bestrafung dienen sollte. Nur eines wusste sie bestimmt – dass der Zeitpunkt dafür denkbar schlecht gewählt war.

Um eine Gildeprüfung zu bestehen, war nicht nur ein guter Kenntnisstand vonnöten, sondern auch innere Balance. Und davon war Kalliope in diesen Tagen weit entfernt …

»Natürlich«, hörte sie sich dennoch selbst sagen. Welche Wahl hatte sie? Sollte sie ihrer Meisterin gestehen, dass sie noch immer nicht über jenen Vorfall hinweg und ihre Unsicherheit nur noch gewachsen war? Ein neuerlicher Tadel wäre fraglos die Folge gewesen, womöglich sogar verbunden mit einer Zurückstufung. Dann konnte sie sich ebenso gut der Prüfung stellen.

Cedara schien nichts anderes erwartet zu haben. Mit einem beiläufigen Nicken erhob sie sich von ihrem Sitz.

»Nimm Platz«, forderte sie Kalliope auf.

»Auf … auf Eurem Sitz?«

»Siehst du einen anderen?«

Kalliope schüttelte den Kopf. Dann ließ sie sich zögernd auf das lederbeschlagene Polster nieder. Sie ahnte, was folgen würde, auch wenn sie noch immer hoffte, dass sie sich irrte.

»Konzentriere dich.«

»Was habt Ihr vor?«

Trotz des weißen Schleiers verfestigte sich der Blick von Cedaras Augen. »Traust du mir nicht?«

»Doch, natürlich«, beeilte Kalliope sich zu versichern, »aber …« Sie unterbrach sich, als ihr klar wurde, dass jedes weitere Wort ihre Beteuerung Lügen gestraft hätte. »Ich vertraue Euch, Meisterin«, bekräftigte sie.

»Und ich vertraue dir«, entgegnete Cedara ruhig, fast beiläufig. »Nun handle nach dem, was ich dich gelehrt habe.«

Kalliope kämpfte die Panik nieder, die in ihr wuchs. Wie sehr hatte sie sich danach gesehnt, einst auf diesem Sitz an der Rückwand des Achterdecks Platz nehmen und endlich das tun zu dürfen, was sie ihr Leben lang als ihre Bestimmung betrachtet hatte – und wie sehr wünschte sie sich nun, da es tatsächlich geschah, an einen anderen Ort!

Dennoch setzte sie sich und lehnte sich vorsichtig zurück. Das weiche Leder schmiegte sich um ihre zarte Gestalt, und sie hatte das Gefühl, die immense Masse und das riesige Gewicht des Schiffes in diesem Moment körperlich zu spüren. Sie wollte die Augen schließen, wie ihre Meisterin es ihr beigebracht hatte, als sie die Blicke der anderen bemerkte.

Sowohl Kapitän Baramiro als auch seine beiden Steuerleute starrten sie an, unverhohlenen Zweifel in den Gesichtern. Von der Unterhaltung der Gildeschwestern hatten sie zwar nichts verstanden, aber nun konnten sie sehen, wie Kalliope sich anschickte, die Kontrolle über das Schiff zu übernehmen, und das schien ihnen nicht zu gefallen. Es war Baramiro anzusehen, dass er am liebsten lautstarken Protest eingelegt hätte, aber die Regeln des Paktes waren in dieser Hinsicht eindeutig: Die Levitatin allein hatte zu bestimmen.

Kalliope war alles andere als wohl in ihrer Haut. Schon jetzt schlug ihr vonseiten der Besatzung Ablehnung entgegen. Wenn sie versagte, würde sie damit nur noch größeren Zorn auf sich ziehen und vermutlich nirgendwo an Bord mehr vor Nachstellungen sicher sein. Jene Cedara, die sie auf Ethera betreut hatte und die wie eine Mutter zu ihr gewesen war, hätte niemals zugelassen, dass sich ihre Schülerin einer solchen Gefahr aussetzte. Die neue Cedara, zu der ihre Meisterin geworden zu sein schien, kümmerte sich offenbar nicht darum.

Kalliope schloss die Augen, nicht nur, um sich zu konzentrieren, sondern auch, um den Blicken zu entgehen. Die alte Atemtechnik der *primae* benutzend, zwang sie ihren Körper zur Ruhe.

»Tu, was ich dich gelehrt habe«, schärfte Cedara ihr ein. »Suche deine innere Mitte. Bewahre das Gleichgewicht. Entdecke den Ursprung deiner Kraft.«

Kalliope tat, was von ihr verlangt wurde. Indem sie tief in sich versank, gelang es ihr, alle Empfindungen auszublenden und jenen Punkt zu finden, an dem Geist und Materie eins wurden. *Arcanum* pflegten die Schwestern der Gilde diesen Ort zu nennen, den nur sie allein zu erreichen vermochten – die geheime Quelle ihrer Kraft.

In Gedanken ließ Kalliope sich nieder wie jemand, der sich anschickte, aus dem klaren Wasser eines Gebirgsbachs zu trinken. Sie breitete die Hände aus und formte damit kleine Kellen, damit die Kraft sich darin sammeln konnte – und in diesem Augenblick spürte sie das Gewicht.

Drückend.

Mächtig.

Mächtiger als alles, was sie je zuvor mit ihrer Willenskraft bewegt oder getragen hatte.

Ohne die Augen zu öffnen oder es mit den Händen zu berühren, konnte Kalliope das Schiff mit ihren Sinnen erfahren, vom steilen Bug bis zum Heck. Sie fühlte seine massige Form und sein ungeheures Gewicht, und einen Augenblick lang fürchtete sie zu versagen. Aber ihre Willenskraft hielt dem Druck stand, und so hatte die Schülerin schließlich das Gefühl, eins zu werden mit dem Schiff.

Die Levitation begann.

»Gut so«, hörte sie Meisterin Cedara wie aus weiter Ferne sagen, während sie merkte, wie Gewicht und Masse zunahmen. Nach und nach lud ihre Lehrerin ihr die gesamte Last des Schiffes, seiner Besatzung und seiner Ladung auf, bis Kalliope fast das Gefühl hatte, darunter zusammenzubrechen. Schweißperlen traten ihr auf die Stirn, für einen kurzen Augenblick flackerte ihre Konzentration wie eine Kerze im Wind. Eine Erschütterung durchlief das Schiff, jemand schrie entsetzt auf. Doch schon im nächsten Augenblick hatte sie die *Volanta* wieder abgefangen, und der Kapitän gab die Befehle aus: »Backbordsegel reffen! Drehen um neunzig Grad! Langsam steigen, 4 Grad Azimut!«

Kalliope verstärkte ihre Bemühungen und hob das Schiff an. Immer wieder sagte sie sich dabei, dass es für den Vorgang der Levitation unerheblich war, ob sie nur sich selbst in die Lüfte hob oder auch den Sitz, auf dem sie saß … oder das gesamte Schiff. Wo Geist und Materie verschmolzen, spielten Größen und Massen keine Rolle mehr. Nur das Gleichgewicht zählte, nichts sonst.

»Achtung, Kapitän! Felsvorsprung an Backbord!«, meldete jemand unvermittelt.

»Hart drehen!«, befahl Baramiro mit heiserer Stimme. »Jetzt!«

Kalliope konnte hören, wie die Steuerleute am Ruder rissen. Wanten und Taue der *Volanta* ächzten, als das Schiff um den Hauptmast rotierte. Gleichzeitig waren Schreie und ein hässlich schrammendes Geräusch zu hören, dazu das Splittern von Holz.

»Wir drehen zu langsam!«, hörte man den Bootsmann rufen. »Wir stoßen gegen den Fels! Festhalten!«

Das Ächzen setzte sich fort, während die Rudergänger versuchten, die *Volanta* durch eine geschickte Drehung außer Gefahr zu bringen. Dass es ihnen nicht gelang, verriet der heftige Stoß, der das Schiff im nächsten Moment erschütterte – und der Kalliope aus ihrer Konzentration riss.

»Mastbruch an Backbord«, vermeldete Kelso. »Wir drohen aufzulaufen!«

»Sofort steigen!«, wies Kapitän Baramiro Kalliope an. »Wir müssen an Höhe gewinnen!«

Doch die Schülerin war nicht mehr in der Lage zu reagieren.

Aus dem Gleichgewicht gebracht, stürzte alles wieder auf sie ein – ihre Befürchtungen, ihre Selbstzweifel, ihre Erinnerungen. Urplötzlich sah sie wieder die hämisch grinsenden Gesichter ihrer Peiniger vor sich, die Tätowierung mit dem seltsamen Zeichen. Und fast gleichzeitig fühlte sie auch wieder die Panik in sich hochkriechen, nackte Todesangst.

»Konzentriere dich«, beschwörte sie Cedara. »Du bist die Levitatin des Schiffes. Sei dir zu jedem Augenblick der Verantwortung bewusst, die dir übertragen wurde!«

Kalliope verfiel erst recht in Panik. Wie sollte sie, eine Schülerin, ein Schiff durch ein Riff tragen? Wie konnte sie Verantwortung für all die Leben an Bord übernehmen, wenn sie selbst von Angst und Zweifeln zerfressen war? Wie das Schiff daran hindern, in die bodenlose Tiefe zu stürzen, wenn sie selbst den festen Grund unter ihren Füßen verloren hatte?

Die Konsequenz ließ nicht auf sich warten. Erneut durchlief ein schwerer Stoß das Schiff. Diesmal allerdings nicht aufgrund einer weiteren Kollision, sondern weil die unsichtbaren Fäden, die es in der Luft hielten, plötzlich nachgaben. Die *Volanta* kippte zur Seite, gerade wie das Modell in Meisterin Cedaras Kammer. Schreie erklangen, und ein grässliches Poltern war zu hören, als einige Matrosen den Halt verloren, quer über das Deck stolperten und hart gegen die hölzerne Bordwand schlugen.

»Kalliope!«

Auch Cedaras Ermahnung nützte nichts mehr – obschon sie sich nach Kräften mühte, gewann Kalliope die Kontrolle nicht mehr zurück. Die Quelle der Kraft war ihr verschlossen.

Unerwartet schwankte das Schiff zur anderen Seite. Auf dem Vordeck lösten sich einige Kisten, die nur unzureichend verzurrt gewesen waren, und schlitterten quer über die Planken, eine davon durchschlug die Reling. Die Männer an Bord brüllten auf. Kalliopes Herzschlag hämmerte, das Blut rauschte in ihren Ohren. Das enorme Gewicht des Schiffes drohte sie zu zermalmen, und sie fühlte den Schmerz nicht nur in ihrem Inneren, sondern auch körperlich.

Die Materie hatte den Geist besiegt.

Kalliope hatte versagt.

Ein Schrei, der aus tiefster Seele drang, kam ihr über die Lippen, so verzweifelt und hilflos, dass es sie selbst erschreckte. »Meisterin! Helft mir …!«

Sie merkte noch, wie der Bug des Schiffes nach vorn in die bodenlose Tiefe kippte, hörte die panischen Schreie – dann wurde alles schwarz um sie herum, und sie verlor jedes Zeitgefühl.

»Kalliope?«, drang die Stimme ihrer Meisterin an ihr Ohr. »Kalliope?«

Sie blinzelte und schlug die Augen auf. Helles Tageslicht fiel von der Seite ein und blendete sie, sodass sie eine Hand hob, um sich zu beschirmen.

Sie lag auf den Planken des Achterdecks. Jenseits der Reling war freier, türkisfarbener Himmel zu sehen, was darauf schließen ließ, dass die *Volanta* das Riff von Malakay hinter sich gelassen hatte, ihrem Versagen zum Trotz.

Ihre Augen brauchten einen Augenblick, um sich an die Helligkeit zu gewöhnen. Blinzelnd sah sie an den Gestalten empor, die sie neugierig umlagerten – und las den Vorwurf in ihren Gesichtern. Vom gemeinen Luftschiffer bis hinauf zu Kapitän Baramiro schien jeder zu glauben, dass sie das Schiff absichtlich in die Tiefe stürzen lassen wollte.

»Verzeiht mir«, stieß sie krächzend hervor, aber keiner der Männer erwiderte etwas. Einige wandten sich kopfschüttelnd ab, und andere blieben noch lange genug, um ihr einen abschätzigen Blick zu schenken. Einige schienen gar enttäuscht zu sein, dass sie wieder zu sich gekommen war. Selbst die Offiziere schienen nicht mehr in der Lage zu sein, in ihr noch etwas anderes zu sehen als ein Risiko, einen unerwünschten Gast, den man am liebsten so rasch wie möglich losgeworden wäre. Das, dachte Kalliope beklommen, war also aus ihren Plänen geworden, einst eine geachtete Levitatin zu werden.

Der Kapitän und seine Leute kehrten an ihre Arbeit zurück, bei ihr blieb nur eine schlanke, einsame Gestalt, die sich bislang im Hintergrund gehalten hatte.

»Meisterin Cedara«, sagte Kalliope leise, während sie sich mühsam aufrichtete. Noch immer war sie erschöpft, ihre Muskeln aufgrund der Überanstrengung verkrampft. »Es tut mir leid. Ich habe erneut versagt.«

»Ja«, stellte ihre Meisterin fest. »Das hast du in der Tat. Hätte ich das Schiff nicht abgefangen, wäre es abgestürzt und entweder zerschellt oder in den Mahlstrom gesunken. Für die Besatzung hätte beides den sicheren Tod bedeutet.«

»Ich weiß«, bestätigte Kalliope niedergeschlagen. Sie konnte sich der Tränen nicht länger erwehren. Heiß und brennend stiegen sie ihr in die Augen. »Ich habe mein Gleichgewicht verloren und nicht wiedergefunden.«

»Dessen bin ich mir bewusst, Kalliope. Doch eine Gildeschwester muss in der Lage sein, ihre Empfindungen zu jeder Zeit zu beherrschen, denn nur so kann sie ihre Pflicht erfüllen. Was glaubst du, weshalb uns die Völker des Sanktuarions gleichermaßen mit Bewunderung und Misstrauen begegnen? Weshalb sie uns ebenso verehren, wie sie uns fürchten? Weil wir in der Lage sind, etwas zu tun, wozu sie niemals in der Lage wären, und damit meine ich nicht die Levitation. Sondern die Fähigkeit, den weltlichen Dingen zu entsagen und dem Geist die Oberhoheit über die Materie einzuräumen, in jeder Lage, zu jeder Zeit. Das ist dir nicht gelungen, und deshalb hast du versagt.«

»Ich ... ich werde mich bessern«, versprach Kalliope hilflos. Es war nur ein Lippenbekenntnis, aus der Not geboren, schon weil sie nicht wusste, was sie sonst sagen sollte.

»Das hoffe ich, Kind«, entgegnete Cedara. »Denn wenn es dir nicht gelingt, bist du keine von uns. Dann wäre alles vergeblich gewesen.«

Ihre Stimme klang weicher als zuvor, doch ihre Worte trafen wie Pfeile. »Ich verstehe, Meisterin«, versicherte sie. »Ich weiß, dass ich gefehlt habe, und erwarte demütig Eure Bestrafung.«

»Es wird keine Bestrafung geben«, stellte Cedara klar, »jedenfalls nicht meinerseits. Ich kenne dich, Kalliope. Das Wissen um dein Versagen wird dich ohnehin quälen, und die Verachtung, mit der Kapitän Baramiro und seine Leute dir von nun an begegnen werden, wird dich zu jedem Zeitpunkt daran erinnern. Das ist Strafe genug.«

13. Kapitel

Im Kerker war es dunkel.

Wie lange er schon in seinem Gefängnis kauerte, diesem fünf Klafter tiefen Loch, das man ins Baumfundament des Mercatorenpalastes getrieben hatte, vermochte Kieron nicht zu sagen. Da kein Außenlicht durch die Falltür drang, die das Kerkerloch verschloss, waren sein Hunger und seine Müdigkeit die einzige zeitliche Orientierung, und auch sie kam dem Jungen bald abhanden. Wenn er nicht schlief, bestand seine einzige Beschäftigung darin, über sich und die Welt nachzudenken.

Sein ganzes Leben lang hatte Kieron schon seinen Gedanken nachgehangen. Zwar hatte Jago alles darangesetzt, seinen Leibeigenen das Denken auszutreiben (in seinen Augen war es völlig überflüssig, wenn Menschen ihren Verstand benutzten), aber weder sein jähzorniger Gebieter noch das triste Leben als Sklave hatte Kieron davon abbringen können, sich über die verschiedensten Dinge den Kopf zu zerbrechen.

Über seine Herkunft.

Über seine Bestimmung.

Über sein Schicksal.Und auch jetzt stellte er sich diese Fragen wieder, denn in der Enge und Einsamkeit seines Gefängnisses brannten sie ihm mehr denn je auf den Nägeln. Unwillkürlich reisten seine Gedanken zurück in die Vergangenheit, in eine Nacht, die zwei Zyklen zurücklag. Damals hatte er sich ruhelos auf seinem kargen Strohlager in der Sklavenbaracke hin- und hergewälzt. Die Kette, die sein Halsband hielt, hatte bei jeder Bewegung geklirrt, sodass schließlich Simrod erwacht war, der alte Sklave, der ihn unter seine Obhut genommen hatte.

»Du kannst nicht schlafen«, hatte Simrod festgestellt, an dessen breiten, grollenden Akzent sich Kieron mit Wehmut erinnerte.

»Nein.«

»Hast du wieder nachgedacht?«

»Ich fürchte schon«, hatte Kieron geantwortet. In seiner Erinnerung hatte er keine Schwierigkeiten damit, die Worte hervorzubringen, was womöglich daran lag, dass Menschen auf ihre Vergangenheit stets mit mehr Wohlwollen zu blicken schienen als auf die Gegenwart.

»Worüber?«

»Über meine Eltern. Darüber, wer ich bin.«

»Das kann ich gut verstehen.«

»Du kannst es verstehen? Ich sollte das Grübeln bleiben lassen.«

»Kann ein Vogel das Fliegen lassen? Oder ein Fisch das Schwimmen?«, hatte Simrod erwidert und sich dabei über den weißen Bart gestrichen. »Die meisten dieser jämmerlichen Geschöpfe, die mit uns gefangen sind, kämen nie darauf, über ihre Herkunft nachzudenken – sie sind zufrieden, wenn sie ein trockenes Schlaflager haben und einmal am Tag etwas zu essen. Du jedoch bist anders, mein Junge, das ist mir bereits vor langer Zeit offenbar geworden. Deshalb habe ich dir die Dinge beigebracht, die ich dir beigebracht habe. Und deshalb findest du auch keinen Schlaf, denn dein Verstand ist wach und dürstet nach Wissen.«

»Was bedeutet das?«

»Dass du allmählich ein Mann wirst«, hatte der alte Simrod rätselhaft geantwortet. »Bislang habe ich dir etwas verheimlicht, weil ich fürchtete, du könntest eine Dummheit begehen. Nun jedoch scheinst du bereit zu sein.«

»Bereit? Wofür?«

»Für die Wahrheit, mein Junge«, hatte Simrod geantwortet. »Für das, was dir …«

Weiter war der Alte in dieser Nacht nicht gekommen und auch in keiner anderen. Denn einer von Jagos Tauriden-Wächtern war vor der Sklavenbaracke aufmarschiert, sodass sie ihre Unterhaltung hatten beenden müssen, und am nächsten Tag war der alte Simrod während seiner Arbeit in der Brauerei des »Feuerkürbis« in einen Kessel gefallen und darin ertrunken. So war Kieron nichts geblieben als ein paar vage Andeutungen – und Dutzende unbeantworteter Fragen.

Kieron musste sich wieder in sein Schicksal fügen, so wie Tausende anderer Leibeigener, die auf Madagor ihren Dienst versahen, und all die seltsamen Ideen, die ihm der alte Simrod in den Kopf gesetzt hatte, aus seinem Bewusstsein verbannen. Einige Zyklen lang hatte dies halbwegs funktioniert.

Bis Croy aufgetaucht war.

Der Panthermann und die kurze Illusion von Freiheit, die er Kieron verschafft hatte, hatten all die Fragen zurückkehren lassen, die der Junge verdrängt hatte: die Fragen nach dem Woher, dem Wohin und dem Warum, und in der stillen, dunklen Einsamkeit der Zelle schienen sie drängender denn je.

Die Vorstellung, wahrscheinlich bald sterben zu müssen, entsetzte Kieron schon genug – es jedoch zu tun, ohne jemals auch nur eine Antwort erhalten zu haben, brachte ihn fast um den Verstand. Die Arme um seine eng angezogenen Beine geschlungen, kauerte er auf dem Boden der nur zwei Schritte durchmessenden Zelle, in der es nach Fäulnis und Exkrementen stank, und schmorte wie ein Sunki-Huhn im eigenen Saft.

Um sich abzulenken, versuchte Kieron, seinen sich im Kreis drehenden Gedanken neue Nahrung zu geben und an jene fernen Welten zu denken, von denen er Gäste des »Feuerkürbis« sprechen gehört hatte: Karnak, die strahlende Herrscherwelt mit ihren steinernen Palästen … Matara, die Feuerwelt, wo sich flüssiges Gestein über den Weltenrand ergoss … Bazarra, die exotische, an der Seidenroute gelegene Wüstenwelt … und schließlich Ramora, die Außenwelt mit ihren riesigen, von der Natur erschaffenen Statuen … Der alte Simrod hatte ihm versichert, dass Kieron all diese Wunder und Welten eines Tages mit eigenen Augen sehen würde. Natürlich war das idiotisch gewesen, denn es würde niemals dazu kommen – aber zumindest der Gedanke daran hatte Kieron oftmals Trost gespendet. Wie fest er tatsächlich überzeugt gewesen war, dass er Madagor niemals verlassen würde, war ihm erst in dem Augenblick klar geworden, als Croy ihm das Sklavenhalsband abgenommen hatte. Denn zu Kierons eigenem Entsetzen hatte ihn die Vorstellung, frei zu sein, in Panik versetzt. Was für ein Narr er gewesen war – doch die Einsicht kam zu spät.

Nun war Kierons Chance auf Freiheit vertan, sein Ende so gut wie sicher. Dennoch klammerte sich zumindest ein kleiner Teil von ihm weiter an das Leben und all die möglichen Antworten, die es noch zu geben hatte, und er schwor sich, dass er, sollte sich noch einmal die Möglichkeit ergeben, sie jedenfalls nutzen wollte, gegen alle Widerstände.

Die Möglichkeit zu überleben.

Antworten zu bekommen.

Frei zu sein …

Als seine Chance tatsächlich kam, nach endlosen Stunden des Wartens, des Ausharrens, des Grübelns und Sinnierens, hatte es zunächst gar nicht den Anschein.

Dumpfe Schritte näherten sich der Öffnung des Kerkerlochs, und Kieron war überzeugt davon, dass sein Leben zu Ende wäre. Vermutlich, sagte er sich, waren Croy und Jago geflohen, hatten sich lieber aus dem Staub gemacht, als ihren Teil der Abmachung zu erfüllen, die Novaro ihnen aufgezwungen hatte – und der Großmercator tat im Gegenzug das, was er angedroht hatte.

Von einem Augenblick zum anderen begann Kierons Herzschlag zu rasen, sein Magen, der während der vergangenen Tage nur trockenes Brot und faulig schmeckendes Wasser zu sich genommen hatte, verkrampfte sich. Ohnehin war dem Jungen schon elend zumute gewesen, entkräftet und unterkühlt, wie er war. Die Augenblicke jedoch, in denen sich jemand geräuschvoll am Riegel der Falltür zu schaffen machte, kamen einer Folter gleich.

Sich eng zusammenkauernd, spähte Kieron nach oben. Die ganze Zeit über war es ihm gelungen, seine Furcht erfolgreich zu verdrängen, nun jedoch kehrte sie mit aller Macht zurück. Der dunkle Vorhang, der sich rings um ihn gebreitet und die raue Wirklichkeit ausgesperrt hatte, zerriss, als die Falltür geöffnet wurde und blendender Fackelschein einfiel. Kieron schloss die Augen, in denen heiße Tränen brannten, und hielt schützend die Hände vors Gesicht, als könnte er sich auf diese Weise vor dem bewahren, was ihn erwartete.

»Willst du frei sein, Junge?«, fragte in diesem Moment eine leise Stimme von oben. »Dann komm mit mir.«

Die Stimme erkannte Kieron nicht, flüsternd und tonlos, wie sie war. Aber er erkannte die Worte wieder.

Er nahm die Hände von den Augen und blinzelte hinauf. Mit verschwimmendem Blick erkannte er keinen anderen als Croy, der von der Öffnung des Kerkerlochs herabgrinste. Von neuer Hoffnung gepackt, sprang Kieron auf. Um ein Haar wäre er wieder zusammengebrochen, weil seine zitternden Beine ihm den Dienst versagten. Mit Mühe gelang es ihm, sich an der Wand seines engen Gefängnisses abzustützen.

Croy warf ihm das Ende eines Seils herab. »Schling dir das um! Rasch!«

Mit klammen und vor Aufregung bebenden Händen nahm Kieron den Strick, formte eine Schlinge und verknotete sie doppelt. Dann schlüpfte er mit dem Oberkörper hindurch und signalisierte, dass er bereit wäre. Croys verwegen grinsende Züge verschwanden aus dem Fackelschein, und das Seil straffte sich.

Kieron biss die Zähne zusammen, als der Strick in Brust und Rücken schnitt. Mit beiden Händen packte er das Seil und versuchte, sich an der aus fauligem Holz bestehenden Kerkerwand abzustützen, während es geradewegs nach oben ging. Der Boden blieb unter ihm zurück und versank in Schwärze. Stück für Stück ging es weiter hinauf, bis zum Ausstieg. Kieron bekam den Rand zu fassen und wollte sich emporziehen, aber seine Kräfte reichten dazu nicht mehr aus. Eine fellbesetzte Pranke streckte sich ihm von oben entgegen, ergriff ihn am Kragen seiner Tunika und zog ihn vollends hinauf. Erschöpft sank Kieron neben der offenen Falltür nieder, schwer atmend und entkräftet, aber unsagbar erleichtert.

»Du ha-a-ast mich befreit«, stieß er hervor.

»Sieht ganz so aus«, erwiderte Croy, während er das Seil einholte und unter seinem Umhang verschwinden ließ. Dann schloss er die Luke und verriegelte sie wieder. »Bis die entdecken, dass du fort bist, sind wir längst verschwunden.«

»Wooo-wohin?«

»Wirst du schon sehen.« Der Panthermann packte ihn und zog ihn zu sich hoch. »Halt dich fest.«

Kurzerhand lud er sich den abgemagerten Jungen auf den Rücken und jagte mit ihm den in das Holz des Shantik-Baumes gebohrten Gang hinab, die Fackel in der einen, einen seiner Dolche in der anderen Klaue. Dabei passierten sie weitere Öffnungen im Boden, die von Falltüren verschlossen waren und unter denen sich fraglos weitere Zellen befanden, in denen noch mehr Gefangene schmachteten, womöglich schon eine lange Zeit. Der Gedanke ließ Kieron erschaudern, während er sich mit aller verbliebener Kraft an das Fell des Pantheriden klammerte, der mit ausgreifenden Schritten den Stollen durchmaß. Wohin Croy ihn brachte, konnte Kieron nicht einmal erahnen, aber er fragte auch nicht. Alles war besser, als in diesem dunklen Loch zu sitzen und auf sein Ende zu warten. Die Dankbarkeit, die er empfand, ließ sich nicht in Worte fassen.

Plötzlich blieb der Panthermann stehen und lud ihn ab. »Dort hinauf«, zischte er und deutete auf eine Öffnung in der Stollendecke, die schräg nach oben verlief und gerade groß genug war, um hindurchzukriechen. Das schwere Eisengitter, mit dem sie wohl einmal verschlossen gewesen war, lag auf dem Boden. Noch ehe Kieron eine Frage stellen konnte, hatte Croy ihn auch schon hochgehoben und schob ihn hinauf, sodass ihm nichts anderes übrig blieb, als weiterzuklettern.

Es war mörderisch. Nicht nur, dass Kieron am Rande seiner Kräfte war – im ebenso harten wie glitschigen Shantik-Holz gab es kaum Unebenheiten oder gar Vorsprünge, die sich als Griffe und Tritte nutzen ließen. Vergeblich versuchte er, sich mit blutenden Fingernägeln festzukrallen – immer wieder verlor er den Halt und wäre abgerutscht, hätte Croy, der ihm unmittelbar folgte, ihn nicht gehalten. Es ging nur langsam voran, und einige quälende Augenblicke lang befürchtete Kieron, sie würden es nicht schaffen. Er bekam Angst in der engen Röhre und hätte um ein Haar begonnen, planlos um sich zu schlagen – hätte er nicht in diesem Moment den gelblich grünen Schein entdeckt, der vom Ende des Tunnels hereindrang.

Kieron kannte dieses Licht.

Der Beginn eines neuen Tages auf Madagor!

Obwohl seine Kräfte ihn eigentlich längst verlassen hatten, verstärkte der Junge seine Bemühungen, das Ende der Röhre zu erreichen – dass er sich dabei Ellbogen und Knie blutig stieß, bemerkte er noch nicht einmal. Immer größer wurde der kreisrunde Ausschnitt freien Himmels, den er vor sich sah, und mit jedem Stück, das er sich vorwärts arbeitete, wurde es wärmer. Der süße, würzige Duft von Orchideen und Bromelien stieg ihm in die Nase und lockte ihn ins Licht, zurück ins Leben.

Wie er die letzten Klafter hinter sich brachte, wusste Kieron später nicht mehr zu sagen. Irgendwann steckte er seinen Kopf durch die Öffnung, nur um sich dem ebenso breiten wie hässlichen Gesicht eines Chamäleoniden gegenüberzusehen.

»Na endlich«, blaffte Jago, dessen ganzer Körper von einer schimmernden, ölig braunen Schicht überzogen war. Seine hervorstehenden Augen verengten sich missbilligend. »Als hätte ich nichts Besseres zu tun, als hier zu warten. Die Sonne ist aufgegangen, und je länger wir warten, desto wahrscheinlicher ist es, dass sie uns erwischen!«

»Du-du-du stinkst«, stellte Kieron trotz seiner Erschöpfung fest. Der Geruch, der dem Chamäleoniden anhaftete, war nur schwer zu ertragen.

»Ich stinke?« Jago schnappte nach Luft. »Du würdest auch stinken, wenn dich der Katzmann dazu gezwungen hätte, durch einen Latrinenabfluss zu klettern und das Gitter dieses Schachts zu öffnen! Noch dazu für einen Sklaven.«

Erschöpft, wie er war, nahm Kieron das Lamento des Wirtshausbesitzers nur am Rande wahr. Das Licht der aufgehenden Sonne blendete ihn, und er schloss instinktiv die Augen. Als er sie blinzelnd wieder öffnete, blickte er in gähnende Tiefe! Ein Schrei entfuhr ihm, der von einigen Urwaldvögeln beantwortet wurde. Panisch klammerte sich Kieron am Rand der Öffnung ein, die in der senkrecht abfallenden Außenmauer des Mercatorenpalasts klaffte.

»Gefällt dir die Aussicht nicht?«, fragte Jago hämisch, der vor der Öffnung hin- und herbaumelte, die Beine und den Schwanz um die Sprossen einer Strickleiter geschlungen, die von oben herab hing. Woran sie befestigt war, konnte Kieron im hellen Sonnenlicht nicht erkennen, aber über der Öffnung schien sich etwas zu bewegen. Etwas Großes, Massiges …

»Komm schon, oder willst du hier festwachsen?« Flink kletterte der Chamäleonide an der Leiter empor. Kieron griff zweimal daneben, ehe er die unterste Sprosse zu fassen bekam. Unter Aufbietungs seiner allerletzten Kräfte stieg er aus dem Schacht und setzte den Fuß auf die Leiter. Mühsam zog er sich empor.

Nun, da er die Öffnung von außen sah, erkannte er, worum es sich handelte – um einen der Lüftungsschächte, von denen die Häuser Shantanpurs durchzogen waren, damit das Holz im Inneren des Baumes nicht faulte. Und als ein dunkler Schatten auf ihn fiel und er den Blick hob, begriff Kieron auch, wie es seine beiden Retter geschafft hatten, an den Schacht heranzukommen, obschon er sich in luftiger Höhe befand. Denn über der Öffnung, die langen Klauen tief in die Rinde des Shantik-Baumes gekrallt, hing ein Flugdrache.

Den Schwanz hatte er eingerollt und das Flügelpaar dicht an den walzenförmigen Körper gelegt. Die braun gemusterte Haut war gegen den Baum kaum auszumachen, nur das gewaltige grüne Haupt hob sich deutlich sichtbar ab. Der lange Schwanz des Tieres lag in einem bizarren Zickzackmuster an der Rinde an.

»Du kannst den Mund wieder schließen, Junge«, knurrte Croy, der Kieron kurzerhand überholte, indem er am Baum emporkletterte und den Drachen sogar noch vor Jago erreichte. Mit geschmeidigen Bewegungen stieg er in den Sattel und fasste die Zügel des Tieres, das den Kopf zurückwarf und mit einem heiseren Laut zu verstehen gab, dass es bereit sei.

Auch Jago und Kieron beeilten sich, den Sattel zu erreichen, der auf den schlanken Rücken der Flugechse geschnallt war. Schon unzählige Male hatte Kieron die majestätischen Tiere durch die Lüfte gleiten sehen, doch dies war das erste Mal, dass er selbst auf einem Platz nahm. Hoch über den Baumwipfeln Shantanpurs in einen Sattel zu steigen, der an einem riesigen, sich senkrecht an einen Baum klammernden Tier festgemacht war, behagte Kieron zwar nicht, aber er erinnerte sich an den Schwur, den er in der Einsamkeit seiner Zelle geleistet hatte, vor, so kam es ihm wenigstens vor, undenklich langer Zeit.

»Lass uns endlich verschwinden«, drängte Jago. »Das alles hat ohnehin schon viel zu lange gedauert. Ganz abgesehen von dem Vermögen, das ich für dieses blöde Vieh bezahlt habe! Die Einnahmen des letzten halben Zyklus sind dafür draufgegangen!«

»I-i-ihr habt mich gerettet«, stieß Kieron hervor, »b-b-beide.« Atemlos erklomm er hinter dem Chamäleoniden den Sattel und schlüpfte in das lederne Gurtzeug.

»Ja, b-b-beide«, rief Jago über die Schulter zurück. »Auch wenn ich mich frage, warum ich das tue.«

»Trotzdem da-danke.«

»Glaub nicht, dass ich es deinetwegen getan habe«, wandte der Chamäleonide ein. »Außerdem stinkst du nicht weniger als iiii…«

Das letzte Wort ging in einen langgezogenen Schrei über, als der Flugdrache seine Rippenknochen spreizte, um die beiden halbkreisförmigen Flügel auszubreiten – und sich im nächsten Moment von der Wand abstieß, sich in der Luft herumwarf und in einer steilen Abwärtsbewegung davonschoss.

Die Geschwindigkeit war atemberaubend. Wind zerrte an den Drachenreitern, während Croy, der einige Übung darin zu haben schien, das Tier zwischen den Baumkronen hindurch steuerte. Halb sitzend, halb auf den Steigbügeln stehend, dirigierte er den Drachen, der immer wieder kurz landete, um sich dann in einem weiteren kühnen Sprung hinabzustürzen, dem Weltenrand entgegen.

»Verdammt noch mal«, hörte Kieron Jago rufen, »ich hatte ganz vergessen, dass ich die Fliegerei nicht vertraaa…«

Und der Rest von dem, was er hatte sagen wollen, ergoss sich zusammen mit dem Frühstück, das er gegessen hatte, aus seinem Magen und in die grüne Tiefe.

14. Kapitel

Der Vorgang war stets derselbe.

In einem dünnen Rinnsal rieselte der feine weiße Sand, der von einer fernen Wüstenwelt stammen mochte, vielleicht auch von Aiolos oder Hydara, durch den schmalen Hals, den die Kunstfertigkeit eines Kristallbläsers geschaffen hatte, um sich am Boden des Stundenglases zu sammeln und zu einem spitzen Häuflein aufzutürmen. Dessen Wachstum versiegte erst, wenn das letzte Körnchen Sand herabgefallen war. Ergriff man das Stundenglas dann und stellte es auf den Kopf, begann alles von Neuem, und schon nach wenigen Drehungen wusste man nicht mehr zu sagen, auf welcher Seite des Glases man begonnen hatte. Boden und Deckel unterschieden sich nicht voneinander, ein eindeutiges Oben und Unten gab es nicht.

Genau wie in Kalliopes Welt.

Gedankenverloren starrte die Gildeschülerin auf das Geschenk, das sie von Meisterin Audra am Tag der Abreise erhalten hatte.

Ihr Versagen steckte Kalliope noch immer in den Gliedern. Nicht so sehr, weil sie sich dafür schämte und weil die Schiffsbesatzung, die ihr ohnehin die Schuld am Tod des Schiffskochs und seines Kumpanen gab, ihr nun mit offener Ablehnung begegnete und noch nicht einmal fürchten musste, von ihrem Kapitän dafür zurechtgewiesen zu werden. Sondern vor allem, weil sie das Gefühl hatte, im Ansehen ihrer Meisterin gesunken zu sein – jener Meisterin, die sich seit ihrer Abreise von Ethera auf eine Art und Weise verändert hatte, die Kalliope weder zu durchschauen noch zu verstehen vermochte.

Oder, fragte sie sich, während der Sand einmal mehr durch das Stundenglas rieselte, war in Wahrheit sie es, die sich verändert hatte? War ihre Wahrnehmung eine andere geworden, seit sie die Gildewelt verlassen hatte? Waren ihre Furcht und ihre Zweifel tatsächlich dabei, Oberhand zu gewinnen?

Der Gedanke erschreckte Kalliope – aber wie sollte sie ihre Furcht ablegen, wenn sie von Missgunst und Abneigung umgeben war? Wie ihr Selbstvertrauen zurückgewinnen, wenn sie so schändlich versagt hatte? Wie das Gleichgewicht wiedererlangen, wenn ihre Welt ein um das andere Mal auf den Kopf gestellt wurde, gerade so wie das Stundenglas?

Einmal mehr griff sie nach der Sanduhr und drehte sie. Nicht nur, dass Kalliope das Stundenglas heimlich an Bord geschmuggelt hatte, sie holte es auch stets nur aus ihrem Beutel, wenn sie alleine war. Ihr war bewusst, dass sie damit gegen den Codex verstieß, der zwar die Benutzung persönlichen Besitzes, nicht jedoch dessen eifersüchtige Hortung erlaubte, aber Kalliope hatte das untrügliche Gefühl, dass es so klüger war. Die Tatsache, dass sie ein Geschenk von einer Gildeschwester angenommen hatte, die einen so zweifelhaften Ruf genoss, noch dazu ohne ihre Meisterin um Erlaubnis zu fragen, hätte sicher nicht dazu beigetragen, das ohnehin angespannte Verhältnis zwischen Cedara und ihr zu verbessern.

Am Tag nach ihrem Versagen hatte Kalliope sogar erwogen, das Stundenglas über Bord zu werfen, damit es nur ja nicht bei ihr gefunden würde, aber sie hatte es nicht über sich gebracht.

Schritte vor der Tür rissen Kalliope urplötzlich aus ihren Gedanken. Sie war so in ihre Betrachtungen versunken gewesen, dass sie das Knarren der Planken gar nicht gehört hatte. Jetzt war es zu spät, um das Stundenglas in den Beutel zu stecken. Hastig warf Kalliope ihren Schal darüber und fuhr am Tisch herum – als die Kajütentür auch schon geöffnet wurde.

»Meisterin Cedara.«

Kalliope sprang auf und begrüßte ihre Lehrerin, die vom Oberdeck zurückkehrte, mit einem ergebenen Nicken. Cedaras Züge waren gerötet, den Umhang hatte sie eng um die Schultern gezogen. Mit Passieren der Wettergrenze war es merklich kühler geworden, vor allem in den Abendstunden. Gerade hatte die *Volanta* im Hafen von Grenarda festgemacht, einer Kolonie am Rand der nördlichen Handelsroute, wo sie die Nacht über sicher sein würde. Wie es hieß, trieben Piratenbanden in dieser Gegend ihr Unwesen, Eulengesichtige und andere Chimären, die in der Lage waren, bei Dunkelheit zu sehen und deshalb für jedes Schiff eine Gefahr darstellten. Zwar stellte die *Volanta* aufgrund ihrer Größe und Bewaffnung kein leichtes Opfer dar, doch hatte Kapitän Baramiro kein unnötiges Risiko eingehen wollen.

»Nun?«, erkundigte sich Meisterin Cedara, während sie unter dem niedrigen Türsturz hindurch in die Kajüte trat. »Hast du die Texte studiert, die ich dir aufgegeben habe?«

Kalliope half ihr dabei, den Umhang abzulegen. »Ja, Meisterin«, bestätigte sie mit einem Blick, der scheinbar dem Folianten galt, der aufgeschlagen auf dem Tisch lag – in Wahrheit spähte sie nach dem Schal und dem Gegenstand, der sich verräterisch darunter abzeichnete.

»Und? Wie weit bist du in Auroras *sapientiae* vorgedrungen?« Cedara trat an die Tischplatte, die an Kettensträngen von der Decke hing, sodass sie den Schwankungen des Schiffes zu trotzen vermochte. Im Schein der vier Kerzen, deren eiserne Leuchter in die Kettenglieder eingehängt waren, betrachtete die Gildeschwester die aufgeschlagenen Seiten. »Du bist schon zum dritten Kapitel vorgedrungen?«, fragte sie.

»Ja, Meisterin.« Kalliope nickte.

Cedara lächelte, ob aus Erstaunen oder Bewunderung, war nicht festzustellen. »So wirst du sicher in der Lage sein, mir einige Fragen zu beantworten.« Sie griff nach dem Buch, um einige Seiten zurückzublättern.

»Nach bestem Wissen«, entgegnete Kalliope bereitwillig, während sie nervös von einem Bein auf das andere trat. Der Foliant lag nur wenige Handbreit neben dem vom Schal bedeckten Stundenglas. Wenn Cedara dagegen stieß …

»So sage mir, worin nach Aurora die größten Gefahren für die Weisheit bestehen«, verlangte Cedara zu wissen und bedachte sie mit einem prüfenden Blick. »Wenn du den Text gelesen hast, wie du sagst, sollte es dir nicht schwerfallen zu antworten.«

Cedara hatte das Buch angehoben und dabei das Stundenglas unter dem Schal berührt. Es wackelte bedenklich, fiel aber nicht vom Tisch, und die Meisterin hatte es offenbar auch nicht bemerkt.

»Aurora von Amara ist eine der geistigen Urmütter unseres Ordens«, erwiderte Kalliope. »Obschon sie noch lange vor den *primae* lebte, gilt sie als Vordenkerin der Gilde und hat mit ihren Werken die Grundlage für die moderne Metasophie geschaffen.«

»Sehr gut«, anerkannte Cedara, »allerdings war das nicht meine Frage …«

»Den Thesen Auroras zufolge kennt die Weisheit fünf Feinde«, fuhr Kalliope ohne Zögern fort, »nämlich die Gier, die Furcht, das Unwissen, den Zweifel und die L…«

Das letzte Wort blieb ihr förmlich im Halse stecken, denn noch während sie sprach, drehte Cedara sich um, griff mit einer ebenso raschen wie unvermuteten Bewegung nach dem Schal – und zog ihn weg. Darunter kam das Stundenglas zum Vorschein.

»Was ist das?«, wollte sie wissen.

Kalliope bedachte zuerst ihre Lehrerin, dann die Sanduhr mit einem entsetzten Blick. »Ein Geschenk«, flüsterte sie atemlos.

»Von wem?«

Kalliope biss sich auf die Lippen.

»Ich warte«, drängte Cedara, und wieder nahmen ihre dunklen Augen jenen strengen Ausdruck an. »Glaubst du wirklich, du könntest etwas vor mir verbergen? Ich kenne dich gut, mein Kind, wahrscheinlich besser, als du dich selbst kennst. Kaum dass ich die Kajüte betreten hatte, wusste ich, dass du etwas vor mir verbirgst. Deine Blicke haben dich verraten.«

Hätte ihre Stimme nur wütend oder anklagend geklungen, hätte Kalliope es noch ertragen. Die Enttäuschung, die darin mitschwang, machte Cedaras Worte jedoch zur Qual.

»Seit wir Ethera verlassen haben, erkenne ich dich kaum wieder. Es ist, als hätte eine andere Schülerin die Gildewelt mit mir verlassen.«

Kalliope schluckte sichtbar. Am liebsten hätte sie erwidert, dass auch sie ihre Meisterin kaum wiedererkannte, aber das wagte sie nicht. Vielleicht, sagte sie sich, lag es ja tatsächlich an ihr, an ihrer törichten Furcht …

»Ich wollte Euch nicht täuschen, Meisterin«, versicherte sie kleinlaut.

»Warum hast du es dann getan?«

»Weil ich Euch nicht beunruhigen wollte. Meisterin Audra sagte, dass es mit dem Stundenglas eine besondere Bewandtnis hätte, und bei allem, was Euch beschäftigte, wollte ich Euch nicht noch zusätzlich damit belasten.«

»Das verstehe ich. Doch seit unserer Abreise ist einige Zeit vergangen. Inzwischen hätte es viele Gelegenheiten gegeben, mir davon zu berichten.«

»Das ist wahr«, musste Kalliope zugeben.

»Dennoch hast du es unterlassen, und ich frage mich, warum. Ist dein persönlicher Bezug zu diesem Ding so stark?« Cedara griff nach der Sanduhr und betrachtete sie. »Hast du vergessen, was im Codex geschrieben steht?«

»Nein, Meisterin«, versicherte Kalliope rasch, obwohl sie in dem Augenblick, da Cedara das Stundenglas in ihren Händen hielt, eine Aufwallung von Eifersucht spürte. »Es ist nur … Meisterin Audra sagte mir etwas, als sie mir das Stundenglas gab.«

Cedara hörte auf, die Sanduhr in ihren Händen zu drehen. »Und das wäre?«, fragte sie mit forschendem Blick.

»Dass das Glas in den alten Tagen dazu benutzt worden sei, die Zeit zu messen.«

»Und?«

»Nun«, brachte Kalliope hervor, »ich habe mich gefragt, warum das heute nicht mehr der Fall ist.«

»Ist das alles?«

»Und sie sagte auch, dass mich die Sanduhr zu neuen Erkenntnissen führen könnte«, fügte Kalliope nach kurzem Zögern hinzu, »aber ich weiß nicht, was sie damit gemeint hat.«

Cedaras Augen verengten sich zu Schlitzen, durch die sie ihre Schülerin einen endlos scheinenden Augenblick lang betrachtete. Kalliope, die fürchtete, ihre Meisterin könnte schrecklich zornig werden, wich furchtsam zurück, doch Cedara bewahrte Ruhe. »Nun gut«, sagte sie mit mühsam beherrschter Stimme. »Hat Meisterin Audra auch gesagt, dass es nicht von ungefähr keine Stundengläser mehr gibt? Dass es verboten ist, einen solchen Gegenstand zu besitzen? Dass du alles gefährdest, indem du ihn aufbewahrst? Die Schwesternschaft, deine Freiheit, sogar dein Leben?«

»N-nein«, erwiderte Kalliope erschrocken, »das hat sie nicht.«

»So dachte ich es mir.« Cedara nickte. Mit einer entschlossenen Handbewegung ließ sie die Sanduhr in den weiten Falten ihres Gewandes verschwinden.

»Was habt Ihr damit vor?«, fragte Kalliope.

»Es über Bord werfen, ehe es hier gefunden wird. Kannst du dir vorstellen, was in einem solchen Fall geschehen würde?«

»Nein«, gab Kalliope zu.

»Natürlich nicht, weil du ein törichtes Kind bist und nichts weißt von der Welt, in der du …« Sie unterbrach sich und schüttelte den Kopf, dann schloss sie die Augen, um sich zu sammeln. »Ich rate dir, Meisterin Audras Geschenk so rasch wie möglich zu vergessen. Es hat sich nie in deinem Besitz befunden, und ich habe es dir auch niemals abgenommen. Hast du verstanden?«

»Natürlich«, beteuerte Kalliope gegen ihren Willen. Natürlich war Meisterin Audra seltsam und verschroben, aber dass sie eine Gildeschülerin bewusst einer solchen Gefahr aussetzte, war dennoch nur schwer vorstellbar. »Vielleicht hat Meisterin Audra nichts von diesen Dingen gewusst«, wandte sie vorsichtig ein.

»Sie wusste es.«

»Warum seid Ihr so sicher?«

»Audra war einst eine *numerata*, genau wie ich. Das war, bevor sie sich entschloss, ihren eigenen Weg zu gehen und sich von der Gemeinschaft abzusondern.«

»Aber sie sagte, dass …«

»Hörst du mir nicht zu?«, herrschte Cedara sie so unvermittelt an, dass Kalliope zusammenzuckte. »Audra ist alt und schwach! Sie hat den Verstand verloren!«

Kalliopes Entsetzen war ehrlich. Noch nie zuvor hatte sie ihre Meisterin derart abfällig von einer anderen Schwester sprechen hören. »W-woher wollt Ihr das wissen?«, fragte sie stammelnd.

»Ich muss es wissen«, erwiderte Cedara leise, »denn sie ist einst meine Meisterin gewesen.«

15. Kapitel

Ardath Durandor war König.

Mit derselben Selbstverständlichkeit, mit der andere Menschen Handwerker waren.

Oder Soldaten.

Oder Bettler.

Weder hatte er je darum gebeten, König zu sein, noch hatte er sich in irgendeiner Weise darum bemühen müssen. Die Krone war auf ihn übergegangen, so wie sie zuvor auf seinen Vater Nordath übergegangen war. Nordath Durandor der Große, wie er gemeinhin genannt wurde. Unter seiner Herrschaft, die mehr als fünfzig Zyklen gewährt hatte, war Tridentia zu einer bedeutenden Macht geworden, zu einer Hochburg der Kultur und des Handels, deren Lehenswelten sich bis an den Rand des Sanktuarions erstreckten.

Eine lange Zeit des Krieges war nötig gewesen, um einen Machtraum dieser Größe zu formen, und es hatte weiterer fünfzehn Zyklen bedurft, um aus einer losen Menge eroberter Welten ein zusammenhängendes Reich zu schmieden. Als Nordath schließlich starb, übergab er seinem Sohn eine gefestigte Herrschaft, ein Königtum, das an der Spitze einer Vielzahl von Protektoraten und Lehenswelten stand, die von königlichen Legaten und Vasallen regiert wurden und sich in alle sechs Himmelsrichtungen erstreckten. Tributzahlungen trafen in hoher Anzahl ein, die Tridentia zu einer der reichsten und wohlhabendsten Städte des Sanktuarions machten – und die Ardath und seinem Hofstaat ein Leben im Überfluss ermöglichten.

Beinahe zwanzig Zyklen waren vergangen, seit die Krone vom Vater auf den Sohn übergegangen war. Zwanzig Zyklen des Friedens und des Wohlstands, die Ardath Durandor der Goldene, wie er sowohl seiner ausschweifenden Lebensweise als auch seines blonden Haares wegen genannt wurde, in vollen Zügen genossen hatte. Auch die Unkenrufe einiger Legaten, die behaupteten, dass es auf den weiter entfernt liegenden Welten brodle, dass die Vasallen unzufrieden seien und die Animalen an einigen Orten nach Unabhängigkeit strebten, vermochten daran nichts zu ändern. Ardath war entschlossen, sich den Wohlstand und die Ruhe, die er von seinem Vater ererbt hatte, von niemandem streitig machen zu lassen. Dazu war alles viel zu weit entfernt von den hohen Türmen und kunstvollen Brücken, die die drei Weltensplitter Tridentias miteinander verbanden. Hier regierten Frohsinn und Zerstreuung – für alles andere hatte der König weder den nötigen Sinn noch die erforderliche Zeit.

Auf seinem Thron sitzend, der während der letzten fünf Zyklen zweimal hatte verbreitert werden müssen, um seiner immer ausladender werdenden Leibesfülle den notwendigen Platz zu bieten, beobachtete der König die Tänzerinnen, die sich im Rhythmus der Trommeln wogen – Serpentidinnen von Gwalior, die ihre reptilienhaften, bis zur Hüfte entblößten Körper wie Feuerzungen flackern ließen. Der dortige Legat hatte sie als Geschenk nach Tridentia geschickt, um sich dem König zu empfehlen, aber Ardath fand keinen rechten Gefallen an den halbnackten Schlangenfrauen. Er leerte den Becher Wein, den er in seiner fleischigen Rechten hielt, so hastig, dass der Rebensaft an den Mundwinkeln herabrann und durch den blonden Bart troff. Dann bedeutete er den Musikanten mit einer unwirschen Handbewegung, die Darbietung zu beenden. Die Trommeln verstummten, und die Tänzerinnen, die in den vom Alkohol trüben Augen des Königs keinen Gefallen gefunden hatten, zogen sich rasch zurück.

»Haben Euch die Mädchen nicht gefallen, Hoheit?«, erkundigte sich Arion, sein getreuer *maior domus*, der wie immer am Fuß des Throns stand und dessen spindeldürre Erscheinung einen eigentümlichen Gegensatz zur massigen Gestalt des Königs bildete. »Wie mir gesagt wurde, hat der Tempel von Gwalior keine anmutigeren Tänzerinnen zu bieten.«

»Dann wurdet Ihr betrogen«, knurrte Ardath mit vom Wein beschwerter Zunge. »Diese Schlangenweiber sind so gewöhnlich, dass es mein geübtes Auge beleidigt.«

»Gewiss, Hoheit«, bestätigte der Hausmeier ohne Zögern, »ein erlesener Geschmack wie der Eure will mit besonderen Genüssen befriedigt werden.«

»Habt Ihr mir nichts anderes zu bieten?«, fragte Ardath, während zwei Diener heraneilten und seinen Becher aufs Neue mit Wein füllten. »Gibt es in meinem ganzen verdammten Reich nichts mehr, was mein Herz noch zu erfreuen vermag? Bin ich dazu verurteilt, meine Tage in Langeweile zu verbringen?«

»Nicht doch, Hoheit«, wehrte Arion ab, »natürlich habe ich vorgesorgt für den Fall, dass die Tänzerinnen nicht Eure Zustimmung finden, und noch einen weiteren Höhepunkt auf das Programm gesetzt, der Euren Geschmack sicher besser treffen wird.«

»Und das wäre?«

»Larax, der Hofnarr.«

»Der Hofnarr?« Die Art und Weise, wie Ardath Durandor seine buschigen Brauen hochzog, ließ deutlich erkennen, dass er nicht begeistert war. »Ist das Euer ganzer Einfallsreichtum?«

»Habt Geduld, Hoheit«, redete Arion ihm zu. »Ihr werdet sehen, dass Larax sich etwas ganz Besonderes ausgedacht hat, um Eure kostbare Zeit zu zerstreuen.«

»Dann holt ihn herein. Aber ich warne Euch, Arion – noch so eine traurige Darbietung wie gerade eben, und ich lasse Euch zum Stallknecht degradieren.«

»Seid unbesorgt, Hoheit«, gab sich der königliche Verwalter zuversichtlich, auch wenn seiner verkniffenen Miene die Furcht deutlich anzumerken war. »Wenn Larax hält, was er versprochen hat, so wird er nicht nur Euch in höchstes Staunen versetzen, sondern auch den gesamten Hofstaat, und man wird Euch einmal mehr dafür bewundern.«

Ardath nickte und ließ seinen müden Blick durch den Thronsaal schweifen, zu dessen Seiten die Herren und Damen des Hofadels an langen, reich gedeckten Tafeln saßen, wie er selbst blass gepudert und in grellbunte Seidengewänder gehüllt. Der Gedanke, ihrer aller Anerkennung zu erringen, gefiel dem König, sodass sich seine Laune schlagartig besserte. »Dann herein mit ihm«, befahl er zwischen zwei Schlucken Wein, »ich kann es kaum erwarten zu sehen, was er vorbereitet hat.«

»Gewiss«, bestätigte Arion und trat an die Kante des Thronpodests. »Hohe Herren und Damen«, rief er, an den Hofstaat gewandt, »Seine Hoheit König Ardath Durandor der Goldene gewährt Euch Freude und Zerstreuung mit Larax, dem Narren!«

Er hatte kaum geendet, als begeisterter Jubel aufbrandete. Die Hofschranzen wussten, was ihr Herrscher von ihnen erwartete, und so klatschten sie begeistert in die Hände, was Ardaths Stimmung noch zusätzlich hob. Seine beringte Rechte winkte ihnen großmütig zu, während von der anderen Seite des Saales her ein kleinwüchsiger Mann eintrat.

Untersetzt, wie er war, und in seinen grellroten Kleidern wirkte er wie eine verkleinerte Version des Potentaten, was freilich niemand laut geäußert hätte. Larax, der Narr, trug Schuhe, die zu groß für ihn waren, und eine Schellenkappe, die bei jeder Bewegung klirrte. Ganz leise, so als hoffte er, ungesehen zu bleiben, schlich er sich in die Halle, was bereits für einige Heiterkeit sorgte. Vor sich her schob der Narr einen kleinen hölzernen Wagen, über den ein Tuch gebreitet war, um die Ladung zu verbergen.

Die vollen Wangen zu einem verheißungsvollen Lächeln geplustert, blieb Larax schließlich stehen, zog sich die Schellenkappe vom Kopf und verbeugte sich so tief, dass sein spärlicher Scheitel fast den Boden berührte. »Mein Herrscher und König, mein über alles geliebter Gebieter«, tönte er dazu, »gestattet, dass ich Euch etwas zeige, was noch keines Menschen Auge je erblickt geschweige denn gesehen hat!«

»Du redest Unsinn wie immer«, knurrte Ardath von seinem Thron herab, »aber bitte, zeige mir etwas, das meine Langeweile vertreibt.«

»Das wird es, seid dessen gewiss«, versicherte der Narr. »Vorher jedoch muss ich Euch, Ihr hohen Damen und Herren, bitten, ein wenig zurückzuweichen, denn was ich unserem Herrn und Gebieter zu zeigen gedenke, ist gefährlich!«

Das ließen sich die Hofschranzen nicht zweimal sagen. Ängstlich verließen sie ihre Sitzplätze und traten bis an die Wände zurück. Larax war ebenso bekannt wie berüchtigt dafür, bei seinen Späßen Glut und Feuer einzusetzen. Zweimal schon hatte er den Thronsaal dabei in Brand gesetzt, sein fast kahler Schädel war die hässliche Folge eines verunglückten Experiments.

Der kleine Hofnarr sah mit einiger Befriedigung, wie die Vornehmen und Noblen ihm aufs Wort gehorchten. »Gut so, Ihr Edlen«, rief er ihnen frech hinterdrein, »weicht für den großen Larax und seine noch größere Macht!«

»Hoho«, machte Ardath. »Wie mächtig kann ein so kleiner Mann wie du wohl sein?«

»Natürlich niemals so mächtig wie Ihr, mein König«, versicherte Larax beflissen und verbeugte sich abermals, wobei er galant mit den Armen flatterte. »Doch so mächtig wie die Schwesterngilde allemal.«

Ein Raunen ging durch die Reihen der Schaulustigen. Die Macht und Hoheit der Gilde anzuzweifeln, stand unter Strafe, auch die Freiheit des Narren schützte davor nicht. »Du spuckst ziemlich große Töne, mein Freund«, sagte der König entsprechend vorwurfsvoll. »Willst du dir unbedingt eine Rüge einfangen?«

»Mitnichten, mein Gebieter. Doch ist es meine Pflicht als Euer Narr, stets die Wahrheit zu sagen.«

»Welche Wahrheit?«

»Dass ich vermag, was auch die Schwestern der Gilde vermögen«, behauptete Larax und verschränkte stolz die kurzen Arme vor der schmächtigen Brust.

Erneut gab es ein Raunen.

»Du … du behauptest, die Gabe der Levitation zu besitzen?«, hakte Ardath nach.

»Ich behaupte, dass es in meinen Fähigkeiten liegt, einen Gegenstand zur Decke dieses Saales emporsteigen zu lassen, hier und jetzt, vor Euren Augen.«

»Dann bist du entweder von Sinnen oder ein Wunder der Schöpfung«, entfuhr es dem König verblüfft.

»Beides zu gleichen Teilen, mein Gebieter«, erwiderte Larax schlagfertig, »schließlich bin ich Euer getreuer Narr!«

Hier und dort gab es Gelächter, die meisten jedoch waren nur gespannt darauf zu sehen, was der königliche Spaßmacher unter dem Tuch verbarg. Tatsächlich zog er es im nächsten Moment in einer beifallheischenden Geste beiseite. Die Zuschauer waren jedoch enttäuscht zu sehen, dass sich lediglich ein metallener Behälter darunter befand. Kurzerhand schüttete der Narr ein paar glühende Kohlen hinein, die er aus einem der Fackelkörbe entnahm, die den Thronsaal zur Abendstunde erhellten.

»Was hast du vor?«, erkundigte sich Ardath spöttisch. »Du wirst doch nicht schon wieder versuchen, meine Burg niederzubrennen?«

»Mitnichten, mein Gebieter«, versicherte Larax, während er wieselflink um die Esse tanzte und von allen Seiten hineinblies, um die Glut noch zu verstärken. Sodann griff er unter seinen Rock und zog etwas hervor, das wie seine Kleidung aus roter Seide gefertigt war. Rasch entfaltete er es und hielt plötzlich eine Pyramide in den Händen, die er zuerst Ardath und dann dem staunenden Hofstaat präsentierte.

»Und nun, Hoheit, gebt acht«, rief er dazu, und zu aller Verblüffung stülpte er die Pyramide aus federleichtem Seidenstoff über die Esse, von der flimmernd heiße Luft aufstieg. »Ich, Larax, der Narr des Königs, verfüge über die Gabe der Levitation«, erklärte er dazu mit lauter Stimme, »und ich befehle dir zu fliegen!«

In Nachahmung einer Gildemeisterin breitete er die Arme aus und verdrehte die Augen so, dass fast nur noch das Weiße zu sehen war. Es lachte allerdings niemand, denn aller Blicke waren auf die Pyramide gerichtet, die im einen Moment noch grellrot leuchtete – um einen Herzschlag später wie von Geisterhand geführt zur Decke emporzusteigen!

Die Augen der Zuschauer weiteten sich.

Einige schrien ihre Verblüffung laut hinaus, andere – unter ihnen auch König Ardath – sprangen von ihren Sitzen.

»Das … das ist unmöglich, Narr!«, rief der König aus.

»Offenkundig nicht, Majestät«, versetzte Larax, während er dem eigentümlichen Gebilde hinterherstarrte, das einige Fuß hoch gestiegen war, seine Fahrt nun jedoch merklich verlangsamt hatte. »Mit eigenen Augen konntet Ihr Euch überzeugen von meiner Macht und meinen Fähigkeiten, selbst das Unmögliche …«

Weiter kam er nicht, denn etwas geschah, womit weder er noch irgendjemand sonst im Thronsaal gerechnet hatte.

Die Pyramide, die eben noch in der Luft geschwebt hatte, schien plötzlich von einer unsichtbaren Faust getroffen und zerschmettert zu werden. Zu einem formlosen Etwas zerknüllt, fiel der Stoff senkrecht in die Tiefe, geradewegs auf die glühenden Kohlen. Eine Flamme leckte daran empor – und vom Traum des Narren war nur noch Asche übrig.

»Aber wie …?«, wollte Larax fragen – als er merkte, dass aller Augen längst nicht mehr auf ihn gerichtet waren, sondern auf jemanden, der soeben den Thronsaal betreten hatte.

Verblüfft fuhr er herum, um sich zwei Frauen in weiten Roben gegenüberzusehen.

Die eine war jung und hatte rotes Haar.

Die andere war alt, ihr Haupt so kahl wie Stein, und wäre sie in der Lage gewesen, mit ihrem Blick zu töten, so wäre der Narr mit durchbohrter Brust niedergesunken.

Entsetzt erkannte Larax, dass die beiden Frauen Angehörige ebenjener Gilde waren, die er soeben vor aller Augen verspottet hatte.

»Blasphemie!«, rief Meisterin Harona entrüstet und so laut, dass es von der hohen Decke des Thronsaals widerhallte. »Ist dies Eure Art, eine Gildemeisterin willkommen zu heißen? Indem Ihr der Schöpfung spottet?«

Schlagartig war es völlig still geworden.

Die Höflinge und der Adel waren verstummt und starrten auf die beiden Frauen, die die Halle so unvermittelt betreten hatten; sogar der König selbst schien überrascht, Unverständnis sprach aus seinen vom Wein geröteten Zügen.

Prisca, die zusammen mit ihrer Meisterin den Saal betreten hatte, konnte sehen, welche Machtfülle diese verkörperte. Alle Anwesenden, die Weltenlords, die Höflinge und selbst der König, schienen vor Respekt und Ehrfurcht zu erstarren. Die Schülerin war beeindruckt. Im Lauf ihrer Ausbildung hatte sie viel von der Macht und dem Einfluss der Gilde gehört – nun sah sie erstmals seine Auswirkungen.

»Verzeiht, wenn wir Euren Unmut erregt haben«, sagte ein Mann, der am Fuß des Thronpodests stand – ein schmächtiger, vornehm gekleideter Kerl mit langen Haaren und gepudertem Gesicht, aus dem eine Nase wie eine Pfeilspitze ragte. Der Blick seiner Augen war wachsam, und die Tatsache, dass er als Erster und noch vor seinem König die Sprache wiederfand, ließ vermuten, dass er mehr zu sagen hatte, als sein geckenhaftes Äußeres vermuten ließ. »Dies lag in keiner Weise in unserer Absicht, ehrwürdige Schwestern. Wäre uns Euer Kommen angekündigt worden …«

»Wer seid Ihr?«, unterbrach Harona ihn barsch. Der Blick, mit dem sie ihn musterte, war derselbe, mit dem man eine Kakerlake bedachte.

»Mit Verlaub, Arion, Reichsverwalter und *maior domus* Seiner Majestät des Königs Ardath Durandor des Goldenen«, entgegnete der Geck und verbeugte sich schneidig.

»Harona, *numerata* und Gildemeisterin ersten Grades. Dies ist Prisca, meine Elevin.«

»Seid willkommen am Hofe, hohe Damen«, entgegnete Arion beflissen. »Darf man fragen, was Euch nach Tridentia führt? Noch dazu so überaus überraschend?«

»Ein Auftrag der Erhabenen Schwester, die uns ersucht hat, auf der Königswelt nach dem Rechten zu sehen. Und soweit ich es beurteilen kann«, erwiderte Harona mit Blick auf die überladenen Tafeln und den Hofnarren, der seinen Wagen davonschob und dabei war, sich klammheimlich aus dem Staub zu machen, »sind wir gerade rechtzeitig gekommen.«

»Wie schon gesagt, wäre uns Euer Kommen angekündigt worden, so hätten wir alles getan, um Euch Eure Ankunft so angenehm wie möglich …«

»Wir dachten nicht, dass dies notwendig wäre«, fiel Harona ihm erneut ins Wort, wobei sie einen eisigen Blick über die Reihen der Adeligen schweifen ließ, die entlang der Seitenwände aufgereiht standen und nicht mehr gewagt hatten, sich zu setzen. Die meisten von ihnen waren die direkten Nachkommen jener tapferen Kämpen, die Seite an Seite mit Ardaths Vater Nordath gekämpft und Tridentia die Vorherrschaft gesichert hatten. Wie der König selbst gefielen sie sich darin, die Früchte zu ernten, die andere gesät hatten. »Zum einen ist es uns dem Wortlaut des Paktes gemäß zu jeder Zeit erlaubt, die Königswelt zu besuchen. Zum anderen glaubten wir, dort stets unter Freunden zu sein – nun jedoch bin ich mir dessen nicht mehr sicher.«

»Ihr seid unter Freunden, Gildemeisterin«, ergriff nun erstmals König Ardath das Wort, wenn auch mit lallender Zunge. Offenbar war der Weinbecher, den er in seiner Rechten hielt und mit dem er fahrig gestikulierte, nicht der erste, den er an diesem Abend geleert hatte. »Darauf gebe ich Euch mein königliches Wort.«

»Im Namen der Gilde und der Erhabenen Schwester danke ich Euch für diese Versicherung, Hoheit«, entgegnete Harona und senkte leicht das Haupt, genug, um dem Herrscher Respekt zu erweisen, jedoch zu wenig, als dass sie sich selbst dabei erniedrigt hätte. »Dennoch wäre es mir lieber gewesen, wir hätten ihrer nicht bedurft. Was hatte diese Vorstellung eben zu bedeuten? Wie kann diese absonderliche Kreatur«, sie deutete auf den Narren, »es wagen, sich über die Levitatinnen und ihre Gabe lustig zu machen?«

Der Hofnarr, der das Ende der Tafel fast erreicht und wohl gehofft hatte, ungeschoren davonzukommen, blieb stehen. Mit einem gehetzten Blick drehte er sich zu den Gildeschwestern um. Furcht stand deutlich in seinen kleinen Augen zu lesen.

»Du«, sprach Harona ihn direkt an und deutete anklagend mit einem knochigen Finger auf ihn. »Wie ist dein Name?«

»L-Larax.«

»So sprich, Larax. Wer hat dich zu dieser abscheulichen Blasphemie veranlasst?«

»N-niemand, Euer Gnaden«, beeilte sich der Narr zu versichern, aus dessen rundem Gesicht jede Farbe gewichen war.

»Willst du behaupten, du hättest dir ganz allein diese …« – die Gildemeisterin suchte nach dem passenden Wort – »… diese Absonderlichkeit ausgedacht?«

»I-ich bin ein Narr, Euer Gnaden«, brachte der kleine Mann mühsam hervor. »Ich probiere gerne Dinge aus – vor allem welche, die keinen Sinn ergeben.«

»Auch wenn sie dich auf den Scheiterhaufen bringen?«, hakte Harona nach, worauf die ohnehin schon leichenblasse Miene des Hofnarren tatsächlich noch um einige Nuancen fahler wurde. »Dir muss doch klar sein, dass es bei höchster Strafe verboten ist, die Gilde und ihre Mitglieder zu verspotten! Auch wenn die Inquisition ihre Arbeit niedergelegt hat, sind die Gesetze nach wie vor in Kraft!«

»N-nun, ich ...«, stammelte Larax. Er war so eingeschüchtert, dass er kaum noch ein Wort hervorbrachte.

»Gildemeisterin, lasst Gnade vor Recht ergehen«, sprang Arion dem königlichen Spaßmacher bei. »Natürlich kennt man auf Tridentia den Wortlaut des Paktes und achtet und würdigt ihn. Aber bitte bedenkt auch, dass dem Narren vor dem Gesetz eine besondere Rolle zufällt. Wer die Schellenkappe trägt, darf tun, was anderen verboten ist.«

»Gewiss«, räumte Harona ein, »und gehört dazu Eurer Ansicht nach auch, ein nokturner Sektierer zu sein?«

»Ich bin kein Sektierer!«, versicherte Larax jammernd und warf sich bäuchlings auf den steinernen Boden. »Bitte glaubt mir doch! Ich bin nur ein Narr, ein harmloser Narr! Mit dem Nox habe ich nichts im Sinn!«

»Das Gefährliche am Nox ist, dass man nicht erkennt, wenn man ihm verfällt«, entgegnete die Gildemeisterin lauernd. »Womöglich ist deine Seele längst der ewigen Nacht verfallen, und du weißt es nur noch nicht. Die einzige Chance, sie der Dunkelheit zu entreißen, liegt im heilenden Licht des Feuers.«

»Nein!«, widersprach Larax und schüttelte den Kopf, dass die Schellen an seiner Kappe nur so klingelten. »Das ist nicht gerecht! Ich bin nur ein Narr! Nur ein Narr!«

»In der Tat«, bestätigte Harona ungerührt und wandte sich wieder dem König zu. Den Hofnarren behandelte sie so, als ob er sich in Luft aufgelöst hätte, und ließ ihn über sein Schicksal im Ungewissen. »Hoheit, wie ich selbst sehen kann, hat die Erhabene Schwester recht daran getan, eine Schwester des Rates nach Tridentia zu entsenden, auf dass sie zu unserem und Eurem Wohl über die Einhaltung des Paktes und seiner Gesetze am Königshof wache.«

»Wenn Ihr es so wünscht«, brummte Ardath nur und hatte damit zu tun, ein tiefes Rülpsen zu unterdrücken.

»Nicht mein Wunsch war es, sondern der der Gilde, denn in ihrem Auftrag bin ich hier – und wie es den Anschein hat, komme ich gerade noch rechtzeitig, um Dinge zu verhindern, die Ihr oder Eure Vasallen sonst womöglich bereuen würdet.«

»Soll das eine Drohung sein, Gildemeisterin?«, erkundigte sich Arion an des Königs Stelle. Seine spitze Nase reckte er dabei vor, und seine Augen verengten sich zu Schlitzen. Prisca konnte sehen, dass sowohl dem königlichen Verwalter als auch den meisten Adeligen die Vorstellung, eine *numerata* als ständigen Gast bei Hofe zu haben, ganz und gar nicht gefiel.

»Ist es eine Drohung, zu sagen, dass nach dem Tag die Nacht anbricht?«, fragte Harona ungerührt dagegen. »Nein«, gab sie selbst die Antwort, »es ist lediglich die Wahrheit. Ich spreche nicht von Dingen, die sich vielleicht ereignen werden, sondern die so sicher sind wie die Gesetze der Natur. Tridentias Krone ist auf das Wohlwollen der Gilde angewiesen. Wenn unsere Schwestern nicht die Klüfte überbrücken, die die Teile Eures Königreichs voneinander trennen, so wird es bald nur noch in Eurer Vorstellung existieren.«

»Dessen sind wir uns bewusst, Gildemeisterin«, gab Arion zähneknirschend zur Antwort, während sich der König auf dem Thron nachschenken ließ und seinen Becher erneut bis auf den Grund leerte.

»Natürlich«, entgegnete Harona ungerührt, »ich weiß, dass Ardath der Goldene nichts so sehr liebt wie seine Untertanen und dass ihm nichts wichtiger ist als die Erfüllung seiner Pflichten als Regent. Betrachtet unsere Anwesenheit daher nur als eine Art Erinnerung.«

Der Mund des *maior domus* schnappte mehrmals auf und zu wie bei einem Fisch, der unversehens auf dem Trockenen gelandet war. Ihm war anzusehen, wie gerne er widersprochen hätte, aber ihm war klar, dass weder ihm noch seinem König eine andere Wahl blieb, als sich zu fügen. »Nur eines sagt mir, Gildemeisterin«, verlangte er trotzig zu wissen. »Es ist lange her, dass die Erhabene Schwester ein Mitglied des Rates an den Königshof entsandt hat.

Wollt Ihr die Güte haben, uns zu verraten, was den Ausschlag dazu gegeben hat?«

Prisca merkte, dass ihre Meisterin einen Augenblick zögerte. »Sagen wir einfach«, erwiderte Harona dann mit einem undeutbaren Lächeln, »dass die Erhabene Schwester erkannt hat, dass wir in einer Zeit großer Veränderungen leben. Diese Veränderungen betreffen uns alle – sogar den König.«

16. Kapitel

Der Stollen war so lang, dass die Fackel in Kierons Händen nicht ausreichte, ihn bis zum Ende zu erhellen.

Für einen Augenblick wähnte sich der Junge wieder zurück auf Madagor, im Kerker des Großmercators – bis ihm einfiel, dass er befreit worden war! Jago und der Panthermann waren in den Kerker eingedrungen und hatten ihn herausgeholt, und gemeinsam waren sie auf dem Rücken eines Flugdrachen davongeritten …

Oder?

Je länger Kieron darüber nachdachte, desto unwahrscheinlicher kam es ihm vor. Wann hatte Jago ihm je etwas Gutes getan? Und wieso sollte der Pantheride sein Leben riskieren, um ihn zu retten? Viel wahrscheinlicher war, dass Kieron noch immer in seiner Kerkerzelle weilte und das alles nur geträumt hatte – so wie er nun träumte, durch diesen Stollen zu irren, dessen schroffe, in den Fels gehauene Wände von grünen und gelben Ablagerungen überzogen waren.

Wo, bei allen Welten, befand er sich?

Kieron blieb stehen, als der Stollen unvermittelt endete und in eine Treppe mündete, die in dunkle, ungeahnte Tiefen führte. Er überlegte noch, ob er die von jahrhundertealtem Staub überzogenen Stufen hinabsteigen sollte, als eine Folge grässlicher Schreie aus der Finsternis heraufdrang.

Kieron stand wie versteinert.

Was war das gewesen?

Noch nie zuvor hatte er eine Kreatur so entsetzlich kreischen hören.

Eine menschliche Kehle war es ganz sicher nicht, die einen solchen Laut hervorbrachte.

Von Furcht ergriffen, machte Kieron kehrt. Er wollte nicht dort hinab, wollte nicht wissen, wer oder was dort in der Tiefe lauerte und der Urheber dieser schrecklichen Laute war, die sich in diesem Moment wiederholten.

Lauter diesmal … und näher.

Die Kreatur kam die Treppe herauf.

Kieron fuhr herum und begann zu laufen. Er spürte, wie sich sein Herzschlag beschleunigte und die Handfläche um die Fackel zu schwitzen begann. Schnurgerade verlief der Stollen vor ihm, in unregelmäßigen Abständen von Streben aus rostigem Metall gestützt, in die rätselhafte Zeichen geprägt waren. Wohin der Gang führte, wusste Kieron nicht, und es war ihm auch gleichgültig. Er wollte nur weg, fort von dem schaurigen Gebrüll, das in diesem Augenblick erneut zu hören war.

Noch näher …

Kieron beschleunigte seine Schritte. Die Flamme der Fackel fauchte, ihr Rauch brannte in seinen Augen, während er immer weiter rannte, verfolgt von den entsetzlichen Schreien. Gehetzt blickte er über die Schulter und glaubte, einen Schatten wahrzunehmen, der noch schwärzer und bedrohlicher war als die Dunkelheit selbst. Ein feuriges Augenpaar flammte auf, und der grässliche Ruf erklang erneut. So schnell er konnte, hastete Kieron durch den Stollen, aber seine müden Beine versagten ihm den Dienst. Nur langsam kam er voran, während die Bestie hinter ihm beständig aufholte. Die Fackel entwand sich seinem Griff und fiel zu Boden, aber es blieb keine Zeit, um sie aufzuheben. Hals über Kopf lief Kieron in die Finsternis. Er konnte den heißen Atem der Bestie in seinem Nacken spüren und wartete nur darauf, dass mörderische Klauen ihn packen und zerfetzen würden, ihm bei lebendigem Leibe die Haut vom Körper reißen.

Plötzlich endete der Gang – und Kieron sah die Skelette. Zu Hunderten übersäten sie den Boden, bleiche Knochen, die sich übereinanderhäuften, die Überreste zahlloser Kreaturen, die ein grässliches Ende gefunden hatten. Plötzlich fühlte Kieron, wie ihn etwas packte – und mit einem entsetzten Aufschrei schoss er in die Höhe.

»Nein!«

Kieron riss die Augen auf.

Das Untier war verschwunden, ebenso wie der unterirdische Stollen. Nur die Dunkelheit war geblieben, doch sie wich nach wenigen Augenblicken einem Firmament voll funkelnder Sterne. Sich selbst fand Kieron auf einer wollenen Decke kauernd. Und mit der kühlen Nachtluft, die er keuchend in seine Lungen sog, kehrte auch die Erinnerung zurück.

Er war aus seinem Gefängnis befreit worden – zumindest das war kein Traum gewesen. Auf einem Flugdrachen, der in der Lage war, mithilfe seiner Gleitflügel tiefer gelegene Welten zu erreichen, waren Croy, Jago und er von Madagor geflohen.

Der Splitter, auf dem sie gelandet waren, um ihr Nachtlager aufzuschlagen, hatte keinen Namen. Es war nicht mehr als ein großer Felsblock, der sich irgendwann von seiner Welt gelöst hatte und seitdem herrenlos durch die Weiten des Sanktuarions trieb, bewachsen von Moosen und Flechten und niedrigem Gebüsch, das über seine steinerne Oberfläche wucherte. Für jemanden, der sich auf der Flucht befand, war er das ideale Versteck – wenn auch nur für eine Nacht.

»Verdammt noch mal!«, maulte Jago, der in unmittelbarer Nähe auf einem Felsblock hockte und wohl darauf gewartet hatte, dass sich Nachtfliegen oder Sternschwärmer in Reichweite seiner Zunge verirrten. »Was soll das Geschrei, Mensch? Du verscheuchst mir mein Essen!«

»E-entschuldige«, stammelte Kieron, der noch immer ganz benommen war. »Ich hatte einen Aaa-Albtraum …«

»Dann träum gefälligst was anderes«, beschied ihm der Chamäleonide. »Oder nimm dir ein Beispiel an mir – ich träume nämlich nie. Scheint überhaupt nur eine dieser sinnlosen Gewohnheiten von euch Menschen zu sein.«

»Sss-Simrod pflegte zu sagen, dass Träume der Spiegel der Sss-Seele sind«, erwiderte Kieron leise.

»Simrod?« Jago blitzte ihn wütend an und vergaß dabei glatt, seine Zunge nach einem Sternschwärmer auszuwerfen, der mit in der Dunkelheit leuchtenden Flügeln vorbeischoss. »Du solltest den Namen dieses Versagers nicht in meiner Gegenwart erwähnen. Ein Sklave, der in der Kunst des Bierbrauens bewandert ist, ist gut und gerne fünfzig Sesterzen wert – und was macht dieser Idiot? Fällt in einen Bottich und ertrinkt darin!«

»Simrod war ein klu- ein klu- ein kluger Mann«, widersprach Kieron in einem Anflug von Trotz, wie er ihn gegenüber dem Chamäleoniden früher nie an den Tag gelegt hatte. »Als einziger deiner Sklaven konnte er le-lesen und schreiben.«

»Lesen und schreiben!«, tönte Jago spöttisch von seinem Felsen herab. »Wo kommen wir denn hin, wenn Menschen jetzt schon anfangen, lesen und schreiben zu lernen? Als Nächstes wollt ihr womöglich auch noch fliegen können, was?« Ein Nachtfalter, der sich in seine Nähe verirrte, bekam seinen Zorn zu spüren – blitzschnell schoss die Zunge des Chamäleoniden vor, erfasste das fingerdicke Insekt und riss es in seinen Schlund.

In diesem Moment tauchte Croy am Rand der schmalen Schlucht auf, die ihnen für die Nacht als Zuflucht diente. Der Pantheride hatte nach dem Flugdrachen gesehen, der oberhalb der Schlucht angebunden war, und ihn mit Wasser und Futter versorgt. Offenbar hatte er zumindest einen Teil des Wortwechsels mitgehört, denn mit einem wohlwollenden Nicken in Kierons Richtung meinte er: »Wenn dieser Simrod all diese Dinge konnte, dann war er tatsächlich ein kluger Mann.«

»Was du nicht sagst«, quäkte Jago beleidigt. »Wäre ja auch das erste Mal gewesen, dass du und ich uns einig sind, Katzmann.«

Croy ließ sich auf seine angewinkelten Hinterbeine nieder. »Was war los vorhin?«, wollte er wissen.

»Ni-nichts«, beteuerte Kieron abermals. »Ich-ich hatte wohl nur einen Aaa- einen Aaa- einen schlechten Traum.«

»Willst du mir davon erzählen?«

»Hast du die ganze Nacht Zeit?«, frotzelte Jago kichernd dazwischen. »Der Junge neigt zur Wi-Wi-Wiederholung, wie du weißt.«

Croy überhörte den Einwand kurzerhand. »Willst du?«, fragte er noch einmal.

Kieron nickte zaghaft, dankbar für das Angebot. »Ich war an einem ko- einem ko- einem seltsamen Ort.«

»Inwiefern?«

»Da-da waren Stollen aus Fels … e-eiserne Stützen mit e-eigenartigen Zeichen … Knochen von Menschen und anderen Kreaturen. Und da war etwas, das mich verfolgte …«

Die Gesichtszüge des Pantheriden, die eben noch völlig entspannt gewesen waren, verfinsterten sich. »Was genau meinst du? Was hat dich verfolgt?«

»Www-weiß nicht.« Kieron schüttelte den Kopf. »Aber es war etwas Schreckliches. Ich habe sein Gebrüll gehört«, entsann er sich flüsternd, »ein Ungeheuer in der Dunkelheit.«

Croys mandelförmige Raubtieraugen verengten sich zu Schlitzen. »Ein Ungeheuer in der Dunkelheit, sagst du?«

Kieron nickte.

»Bist du je auf Nergal gewesen?«, wollte Croy von ihm wissen.

»Auf Nergal? Unser Menschlein?«, mischte Jago sich ungefragt ein, noch ehe Kieron antworten konnte. »Aber nie im Leben! Der Junge gehört mir doch schon, seit er zurückdenken kann – und deshalb wird sich auch nichts daran ändern.«

»Vielleicht vor langer, vor sehr langer Zeit?«, hakte Croy unbeirrt bei Kieron nach, die letzte Bemerkung schlicht überhörend.

»Ich glaube ni-nicht«, verneinte Kieron kopfschüttelnd. »Aber es war kein Traum wie andere. Ich hatte das Gefühl, tat-tatsächlich dort zu sein. Ist das nicht seltsam?«

»In der Tat«, stimmte der Pantheride zu, wobei nicht zu erkennen war, was er dachte. »In der Tat.«

»Und was bedeutet es?«

»Was soll es schon bedeuten?«, blaffte Jago herüber, erbost, weil ihm eine Nachtfliege durch die Lappen gegangen war. »Ein dummer Zufall ist es, nicht mehr und nicht weniger.«

»Meinst du?«, fragte Croy. »Anders als du, Chamäleon, bin ich schon auf Nergal gewesen. Es gibt dort jene Stollen, von denen der Junge spricht.«

»Na und? Du selbst hast ihm doch erzählt, dass Nergal eine Minenwelt ist. Den Rest wird er wohl im ›Feuerkürbis‹ aufgeschnappt haben. Viele Weltenfahrer und Flugdrachenlenker sind Stammkunden in meinem Lokal.«

»Was nicht gerade für sie spricht«, versetzte Croy gelassen. »Aber ganz sicher ist keiner von ihnen je bis ins Innerste von Nergal vorgedrungen, sonst wäre er nicht zurückgekehrt. Und um zu sehen, was der Junge beschrieben hat, muss man dort gewesen sein.«

»Inwiefern?«

»Nergals Ursprünge«, gab der Pantheride zur Antwort, »liegen in dunkler Vergangenheit. Niemand weiß, wer diese Welt einst bewohnte, und entsprechend ist auch niemand in der Lage, die Zeichen zu entziffern, die die einstigen Herren dieser Welt hinterlassen haben – jene Zeichen, die Kieron in seinem Traum gesehen hat. Und es gibt auch jene Höhlen, die mit Knochen übersät sind, ich habe sie selbst gesehen.«

»Und?« Jago rollte die halbkugelförmigen Augen. »Was heißt das schon?«

»Was es bedeutet, weiß ich nicht«, entgegnete Croy, der viel zu ergriffen schien, um auf die Sticheleien des Chamäleoniden zu reagieren. »Aber eines ist mir in diesem Augenblick offenbar geworden – dass es kein Zufall ist, der dich nach Nergal führt, junger Kieron.«

»Was soll es denn sonst sein?«, plärrte Jago. »Schicksal? Ein höherer Wille? Katzmann, hat dir niemand gesagt, dass du die Pfoten vom billigen Pilztabak lassen sollst? Ich verticke das Zeug zwar in meinem Lokal, aber …«

»Schicksal«, bestätigte der Pantheride nur, indem er Kieron fest in die Augen blickte – und es klang so endgültig, dass selbst Jago nicht widersprach. »Leg dich jetzt schlafen, Junge, und versuch dich auszuruhen. Bei Tagesanbruch setzen wir unsere Reise fort.«

Kieron schürzte die Lippen. »Wenn es diese Stollen auf Nergal tatsächlich gibt und sie wirklich so aussehen …«

»Ja?«

»… was ist dann mit diesem Un- mit diesem Untier, von dem ich geträumt habe? Existiert es ebenfalls?«

Croy sah ihn lange an. Für einen Moment hatte Kieron das Gefühl, dass sich namenloser Schrecken in den gelbgrünen Raubtieraugen spiegelte, ein Geist aus ferner Vergangenheit.

»Ich fürchte ja«, sagte der Pantheride dann.

17. Kapitel

Die Innenwelten hatte die *Volanta* hinter sich gelassen und war dabei, sich in immer höhere Gefilde aufzuschwingen. Den Spiralwinden folgend, passierte es das Tor von Ulster, der am weitesten nördlich gelegenen königlichen Bastion, und drang in jene Regionen vor, die noch in vielen *geographica* als *mundi atroces* bezeichnet wurden – als wilde Welten.

Am Tor von Ulster, pflegte man zu sagen, endete die Zivilisation. Hier, so hieß es, hatte die Zeit keine Gültigkeit.

Kalliope konnte dies nur bestätigen.

Schon zuvor war es ihr vorgekommen, als würden sich die Tage an Bord der *Volanta* unendlich in die Länge ziehen. Seit ihre Meisterin ihr jedoch das Stundenglas abgenommen hatte, schien die Zeit förmlich stillzustehen. Nicht so sehr, weil Kalliope sie nicht mehr messen konnte, dafür standen andere Mittel zur Verfügung, sondern weil es ihr vorkam, als wäre ihre letzte Verbindung nach Ethera und ihrem alten Leben gekappt worden.

Kalliope hatte nicht versucht, ihre Meisterin umzustimmen. Nie zuvor hatte sie Cedara so aufgebracht erlebt wie an jenem Tag, und die Furcht, sie erneut in Rage zu versetzen, war zu groß. Erklären konnte Kalliope sich die Reaktion nicht. Gewiss, sie hatte etwas Verbotenes getan, aber Cedaras Wut war weit über die einer Lehrerin hinausgegangen, die eine ungehorsame Schülerin schalt. Hatte es mit der unerwarteten Enthüllung zu tun, dass die alte Audra einst Cedaras Meisterin gewesen war?

Kalliope wusste nicht, was sie von diesem Bekenntnis halten sollte.

Nur bei sehr wenigen Gelegenheiten hatte Cedara über die Vergangenheit oder ihre eigene Ausbildung zur Gildeschwester gesprochen, aber Kalliope hatte dies stets auf die ihrer Meisterin eigene Bescheidenheit zurückgeführt, die es ihr verbot, über sich selbst zu sprechen. Dass Audra einst ihre Lehrerin gewesen war, ließ ihr Schweigen in einem anderen Licht erscheinen, denn es legte den Verdacht nahe, dass Cedara sehr viel mehr wusste, als sie ihrer Schülerin sagen wollte.

Dinge, die mit der Vergangenheit zusammenhingen.

Mit Meisterin Audra.

Und mit dem Stundenglas.

Als ein Windstoß das Schiff erfasste und die Flossensegel an den Seiten zum Zerreißen spannte, schlug Kalliope die Kapuze ihres Umhangs hoch. Da Cedara es ihr nach dem Zwischenfall mit dem Stundenglas untersagt hatte, ihre Studien allein in der Kajüte zu betreiben, war sie gezwungen, dies auf dem Achterdeck zu tun, unter Aufsicht ihrer Meisterin und unter den misstrauischen Blicken Kapitän Baramiros und seiner Mannschaft.

Es war schwierig, sich unter diesen Voraussetzungen zu konzentrieren. Oftmals las Kalliope einen Abschnitt von Auroras metasophischen Betrachtungen, ohne auch nur im Ansatz begriffen zu haben, wovon die Rede war; oder ihre Blicke verließen die Zeilen des Buchs und schweiften hinaus in den schmutzig grauen, wolkenverhangenen Himmel, der die *Volanta* zu allen Seiten umgab, und sie sah den Vögeln zu, die sich majestätisch durch die Lüfte schwangen.

»Faszinierend, nicht wahr?«, fragte Cedara sie unvermittelt.

Kalliope war nicht überrascht. Sie hatte sich daran gewöhnt, dass ihre Meisterin, obschon sie auf dem Sitz der Levitatin thronte und sich scheinbar ganz auf ihre schwere Aufgabe konzentrierte, sehr genau mitbekam, was um sie herum vor sich ging.

»Was meint Ihr?«

»Die Vögel«, entgegnete Cedara. Sie hatte die Augen aufgeschlagen und deutete auf einen Schwarm blauer Pfeilkrähen, die das Schiff an Backbord überholten. »Wild und frei vermögen sie sich durch die Lüfte zu schwingen und sind dabei niemandes Herr oder Diener.«

Kalliope blickte ihre Meisterin prüfend an. Nach allem, was geschehen war, konnte sie nicht anders, als in Cedaras Worten stets eine Prüfung zu sehen, mit der ihr Wissen und ihre Loyalität erprobt werden sollten.

»Wild und frei mögen die Vögel sein«, bestätigte sie mit Blick auf den Krähenschwarm, der sich bereits im Dunst der Wolken verloren hatte, »dennoch sind auch sie der Ordnung der Schöpfung unterworfen. Das bedeutet, dass sie wie die Tiere und die Animalen den Menschen untergeordnet sind, über denen wiederum die Auserwählten stehen, die Schwestern der Gilde, die ihre Gaben weise und zum Wohle aller einsetzen. So hat es die Urmutter gewollt.«

»Du weißt den Codex wohl zu zitieren«, anerkannte Cedara. »Doch hast du dich je gefragt, warum dies so ist? Wenn die Urmutter tatsächlich gewollt hätte, dass die Schwestern von Ethera die Einzigen sind, die sich in die Lüfte erheben, warum existieren dann Vögel und anderes fliegendes Getier?«

»Weil die Schöpfung die Vielfalt liebt«, gab Kalliope zur Antwort, die sich noch immer inmitten eines Prüfungsdiskurses wähnte. »Tiere jedoch vermögen nur dem Ruf der Natur zu folgen, ebenso wie Animalen und Chimären. Die Schwesternschaft hingegen lässt den Geist über die plumpe Materie triumphieren. So steht es geschrieben.«

»Und du glaubst, deshalb sei die Herrschaft über den Himmel allein der Gilde vorbehalten?«

»Deshalb«, bekräftigte Kalliope, die ihre Argumentation für schlüssig und durchaus gelungen hielt. »Und weil Vögel oder anderes Getier niemals in der Lage sein könnten, Menschen und Material von einer Welt zur anderen zu tragen und damit Zivilisation und Fortschritt zu ermöglichen – wir hingegen tun genau das und haben die Geschichte des Sanktuarions damit nachhaltiger geprägt als jeder Weltenherr.«

»Und dafür gebührt uns die Dankbarkeit der Völker?«

»Nicht Dankbarkeit ist es, die die Menschen uns schulden«, zitierte Kalliope einmal mehr aus dem Codex, »sondern Respekt. Von Animalen und Chimären hingegen erwarten wir Unterwerfung. So will es der Pakt.«

»Und – wenn es nicht so wäre?«

»Was … was meint Ihr damit?«, erwiderte Kalliope verunsichert. Verstohlen blickte sie zum Kapitän und den beiden Steuerleuten, aber keiner von beiden schien von ihrer Unterhaltung Notiz zu nehmen.

»Was, wenn wir uns geirrt hätten? Wenn die Schöpfung etwas anderes gemeint und uns nicht zu den Herrschern der Lüfte gemacht hätte? Was dann, Kind?«

Kalliope hob die Brauen. Sie konnte beim besten Willen nicht erkennen, wohin dieser Diskurs führen sollte, und hatte Angst, erneut zu versagen. Ermutigt von der persönlichen Anrede, die Cedara zum ersten Mal nach langer Zeit wieder gebraucht hatte, wechselte sie in die Gelehrtensprache.

»Meisterin, verzeiht Eurer unwissenden Schülerin, aber ich weiß nicht, worauf Ihr hinauswollt. Ist dies eine Prüfung, mit der Ihr meine Ergebenheit auf die Probe stellen wollt? Das braucht Ihr nicht, denn es lag nie in meiner Absicht, Euch zu enttäuschen. Ich bereue von Herzen, dass ich nicht ehrlich zu Euch gewesen bin, und wenn es etwas gibt, das ich tun kann, um Euch meiner ungebrochenen Loyalität zu versichern, dann …« Sie unterbrach sich, als sie in Cedaras Züge blickte, die keinerlei hintergründige Absicht erkennen ließen. »Das … das war keine Prüfung?«, erkundigte sie sich vorsichtig. »Euer Einwand war ernst gemeint?«

Cedara zögerte, eine direkte Antwort blieb sie schuldig. »Ich weiß nur«, gestand sie leise, »dass ich die Vögel insgeheim beneide.«

»Wie das, Meisterin?«, fragte Kalliope staunend. »Sind wir etwa nicht die überlegenen Kreaturen?«

»Doch, das sind wir.«

»Und sind wir den Tieren und Animalen an Geisteskraft nicht um ein Vielfaches überlegen? Vermögen wir die Lüfte nicht ebenso zu durchstreifen wie die Vögel?«

»Das ist wahr«, räumte Cedara ein, und wie zuvor schloss sie die Augen, um sich wieder ganz auf ihre Aufgabe zu konzentrieren. »Es ist auch nicht die Fähigkeit des Fliegens, um die ich die Vögel beneide.«

»Nein? Welche Fähigkeit ist es dann?«

»Ihr Unfähigkeit, in die Zukunft zu blicken und Unheil kommen zu sehen«, erwiderte Meisterin Cedara leise.

18. Kapitel

»Nun? Hast du es dir überlegt?«

Die Zeit in dem unterirdischen, aus Stein gemauerten Gewölbe, dessen einzige Lichtquelle ein schwelendes Kohlenfeuer war, schien stillzustehen. Die Luft war von bitterem Brandgeruch erfüllt. Von Fäulnis. Und vom sauren, ekelerregenden Gestank nackter Furcht.

Die Augen des Mannes waren geweitet, die bleichen Züge mit den hervorspringenden Wangenknochen hatten einen flehenden Ausdruck angenommen. Sein fleckiges Kerkergewand klebte schweißdurchtränkt an ihm. Die Gelenke seiner Arme und Beine steckten in eisernen Schellen, die mittels zweier Schraubzwingen verschlossen worden waren; dazwischen, auf der hölzernen Folterbank, lag sein zum Zerreißen gespannter Körper.

»I-ich weiß es nicht«, beteuerte er zum ungezählten Mal. Die Stimme des Mannes, anfangs noch kräftig und voller Überzeugung, war zu einem hohlen Flüstern verblasst. »Ich weiß nicht, was Ihr von mir wollt, Gildemeisterin ...«

Äußerlich unbewegt nahm Harona die Beteuerung des Gefangenen zur Kenntnis. Ob ihr sein Elend naheging, war nicht festzustellen, noch nicht einmal für Prisca, die ihre Meisterin wohl besser kannte als irgendjemand sonst. Obschon sich auch die Schülerin alle Mühe gab, nach außen hin gelassen zu wirken, gelang es ihr nicht ganz. Zu groß war ihre Bestürzung, zu deutlich das Mitgefühl, das sie für den Gefangenen hegte, der vor ihren Augen von einem menschlichen Wesen zu einem jammernden Haufen Elend verkommen war.

Noch immer wusste sie nicht, weshalb ihre Meisterin gerade ihn ausgewählt hatte. Vielleicht hatte er durch irgendeine Reaktion ihren Unmut erregt. Vielleicht hatte sie das Gefühl, dass er das schwächste Glied der Kette war. Vielleicht war er aber auch nur zur falschen Zeit am falschen Ort gewesen …

Mit einem kaum merklichen Nicken gab Harona dem Folterknecht zu verstehen, dass er seine Arbeit tun sollte. Der Scherge, ein untersetzter Kerl mit haarigen Armen und Beinen, der eine lederne, mit Augenschlitzen versehene Kappe trug, die den oberen Teil seines fleischroten Gesichts bedeckte, bestätigte knurrend und drehte dann erneut am Stellrad. Es knackte hässlich, die mehrfach geflochtenen Seile der Streckvorrichtung spannten sich noch ein Stück weiter – und der Gefangene gab ein Heulen von sich, das Prisca durch Mark und Bein ging. Sie konnte sehen, dass seine hagere, zerbrechlich wirkende Gestalt kaum noch auf der Folterbank auflag, und unwillkürlich fragte sie sich, wie lange seine Knochen, Sehnen und Muskeln der Beanspruchung noch standhalten würden. Die Schmerzen, die er litt, mussten entsetzlich sein.

»Woher bezog der Narr seine Kenntnisse?«, stellte Harona unbarmherzig die Frage, die sie seit geraumer Zeit immer dann wiederholte, wenn das Heulen des Gefangenen verklungen und in ein leises Wimmern übergegangen war. »Das königliche Gesetz mag mir verbieten, den Narren selbst zu befragen – von den Hofdienern hingegen ist nirgendwo die Rede. Also verrate mir besser, was ich wissen will, ehe es zu spät für dich ist.«

»I-ich weiß es nicht«, hauchte der Gepeinigte, Tränen in den Augen. »Bitte hört auf, mich zu quälen …«

»Das werde ich«, versicherte die Gildemeisterin und brachte es fertig, dabei milde zu lächeln. »Sobald du mir verraten hast, was ich zu wissen wünsche.«

»Ich weiß es nicht«, versicherte der Diener zum ungezählten Mal. »Ich weiß es nicht … Larax … denkt sich … immerzu etwas Neues aus … wie alle Narren.«

»Natürlich«, räumte Harona ein. »Sie treiben Mummenschanz, jonglieren mit brennenden Fackeln und tanzen auf rohen Eiern – aber sie treiben nicht blasphemischen Frevel! Jemand hat Larax dazu angestiftet, dem König jenes Experiment vorzuführen, und ich will wissen, wer das war!«

»Ich weiß es nicht.«

»Namen! Ich will Namen!«

»Ich kenne keine Namen!«

»Willst du behaupten, dass ein kleiner Mann, der noch dazu so geringen Verstandes ist, von ganz allein auf dergleichen kommt?«

»Ich weiß nichts von diesen Dingen, bitte glaubt mir doch!« Der Gefangene warf den Kopf mit dem schweißnassen Haar hin und her, Tränen erstickten seine Stimme. Prisca, die das Gefühl hatte, als würde ihr das Herz in der Brust gequetscht, schickte ihrer Meisterin einen fragenden Seitenblick. Aber Harona schien noch längst nicht gewillt, das traurige Schauspiel zu beenden.

»Du bist ein Lügner«, sagte sie nur und nickte dem Folterknecht abermals zu – und zu dem nächsten Knacken, das die Streckbank von sich gab, gesellte sich ein hässlich peitschendes Geräusch, als eine Sehne riss. Der Gefangene schrie gequält auf, sein Gebrüll hallte von der niederen Decke des Gewölbes wider.

»Mehr hält er nicht aus«, gab der Folterknecht bekannt. »Wenn wir weitermachen, wird er das Bewusstsein verlieren.«

»Nein, das wird er nicht«, war Harona überzeugt und nickte dem Schergen abermals zu. »Du kannst gehen, Büttel. Du hast deine Schuldigkeit getan.«

Der Maskierte grunzte eine Bestätigung, verbeugte sich knapp und verließ die Folterkammer, ohne sein Opfer oder die beiden Gildeschwestern noch eines weiteren Blickes zu würdigen. Das Geschrei des Gefangenen war inzwischen verstummt. Nicht so sehr, weil der Schmerz nachgelassen hätte, sondern weil ihm die Stimme versagte. Wimmernd hing sein gepeinigter Körper in der Streckvorrichtung, nunmehr ganz in der Luft.

»Was treibt dich nur, Sohn?«, fragte Harona den Hofdiener, der nur wenig älter sein mochte als Prisca. »Auf diese Weise wirst du niemals inneren Frieden finden.«

»W-warum tut Ihr das?«, wisperte der Gefangene und starrte die Gildemeisterin aus blutunterlaufenen Augen an. »Wenn der König davon erfährt …«

»Der König weiß davon«, verbesserte sie, »und er hat es gebilligt. Er hat einsehen müssen, dass sein Hof von dunklen Kräften unterwandert ist, und er hat die Gilde um Hilfe gebeten. Vieles wird sich in nächster Zeit ändern, dies ist erst der Anfang.« Sie hob die Hand, und in einer sanften, fast zärtlichen Geste strich sie dem Gepeinigten das wirre Haar aus der geröteten Stirn. »Du solltest klug handeln und dich auf die Seite des Rechts stellen, solange noch Zeit dazu ist. Sag mir, was ich wissen will, und ich versichere dir, dass …«

»In den Orcus mit Euch!«, murmelte der Gefangene leise, aber doch deutlich vernehmbar, und seine ausgemergelten Züge verhärteten sich in einem Ausdruck trotzigen Widerstands.

Prisca war klar, dass dies ein Fehler gewesen war.

Denn auch die Miene ihrer Meisterin veränderte sich, jede Spur von Sanftheit wich daraus und machte eiserner Härte Platz. Gleichzeitig zog sie an dem Hebel, der die Spannung der Streckbank löste. Die Seile und Gurte entspannten sich, der Gefangene sank auf das fleckige Holz zurück in der trügerischen Hoffnung, dass die Qualen überstanden seien. »Ich danke Euch«, flüsterte er, als Harona auch die Knebel der Fesseln löste. »Ich danke Euch …«

Die Gildemeisterin erwiderte nichts. Das kahle Haupt hoch erhoben, trat sie von der Folterbank zurück, kaltes Feuer in den gletscherblauen Augen. Im nächsten Moment geschah etwas, das Prisca nicht für möglich gehalten hätte.

Obschon er nicht mehr auf die Streckbank gespannt war und auch kein anderer äußerlicher Einfluss erkennbar war, schrie der Gefangene plötzlich auf und krümmte sich vor Schmerzen. »Was tut Ihr?«, brüllte er und starrte Harona aus entsetzt geweiteten Augen an. »Was tut Ihr …?«

Da erst begriff Prisca, dass nicht etwa die Nachwirkungen der Folter dem Diener so zusetzten, sondern dass es tatsächlich ihre Meisterin war, die ihm diese Qualen bereitete – indem sie ihre Levitationskräfte einsetzte.

Die Erkenntnis war ein Schock. Dass die Fähigkeit der Levitation nur zum Guten der Menschheit, nicht aber zu ihrem Nachteil oder gar zur Zerstörung eingesetzt werden durfte, galt als das oberste Gesetz des Codex – das ihre Meisterin in diesem Augenblick willentlich und vorsätzlich brach!

Mit angehaltenem Atem stand Prisca da, während ihre Blicke zwischen dem sich vor Schmerzen windenden Gefangenen und ihrer Meisterin hin- und herpendelten. Haronas Augen waren milchig trüb geworden, das äußerliche Erkennungszeichen dafür, dass sie ihre Kräfte zum Einsatz brachte.

»Woher hatte der Hofnarr seine Kenntnisse?«, erhob sich ihre Stimme über das Geschrei des Mannes. »Werden bei Hofe verbotene Wissenschaften betrieben? Haben nokturne Mächte auf Tridentia Fuß gefasst? Wenn ja, woher kommen sie? Von Agora? Haben die gelehrten Lästermäuler dort wieder ihr Gift verbreitet …?«

Der Diener krümmte sich auf der Folterbank. Hilflos schlug er mit den Beinen, während sich eine unsichtbare Hand durch seine Eingeweide wühlte und sein Herz zusammenpresste. Die Qualen, die er litt, mussten fürchterlich sein – doch sein Schweigen brach er nicht. Einen langgezogenen Schrei auf den Lippen, griff er sich an die Brust – die im nächsten Moment zerquetscht wurde.

Man konnte sehen, wie die Rippen unter dem Stoff des Gefangenenhemdes nachgaben. Der Gefangene schrie auf, ein letzter verzweifelter Protest gegen die Gewalt, die ihm angetan wurde – dann, mit einem schrecklich profanen Geräusch, färbte sich die schmutzige Tunika auf Höhe seines Herzens blutig rot. Leblos schlug er auf die Folterbank zurück und blieb liegen, Arme und Beine von sich gestreckt.

Stille trat ein.

Prisca war wie erstarrt.

Sie atmete wieder, aber die Luft, die sie in ihre Lungen sog, schmeckte schal und abgestanden und roch nach Blut. Der Herzschlag der Schülerin raste, sie kämpfte mit der Übelkeit, während sie fassungslos auf den grässlich entstellten Leichnam starrte.

»Was hast du?«, fragte Harona.

»Ihr … habt ihn getötet.«

»Irrtum. Er hat sich selbst getötet. Hätte er sein Schweigen gebrochen, hätte es dazu nicht zu kommen brauchen.«

»Ihr habt ihn getötet«, wiederholte Prisca noch einmal. »Der Codex …«

»Der Codex erlaubt uns, uns mittels unserer Kräfte zu verteidigen, wenn wir angegriffen werden.«

»Das ist wahr.« Prisca nickte. »Aber dieser Mann hat Euch nicht angegriffen, Meisterin. Er … er war völlig wehrlos.« Die Stimme versagte ihr.

»Wehrlos?«, fragte Harona. »Du sagst, er hätte uns nicht angegriffen? Wie nennst du das, was wir gesehen haben, als wir den Thronsaal betraten? Wie nennst du das, was dieser Hofnarr getan hat? War das kein Angriff auf die Gilde? Auf unsere Ehre und unser Ansehen?«

»Gewiss, aber …«

»Und hat mir nicht der König selbst gestattet, die Schuldigen ausfindig zu machen und zu bestrafen?«

»Auch das«, räumte Prisca ein, »aber wie könnt Ihr sicher sein, dass dieser Mann hier schuldig war? Vielleicht wusste er tatsächlich nichts und …«

»Das nehme ich an«, erklärte Harona knapp.

»Ihr … Ihr nehmt es an?«

»Offen gestanden hätte es mich gewundert, wenn uns dieser hier etwas hätte verraten können. Dennoch hat er uns und der Gilde einen wertvollen Dienst erwiesen – denn von nun an werden all jene gewarnt sein, die glauben, das Gesetz brechen und unsere von der Natur und dem Schicksal gewollten Ansprüche vor aller Welt lächerlich machen zu können. Wir haben ein Exempel statuiert, und es werden weitere folgen.«

»Wie … wie meint Ihr das?«

»Natürlich werden wir weiter nach den Schuldigen suchen. Es ist offenkundig, dass nokturne Mächte am Hof Fuß gefasst haben, und wir werden mit ihnen verfahren, wie man mit Unkraut verfährt – wir werden es packen und samt der Wurzel ausreißen.«

»Ihr meint, noch mehr Verhaftungen? Noch mehr Folterungen?«

»Mehr Gerechtigkeit«, entgegnete Harona. Ihr Blick verhärtete sich und wurde forschend. »Solltest du ein Problem damit haben, Schülerin? Bereust du bereits, was du mir versprochen hast? Scheiterst du an deiner ersten Bewährung?«

»Nein, Meisterin«, versicherte Prisca. »Meine Loyalität und mein Vertrauen gehören Euch.«

»Das ist gut.« Die *numerata* nickte. »Denn in diesen Tagen ist es wichtiger denn je, dass du mir vertraust. Im Leben einer jeden Gildeschwester kommt der Zeitpunkt, da sie Ethera verlassen und sich der Wirklichkeit stellen, da sie lernen muss, was es bedeutet, eine Gildemeisterin zu sein und Verantwortung zu tragen. Bist du bereit, diese Bürde auf dich zu nehmen? Die Wahrheit nicht aus den Augen zu verlieren und dich keiner Macht des Sanktuarions zu beugen, so groß und bedeutend sie auch sein möge?«

»Das bin ich, Meisterin«, versicherte Prisca. Vorsichtshalber wandte sie sich von dem Diener ab, in dem sie nicht länger ein unschuldiges Opfer, sondern einen kalkulierten Verlust zu sehen hatte.

»Dann lass alle deine Zweifel fahren, denn was wir in diesen Tagen, da sich der Himmel über uns verdunkelt und wir uns neuen Gefahren ausgesetzt sehen, mehr als alles andere brauchen, sind Schwestern, die unserer Sache treu und widerspruchslos ergeben sind.«

»Ist es denn wirklich so schlimm?«, fragte die Schülerin. »Befindet sich die Gilde tatsächlich in solch großer Gefahr?«

Harona betrachtete sie lange und nachdenklich.

»Nicht nur die Gilde, Kind«, sagte sie dann. »Das Sanktuarion und all seine Welten sind in diesen Tagen in Gefahr – und es ist an uns, sie zu retten.«

19. Kapitel

Es war das erste Mal, dass Kalliope Schnee erblickte.

Die schieferfarbenen Wolken, die den Himmel verfinsterten, hatten sich in den letzten Tagen mehr und mehr verdichtet, bis die *Volanta* schließlich völlig davon eingehüllt war. Umgeben von dichtem Nebel war das Frachtschiff immer noch höher gestiegen, doch die geringe Sicht hatte es nötig gemacht, die Beisegel zu reffen und die Fahrt zu verlangsamen. Und dann, unvermittelt, hatte es zu schneien begonnen.

Von der Plattform des Achterkastells aus bestaunte Kalliope die winzigen Flocken, die aus dem grauen Himmel fielen, um sich in der bodenlosen Tiefe des Sanktuarions zu verlieren oder auf den Planken der *Volanta* niederzulassen, wo sie zunächst schmolzen und kleine Wassertropfen hinterließen. Doch je länger der Schneefall andauerte und je kälter es wurde, desto mehr Flocken verbanden sich zu einer weißen Schicht, die schließlich das gesamte Oberdeck, die Reling und die Rahen überzog. Es bestand kein Zweifel – sie hatten die Grenze zu den Winterwelten überquert. Für Meisterin Cedara bedeutete dies, dass sie mit noch größerer Konzentration und Sorgfalt ans Werk gehen musste, denn je näher sie dem Rand des Sanktuarions kamen, desto schwächer wurden ihre Kräfte.

»Was fühlst du?«, fragte die Meisterin, die ihren Platz verlassen und mit ihr die Plattform des Achterkastells erklommen hatte. Die Unterarme behielt sie dabei abgewinkelt, um sich selbst an die Last und die Verantwortung zu erinnern, die sie trug.

Kalliope lauschte in sich hinein. Die Fähigkeit, sich selbst zu betrachten und das Innerste einer neutralen Prüfung zu unterziehen, wurde den Gildeschülerinnen von frühester Jugend an beigebracht. Es war die Voraussetzung dafür, Gleichgewicht zu erlangen und es auch in angespannten Situationen zu behalten. Dennoch war Kalliope im Augenblick weit davon entfernt, die innere Balance zu finden. Noch immer fühlte sie Verwirrung und Schmerz, und die Gespräche, die sie mit ihrer Meisterin geführt hatte, hatten nicht dazu beigetragen, dies zu verbessern. Und es gab eine Empfindung, die alle anderen überwog.

»Kälte«, sprach Kalliope das aus, was ihr durch den Kopf ging. »Vor allem spüre ich eisige Kälte. Nicht nur von außen, sondern auch von innen.«

»Das ist das Nox, die ewige Nacht«, stellte Cedara fest. Mit dem Kinn deutete sie hinaus in den milchigen Nebel, durch den die Schneeflocken flirrten. »Am Tage vermögen wir es nicht zu sehen, dennoch ist es da – und hier am Rand sind wir ihm um vieles näher als auf den Innenwelten.«

»Warum werden unsere Kräfte schwächer, je weiter wir uns dem Nox nähern?«, erkundigte sich Kalliope.

Cedara lächelte schwach. »Das weiß niemand genau zu sagen. Die einen behaupten, dass das Nox eine riesige, undurchdringliche Wand sei und die Sterne winzige Augen, die auf uns blickten. Andere sagen, dass es ein undurchdringlicher Nebel sei, ein schwarzer Schleier, der das Sanktuarion umgebe, vom obersten Pol bis hinab zum Mahlstrom, der alles Weltenwasser verschlingt. Eines jedoch wissen wir genau – dass es vom Bösen erfüllt ist, von einer dunklen Macht, die unsere Kräfte schwächt.«

»Hat man jemals versucht, das Nox zu erforschen?«

»Es gab einige Unentwegte, die es versuchten«, bestätigte Cedara nachdenklich, »aber keiner von ihnen ist je zurückgekehrt. Denn das Böse des Nox lässt jede sterbliche Kreatur den Verstand verlieren, sobald sie sich ihm nähert. Die Schöpfung will nicht, dass wir das Sanktuarion verlassen. So steht es geschrieben.«

Kalliope nickte. Sie schauderte in ihrem mit Lammfell gefütterten Mantel, gegen den sie ihren Umhang vor einigen Tagen getauscht hatte. Auch Cedara hatte warme Winterkleidung angelegt, die wie ihre Ordenstracht mit kunstvoll gestickten Borten versehen war.

»Versuche dein Innerstes dagegen zu schirmen«, riet die Gildemeisterin. »Die Nähe des Nox vermag selbst Unerschrockene einzuschüchtern – um wie viel mehr eine Schülerin, an der ohnehin schon Furcht und Selbstzweifel nagen?«

Kalliope biss sich auf die Lippen. Cedara hatte es gesagt, ohne dabei bitter oder tadelnd zu klingen, dennoch trafen ihre Worte sie bis ins Mark. Natürlich, es stimmte, Angst und Zweifel waren ihre ständigen Begleiter, seit sie die Gildewelt verlassen hatten, und sie hatte bei fast jeder sich bietenden Gelegenheit versagt – es jedoch so deutlich gesagt zu bekommen, kränkte Kalliope, und fast augenblicklich fühlte sie, wie sich in ihr Widerstand regte.

Sie sog die eisige Luft in ihre Lungen, schöpfte Atem, um ihrer Meisterin zu sagen, dass sie zwar Rückschläge erlitten habe und der Abschied von Ethera ihr schwergefallen sei, dass sie aber auch willens und in der Lage sei, ihren Pflichten als Gildeschülerin weiterhin nachzukommen, und dass sie ihr Ziel, dereinst eine Levitatin zu werden, weiterverfolge.

Dass es nicht dazu kam, lag an dem Blitz, der durch den grauen Himmel zuckte und den Nebel blendend weiß aufflackern ließ. Fast gleichzeitig erfolgte ein Donnerschlag, so laut und heftig, dass er Cedara aus ihrer Konzentration riss und ihr die Kontrolle über das Schiff für einen Augenblick entglitt.

»Meisterin …?«

Die Ereignisse überstürzten sich.

Das Achterdeck der *Volanta* sackte in die Tiefe, das Schiff bäumte sich auf wie ein störrisches Tier. Erschrocken sah Kalliope den Bug in die Höhe wachsen, ein albtraumhafter Anblick, der noch verschärft wurde durch die Männer, die vergeblich nach Halt suchten und unter lautem Geschrei über das steil aufragende Oberdeck schlitterten.

Auch Kalliope geriet ins Taumeln, da sie jedoch am Rand der Plattform gestanden hatte, konnte sie sich am Schanzkleid des Achterkastells einklammern – anders als ihre Meisterin.

Auch Cedara wollte sich an den hölzernen Zinnen festhalten, doch ihre Hände griffen ins Leere. Die Meisterin gab einen gellenden Schrei von sich, der jäh endete, als sie gegen das Schanzkleid schlug. Benommen sank die Levitatin daran herab, Blut rann aus einer Wunde an ihrem Kopf.

»Meisterin!«

Kalliope eilte zu ihr, quer über das schwankende Deck. Cedara lag auf den Planken, das graue Haar blutverschmiert. Ihre Augen jedoch waren noch immer milchig weiß, was darauf schließen ließ, dass sie die Levitation noch aufrechterhielt. Tatsächlich hatte sich die Lage des Schiffes stabilisiert, der Bug sich wieder gesenkt. Reglos, aber mit heftiger Schlagseite stand die *Volanta* inmitten des Schneetreibens und des Windes, der heulend von Nordosten heranpfiff.

Kalliope fiel bei ihrer Meisterin nieder. Cedara blutete heftig aus der Kopfwunde, die sie davongetragen hatte. Vergeblich versuchte sie, sich aufzurichten.

»Hilf mir, Kind«, stieß sie hervor und streckte Kalliope ihre zitternde Rechte entgegen. »Hilf mir auf die Beine …«

Die Schülerin kam der Aufforderung nach, doch Cedara war zu benommen, um aufrecht stehen zu bleiben.

»Hilfe!«, schrie Kalliope aus Leibeskräften. »Wir brauchen Hilfe! Die Levitatin ist verletzt!«

Nicht nur der Sturz und die Verletzung hatten die Gildemeisterin geschwächt, sondern auch der Flug durch den Nebel. »Das Nox«, flüsterte sie, »es ist zu nah … Der Einfluss der ewigen Nacht ist zu stark … ich verliere die Balance …«

»Nein, Meisterin«, widersprach Kalliope beschwörend, »Ihr dürft die Balance nicht verlieren. Denkt nur an die Verantwortung, an die vielen Menschenleben …«

Cedaras vor Anstrengung verzerrten Gesichtszügen war anzusehen, dass sie alles daransetzte, die Konzentration aufrechtzuerhalten und das Schiff und seine Besatzung vor dem Sturz in die Tiefe zu bewahren – doch der Blick ihrer Augen klärte sich, ein sicheres Erkennungszeichen dafür, dass die Levitation zu Ende ging.

»Gildemeisterin!« Kapitän Baramiro kam atemlos auf der Achterplattform an, den *medicus* im Gefolge, einen ältlich aussehenden Mann, dessen Robe ihn als Abkömmling von Agora auswies.

»Sie ist gestürzt«, erklärte Kalliope. »Sie verliert das Bewusstsein – und damit auch die Kontrolle über das Schiff.«

»Verdammt!«, rief Baramiro, während der Arzt begann, Cedaras Verletzungen zu untersuchen. Der Kapitän eilte zum Rand der Plattform und rief seinem Bootsmann etwas zu, das Kalliope nicht verstand, weil der Wind die Worte davontrug. Vermutlich hatte er befohlen, den nächstgelegenen Weltensplitter anzulaufen, aber angesichts des unmittelbar bevorstehenden Sturzes in die Tiefe war dieses Ansinnen aussichtslos. Schon war die *Volanta* dabei, sich weiter zur Seite zu neigen, einige Fässer, die sich gelöst hatten, durchschlugen die Reling und gingen über Bord – und es war nur eine Frage der Zeit, wann der Rest des Schiffes ihnen folgen würde …

»Wie schlimm ist es?«, erkundigte sich Kalliope gehetzt beim *medicus*, der Cedara notdürftig untersucht hatte.

»Sie hat das Bewusstsein verloren«, rief der Heiler mit vor Panik heiserer Stimme. Was das bedeutete, musste er nicht aussprechen. Sie würden alle sterben.

Wie um Kalliopes Befürchtung zu unterstreichen, neigte sich die *Volanta* noch weiter nach backbord, wodurch sie zum Spielball der Elemente wurde. Das Großsegel blähte sich, als ein schwerer Windstoß es erfasste, und mit einem hässlichen Geräusch riss der Stoff. Taue flatterten lose im Gewirr der Schneeflocken, die der Wind über das Deck peitschte, aber niemand kümmerte sich mehr darum. Panisch rannten die Luftschiffer umher und schrien um Hilfe, obschon sie wussten, dass sie nichts mehr retten konnte.

»Urmutter, hilf uns!«

Auch Kalliope fühlte Panik, doch im selben Moment, in dem sie die Schöpferin um Beistand anflehte, bemächtigte sich ihrer eine seltsame Ruhe. Sie besann sich auf das, was sie gelernt hatte, auf ihr *arcanum*, auf jenen geheimen Ort tief in ihrem Inneren, der frei war von Furcht und aus dem sie ihre Kraft schöpfte. Zu ihrer eigenen Verblüffung fand sie ihn, just in dem Augenblick, da sich das Schiff vollends zur Seite neigen und kopfüber in die Tiefe stürzen wollte.

Es war der Augenblick der Rettung.

Statt ihre Besatzung von ihrem breiten Rücken zu schütteln, stabilisierte sich die *Volanta* plötzlich wieder. Knarrend richtete sich der im Absturz befindliche Segler wieder auf, den eisigen Winden zum Trotz, die an ihm zerrten und das Deck erbeben ließen. Auch der

Bug hob sich wieder, und im nächsten Moment lag das Schiff wieder im Wind, leicht mitgenommen und mit zerfetztem Segel, ansonsten jedoch unbeschadet.

Kalliopes erster Gedanke galt Meisterin Cedara. Dankbar blickte sie zu ihrer Lehrerin hinüber, die offenbar noch rechtzeitig aus ihrer Ohnmacht erwacht war – doch zu ihrer maßlosen Überraschung lag die Levitatin noch immer bewusstlos auf den Planken. Noch während Kalliope sich fragte, was es denn gewesen sein mochte, das das Schiff und seine Besatzung vor dem bereits sicher geglaubten Ende bewahrt hatte, bemerkte sie plötzlich, dass aller Augen auf sie gerichtet waren.

Kapitän Baramiro, Bootsmann Kelso und sogar der Schiffsarzt – sie alle starrten auf sie, in ihren Gesichtern einen Ausdruck zwischen Staunen und Bewunderung.

Und dann erst begriff Kalliope.

Die Männer bedachten sie mit diesen Blicken, weil ihre eigenen Augen weiß und trüb geworden waren. Und weil nicht Cedara, sondern Kalliope es gewesen war, die das Schiff vor der sicheren Zerstörung bewahrt und damit allen an Bord das Leben gerettet hatte.

Der Gedanke war ungeheuerlich. Doch niemand außer ihr besaß sonst die Fähigkeit zur Levitation. Im entscheidenden Moment hatte Kalliope ihre Furcht und ihre Unsicherheit überwunden und war über sich selbst hinausgewachsen.

Die Schülerin konnte ihr Glück kaum fassen. Energisch mahnte Kalliope sich zur Ruhe, um das eben erst gewonnene Gleichgewicht nicht gleich wieder zu verlieren. Vorsichtig erhob sie sich und breitete die Arme aus, fühlte das Gewicht des Schiffes auf sich ruhen – aber anders als zuvor erschrak sie nicht mehr darüber.

Kapitän Baramiro trat auf sie zu und verbeugte sich tief. »Das Schiff und seine ganze Besatzung stehen tief in Eurer Schuld, Gildeschülerin. Habt Dank für Euer Eingreifen.«

Kalliope nickte nur – sie fürchtete, die Konzentration zu verlieren, wenn sie etwas erwiderte.

»Wünscht Ihr, dass ich Euch an Euren Platz geleite, Levitatin?«

Kalliope nickte erneut. Und obwohl der Codex der Schwesternschaft jede Form von Eitelkeit untersagte, fühlte sie, wie eine Woge von Stolz sie durchlief, als sie dem Kapitän von der Achterplattform zum darunter liegenden Deck folgte, wo sich der Sitz der Levitatin befand.

Der Weg dorthin kam einem Triumphzug gleich.

Die Luftschiffer, die sofort begriffen hatten, was geschehen war, jubelten Kalliope lauthals zu. Aus misstrauischer Ablehnung war innerhalb von Augenblicken dankbare Zuneigung geworden, eine Wendung, mit der niemand – am allerwenigsten Kalliope selbst – gerechnet hatte.

Sie erreichte den Sitz der Levitatin und ließ sich darauf nieder, dankbar dafür, ihren Körper ausruhen zu können, während ihr Geist äußerster Anstrengung ausgesetzt war. Baramiro ließ die Beisegel setzen und auf schnellstem Wege Drumlin ansteuern, einen kargen Weltensplitter am Rande des Himmelswinters. Dort würde die *Volanta* festmachen, um das zerrissene Hauptsegel wieder instand zu setzen und der jungen Levitatin eine Rast zu verschaffen. Und während sich das Schiff in den Wind neigte und von den eisigen Böen davongetragen wurde, musste Kalliope an das denken, was ihre Meisterin zu ihr gesagt hatte, kurz bevor sie Ethera verließen.

Dass sie schon bald Gelegenheit erhalten werde, sich neu zu bewähren – und dass nur das wirkliche Leben wahre Meisterschaft hervorbringe.

20. Kapitel

Soweit das überhaupt möglich war, hatte Kieron sich daran gewöhnt, in geduckter Haltung im Sattel des Flugdrachen zu sitzen, den Wind in seinem Gesicht zu spüren und vom freien Fall in die Gurte gepresst zu werden, während er zwischen sich und der gähnenden Tiefe nichts weiter wusste als die weit ausgebreiteten Flügel des Drachen, die sich wie Segel blähten.

Im Grunde konnte ein Flugdrache gar nicht fliegen. Die im Regenwald Madagors beheimatete Kreatur war lediglich in der Lage, auf den Schwingen des Windes zu gleiten, einem Blatt nicht unähnlich, das von seinem Zweig losgerissen wurde und langsam zu Boden fiel. Den Launen der Natur freilich war er weniger ausgeliefert; zwar konnte der Drache, anders als viele seiner Artgenossen, nur eingeschränkte Höhen und Entfernungen überwinden, doch war es ihm möglich, die starken Aufwinde so zu nutzen, dass die Gleitphasen lange andauerten und somit die Fortbewegung zwischen mehreren Welten ermöglichten. Für den Reiter des Drachen war es daher wichtig, die Reiseroute exakt zu kennen – und das war bei Croy ganz offenbar der Fall.

Der Pantheride schien genau zu wissen, wohin die Reise ging. Wie ein geübter Drachenlenker saß er vorn im Sattel, die Zügel in den Händen, und dirigierte das Tier mit unnachgiebiger Härte. Je näher sie ihrem Ziel kamen, desto kleiner wurden die Abstände zwischen den Weltensplittern, deren Vegetation immer karger wurde, bis es sich schließlich nur noch um schwarze, bizarr geformte Gesteinsklumpen handelte, die den Himmel des Sanktuarions übersäten, umhüllt von fahlem Dunst, der sich zunehmend verdichtete.

Wie schon unzählige Male zuvor kam ihr Flug zu einem plötzlichen Halt. Indem er seinen Unterleib nach vorn wölbte und seine Gliedmaßen spreizte, landete der Drache auf einem Gesteinsbrocken, der nur etwa zwanzig Schritte durchmaß und in dessen Mitte ein schmaler Durchbruch klaffte, durch den man hinabblicken konnte. Zwar waren dort nur gelbe Nebelschwaden zu sehen, aber der Gedanke an die schier unermessliche Tiefe und den Mahlstrom, der sich dort unten drehte, jagte Kieron eisige Schauer über den Rücken.

Jago schien es nicht anders zu gehen. Wie immer, wenn er im Sattel saß, hatte die Schuppenhaut des Chamäleoniden eine ungesund wirkende, rötliche Färbung, die darauf schließen ließ, dass ihm ziemlich elend zumute war. »Wie lange noch?«, wollte er wissen. »Ich habe es allmählich satt, zwischen all diesen Trümmern herumzuhüpfen!«

»Das ist der Gürtel von Rapa-Nor«, erklärte Croy, während er den Hals ihres Reittieres tätschelte und ihm einige faustgroße Maden ins Maul warf, die er während ihres Nachtlagers gesammelt hatte. »Die Legende sagt, dass der Zorn Rapas einst all diese Gesteinsbrocken geschmolzen und sie in den Himmel geschleudert hat.«

»Was du nicht sagst. Und wer ist dieser Rapa?«

»Die Gottheit, an die viele der Kreaturen auf den umliegenden Welten glauben.«

»Idioten«, meinte Jago verdrossen. »Ich glaube nur an mich. Damit bin ich immer gut gefahren.«

»Schön für dich«, beschied ihm der Pantheride trocken. »Dann solltest du zu dir beten, dass das auch so bleibt, denn wir werden Nergal bald erreichen. Der Geruch von Schwefel tränkt die Luft. Das bedeutet, dass die Minenwelt nicht mehr fern ist.«

»Ich rieche gar nichts«, behauptete Jago und weitete die seitlich über seinem breiten Maul klaffenden Nasenlöcher. Kieron schnüffelte ebenfalls, doch auch sein menschlicher Geruchssinn konnte es nicht mit dem des Pantheriden aufnehmen.

»Ihr werdet es schon bald merken«, prophezeite Croy, »so sehr, dass euch davon übel werden wird. Atmet nur flach, wenn wir den

Nebel durchqueren, am besten durch ein Stück Stoff, das wird die Dämpfe zumindest mindern.« Um zu demonstrieren, was er meinte, zog er einen Stofffetzen unter seinem Umhang hervor, befeuchtete ihn mit dem Inhalt seines Wasserschlauchs und band ihn sich dann vor Mund und Nase. Kieron und Jago wechselten einen Blick, dann taten sie es ihm gleich – Kieron, indem er einen kurzen Ärmel seiner ohnehin zerschlissenen Tunika opferte, Jago, indem er kurzerhand den anderen Ärmel einforderte.

Dann setzten sie ihren Anflug fort, und genau wie Croy vorausgesagt hatte, bemerkten sie schon kurz darauf den süßlichen, faulig riechenden Gestank des Schwefels.

Der Himmel um sie herum verfinsterte sich, der gelbe Dunst wurde zu schmutzig braunem Nebel, der in zähen Schwaden über den Schlackeklumpen lag, die immer feindseligere und gefährlichere Formen annahmen. Kieron sah Splitter, die spitz wie Dolche waren, andere hatten die Form gebogener Raubtierzähne, wieder andere waren gezackt wie Sterne. Ein Drachenschiff, das mit einem solchen Hindernis kollidierte, musste fraglos dem Untergang geweiht sein, und auch für ihr eigenes Reittier stellten die monströsen Klumpen, die unvermittelt aus dem dichten Nebel auftauchten, eine lebensgefährliche Bedrohung dar.

Jago kreischte, als sich unmittelbar vor ihnen der Nebel teilte und sich ihnen eine Phalanx tödlicher, aus erkalteter Schlacke bestehender Speerspitzen entgegenreckte. Croy reagierte augenblicklich und verlagerte sein Gewicht zur linken Seite, worauf sich auch der Flugdrache nach links fallen ließ. Nur um wenige Handbreit schrammten das Tier und seine Reiter an den mörderischen Gebilden vorbei, zwischen denen Kieron für einen Augenblick die Trümmer eines Wracks und die Gebeine einer großen Kreatur zu erkennen glaubte.

Erneut glitten sie durch die dämmrige Ungewissheit, vorbei an drohend dunklen Felskolossen, die sich durch die Nebelschleier abzeichneten, beleuchtet vom spärlichen Licht der Sonne, die zu einer vagen Ahnung verblasst war. Der Flug endete an einer schroffen, senkrecht abfallenden Felswand, an der sich der Drache einklammerte und die sich ober- und unterhalb im dichten Gelbbraun verlor.

»Wie weit noch?«, verlangte Jago zu wissen.

»Nicht mehr weit«, erwiderte Croy, dessen Stimme nur gedämpft durch das Gesichtstuch drang.

»Schön für dich. Und wie willst du dich in dieser Suppe zurechtfinden?«

»Wir warten«, entgegnete der Pantheride nur.

»Worauf? Dass wir elend ersticken?«

Statt zu antworten, schickte Croy einen Blick in die Richtung, in der sich jenseits der giftigen Nebelschwaden die Sonne befinden musste. Zwar war sie nur als verschwommener Fleck wahrzunehmen, jedoch genügte es dem Panthermann, um die Tageszeit zu schätzen.

»Worauf warten wir?«, verlangte Jago noch einmal zu wissen.

»Auf die Galeere.«

»Welche Galeere?«

Der Panthermann seufzte. Offenkundig kostete es ihn einige Mühe, ruhig zu bleiben. »Jeden Tag um dieselbe Zeit«, erklärte er dann, »trifft ein Versorgungsschiff auf Nergal ein, das neue Sklaven und Vorräte bringt und das gewonnene Eisenerz abtransportiert.«

»Ach ja?« Jagos halbkugelförmige Augen wandten sich hektisch um. »Dann sollten wir zusehen, dass wir verschwinden. Ich habe keine Lust, auf einer kaiserlichen Galeere zu landen.«

»Ich ebenso wenig«, versicherte Croy. »Aber die Galeere stellt unsere einzige Möglichkeit dar, die Minenwelt zu erreichen. Also halte deine große Klappe, Ringelschwanz, und warte einfach ab.«

Jago machte ein verdrießliches Gesicht, erwiderte aber nichts mehr. Auch Kieron wagte nicht zu fragen aus Furcht, den Pantheriden noch mehr zu verärgern – dabei hätte auch er gerne gewusst, was dieser vorhatte. Der Gedanke, sich in die Nähe eines der berüchtigten kaiserlichen Gefängnisschiffe zu wagen, behagte auch ihm nicht, zumal er eben erst aus dem Kerker entkommen war. Aber ihm war klar, dass sie ihrem Anführer vertrauen mussten, eine andere Möglichkeit hatten sie nicht.

»Hört ihr das?«, erkundigte Croy sich plötzlich. Seine spitzen Ohren hatten sich aufgestellt und lauschten.

»Was meinst du?«, fragte Kieron vorsichtig.

»Dieses Rauschen ist der Atem eines Sturmwals.«

Kieron horchte angestrengt. Tatsächlich konnte auch er das Rauschen vernehmen, hätte es allerdings dem Wind zugeschrieben.

»Es kommt näher.« Croys Stimme war zu einem Flüstern verblasst.

Man konnte hören, wie Jago geräuschvoll schluckte, einen Kommentar verkniff sich der Chamäleonide jedoch. Das Rauschen verstärkte sich, und es wurde klar, dass es wirklich nicht von den Böen stammte, die um die Himmelskörper von Rapa-Nor strichen. Der tatsächliche Ursprung des Geräuschs offenbarte sich, als sich nur wenige Augenblicke später der Nebel teilte und die Umrisse eines riesigen gedrungenen Körpers sichtbar wurden, der majestätisch durch die Lüfte glitt. Im einen Moment waren sie nicht mehr als eine vage Ahnung, doch schon einen Lidschlag später schärfte sich der Blick, und als würde ein Vorhang beiseitegezogen, traten die Formen eines Sturmwals aus den Schwaden hervor.

Es war ein Monodon, ein Gasatmer, von dunkler Hautfarbe und nur mittlerer Größe, dennoch übertraf er die Länge von Kierons Reittier um das Zehnfache. Der Mittelteil seines walzenförmigen Körpers war aufgebläht, das breite, von einem gewundenen Sporn überragte Maul des Tieres, durch das es die für andere Spezies giftige Luft aufnahm, sie nach Nahrung durchforstete und dann durch eine Öffnung am Rücken wieder ausstieß, stand weit offen. Unterhalb seines wulstigen Körpers hing eine schiffsförmige Gondel, die an den Seiten stachelbewehrt und an Bug und Heck mit Pfeilgeschützen versehen war.

Eine kaiserliche Galeere.

»Da bist du ja«, knurrte Croy.

»U-und jetzt?«, fragte Jago. Da sie die Besatzung auf Deck nur schemenhaft ausmachen konnten, war im Gegenzug auch keine Entdeckung zu befürchten. Dennoch schien sich der Chamäleonide in seiner Schuppenhaut alles andere als wohlzufühlen.

»Die Galeere bringt uns nach Nergal«, erklärte Croy kurzerhand.

»Du … du willst ihr folgen, Katzmann?«, fragte Jago fassungslos. »Und wenn man uns entdeckt?«

»Spar deinen Atem«, riet ihm der Panthermann und ließ, noch während die Galeere den Felsen passierte, die Zügel schnalzen. Der

Drache stieß sich ab und breitete erneut die Flügel aus, sodass er nach einigen Augenblicken freien Falls, die Jago mit einem heiseren Stöhnen begleitete, wieder in einen steilen Gleitflug überging, der Galeere entgegen.

»Wir sind zu schnell«, zischte Jago.

Auch Kieron hatte den Eindruck, dass Croy sowohl die Geschwindigkeit als auch den Fallwinkel ihres Reittiers falsch eingeschätzt hatte. Pfeilschnell schossen sie auf die riesige Masse des Sturmwals zu, der nun zwischen ihnen und der Galeere war. Von den Schlägen seiner breiten Schwanzflosse getrieben, glitt das Tier, dessen vordere Hälfte bereits wieder im Nebel verschwunden war, durch die Luft – und im nächsten Moment hatte der Flugdrache es eingeholt!

»Vorsicht!«, ächzte Jago, als sie die Schwanzflosse nur um Haaresbreite verfehlten. Einen Lidschlag später brachte Croy ihr Reittier zur Landung – auf dem breiten Rücken des Wals!

»D-d-das …«, stammelte der Chamäleonid, während er wie gebannt auf den Luftstrahl starrte, den der Wal zischend aus seiner Rückenöffnung stieß und der für wilde Wirbel im umgebenden Nebel sorgte.

»Mach den Mund wieder zu«, beschied ihm Croy. »Nergal erwartet uns.«

21. Kapitel

Die Reise war zu Ende.

Später als erhofft, aber doch eher als befürchtet.

Als Kalliope sah, wie sich die Umrisse Jordråks aus dem dichten Schneefall schälten – jener Welt, die ihrer Meisterin und ihr für die nächste Zeit als Heimat dienen würde –, legte sich ein Schatten auf ihre Seele. Gerade hatte sie begonnen, sich mit den Gegebenheiten an Bord zu arrangieren, hatten Kapitän Baramiro und seine Besatzung angefangen, in ihr etwas anderes zu sehen als ärgerlichen Ballast, den man am liebsten bei nächster Gelegenheit über Bord geworfen hätte, da erreichte die *Volanta* ihr Ziel.

Sich die Entfernung zwischen hier und Ethera vorzustellen, war Kalliope schlichtweg unmöglich. Zu groß war die Wegstrecke, die der Segler bewältigt hatte, zu bedeutend die Dinge, die unterwegs geschehen waren. Als Schülerin hatte Kalliope die Gildewelt verlassen, verängstigt und eingeschüchtert. Inzwischen hatte sie sich im Einsatz bewährt, und diese bestandene Prüfung hatte sich positiv auf ihr Befinden ausgewirkt, auf ihr Selbstverständnis und ihre Art, die Dinge zu sehen. Inzwischen hatte sie das Gefühl, dass sie die vor ihr liegenden Fährnisse überwinden konnte, wenn sie es nur wirklich wollte und die Kontrolle über ihr inneres Gleichgewicht behielt.

Als Kalliope die *Volanta* auf Jordråk verließ, war die gesamte Besatzung zu ihrer Verabschiedung angetreten. Dass solche Ehrerbietung einer Levitatin entgegengebracht wurde, die ein Schiff sicher in den Zielhafen gebracht hatte, war gängig und durch die Statuten des Paktes festgelegt; dass man auch einer Schülerin diese Ehre erwies, war außergewöhnlich. Von dem Tag an, da sie das Schiff im tosenden Schneesturm vor dem Absturz bewahrt hatte, hatte es keine vorwurfsvollen Blicke mehr gegeben, keine Anfeindungen und keine Begehrlichkeiten. Nach allem, was sie für den Segler und seine Besatzung getan hatte, war Kalliope ein anerkanntes Mitglied der Besatzung geworden.

Auf dem schmalen Landungsrost, das sich unterhalb einer steilen Klippe befand, von der aus eine schmale Steintreppe am Weltenrand emporführte, hatte die von ihren Verletzungen wieder genesene Cedara die *Volanta* zur Landung gebracht. In Windeseile hatten die Matrosen das Schiff vertäut, begierig darauf, nach Wochen der Überfahrt endlich wieder festen Boden unter die Füße zu bekommen. Normalerweise wären sie nur so lange geblieben, bis die von Cedara abgelöste Levitatin sie wieder zu den Innenwelten zurückgebracht hätte; da Meisterin Glennara jedoch spurlos verschwunden war, würden sie bleiben müssen, bis sie entweder wieder auftauchte oder Cedara und ihre Schülerin wieder abreisten.

In einigen Wochen, wie Kalliope hoffte.

Vielleicht aber auch erst in ein paar Monaten …

Es war ein eigenartiges Gefühl, den Fuß wieder auf festes Land zu setzen. Zwar hatte Kalliope im Lauf der Überfahrt wiederholt Gelegenheit gehabt, auf anderen Weltensplittern für kurze Zeit von Bord zu gehen. Sich am Ziel der Reise zu wissen, fühlte sich jedoch anders an, und zu gerne hätte sich die Gildeschülerin ein erleichtertes Aufatmen gegönnt – hätte sie nicht gewusst, dass die Herausforderung, der ihre Meisterin und sie sich stellen mussten, nun erst begann.

Jenseits des Kais wartete eine Gruppe von Männern, deren ungewöhnliches Aussehen bereits erahnen ließ, was die Gildeschwestern auf Jordråk erwartete.

Vier von ihnen waren Krieger, die in wollene Hosen gekleidet waren und Umhänge aus dickem Fell über ihren Schuppenpanzern trugen. Mit Hörnern bewehrte Brillenhelme, durch deren Öffnungen eisblaue Augen starrten, ruhten auf ihren Köpfen, flachsblondes

Haar quoll darunter hervor. Ihre runden Holzschilde waren mit primitiven Symbolen bemalt, an ihren Seiten hingen lange, breitschneidige Schwerter.

Der fünfte im Bunde war kein Mensch, vielmehr ein Animale, wie Kalliope mit Unbehagen feststellte. Und, was sie noch mehr verstörte, er schien ihr Anführer zu sein. Sein gedrungener Körper steckte in einem weiten grauen Gewand, der Kopf unförmig und mit breitem Maul, aus dessen Mundwinkeln zwei dolchartige, nach unten gebogene Zähne ragten. Ein schwarzes, für Kalliopes Geschmack entschieden zu neugieriges Augenpaar musterte die beiden Frauen über einen borstigen Bart hinweg.

»Abgesandte der Gilde, wie ich annehme?«

Es kam einer offenen Beleidigung gleich, dass kein Mitglied der Herrscherfamilie oder zumindest ein hoher Beamter erschienen war, um die Gildeschwestern zu begrüßen – aber vielleicht war in diesem entlegenen Teil des Sanktuarions auch schlicht unbekannt, was sich geziemte und was nicht.

»Cedara, *numerata* und Meisterin ersten Grades«, entgegnete Cedara, ohne eine Reaktion zu zeigen. »Dies ist meine Elevin Kalliope.«

»Mein Name ist Hakkit, erster Diener des Fürsten«, entgegnete der Animale und neigte das Haupt, das unmittelbar auf seinem walzenförmigen Körper saß.

»Erster Diener des Fürsten?«, hakte Kalliope nach, die ihre Überraschung nicht verbergen konnte.

»Das überrascht Euch wohl?« Die Augen des sonderbaren Wesens blinzelten schalkhaft. »Vielleicht solltet Ihr bedenken, dass Ihr Euch hier nicht auf einer Innenwelt befindet, sondern am Rand dessen, was Ihr als Zivilisation bezeichnet.«

»Ja«, stimmte Cedara ungerührt zu, »das sollten wir wohl. Wirst du uns zu deinem Herrn bringen?«

»Deshalb bin ich hier«, bestätigte der Diener und hob eine seiner wulstigen Flossenhände, um die Treppe hinaufzudeuten. »Wenn Ihr mir folgen wollt – mein Herr erwartet Euch bereits.«

»Wie kann er das?«, wollte Kalliope wissen, während sie sich in Bewegung setzten, eskortiert von den vier Kriegern. »War er über unser Kommen unterrichtet?«

»Nicht direkt«, wandte Hakkit ein, »aber nach allem, was vorgefallen ist, war zu erwarten, dass die Gilde jemanden schicken würde. Und als wir sahen, dass sich ein Schiff nähert …«

»Ich verstehe«, sagte Meisterin Cedara nur, und sie tat es mit einer Endgültigkeit, die klarmachte, dass sie keine weitere Unterhaltung zwischen dem Diener und ihrer Schülerin wünschte. Schweigend stiegen sie die in den Stein gehauenen, schneebedeckten Stufen empor.

Der Schneefall hatte nachgelassen, sodass nur noch einzelne Flocken fielen, die an den majestätisch aufragenden Klippen herabsanken. Man hätte sich täuschen lassen können von dem Eindruck friedlicher Stille, den Jordråk auf den ersten Blick vermittelte, wäre da nicht das Wissen um die mysteriösen Vorgänge auf der Winterwelt gewesen.

Würdevoll schritten die beiden Gildeschwestern die Treppe empor, dem watschelnden Animalen hinterher. Der Aufstieg schien sowohl seiner Leibesfülle als auch seinen flossenförmigen Füßen einige Mühe zu bereiten. Er keuchte und schnaufte, und hin und wieder glaubte Kalliope sogar, die eine oder andere Verwünschung zu hören.

Endlich erreichten sie das obere Ende der Treppe. Kalliope warf einen Blick zurück auf die *Volanta* unten am Kai. Die Besatzung hatte sich bereits darangemacht, das Schiff zu entladen. Dann folgte sie ihrer Meisterin durch den Tunnel, der sich an die Treppe anschloss und sich durch die steilen, schneebedeckten Klippen des Weltenrands bohrte.

Es wurde nicht so dunkel, dass Fackeln nötig geworden wären, denn vom Ende des Stollens drang Licht herauf, dem die kleine Gruppe zielstrebig entgegenging. Auf der anderen Seite befand sich eine flache Senke, die von primitiven Gebäuden übersät war – steinerne, grob gemauerte Häuser, aus deren Kaminen sich dunkler Rauch zum weißen Winterhimmel wand. Dahinter erhob sich, grobschlächtig und primitiv und dennoch eindrucksvoll anzusehen, die Festung Thulheim.

Auf einem Felsplateau errichtet, bot die aus Natursteinen gemauerte Zitadelle einen düsteren Anblick. Ein tiefer Graben und hohe Mauern, deren überdachte Wehrgänge von Schnee gekrönt waren, umgaben die Herrscherburg, dahinter ragten gedrungene, zinnenbewehrte Türme auf, über denen die Farben der Herren von Thulheim flatterten, das lindgrüne Banner mit dem Kopf des Falken darauf. Nach Osten hin grenzte die Festung unmittelbar an den Weltenrand, nach Norden und Westen verflachte das Gelände und ging in verschneites Waldland über, das sich im weißen Dunst verlor. Den Eingang bildete ein großes Tor, das von Kriegern bewacht wurde. Auch auf den Wehrgängen patrouillierten Wachen. Der friedliche Eindruck, den Kalliope zunächst gewonnen hatte, relativierte sich ein wenig.

Die Straße zur Festung wand sich mitten durch das Dorf. Der bittere Geruch von Rauch lag über den kalten Gassen, irgendwo bellte ein Hund. Nur vereinzelt waren Menschen zu sehen – wenn doch, dann waren sie in Fellmäntel gehüllt, deren Kapuzen sie sich tief in die Gesichter gezogen hatten, und warfen den beiden Besucherinnen argwöhnische Blicke zu. Ein Schmied stand am Amboss und bearbeitete ein Stück Eisen, zwei Jäger waren damit beschäftigt, ein seltsam aussehendes Tier auszuweiden, dessen Haut von silbrig schimmernden Schuppen überzogen war und das kurze Hörner hatte, die sich wie die Äste eines Baumes verzweigten. Eine Frau, deren Gesichtszüge faltig und von der Kälte gerötet waren, trug Feuerholz zu ihrem Haus. Ein Junge spielte mit einem aus Holz geschnitzten Tier.

Kalliope spürte ihren Herzschlag. Es war aufregend, sich zum ersten Mal in ihrem Leben auf einer anderen, noch dazu so primitiven und andersartigen Welt zu bewegen – und bedrohlich zugleich. Weder vermochte sie die fremdartigen Gesichter zu deuten noch wusste sie etwas über diese Welt, und sie bereute, sich nicht früher damit befasst zu haben. Wäre es nicht von großem Vorteil gewesen, etwas über diesen Ort zu wissen? Warum sahen die Regeln der Gilde so etwas nicht vor?

Sie beschloss, ihre Meisterin bei Gelegenheit danach zu fragen. Schon im nächsten Moment jedoch nahm etwas anderes ihre Aufmerksamkeit in Anspruch – das Tor der Festung, dem sie sich bis auf hundert Schritte genähert hatten.

Nicht nur war es von beeindruckender Größe und verfügte über eine Zugbrücke, die die tiefe, sich nach Osten hin zum Weltenrand öffnende Kluft des Burggrabens überwand. Oberhalb der Mauerzinnen gewahrte Kalliope auch zahlreiche Spieße, auf denen abgetrennte Häupter steckten!

Von einigen waren nur noch die kahlen Schädel übrig, andere in fortgeschrittenem Verfall begriffen, wieder andere noch so gut erhalten, dass man erkennen konnte, von wem sie stammten. Es waren die Häupter von *lupidae* – Animalen, die das Aussehen und die wilde Natur von Wölfen hatten. Dass sie auf Jordråk beheimatet waren und die Menschen dort sich einen fortwährenden Kampf mit ihnen lieferten, zumindest das hatte Kalliope gewusst – jedoch die grausigen Folgen dieses Konflikts zu erblicken, erschütterte sie und ließ ihren Magen rebellieren.

Sie bemühte sich, ihre Bestürzung über diesen Akt der Barbarei zu verbergen, und folgte den anderen ins Innere der Festung. Es war ein düsteres Gemäuer, mit den architektonischen Wundern Etheras nicht zu vergleichen, und es war kalt und zugig. Fackeln verbreiteten unstetes Licht, der Geruch von Fäulnis, Rauch und rohem Fleisch lag in der Luft. Kein Zweifel – es war eine primitive Welt.

»Wohin bringst du uns?«, wollte Kalliope von Hakkit wissen.

»In die Große Halle«, gab der Diener zur Antwort. »Heute ist Richttag.«

»Was bedeutet das?«

»Dass der Fürst heute über jene zu Gericht sitzt, die gegen das Gesetz verstoßen haben.«

»Ist er denn ein Rechtsgelehrter?«, erkundigte sich Kalliope staunend.

Hakkit blieb für einen Augenblick stehen und wandte sich zu ihr um. Seine eigenartigen Züge wirkten belustigt. »Das ist nicht nötig, Gildeschülerin«, versicherte er. »Der Fürst hat seine eigene Weise, mit diesen Dingen zu verfahren.«

Damit setzte er seinen Weg fort, und durch ein längliches Gewölbe, das zu beiden Seiten von Wachen gesäumt wurde, erreichten sie die Große Halle.

Kalliope verspürte Enttäuschung, denn die Halle war längst nicht so riesig, wie der Name vermuten ließ. Zehn hölzerne Säulen, fünf auf jeder Seite, trugen ein von rauchgeschwärzten Balken getragenes Gewölbe. Zwischen den Säulen waren Tische aufgestellt, an denen die Vornehmen Jordråks versammelt saßen – oder besser jene, die sich dafür hielten. Wohin Kalliope auch blickte, sah sie grobe Gestalten, deren Mienen von zottigen Bärten und Mähnen aus blondem bis rötlichem Haar umrahmt wurden und die primitive, aus Tierhörnern gefertigte Trinkgefäße in ihren Pranken hielten.

An der Stirnseite der Halle, dort, wo das Banner von Thulheim an der Wand hing und ein offener Kamin Licht und Wärme spendete, stand ein erhöhter, mit zottigem Fell beschlagener Sitz, auf dem ein grauhaariger Mann thronte. Wie die anderen war auch er mit einem fellbesetzten Rock aus derbem Leder bekleidet, über dem er einen wollenen, von einer Fibel zusammengehaltenen Umhang trug. Allerdings waren sein Haar und Bart kurz gestutzt, was ihn halbwegs zivilisiert erscheinen ließ. Auf seiner Stirn ruhte ein silberner Reif, seine Hände lagen auf dem Knauf eines wuchtigen, in eine reich verzierte Scheide gehüllten Schwertes, auf das er sich stützte. Dies war Thor Magnusson, der Herrscher von Jordråk.

Den Blick seiner blaugrauen Augen, dem so leicht nichts zu entgehen schien, hatte Magnusson auf einen dürren Mann gerichtet, der vor ihm auf dem steinernen Boden kniete, das Haupt ehrerbietig gesenkt. Die knochigen Hände waren ihm auf den Rücken gefesselt, zwei Krieger bewachten ihn – offenbar ein überführter Gesetzesbrecher.

»Andwari Bjarson«, sagte der Fürst mit respektgebietender Stimme, die von der Decke widerhallte. Die Gespräche an den Tischen verstummten. »Du weißt, was dir zur Last gelegt wird?«

»Ja, Herr«, tönte der Gefangene kläglich.

»Du hast Getreide aus einem unserer Kornspeicher entwendet, obwohl du weißt, dass uns ein harter Winter bevorsteht, und obschon du weder Frau noch Kinder zu versorgen hast.«

»Ja, Herr.«

»Was hast du zu deiner Verteidigung zu sagen?«

Der Angeklagte, dessen Gesicht Kalliope nicht sehen konnte, hob zögernd den Kopf. »Ich weiß nicht, was mich überkam, Herr«, antwortete er mit weinerlicher Stimme. »Ich war hungrig …«

»Wir alle sind bisweilen hungrig, Andwari«, entgegnete der Fürst. Auf sein Schwert gestützt, das wohl Zeichen seiner Herrschermacht war, beugte er sich vor. »Der frühe Schnee und die Wolfskrieger setzen uns schon genug zu, auch ohne dass wir uns gegenseitig bestehlen. Was, Andwari Bjarson, bleibt uns noch, wenn wir uns gegenseitig nicht mehr vertrauen können?«

»Ich weiß, ich weiß«, versicherte der Gescholtene anstatt einer Antwort. »Ich weiß.«

Magnusson nickte und betrachtete ihn eine Weile lang. »Um dich für deinen Verrat an unserem Volk zu bestrafen«, sagte er dann, »und um auszuschließen, dass du jemals wieder tust, was du getan hast, wirst du Thulheim verlassen.«

»Nein, Herr«, flehte der Angeklagte, »bitte tut das nicht …«

»Du wirst verstoßen und fortan selbst für dein Überleben sorgen, fernab von unseren Feuern und ohne den Schutz unseres Volkes.«

»Aber Herr«, wandte Wulfson ein, »das … das ist …«

»Eine zu harte Bestrafung? Ich könnte dich ebenso gut auf der Stelle töten lassen, Andwari, wüsste ich nicht, dass dein elendes Geschrei die Ahnen beleidigen würde. Denn wer sich des Nachts anschleicht, um wehrlosen Frauen und Kindern die Nahrung zu stehlen, der ist ein Feigling und verdient keinen anderen Tod als diesen.«

»Gnade!«, flehte der Verurteilte und warf sich zu Boden. »Lasst Gnade walten, Herr, ich bitte Euch! Ich war stets Euer ergebener Gefolgsmann!«

»Bis zu dem Moment, da du dich entschieden hast, das Gesetz zu brechen«, entgegnete der Fürst und betrachtete die Sache damit als erledigt. Er nickte den beiden Wachen zu, worauf sie den jammernden Dieb unter den Armen packten und nach draußen schleppten. Die meisten der anwesenden Krieger wandten beschämt den Blick, als er sie passierte, andere schmähten und bespuckten ihn, doch niemand zeigte auch nur eine Spur von Mitleid, wie Kalliope feststellte.

Als sie ihn an den wartenden Gildeschwestern vorbei nach draußen schleppten, kreuzten sich ihre Blicke für einen Moment, und die Schülerin sah die Panik in den Zügen des Verstoßenen. Es war das erste Mal, dass sie jemandem in die Augen blickte, der Todesangst verspürte, und sie erschauderte. Gleichzeitig wurde ihr klar, warum der Fürst von Jordråk kein Rechtsgelehrter und in Fragen des Gesetzes beschlagen sein musste, um über seine Leute zu richten.

Thor Magnusson *war* das Gesetz.

»Wer kommt als Nächstes?«, hörte sie ihn fragen. Erst jetzt gewahrte er die beiden Frauen, die am anderen Ende der Halle standen und darauf warteten, vorgelassen zu werden.

»Gildemeisterin Cedara und ihre Schülerin Kalliope«, entgegnete Hakkit, der zu Kalliopes Verblüffung keine Probleme hatte, die Namen auszusprechen.

»Sie sollen vortreten.«

Der Diener nickte den Frauen zu, dann watschelte er ihnen voraus durch die Halle. Die Tischgespräche, die während der Urteilsverkündung verstummt waren, hatten wieder eingesetzt. Aus dem Augenwinkel konnte Kalliope sehen, wie allenthalben getuschelt wurde, hier und dort wurden verstohlene Blicke gewechselt. Fraglos wussten die Männer, aus welchem Grund die Schwestern nach Jordråk gekommen waren, und ganz offenbar war einigen nicht wohl bei dem Gedanken …

Kalliope wusste selbst nicht, was sie empfand, während ihre Meisterin und sie den Saal durchschritten, dem Fürsten entgegen, dessen graues Augenpaar sie ruhig taxierte, bis sie schließlich vor ihm standen.

»Herr«, sagte Hakkit und verbeugte sich so tief, dass seine langen Zähne beinahe den Boden berührten. »Die Abgesandten der Gilde, wie Ihr befohlen habt.«

Thor Magnusson ließ ein wohlwollendes Knurren vernehmen, worauf sich der Diener rasch entfernte. Auch andere Bedienstete in der Halle waren Animalen, gedrungene, spitznasige Geschöpfe, die sich auf Flossenfüßen bewegten und mit nervösen Augen um sich blickten.

»Seid willkommen in Thulheim«, grüßte der Fürst von Jordråk schließlich und nickte den beiden Frauen zu. Die rechte Hand behielt er auf dem Knauf des Schwertes, so als würde er auch über sie zu Gericht sitzen.

»Wir danken Euch, Herr«, entgegnete Meisterin Cedara und vermied es ebenfalls, Ehrerbietung zu zeigen. »Wie ich hörte, erwartet Ihr uns bereits.«

»Gewissermaßen.« Magnusson nickte. »Nach allem, was geschehen ist, war nicht zu erwarten, dass die Gilde dies unerwidert lassen würde.«

»In der Tat«, gab Cedara zu. »Doch wir schulden Euch Dank dafür, dass Ihr uns umgehend über den Vorfall unterrichtet habt.«

»Jordråks Falken fliegen schnell, auf ihren Schwingen pflegt eine Nachricht rasch zu reisen«, entgegnete der Fürst und deutete auf den hölzernen Ständer, der hinter seinem Thronsitz errichtet war. Erst jetzt gewahrte Kalliope die beiden Schneefalken, die darauf hockten und lederne Kappen über den Köpfen trugen. Beide hatten sich so ruhig und still verhalten, dass sie mit ihrem weißen Gefieder für steinerne Standbilder hätten gehalten werden können.

Magnusson griff in einen Behälter und zog einige Streifen rohen Fleisches hervor, das er an die Tiere verfütterte. Gierig schnappten sie danach und schlangen es am Stück hinunter, was dem Herrscher von Jordråk ein zufriedenes Lächeln entlockte.

»Hattet Ihr eine ruhige Überfahrt?«, erkundigte er sich dann bei den Gildeschwestern.

»Eine äußerst interessante.« Cedara bedachte Kalliope mit einem wissenden Lächeln. »Und ich schätze Eure Fürsorge. Aber wir sind nicht gekommen, um Höflichkeiten auszutauschen.«

»Dessen bin ich mir bewusst, Gildemeisterin«, versicherte der Fürst. »Ihr dürft mir glauben, dass ich sehr bedaure, was geschehen ist. Wir haben alles darangesetzt, den Mörder zu fassen, jedoch war uns bislang kein Erfolg beschieden.«

Mörder!

Wie der Widerhall eines Hammerschlags dröhnte das Wort durch Kalliopes Bewusstsein.

Hatte sie soeben recht gehört?

Ihr Auftrag lautete doch, nach Gildemeisterin Glennara zu suchen, die auf Jordråk spurlos verschwunden war … oder gab es etwas, von dem sie nichts wusste?

»Ich danke Euch, Herr, nicht nur für Eure Anteilnahme, sondern auch für Eure Bemühungen. Ich bin sicher, die Erhabene Schwester weiß zu schätzen, was Ihr für die Gilde getan habt.«

»Aber Ihr glaubt mir nicht.«

»Ich wurde nicht hierher entsandt, um etwas zu glauben, sondern um nach der Wahrheit zu suchen«, erwiderte Cedara mit einer Geistesgegenwart, für die Kalliope sie bewunderte.

»Wenn es die Wahrheit ist, nach der Ihr sucht, so werdet Ihr nichts weiter finden«, war der Fürst überzeugt. »Meine Männer und ich haben nichts mit dieser Sache zu schaffen. Gewiss war ich in der Vergangenheit nicht immer eins mit dem König, und ich habe auch nie ein Hehl daraus gemacht, dass mir manches an der Gilde nicht gefällt – aber ich würde niemals einen hinterhältigen Mord begehen noch den Befehl dazu erteilen. Der Fürst von Jordråk ist ein Mann von Ehre, Gildemeisterin.«

»Das wiederum bin ich gerne bereit zu glauben«, entgegnete Cedara. »Eure Ehre zu kränken lag nicht in meiner Absicht, Fürst Magnusson. Wenn ich diesen Eindruck erweckt haben sollte, so nehmt meine Entschuldigung dafür an. Doch weilt wohl mindestens einer unter Euren Leuten, der weniger ehrenhaft ist als Ihr selbst – andernfalls wäre unsere geliebte Mitschwester noch am Leben.«

Kalliope streifte ihre Meisterin mit einem Seitenblick. Sie hatte sich also nicht verhört. Glennara war nicht nur verschwunden, wie man ihr zunächst gesagt hatte, sondern ermordet worden, und da Cedaras Züge nicht eine Spur von Überraschung verrieten, hatte sie fraglos davon gewusst. Sie hatte die Wahrheit vor ihrer Schülerin verheimlicht, vermutlich auf Weisung der *numeratae* …

»Ich wünschte, ich könnte Euch widersprechen«, entgegnete Magnusson, wobei sich seine buschigen Brauen herabzogen und sein Blick sich verfinsterte. »Obschon ich nichts mit dem Mord an Eurer Schwester zu tun habe, ist er in meinem Herrschaftsbereich geschehen, und ich stehe in Eurer Schuld. Ich werde Euch deshalb gestatten, Meisterin Glennaras Tod zu untersuchen und Euch zu diesem Zweck frei zu bewegen.«

»Ohne Einschränkungen?«, fragte Cedara.

»Ohne Einschränkungen«, bestätigte der Fürst. »Einzig mein Diener Hakkit wird Euch begleiten.«

»Um uns zu überwachen.«

»Um Euch hilfreich zur Seite zu stehen«, drückte Magnusson es freundlicher aus. Das Zucken in seinem Mundwinkel ließ jedoch darauf schließen, dass die Meisterin den Nagel auf den Kopf getroffen hatte.

»Mit Verlaub, Herr, so Ihr sie als notwendig erachtet, würden wir die Gegenwart eines menschlichen Dieners vorziehen«, entgegnete Cedara.

Der Fürst von Jordråk lächelte schwach. »Natürlich, ich vergaß … die bekannte Abneigung der Gilde gegen alles Animalische.« Er überlegte einen Moment, dann nickte er. »Ihr sollt Euren Willen haben. Niemand soll behaupten, Thor Magnusson hätte die Abgesandten der Gilde nicht nach Kräften unterstützt.«

»Wir wissen Eure Großzügigkeit zu schätzen.«

»Dennoch rate ich Euch, sie nicht zu sehr zu strapazieren. Ich bedaure, was geschehen ist, und will den Mörder ebenso zur Rechenschaft gezogen wissen wie Ihr. Aber Ihr solltet nicht versuchen, die Situation zu Euren Gunsten auszunutzen.«

»Was meint Ihr?«

»Ihr wisst, was ich meine«, sagte der Fürst von Jordråk voller Überzeugung, sein Blick wurde stechend. »Dies wäre nicht die erste Welt, auf der die Gilde versuchte, auf die Angelegenheiten des Herrscherhauses Einfluss zu nehmen. Wir dürften uns beide darüber im Klaren sein, dass Ihr nicht nur hier seid, um den Mord an Eurer Mitschwester aufzuklären, Meisterin Cedara. Die Tatsache, dass eine der Euren auf meiner Welt getötet wurde, lässt mich in Eurer Schuld stehen, und ich will Euch erlauben, Eure Nase in meine Angelegenheiten zu stecken – jedoch nur, soweit es nötig ist, um den Täter zu finden. Solltet Ihr etwas anderes im Schilde führen oder weitere Absichten hegen, so werde ich dies mit aller Macht verhindern.«

»Ich habe keine Ahnung, wovon Ihr sprecht«, behauptete Cedara und sprach Kalliope damit aus tiefstem Herzen. Wie, so fragte sich die Schülerin, konnte sich dieser halbwilde Mensch anmaßen, solch abenteuerliche Vermutungen zu äußern? Doch Magnusson hatte sein Gift noch nicht aufgebraucht.

»Natürlich nicht«, versetzte er mit vor Sarkasmus triefender Stimme. »Das Anliegen der Gilde besteht lediglich darin, die Welten des Sanktuarions miteinander zu verbinden, nicht wahr? Und sie tut dies aus reiner Selbstlosigkeit heraus, richtig? Nicht im Traum würde sie daran denken, auf andere Weltenherren oder gar den König selbst Einfluss zu nehmen.«

Einige seiner Gefolgsleute lachten, was Kalliope vollends die Zornesröte ins Gesicht trieb. Ihr war bewusst, dass man von ihr erwartete, die innere Balance zu wahren und Gleichmut zur Schau zu tragen, so wie Meisterin Cedara es tat. Aber wie konnte sie das, wenn sie mit anhören musste, wie die Gilde und ihre Mitglieder auf derart infame Weise geschmäht wurden?

»Bei allem Respekt, Fürst Magnusson!«, hörte sie sich selbst rufen, noch ehe sie recht bedacht hatte, was sie tat. Cedara neben ihr zuckte zusammen, machte jedoch keine Anstalten, ihr Einhalt zu gebieten.

»Ja, Schülerin?« Der stechende Blick des Weltenherrschers richtete sich auf sie. »Ihr habt etwas zu sagen?«

»Das habe ich«, bekräftigte Kalliope, verzweifelt darum bemüht, das Gleichgewicht nicht vollends zu verlieren, »denn ich ertrage nicht, Euch auf diese Weise von der Gilde und ihren Schwestern sprechen zu hören.«

»Sieh an«, meinte Magnusson unbeeindruckt, »habe ich Euren Unmut erregt?«

»Von allen Vereinigungen, die im Sanktuarion existieren«, antwortete Kalliope mit bebender Stimme, ohne auf die Frage direkt einzugehen, »und das sind, wie Ihr vielleicht wisst, nicht wenige, werdet Ihr keine finden, deren Ideale so hoch stehend und deren Ziele so selbstlos sind wie die der Gilde. Die Gilde ist es, die das Sanktuarion zusammenhält. Sie ermöglicht den Austausch zwischen den Welten und sorgt für den Fortschritt. Ohne sie wäre jeder Weltensplitter auf sich gestellt und dazu verdammt, ein einsames Dasein zu führen, von anderen Menschen abgeschnitten.«

»Und Ihr denkt, dass dies ein Nachteil wäre?«

»Allerdings denke ich das, denn nur in der Gemeinschaft kann Großes erreicht werden, mit Wissen, Vernunft und Empfinden als den Pfeilern, auf denen jede Weisheit gründet.«

Es war still geworden in der Halle.

Anfangs hatten einige Adelige noch über die Schülerin gelacht, die dem Herrscher von Jordråk Widerworte gab, doch inzwischen waren sie alle verstummt – nicht zuletzt wegen des forschen Tonfalls, den Kalliope dem Weltenherrscher gegenüber an den Tag gelegt hatte. Nun ruhten aller Augen auf ihr, selbst Meisterin Cedara betrachtete sie mit einer Mischung aus, so kam es Kalliope zumindest vor, Tadel und Bewunderung.

»Gildeschülerin«, brummte Thor Magnusson, nachdem auch er sie eine Weile lang angestarrt hatte, »ich rechne es Eurer Jugend an, dass Ihr nicht wisst oder nicht wissen wollt, was doch so offensichtlich ist. Doch nun geht, Ihr habt meine Geduld genug in Anspruch genommen. Hakkit wird Euch zu Eurem Quartier bringen, dort wartet auf den Diener, den ich Euch schicken werde.«

»Wir danken Euch, Herr«, erwiderte Cedara, noch ehe Kalliope etwas erwidern konnte. Dann wandten sie sich ab und folgten dem Animalen den Gang hinab, verfolgt von den Blicken Magnussons und seiner Gefolgsleute.

»Meisterin«, flüsterte Kalliope, kaum dass sie die Halle verlassen hatten und den von Wachen gesäumten Vorraum durchschritten, »ich fürchte, ich muss Euch um Verzeihung bitten.«

»Weswegen? Du bist für das eingetreten, was du für wahr und wichtig hältst. Ich hingegen habe dir eine wichtige Wahrheit bewusst verschwiegen.«

Kalliope nickte. »Ihr wusstet von Anfang an, dass Meisterin Glennara ermordet wurde?«

»Ja, mein Kind.«

»Warum habt Ihr es mir nicht gesagt?«

»Wärst du denn für die Wahrheit bereit gewesen?«, fragte Cedara dagegen.

Kalliope verneinte die Frage innerlich. Sie war auch so schon von Ängsten und Selbstzweifeln geplagt gewesen, ohne dass sie gewusst hatte, was die wahre Natur ihrer Mission war. Cedara hatte ihr also einen Gefallen getan.

Schuldbewusst senkte Kalliope den Blick und hob ihn erst wieder, als sie das Ende der Vorhalle erreicht hatten. Im Durchgang erblickte sie einen jungen Mann, dessen Gesicht bartlos war und dessen blondes Haar zwar bis zur Schulter reichte, jedoch zu einem Zopf geflochten war. Seine Gesichtszüge waren milder als die der anderen Männer, denen Kalliope begegnet war, der Blick seiner blaugrauen Augen hatte etwas Beruhigendes, fast Vertrautes. Er trug einfache wollene Kleidung, sein rechter Arm steckte in einem ledernen Handschuh, der bis über den Ellbogen reichte und auf dem ein Schneefalke saß – vermutlich war er einer der Knechte, die die Tiere des Fürsten versorgten.

Warum er Kalliopes Aufmerksamkeit geweckt hatte, wusste sie schon einen Augenblick später nicht mehr zu sagen. In Hakkits Gefolge verließen ihre Meisterin und sie den Vorraum und begaben sich zu ihrer Unterkunft.

22. Kapitel

Croys wagemutiger Plan schien aufzugehen.

Auf dem Rücken des Wals gelangten die Gefährten in die Reichweite der Minenwelt, die sich zunächst nur als dunkler Schemen, später dann immer deutlicher vor ihnen abzeichnete. Und endlich riss der Nebel von Rapa-Nor endgültig auf, und zum ersten Mal erblickten Kieron und Jago das Ziel ihrer Reise …

Nergal!

Der Weltensplitter hatte die Form eines geborstenen Kessels. Ein schmaler, von spitzen Gipfeln gekrönter Gebirgsgürtel umgab ihn wie eine schützende Mauer, die jedoch an einer Stelle durchbrochen war; ein gewaltiger Spalt, der viele Hundert Klafter hoch und breit genug war, um den Sturmwal samt seiner Last passieren zu lassen, klaffte in der Wand und gewährte einen Blick in das Innere – einen weiten Talkessel, in dem es kaum Vegetation gab. Schroffer Fels übersäte den Grund, ebenso schwarz wie die Klumpen erstarrter Schlacke, die Nergal im weiten Umkreis umgaben, und auch von ähnlich bizarrer Form. Fast, dachte Kieron beklommen, hatte es den Anschein, als hätte sich vor undenklich langer Zeit eine schreckliche Katastrophe ereignet, die den Weltensplitter zerfetzt und seine Innereien hinaus ins Sanktuarion geschleudert hätte. Schaudernd musste der Junge an das denken, was Croy über die Legende von Rapa erzählt hatte.

Seine Gefährten schienen andere Dinge im Kopf zu haben. Während Jago unentwegt nach dem Wal schielte, auf dessen Rücken sie als blinde Passagiere reisten, und sich keine Mühe gab, sein Misstrauen gegenüber der riesigen Kreatur zu verhehlen, schien Croy nur auf den geeigneten Augenblick zu warten.

Halb aufgerichtet stand er in den Steigbügeln. Von den Lenkgurten der Navigatoren dirigiert, hatte der Sturmwal seinen Kurs geändert und hielt nun unmittelbar auf den großen Spalt zu. Schon kamen die schroffen Felswände bedrohlich näher, aber Croy schien nicht vorzuhaben, so lange zu warten. Aufmerksam beobachtete er die Verwirbelungen, die die Masse des Wals in den letzten verbliebenen Nebelschwaden verursachte – dann plötzlich trieb er den Flugdrachen an!

Mithilfe seiner kurzen, aber kräftigen Beine katapultierte sich das Tier vom Rücken des Wals und breitete seine Flügel aus. Kieron war klar, dass dies ein gefährlicher Augenblick war. Sanken sie im Gleitflug zu tief, würden sie von der Galeere aus gesehen und unter Beschuss genommen. Kamen sie der Wand zu nahe, prallten sie womöglich gegen den Fels. Nur wenn es Croy gelang, die Aufwinde am Weltenrand zu nutzen, hatten sie eine Chance.

Auch Jago schien das zu wissen, denn obwohl unter ihnen gähnende Leere klaffte und der freie Fall ihnen die Mägen hob, gab er keinen Laut von sich. Einen quälenden Herzschlag lang befanden sich die Gefährten in schrecklicher Ungewissheit, schwebten buchstäblich zwischen Leben und Tod – als sich die ledrigen Flügel des Drachen plötzlich blähten und ihn samt seiner Reiter steil in die Höhe beförderten, fort von dem Sturmwal und aus dem Blickfeld seiner Herren.

Senkrecht ging es empor, vorbei an schroffen Vorsprüngen, die an ihnen vorüberwischten, über den schmalen Grat hinweg und von dort in eine enge Kluft.

Nun, da sie außer Sicht- und Rufweite der kaiserlichen Galeere waren, erlegte sich Jago keine Zurückhaltung mehr auf. »Bist du von Sinnen? Hör sofort auf damit, elender Katzmann!«, schrie er, während Croy den Flugdrachen durch einen wahren Irrgarten schwarzer, turmhoch aufragender Felswände lenkte.

Mehrmals glaubte auch Kieron, sie würden mit dem Fels zusammenstoßen, was ihr sicheres Ende bedeutet hätte, aber jeweils im letzten Moment gelang es dem Pantheriden, ihr Reittier so zur

Seite ausbrechen zu lassen, dass es der Kollision entging. In ständigem Sinken begriffen, glitt der Drache immer tiefer hinein in das schwarze Labyrinth und landete schließlich auf dem Grund einer schmalen Schlucht. Schnaubend hielt das Tier inne und faltete seine Flügel.

Jago stöhnte, während er sich mit zitternden Klauen aus dem Gurtzeug zu befreien suchte. »Mach das nie wieder mit mir! Nie wieder, hast du gehört?«

Croy, der bereits abgestiegen war, wandte sich an Kieron. »Alles in Ordnung?«

»Jjj-ja«, bestätigte der Junge grinsend, während er seinerseits die Gurte löste und vom Rücken der Echse sprang. Anders als Jago hatte er den waghalsigen Ritt durchaus genossen. »Das war gro-großartig!«

»Großartig?«, ächzte Jago. Er kippte seitlich vom Sattel und schlug mit einem dumpfen Laut auf den Boden. Eine kleine Staubwolke stieg auf und brachte ihn zum Husten. »So dämlich kann auch nur ein Mensch daherreden«, maulte er, nachdem er sich wieder aufgerafft hatte. »Womit habe ich das nur verdient? Der verdammte Katzenmann bringt uns beinahe um, und der Mensch findet das großartig!«

»Woher wusstest du, dass dein Plan klappen würde?«, erkundigte sich Kieron staunend bei Croy.

»Ich wusste es nicht«, schränkte Croy bescheiden ein. Er nahm sein Mundtuch ab und ließ es wieder unter seinem Umhang verschwinden. »Aber er hat schon einmal geklappt – jedenfalls so ähnlich. Vor langer, sehr langer Zeit.«

»Verstehe.« Kieron nickte – und hatte einmal mehr das Gefühl, dass der mysteriöse Pantheride sehr viel mehr wusste, als er sagte.

»Ich verstehe nur, dass du uns mitten im Nirgendwo abgesetzt hast.« Jago deutete auf die umgebenden Felswände. »Wie, verdammt noch mal, sollen wir uns hier zurechtfinden?«

»Indem wir den Schatten folgen«, entgegnete Croy schlicht. »Sie werden uns direkt zum östlichen Eingang der Minen geleiten. Und dort werden wir mit unserer Suche nach dem Artefakt beginnen.«

»Und wie weit ist das, wenn es erlaubt ist, zu fragen?«

»Sechs Stunden, vielleicht acht.« Der Pantheride zuckte mit den Schultern. »Kommt darauf an, wie rasch wir vorankommen.«

Jago ließ für einen Moment die lange Zunge heraushängen. »Hättest du uns nicht ein Stück näher ranbringen können?«

»Nicht ohne Gefahr zu laufen, von den Sklavenwächtern entdeckt zu werden.«

»Was ist mit der Echse?«, fragte Kieron, auf den Flugdrachen deutend. »Können wir nicht auf ihr reiten?«

»Dazu ist das Gelände zu unwegsam.«

»Ach ja?« Jago beäugte den Panthermann kritisch. »Und wie kommen wir dann wieder von hier weg?«

»Auf dieselbe Weise, wie wir hergekommen sind – indem wir hierher zurückkehren, einen der umliegenden Gipfel erklimmen und uns von dort eine Transportgelegenheit suchen. Auf diese Weise werden wir nach Apex oder auf eine andere Garnisonswelt gelangen und von dort zurück nach Madagor.«

Jago drehte seine halbkugelförmigen Augen in den Höhlen, um an den zerklüfteten Felswänden emporzublicken, musste jedoch den Kopf in den Nacken legen, um ganz bis zum Gipfel sehen zu können. »Du musst den Verstand verloren haben«, schnauzte er. »Das sind gut und gerne vierhundert Klafter.«

»Fünfhundert«, verbesserte Croy. »Aber es gibt verborgene Pfade, die wir benutzen können und die breit genug sind, um auch unser Reittier passieren zu lassen.«

Jagos schmale Pupillen richteten sich direkt auf ihn. »Glaubst du, das interessiert mich?«, blaffte er. »Ich bin Geschäftsmann und …«

»Halt die Luft an, Schuppenmaul!«

Nicht Croy hatte dies gerufen, sondern jemand, der hinter ihm stand. Nicht nur der Pantheride, auch Kieron fuhr erschrocken herum, um sich drei abgerissenen Gestalten gegenüberzusehen, die unvermittelt zwischen den Felsen aufgetaucht waren.

Einer von ihnen war ein Animale, allerdings von einer Art, die Kieron noch nie zuvor gesehen hatte. Der Kerl war nur rund vier Fuß groß, mit grauschwarzem Fell, kleinen Ohren und einem weiß bepelzten Gesicht, dessen längliche Schnauze in eine rosafarbene

Spitze auslief. Seine Barthaare zuckten nervös, während er die drei Gefährten durch seine schwarzen Knopfaugen musterte.

Die anderen beiden waren Menschen.

Ein hünenhafter Kerl mit rotem Haar und stechendem Blick und eine junge Frau, deren Anblick Kieron schon allein deshalb in den Bann schlug, weil sie an diesen Ort in etwa so gut passte wie eine Orchidee auf einen Haufen Dung.

Ihre schlanke, sehnige Gestalt ließ sie gleichermaßen gefährlich wie anmutig wirken. Eine Binde über dem linken Auge verunstaltete ihr ansonsten ebenmäßiges Gesicht. Das andere Auge, das schmal war und von dunkler Farbe, wies sie als Abkömmling der Außenwelten aus. Ihr glattes schwarzes Haar hatte sie zu einem Schopf gebunden, der in wilden Strähnen auf ihre Schulter zurückfiel. Wie ihre männlichen Begleiter trug sie eine braune Kutte, und um ihr nacktes Fußgelenk lag eine eiserne Spange, die die Haut ringsum wund gescheuert hatte. Der Hüne und der Animale waren mit groben Knüppeln bewaffnet, die Frau zusätzlich mit einem Bogen, mit dem sie offenbar umzugehen verstand; ein Pfeil lag schussbereit auf der Sehne und zielte auf Kieron und seine Gefährten.

»Verdammt noch mal«, ereiferte sich Jago, »was soll das? Wer seid ihr?«

»So wie ich es sehe, sind wir es, die hier die Fragen stellen, Schuppenschwanz«, erwiderte die Frau, die die Anführerin des Trupps zu sein schien. »Wer also seid *ihr*, und was wollt ihr hier?«

»Das geht euch nichts an«, erwiderte Croy schlicht, dessen Hände in einer beiläufig wirkenden Bewegung zu den Griffen seiner beiden Dolche glitten.

»Meinst du wirklich?«, entgegnete die Bogenschützin und zog mit einem Ruck die Sehne bis zum Ohr. Die Spitze des Pfeils zeigte nun genau auf Croys Brust. »Ich würde dir raten, die Pfoten still zu halten, Grünauge, sonst bist du in wenigen Augenblicken tot!«

Croy erstarrte in seiner wenn auch nur langsamen Bewegung und hob demonstrativ die Hände – denn der entschlossene Gesichtsausdruck der Fremden und die Art, wie sie sprach, ließen keinen Zweifel daran bestehen, dass sie ihre Drohung wahr machen würde. Die Gefährten hatten Nergal kaum erreicht – und saßen schon in der Falle.

23. Kapitel

»Habt Ihr gehört, was ich gesagt habe?«

Gildemeisterin Harona beugte sich so weit hinab, dass ihr Gesicht unmittelbar vor dem des Königs schwebte.

Gegensätzlicher hätte das Bild kaum sein können – hier die Gildeschwester in ihrer schwarzen Robe, ihre hagere Gestalt ein Abbild ihrer asketischen, an Vernunft und Pflichterfüllung orientierten Lebensweise; dort der König in seinen bunten Gewändern, träge vom Müßiggang und feist von übermäßigem Genuss. Sein vom Alkohol trübes Augenspiel und der eisig klare Blick der Gildemeisterin begegneten sich, und obschon Ardath auf dem Thron saß, war in diesem Moment nicht eindeutig festzustellen, wer von beiden Herrscher war und wer Untertan.

Prisca war voller Staunen. Sie hatte gewusst, dass ihre Meisterin über ein besonderes Talent verfügte, auf Menschen Einfluss zu nehmen. Oft genug hatte sie die Autorität, die die *numerata* bis in die letzte Faser ihres Körpers zu durchdringen schien, am eigenen Leib zu spüren bekommen. Doch zum ersten Mal wurde sie Zeuge, wie sich ein gekröntes Haupt davor beugte. In diesem Augenblick sah Prisca die vielzitierte Macht der Gilde bei der Arbeit – und war tief beeindruckt.

»Ich habe Euch gehört«, versicherte Ardath, der Haronas Blick nicht lange standhielt und es vorzog, stumpf vor sich hin zu starren. Obwohl er einen halb gefüllten Becher mit Wein in seiner goldberingten Rechten hielt, schien ihm das Trinken fürs Erste vergangen zu sein.

»Dann wisst Ihr auch, was zu tun ist«, folgerte Harona ohne Zögern. »Der Wortlaut des Paktes lässt es in diesem Zusammenhang nicht an Deutlichkeit missen.«

Ardath nickte. Gedankenverloren. Unentschlossen.

Die Gildemeisterin legte ihm das Schriftstück vor, das sie vorbereitet hatte. »Setzt Euer Siegel unter dieses Pergament und macht es damit zum königlichen Dekret!«

Ardaths Blick sog sich an dem Schriftstück fest, dessen Inhalt sie ihm bereits vorgetragen hatte – zum sichtlichen Entsetzen nicht nur des Königs, sondern auch seines *maior domus*, der auf der anderen Seite des Throns stand und, so kam es Prisca vor, mit Meisterin Harona um die Seele des Monarchen zu ringen schien. Hier Wahrheit und Treue, sagte sich die Gildeschülerin, dort Lug und Täuschung.

»Glaubt Ihr, dass Euer Vater zufrieden wäre mit der Art und Weise, wie Ihr sein Vermächtnis verwaltet?«, hakte Harona nach, da der König noch immer zögerte.

»Was fällt Euch ein?«, fuhr Arion sie an, dessen Gesicht trotz der Schichten von Puder zornesrot geworden war. »Was maßt Ihr Euch an, den Herrscher Tridentias auf solch infame Weise zurechtzuweisen?«

»Ihr wisst, dass ich recht habe, Majestät«, beharrte Harona, ohne auf den Einwurf des obersten Hofbeamten einzugehen, »denn Ihr braucht nur in den Spiegel zu sehen, um meinen Vorwurf bestätigt zu finden. Ihr seid träge und faul geworden und genügt nur Euch selbst, statt Eure Pflichten zu erfüllen, und während Ihr Euren Gelüsten frönt, beginnt Euer Reich zu zerfallen. Die Glut des Aufstands schwelt bereits, Majestät, nicht nur an den Rändern Eures Reiches, wo nokturne Mächte ihre Chance wittern, sondern auch hier an Eurem Hof. Tridentia ist von Feinden unterwandert, das Verderben hat Einzug gehalten, ohne dass Ihr etwas davon bemerkt habt. Die Zeit ist gekommen, etwas dagegen zu unternehmen!«

Ardath hob seinen Blick. Die Betroffenheit war seiner feisten, von übermäßigem Alkoholgenuss geröteten Miene durchaus anzusehen, dennoch schien er nicht in der Lage, eine Entscheidung zu treffen.

»Tut das Richtige, Majestät«, fügte Harona deshalb beschwörend hinzu, »dieses eine Mal.«

»Das Richtige für Euch«, wandte Arion von seiner Seite des Throns ein.

»Wer hat dich gefragt, Wurm?«, fuhr die Gildemeisterin ihn an, dass er zusammenzuckte. »Nach allem, was geschehen ist, solltest du besser schweigen und dich unter den Stein verkriechen, unter dem du hervorgekommen bist. Denn es wäre niemals so weit gekommen, hätte der König nicht auf falsche Berater wie dich gehört! Aber noch ist es nicht zu spät, Majestät«, wandte sie sich wieder an Ardath. »Noch ist Euer Platz in der Geschichte nicht verloren, noch habt Ihr Gelegenheit, die Fehler der Vergangenheit wiedergutzumachen, um in einem Atemzug mit dem großen Nordath genannt zu werden, Eurem Vater und dem Begründer Eures Reiches. Niemand wird sich eines bunten Gecken entsinnen, der seine Pflichten als Regent vernachlässigte – aber jeder wird sich an einen König erinnern, der sich zur rechten Zeit besann und alles tat, um seine Macht und Krone zu erhalten!«

»Sire«, wandte Arion halblaut ein, nun nicht mehr an Harona gewandt, sondern an den König allein, dem er ins Ohr zischelte wie eine Schlange, »wenn Ihr dieses Schriftstück unterzeichnet, bedeutet dies nicht nur das Ende allen Frohsinns und jeder freien Kunst am Königshof ...«

»Vor allem«, ergänzte Harona in unverhohlenem Zorn, »bedeutet es ein Ende der Blasphemie! Viel zu lange schon hat die Zeit der Sittenlosigkeit gedauert! Seit wann dauern die Umtriebe der Nokturnen am Königshof bereits an? Seit wann wird der Schöpfung und ihren Gesetzen schon gespottet? Was ich bei meinen Befragungen erfahren habe, lässt Schreckliches erahnen – und vermuten, dass dort, wo sich die Schatten der Nacht bereits herabgesenkt haben, noch mehr Finsternis lauert. Und dieser Finsternis müssen wir den Kampf ansagen!«

»Und wie genau wollt Ihr vorgehen?«, fragte Arion. Seine wachen Augen blitzten listig, offenbar hoffte er, den König auf seine Seite zu ziehen, indem er ihm die Absichten seiner Rivalin offenbarte.

»Indem ich das ausführe, wozu mich dieses Schriftstück ermächtigt«, erwiderte Harona ohne Zögern, auf das Pergament in ihrer Rechten deutend. »Die Königswelten müssen gereinigt werden von Lüge und Verrat, die wie Geschwüre um sich greifen.«

»Dann solltet Ihr auch den Mut haben, das, was Ihr vorhabt, beim Namen zu nennen«, konterte der *maior domus*, der für einen Augenblick Morgenluft zu wittern schien. »Ihr wollt die Inquisition zurück!«

»Du solltest Worte, deren Bedeutung du nicht verstehst, nicht leichtfertig in den Mund nehmen, Hausmeier«, riet Harona. »Bedenkt, Hoheit, dass auch Euer Vater Nordath einst auf die Macht der Inquisition vertraut hat, als er während der Verschwörung der Fünf, in der Stunde größter Not, die Gilde um Hilfe rief …«

»… wobei bis heute nicht geklärt ist, ob es diese Bedrohung jemals wirklich gegeben hat«, versetzte Arion säuerlich, »oder ob sie nicht vielmehr nur ein Schreckgespenst war, das von der Gilde selbst ins Leben gerufen wurde, um ihre Macht zu erhalten und ihren Einfluss zu mehren.«

Erstmals wandte Harona ihren Blick und sah den spitznasigen *maior domus* direkt an. »Du solltest vorsichtiger sprechen«, beschied sie ihm schlicht, »denn anders als Larax, der Narr, kannst du dich nicht auf deinen rechtlichen Status berufen.«

»Wollt Ihr mir drohen, Gildemeisterin? Vergesst nicht, dass ich der oberste Reichsverwalter bin, vom König selbst eingesetzt.«

»Das vergesse ich nicht – ebenso wenig, wie ich vergesse, dass das wichtigste Amt am königlichen Hof unter dir zu einer Farce verkommen ist. Dennoch bildest du dir ein, über Dinge urteilen zu können, die sich noch vor deiner Geburt ereignet haben. Ich habe damals in vorderster Front gegen die nokturnen Verschwörer gekämpft, und ich habe dabei größere Opfer gebracht, als dein karger Verstand sie sich auszumalen vermag. Ich musste erleben, wie die Nokturnen nach der Krone Tridentias griffen, und es begann damals genau wie heute – mit dunklen Mächten, die im Verborgenen arbeiteten, und mit verblendeten Idioten, die die Wahrheit erst erkannten, als es schon beinahe zu spät war. Deshalb weiß ich, dass wir handeln müssen, oder das Reich und die Krone werden zerfallen.«

»Und mit ihnen auch die Macht der Gilde«, fügte Arion gehässig hinzu.

»Die Macht der Gilde beruht auf anderen Gesetzen als jene weltlicher Herrscher, und sie erstreckt sich auf anderem Gebiet. Wer auch immer aus Tridentias Trümmern zur Macht emporsteigen würde, hätte keine andere Wahl, als sich des Wohlwollens der Gilde ebenso zu versichern, wie es alle anderen Potentaten tun – doch die Schwestern Etheras stehen lieber in den Diensten der Ordnung als des Chaos, deshalb beschwöre ich Euch zu handeln, Hoheit. Presst Euer Siegel in das Wachs, solange es noch nicht erkaltet ist, und bereitet dem Schrecken ein Ende, ehe der Schrecken Euch ein Ende bereitet.«

Ardath, der wie in Trance auf seinem Thron saß, streckte seine freie Hand nach dem Pergament aus. Harona gab es ihm, und er hielt es in seiner zitternden Linken, während er den Wortlaut überflog, um ihn sich noch einmal zu vergegenwärtigen.

»Bedenkt Eure Entscheidung, Majestät«, hauchte Arion, der ihm dabei über die Schulter sah. »Wenn Ihr dieses Schriftstück unterzeichnet, gebt Ihr das Privileg der Rechtsprechung aus den Händen. Ihr macht die Gildemeisterin zur obersten Richterin und räumt ihr damit größere Macht als allen anderen Hofbeamten ein.«

»Nicht um meinetwillen und auch nur, bis die Verschwörung aufgedeckt und die Gefahr gebannt ist«, versicherte Harona an Ardath gewandt, »danach wird alles sein wie vorher.«

»Und Ihr erwartet, dass wir das glauben?«, fragte Arion, dessen Blicke unsichtbare Pfeile zu verschleudern schienen. »Wird es wenigstens Teile des Hofes geben, die vor Euren Nachstellungen sicher sind? Was ist mit dem Hofstaat? Den Offizieren? Den hohen Beamten?«

»Wenn wir der Wahrheit auf den Grund gehen und das Übel ausmerzen wollen, so darf es keine Tabus geben«, erklärte Harona. »Sollte es erforderlich sein, werde ich auch gegen Hofbeamte vorgehen, vom geringsten Diener bis hinauf zum *maior domus*.«

»Hört Ihr das, Majestät?«, fragte Arion, der keine andere Antwort erwartet zu haben schien. »Sie will Euren gesamten Hofstaat entmachten! Das könnt Ihr keinesfalls dulden!«

Ardath nickte, ein schwacher Hinweis darauf, dass er den Wortwechsel der beiden tatsächlich verfolgte. »Was, wenn ich nicht unterzeichne?«, fragte er, mit dem doppelten Kinn auf das Pergament deutend.

»Natürlich habt Ihr diese Möglichkeit, Majestät«, räumte Harona ein, »jedoch solltet Ihr Euch nicht wundern, wenn Eure Macht weiter unterwandert wird und die Krone am Ende in die Hand Eurer Feinde gelangt. Dann allerdings wird die Gilde Euch nicht mehr schützen können, und sobald Ihr nicht mehr in der Lage seid, für die Sicherheit unserer Levitatinnen zu garantieren, wie der Pakt es verlangt, werden wir uns von Tridentia zurückziehen und die Königswelt ihrem selbst gewählten Schicksal überlassen.«

»Da«, zischte Arion triumphierend, »hört Ihr es? Hört Ihr, wie sie Euch droht?«

»Ich drohe nicht«, stellte die Gildemeisterin klar, »ich stelle dem König lediglich die Konsequenzen seines Handelns vor Augen, wie es eigentlich Eure Aufgabe wäre – ehrlich und offen und nicht kriecherisch und in schöne Worte gekleidet, bis von der Wahrheit nichts mehr übrig ist.«

»Das ist nicht wahr«, widersprach Arion verzweifelt. »Merkt Ihr, Majestät, wie sie Euch mit Worten umgarnt? Wie sie Euch einzuschüchtern versucht, sodass Euch am Ende keine andere Wahl bleibt, als in ihrem Sinne zu handeln?«

»Im Sinne des Reiches«, verbesserte Harona. »Macht Euch frei von Euren Beratern, die doch nur ihr eigenes Wohl im Sinn haben, und folgt dem Erbe Eures Vaters, auf dass ein großer Herrscher aus Euch werde!«

»Majestät! Ihr seid bereits ein großer Herrscher! Groß in Eurer Freigebigkeit, weithin gerühmt für Euren guten Geschmack und Eure Großzügigkeit, Majestät … *Majestät*?«

Arions Augen weiteten sich entsetzt, als er seinen Monarchen den Weinbecher beiseitestellen und seine Hand zur Faust ballen sah – und noch ehe Arion ein weiteres Mal Einspruch erheben konnte, hatte Ardath den Siegelring bereits in das noch weiche Wachs gepresst und das Schriftstück Haronas damit zum königlichen Dekret erhoben.

»Nein!«, rief der *maior domus* und starrte entsetzt auf das Pergament, das die Gildeschwester mit zufriedenem Lächeln an sich nahm und wieder zusammenrollte. »Was habt Ihr getan?«

»Was er längst hätte tun sollen, um Parasiten deines Schlages vom Hof zu verbannen«, entgegnete die Gildemeisterin anstelle des

Monarchen, der erschöpft schien von seinem Willensakt und wieder zum Weinbecher griff. »Wachen«, wandte sie sich dann an die Bewaffneten, die zu beiden Seiten des Throns postiert waren, »nehmt diesen Mann in Gewahrsam!«

»M-mich?«, fragte Arion, auf seine schmale Brust deutend.

»Hast du geglaubt, dass du ungeschoren davonkommt, nachdem du den König mit falschem Rat irregeleitet hast? Dass ich dich laufen lasse, obwohl du Teil der Verschwörung bist, die nach dem Thron von Tridentia greift?«

»I-ich weiß nichts von einer Verschwörung«, stammelte der Hausmeier. Tränen lösten sich aus seinen Augenwinkeln und rannen über seine gepuderten Wangen, wobei sie dunkle Streifen hinterließen. »Majestät, bitte glaubt mir, ich bin immer Euer ergebener Diener gewesen!«

»Der König hat darüber nicht mehr zu befinden«, stellte die Gildemeisterin klar. »Wachen – bringt diesen Mann in den Kerker zur Befragung!«

»Nein!«, protestierte Arion entschieden. »Niemals! Wisst Ihr denn nicht, wer ich bin?«

Er wich zurück, doch den Bewaffneten, die ihm mit gesenkten Hellebarden den Weg versperrten, konnte er nicht entrinnen. Sie packten ihn und schleppten ihn hinaus, wobei er schrie und zeterte. Stieren Blickes gaffte Ardath ihm hinterher, bis sein Gebrüll verklungen war.

»Was habe ich nur getan?«, fragte der König in die Stille.

»Nur, was Ihr tun musstet«, entgegnete Harona, »für Euer Volk und für Euer Reich.«

»Wie werdet Ihr mit ihm verfahren?«

»Ich tue das, was notwendig ist«, gab die Gildemeisterin zur Antwort.

»Ihn trifft keine Schuld«, sagte der König leise. »Ich bin es gewesen, der …«

»Ich weiß das, und Ihr wisst es«, fiel Harona ihm ins Wort, »aber Eure Untertanen nicht. Wollt Ihr vor sie treten und ihnen sagen, dass Ihr Eure Pflichten vernachlässigt habt? Dass Ihr es vorgezogen habt, Euch in Fressgelagen und Orgien zu ergehen, statt Euren Regierungsgeschäften nachzukommen? Dass die Krone Tridentias auf dem Haupt eines Hurenbocks sitzt?«

Prisca zuckte zusammen.

Sie hätte nicht für möglich gehalten, dass jemand dem König gegenüber einen solchen Tonfall anschlug, noch nicht einmal eine *numerata* der Gilde, und tatsächlich sah es einen Augenblick lang so aus, als wollten sich Ardaths Gesichtszüge zornig verfinstern. Wenn der Herrscher von Tridentia jedoch etwas wie Wut empfand, so ertränkte er sie im nächsten Moment, indem er seinen Becher bis auf den Grund leerte und ihn dann von sich warf.

Harona zog missbilligend eine Braue hoch. »Ihr werdet lernen müssen, Euch zu beherrschen, Majestät, andernfalls kann selbst ich Euch nicht mehr helfen.«

»Was verlangt Ihr noch von mir?«, fragte Ardath matt.

»Nichts«, entgegnete die Gildemeisterin schlicht und hielt das von ihm besiegelte Pergament hoch. »Das Wichtigste habt Ihr bereits getan. Nun wartet ab, bis wieder Recht und Ordnung in Eurem Reich eingekehrt sind.«

»Und wenn ich nicht abwarten will?«

Sie streifte ihn mit einem Seitenblick. »Wollt Ihr auch weiterhin die Unterstützung der Gilde beanspruchen?«, fragte sie. »Dann solltet Ihr lernen, Eure Wünsche mit den unseren zur Deckung zu bringen.«

Meisterin Harona wartete nicht auf ihre Entlassung. Mit einer knappen Verbeugung wandte sie sich ab, stieg die Stufen des Thronpodests hinunter und verließ den Saal, gefolgt von Prisca, die sich ihr anschloss. Ardath Durandor blieb hinter ihnen zurück, ein geschlagener Mann, auf dessen goldenem Haupt die Königskrone ruhte.

»Meisterin«, fragte Prisca, nachdem sie den Thronsaal verlassen hatten und sich unbeobachtet wähnten.

»Ja, Elevin?«

»Warum habt Ihr das getan? Ich meine, wie konntet Ihr …?«

»Nicht alles verhält sich so, wie es auf den ersten Blick scheint, Kind«, entgegnete Harona kühl. »Eine Krone auf dem Haupt zu tragen, ist eine Sache – zu herrschen etwas anderes. Die Macht der Gilde kennt vielerlei Gestalt, dies war eine davon.«

»Ihr … Ihr habt den König erpresst.«

Harona blieb stehen und schaute ihrer Schülerin tief in die Augen. »Auch du wirst noch erkennen, Kind, dass dunkle Zeiten dunkler Maßnahmen bedürfen. Was ich tat, tat ich zum Wohle unserer Schwesternschaft und des gesamten Reiches.«

»Ich … verstehe, Meisterin.«

»Inquisitorin«, verbesserte Harona und deutete auf das königliche Dekret, das sie zusammengerollt in ihrer Rechten hielt. »Gewöhne dich besser gleich an diesen Titel: Inquisitorin …«

Zweites Buch

TEMPORA MUTANT

»Zu ermitteln, wann die neue Zeitrechnung begann, ist schwierig angesichts der vielen Ereignisse, die gleichzeitig und auf verschiedenen Welten stattfanden. Doch wisset, Erben, dass die Tage, da unter den Schwestern Etheras der Tod um sich griff, allgemein als der Beginn jener Epoche gelten, die wir als die Große Veränderung kennen.«

Chronik von Stymphalos · Kapitel 1, »De Magna Mutatione«

1. Kapitel

Es waren entlaufene Sklaven.

Zumindest davon war Kieron überzeugt.

Alles an den drei Fremden – ihre abgetragene Kleidung, die Eisenspangen an den Fußgelenken, die ausgemergelten Züge, aber auch die bittere Entschlossenheit in ihren Gesichtern – deutete darauf hin. Es war die Entschlossenheit von Kreaturen, die nichts zu verlieren hatten.

Der Hüne und der Animale hatten Croy seine Klingen abgenommen. Auch Kieron und Jago wurden durchsucht, doch weder der Junge noch sein ehemaliger Besitzer trugen Waffen. Kieron nicht, weil er nicht damit umzugehen verstand; Jago nicht, weil er der tiefsten Überzeugung war, dass ein rascher Rückzug einer gewaltsamen Auseinandersetzung jederzeit vorzuziehen war.

»Ruhig«, mahnte Croy, während die Anführerin der Gruppe weiter mit dem Bogen auf ihn zielte, »ganz ruhig. Ich denke nicht, dass wir Feinde sind.«

»Auf dieser verdammten Welt, Tiermensch, ist jeder ein Feind«, erwiderte die Frau kalt.

»Wir nicht«, versicherte der Pantheride.

»Wer seid ihr?«, fragte sie. »Spitzel? Kopfgeldjäger?«

Kieron konnte hören, wie ihre Stimme bebte. Die Frau hatte Angst, ebenso wie ihre Begleiter, was Kierons anfängliche Vermutung nur bestätigte. Die drei waren auf der Flucht …

»Nichts dergleichen«, versicherte Croy. Jago hingegen schien es die Sprache verschlagen zu haben. Der Chamäleonide stand einfach nur da und verzog grimmig das Maul.

»Wie lange seid ihr schon hinter uns her?«

»Wir sind nicht hinter euch her.«

»Was du nicht sagst, Katzenmensch. Entlaufene Sklaven seid ihr aber wohl auch nicht.«

»Wir befinden uns auf der Suche.«

»Wonach?«

»Nach etwas, das wir auf Nergal zu finden hoffen«, gab Croy ungewohnt bereitwillig Auskunft.

Die Bogenschützin lachte auf. »Hast du das gehört, Opossum? Für wie einfältig hält uns dieser Kerl?«

Ihr bepelzter Begleiter kicherte, auch der Glatzkopf gab ein dumpfes Grunzen von sich. Offenbar glaubten sie Croy kein Wort, und Kieron konnte es ihnen noch nicht einmal verdenken.

»Was fangen wir mit ihnen an, Shen?«, fragte der große Kerl und hob den Knüppel. »Das Beste wäre, sie auf der Stelle zu erschlagen.«

Croys Mundwinkel fielen missbilligend nach unten, die krallenbewehrten Hände des Pantheriden ballten sich zu Fäusten.

»Ganz ruhig, Kätzchen«, beschied ihm die Frau, die auf den Namen Shen zu hören schien. »Diese Pfeile sind mit Gift getränkt. Du solltest dir also gut überlegen, was du tust.«

»Was sollen wir noch länger warten?«, drängte der Hüne. »Sterben müssen die drei ohnehin, sonst werden sie uns bei nächster Gelegenheit verraten.«

»Wohl kaum, Darg«, wandte Shen ein, »denn wenn es stimmt, was sie sagen, dürfen sie sich ebenso wenig hier aufhalten wie wir.«

Statt zu antworten, ließ der Riese nur ein dumpfes Grollen vernehmen, das deutlich machte, dass er sich auf derlei Gedankenspiele nicht einlassen und lieber sichergehen wollte.

»Was sagst du, Opossum?«, wandte sich Shen an den Animalen mit der rosafarbenen Schnauze.

»Ich bin mir nicht sicher«, gab dieser zurück. »Vielleicht sagen sie die Wahrheit, vielleicht auch nicht. Wir sollten ihnen sicherheitshalber die Kehlen durchschneiden, ihren Flugdrachen schnappen und von hier verschwinden.«

»Na also.« Der Hüne grinste zufrieden. »Ist das erste vernünftige Wort, das ich von dem Stinkmaul höre.«

In den schwarzen Augen des Bepelzten zuckte es, seine Barthaare bebten noch mehr als zuvor.

»Der Flugdrache allein wird euch nichts nützen, wenn ihr den Weg nicht kennt«, wandte Croy ein.

»Den werden wir schon finden«, knurrte die Frau.

»Worauf warten wir noch?«, drängte Darg. »Bringen wir sie endlich um!« Mit erhobenen Knüppeln traten er und Opossum vor – und zum ersten Mal ergriff Jago das Wort.

»Nicht doch«, rief er laut. »Ich bin sicher, wir finden eine andere Lösung!«

»Welcher Art?«, wollte Shen wissen.

»Ich bin Geschäftsmann«, erklärte der Chamäleonide feixend, »mir ist immer an einem guten Handel gelegen.«

»Wie schön für dich.« Sie grinste freudlos. »Du hast nur nichts, womit du handeln könntest.«

»Glaubst du?« Sein Feixen wurde noch breiter. »Und wenn ich euch zeigen könnte, wie ihr von hier weg kommt?«

»Das könntest du?«

»Unsinn«, wandte Croy ein, wobei er Jago einen vernichtenden Blick zuwarf. »Er versucht nur, seine vielfarbige Haut zu retten.«

»Hört nicht auf die Katze«, sagte Jago, dem es offenbar völlig egal war, was aus seinen Gefährten wurde. »Ihr wollt doch von hier weg, oder? Dann bin ich eure Rettung!«

Shen überlegte tatsächlich. »Darg?«, fragte sie.

»Der Kerl gefällt mir ebenso wenig wie die anderen«, knurrte der Hagere. »Ich sage, wir bringen sie alle um.«

»Opossum?«

»Nun«, grübelte der Angesprochene, »ein wenig Hilfe könnten wir durchaus gebrauchen …«

»Dann ist es entschieden«, stellte Shen fest. »Den Chamäleoniden nehmen wir mit, die anderen beiden …«

»Wartet!«, hörte Kieron sich plötzlich rufen.

»Was willst du?«

»Iii… ich bin ein entlaufener Ska-lave, genau wie ihr!«

»Ach ja?« Shen musterte ihn abschätzig, eine Braue hochgezogen. »Und wo ist dein Sklavenband?«

»Das habe ich getragen, aaa-achtzehn Zyklen lang«, erwiderte Kieron, auf die wunden Stellen an seiner Kehle deutend. »Dieser da war mein Herr«, fügte er hinzu, auf Jago deutend, »und der Pa-Pa-Pantheride hat mich befreit.«

»Ist das so?« Shen bedachte zuerst den Chamäleoniden und dann Croy mit einem Blick. Obwohl sie sich Mühe gab, gleichgültig zu wirken, war ihr die Überraschung anzusehen. Der Hüne hingegen war noch immer auf Blut aus.

»Was macht das für einen Unterschied? Lasst sie uns endlich erschlagen und abhauen«, maulte er.

Shen zögerte, aber sie widersprach nicht, und das Unheil war dabei, seinen Lauf zu nehmen.

Kieron konnte es deutlich vor sich sehen.

Croy, der bereits eine kauernde Haltung eingenommen hatte, würde sich mit bloßen Klauen auf Darg stürzen und dabei von Shens Pfeil ereilt werden, er selbst würde unter dem Knüppel des Animalen ein unrühmliches Ende finden. Jago würde vielleicht noch lange genug leben, um zu beweisen, dass er keine Ahnung hatte, wie man aus der Schlucht herauskam – spätestens dann würden sie auch ihn erschlagen.

Es durfte nicht dazu kommen!

Plötzlich war ein Rumpeln zu vernehmen.

»Was ist das?«, fragte Jago nervös.

»Steinschlag!«, brüllte Opossum.

Mit einem erschrockenen Blick nach oben sah Kieron, wie einige Felsbrocken, die sich offenbar gelöst hatten, an den steilen Wänden der Schlucht herabrollten, begleitet von losem Geröll und Staub. Der Boden bebte.

»Weg hier!«, hörte er Shen brüllen, während sie herumfuhr und unter einem Felsvorsprung Zuflucht suchte, gefolgt von ihren Kameraden.

»Komm mit, Junge!« Croy packte ihn an der Schulter und riss ihn mit, während ringsum bereits faustgroße Gesteinsbrocken einschlugen. Staub stieg auf, so dicht wie der Nebel des Rapa-Nor, sodass man die Hand kaum noch vor Augen sehen konnte.

Kieron wäre rettungslos verloren gewesen, hätte Croys Pranke ihn nicht unnachgiebig festgehalten und davongezerrt, durch den

Staub und das infernalische Getöse zur Wand der Schlucht. Von Hustkrämpfen geschüttelt, torkelte Kieron dem Panthermann hinterher. Sehen konnte er kaum etwas, er setzte nur immer einen Fuß vor den anderen, während Steine auf ihn herabprasselten. Er schirmte den Kopf mit den Händen und hastete weiter, an der Felswand entlang, Croy hinterher, der genau zu wissen schien, wohin. Plötzlich wandte er sich um und stieß Kieron gegen die Wand der Schlucht – doch statt gegen das raue Gestein zu prallen, fiel Kieron ins Leere.

Eine Öffnung im Fels!

Kieron strauchelte und fiel hin, doch Croy zog ihn sofort wieder auf die Beine. Die beiden rannten, so schnell sie konnten, den schmalen Nebenarm der Schlucht hinab, den eine Laune der Natur vor Äonen geformt hatte. Das Tosen des Steinschlags fiel zurück, ebenso wie der Staub, aber Croy dachte nicht daran, stehen zu bleiben. Auf seinen kräftigen Beinen rannte er weiter, Kieron hinter sich herziehend, während hinter ihnen die Steinlawine niederging und den Eingang der Felsspalte verschloss.

»Ich ka-kann nicht mehr«, stieß Kieron hervor, der kaum noch Luft in den Lungen hatte. Unbarmherzig zerrte Croy ihn noch ein Stück weiter. Dann, hinter einer scharfen Biegung, gönnte er dem Jungen eine Pause. Er ließ ihn los, worauf Kieron erschöpft niedersank. Hustend und nach Atem ringend, griff er sich an die Brust und sog die vergleichsweise reine Luft in seine Lungen, froh darüber, mit dem Leben davongekommen zu sein.

»Danke«, presste er keuchend hervor.

»Nicht der Rede wert.« Der Pantheride, der sich einmal mehr auf seine angewinkelten Beine niedergelassen hatte, um sich auszuruhen, verzog keine Miene.

»Waaa-was ist mit den anderen?«

Croy zuckte mit den Schultern. »Mit etwas Glück haben sie es geschafft. Unser Flugdrache jedoch ist verloren – wir werden uns etwas einfallen lassen müssen, wenn wir wieder von hier fort wollen.«

Kieron wandte sich suchend um. »Und Jago?«

»Genau, was ist mit Jago?«, plärrte ihm eine nur zu bekannte Stimme ins Ohr, und unmittelbar neben ihm schien ein Felsbrocken zum Leben zu erwachen. Ein halbkugelförmiges Augenpaar öffnete sich und starrte den Jungen und den Pantheriden vorwurfsvoll an. Kieron musste lächeln. Dass es ihn beinahe freute, seinen ehemaligen Herrn lebendig und wohlauf zu sehen, überraschte ihn selbst.

Jagos Haut hatte die dunkle Farbe des Felsgesteins angenommen, und er war über und über staubbedeckt, sodass er kaum zu erkennen war. »Da staunt ihr! Hättet nicht gedacht, den alten Jago wiederzusehen. Wenn ihr mich loswerden wollt, müsst ihr es schon ein wenig geschickter anstellen, denn natürlich bin ich euch gefolgt und habe …«

Der Satz endete in einem gurgelnden Geräusch, denn Croys klauenbewehrte Hand war vorgeschossen, hatte sich um den kurzen Hals des Chamäleoniden gelegt und schnitt ihm die Luft ab.

»Elende Kreatur!«, fuhr er ihn an. »Du hättest uns verraten und verkauft.«

»Was erwartest du?«, ächzte Jago, der in seinem Griff zappelte wie ein Fisch auf dem Trockenen. »Ich bin ein Chamäleon …«

»Nenne mir einen guten Grund, warum ich dir nicht hier und jetzt deinen hässlichen Schädel von den Schultern reißen sollte!«

»Nein«, rief Kieron, »tu das ni-nicht!«

»Und warum nicht?«

»Weil wir ihn vielleicht noch b-brauchen«, wandte der Junge ein. »Und weil wir schon genug Probleme haben, auch ohne dass wir uns gegenseitig umbringen!«

Der Panthermann ließ ein leises Knurren vernehmen, und einen Augenblick lang schien das Leben des Chamäleoniden, der flehend aus seinen halbkugelförmigen Augen blickte, am seidenen Faden zu hängen. Schließlich jedoch lockerte Croy seinen Griff und ließ ihn los. Wie leblos sackte Jago nieder und blieb pfeifend am Boden liegen.

»Der Junge hat dir gerade das Leben gerettet«, beschied Croy ihm leise. »Das solltest du ihm nie vergessen.«

»Schon gut, schon gut«, ächzte der Gescholtene und raffte sich mühsam wieder auf die Beine. Daran, sich bei Kieron zu bedanken, schien er jedoch nicht im Traum zu denken. »Und was jetzt?«

»Wenn unsere Verfolger noch am Leben sind, werden sie uns wohl kaum folgen«, vermutete Croy. »Der Zugang zu dieser Kluft ist verschüttet, und das Geröll zu überwinden würde zu viel Zeit kosten. Sie werden es vorziehen, nach einer raschen Fluchtmöglichkeit zu suchen.«

»Dann sind wir außer Gefahr«, folgerte Kieron.

»Nein«, widersprach Croy düster. »Glaub mir, Junge – wir sind den wahren Gefahren noch nicht einmal begegnet.«

Damit wandte er sich um und ging ihnen voraus die schmale Schlucht hinab, die sich wie ein gezackter Riss durch den schwärzlichen Fels zog.

Erst jetzt ging Kieron auf, dass sie kein Wasser hatten und keinen Proviant, ihre gesamte Verpflegung war zusammen mit ihrem Reittier verschüttet worden. Und Croy besaß keine Dolche mehr, mit denen er sich hätte verteidigen können.

Jago folgte Croy, Kieron übernahm die Nachhut. Schritt für Schritt drangen sie weiter in die karge, steinige Minenwelt vor – und sie ahnten nicht, dass sie dabei beobachtet wurden.

2. Kapitel

Das Quartier, das man Gildemeisterin Cedara zugeteilt hatte, befand sich in einem der mächtigen Türme, die wie steinerne Bäume aus dem Felsplateau zu wachsen schienen.

Es war ein nahezu kreisrunder Raum, den die Meisterin und ihre Elevin sich teilten und der nur karg möbliert war; eine breite, grob gezimmerte Schlafstatt sowie eine Truhe bildeten die einzigen Einrichtungsgegenstände, dazu eine offene Feuerstelle. Es gab nur ein Fenster, das nach Osten wies, geradewegs in den bodenlosen Abgrund des Weltenrandes. Die Tatsache, dass es vergittert war, sollte einerseits dafür sorgen, dass niemand versehentlich in die Tiefe stürzte. Andererseits bewies auch der vor der Tür postierte Wächter, dass der Fürst von Jordråk seinen Gästen nur höchst unzureichend vertraute. Offiziell hatte es natürlich geheißen, der Posten solle für die Sicherheit der beiden Frauen garantieren. Aber nach dem Gespräch mit Fürst Magnusson war Kalliope klar, dass dies nicht der einzige Grund war …

»Meisterin?«, fragte Kalliope. Sie stand inmitten des knappen Dutzends bis zum Rand gefüllter Kisten, die ein ganzes Rudel Phociden von der Anlegestelle heraufgeschleppt hatte, und sah sich vor der beträchtlichen Herausforderung, all diese Dinge in einer Kammer unterzubringen, in der es weder einen Tisch noch Regale gab.

»Ja, mein Kind?« Cedara stand am Fenster und ließ ihren Blick über die endlos scheinende Weite des Sanktuarions schweifen. Der Schneefall hatte ausgesetzt, die Sonne des späten Nachmittags mischte lilafarbene Töne in das weißliche Grau, das sich wie eine Glocke über der Eiswelt spannte.

»Zuvor in der Halle …«, begann Kalliope. »Was genau hat Fürst Magnusson gemeint, als er von geheimen Absichten der Gilde sprach?«

Ihre Meisterin wandte sich zu ihr um. »Nichts«, versicherte sie. »Jedenfalls nichts, was dich beunruhigen müsste.«

»Meisterin Glennara ist tot, ermordet von einem Unbekannten«, brachte Kalliope in Erinnerung. »Ich bin bereits beunruhigt, Meisterin.«

»Dessen bin ich mir bewusst, und ich habe dir bereits gesagt, dass es mir leidtut, dich über die wahre Natur unseres Auftrags im Unklaren gelassen zu haben. Aber die Anweisungen der Erhabenen Schwester waren in dieser Hinsicht eindeutig. Mir blieb keine Wahl.«

»Das verstehe ich«, versicherte Kalliope. Ein schwaches Lächeln glitt über ihr Gesicht. »Eigentlich bin ich Euch sogar dankbar dafür. Meine Furcht war auch so schon groß genug. Und doch ist es beruhigend zu sehen, dass ich nicht die Einzige bin, die sich fürchtet.«

»Wovon sprichst du?«

»Fürst Magnusson«, erklärte Kalliope. »Hattet Ihr nicht auch den Eindruck, dass er sehr besorgt wirkte?«

»In der Tat«, stimmte Cedara zu, »und das wäre ich auch an seiner Stelle – schließlich hat sich der scheußliche Mord an Schwester Glennara in seinem Herrschaftsbereich ereignet, sodass ihn zumindest ein Teil der Schuld trifft. Magnusson weiß das, deshalb unterstützt er unsere Ermittlungen – während er zugleich furchtsam auf das blickt, was wir vielleicht herausfinden werden.«

»Und das ist?«, fragte Kalliope.

»Im besten Fall, dass der Mord an unserer Mitschwester die Tat eines Einzelnen gewesen ist, der den Verstand verloren hatte und nicht wusste, was er tat.«

»Und wenn dem nicht so ist?«

»In diesem Fall«, entgegnete die Meisterin leise, »sieht sich unsere Schwesternschaft womöglich einer Bedrohung ausgesetzt, die größer und dunkler ist als alle, denen wir je begegneten. Die Gildefrauen sind es gewohnt, Anfeindungen ausgesetzt zu sein, dem Misstrauen und dem Neid der Menschen, und womöglich tragen sie selbst ihren Anteil daran. Doch diese neue Bedrohung, von der ich spreche, übertrifft alle vorangegangenen.«

»Inwiefern?«

Ein wehmütiges Lächeln glitt über Cedaras Gesichtszüge. »Ich wünschte, ich könnte dieses Wissen mit dir teilen, mein Kind, aber das darf ich nicht. Der Treueschwur, den ich als *numerata* geleistet habe, bindet mich. So viel jedoch will ich dir verraten: Die Erhabene Schwester hat in die Zukunft geblickt. Sie hat Unheil kommen sehen, und sie befürchtet, dass es hier seinen Anfang nimmt, auf Jordråk. Das ist der Grund, weshalb ich hierher entsandt wurde.«

Kalliope nickte. Auch wenn ihr diese Enthüllungen nicht behagten – manches ergab dadurch erst Sinn. Noch weniger allerdings gefielen ihr die Konsequenzen, die sich daraus ergaben.

»Die Erhabene Schwester hat in die Zukunft geblickt?«, fragte sie und sah ihre Meisterin erschrocken an. »Bedeutet das, dass … dass sie sterben wird?«

Cedara erwiderte ihren Blick, ohne dass zu erkennen war, was sie dachte. »Das weiß niemand zu sagen«, entgegnete sie schließlich. »Manche Gildeschwestern entwickeln die Fähigkeit der Hellsicht, andere nicht. Es ist eines jener Geheimnisse, die der Kosmos noch nicht preisgegeben hat, und vielleicht wird er das auch nie. Denn wenn sie die Wahl haben, dann werden die Menschen die Lüge der Wahrheit immer vorziehen.«

Kalliope wollte fragen, was ihre Meisterin damit meinte, als an die Tür ihres Gemachs geklopft wurde.

»Meisterin Cedara?«, erklang eine männliche Stimme.

Die beiden Frauen tauschten argwöhnische Blicke. Inmitten des Durcheinanders der umherstehenden Kisten trat Cedara einige Schritte zurück, sodass sie die Tür gut im Blick hatte. Die Hände hielt sie dabei halb erhoben wie ein Kämpfer, der eine Verteidigungshaltung einnahm. Dann nickte sie Kalliope zu.

»Meisterin Cedara?« Wieder klopfte es.

Mit einem Blick an sich herab prüfte Kalliope den Sitz ihrer Robe. Ein makelloses Erscheinungsbild, so die Lehre der Gilde, spiegelte die innere Balance wider. Niemand sollte Anlass haben zu der Behauptung, dass die Abgesandten Etheras es an Sorgfalt mangeln ließen.

Mit einem Ruck zog sie den Riegel zurück und öffnete die Tür einen Spalt weit. Zu ihrer Verblüffung blickte sie in ein bekanntes Gesicht. Es war der junge Mann, der ihr aufgefallen war, als sie die Große Halle verlassen hatten. Stolz und aufrecht stand er vor ihr, der Blick seiner blaugrauen Augen war wach und aufmerksam, jedoch nicht misstrauisch.

»Verzeiht die Störung, erhabene Frauen«, sagte er und verbeugte sich. Seine Stimme klang warm und angenehm und ganz und gar nicht so, wie Kalliope es von einem Barbaren erwartet hätte. »Ich bin Erik. Euer neuer Führer.«

»Erik«, wiederholte Kalliope wenig geistreich.

Der junge Mann, der fünf oder sechs Zyklen älter sein mochte als sie selbst, nickte. »Ihr habt doch nach einem neuen Führer verlangt, oder nicht? Wie es hieß, wart Ihr mit Hakkit nicht zufrieden ...«

»Er ist ein Animale«, erklärte Cedara, die ebenfalls hinzugetreten war.

»Das Misstrauen der Gilde richtet sich gegen alle Kreaturen, die nicht dem Schöpfungsplan entstammen«, fügte Kalliope erklärend hinzu.

»Dennoch sind sie ein Teil der Schöpfung«, hielt der Diener beredsam dagegen.

»Ein Sachverhalt, über den sich trefflich diskutieren ließe«, meinte Kalliope, »allerdings nicht mit einem Bediensteten, dessen Aufgabe lediglich darin besteht, uns in der Festung herumzuführen.«

In Eriks blaugrauen Augen blitzte es. »Natürlich nicht. Verzeiht meine Anmaßung.«

»Wann kannst du uns zu dem Ort führen, an dem sich der Mord ereignet hat?«, wollte Cedara wissen.

»Wann immer Ihr es wollt.«

»Dann bring uns sogleich hin«, verlangte die Gildemeisterin. »Und wenn es dir möglich ist, sorge bitte dafür, dass unsere Kammer mit einem Tisch ausgestattet wird, an dem ich arbeiten kann.«

»Wie Ihr wünscht«, sagte Erik und verbeugte sich abermals.

Schon kurz darauf folgten sie ihrem jungen Führer, der wie bei ihrer ersten Begegnung einfache Wollkleidung und den ledernen Handschuh trug, durch das Gewirr der zugigen, fensterlosen Gänge.

Wieso gerade er ausgewählt worden war, sie zu führen, vermochte Kalliope nicht zu sagen. Abgesehen davon, dass er nicht auf den Mund gefallen schien und die Allgemeinsprache fließend beherrschte, ließ Eriks Kleidung vermuten, dass er gewöhnlich mehr mit Tieren als mit Menschen verkehrte. Vielleicht war Fürst Magnusson ja auch der Ansicht, dass man die beiden Gildeschwestern ähnlich behandeln sollte wie Falken bei der Jagd – man beschränkte nicht nur ihre Freiheit, sondern nahm ihnen auch die Sicht und gab sie ihnen erst dann zurück, wenn feststand, was sie sehen sollten.

Kalliope beschloss, wachsam zu bleiben. Dieser Tag hatte bereits einige Überraschungen für sie bereitgehalten. Sie wollte nicht noch mehr davon erleben.

»In welchem Gemach hat Meisterin Glennara während ihres Aufenthalts auf Jordråk gewohnt?«, wollte Cedara unterwegs von Erik wissen.

»In dem Gemach, das auch Ihr bezogen habt.«

Die *numerata* seufzte hörbar. »Demnach ist dort nichts mehr, wie es zur Zeit der Tat gewesen ist.«

»Nein, Gildemeisterin. Aber Ihr hättet dort auch nichts vorgefunden.«

»Was meint Ihr?«

»In jener Nacht, da Meisterin Glennara starb, ist jemand in ihr Quartier eingedrungen und hat ihre ganze persönliche Habe entwendet. Als man es am nächsten Morgen bemerkte, war der Dieb bereits entkommen.«

»Und auf den Gedanken, der Dieb könnte am Ort seines Wirkens auch Spuren hinterlassen haben, seid ihr nicht gekommen?«

»Offen gestanden nicht. Ihr müsst nachsichtig mit uns sein, Gildemeisterin. Jordråk ist weit entfernt von Ethera, und wir sind nur rohe Wilde.« Erik deutete eine Verbeugung an.

Sie folgten einer Anzahl von Gängen, die von Fackelschein beleuchtet wurden. Eine schmale Treppe brachte sie anschließend noch tiefer ins Innere der Festung, und die Tatsache, dass es hier keine Beleuchtung gab, wies darauf hin, dass es sich um einen wenig besuchten Teil der Burg handelte. Nur noch die Flamme, die Erik vor ihnen hertrug, verbreitete flackernden Schein. Jenseits davon herrschte gähnende Schwärze, die Kalliope schaudern ließ.

Plötzlich kam ihr ein schrecklicher Gedanke. Was, wenn ihr Diener nicht der war, für den er sich ausgab? Wenn er in Wahrheit den Auftrag hatte, die beiden ungebetenen Besucherinnen in einen entlegenen Teil der Festung zu führen und ihnen dort jenes traurige Schicksal angedeihen zu lassen, das auch Schwester Glennara widerfahren war?

Sie rief sich zur Ordnung. Zum einen erweckte Erik, so anmaßend er sich auch verhalten mochte, nicht den Eindruck eines Mörders. Zum anderen waren da die Fähigkeiten ihrer Meisterin, die sie zuverlässig schützten.

»Was hatte Glennara in diesem Bereich der Festung zu suchen?«, erkundigte sich Cedara, die zumindest ähnliche Gedanken zu hegen schien.

»Das wissen wir nicht«, gab Erik zur Antwort. »Normalerweise haben Fremde mit diesem Teil der Festung nichts zu schaffen. Es sei denn, Eure Mitschwester wäre nicht nur in ihrer Eigenschaft als Levitatin hier gewesen.«

»Ich weiß, worauf du anspielst«, versicherte Cedara, »aber ich kann dir versichern, dass dies nicht der Fall gewesen ist.«

»Du stellst seltsame Fragen für einen Diener«, bemerkte Kalliope säuerlich.

»Meint Ihr?«, fragte Erik. »Ist es Dienern bei Euch auf Ethera etwa nicht erlaubt, frei zu denken und zu sprechen?«

Die Gildeschülerin ärgerte sich über diese Erwiderung, und dabei wusste sie noch nicht einmal, aus welchem Grund. Weshalb interessierte sie sich überhaupt für das, was ein hergelaufener Diener zu sagen hatte?

»Dort ist es«, sagte Erik unvermittelt und deutete geradeaus den Gang hinab, der vor einer Pforte endete. »Hinter jener Tür ist es … geschehen.«

Die Pforte war aus massivem Holz und mit eisernen Beschlägen versehen. Ein Riegel war vorgeschoben worden, der wiederum mit einer Kette und einem Schloss gesichert war.

»Diese Tür ist immer verschlossen?«, erkundigte sich Cedara, während Erik aus einem ledernen Beutel, den er am Gürtel trug, einen rostigen Schlüssel hervorholte.

»Gewöhnlich ja«, bestätigte er. »Bis auf …«

»… die Nacht, in der Meisterin Glennara ermordet wurde«, brachte Cedara den Satz zu Ende.

»In der Tat.« Erik nickte. »Hier war es auch, wo der Robbenmann gefunden wurde.«

»Der Robbenmann?«

»Ein Diener«, erklärte Erik. »Wir nehmen an, dass er es gewesen ist, der Eure Mitschwester hierhergeführt hat. Den Grund dafür kennen wir jedoch nicht, und der Diener konnte ihn uns nicht mehr verraten, denn sein Körper war bereits kalt, als wir ihn fanden. Etwas – oder jemand – hatte ihm das Genick gebrochen.«

»Ich verstehe«, sagte Cedara nur, doch Kalliope kannte die Miene ihrer Meisterin gut genug, um zu wissen, dass sie sich ihren Teil dachte.

Mit metallischem Klicken sprang das Schloss auf. Mit lautem Knarren schwang die Tür in ein düsteres Gewölbe, aus dem der Geruch von Moder drang und das erst aus seinem dunklen Schlaf erwachte, als Erik daranging, die Fackeln zu entzünden, die entlang der Wände in Halterungen steckten.

Cedara und Kalliope traten ein. Der Raum war größer, als sie es erwartet hatten, fast eine Halle. Steinerne Säulen trugen eine hohe Decke, an der Stirnseite gab es eine Feuerstelle. Die Kaminöffnung starrte den Frauen wie ein gefräßiger Schlund entgegen.

»Welchem Zweck dient dieses Gewölbe?«, wollte Cedara wissen, während sie sich aufmerksam umblickte. Möbel gab es keine, in einer Ecke balgten sich zwei Ratten um einen Brocken Abfall.

»Keinem«, gab Erik zur Antwort, »jedenfalls nicht mehr. Einst war es die Halle des Fürsten – ehe der Vater meines Vaters die Große Halle errichten ließ.«

»Ich verstehe – und warum ist es verschlossen?«

»Eine Anordnung von Fürst Magnusson«, erklärte der Diener. »Die Geister der Ahnen sollen ungestört bleiben.«

»Ein schöner Gedanke.« Cedara nickte, während sie ihren Blick über die rußgeschwärzte Decke gleiten ließ. »Nur dass Geister keinen Mord zu begehen pflegen … Kannst du uns sagen, wer Meisterin Glennara aufgefunden hat?«

»Das bin ich gewesen«, erklärte der Diener zur Überraschung beider Frauen.

»Ach ja?« Die Gildemeisterin hob die Brauen. »Also hat dein Herr dich deswegen als unseren Führer ausgewählt.«

»Das nehme ich an.« Erik nickte, und Kalliope ertappte sich dabei, dass sie diese Erklärung auf eigenartige Weise beruhigte.

»Was hattest du hier unten zu tun?«

Der Diener hielt dagegen: »Verdächtigt Ihr mich etwa, den Mord begangen zu haben?«

»Beantworte meine Frage.«

»Ich war hier, um die Vorräte an Pökelfleisch zu überprüfen, die in der Nähe gelagert werden.«

»Wer hat dir diesen Auftrag erteilt?«

»Fürst Magnusson persönlich«, entgegnete Erik. »Genügt Euch das als Antwort?«

»Was geschah weiter?«, wollte Kalliope wissen.

»Nun ja, ich hörte Schritte.«

»Schritte?«

»Sie entfernten sich rasch, so als ob jemand weglaufen würde«, bestätigte Erik. »Da die Schneezeit bereits lange andauert und die Essensrationen begrenzt worden sind, war mein erster Gedanke, dass sich jemand an den Vorräten vergriffen haben könnte. Also bin ich den Schritten gefolgt. Dabei bin ich auf die Tür zur alten Halle gestoßen. Sie stand halb offen, und Feuerschein drang aus dem Inneren. Das hat meinen Argwohn geweckt.«

»Und die Schritte?«

»Waren in der Zwischenzeit verklungen.«

»Hast du sonst etwas gehört?«, fragte Cedara mit prüfendem Blick. »Oder jemanden gesehen?«

»Ebenfalls nicht.«

Die Gildemeisterin nickte wieder und schaute sich um. Auch Kalliope ließ ihre Blicke umherschweifen, aber sie zweifelte nicht, dass die *numerata* vieles erspähte, das ihr selbst verborgen blieb, obwohl ihre Augen jünger waren. Die Schülerin spürte einen kalten Schauder ihren Rücken hinabkriechen. Dieser Ort war ihr unheimlich, vielleicht auch nur, weil sie wusste, was hier geschehen war.

»Wo genau hast du Meisterin Glennara gefunden?«

»Um ehrlich zu sein – an mehreren Stellen«, gab Erik zur Antwort.

»Erkläre dich deutlich.«

»Dort, vor dem Kamin, sah ich etwas liegen«, erstattete der Diener Bericht, »eine formlose Gestalt, die mit dem Gesicht nach unten lag und sich nicht regte. Ich sprach sie an, aber sie gab keine Antwort. Da sah ich das Blut. Überall war Blut ...«

Kalliope starrte auf den Boden.

Tatsächlich.

Auf den grob aneinandergefügten Steinen, vor allem aber in den breiten Rillen dazwischen, waren dunkle Flecke zu erkennen. Offenbar, erkannte die Schülerin entsetzt, war Meisterin Glennaras Blut im weiten Umkreis verspritzt worden.

»Was hast du weiter getan?«, wollte Meisterin Cedara wissen.

»Ich eilte zu der Gestalt und drehte sie herum, da sah ich es«, erstattete Erik Bericht.

»Was hast du gesehen?«

Der Diener zögerte und sandte einen fragenden Blick in Kalliopes Richtung.

»Du kannst offen sprechen«, versicherte Cedara. »Meine Elevin ist durchaus in der Lage, die Wahrheit zu ertragen.«

»Wie Ihr wünscht.« Erik nickte. »Was ich in den Händen hielt, war nur ein halber Schädel und ein Teil des Oberkörpers. Der Rest war in Stücke gerissen und über den gesamten Fußboden verteilt.«

»Bei allen Welten.« Kalliope schlug die Hand vors Gesicht. Mit Gewalt zwang sie sich dazu, sich nicht vorzustellen, was der Diener ihnen schilderte.

»Wo befindet sich Meisterin Glennaras Leichnam?«, wollte Cedara wissen, ihr eigenes Entsetzen geschickt verbergend.

»Habt Ihr mir denn nicht zugehört? Da war kein Leichnam. Wir haben das, was wir fanden, den Flammen übergeben und die Asche für Euch aufbewahrt.«

»Wir werden sie mit nach Ethera nehmen und Meisterin Glennara dort die letzte Ehre erweisen«, versicherte Cedara.

»Keine Kreatur sollte so sterben müssen«, meinte Erik traurig, »fern ihrer Heimat und ohne Ehre.«

»Hast du dich denn gar nicht entsetzt?«, fragte Kalliope.

Die Züge des Dieners verhärteten sich. »Ich bin auf Jordråk geboren, Gildeschülerin, und auf dem Schlachtfeld aufgewachsen. Der Anblick des Todes ist mir vertraut.«

»Demnach scheinst du dich auszukennen«, folgerte Cedara. »Was also könnte es gewesen sein, das unsere Schwester so grässlich zugerichtet hat? Hast du einen Verdacht?«

»Nun«, entgegnete Erik ausweichend, »einige der alten Krieger sind davon überzeugt, ein Fluch der Ahnen hätte die Gildemeisterin ereilt.«

»Und ihr den Kopf halb von den Schultern gerissen?« Cedara schürzte abschätzig die Lippen. »Denkst du ebenso?«

»Nein, Gildemeisterin.«

»Was vermutest du also?«

»Die einzige Antwort auf Eure Frage ist gleichzeitig nicht möglich.«

»Nämlich?«

»Allem Anschein nach«, antwortete Erik zögernd, »ist Eure Mitschwester das Opfer eines Skolls geworden.«

»Eines Lupiden?«, fragte Cedara nach. »Eines Wolfsmenschen?« Kalliope musste an die aufgespießten Häupter denken, die sie über dem Tor der Festung gesehen hatte.

Skolls, hallte es in ihrem Bewusstsein nach.

Wolfsmenschen …

»Von alters her sind sie auf Jordråk beheimatet, genau wie wir«, bestätigte der Diener, »und wir liegen in fortwährendem Kampf mit ihnen. Unentwegt lauern sie uns auf und verüben *Standhogg* auf unsere Dörfer und Siedlungen …«

»Wovon sprichst du?«, fragte Kalliope, die das Wort noch nie gehört hatte.

»Standhogg bedeutet einen überraschenden Überfall aus dem Hinterhalt heraus«, erklärte Cedara.

»So ist es.« Erik nickte. »Die Skolls sind ebenso verschlagene wie grausame Krieger, und eine Untat wie diese wäre ihnen zuzutrauen.

Allerdings … kann ich mir nicht denken, wie ein Skoll in die Festung eingedrungen und dann ungesehen wieder verschwunden sein sollte. Die Wächter hätten ihn fraglos aufgespürt und ihn in Stücke gehackt.«

»Und wenn es kein Skoll war?«, wandte Cedara ein. »Wenn wir das nur annehmen sollten?«

»Ihr vermutet, dass jemand ein solches Blutbad anrichten könnte, nur um eine falsche Fährte zu legen?«

»Warum nicht?«

»Das müsst Ihr mir erklären«, entgegnete Erik unverwandt, »denn Ihr kommt von einer zivilisierten Welt. Hier auf Jordråk herrscht rohe Barbarei, wie Ihr wisst.«

Einmal mehr war Kalliope entrüstet über den frechen Ton, den der Diener an den Tag legte, aber die jüngsten Enthüllungen nahmen ihre Aufmerksamkeit zu sehr in Anspruch, als dass sie etwas erwidert hätte.

»Ich kenne die Antwort nicht«, gab Cedara zu, »aber du kannst mir glauben, Junge, dass ich schon vor langer Zeit aufgehört habe, nach dem Sinn und den Grenzen menschlichen Handelns zu fragen. Hat die Halle noch andere Zugänge als diesen?«

Eriks Zögern währte nur einen winzigen Augenblick. »Nein«, erklärte er dann.

»Dann muss der Täter also auf gewöhnlichem Wege hereingelangt sein, was meine Vermutung, es könnte kein Skoll gewesen sein, noch unterstützt«, überlegte Cedara. »Nun lass uns bitte allein.«

»Was habt Ihr vor?«

Die Meisterin lächelte nachsichtig. »Ich werde versuchen, mit diesem Ort eins zu werden und das Wissen, über das ich nun verfüge, benutzen, um herauszufinden, was in jener Nacht genau geschehen ist.«

»Ich verstehe.« Der Diener verbeugte sich zum Abschied und wandte sich zum Gehen. »Wenn Ihr etwas benötigt, so lasst es mich wissen. Ich warte draußen vor der Tür.«

»Danke – und Erik?«

»Ja, Gildemeisterin?«

»Hat dich jemand an jenem Morgen gesehen, als du die Vorräte überprüfen gegangen bist?«

»Ihr meint, ob jemand meine Aussage bezeugen kann?«

»Genau das.«

Der Diener überlegte kurz. »Nein, Gildemeisterin. Das kann niemand. Ihr müsst Euch wohl auf meine Worte verlassen.«

Cedara nickte, und ein Lächeln glitt über ihre Züge, das nichts Gutes zu bedeuten hatte. »Das habe ich mir fast gedacht«, erwiderte sie.

»Neeein!«

Der Schrei des Gefangenen hallte von der Gewölbedecke wider. Die Luft in der Kammer war getränkt von Brandgeruch, vom Gestank verschmorten Fleisches – und vom bitteren Odem nackter Angst.

»Du willst nicht sprechen? Noch immer nicht?«

Wie ein dunkler Geist stand Meisterin Harona neben der Folterbank, auf der sich ihr Gefangener wand, schutzlos und halbnackt, ihrer Macht ausgeliefert. Nur wenig erinnerte an den stolzen Hausmeier, der noch vor Kurzem so hoch in der Gunst des Königs gestanden hatte. Arions bleiche, abgemagerte Gestalt war von Brandwunden übersät, sein Haar hing in schmutzigen Strähnen, der Blick seiner einstmals so wachen Augen flehte um Gnade.

»Ich kann Euch nichts preisgeben, weil ich nichts weiß«, flüsterte er mit dem kläglichen Rest, der von seiner Stimme geblieben war. »Ich schwöre es …«

»Du stehst mit den Nokturnen im Bündnis«, war Harona überzeugt. »Gib es zu, und deine Qualen werden ein Ende haben.«

»Ich weiß nichts von diesen Dingen, ich schwöre es Euch.«

»Das ewige Wiederholen deiner Schwüre interessiert mich nicht«, entgegnete die Inquisitorin.

»Ich bin kein Verräter.«

»Nein?« Sie hob eine Braue. »Hast du nicht dem König falschen Rat gegeben? Haben unter deiner Amtszeit als *maior domus* nicht nokturne Mächte am Königshof Fuß gefasst? Und hast du sie nicht gewähren lassen?«

»Davon weiß ich nichts«, versicherte der Gefolterte flüsternd. »Ich war nur der Verwalter …«

»… und damit verantwortlich für alles, was bei Hofe geschah. Unter deiner Ägide ist aus dem Königspalast ein Freudenhaus geworden!«

»I-ich habe nur getan, was der König wollte!«

»Willst du behaupten, der König trüge Schuld an allem?«

»Nein, nein«, beeilte sich Arion zu versichern. »Natürlich nicht …«

»Also gibst du zu, dass es deine Schuld war, dass der König seine Pflichten vernachlässigt hat und ein selbstvergessener Säufer geworden ist?«

»Ja«, bestätigte der ehemalige Hausmeier unter Tränen, »wenn Ihr es so sehen wollt …«

»Und dass du mit nokturnen Mächten im Bunde stehst«, fügte die Inquisitorin hinzu.

»Nein, das nicht«, wehrte der Gefangene entschieden ab. »Das nicht …«

Harona seufzte und trat von der Folterbank zurück. Sie senkte das Haupt und schien sich innerlich zu sammeln, und Prisca, die dabeigestanden und alles wortlos verfolgt hatte, erwartete schon, dass ihre Meisterin erneut von ihren Fähigkeiten Gebrauch machen würde, um die Zunge des Gefangenen endgültig zu lösen.

Aber es kam anders.

Unvermittelt drehte sich Harona zu ihr um. In ihren eisfarbenen Augen lag eine stumme Aufforderung.

»I-ich?«, fragte Prisca.

»Du«, sagte ihre Meisterin nur – und Prisca wusste, dass der Augenblick gekommen war.

Jener Augenblick, vor dem sie sich insgeheim gefürchtet hatte, obwohl sie wusste, dass sie keine andere Wahl hatte. Nicht, wenn sie ihre Verfehlung vergessen machen und beweisen wollte, dass sie das Vertrauen verdiente, das ihre Meisterin in sie setzte.

Zögernd trat sie an die Folterbank.

Aus der Nähe betrachtet, wirkte der Gefangene noch um vieles elender, wie er zitternd und abgemagert vor ihr lag, sein Körper glänzend von Blut und Schweiß. Zuerst hatte der Folterknecht ihm die Fingernägel ausgerissen, dann das Brandeisen angesetzt – dennoch hatte der oberste Hofbeamte noch immer kein Geständnis abgelegt.

Was, wenn er tatsächlich unschuldig war …?

»Du zögerst«, sagte Harona.

»Nein, Meisterin«, versicherte Prisca. »Ich habe mich nur gefragt …«

»Was gibt es noch zu fragen?«

»Nichts.« Die Schülerin biss sich auf die Lippen. Sie sagte sich, dass der *maior domus* seine Chance gehabt hatte. Dass er ohnehin verloren war. Dass ihre Meisterin ihn persönlich foltern würde, wenn sie es nicht tat.

»Dann kennst du deine Aufgabe.«

»Ja, Meisterin.«

Prisca schloss die Augen. Als sie sie wieder öffnete, waren sie nach innen gerichtet, auf ihr *arcanum*, jenen verborgenen Ort, dem die Kraft der Gildeschwestern entsprang.

Konzentration.

Gleichgewicht.

Arion holte erschrocken Luft, als er die milchigen Augen der Gildeschülerin sah – im nächsten Moment griff eine unsichtbare Hand in sein Innerstes und quetschte seine Eingeweide.

Der Hausmeier schrie so entsetzlich, dass sich seine Stimme überschlug. Prisca spürte, wie ihr übel wurde. Tränen wollten ihr in die Augen schießen, und alles in ihr drängte sie dazu, von ihm abzulassen, aber sie verbot sich jede persönliche Empfindung. Sie erfüllte ihre Pflicht. Genauso, wie ihre Meisterin es von ihr erwartete. Und wie sie es von sich selbst erwartete.

Noch einmal benutzte sie ihre Kräfte dazu, die Innereien des Gefangenen zu verdrehen und ihm Qualen zu bereiten, die schlimmer sein mussten als jeder bekannte Schmerz.

»Das reicht«, sagte Harona unvermittelt.

Priscas Blick klärte sich, innerlich atmete sie erleichtert auf. Ihr Opfer lag ausgestreckt auf der Folterbank, erschöpft und mit rasselndem Atem. Blut rann aus seinen Mundwinkeln.

»Eine letzte Chance gebe ich dir«, kündigte Harona an. Sie griff unter ihren Umhang und zog ein Medaillon hervor, das an einer dünnen Kette hing und nur wenig größer war als eine Münze. Darauf war ein Emblem eingraviert, das Prisca noch nie zuvor gesehen hatte: zwei Halbkreise, die einander im Scheitel berührten, durchkreuzt von einem senkrecht verlaufenden Balken. »Dieses Schmuckstück«, sagte sie, »hing um deinen dürren Hals, als ich dich festnehmen ließ. Woher hast du es?«

»Ich … weiß ich nicht mehr … besitze viele Schmuckstücke.«

»Dennoch hast du dieses ausgewählt.«

»Weil es mir gefiel … das Zeichen.«

»Kennst du seine Bedeutung?«

»Nein.«

»Schon wieder eine Lüge«, brachte die Inquisitorin in Erinnerung.

»Ich lüge nicht … weiß nicht, was dieses Zeichen bedeutet.«

Prisca sandte ihrer Meisterin einen fragenden Blick. Durch die Levitation waren ihre Sinne und Empfindungen noch um vieles deutlicher ausgeprägt als sonst. Sie konnte den Angstschweiß des Gefangenen riechen, fühlte seine Furcht, so wie sie die einschüchternde Präsenz der Inquisitorin spürte.

Und sie hörte, dass Haronas Stimme ohne eine Spur von Mitleid war, als sie entschied: »Ich fürchte, diese Antwort genügt mir nicht«, und ihrer Schülerin auffordernd zunickte.

Und Prisca tat erneut, was von ihr verlangt wurde.

3. Kapitel

Einen Tag und eine Nacht hatte der Marsch durch das Randgebirge gedauert. Der Weg, auf dem Croy seine beiden Begleiter geführt hatte, hatte durch eine bizarre Landschaft geführt: dunkle Röhren aus erstarrter Lava und Wälder aus schwarzen Felsnadeln; vorbei an Gesteinsformationen, die aussahen, als hätte ein dem Irrsinn verfallener Bildhauer sie gemeißelt; durch tiefe Schluchten und Felsengen; über schmale Grate und steile Kare. Über den richtigen Weg schien sich der Pantheride stets im Klaren zu sein, obgleich die Sonne durch die dichten Wolken und den Nebel nie wirklich zu sehen war. Grauer Dunst lag über der Minenwelt und hüllte sie ein, so als wollte sie all das Elend und den Schmerz überdecken.

»Nergal ist nichts als ein lebloser Klumpen Schlacke«, maulte Jago missmutig, während er Croy auf seinen dünnen Beinen hinterhertrottete. »Wie schaffst du es nur, dich hier zurechtzufinden?«

»Sehr einfach«, entgegnete der Panthermann leise. »Ich folge dem Geruch des Todes.«

»Na großartig.« Der Chamäleonid verzog das schuppige Gesicht. »Und das alles nur, weil du unbedingt dein Wort halten musstest. Ich könnte längst auf Irik oder Ratonga sein und dort das Leben genießen, statt in diesem elenden Landstrich hier auf den eigenen Tod zu warten.«

»Worüber beschwerst du dich? Du warst es, der unbedingt dabei sein wollte, weißt du nicht mehr?«

»Weil ich keine andere Wahl hatte! Wenn ein Pantheride etwas verspricht, dann mag das unverrückbar feststehen. Wenn ein Chamäleon etwas verspricht, dann ist das allenfalls ein Vorschlag …«

Croy gab keine Antwort mehr, und auch Kieron hörte nicht wirklich zu. Der Junge hatte sich daran gewöhnt, dass sein einstiger Besitzer unentwegt lamentierte. Er selbst fand keinen Grund, sich zu beschweren – alles war besser, als auf Madagor im Kerker zu schmoren und darauf zu warten, dass Novaro ihm die Haut abzog.

Am Nachmittag des zweiten Tages erreichten sie den inneren Rand des Gebirges, das einen gewaltigen Kessel rings um Nergal formte. Schon während der letzten Stunden war das Gelände merklich abgefallen, nun brach der felsige Boden senkrecht in die Tiefe, und die drei Gefährten standen am Rand eines Abgrunds, dessen tatsächliche Ausmaße sich nicht feststellen ließen, weil sich der schroffe Fels schon nach einigen Hundert Klaftern im dichten Dunst verlor. Auch der Talkessel, der sich vor ihnen erstreckte, war allenfalls zu erahnen.

Dennoch war Kieron überwältigt von dem Anblick. Sprachlos stand er, der nie etwas anderes gesehen hatte als die grünen Bäume Shantanpurs, am Rand dieser ebenso kargen wie fremdartigen Welt. Jago guckte wie immer verdrießlich drein und ließ kein gutes Haar an dem, was er sah. Croy erwiderte nichts darauf – der Pantheride schien mit eigenen Gedanken befasst. Innere Dämonen schienen ihn zu jagen, während er mit erstarrter Miene auf jenen Ort blickte, an dem er schon einmal gewesen war. Was genau es mit diesem Aufenthalt auf sich hatte und wie es dem Dieb damals gelungen sein mochte, von Nergal zu entfliehen, entzog sich Kierons Kenntnis, und er wagte auch nicht, danach zu fragen. Es war nicht zu übersehen, dass Croy etwas belastete, seit sie auf der Minenwelt weilten – und Kieron nahm an, dass nicht nur die düstere Gegenwart daran schuld war, sondern auch die Last der Vergangenheit.

»Wie weit noch?«, wollte Jago wissen. »Diese Welt ist nichts für Chamäleoniden.«

»Nicht mehr weit«, knurrte Croy. »Dort unten befinden sich die Minen. Der gesamte Talkessel ist von Stollen durchzogen.«

»Uuu… und wie kommen wir hinunter?«, fragte Kieron.

»Gar nicht«, ätzte Jago. »Unser Katzenhirn hat nämlich unseren Flugdrachen draufgehen lassen.«

»Über das Gebirge hätten wir ihn ohnehin nicht mitnehmen können«, wehrte Croy ab. »Außerdem wäre die Gefahr, im Flug entdeckt und abgeschossen zu werden, viel zu groß gewesen.«

»Abgeschossen?«

»Die Talsohle ist übersät von Wachtürmen und verborgenen Stellungen«, erklärte der Pantheride. »Wer sich unerlaubt nähert, wird von Pfeilen durchbohrt. Aber es gibt einige Pfade, die an den Felsen entlang führen. Der Nebel und die hereinbrechende Dunkelheit werden uns vor Blicken schützen.«

»Die hereinbrechende Dunkelheit?« Jago schielte über die Abbruchkante hinweg in die dunstige Tiefe. »Du willst dich doch nicht heute noch an den Abstieg machen?«

»Eine andere Wahl haben wir nicht.«

»Aber der Pfad ist doch sicher sehr schmal und gefährlich?«

»In der Tat.«

Der Chamäleonid schnitt eine Grimasse. »Vielleicht hast du es ja noch nicht bemerkt, Katzmann, aber anders als du können der Mensch und ich im Dunkeln nicht sehen.«

»Dann«, erwiderte der Pantheride ungerührt, »solltet ihr besser dicht hinter mir bleiben. Auch wenn deine Gegenwart und dein Gestank mich abstoßen.«

»Gestank?«, fragte Jago verdutzt und schnupperte an sich selbst. »Welcher Gestank …?«

Croy schien des Gesprächs überdrüssig, denn er wandte sich ab und folgte dem Verlauf der Abbruchkante. Schon nach einigen Schritten begannen sich seine Umrisse im weißgrauen Dunst zu verlieren.

Der Notwendigkeit gehorchend, versuchte Jago zu ihm aufzuschließen, was infolge seiner kurzen Beine nicht einfach war. Kieron blieb ihm auf den Fersen, und so gingen sie eine Weile an der Abbruchkante entlang, die gähnende Tiefe zu ihrer Linken. Hin und wieder war metallischer Hammerklang zu vernehmen, der fraglos aus den Stollen drang und vom weiten Rund des Talkessels verstärkt wurde. Der Gedanke an all das Elend, das sich hinter den Nebelschleiern verbergen mochte, ließ Kieron bis ins Mark erschaudern.

Nach einer Weile stießen sie auf einen schmalen Pfad, der sich in das Gestein einschnitt und an der steil abfallenden Wand in die Tiefe führte. Mit gerade zwei Fuß Breite war es wenig mehr als ein Vorsprung im Fels, doch es schien der einzige Weg zu sein. Sich mit dem Rücken eng an das schroffe, kalte Gestein pressend, folgte Kieron seinen animalischen Begleitern, die es ungleich leichter hatten als er. Croys nackte Füße fassten mühelos auf dem glitschigen Gestein Tritt, seine Krallen verschafften ihm zusätzliche Sicherheit. Auch Jago brachte seine Klauen zum Einsatz, um sich den erforderlichen Halt zu verschaffen, seinen Schwanz benutzte er, um sich auszubalancieren. Kieron hingegen blieb nichts übrig, als zu hoffen, dass er nicht daneben trat.

So ging es hinab, immer tiefer hinein in den Nebel, und je weiter sie vorstießen, desto dunkler wurde es. Die Sonne, die ohnehin nur eine ferne Ahnung gewesen war, verblasste jenseits des Felsenrands und ließ den Talkessel in Dunkelheit zurück, die sich mit jedem Schritt noch zu verdichten schien. Schon hatte Kieron Mühe, Jago vor sich zu erkennen, dessen Schuppenhaut sich zudem dunkel verfärbt und die Farbe des Gesteins angenommen hatte.

Mit beiden Händen Kontakt zur Felswand haltend, arbeitete sich der Junge voran, hoffte nur, dass er nicht ausrutschte oder der schmale Vorsprung unter seinen Füßen plötzlich brach – in beiden Fällen wäre er unrettbar verloren gewesen.

Plötzlich ein flatterndes Geräusch und ein scharfer Luftzug, und Kieron glaubte, einen Schatten zu sehen, der an der Felswand herab- und an ihnen vorbeistürzte.

»W-was war das?«, fragte Jago, der wie erstarrt stehen geblieben war.

»Flederjäger«, antwortete Croy. »Die Biester jagen bei Nacht, und sie sehen noch um vieles besser als ich. Solange wir in Bewegung bleiben, werden sie uns nicht angreifen, aber wenn sie den Eindruck gewinnen, dass wir langsamer werden oder geschwächt sind, werden sie sich auf uns stürzen und uns das Blut aussaugen.«

Kieron starrte hinaus in den Nebel und in die Nacht. Ein schriller Schrei war zu hören, und unwillkürlich fragte sich der Junge, wie viele Schrecken dieser düstere Weltensplitter noch bereithalten mochte.

Selbst Jago schien nun der Meinung zu sein, dass die Kälte kaum der Rede wert war. Wieselflink bewegte sich der Chamäleonide nun, und so gelangten sie noch weiter hinab, bis die Dunkelheit hereinbrach und sie kaum noch die Hand vor Augen sehen konnten. Fackeln zu entzünden, verbot sich aufgrund der Entdeckungsgefahr, und so blieb ihnen nichts anderes übrig, als den Marsch zu unterbrechen. Eine Felsnische, in der der Pfad eine enge Kehre beschrieb, bot etwas Schutz vor den Jägern der Nacht und immerhin genügend Platz, um sich niederzulassen und nicht fürchten zu müssen, in die Tiefe zu stürzen, sobald man einschlief.

»Ich übernehme die erste Wachschicht«, entschied Croy. »Beim ersten Anzeichen von Tageslicht müssen wir weiter. Wenn wir die Talsohle nicht vor Sonnenaufgang erreicht haben, sind wir verloren.«

Kieron sagte sich, dass dies keine sehr ermutigenden Aussichten waren, aber er war zu müde und zu erschöpft, um sich zu sorgen, und seine Knochen schmerzten von der klammen Kälte. In Ermangelung einer Decke, die zusammen mit dem anderen Gepäck bei ihrem Reittier zurückgeblieben war, schlang er die Arme um seinen Körper. Mit bereits halb geschlossenen Lidern sank er an der Felswand herab und wäre wohl im nächsten Moment eingeschlafen – hätten sich nicht plötzlich die Ereignisse überstürzt.

Er hörte Croy einen heiseren Laut ausstoßen, dann verfiel der Pantheride in entsetzliches Gebrüll. Jago schrie panisch auf, und auch Kieron fuhr auf, als er erkannte, dass sie nicht mehr allein waren!

Gelbe Augenpaare umgaben sie, die in der Dunkelheit unheimlich leuchteten, und im nächsten Moment spürte Kieron, wie etwas auf ihn geworfen wurde. Instinktiv riss er die Arme hoch und wollte sich zur Wehr setzen, aber im nächsten Moment konnte er sich nicht mehr bewegen. Ein Netz umhüllte ihn, das aus zähen, klebrigen Stricken geknüpft war und das sich enger zu ziehen schien, je heftiger er dagegen ankämpfte. Sehen konnte er nichts außer den leuchtenden Augenpaaren, aber den Lauten nach, die aus Croys und Jagos Richtung drangen, waren seine Gefährten ebenso in Bedrängnis wie er selbst.

Er versuchte, auf die Beine zu kommen, aber auch das gelang ihm nicht. Schwerfällig fiel er zur Seite und schlug mit der Schläfe auf das harte Gestein. Der Schmerz war so heftig, dass Kieron das

Gefühl hatte, die Dunkelheit rings um ihn würde in grellem Licht zerbersten. Wie eine Kerze flackerte sein Bewusstsein auf, um dann sogleich wieder zu verlöschen.

Er bekam nicht mit, wie dürre Krallenhände ihn packten, hörte nicht das Scharren kleiner, klauenbewehrter Füße und das Wispern leiser Stimmen. Als er wieder zu sich kam und die Augen aufschlug, fand er sich auf dem Boden liegend wieder, über sich eine niedere Höhlendecke. Eine Fackel brannte irgendwo und verbreitete blakenden Schein. Kieron wollte sich bewegen – nur um festzustellen, dass seine Beine gefesselt waren, ebenso wie seine Hände, die man ihm auf den Rücken gebunden hatte.

Er war gefangen!

Was er sah, beruhigte und entsetzte ihn zugleich. Neben ihm kauerten Croy und Jago, wie er zu wehrlosen Bündeln verschnürt. Und im spärlichen Licht erblickte er zum ersten Mal ihre Häscher – kleinwüchsige, untersetzte Gestalten mit grotesk dürren Gliedmaßen und schmutzig grauem Fell. Ihre Köpfe waren spitz geformt, mit kleinen, nervös blickenden Augen und großen, schartigen Ohren. Weißliche, von kleinen Schuppen bedeckte Schwänze hingen unter den einfachen Kitteln hervor, mit denen die Kerle bekleidet waren, große Schneidezähne ragten aus ihren Mäulern, von denen unentwegt Geifer troff. Am merkwürdigsten jedoch waren die roten, fingerartigen Fühler, die ihre Mäuler wie bizarre Bärte umgaben. Fraglos handelte es sich um Rattenmenschen, wenn auch von einer Unterart, die Kieron auf Madagor nie zu Gesicht bekommen hatte.

Doch der Anblick der Kreaturen, die mit aus Knochen und Steinen gefertigten Äxten und Speeren bewaffnet waren, war nicht das Einzige, was Kieron überraschte. Die Rattenkrieger trugen auch eine aus Knochen und der Haut eines Flederjägers gefertigte Standarte bei sich.

»Croy«, stieß er atemlos hervor.

»Ich seh's, Junge. Ich seh's«, bestätigte der Pantheride knurrend, dessen Blick ebenfalls auf das Feldzeichen geheftet war. Ein seltsames Symbol war darauf abgebildet – zwei Halbkreise, die einander im Scheitel berührten, durchkreuzt von einem senkrecht verlaufenden Balken.

»Glaubt Ihr, dass Fürst Magnusson dies gutheißen würde?«, erkundigte sich Kalliope flüsternd.

Es war Nacht. Cedara und sie waren zurück in dem Gewölbe, in dem sich der Mord an Meisterin Glennara ereignet hatte – doch dieses Mal waren sie allein gekommen.

»Nein«, gab Cedara achselzuckend zu, »aber er wird niemals davon erfahren.«

»Misstraut Ihr Erik? Er ist ein wenig anmaßend, aber er scheint ein zuverlässiger Diener zu sein.«

»Vor allen Dingen«, entgegnete die Meisterin, die sich auf ihre Knie niedergelassen hatte und den von dunklen Flecken übersäten Boden untersuchte, »ist er Fürst Magnussons Gefolgsmann, und du darfst sicher sein, dass er ihm alles berichten wird, was wir tun. Wenn wir ungestört Erkenntnisse sammeln wollen, so haben wir keine andere Wahl, als uns auf eigene Faust umzusehen.«

Kalliope nickte. Ihr war nicht wohl bei dem Gedanken, sich nächtens durch das düstere Gemäuer zu schleichen, und wäre es nicht ihre Meisterin gewesen, so hätte sie den Weg zur alten Fürstenhalle auch gar nicht mehr gefunden. Cedara jedoch hatte sich jeden Gang, jede Treppe und jede Abzweigung genau eingeprägt.

»Was ist mit dem Wächter?«, fragte sie in Erinnerung an den Krieger, der vor der Tür ihrer Turmkammer postiert worden war.

»Er wird eine Weile lang schlafen«, entgegnete Cedara gleichmütig. »Wenn er erwacht, wird er sich an nichts erinnern. Noch nicht einmal an deine Schönheit, obwohl sie ihn dazu brachte, den Trank einzunehmen.«

Kalliope sah beschämt zu Boden. Den Regeln der Schwesternschaft zufolge war Schönheit kein erstrebenswertes Gut. Nicht nur, dass sie vergänglich war und trügerisch, sie weckte auch Begehrlichkeit und gefährdete das innere Gleichgewicht. Dass sie bisweilen auch von Nutzen sein konnte, hatte Kalliope an diesem Abend zum ersten Mal erfahren …

»Sieh her«, sagte ihre Meisterin plötzlich und winkte sie heran.

»Was habt Ihr entdeckt?«

Statt zu antworten, erhob sich Cedara vom Boden und streckte Kalliope etwas entgegen. Es war eine kleine Greifzange aus Messing, die einige schwarze Haare hielt.

»Von wem stammen die?«, wollte Kalliope wissen.

»Von einem Menschen jedenfalls nicht, das steht fest, dazu sind sie zu dick und zu borstig. Schon viel eher vom Fell eines Tieres …«

»… oder eines Animalen«, fügte Kalliope hinzu, die mit Unbehagen an das denken musste, was Erik über die Wolfsmenschen berichtet hatte, die furchterregenden Ureinwohner Jordråks.

»Genauso ist es«, stimmte ihre Meisterin zu. Sie öffnete den Beutel, den sie am Gürtel trug, und entnahm ihm ein kleines Döschen, in das sie die Haare gab.

»Demnach hat Erik also recht? Der Mörder war ein Animale?«

»Oder wir sollen genau das annehmen«, entgegnete Cedara. »Die Haare allein beweisen noch gar nichts. Ebenso gut könnte sie ein anderer hinterlassen haben, um den Verdacht auf die Lupiden zu lenken. Es ist kein Geheimnis, dass die Gilde nichts für Tiermenschen übrig hat. Möglicherweise wollte sich jemand diese Tatsache zunutze machen. Jetzt hilf mir, die Wände abzusuchen.« Sie ließ das Döschen und die Pinzette im Beutel verschwinden und holte stattdessen einen kleinen Hammer hervor.

»Die Wände? Wonach?«

»Nach einem zweiten Eingang in die Halle.«

»Einem zweiten Eingang? Aber Erik sagte doch …«

»Hast du sein Zögern nicht bemerkt?«, fragte Cedara, während sie die Wand prüfend abzuklopfen begann. »Der Junge verheimlicht uns etwas, das steht fest.«

Das rechte Ohr ans Mauerwerk gelegt, klopfte sie weiter, und Kalliope ging daran, die Wand auf der anderen Seite der Halle zu untersuchen. Ein strenger Geruch stieg ihr in die Nase, aber sie beachtete ihn nicht weiter. Mit einem Gesteinsbrocken, der sich aus der Mauer gelöst hatte, begann auch sie, vorsichtig zu klopfen und nach einem Hohlraum hinter der Wand zu suchen.

Sie war noch nicht weit vorgedrungen, als sie aus dem Augenwinkel sah, wie über eine der dicken Säulen, die die Hallendecke trugen, ein Schatten huschte.

Im ersten Moment dachte sie sich nichts dabei, weil sie annahm, es wäre ihre Meisterin, deren Umrisse vom Licht der Fackeln an den Pfeiler geworfen wurden. Aber dann fiel ihr auf, dass das Klopfen von Cedaras Hammer genau aus der entgegengesetzten Richtung drang – Cedara konnte also unmöglich die Urheberin des Schattens gewesen sein!

»Meisterin …?«

Kalliope fuhr herum – just in dem Moment, als das Klopfgeräusch endete und ein gellender Schrei erklang.

4. Kapitel

»Ihr da! Kommt her!«

Mit fester Stimme, die zeigen sollte, dass er sich nicht vor ihnen fürchtete, rief Croy die Rattenmänner heran. Zwar bezweifelte Kieron, dass die abgemagerten, dünnbeinigen Kreaturen, von denen einige die Räude zu haben schienen, die Allgemeinsprache beherrschten. Ihre Aufmerksamkeit jedoch zog der Pantheride in jedem Fall auf sich.

»Ja, ihr«, knurrte er, als die Krieger mit ihren gelben Augen herüberstarrten. »Ich will euren Anführer sprechen, hört ihr? Euren Anführer! Sofort!«

Es war nicht festzustellen, ob sie verstanden, jedoch schien er auf sie genügend Eindruck zu machen, dass sich einige von ihnen tiefer in den Gang zurückzogen.

»Was soll das Geschrei, Katzmann?«, verlangte Jago zu wissen, der neben ihm am Boden kauerte. »Glaubst du, mit diesen Wilden könntest du reden? Die werden uns die Kehlen durchschneiden und uns blutend im Stollen liegen lassen, so sieht's aus – und du bist schuld!«

»Sei still«, beschied ihm Croy. »Von dem Augenblick an, da wir Madagor verlassen haben, hast du nichts anderes getan, als dich zu beschweren – aber jetzt halt verdammt noch mal das Maul!«

»Ist da jemand schlechter Laune? Das verstehe ich nicht, wo bislang doch alles so gut gelaufen ist ...«

Statt etwas zu erwidern, ließ der Pantheride seine furchterregenden Zähne sehen und brüllte den Wirtshausbesitzer so markerschütternd an, dass dieser die Farbe wechselte. Keine Frage, dachte Kieron, Croy war tatsächlich schlechter Laune, und es war besser, ihn nicht noch mehr zu reizen.

»Euren Anführer!«, herrschte der Panthermann die Rattenkrieger an, während er wie von Sinnen an seinen Fesseln zerrte. »Ich will ihn sprechen, sofort! Oder es könnten einige Dinge passieren, die ihr ganz sicher nicht wollt!«

Obwohl er gefesselt war und ihre Häscher Waffen trugen, zeigte die Drohung Wirkung. Die Ratten schienen genug verstanden zu haben, um zu begreifen, dass sie den Pantheriden bis aufs Blut gereizt hatten – und das schien sie noch unruhiger werden zu lassen, als sie es ohnehin schon waren. Es dauerte nicht lange, und die Reihen der knapp zwei Dutzend Krieger teilten sich. Hervor trat ein Rattenmann, der einen Umhang aus der ledrigen Haut eines Flederjägers trug, dazu eine Art Helm aus dessen gebleichtem Schädel. Statt der Augen waren zwei Edelsteine eingesetzt, die im Licht der Fackel funkelten. Bewaffnet war er mit einem Totschläger, der mit allerlei kleinen Knochen und Talismanen verziert war.

»Was wollen?«, fuhr er Croy feindselig an, wobei er allerdings beträchtlichen Abstand hielt. Einige seiner Leute waren neben ihn getreten und hielten ihre Speere gesenkt.

»Bist du der Anführer von diesem Haufen?«

»Ich bin«, entgegnete der Rattenmann – vermutlich, dachte Kieron, hatte er seine Sprachkenntnisse von den Minensklaven.

»Dann muss ich mit dir reden«, sagte Croy.

»Wir nicht reden«, lehnte der Anführer rundheraus ab. »Ihr Gefangene geflohen. Wir euch zurück und Belohnung – Fleisch und Bier. Das alles.«

Kieron begriff. Die Animalen waren die ursprünglichen Bewohner des Weltensplitters, hatten mit den Betreibern der Minenkolonie jedoch ein Abkommen zu beiderseitigem Vorteil geschlossen: Sie fingen entlaufene Häftlinge wieder ein und wurden dafür mit Proviant versorgt.

»Wir sind keine Gefangenen«, stellte Croy klar.

Der Rattenmann grinste. »Das alle sagen.«

»Wir sind von außerhalb gekommen, auf dem Rücken eines Sturmwals«, bekräftigte Croy.

»Du Lüge. Niemand freiwillig hier.«

»Ihr schon, oder nicht?«, wandte der Pantheride ein.

Der Anführer der Ratten bleckte die gelben Schneidezähne zu einem Grinsen. »Wir überleben, ihr nicht«, erwiderte er und schnupperte hörbar. »Ihr riechen? Giftige Luft für euch, wird euch töten.«

»Nicht, wenn wir rechtzeitig wieder verschwinden.«

Das Grinsen des Rattenmannes steigerte sich in krächzendes Gelächter. »Das nicht geschehen.«

»Vielleicht doch«, widersprach Croy.

»Warum du denken?«

»Wegen dieses Zeichens«, entgegnete Croy, mit dem Kinn auf die Standarte der Rattenkrieger deutend.

Die Heiterkeit des Anführers verschwand schlagartig. »Was darüber wissen?«, keifte er.

»Es ist der Grund, warum wir hier sind.«

»Du Lüge!«

»Ich sage die Wahrheit«, versicherte Croy. »Und ich kann es beweisen.«

»Wie?«

»In meinen Umhang eingenäht ist eine Tasche. Darin findest du ein Pergament, das meine Worte beweist.«

Die gelben Augen des Anführers verengten sich misstrauisch, während er angestrengt nachzudenken schien. Dann erteilte er zweien seiner Leute einen Befehl in seiner eigenen Sprache, worauf sich die Krieger Croy vorsichtig näherten, ihn ergriffen und auf die Beine stellten. Während die beiden ihn mit ihren Speeren in Schach hielten, trat ein weiterer Rattenmann hervor, durchsuchte seinen Umhang und wurde tatsächlich fündig.

Mit einer respektvollen Verbeugung händigte er das Pergament an seinen Anführer aus, der es entrollte und betrachtete. Als er das Symbol darauf erblickte, gab er ein verblüfftes Pfeifen von sich, in das auch die anderen Rattenmänner einfielen. Verstohlene Blicke wurden in Richtung der Gefangenen geschickt, dann tuschelten sie aufgeregt miteinander.

»Gut gemacht«, anerkannte Jago. »Jetzt überlegen sie, ob sie uns gleich erschlagen oder erst später fressen sollen. Das hast du großartig hingekriegt, Katzmann.«

»Sss-sei still«, beschied ihm Kieron.

»Was war das?« Der Chamäleonid fuhr zu ihm herum.

»W-w-wenn du keine Vorschläge zu unserer Rettung zu mamachen hast, sei wenigstens still«, fuhr Kieron ihn an, dem die fortwährenden Beschwerden seines einstigen Besitzers allmählich auf die Nerven gingen.

Jagos Kinnlade klappte herunter. »Haben wir uns vielleicht ein wenig im Ton vergriffen, Sklave?«, fragte er verdutzt.

»Ich bin nicht mehr dein Sklave, me-me-merk dir das!«

»Mensch«, zischte Jago und griff mit der langen Zunge zu ihm herüber, »du kannst von Glück sagen, wenn die Ratten dich erschlagen, ansonsten werde ich dich …«

In diesem Moment kam der Anführer der Rattenkrieger zurück. Das Pergament in den fellbesetzten Klauen, trat er auf die Gefangenen zu. »Woher das?«, wollte er wissen.

»Jemand hat es uns gegeben«, erwiderte Croy wahrheitsgemäß. »Es ist der Grund, warum wir hier sind.«

»Was genau wollen? Erklären!«, verlangte der Rattenmann.

»Wir sind auf der Suche nach etwas«, versuchte Croy zu erklären, was nicht so ohne Weiteres zu erklären war, »nach einem geheimen Gegenstand. Man hat uns gesagt, dass dieses Zeichen uns zu ihm führen wird.«

»Dieses Zeichen«, wiederholte der Anführer wie ein Echo und starrte auf das Bild in seinen Händen. »Dieses Zeichen …«

»Was hat es zu bedeuten?«

»Du nicht weißt?« Fassungslosigkeit sprach aus der fellbesetzten Miene. Die rund um das Maul angeordneten Fühler schienen sich zu sträuben.

Croy schüttelte den Kopf.

»Zeichen von Thong«, erklärte der Anführer und verbeugte sich dabei so tief, dass sein Haupt fast den Boden berührte, »von mächtigem Donnerer.«

»Wa-was bedeutet das?«, fragte Kieron. »Ich ve-verstehe nicht …«

»Bist du wirklich so begriffsstutzig?«, blaffte Jago ihn an. »Ist doch völlig klar! Dieser Thong ist die Gottheit, die diese armen Irren um Beistand anflehen – das würde ich übrigens auch tun, wenn meine Zähne größer wären als mein Gehirn.«

»Ihre Gottheit«, wiederholte Kieron nachdenklich, während er sich gleichzeitig fragte, wie all dies zusammenhängen mochte. Weshalb beauftragte ein Großmercator des Handelskontors sie, auf einer verbotenen Welt nach einem Gegenstand zu suchen, von dem er angeblich noch nicht einmal selbst wusste, worum es sich handelte? Und der einzige Hinweis, den sie hatten, stellte sich als das Emblem einer fremden Gottheit heraus …

Croy schien sich ähnliche Fragen zu stellen, dabei aber ebenso im Dunkeln zu tappen. Jago zerbrach sich erst gar nicht den Kopf – er begnügte sich damit, entsetzt aufzuschreien, als der Anführer der Rattenmänner seinen Leuten ein Zeichen gab und diese mit erhobenen Waffen auf die Gefangenen zukamen.

»Ich hab's gewusst«, keifte er panisch, »jetzt fressen sie uns! Bitte nicht, ich habe nichts mit dem Menschen und dem Katzmann zu scha…«

Er verstummte, als eine Knochenaxt niederging, jedoch nicht etwa seinen Schädel zerschmetterte, sondern lediglich die Fesseln um seine Fußgelenke durchtrennte. Ein anderer Rattenkrieger durchschnitt die Stricke um seine Hände.

»Was? Wie …?«

Verblüfft sah der Chamäleonid, dass auch Croy und Kieron losgeschnitten wurden. Beide rieben ihre schmerzenden Gelenke, dann richteten sie sich vorsichtig auf.

»Wir danken euch«, sagte Croy zum Anführer der Ratten.

»Ihr auf Suche nach Thong?«, fragte dieser. »Ihr zu ihm?«

»Ist das denn möglich?«

Der Anführer nickte, dann deutete er kurz entschlossen auf einen seiner Leute, der etwas kleiner und schmächtiger war als die anderen. »Wits wird euch führen.«

Die eitrigen Augen des Kriegers, der nur einen Lendenschurz und eine Kette mit Talismanen trug, weiteten sich entsetzt. Er sagte etwas in seiner Sprache, das wie eine Frage klang und von seinem Oberhaupt mit einem ganzen Schwall wütend klingender Pfeif- und Zischlaute beantwortet wurde. Bei jedem einzelnen schien der Rattenmann noch ein wenig kleiner zu werden, sodass er sich schließlich schweigend, aber mit deutlich erkennbarem Widerwillen der Anordnung fügte.

»Ist es weit von hier?«, wollte Croy wissen.

»Nicht weit«, entgegnete der Anführer und deutete zum Boden. »Aber tief.«

»Tief?« Kieron spürte Unbehagen, das fraglos mit dem Albtraum zusammenhing, den er gehabt hatte. »Aber … heißt es nicht, dass ein uuu-unbeschreiblicher Schrecken in den Tiefen Nergals haust?«

Der Rattenmann nickte. »Ich sehen«, sagte er grinsend, wobei es in seinen Augen gefährlich funkelte, »du bereits von Thong gehört …«

»Meisterin!«

Kalliope ließ den Stein fallen. So schnell ihre lange Robe es zuließ, setzte sie hinter den Säulen hervor und rannte zur anderen Seite der Halle. Ihr Herzschlag begann zu rasen, blankes Grauen packte sie – und dies umso mehr, als sie erneut einen Schatten wahrnahm, der über die Wand huschte, um schon im nächsten Moment mit der umgebenden Dunkelheit zu verschmelzen. Dann ein Geräusch, das die Schülerin jedoch nur am Rande wahrnahm – ihre ganze Sorge gehörte ihrer Lehrerin.

»Meisterin Cedara! Wo …?«

Als sie die große Säule umrundete, sah sie es: Cedara lag am Boden, die Hände Hilfe suchend ausgestreckt. Ihre blaue Robe hatte sich schwarz verfärbt.

»Bei der Gnade der Schöpferin!«

Kalliope stürzte zu ihrer Meisterin und fiel bei ihr nieder. Wohin ihre vor Entsetzen weit aufgerissenen Augen auch blickten, sahen sie Blut, nichts als Blut. Jemand hatte Cedara in der Dunkelheit aufgelauert und sie so rasch und heftig angegriffen, dass ihr keine Chance zur Gegenwehr geblieben war. Fünf hässliche rote Spuren zogen sich über die linke Hälfte ihres Gesichts, ein Teil der Kopfhaut war abgerissen worden, sodass der blanke Schädel zu sehen war. Auch an der Brust war die *numerata* getroffen worden, eine furchtbare Wunde klaffte über ihrem Herzen, aus der stoßweise Blut pulsierte.

»O nein! O nein«, hauchte Kalliope atemlos, während sie verzweifelt nach einem Weg suchte, die Blutung zu stoppen oder wenigstens die Qualen zu lindern, die Cedara leiden musste. Mit vor Schmerz verzerrten Zügen lag die Gildemeisterin am Boden und wand sich im Lebenssaft, der ihr entwich und in den Ritzen zwischen den steinernen Fliesen versickerte – und mit ihr auch das kostbare Leben …

»Was ist passiert?«, fragte Kalliope, von Entsetzen geschüttelt. »Wer hat das getan?«

»Nicht gesehen«, gab ihre Meisterin zurück. Blut trat ihr dabei über die Lippen und entstellte ihre einstmals so milden Gesichtszüge. »Nur ein Schatten … so schnell …«

Kalliope nickte, während sie nach einem Weg suchte, die Blutung zu stillen. In ihrer Verzweiflung presste sie ihre Hände auf die klaffende Wunde, so als wollte sie ein leck geschlagenes Gefäß am Auslaufen hindern. Doch der Blutschwall war zu stark, als dass sie ihn hätte aufhalten können. Weder war Kalliope eine *medica* noch wusste sie besonders viel über den menschlichen Körper; dennoch war ihr klar, dass nichts und niemand ihre Meisterin mehr retten konnte …

»Kalliope«, stöhnte Cedara. Ihr Blick suchte den ihrer Schülerin. »Habe … Fehler begangen«, hauchte die Gildemeisterin mit rasselndem Atem. »Vergib mir …«

»Ich soll Euch vergeben?«, fragte Kalliope verwirrt.

»Ich habe dich getäuscht …«

»Sorgt Euch nicht mehr deswegen«, wehrte Kalliope ab, die ihre Verzweiflung nicht länger unterdrücken konnte. Tränen der Hilflosigkeit stürzten ihr in die Augen.

»… in mehr als einer Hinsicht«, fügte Cedara hinzu. Ihr fliehender Blick versuchte den Kontakt zu halten, aber es gelang ihr nicht. »Doch stets nur zu deinem Besten …«

»Ich weiß«, versicherte Kalliope kaum hörbar. »Ich weiß.« Sie hatte ihre Bemühungen, die Wunde zu verschließen, aufgegeben. Stattdessen hatte sie die Hände ihrer Meisterin ergriffen und presste sie an sich wie einen kostbaren Besitz.

»Du sollst den Glauben … nicht verlieren«, schärfte Cedara ihr ein. Das Sprechen schien ihr immer schwerer zu fallen, sie wand sich unter Schmerzen. »Wie auf der *Volanta*, als du die Urmutter um Hilfe anriefst …«

»Woher wisst Ihr davon?«, fragte Kalliope verblüfft. »Ihr wart ohne Bewusstsein …«

Die Züge ihrer Meisterin dehnten sich, aber es war nur noch ein schwacher Abglanz jenes milden, verzeihenden Lächelns, das Kalliope so an ihrer Meisterin geliebt hatte.

»Ihr wart nicht bewusstlos«, erkannte sie.

»Wie ich sagte, mein Kind«, presste Cedara hervor, »ich habe dich mehr als einmal getäuscht … aber in der Stunde der Bewährung … hast du Großes geleistet. Du hast den Grad der Reife erlangt … bist eine Levitatin.«

»Meisterin«, erwiderte Kalliope unter Tränen und neigte tief das Haupt. »Ich danke Euch.«

»I-in meiner Tasche …«

Mit ersterbender Kraft löste Cedara eine blutverschmierte Hand aus Kalliopes Griff. Mit fahrigen, ungelenken Bewegungen versuchte sie, unter ihre Robe zu greifen und etwas hervorzuziehen. Es gelang ihr erst, als Kalliope ihr dabei half – und verwundert stellte die Gildeschülerin fest, dass sie den Gegenstand kannte.

»Das Stundenglas«, ächzte sie. »Ihr habt es noch?«

Cedara flüsterte, und ihre Stimme war nur noch ein Schatten. »Audra hatte recht … es enthält Antworten auf deine Fragen …«

»Welche Fragen?« Kalliope schüttelte verständnislos den Kopf. »Welche Fragen?«

Cedara schüttelte krampfhaft den Kopf. Die Gildemeisterin schien zu wissen, dass ihre Zeit knapp wurde. »Der Diener …«

»Welcher Diener? Wovon sprecht Ihr?«

»… hat … uns belogen«, hauchte die *numerata* stoßweise. Sie schien noch etwas hinzufügen zu wollen, doch ihre Kräfte reichten nicht mehr dazu aus. Noch einmal bäumte sich ihr entstellter Körper auf, dann fiel ihr Kopf zur Seite.

»Meisterin?«, fragte Kalliope mit bebender Stimme.

Doch Cedara gab keine Antwort mehr.

Kalliope war allein.

Allein auf einer barbarischen, kalten Welt.

5. Kapitel

Die Höhlen und Gänge, die in die dunklen Eingeweide Nergals führten, waren nicht natürlichen Ursprungs. Anders als das Gewölbe, in dem Kieron und seine Gefährten erwacht waren, waren diese hier künstlich angelegt und in mühsamer Arbeit in den Fels getrieben worden – vermutlich ehemalige Minenstollen, die ausgebeutet und deshalb verlassen worden waren, worauf die Rattenmänner sie ihrem Gebiet zugeschlagen hatten.

Mit einer Mischung aus Furcht und Faszination sah sich Kieron im Schein der Fackel um, die ihr kleinwüchsiger Führer vor ihnen hertrug. So bedrohlich und düster ihm die Umgebung erschien, so vertraut war sie ihm gleichzeitig auch, gerade so, als wäre er schon einmal hier gewesen. Er erklärte es sich mit dem Traum, den er gehabt hatte und der sich so unglaublich wirklich angefühlt hatte – was allerdings die Frage aufwarf, wie Kieron von einem Ort träumen konnte, an dem er noch nie zuvor gewesen war. Alles, von der Beschaffenheit der Felsen über das Geräusch ihrer Schritte bis hin zu dem beißend sauren Geruch, der die Luft erfüllte, war genauso, wie er es in seinem Traum erlebt hatte. Was hatte das zu bedeuten? Und was hatte es mit jenem unbekannten Schrecken auf sich, der in der dunklen Tiefe hauste?

»Das ist doch alles Wahnsinn«, beschwerte sich Jago, der nicht weniger unheilvollen Gedanken nachzuhängen schien. »Wir werden noch alle draufgehen auf diesem miesen Brocken Dreck!«

»Reiß dich zusammen«, raunte Croy ihm zu.

»Das sagst du so, aber ich merke, wie mir das Atmen immer schwerer fällt. Das Gift zeigt bereits Wirkung!«

Kieron hätte gerne widersprochen, aber auch er begann die Auswirkungen der giftigen Dämpfe bereits zu spüren, die Nergals Unterwelt durchzogen. Seine Lungen brannten bei jedem Atemzug, und ihm war so übel, dass er beinahe froh darüber war, die letzten drei Tage über kaum etwas gegessen zu haben. Auch hatten sich seine Augen bereits leicht entzündet und trübten seine Sicht.

»Nehmt wieder feuchte Tücher vor die Gesichter«, ordnete Croy an und deutete auf einige Pfützen am Boden, in denen sich eine milchige Flüssigkeit gesammelt hatte. »Aber hütet euch, davon zu trinken. Auch Nergals Wasser ist von Gift durchsetzt. Wenn der Durst euch quält, nehmt nur so viel, wie ihr unbedingt braucht – andernfalls wird es euch umbringen.«

»Nun gut.« Jago befeuchtete sein Tuch und schlug es sich vor die Schnauze. »Ich will zumindest noch lange genug leben, um dich draufgehen zu sehen, Katzmann.«

Wits, ihr Führer, spähte nervös von einem zum anderen. Die wenigen Brocken, die er von der Allgemeinsprache beherrschte, reichten nicht aus, um eine Unterhaltung zu führen, aber er schien zu verstehen, dass es Uneinigkeit gab. »Nicht reden, beeilen«, mahnte er pfeifend. »Thong nicht gerne wartet.«

Sie setzten ihren Weg fort – der Rattenmann an der Spitze, dicht gefolgt von Croy und von Jago, der immerzu vor sich hin lamentierte und sich zurück nach Madagor wünschte, wo er ein unbeschwertes Leben geführt und im Überfluss geschwelgt hatte.

Kieron ging am Ende der kleinen Gruppe. Kaum war das Licht der Fackel vorbei, eroberte sich die Schwärze den Stollen sofort zurück, sodass Kieron das Gefühl hatte, sie würde ihnen folgen wie etwas, das lebendig war.

Etwas Großes.

Bedrohliches.

Dunkles.

Plötzlich glaubte er zu spüren, wie ihn etwas an der Schulter berührte!

Mit einem Aufschrei fuhr er herum.

Auch die anderen reagierten, jeder auf seine Weise. Jago schrie ebenfalls, Croy riss seine Dolche heraus, Wits leuchtete mit der Fackel den Gang hinab – aber da war niemand. Düster und leer lag der Stollen da.

»Bist du übergeschnappt, Mensch?«, blaffte Jago.

»Ich daaa-dachte, da wäre jemand«, versicherte Kieron, der Schweißperlen auf der Stirn hatte. Sein Atem ging heftig.

»Das liegt an der Luft hier«, war Croy überzeugt, der seine Dolche rasch wieder wegsteckte. »Die Dämpfe sorgen dafür, dass man Wahnvorstellungen bekommt. In den alten Tagen, noch bevor das Kaiserreich diese Welt entdeckte und auszubeuten begann, hieß es, dass Nergal das Tor zur Unterwelt sei, jener Ort, an dem die Toten sich versammeln, um zur Reise ins Jenseits aufzubrechen. Aber vermutlich lag es nur daran, dass jene, die diese Welt besuchten und ihre Höhlen erkundeten, der giftigen Luft ausgesetzt waren und dadurch geheimnisvolle Dinge zu sehen und zu hören glaubten.«

»Bei mir fängt es auch schon an«, berichtete Jago verdrießlich. »Ich höre ein Klopfen ...«

»Das wiederum sind nicht die Dämpfe«, fauchte der Pantheride, »denn ich höre es ebenfalls.«

»Ich auch«, bestätigte Kieron.

Es war ein durchdringender metallischer Klang.

Der Schlag von unzähligen Hämmern auf hartem Gestein.

Die Minen waren nicht mehr weit.

»Still jetzt«, mahnte Croy seine Begleiter. »Wenn wir entdeckt werden, sind wir verloren.«

Das brauchte Jago nicht zweimal gesagt zu werden. Das breite Maul des Chamäleoniden schnappte zu und war fortan wie versiegelt – offenbar betrachtete er sein eigenes Ende doch noch nicht als so felsenfest besiegelt, als dass er nicht noch am Leben gehangen hätte.

Erneut ging Wits ihnen voraus, und sie folgten einem Netz von Stollen, die ineinander übergingen. Kieron hatte sich längst darin verloren und hoffte nur, dass Croy die Übersicht behalten würde.

Mit jedem Schritt, den sie weiter vordrangen, nahm das Hämmern zu, bis es den Felsengang schließlich ganz ausfüllte. Hell und schwer lag es den Gefährten in den Ohren, und schließlich gesellten sich auch noch andere Geräusche dazu.

Das derbe Gelächter rauer Stimmen.

Die Schreie gequälter Kreaturen.

Das Knallen von Peitschen.

Wits löschte die Fackel, doch zu Kierons Überraschung wurde es nicht völlig dunkel. Spärliches Licht drang von vorn in den Stollen, und sobald sich seine entzündeten Augen daran gewöhnt hatten, vermochte er sogar einzelne Umrisse zu unterscheiden. Die gelben Augen des Rattenmannes hingegen schienen sich im Halbdunkel gut zurechtzufinden. Seine Artgenossen und er hatten sich an das Leben unter Tage gewöhnt, so wie sie sich der giftigen Luft und dem verseuchten Wasser angepasst hatten.

Durch eine Tunnelröhre erreichten sie ein Gewölbe, das teils natürlichen Ursprungs, teils künstlich erweitert worden war. Hölzerne Balken stützten die Decke, die von einer anderen Welt stammen mussten, denn auf Nergal gab es keine Bäume; vielleicht war auch ein Schiff auseinandergenommen und sein Holz zum Stollenbau verwendet worden. Dies jedoch lag schon eine Weile zurück, denn die Höhle war aufgegeben worden. Zahllose Löcher im Boden und in den Felswänden deuteten darauf hin, dass man ihr alles abgerungen hatte. Danach war man weitergezogen, einem Schwarm Aaskäfer gleich. Der schwache Lichtschein, der die Höhle erhellte, drang durch die Bodenöffnungen herauf. Vorsichtig schlich Kieron an eine von ihnen heran und spähte hinab.

Der Anblick war niederschmetternd.

Denn unterhalb des aufgelassenen Gewölbes befand sich eine weitere Höhle, die von Laternenschein beleuchtet wurde – und wohin Kieron auch blickte, überall waren Sklaven!

Sie klopften Felsgestein, schoben eiserne Bergwerksloren oder trugen schwere, mit Gesteinsbrocken gefüllte Körbe – aber sie waren nicht mit jenen Sklaven zu vergleichen, die es auf Madagor und anderen Welten gab und zu denen auch Kieron gehört hatte. Diese hier sahen aus wie Leichen, nur dass sie sich noch auf zwei Beinen bewegten – halbnackte, ausgemergelte Gestalten mit leerem Blick, die dem Tode näher waren als dem Leben.

Die meisten von ihnen waren Menschen, Männer wie Frauen, es waren auch Animalen darunter; Kieron sah einige Caniden und ein

Rudel Schlangenmenschen. Und er sah die Aufseher, brutale Rhinoceriden, die allein schon aufgrund ihrer Leibesmasse einschüchternd wirkten. Die gepanzerte Haut und das mörderische Horn auf ihren Schnauzen verstärkte diesen Eindruck noch. In ihren Pranken hielten sie Peitschen, mit denen sie die Gefangenen antrieben. Bisweilen hatte sich Kieron gefragt, wie der Orcus aussehen mochte, jene düstere Hölle, die sich unter dem Mahlstrom befand – dies hier kam seiner Vorstellung nahe.

Von seinem hohen Beobachtungsposten aus konnte er sehen, wie einer der Sklaven – ein gebrechlicher Mensch mit grauem Haar – unter der Last seiner Bürde niederging. Hustenkrämpfe schüttelten ihn, und obwohl er alles daransetzte, wieder auf die Beine zu kommen, gelang es ihm nicht. Sofort waren zwei Aufseher bei ihm. Der eine packte ihn grob und riss ihn in die Höhe, der andere holte mit der Peitsche aus und schlug auf ihn ein.

Entsetzt sah Kieron, wie sich das Leder in die nackte Haut des Mannes grub, hörte seine verzweifelten Schreie – und das derbe Gelächter seiner Peiniger.

Der Junge hatte das Gefühl, den Schmerz am eigenen Leibe zu spüren. Wut überkam ihn, und er bückte sich spontan und las einen faustgroßen Stein vom Boden auf, bereit, ihn auf die Rhinoceriden zu werfen. Noch ehe er recht zum Nachdenken kam, hatte er seine Wurfhand bereits erhoben, zielte und wollte tatsächlich werfen – als ihn jemand an der Schulter packte und zurückriss.

Es war Croy. Im dunklen Gesicht des Pantheriden schienen sich alle Schrecken dieses Ortes zu spiegeln. Dennoch schüttelte er den Kopf. »Du hilfst ihnen nicht, indem du dich sinnlos opferst«, raunte er Kieron zu. »Glaub mir, Junge, ich weiß, wovon ich spreche.«

»Aaa-aber«, wandte Kieron voller Empörung ein, während er den Stein bereits sinken ließ.

»Ich weiß«, sagte Croy nur. Mit behutsamer Gewalt zog er ihn von der Öffnung weg, und sie setzten ihren Weg fort.

Der Klang der Hämmer und die Schreie der Sklaven fielen hinter ihnen zurück, als sie in einen weiteren verlassenen Stollen einbogen, der nach rund einhundert Schritten in eine steil abfallende Treppe überging. Im Licht der Fackel sah Kieron die Ablagerungen auf dem

Fels – grüne und gelbe Linien, die über das dunkle Gestein mäanderten und die im Feuerschein geheimnisvoll glitzerten. Erneut überkam ihn ein eigenartiges Gefühl von Vertrautheit.

Eine ganze Weile lang stiegen sie hinab. Bald wand sich die Treppe, bald verlief sie geradeaus, hin und wieder waren die Stufen auch abgebrochen, sodass die Gefährten über steile Kare von Schutt und Geröll absteigen mussten. Schließlich erreichten sie den Grund und gelangten in einen Stollen, der breiter war und glattere Wände hatte als alle vorangegangenen. Auch waren die Balken, die die Decke stützten, nicht wie zuvor aus Holz gefertigt, sondern aus Metall, das alt und rostig war – und in dessen Oberfläche rätselhafte Zeichen eingeprägt waren!

Kieron war wie vom Donner gerührt.

»Das ist es«, flüsterte er.

»Das ist was?«, plärrte Jago.

»Der Ga- der Gang aus meinem Traum. Ich erkenne ihn wie-wieder …«

»Blödsinn, Mensch«, maulte der Chamäleonide, »das bildest du dir doch nur ein!«

»Nei-nein, ich bin ganz sss-sicher«, bekräftigte Kieron, der nicht wusste, ob er über seine Entdeckung nur verwundert oder lieber entsetzt sein sollte. »Ich habe diesen Stollen schon einmal ge-gesehen …«

Croy schien nicht überrascht. »Wie ich schon sagte, es ist kein Zufall, dass du hier bist«, meinte er nur. »Wir alle folgen einer Bestimmung.«

»Ach ja?«, maulte Jago. »*Meine* Bestimmung war es, auf Madagor ein Lokal zu betreiben und mir dabei eine goldene Zunge zu verdienen! Was ist damit?«

»Jetzt nicht mehr weit«, meldete Wits. »Tempel von Thong nicht mehr weit.«

»Ein Tempel?«, fragte Jago skeptisch nach. »Von einem Tempel hat der Rattenzahn bislang nichts gesagt. Das gefällt mir nicht. Das gefällt mir ganz und gar nicht.«

Auch Kieron konnte nicht behaupten, dass er sich wohlfühlte in seiner Haut. Nicht nur, weil er das Gefühl hatte, schon einmal hier gewesen zu sein. Sondern auch, weil eine Ahnung von dumpfer Bedrohung über diesem Stollen lag – und ein bitterer, ekelerregender Gestank, der sich mit jedem Schritt noch steigerte.

»Riecht ihr das auch?«, fragte Jago, während er die Schnauze hochhielt und geräuschvoll schnüffelte. »Dieser Geruch kommt mir bekannt vor.«

»Wahrscheinlich aus der Küche deines Lokals«, knurrte Croy. »Das ist der Odem der Verwesung. Wer ihn einmal gerochen hat, vergisst ihn so leicht nicht wieder.«

Wits führte sie unbeirrt weiter. Der Gestank schien den Rattenmann nicht zu stören, allerdings war er merklich unruhig geworden. Nervös blickte er sich um. Seine Nasenfühler bebten dabei, die Krallenhand mit der Fackel zitterte.

»Alles in Ordnung?«, erkundigte sich Kieron.

Der Rattenmann nickte und entblößte die großen Schneidezähne zu einem Grinsen – als der Stollen plötzlich endete. Vor ihnen lag eine Pforte.

Es war ein einflügeliges Tor aus massivem Metall, das weit offen stand; einst mochte es in grellen Farben bemalt gewesen sein, inzwischen jedoch war kaum noch etwas davon übrig. Rost hatte das riesige Gebilde, das einen Klafter dick und mindestens viermal so hoch war, zerfressen. Jedoch war deutlich das Zeichen zu erkennen, das jemand mit dunkler, nach unten zerlaufener Farbe darauf gemalt hatte.

Zwei Halbkreise, die einander im Scheitel berührten, von einem lotrecht verlaufenden Balken durchkreuzt.

»Seht euch das an!«, rief Jago aufgeregt. »Das ist das Zeichen von Novaros Pergament! Offenbar wusste das verdammte Schlitzohr tatsächlich, dass es hier etwas zu holen gibt.«

»Offenbar«, bestätigte Croy grimmig. »Fragt sich nur, was.«

»Komm schon, kannst du nicht zur Abwechslung mal zufrieden sein? Wir haben es geschafft, unentdeckt hierherzugelangen und das dämliche Zeichen zu finden, das ist doch was. Nun brauchen wir bloß noch …«

Jago verstummte, als er mit dem Fuß gegen etwas stieß, das mit hohlem Knirschen davonkullerte. Er bückte sich und hob es vom

Boden auf – um zu erkennen, dass es der Schädel eines Menschen war, der ihn aus leeren Augenhöhlen anstarrte.

Mit einem Aufschrei warf der Chamäleonide den grausigen Fund von sich. »Habt ihr gesehen?«, fragte er aufgebracht die anderen, die bereits durch das Tor getreten waren. »Da liegt ein … ein …«

Die Worte blieben ihm abermals in seinem kurzen Hals stecken – denn jenseits der Pforte übersäten unzählige Skelette den Boden, der so glatt und nahtlos war, als hätte Zauberkraft ihn zusammengefügt.

Nicht nur solche von Menschen waren darunter, die an ihrem charakteristischen Körperbau leicht zu erkennen waren, sondern auch von Animalen; die schmalen Wirbel von Schlangenmenschen, die gehörnten Schädel von Tauriden, die flachen Schädel von Echsenkriegern und die stumpigen Knochen von Rattenmännern – alles lag auf groteske Weise durcheinander. Nicht alle Leichen waren komplett verwest, an manchen hingen noch Fetzen fauligen Fleisches, die die Ursache des beißenden Gestanks waren und dafür sorgten, dass Jago geräuschvoll zu würgen begann.

»Was, beim finsteren Orcus, ist das hier?«, ächzte er.

»Ein Friedhof«, vermutete Croy.

»Nein«, widersprach Kieron schaudernd. »Ich haaa-habe das schon einmal gesehen, damals, in meinem Traum. Das Monstrum … eee-es ist hier.«

Jeder seiner Begleiter reagierte auf seine Weise. Jago, indem er leise Verwünschungen murmelte. Croy, indem er seine Dolche zog. Wits, indem er leise kicherte.

»Was gibt's da zu lachen, Fettkloß?«, fuhr Jago ihn an.

»Ihr kämpfen?«, fragte der Rattenmann, auf Croy und seine Dolche deutend. »Gegen Thong?«

»Thong hat das getan?«, fragte Kieron, auf die Gebeine deutend.

»Thong«, bestätigte Wits und beschrieb eine ausladende Bewegung mit den Klauen, in denen er seinen Speer und die Fackel hielt. »Großer Donnerer!«

»Und dieses Zeichen?«, fragte Kieron, in Richtung der Pforte deutend.

»Thongs Zeichen«, erwiderte der Rattenmann, »geschrieben mit Blut von Opfer.«

Geschrieben mit Blut …

Schaudernd blickte Kieron über die Schulter zurück, wo sich im Halbdunkel der riesige Türflügel abzeichnete.

»Das alles sind Opfer gewesen?«, erkundigte sich Croy.

»Opfer für Donnerer«, stimmte Wits zu und nickte grimmig.

»Ich verstehe.«

»Was heißt, du verstehst es?«, ereiferte sich Jago. »Ich verstehe gar nichts! Was hat das alles zu bedeuten? Und was hat es mit dem Ding zu tun, das Novaro unbedingt haben will?«

»Um das herauszufinden, sind wir hier«, erwiderte der Panthermann und nickte ihrem Führer auffordernd zu.

»Du willst weitergehen?«, fragte Jago fassungslos. »Und wenn dieser Thong hier aufkreuzt? Bislang habe ich keinen Chamäleoniden unter all diesen armen Narren gefunden, und daran soll sich auch nichts ändern.«

»Dann bleib, wenn du willst – wir gehen weiter«, beschied ihm Croy und setzte seinen Weg unbeirrt fort. Kieron und Wits begleiteten ihn, zusammen mit dem Lichtschein der Fackel. Jago blieb allein zurück, inmitten von Dunkelheit und ungezählten sterblichen Überresten.

»Wartet doch«, beschwerte er sich und schloss mit hektisch tapsenden Schritten auf. »Musst du immer gleich so empfindlich sein, Katzmann …?«

Sie drangen weiter in die Dunkelheit vor, vorbei an noch mehr Gebeinen, die den Wegrand säumten, und durch Stollen, deren Wände glatt wie Marmor waren. Immer wieder stießen sie auf rätselhafte Zeichen und Symbole, deren Bedeutung sie sich nicht erklären konnten, und endlich gelangten sie in einen länglichen Raum, in den mehrere Gänge mündeten. Welchem Zweck er einst gedient hatte, war nicht mehr festzustellen – die zerstörten Überreste fremdartiger Apparaturen säumten die Wände, der Boden war übersät von Unrat und Knochen, viele davon rußgeschwärzt. Von der geschwärzten Decke hingen Stränge bunter Stricke, die wie die Innereien eines gigantischen Untiers wirkten, oftmals überkrustet von Kalk und anderen Ablagerungen.

In der Mitte war etwas errichtet, das wie ein Opfertisch aussah – ein erhöhtes Podest aus rostigem Metall, an das eiserne Ketten geschmiedet waren. Dahinter hing eine Art Banner von der Decke, das aus unzähligen Flicken Flederhaut zusammengesetzt war und offenbar aus der Fertigung der Rattenmänner stammte. Darauf gemalt war das Symbol mit den beiden Halbkreisen, die untere Hälfte des Banners sowie das Podest selbst waren mit unzähligen dunklen Spritzern besudelt. Fraglos noch mehr Blut, wie Kieron bestürzt erkannte.

»Thong«, sagte Wits nur, als würde das alles erklären.

Jago verzog das Gesicht. »Hier stinkt es ja noch schlimmer als zuvor. Lasst uns einsammeln, was immer der verdammte Kaufmann haben will, und dann rasch wieder verschwinden.«

»Nichts dagegen«, stimmte Croy in seltener Einhelligkeit zu. Er nahm ihrem Führer die Fackel aus der Hand und untersuchte den Opferraum. »Wenn ich nur wüsste, worauf genau es Novaro abgesehen hat.«

Er bückte sich und hob eine seltsam geformte Glasscherbe vom Boden auf, betrachtete sie ratlos und warf sie wieder hin. Seltsamerweise ging sie nicht zu Bruch.

Auch Kieron hatte sich umgesehen. Voller Unbehagen hatte er sich dem Opfertisch genähert, der, vom Banner und den Ketten abgesehen, fast so aussah wie …

»Hiii-hier ist etwas!«, rief er halblaut.

»Hast du was gefunden?«, fragte Jago neugierig und eilte herbei, auch Croy war sofort bei ihnen. Im Lichtschein der Fackel sahen sie, dass das rostige Ding, das wie eine Erhöhung oder ein Podest ausgesehen hatte, in Wahrheit eine Art Truhe oder Kiste war, die man lediglich zweckentfremdet hatte. In den Deckel eingeprägt und unter Schichten getrockneten Blutes kaum noch zu erkennen, prangte das rätselhafte Zeichen.

»Gut gemacht, Junge«, meinte Croy und klopfte Kieron anerkennend auf die Schulter. Dann drückte er ihm die Fackel in die Hand und ging daran, die Kiste zu öffnen.

Da sie kein Schloss besaß, war es nicht weiter schwierig, die Verriegelung zurückzuziehen. Der schwere Deckel hingegen verlangte dem Pantheriden all seine Kräfte ab. Kieron, der die Fackel an Jago weitergab, ging ihm zur Hand, und endlich gelang es ihnen, den Deckel aufzustemmen und nach hinten umzuklappen.

Mit lautem, metallischem Krachen, das das Gewölbe in seinen Grundfesten zu erschüttern schien, schlug er zu Boden, dabei riss er das Banner herab. Staub stieg auf, der die Gefährten zum Husten brachte, und sie mussten warten, bis sie wieder etwas sehen konnten. Endlich lichtete sich der Staub, und erwartungsvoll spähten die drei in die Kiste, gespannt darauf, was einem Großmercator des Handelskontors so viel wert war, dass er dafür zum Verräter wurde.

Das Ergebnis war jedoch ernüchternd …

»Das Ding ist leer!«, rief Jago aus.

»W-w-wie kann das sein?«, fragte Kieron. »Wir waren doch auf der richtigen Spu-Spur!«

Croy schüttelte den Kopf. »Jemand war vor uns hier und hat fortgeschafft, was immer in der Kiste gewesen ist. Vermutlich wusste Novaro nichts davon.«

»Aaa-aber- wer sollte das gewesen sein?«, fragte Kieron. »Und w-w-wieso hat er …?«

Ein Geräusch aus der Tiefe ließ ihn verstummen.

Dieses Kreischen und Ächzen war lauter und grässlicher als alles, was die Gefährten je gehört hatten. Dazu kam ein grollender Donner, der so markerschütternd war, als wollte nicht nur die Mine, sondern die Welt einstürzen.

Nach einem Moment trat Totenstille ein.

»Und was jetzt?«, fragte Jago – in dem Moment, als das Fallgitter von der Decke fiel, begleitet vom hämischen Gelächter ihres Rattenführers.

6. Kapitel

»Verrat!«, brüllte Jago aus Leibeskräften. »Dieser miese Nager hat uns verraten!«

Die Gefährten hatten sich umgewandt, nur um zu sehen, dass im Zugang zu dem bizarren Tempel ein aus Knochen gefertigtes Gitter herabgefallen war, das ihnen den Fluchtweg versperrte. Dahinter stand Wits, ihr Führer, und grinste über sein ganzes breites Rattengesicht.

»Thong!«, kreischte er dazu und sprang auf und ab.

»Was hat das zu bedeuten?«, fragte Kieron verwirrt.

»Wir sollen geopfert werden, genau wie all diese elenden Kreaturen vor uns«, antwortete Croy.

Plötzlich war wieder das furchterregende Kreischen zu vernehmen, das den Gefährten durch Mark und Bein ging, dann ein Rasseln und Stampfen, das sich unaufhaltsam zu nähern schien.

»Thong! Thong!«, rief Wits wieder.

»Na warte! Dafür wirst du büßen!«

Schneller, als es seinen kurzen Beinen zuzutrauen war, jagte Jago zum Gitter, die Fackel wie eine Keule schwenkend und wild entschlossen, ihren verräterischen Führer damit zu erschlagen. Doch der trat nur vom Gitter zurück, lachte spöttisch und rannte dann wieselflink davon, hinein in die Dunkelheit, in der Kreaturen seines Schlages sich problemlos zurechtfanden.

»Warte!«, schrie Jago ihm hinterher. »Ich werde dich häuten! Dich ausweiden! Dir deine eigene Fackel in den Schlund stopfen …!«

Croy gesellte sich zu ihm, packte das aus unzähligen Gebeinen zusammengefügte Gitter und rüttelte daran – aber die Schnüre, mit denen die Knochen zusammengefügt waren, hielten der Belastung mühelos stand. Rasch zückte er einen seiner Dolche und begann, an der Verschnürung herumzusäbeln, aber das Leder war alt und zäh und ließ sich wenn überhaupt nur langsam durchschneiden.

Zu langsam …

Wieder erklang das Rasseln und Rumpeln in einem stampfenden Rhythmus.

Thong.

Thong …

Und Kieron, der sich zu seinen Gefährten an das Gitter zurückgezogen hatte, begriff … »Thong ist nicht nur der Na-Name – es ist das Geee-Geräusch, das diese Kreatur macht. Er ist das Ungeheuer aus der Tiefe, von dem ich geee-geträumt habe!«

»Blödsinn«, widersprach Jago – aber es klang nicht sehr überzeugt. »Dieses Monstrum ist doch nur ein Hirngespinst von dir, Mensch! Allerdings«, fügte er hinzu, während sich das rhythmische Rasseln weiter verstärkte, »ein ziemlich lautes …«

Mit dem Rücken zum Gitter standen sie und warteten, blickten wie gebannt auf die Stollenmündung, die sie als die Quelle des infernalischen Krachs ausgemacht hatten.Doch die Schwärze, die jenseits des Fackelscheins herrschte, war so teerig und dicht, dass kein Blick sie zu durchdringen vermochte – bis plötzlich etwas in der Dunkelheit aufleuchtete, lodernd und wild …

Zwei Augen!

»Das sind sie!«, rief Kieron entsetzt. »Die A-Augen aus meinem Traum!«

»Was du nicht sagst«, schnauzte Jago. »Hast du in deinem Traum auch gesehen, wie wir entkommen?«

Kieron schüttelte den Kopf.

»Achtung!«, brüllte Croy in diesem Augenblick. Der Pantheride war auf einen Trümmerhaufen gesprungen, auf dem er halb gebückt stand, die Zähne gefletscht und beide Dolche stoßbereit in den Händen. »Es greift an!«

Sein Ruf war kaum verklungen, als tatsächlich etwas mit urtümlicher Wucht aus dem Stollen brach – etwas, das so groß war und unförmig, dass die Gefährten es nicht ganz erfassen konnten. Nur eines sahen sie ganz deutlich – die leuchtenden Augen des Ungeheuers, die wie Sonnenstrahlen durch die Dunkelheit schnitten und sie blendeten.

»Was ist das?«, hörte man Jago panisch rufen. »Was in aller Welt ist das …?«

Seine Frage wurde nicht beantwortet, weder von der Bestie selbst noch von einem seiner Gefährten. Kieron stand vor Entsetzen wie erstarrt, während er auf das Gebilde blickte, das ungeheuer feist war und eine metallene Rüstung zu tragen schien, dazu einen kuppelförmigen Helm, durch dessen geschlossenes Visier die Glutaugen blitzten. Dazu besaß es lange Klauen, die alles, was sich ihm in den Weg stellte, brutal beiseiteräumten.

»Hierher! Hierher!«, rief Croy, der die Aufmerksamkeit des Ungeheuers offenbar auf sich ziehen wollte. Die Dolche noch immer erhoben, stand er auf der Erhebung und blickte dem Monstrum grimmig entgegen.

Geräuschvoll drehte es den Kopf, und die Strahlen der Glutaugen erfassten den Pantheriden. Dann setzte es sich in Bewegung, wie zuvor mit ohrenbetäubendem Rasseln, und wälzte sich über alles hinweg, was sich zwischen ihm und Croy befand. Am Boden liegende Knochen und Schädel zersplitterten, Unrat wurde in den Fels gestampft, während das Ungeheuer unaufhaltsam näher kam.

»Das ist unser Ende«, war Jago überzeugt, der noch immer am Gitter kauerte.

»Damit hast du wohl recht«, gab Croy zu, gleichwohl er den Feind noch immer erwartete. Dann – das Monstrum, das so groß war, dass es bis unter die Gewölbedecke reichte, hatte ihn fast erreicht – ließ er spontan die Dolche sinken und rammte sie in die Scheiden zurück. Dann fuhr er herum und sprang vom Podest. »Hauen wir ab«, forderte er seine Gefährten auf.

»Wohin?«, wollte Kieron wissen.

»Egal, nur weg! Dort in den Stollen!«

Auf seinen kräftigen Beinen schnellte der Panthermann davon, der nächstbesten Stollenmündung entgegen. Kieron und Jago rannten ihm hinterher, so schnell sie konnten, wobei sie einen Bogen um Thong machten, dessen massige Formen im Halbdunkel nur zu erahnen waren … ein kugelförmiger Körper, bizarr geformte Beine, kräftige Arme …

Es kreischte entsetzlich, als sich die von den Ratten als Gottheit verehrte Bestie zu ihnen umwandte. Suchend schnitt ihr Augenlicht durch die Finsternis und ließ den aufgewirbelten Staub taghell leuchten. Jagos Fackel verblasste dagegen, aber er hielt sie weiter fest umklammert.

Croy hatte den Eingang des Stollens fast erreicht, als sich das Geräusch, das Thong begleitete, plötzlich änderte. Aus dem rhythmischen Stampfen wurde ein dumpfes Dröhnen, in das sich ein heller Pfeifton mischte. Ein Blick über die Schulter zeigte Kieron, dass sich das Visier des Helmes ein Stück weit geöffnet hatte – und aus der Öffnung schoss im nächsten Moment ein Flammenstrahl hervor.

»In Deee-Deckung!«, schrie Kieron und warf sich bäuchlings zu Boden. Jago packte er und riss ihn gleich mit, während das Gewölbe ringsum von grellem Feuerschein beleuchtet wurde. Mit ohrenbetäubendem, zornigem Fauchen schossen die Flammen über die Flüchtlinge hinweg, die Hitze war schier unerträglich – aber schon im nächsten Moment war das Feuer wieder verloschen, und der Tempel fiel in Dunkelheit zurück.

»Los, weiter!«

Kieron sprang auf, wobei er Jago am Kragen packte und ihn mitzog. Dutzende kleiner Brände schwelten dort, wohin Thongs Flammenstrahl gezielt hatte, aber sie fanden nur wenig Nahrung und zerfielen zu roter Glut, von der dichter Rauch aufstieg. Immerhin, dachte Kieron grimmig, wussten sie jetzt, woher die rußgeschwärzten Knochen stammten.

»Hierher! Kommt hierher!«

Croy, der sich bereits in den Stolleneingang geflüchtet hatte, winkte ihnen zu. Atemlos hasteten Kieron und Jago zu ihm, der einstige Sklave und sein Herr in seltener Einmütigkeit, während es hinter ihnen erneut pfiff und rasselte.

»Schneller!«, trieb Croy sie unbarmherzig an. »Wenn er sein Feuerwerk das nächste Mal zündet, wird er uns rösten!«

Die Aussicht gefiel keinem der beiden, und so hasteten sie durch die schwelende Trümmerlandschaft, so schnell ihre Beine sie trugen, hinein in den Stollen, der ihnen zumindest für einen Augenblick Schutz versprach.

»Weiter! Weiter!«

Die Hitze der Glut fiel hinter ihnen zurück, ebenso wie der Rauch und die grässlichen Geräusche. Kühle Luft drang ihnen entgegen, die wie eine Befreiung wirkte, und die Dunkelheit nahm sie auf. Seine Fackel hatte Jago von sich geworfen, und so rannten sie geradewegs in die teerige Schwärze, in der allenfalls Croy sich zurechtzufinden wusste, die anderen beiden waren auf ihr Gehör und ihren Tastsinn angewiesen.

Die Arme vor sich ausgestreckt wie Schlafwandler hasteten sie durch die Finsternis, sich an der glatten Stollenwand entlang arbeitend. Anfangs blickten sie noch zurück und erwarteten, dass das Licht der stechenden Augen ihnen folgen und sie erfassen würde, aber Thong schien an ihrer Verfolgung nicht interessiert zu sein. Sein Stampfen verblasste in der Ferne, und endlich glaubten die Gefährten, sich eine kurze Rast gönnen zu können.

Keuchend blieben sie stehen. An die Stollenwand gestützt, rang Kieron nach Atem, musste husten, weil er die von Gift durchsetzte Luft sehr viel tiefer in seine Lungen gesogen hatte, als es gut für ihn war. Auch seine Gefährten schnauften hörbar, Jago ließ sich ächzend auf den Boden fallen.

»Ich ... habe gleich gesagt ... dass das Wahnsinn ist«, lamentierte er trotz seiner offenkundigen Atemnot. »Wir ... werden alle draufgehen ... für nichts!«

»Iii-ich verstehe das alles ni-nicht«, stieß Kieron hervor.

»Dann sind wir schon zu zweit«, knurrte Croy.

»Warum war die Truhe leer? Wer hat das Artefakt genommen?«

»Zumindest das ... dürfte ziemlich offensichtlich sein«, keuchte Jago. »Das sind diese elenden Ratten gewesen ... diese miesen Kreaturen ... wussten genau, dass es nicht mehr da ist.«

»Dennoch haben sie uns hingeführt«, fügte Croy hinzu, »um uns Thong zu opfern wie so viele andere vor uns. Und wir Narren sind ihnen bereitwillig gefolgt.«

»Sie haben uns arglistig getäuscht«, beschwerte sich Jago, »um uns geradewegs ans Messer zu liefern!«

»Diese Taktik müsste dir doch bekannt vorkommen, Chamäleon«, versetzte Croy.

»Sehr witzig, wirklich.« Jago ließ seine Zunge geräuschvoll flattern. »Nur dass ich nicht darüber la…« Er stutzte und horchte. »Hört ihr das auch?«

Alle lauschten – und vernahmen das charakteristische Stampfen Thongs, das zwar dumpf klang, jedoch ziemlich nahe.

»Die Bestie ist uns gefolgt!«, rief Croy – als auch schon etwas mit furchtbarer Wucht von außen gegen die Stollenwand krachte. Die Erschütterung war so heftig, dass die Gefährten fast umgerissen wurden.

»Was bei Madagors grünen Bäumen …?«

Erneut wurde die Stollenwand getroffen – diesmal so heftig, dass sie nachgab. Die Dunkelheit zerriss wie ein Vorhang, grelles Licht drang in den Stollen, als die Wand zusammenbrach – Licht, das aus den glühenden Augen des Donnerers stammte!

»Weg hier!«

Kierons gellender Ruf übertönte das Rasseln und Stampfen Thongs, aber es war überflüssig – Jago war bereits aufgesprungen und hatte sich zur Flucht gewandt, er selbst setzte ihm hinterdrein. Croy blieb noch lange genug, um einen seiner Dolche auf das Monstrum zu werfen, das sich in diesem Moment ein weiteres Mal in die entstandene Bresche warf und sie vollends einriss. Doch die Klinge prallte wirkungslos an der Rüstung des Kolosses ab, und im nächsten Moment wälzte er sich über die Trümmer und Bruchstücke des Mauerwerks hinweg und drang in den Stollen ein.

»Croy! Komm schon!«, rief Kieron, und auch der Pantheride wandte sich schließlich zur Flucht, und das keinen Augenblick zu früh! Dort, wo er eben noch gestanden hatte, gingen Thongs gepanzerte Pranken nieder und zertrümmerten das Gestein. Wieder stieg dichter Staub auf, der den Stollen einhüllte und durch den die Blicke des Giganten wie glühende Klingen stachen.

So schnell sie nur konnten, rannten Kieron und seine Gefährten den Gang hinab – diesmal jedoch nahm der Donnerer rasselnd ihre Verfolgung auf …

7. Kapitel

Leere.

Furcht.

Trauer.

Wut.

Die Empfindungen, die in Kalliope tobten, kannten keine Hierarchie oder Reihenfolge. Sie empfand sie abwechselnd, dann wieder zugleich. Gingen ihre Gedanken zurück zu ihrer Meisterin, die ihr auf so schreckliche Weise genommen worden war, so empfand sie grenzenlose Trauer; dachte sie über sich selbst nach und über die Lage, in die sie unverschuldet geraten war, so fühlte sie sich leer und einsam, und die alte Furcht ergriff wieder von ihr Besitz; und galten ihre Gedanken jenen, die den feigen Mordanschlag zu verantworten hatten, so überkam Kalliope grässlicher, alles verzehrender Zorn.

Seit Cedaras Tod waren zwei Tage verstrichen, und Kalliope hatte die Ereignisse noch nicht verwunden. Die Bilder ihrer Meisterin auf dem Boden, blutig und zerschunden, standen ihr noch immer vor Augen.

Cedara war ermordet worden.

Das bedeutete, dass sie, Kalliope, nun die einzige Gildeschwester auf ganz Jordråk war, eine einsame Seele in einem Land der Verlorenen. Es bedeutete auch, dass, wer immer hinter der Ermordung Glennaras und Meisterin Cedaras steckte, es womöglich auch auf ihr Leben abgesehen hatte. Und dies wiederum hieß, dass Kalliope niemandem auf Jordråk mehr trauen konnte, denn jeder einzelne Bewohner dieses Weltensplitters, vom geringsten Knecht bis hinauf zum Fürsten, mochte der Mörder der beiden Gildeschwestern sein.

Zwar deutete alles darauf hin, dass Cedara wie auch Glennara das Opfer eines Skolls, eines Wolfsmenschen, geworden war. Aber Kalliope musste immerzu an die Worte ihrer Meisterin denken, die die Vermutung geäußert hatte, jemand hätte womöglich nur den Verdacht auf die Skolls lenken wollen. Was also war die Wahrheit?

Am liebsten wäre Kalliope augenblicklich nach Ethera zurückgekehrt und hätte sich in den Schutz der Gemeinschaft geflüchtet, wo man Verständnis für sie und ihren schrecklichen Verlust haben würde. Sie sehnte sich nach ihrer Freundin Prisca, die ihr als einzige geblieben war – aber daraus würde nichts werden. Auch wenn Cedara sie mit ihren letzten Atemzügen zur Levitatin ernannt hatte – Kalliope verfügte noch nicht über die Kraft, die nötig war, um ein Schiff auf einer solch langen Strecke durch das Sanktuarion zu tragen; selbst wenn sie Kurs auf die nächstgelegene Gildevertretung nahm, war die Entfernung noch viel zu weit, als dass Kalliope sich zugetraut hätte, sie zu überbrücken – ganz abgesehen davon, dass Kapitän Baramiro und seine Leute sich wohl kaum auf ein solches Wagnis eingelassen hätten.

So hatte sich Kalliope darauf beschränkt, zwei Falken zu entsenden, die die Nachricht von Cedaras Ermordung nach Ethera tragen würden. Sicher würde der Rat der *numeratae* daraufhin eine Abordnung entsenden, die nach Jordråk kommen und die Aufgabe haben würde, den Mord zu untersuchen und Kalliope nach Hause zu holen – aber bis es so weit war, würde noch eine lange Zeit vergehen. Zeit, von der Kalliope beim besten Willen keine Vorstellung hatte, wie sie sie überstehen sollte. Am besten, so dachte sie, während sie gedankenverloren in die Flammen starrte, würde es sein, wenn sie sich in ihrer Turmkammer einschloss und darauf wartete, dass die Stunden vergingen.

Die Tage.

Die Wochen.

Es war eine eisige Nacht auf Jordråk, und auch das Feuer, das im Innenhof der Festung loderte, vermochte Kalliope nicht zu wärmen.

Binnen zweier Tage, so hieß es, musste die sterbliche Hülle einer Gildeschwester den Flammen übergeben werden, dann – und nur dann – würde ihre unsterbliche Seele in der Urkraft der Schöpfung aufgehen und Erfüllung finden, statt als ruheloser Geist durch das Chaos und die ewige Dunkelheit des Nox zu irren.

Gewöhnlich, wenn Schwestern zu Grabe getragen wurden, am Ende eines langen Lebens, hatte Kalliope aus dieser Aussicht Trost geschöpft. Eins zu werden mit der Urmutter und somit Teil des großen Gleichgewichts zu werden, das sich jede Gildeschwester nicht nur für sich selbst, sondern auch für jede ihrer Mitschwestern wünschte.

Jedoch nicht in Cedaras Fall.

Kalliopes Meisterin war lange vor ihrer Zeit gestorben, und auch nicht, weil die Natur es so gewollt hatte, sondern weil ein grausamer Mörder sie getötet hatte.

Mit unter Tränen verschwimmendem Blick starrte Kalliope in die Flammen, dorthin, wo noch vor Kurzem Cedaras leblose Gestalt gelegen hatte. Sie selbst hatte es übernommen, den Leichnam ihrer Meisterin zu waschen und von Blut und Schmutz zu reinigen. Anschließend hatte sie ihr eine frische Robe angelegt, die in dunklem Blau gehalten war und wie die meisten ihrer Gewänder von ihrer Heimatwelt Bryca stammte. Die Feder, die Cedara im Haar getragen hatte, hatte Kalliope sich selbst aufs Haupt gesteckt, eine Geste des Respekts und ein sichtbares Zeichen dafür, dass sie ihre Meisterin niemals vergessen würde.

Wie es von einer Schülerin erwartet wurde, hatte sie Cedara bis zuletzt begleitet. Sie war dabei gewesen, als man den Leichnam hinunter in den Hof getragen hatte, und als man ihn auf das Lager aus Reisig bettete, das Thor Magnussons Knechte aufgeschüttet hatten, hatte Kalliope dafür gesorgt, dass es behutsam und vorsichtig geschah, geradeso, als könnte ihre Meisterin noch immer spüren, was ihr widerfuhr.

Zu Hause auf Ethera wurde eine *numerata* in allen Ehren bestattet, inmitten der Gemeinschaft der Schwestern, begleitet von Gesängen und vom Duft wohlriechender Kräuter, die ihr den Weg in die Ewigkeit ebnen sollten. Hier in der barbarischen Fremde hatte es nichts davon gegeben. Zwar hatte Thor Magnusson einige seiner Krieger geschickt, die beiderseits des Feuers Aufstellung genommen und Cedara die letzte Ehre erwiesen hatten. Der Fürst selbst jedoch hatte es nicht für nötig befunden, der Zeremonie beizuwohnen, ebenso wenig wie sein Hofstaat, was erahnen ließ, wie gering das Leben einer Gildeschwester auf Jordråk geschätzt wurde.

Inzwischen war Cedaras sterbliche Hülle ein Fraß der Flammen geworden. Kalliope konnte nur hoffen, dass ihre Meisterin den Weg in die Ewigkeit finden würde und mit ihm jenes vollkommene Gleichgewicht, das zu erlangen Sterblichen zu Lebzeiten unmöglich war. In Gedanken sprach sie ein letztes Gebet zur Urmutter. Dann wandte sie sich ab.

Es war nicht üblich zu bleiben, bis die Flammen herabgebrannt waren, ganz abgesehen davon, dass Kalliope es nicht mehr länger ertragen hätte. Sie nickte den Kriegern der Ehrenformation in stiller Dankbarkeit zu. In Begleitung der beiden Wachen, die ihr seit Cedaras Ermordung wie Schatten folgten, wollte sie den Innenhof wieder verlassen, doch eine muskulöse Gestalt trat ihr aus dem Halbdunkel entgegen.

»Kalliope, bitte wartet!«

Es war Erik, der Diener.

»Was willst du?«, fragte Kalliope bitter.

Der junge Mann blickte betreten zu Boden, konnte ihrem Blick offenbar nicht standhalten. »Ich wollte Euch nur sagen, wie leid es mir tut, was geschehen ist.«

»Ich weiß dein Mitgefühl zu schätzen.« Es war nicht mehr als eine Floskel, die sie schnell dahinsagte, um ihn möglichst rasch wieder loszuwerden. Doch der Diener schien noch nicht alles gesagt zu haben, was ihm auf dem Herzen lag. Kurzerhand stellte er sich ihr in den Weg, was ihre beiden Bewacher nicht weiter zu kümmern schien.

»Ich meine es ernst«, bekräftigte er. »Wenn ich in jener Nacht bei Euch gewesen wäre …«

»Das warst du aber nicht«, fiel Kalliope ihm barsch ins Wort, »und dafür kannst du nichts. Wir haben uns selbst in diese Gefahr begeben. Ist es das, was du hören wolltest?«

»Nein.« Erik schüttelte den Kopf und blickte abermals betreten zu Boden. »Ich wollte nur bekunden, dass ich mit Euch fühle. Und dass ich weiß, was in Euch vorgeht.«

»Das bezweifle ich«, entgegnete sie, »aber ich danke dir für dein Mitgefühl, das mir zeigt, dass auf dieser Welt ein niederer Knecht offenbar mehr Anstand hat als der höchste Herrscher.«

Erik blickte auf. »Was wollt Ihr damit sagen?«

»Nichts – nur dass euer Fürst ganz offenbar nicht weiß, was sich gehört. Sonst wäre er gekommen, um einer Gildeschwester von solch hohem Rang die letzte Ehre zu erweisen. Meine Meisterin war eine *numerata* und gehörte dem Rat der Gilde an – und er hat sie auf dem Hinterhof verbrennen lassen wie eine Hure, ohne sich auch nur einen Dreck darum zu scheren.«

»Ihr seid verletzt und sprecht im Zorn«, erwiderte Erik, »deshalb will ich Euch diese Worte nicht verübeln.«

»Du willst es mir nicht verübeln?« Sie hob die Brauen. »Denkst du nicht, dass du dich im Ton vergreifst?«

»Genau wie Ihr«, konterte er ungerührt, »denn es steht Euch nicht zu, das Verhalten des Fürsten infrage zu stellen, wenn Ihr noch nicht einmal seine Beweggründe kennt.«

»Beweggründe?« Sie blitzte ihn wütend an. »Welche Beweggründe könnten gut genug sein, einer *numerata* den ihr gebührenden Respekt zu verweigern?«

»Nun«, meinte Erik, der sich von ihrem Zorn und dem Gift in ihren Worten nicht im Geringsten beeindrucken ließ, »immerhin solltet Ihr nicht vergessen, dass Eure Meisterin in jener Nacht den Befehl des Fürsten missachtet hat, indem sie sich unerlaubt und zu nächtlicher Stunde aus ihrer Kammer entfernt hat.«

»Und das rechtfertigt, sie bestialisch zu ermorden?«

»Natürlich nicht. Aber es lässt manche Dinge in einem anderen Licht erscheinen.«

»Was für Dinge?«, fragte sie. »Wovon sprichst du?«

Der Blick des Dieners zeigte, dass er etwas verbarg. »Ich möchte Euch nur wissen lassen, dass Ihr mir vertrauen könnt.«

»Ich kann *niemandem* trauen«, verbesserte sie. »Nicht an diesem Ort, wo bereits zwei meiner Mitschwestern ermordet wurden. Geht das in deinen Kopf?«

»Ihr habt Angst, und das kann ich gut verstehen«, versicherte er. »Aber Ihr solltet nicht diejenigen abweisen, die Euch helfen wollen.«

»Du willst mir helfen? Wobei?«

»Den Mörder Eurer Meisterin zu finden und zur Rechenschaft zu ziehen«, erklärte Erik ohne Zögern. »Dieser feige Mord darf nicht ungesühnt bleiben.«

»Darin stimmen wir überein«, versicherte sie. »Aber ich werde meine Nase nicht in Angelegenheiten stecken, die mich nichts angehen.«

»Die Euch nichts angehen?« Er sah sie verwundert an. »Eure Meisterin ist tot!«

»Und ich trauere um sie«, versicherte Kalliope. »Aber wir wollen nicht vergessen, dass sie bereits die zweite Gildeschwester ist, die auf Jordråk gewaltsam zu Tode gekommen ist. Wenn ich also am Leben bleiben will, sollte ich ihre Fehler vermeiden und mich ruhig verhalten, bis Verstärkung von Ethera eingetroffen ist.«

»Das kann Wochen dauern«, wandte Erik ein. »Bis dahin sind alle Spuren verwischt und der Täter verschwunden.«

»Das glaube ich kaum«, entgegnete Kalliope, »denn wie es aussieht, bin ich wohl die einzige Levitatin auf diesem Weltensplitter – und damit dürfte für den Mörder wohl jede Möglichkeit entfallen, von hier zu entkommen.«

»Das ist wahr«, gab Erik widerstrebend zu. »Es ist nur … Ich möchte Euch helfen.«

»Das weiß ich sehr zu schätzen. Aber du hilfst mir am besten, indem du dich von mir fernhältst. Wenn meine Mitschwestern eintreffen, werden sie sich aller Wahrscheinlichkeit nach in Begleitung eines königlichen *legatus legis* befinden. Er wird sich der Sache annehmen, besser und wirkungsvoller, als ich es je könnte – und wer auch immer der Mörder ist, wird dann für seine Verbrechen bezahlen.«

»Eine Ermittlung durch einen Legaten des Königs könnte für Jordråk das Ende der Freiheit bedeuten«, wandte Erik ein.

»Vermutlich«, gab sie zu, »doch das zu verhindern, steht nicht mehr in meiner Macht.«

»Ihr könntet es verhindern, indem Ihr den Täter sucht und findet. Wäre er bereits gefasst, wenn Eure Mitschwestern eintreffen, gäbe es für sie nichts mehr zu tun.«

Kalliope schaute ihm prüfend ins Gesicht. »Worum geht es dir vor allem? Um meine Meisterin oder um das Wohl deiner Heimatwelt?«

»Beides«, gestand er ohne Zögern ein. »Ich will, dass der Mörder Eurer Meisterin gefunden und bestraft wird. Aber ich will auch nicht, dass Jordråk der Gerichtsbarkeit eines Königs unterstellt wird, der weit weg ist und seinen Fuß noch niemals auf diese Welt gesetzt hat.«

»*Du* willst das nicht?« Sie musterte ihn vom blonden Haarschopf bis hinab zu den ledernen Stiefeln. »Für einen Diener bist du ziemlich anmaßend.«

»Wir alle dienen auf die eine oder andere Weise«, entgegnete Erik und straffte seine athletische Gestalt. »Dennoch sind wir frei.«

Einen Augenblick lang dachte sie über seine Worte nach. Zu ihrer eigenen Verblüffung kostete es sie eine gewisse Überwindung, sich abzuwenden. Noch mehr jedoch überraschten sie die Tränen, die ihr plötzlich in die Augen stiegen. Sie entfernte sich rasch, damit er es nicht sehen konnte, gefolgt von den beiden Wachen.

»Denkt über meine Worte nach, Gildeschülerin!«, rief er ihr nach. »Ihr mögt Euch in Eurer Kammer verstecken, Eurer Verantwortung jedoch entkommt Ihr nicht! Ihr müsst den Mörder Eurer Meisterin finden, das seid Ihr ihr schuldig!«

Kalliope blieb weder stehen noch wandte sie sich um. Sie tat, als prallten die Worte wirkungslos von ihr ab – dabei traf jedes einzelne sie bis ins Mark.

Innerlich aufgewühlt und mit den Tränen kämpfend, kehrte sie in die Festung zurück und schlug den Weg zu ihrem Quartier ein. Einerseits wusste sie, dass Erik recht hatte und es im Sinn ihrer Meisterin gewesen wäre, wenn die Wahrheit ans Licht kam – andererseits hatte sie noch Cedaras letzte Worte im Ohr.

Der Diener hat uns belogen …

Was, wenn sie Erik gemeint hatte? Hatte Cedara ihr womöglich etwas über den Täter zu sagen versucht? Je länger Kalliope darüber nachdachte, desto verwirrter wurde sie, und desto stärker reifte in ihr die Überzeugung, dass sie niemandem auf diesem eisig kalten Weltensplitter vertrauen konnte.

Niemandem als sich selbst.

»Verzeiht, Gildeschülerin«, riss eine schnarrende Stimme sie aus ihren Gedanken.

»Was ist denn noch?« Sie blieb stehen und wandte sich um. Es war Hakkit, der oberste Diener des Fürsten. Schwerfällig und mit watschelndem Gang kam der Walrossmann auf sie zu.

»Nur auf ein Wort«, bat er dabei.

»Schön, aber beeil dich«, forderte sie ihn auf und atmete tief durch, um sich wieder zu fassen. »Mich verlangt nach der Stille meiner Kammer.«

»Das verstehe ich«, versicherte der Diener beflissen, »und ich bedaure sehr, was geschehen ist.«

»Jeder hier scheint es zu bedauern«, versetzte Kalliope bitter. »Wie schade nur, dass niemand das Verbrechen verhindern konnte.«

»Was geschehen ist, ist geschehen«, entgegnete der Diener, »und es steht nicht in unserer Macht, das Rad der Zeit zurückzudrehen. Dennoch sollten wir nicht erlauben, dass die Vergangenheit Macht über die Gegenwart gewinnt.«

»Was willst du damit sagen?«

»Erik ist ein aufrechter junger Mann, Gildeschülerin. Die Hilfe, die er Euch angeboten hat, kommt aus ehrlichem Herzen. Ihr solltet sie nicht zurückweisen.«

»Was geht dich das an?«

»Nichts«, gab der Diener zu. »Dennoch sah ich es als meine Pflicht an, Euch darüber in Kenntnis zu setzen, dass Erik nicht Euer Feind ist. Ihr solltet ihm vertrauen, sonst seid Ihr ganz allein und auf Euch gestellt.«

»Glaubst du, das wüsste ich nicht?«

»Mit Verlaub, Gildeschülerin«, entgegnete Hakkit, wobei er mit den Flossenhänden eine abwehrende Bewegung machte, »es kommt mir nicht zu, Euch zu beurteilen. Aber ich glaube, dass Ihr einsam seid in diesen Tagen und einen Freund nötig habt. Das ist alles.«

Kalliope war außer sich.

Die Art, wie der Diener mit ihr sprach, die Vertrautheit, die er sich herausnahm, war nicht nur in höchstem Grade ungebührlich, sondern berührte sie auch auf unangenehme Art und Weise. Es verunsicherte sie – und ließ sie wütend werden.

»Was maßt du dir an?«, fuhr sie den Diener an. »Du bist doch nichts als … ein bedauerlicher Irrtum, ein Widerspruch im Schöpfungsplan, dem eine Laune des Zufalls das Sprechen beigebracht hat! Bilde dir nicht ein, auch nur annähernd ermessen zu können, was mich bewegt oder was in mir vorgeht!«

Die kleinen, unter wulstigen Hautfalten liegenden Augen des Dieners musterten sie, die Tastorgane seines Bartes bebten. »Ihr habt recht«, sagte er dann. »Ich mag nur ein Animale und damit in Euren Augen nichts wert sein. Aber selbst ich kann sehen, dass die Trauer um Eure Meisterin Euer Herz verfinstert. Lasst nicht zu, dass sie Euer Urteil trübt. Ich bin sicher, dass auch Meisterin Cedara das nicht gewollt hätte.«

Kalliope schloss die Augen.

»Geh«, sagte sie nur.

»Wie Ihr wünscht«, sagte Hakkit, verneigte sich und wandte sich ab, um auf seinen breiten Flossenfüßen davonzuwatscheln.

Kalliope blickte ihm hinterher, schnaubend vor hilflosem Zorn, und wusste nicht, auf wen sie wütender war. Auf den Animalen, weil er im Grunde recht hatte. Oder auf sich selbst, weil sie es wusste.

8. Kapitel

Sie liefen, so schnell ihre Beine sie trugen – doch es zeichnete sich ab, dass sie das Rennen verlieren würden.

Croy, dessen kräftige Beine noch am ehesten dazu angetan waren, ihn außer Reichweite der stahlgepanzerten, alles zerstörenden Bestie zu bringen, setzte ihnen mit großen Sprüngen voraus, gefolgt von Kieron, den seine Furcht vor dem stampfenden, rasselnden Monstrum gnadenlos antrieb; ihm wiederum folgte Jago auf den Fersen, der rot angelaufen war und seine kurzen Beine lauthals verfluchte.

Doch obwohl die Gefährten alles gaben, holte der Koloss beständig auf. Im gleißenden Blick seiner Glutaugen warfen die Flüchtlinge lange Schatten, während sie den schnurgeraden Gang hinabrannten, der keinen Abzweig zu besitzen schien. Auch hier waren die Wände fast spiegelglatt, hingen wirre Stränge von der Decke, die Kieron an das Moos auf den Shantik-Bäumen erinnerten. Mit dem Unterschied, dass dieser Ort weit gefährlicher war als selbst der tiefste Dschungel Madagors.

Wie es Thong gelungen sein mochte, die Gefährten aufzuspüren, wusste niemand zu sagen, auch nicht, wie ein Wesen aus Fleisch und Blut, das die Gottheit der Rattenkrieger offenkundig war, es schaffen konnte, eine steinerne Mauer einzureißen. Alle diese Fragen hatten im Augenblick keine Bedeutung, es zählte nur das nackte Überleben.

Obschon ihre Lungen brannten von der schlechten Luft und ihre Beine kurz davor waren, unter ihnen zusammenzubrechen, rannten sie immer noch weiter, während ihr Verfolger scheinbar mühelos aufholte – und dann erklang wieder jenes hässliche, flirrende Geräusch, das sie schon zuvor vernommen hatten …

»Feuer!«, schrie Jago. »Er speit wieder Feuer!«

»Dort hinein!«

Unvermittelt war zu ihrer Linken eine Stollenmündung aufgetaucht, in die sie abbogen, während Thong hinter ihnen erneut ein loderndes Inferno entfesselte. Wieder schossen Flammen aus seinem Helmvisier, jagten als züngelnde Lohen an den Wänden entlang und hinterließen dunkle Brandspuren – die Flüchtenden jedoch erreichten sie nicht mehr. Hals über Kopf waren die Gefährten in den dunklen Nebengang abgebogen, ohne auch nur die Spur einer Ahnung zu haben, wohin er führte. Und hätte der Flammenstoß ihres Verfolgers den Stollen nicht für einen Augenblick hell beleuchtet, wären sie womöglich in die Tiefe gestürzt. Denn der Gang war nicht sehr lang.

Nach nur wenigen Dutzend Schritten endete er. Ein metallenes Tor, das einst ähnlich bunt bemalt gewesen sein mochte wie der Eingang zum Tempel und mit denselben rätselhaften Symbolen versehen, stand offen; jenseits davon fiel der Boden senkrecht ab in dunkle, ungeahnte Tiefe.

Die Gefährten blieben stehen. Hier ging es nicht weiter – und hinter ihnen wälzte soeben Thong seine Körpermasse um die Biegung. Schon hatte sie sein leuchtender Blick entdeckt. Während Jago die Arme in die Luft warf und vorsorglich Vergebung winselte, hob Croy den verbliebenen Dolch, um sich ihrem Verfolger zum letzten Kampf zu stellen. Kieron hingegen suchte weiter nach einem Ausweg – und fand ihn, als Thongs lodernder Blick in den senkrecht abfallenden Schacht fiel.

»Do-dort, eine Leiter!«

Kierons Stimme überschlug sich, heftig gestikulierend deutete er auf den rettenden Fund. Die Stiegen, die direkt in die glatte Felswand eingelassen zu sein schienen, waren alt und rostig, aber sie führten in die Tiefe.

»Worauf warten wir?«

Croy zögerte keinen Augenblick. Den Dolch nahm er kurzerhand zwischen die Zähne, dann sprang er von dort, wo er stand, quer durch den rund zwei Klafter durchmessenden Schacht und auf die Leiter. Seine Krallen bekamen die Holme zu fassen und hielten sich daran fest, während seine Beine bereits hinabzusteigen begannen. Ein kalter Luftzug, der aus der Tiefe herauf wehte, bauschte seinen Umhang. Auch Jago bestieg die Leiter und kletterte rasch hinab, wobei er seinen Schwanz wie eine dritte Hand zum Einsatz brachte und sich damit sicherte. Kieron blieb noch lange genug, um zu sehen, wie der Koloss unaufhaltsam näher kam. Einen kurzen Augenblick lang hielt der Junge dem vernichtenden Blick der Bestie stand – dann kletterte auch er so schnell er konnte in die Tiefe.

Das rostige Metall erbebte unter ihren hektischen Tritten, sie konnten nur hoffen, dass es der Belastung standhalten würde. Mit jedem Klafter wurde es dunkler, aber wenn sie gehofft hatten, der Donnerer würde sie dadurch aus den Augen verlieren oder die Jagd aufgeben, so hatten sie sich geirrt.

Schon spähte er in den Schacht, grelles Licht erfasste die Flüchtlinge. Dann erneut ein fauchender Feuerstoß – doch die Reichweite war zu gering, um Kieron und seine Gefährten noch zu erreichen. Mörderische Hitze war für einen Moment zu spüren, doch sie verschwand schlagartig, als die Flamme wieder erlosch.

Und es ging weiter in die Tiefe …

So rasch er es vermochte, setzte Kieron einen Fuß unter den anderen, während er sich gleichzeitig an den rostigen Sprossen herabhangelte. Schon ein Fehltritt oder ein unbedachter Griff konnte sein Ende bedeuten, denn wen die dunkle Tiefe verschlang, den gab sie nicht wieder her. Besorgt blickte Kieron nach oben – und begriff, wie genial der Fluchtweg war, den sie gewählt hatten. Denn durch den senkrecht verlaufenden Schacht vermochte Thong ihnen nicht zu folgen.

Der gepanzerte Koloss stand oben an der Öffnung und starrte mit glühenden Augen herab. Dabei zischte er wütend, heißer Dampf fuhr aus seinen metallenen Nüstern – aber es änderte nichts daran, dass für eine Kreatur seiner Masse und seines Gewichts kein Weg hinabführte.

»Könnt ihr das sehen?«, fragte Jago triumphierend. »Das Monstrum kann uns nicht hinterher, und jetzt macht es ein langes Gesicht. Das hast du nun davon – bäääh!« Er rollte seine lange Zunge aus und ließ sie hämisch flattern.

»Schluss damit«, mahnte ihn Croy, der unbeirrt weiterkletterte. »Noch sind wir ihm nicht entkommen.«

»Plötzlich so kleinlaut, Katzmann«, beschied ihm der Chamäleonid. »Was soll uns denn jetzt noch passieren?«

Wie um seine Frage zu beantworten, war von oben ein summendes Geräusch zu hören. Kieron blickte hinauf und sah, dass Thong sein Visier erneut geöffnet hatte – diesmal allerdings nicht, um Feuer zu spucken. Stattdessen verstärkte sich das Summen, und dann schnellte ein Geschoss aus der dunklen Öffnung, das aussah wie ein Pfeil und auf einem lodernden Flammenstrahl zu reiten schien.

»Vorsicht!«, rief Kieron und klammerte sich mit aller Kraft an die Leiter, wobei er den Kopf zwischen die Schultern zog – wissend, dass ihm dies im Zweifelsfall wenig nutzen würde. Doch das feurige Geschoss verfehlte sowohl ihn als auch seine Gefährten und jagte an ihnen vorbei in die Tiefe.

»Na, was hab ich gesagt?«, plärrte Jago. »Der Kerl in seiner rostigen Rüstung kann uns gar nichts mehr! Hörst du?«, schrie er in seinem Übermut hinauf. »Wenn du uns treffen willst, musst du schon etwa besser zie…«

Der Rest seiner Worte ging in einem ohrenbetäubenden Krachen unter. Denn inzwischen hatte Thongs Feuerpfeil den Grund des Schachts erreicht – und richtete dort ein Inferno der Zerstörung an.

Ein Ball aus Feuer und Rauch flammte auf, der donnernd an den Schachtwänden emporrollte. Jago brüllte heiser, als er die Flammen näher kommen sah, im nächsten Moment wurde es unerträglich heiß. Kieron schloss die Augen, spürte, wie die Hitze ihm Kleider, Haut und Haare versengte, und während ein Teil von ihm überzeugt davon war, dass dies das Ende wäre, hielt ein anderer sich unnachgiebig an der Leiter fest. So plötzlich, wie sie aufgeflammt war, verlosch die Feuerwalze wieder. Einigermaßen verblüfft nahmen Kieron und seine Gefährten zur Kenntnis, dass sie noch am Leben waren – erst dann registrierten sie, dass es nicht mehr dunkel war: Die Zerstörung, die das rätselhafte Geschoss angerichtet hatte, hatte den Grund des Schachtes zerfetzt und, da er sich offenbar dicht an der Unterseite des Weltensplitters befand, den Weg nach draußen geöffnet. Graue Wolken waren zu sehen, kalte Luft wehte aus der Tiefe herauf. Kein Zweifel – dies war das Sanktuarion!

»Rasch hinab«, drängte Croy. »Wir müssen den Schacht verlassen!«

Kieron verzichtete darauf, ein weiteres Mal nach oben zu blicken, wo sich Thong vermutlich anschickte, ein zweites seiner verderblichen Geschosse auf die Flüchtlinge zu werfen. Stattdessen beeilte sich der Junge, möglichst behände zu klettern, und schaffte es irgendwie, mit den beiden Animalen mitzuhalten. Das Ende des Schachts näherte sich und kam in Reichweite, als von oben wieder jenes hässliche Summen zu hören war. Sie mussten noch waghalsiger klettern …

»Rasch! Rasch!«, trieb Kieron seine Gefährten überflüssigerweise an – auch sie hatten das Geräusch vernommen und gaben bereits ihr Bestes.

Ein verzweifelter Blick hinab.

Noch vier Klafter.

Noch drei …

Plötzlich ein verzweifelter Schrei Jagos: In der Eile griff der Chamäleonid daneben und rutschte ab. Als Folge kippte er mit dem Oberkörper nach hinten, und auch sein Versuch, sich mit der anderen Kralle oder seinem Schwanz an die Sprossen zu klammern, schlug fehl.

»Jago!«, rief Kieron – aber es war zu spät.

Wie ein nasser Sack fiel sein ehemaliger Besitzer von der Leiter und stürzte kopfüber in die gähnende Leere, die unterhalb des Schachts klaffte. Lauthals schreiend überschlug er sich in der Luft, während er seinem sicheren Ende entgegenfiel – doch etwas Unerwartetes geschah.

Allen Gesetzen der Natur zum Trotz hielt der Chamäleonid in seinem freien Fall plötzlich inne, so als würde ein unsichtbares Netz ihn halten. Jagos gellender Schrei dauerte fort, nahm jedoch einen fragenden Tonfall an. Verwirrt bemühte er sich zu erkennen, was seinen Sturz aufgehalten hatte. Er merkte, dass er in der Luft schwebte, und begann spontan mit den Armen zu schlagen, so als wollte er seinen Beitrag zu seiner wundersamen Rettung leisten.

Inzwischen hatten auch Croy und Kieron das Ende der Leiter erreicht, die sich infolge des Feuers verformt hatte und in orangeroter Glut glomm. Sie sprangen von der Leiter auf den schmalen Rand, der vom Schachtboden geblieben war und der die Öffnung als schmaler Absatz säumte. Darunter lag die unermessliche Tiefe des Sanktuarions.

Croy packte Jago, der unmittelbar über der Mündung schwebte, und zog ihn zu sich an den Rand – und das keinen Augenblick zu früh. Denn dort, wo er eben noch geschwebt hatte, zuckte im nächstem Moment Thongs Feuerpfeil hindurch.

Von einem Flammenschweif getragen, schoss das Geschoss knapp an den Gefährten vorbei und durch die Öffnung ins Freie, um sich einhundert Klafter tiefer erneut in einen grellen Feuerball zu verwandeln. Die Flammen zerstreuten sich und irrlichterten über den grauen Himmel, um sich schließlich wieder zu verlieren.

»Habt ihr das gesehen?«, fragte Jago stammelnd, der davon gar nichts mitbekommen zu haben schien. Stattdessen starrte er wie gebannt auf seine Arme, die er wie Flügel auf- und abbewegte. »Ich hatte ja gar keine Ahnung, dass ich fliegen kann. Ich glaube, ich bin das erste Chamäleon, das nicht nur seine Farbe wechseln, sondern auch …«

Er unterbrach sich, als er sah, dass Kieron und Croy ihre Arme ebenfalls hoben.

»Was denn, seid ihr jetzt übergeschnappt?«, fragte er. »Glaubt ihr, nur weil ich in der Lage bin zu fliegen, könntet ihr es ebenfalls?«

Sie gaben ihm keine Antwort, und da begriff er erst, dass ihr banger Blick gar nicht ihm galt, sondern etwas, das sich hinter ihm befand.

»Ihr wollt gar nicht fliegen, oder?«, fragte er.

»Nein«, gab Croy zu.

Da wandte sich Jago langsam um – und stieß einen gellenden Schrei aus, als er die beiden grobschlächtigen Gestalten erblickte, die in der Schachtöffnung schwebten und mit ihren ledrigen Schwingen schlugen, während sie mit gespannter Armbrust auf die Gefährten zielten.

Die Visiere ihrer mit metallenen Kämmen versehenen Helme waren geschlossen, doch ihre Brustpanzer trugen das Zeichen von

Karnak, was nur einen Schluss zuließ: Es waren Goroptera, die gefürchtetsten Soldaten der kaiserlichen Legion.

»Ihr da!«, rief einer der beiden ihnen mit rauer Stimme zu, während unterhalb des Schachts ein halbes Dutzend weiterer Legionäre heranflogen. »Ihr seid widerrechtlich in eine Minenkolonie Ihrer Majestät der Kaiserin eingedrungen. Ergebt euch auf der Stelle – oder ihr seid tot.«

9. Kapitel

Kalliope erwachte jäh.

Sie wusste nicht, was sie aus dem Schlaf geschreckt hatte. Es mochte ein fremdes Geräusch gewesen sein, vielleicht auch etwas, das sie geträumt hatte – aber als sie die Augen öffnete, hatte sie plötzlich das Gefühl, nicht mehr allein zu sein in ihrer Kammer.

Sie schoss von ihrem Lager hoch und blickte sich in ihrem Quartier um, das von der schwelenden Kaminglut matt beleuchtet wurde – und sie erschrak, als sie erkannte, dass ihr Gefühl sie nicht getrogen hatte.

Nur wenige Schritte entfernt, zwischen den Truhen Meisterin Cedaras, stand eine dunkle Gestalt. Kalliope zwinkerte und rieb sich den Schlaf aus den Augen, weil sie glaubte, einer Täuschung zu erliegen. Aber der Schemen verschwand nicht etwa, sondern er bewegte sich, was ihr einen Schauer über den Rücken jagte. Und er konnte sprechen …

»Guten Abend, Kalliope«, sagte er mit sanfter Stimme.

»W-wer seid Ihr?«, fragte die Gildeschülerin und vergaß in der Aufregung ganz, sich zu bedecken, obschon sie nur ihr Untergewand trug.

»Erkennt Ihr mich denn nicht?«, erwiderte der Schemen zu ihrer Überraschung. Kalliope verengte ihre Augen und wartete darauf, dass sie sich an die Dunkelheit gewöhnten – und endlich konnte sie sehen, wer ihr unheimlicher Besucher war.

»Erik!«, entfuhr es ihr.

»Verzeiht«, sagte er nur.

»Was fällt dir ein?« Kalliope entsann sich ihrer Blöße und zog die Decke hoch.

»Es ging nicht anders. Ich wollte mit Euch reden, aber seit dem Tag, da Eure Meisterin beigesetzt wurde, habt Ihr Eure Kammer nicht verlassen und wünschtet auch keinen Besuch. Es lag nicht in meiner Absicht, Euch zu erschrecken.«

»Weißt du nicht, dass es bei Todesstrafe verboten ist, sich einer Gildeschülerin zu nähern?«

»Dergleichen hatte ich nicht vor«, versicherte er. »Ich wollte lediglich mit Euch sprechen.«

»Worüber?«

»Über Eure Meisterin«, gab er zur Antwort. »Ich habe Nachforschungen angestellt.«

»Dazu hattest du kein Recht – ebenso wenig, wie du das Recht hast, hier in meiner Kammer zu sein!«

»Glaubt Ihr?«, fragte er und lächelte auf eine Weise, die an Dreistigkeit nicht zu überbieten war.

»Ich werde die Wache rufen«, entschied Kalliope.

»Das könntet Ihr«, gab Erik zu, »aber es würde nichts nützen. Kein Krieger in Jordråk würde seine Hand oder gar sein Schwert gegen mich erheben. Gegen Erik Thorson, den Sohn des Herrn dieser Welt!«

Kalliope war wie vom Donner gerührt.

»Du … Ihr … seid Erik Thorson?«, stammelte sie. Sie hatte gewusst, dass Fürst Magnusson einen Sohn hatte, Cedara hatte es ihr gesagt. Aber sie hatte keine Ahnung gehabt, dass … »Weshalb habt Ihr uns belogen?«

»Weil ich etwas in Erfahrung bringen wollte.«

»Ob Gildeschwestern leichtgläubige Närrinnen sind?« Kalliope lachte freudlos auf. »Zumindest das wisst Ihr jetzt.«

Er schüttelte den Kopf, den das lange blonde Haar wie eine Mähne umgab. »Als Meisterin Glennara ermordet wurde, war uns allen klar, dass die Gilde dies nicht ungesühnt lassen und jemanden schicken würde, um den Vorfall zu untersuchen. Mein Vater war überdies der Meinung, dass die Gilde diesen Anlass nutzen würde, um seine Herrschaft zu schwächen und ihre Machtposition auf den Außenwelten auszubauen.«

»Und Ihr?«, fragte Kalliope. »Glaubt Ihr das auch?«

»Nein. Deshalb habe ich meinen Vater gebeten, Euch meine Identität zu verschweigen und mich Euch als Diener zuzuteilen, nachdem Ihr Hakkit abgelehnt hattet. Auf diese Weise hoffte ich zu erfahren, wer Ihr seid und was Ihr in Wahrheit im Schilde führt.«

»Ihr habt uns ausspioniert«, sagte Kalliope wütend. Ihr Stolz war gekränkt, weil sie vorgeführt worden war, ohne es zu bemerken. Und sie war enttäuscht, weil Erik – wohlgemerkt der Diener Erik – der einzige Mensch in ganz Jordråk war, dem sie noch halbwegs vertraut hatte.

»Nein«, widersprach er abermals, »ich habe Euch die Möglichkeit gegeben, Euch als Freund oder Feind zu offenbaren. Die überwältigende Mehrheit der Menschen auf Jordråk teilt die Meinung meines Vaters, was die Gilde betrifft.«

»Das war nicht zu übersehen«, entgegnete Kalliope scharf. »Anders waren die Anteilnahme an Meisterin Cedaras Beisetzung nicht zu erklären. Um die Wahrheit zu sagen, habe ich mich geschämt …«

»Dazu besteht kein Anlass«, versicherte Erik. »Ihr habt Euch nichts vorzuwerfen.«

»… für Euer Volk«, fuhr sie unbarmherzig fort. »In meinen Augen sind die Bewohner Jordråks ungebildete Barbaren, die nicht davor zurückschrecken, kaltblütig zu morden.«

Sie wartete darauf, was ihre Worte bewirkten, aber Erik blieb gelassen. »Ich hoffe«, erwiderte er nur, »dass das nicht Euer Ernst ist und nur Eure Trauer und Euer verletzter Stolz Euch so sprechen lassen, Kalliope. Die Bewohner Jordråks sind anders, als Ihr denkt, und ich hege die Hoffnung, dass ich Euch das eines Tages beweisen kann.«

»Und ich hoffe«, konterte sie, »dass Ihr nun wieder geht und mich in Ruhe lasst. Oder seid Ihr gekommen, um auch mich hinterrücks zu töten?«

»Seid nicht albern.« Erik schnaubte. »Wäre es mir darum gegangen, hätte ich Euch im Schlaf die Kehle durchschneiden können – Ihr hättet es noch nicht einmal bemerkt und wärt erst im Totenreich wieder aufgewacht.«

»In der Ewigkeit der Schöpfung«, verbesserte sie. »Gildeschwestern glauben nicht an derlei Dinge.«

»Ihr wisst, was ich meine«, entgegnete er.

Kalliope wusste es. Ihre Wut ging ins Leere wie ein Pfeil, der sein Ziel verfehlt hatte. Die Vorstellung, hintergangen worden zu sein, empörte sie immer noch – bis ihr ein neuer Gedanke kam.

Der Diener hat uns belogen …

Hatte zumindest Cedara also durchschaut, dass er der Sohn des Weltenherrschers war? Hatte sie ihrer Schülerin womöglich sagen wollen, dass er ihr helfen konnte? Dass sie sich an ihn halten sollte, um auf dieser eisigen, feindseligen Welt nicht verloren zu gehen?

Der Gedanke gefiel ihr – und die Aussicht, nicht mehr allein zu sein. Ihr Leben lang hatte sie in einer Gemeinschaft gelebt, hatte Menschen wie Prisca und Meisterin Cedara um sich gehabt, denen sie sich hatte anvertrauen können. Hier jedoch war sie auf sich gestellt, und sie hatte es satt. Sie sehnte sich nach einem Verbündeten.

»Ihr hättet das nicht tun sollen«, sagte sie, nicht mehr wütend, sondern in einem Anflug von Traurigkeit. »Ich dachte, ich könnte Euch vertrauen.«

»Das könnt Ihr«, versicherte er ohne Zögern. »Ich bin nicht Euer Feind, Kalliope, das müsst Ihr mir glauben. Ich will Euch helfen.«

Sie nickte. »Ein wenig Hilfe könnte ich wahrlich gut gebrauchen …«

»Ihr habt sie gefunden«, versicherte er, »aber eine Bedingung ist daran geknüpft.«

»Natürlich, ich hätte es wissen müssen.« Ihr Lächeln war dünn und freudlos. »Was soll ich für Euch tun?«

»Mir versprechen, dass Ihr Euch nicht länger in diesen Mauern verkriecht«, erwiderte er und machte eine ausladende Handbewegung, die die Turmkammer und alle Kisten darin einschloss. »Kommt heraus und sucht zusammen mit mir nach dem Mörder Eurer Meisterin.«

»Wenn ich das tue«, erwiderte sie, »bin ich in wenigen Tagen tot …«

»Sorgt Euch nicht.« Er schüttelte den Kopf. »Jeder einzelne Krieger meines Vaters wird Euch beschützen. Und ich gelobe bei meiner Klinge, Euch unter Einsatz meines Lebens vor Schaden zu bewahren.«

»Das ist mehr, als ich erwarten konnte«, erwiderte sie, beeindruckt von seinem Edelmut und dennoch noch immer voller Argwohn. »Ihr beschämt mich nach allem, was ich über Euch und Euer Volk gesagt habe, aber …«

Er wartete.

»… aber ich weiß nicht, ob ich jemals anders über Euch und die Euren denken kann«, gestand sie leise. »Mein Herz ist so voller Trauer, dass der Schmerz mich fast zerreißt.«

»Ich weiß.« Er nickte. »Findet Cedaras Mörder, und ich schwöre Euch, Ihr werdet Vergebung finden, Kalliope. Sowohl vor Eurer Meisterin als auch vor Euch selbst. Und vielleicht werdet Ihr dann auch mir und meinem Volk vergeben.«

10. Kapitel

In dieser Nacht loderte auf Tridentia der erste Scheiterhaufen.

Der Name des Mannes, dessen Körper dem hellen Licht der Flammen übergeben wurde, damit seine vom Nox umfangene Seele Läuterung finde, lautete Arion.

Unter dem Einfluss der Folter hatte der ehemalige Hausmeier Ardaths des Goldenen schließlich doch sein Schweigen gebrochen und ein umfassendes Geständnis abgelegt. Heulend und wimmernd hatte er hinausgeschrien, Teil einer umfassenden Verschwörung zu sein, deren erklärtes Ziel es war, die Gilde zu bekämpfen und ihren Einfluss zurückzudrängen, auf dass die Welten des Sanktuarions in ein Zeitalter primitiver Barbarei zurückfielen; ferner hatte er zugegeben, den dunklen Göttern des Nox zu huldigen und ein Feind der lichten Schöpfung zu sein. Nur was jenes Zeichen zu bedeuten hatte, das in sein Medaillon eingraviert gewesen war, hatte er auch unter heftigster Qual nicht erklären wollen, sodass Harona schließlich von ihm abgelassen hatte. Seine Schuld war auch so erwiesen, eines weiteren Beweises bedurfte es nicht.

Am Fuß des aus Fichtenholz und Reisig aufgeschichteten Haufens stehend, der sofort Feuer gefangen hatte und inzwischen lichterloh in Flammen stand, starrte Prisca auf das formlose schwarze Bündel, das inmitten der Feuersbrunst am Pfahl hing und einmal ein Mensch gewesen war.

Arion hatte geschrien.

Seinem Geständnis zum Trotz hatte der einstige *maior domus* bis zuletzt behauptet, unschuldig und das Opfer eines Missverständnisses zu sein. Erst als Meisterin Harona das Urteil verlas, zeigte er sein wahres Gesicht. Mit hassverzerrten Zügen und von Irrsinn getriebenem Blick hatte Arion der Gilde und der Schöpfung gespottet, hatte übelste Verwünschungen ausgesprochen und die Gildemeisterin und ihre Schülerin mit Beleidigungen überschüttet. Harona hatte alles an sich abgleiten lassen, ohne dass eine Regung zu erkennen gewesen wäre – anders als Prisca.

Tief in ihrem Inneren hatte die Schülerin nach wie vor Zweifel an der Schuld des Zeremonienmeisters gehegt, und die Tatsache, dass sie selbst zu seinem Geständnis beigetragen hatte, war in dieser Hinsicht nicht hilfreich gewesen. Hatte Arion all diese Verfehlungen tatsächlich begangen und den König absichtlich in die Irre geführt, im Dienst einer obskuren Verschwörung? Oder war er lediglich ein fehlgeleiteter Geist, der den Genuss über seine Pflichten gestellt und sich darüber selbst vergessen hatte?

Die Folter anzuwenden und jene Fähigkeiten, an denen sie ihr Leben lang gearbeitet hatte, dafür einzusetzen, Leid und Schmerz zu erzeugen, hatte in Prisca eine Leere hinterlassen. Ihr Innerstes war dadurch ins Ungleichgewicht geraten, das Gefühl, einen folgenschweren Fehler begangen zu haben, war stärker gewesen als jedes Pflichtgefühl.

Doch als das Winseln und die Unschuldsbeteuerungen des Verurteilten in wüste Beschimpfungen übergingen und er begann, die Gildeschwestern zu verfluchen und sie mit obszönen Gesten zu beschmutzen, wurde der Streit in ihrem Inneren entschieden. So viel Aggression, so viel abgrundtiefer Hass sprach aus Arions Worten, dass auch Prisca nicht mehr anders konnte, als in ihm eine verirrte, sündige Seele zu sehen. Und mit der Einsicht, dass der oberste Hofbeamte tatsächlich dem Nox verfallen war, kam auch die Überzeugung, dass Harona richtig gehandelt hatte.

Aufgrund ihrer Erfahrung hatte die *numerata* dem verräterischen Berater von Anfang an ins Herz geblickt, und sie hatte nicht gezögert zu tun, was nötig war, um das Böse darin zu bekämpfen. Bei den letzten Flammen, die am zur Unkenntlichkeit verbrannten Torso des *maior domus* emporleckten, und bei dem bitteren Gestank, der vom Scheiterhaufen aufstieg, schwor sich Prisca, dass auch sie in Zukunft nicht zögern würde, alle Feinde der Gilde unnachgiebig zu bekämpfen, zum Wohl der Schwesternschaft und zu ihrem eigenen, auf dass die Seelen der Verirrten gerettet würden.

Die Gildeschülerin spürte, dass sich etwas in ihr verändert hatte. Noch immer hallten in ihr die gellenden Schreie des Gefangenen nach, der lauthals um Gnade flehte, während die Flammen seine Kleider in Brand setzten, und sie war sicher, dass sie diese Schreie niemals würde vergessen können – aber sie empfand kein Bedauern mehr.

Mit einer energischen Geste hob sie die Hand und wischte sich die Tränen aus dem Gesicht, während sie sich einredete, dass es nur der beißende Rauch gewesen war, der sie ihr in die Augen getrieben hatte.

11. Kapitel

»Seid Ihr bereit?«

Der fragende Blick, den Erik Kalliope zuwarf, war voller Mitleid. Dem Prinzen schien bewusst zu sein, was er der Gildeschülerin zumutete, dennoch gab es zumindest in seinen Augen keine andere Möglichkeit.

Kalliope schloss die Augen und fasste sich, versuchte, die schrecklichen Erinnerungen so gut wie möglich zu verdrängen, indem sie ihren inneren Fokus zu finden suchte, den Ort der Kraft.

Ruhe.

Frieden.

Gleichgewicht …

Sie öffnete die Augen wieder und nickte – und Erik stieß die Pforte zur Vergangenheit auf.

Knarrend öffnete sich die Tür und gab den Blick frei auf jenes alte, von Säulen getragene Gewölbe, in dem sich die Bluttat ereignet hatte.

Erik warf ihr einen besorgten Blick zu. »Seid Ihr sicher, dass Ihr das wirklich tun könnt?«

Sie nickte, ein wenig zu rasch, um überzeugend zu wirken. Im Grunde wusste sie selbst nicht, worauf sie sich einließ, aber ihr war klar, dass sie diesen Schritt tun musste. Kalliope hatte beschlossen, die Isolation ihrer Kammer aufzugeben und stattdessen nach dem Mörder ihrer Meisterin zu suchen. Und wo, wenn nicht hier, sollte diese Suche beginnen?

Sie ging weiter bis zu den Säulen, die die Decke der Halle trugen, und fast kam es ihr vor, als ob Meisterin Cedara jeden Augenblick hinter einer von ihnen hervortreten würde. Aber natürlich wusste sie, dass dies nicht geschehen würde.

Cedara war tot.

Alles, was blieb, war die Suche nach ihrem Mörder …

»Ist es genau wie in jener Nacht?«, erkundigte sich Erik, der ein Stück vorausgegangen war. Nun, da er sich nicht mehr als Diener tarnen musste, trug der Sohn des Fürsten eine bis zu den Knien reichende dunkelgrüne Tunika, deren Borten mit kunstvollen Stickereien verziert waren. Darüber trug er einen fellgesäumten Umhang. An seiner Seite hing ein Schwert mit langer Klinge und kurzem Griff.

Kalliope sah sich um.

Die Säulen, der erloschene Kamin, die brennenden Fackeln, die irrlichternde Schatten warfen. Alles schien genau wie damals zu sein, und dennoch …

»Etwas«, gab sie zur Antwort, »etwas ist anders.«

»Was meint Ihr?«

»Ich vermag es nicht zu benennen. Vielleicht ist es auch nur die Trauer oder das Wissen um die Dinge, die geschehen sind, die mich manches anders sehen lässt.«

»Versucht, Euch genau zu erinnern. Alles kann von Wichtigkeit sein.«

»Ihr sagtet, dass Ihr bereits Nachforschungen angestellt hättet«, entgegnete Kalliope.

»Das ist richtig.«

»Was habt Ihr herausgefunden?«

Er schien einen Moment zu zögern. Dann griff er an den breiten Gürtel, den er über seiner Tunika trug, und zog darunter ein Stück weiches Wildleder hervor, in das er offenbar etwas eingewickelt hatte. Er entfaltete das Leder sorgfältig und zeigte ihr den Inhalt.

»Diese Haare«, erklärte er, »habe ich unweit der Stelle gefunden, an der Eure Meisterin ermordet wurde.«

Kalliope nickte, das schwarze Haarbüschel betrachtend. Dann griff sie in den Beutel, den sie am Gürtel trug und der aus dem Besitz Meisterin Cedaras stammte, und holte das kleine Döschen hervor. Sie nahm den Deckel ab und reichte es Erik. »Und diese Haare«, sagte sie, »hat meine Meisterin gefunden, kurz bevor sie starb. Sie stammen vom Mord an Meisterin Glennara.«

Verblüfft betrachtete Erik die zweite Probe und verglich sie dann mit dem Fund, den er gemacht hatte.

»Farbe und Stärke stimmen überein …«, stellte er schließlich fest.

»… und sind eindeutig nicht menschlichen Ursprungs«, fügte Kalliope hinzu.

»Es sind die Haare eines Skolls«, bestätigte Erik. »Was noch nicht beweist, dass auch ein Skoll der Täter gewesen ist.«

»Das hat Meisterin Cedara ebenfalls gesagt«, räumte Kalliope ein. »Aber es gibt einen Unterschied zum Mord an Meisterin Glennara – diesmal gab es eine Zeugin. Zwischen dem Schrei, den Meisterin Cedara ausstieß, und dem Moment, da ich sie fand, ist nur kurze Zeit verstrichen. Wer immer sie getötet hat, muss mit unbeschreiblicher Wildheit über sie hergefallen sein, um sie so schrecklich zuzurichten.« Kalliope war selbst überrascht darüber, dass es ihr gelungen war, all diese Dinge offen auszusprechen. So schrecklich es war, lag auch etwas Befreiendes darin.

»Was genau ist in jener Nacht passiert?«, wollte Erik wissen. »Wo wart Ihr, als der Mord geschah?«

»Dort drüben bei der Wand.« Kalliope deutete zur gegenüberliegenden Seite der Kammer.

»Was habt Ihr dort getan?«

»Nach Hinweisen gesucht«, erwiderte sie ausweichend. Dass es ein Geheimgang gewesen war, nach dem Cedara und sie Ausschau gehalten hatten, behielt sie geflissentlich für sich.

»Und dann?«

Kalliope ging auf die andere Seite des Raumes, suchte den Platz zwischen den Säulen auf, wo sie in jener Nacht gestanden hatte. Dabei hatte sie das Gefühl, einen verbotenen Ort zu betreten. Ihre Hände begannen zu zittern.

»Was geschah dann?«, hakte Erik nach. »Könnt Ihr Euch erinnern?«

Kalliope betrachtete die Wand, den Boden und die mächtigen Deckenpfeiler. »Ich sah einen Schatten«, berichtete sie mit bebender Stimme, »dort auf der Säule. Zuerst dachte ich, es wäre Meisterin

Cedara, aber sie war ja auf der anderen Seite, also konnte sie es nicht sein. Dann hörte ich ihren Schrei. Es war ein entsetzlicher Schrei«, fügte sie hinzu, blicklos vor sich hin starrend. »Nie hätte ich geglaubt, dass eine menschliche Kehle dergleichen zustande …«

Sie verstummte, als sie eine Hand auf ihrer Schulter spürte. Ohne dass sie es bemerkt hatte, war Erik zu ihr getreten. »Es ist gut«, versicherte er sanft. »Ihr müsst nicht weitersprechen.«

Sie sah zu ihm auf, und ihre Blicke begegneten sich. Sie trat einen Schritt zurück, um sich seiner Hand zu entledigen, deren Berührung sie zu ihrem eigenen Unbehagen nicht als plump oder ungebührlich empfunden hatte, sondern als sanft und angenehm. Es lag eine Art von Trost darin, die sie lange nicht mehr verspürt hatte.

»Doch«, beharrte sie, »ich muss mich erinnern. Wir haben eine Abmachung, wisst Ihr nicht mehr?«

Abermals verstummte sie, als ihr plötzlich ein Gedanke kam.

»Was habt Ihr?«

»Erinnert Ihr Euch, dass ich vorhin sagte, etwas wäre anders als in jener Nacht?«

»Natürlich. Und?«

»Ich glaube jetzt zu wissen, was es ist. In der Nacht, als Meisterin Cedara ermordet wurde, lag ein seltsamer Geruch in der Luft.«

»Könnt Ihr ihn beschreiben?«

»Es roch streng, eigenartig. Ich wusste nicht, was es war …«

»In der Nacht, als der Mord geschah, hat es heftig geschneit«, erklärte Erik. »Wer immer also von außen in die Festung eingedrungen ist, muss durch den Schnee gekommen sein.«

»Aber wie hilft uns das weiter?«, wollte Kalliope wissen.

»Ich glaube, dass Ihr gerade den entscheidenden Hinweis gefunden habt«, erwiderte Erik lächelnd. »Ihr müsst wissen, dass die Skolls ihr Fell mit Fett einzureiben pflegen, um es vor der Kälte und Feuchtigkeit Jordråks zu schützen. Dies hat zur Folge, dass sie bestialischen, geradezu verräterischen Gestank verbreiten, sobald sie der Nässe ausgesetzt werden. Ich denke, dass dies der strenge Geruch war, den Ihr bemerkt habt – und dass dies der Beweis dafür ist, dass in jener Nacht tatsächlich ein Wolfsmensch hier gewesen ist und Eure Meisterin getötet hat.«

»Ihr könntet recht haben«, sagte Kalliope heiser.

»Wo genau habt Ihr gestanden, als Ihr den Schatten bemerktet?«

Sie ging zu der Stelle hinüber.

»Und wo habt Ihr den Schatten gesehen?«

»Dort auf der Säule.«

Erik trat einige Schritte zurück und verschwand aus ihrem Blickfeld – dafür war kurz darauf sein Schattenriss auf der Säule zu sehen. »Genau so war es«, bestätigte Kalliope schaudernd.

»Dann hat der Mörder hier gelauert«, folgerte Erik, dessen Stimme durch das Gewölbe hallte. »Und dort drüben hat er Eure Meisterin angegriffen. Er muss diese Strecke also in sehr kurzer Zeit zurückgelegt haben und entsprechend schnell gewesen sein – einem Skoll ist so etwas zuzutrauen.«

»Und das ist noch nicht alles«, fügte Kalliope hinzu, die sich nun deutlicher erinnerte. »Als ich zu meiner Meisterin eilte, sah ich den Schatten ein zweites Mal, hier zwischen den Säulen ...«

»Was bedeuten muss, dass er nach der Tat in diese Richtung geflüchtet ist«, überlegte Erik weiter, während er wieder zu ihr zurückkam. »Wir haben dort auch einige Blutspuren gefunden, aber wir glaubten, sie stammten noch von Schwester Glennara.«

»Aber – dort gibt es keinen Ausgang«, stellte Kalliope verwundert fest, als sie in die bedeutete Richtung blickte. »Das ergibt keinen Sinn.«

Er schien etwas sagen zu wollen, überlegte es sich dann aber doch anders.

»Was habt Ihr?«, fragte Kalliope.

»Wir nehmen immer an, dass der Mörder die Halle verlassen hat«, stellte Erik fest.

»Ihr ... Ihr meint ...?«

»Was habt Ihr getan, nachdem Eure Meisterin in Euren Armen gestorben war?«

»Nun, ich bin hinausgerannt und habe die Wachen gerufen«, erinnerte Kalliope sich verblüfft.

»Und dem Täter damit eine Gelegenheit verschafft, um zu fliehen«, fügte Erik hinzu.

Kalliope nickte, beeindruckt von seinem Scharfsinn, der so gar nicht zum Bild des rohen Barbaren zu passen schien. »Natürlich«, gestand sie ein, »so muss es gewesen sein. Was für eine Närrin bin ich gewesen!«

»Zu Vorwürfen besteht kein Anlass.« Er schüttelte den Kopf. »Womöglich habt Ihr damit Euer Leben gerettet, denn vielleicht hätte der Mörder in jener Nacht noch ein zweites Mal zugeschlagen, hätte er dazu Gelegenheit bekommen. Ich bin dem Schicksal dankbar, dass es Euch verschont hat. Und nun entschuldigt mich.«

»Wohin geht Ihr?«

»Zu meinem Vater. Ich muss ihm berichten, was wir herausgefunden haben. Denn wenn es einem Skoll gelungen ist, zweimal hintereinander in die Festung einzudringen, so gibt es eine Lücke in unserer Verteidigung, die wir schließen müssen.«

»Und das ist alles, was Euch interessiert?« Sie sah ihn verwundert an. »Fragt Ihr Euch nicht, wieso der Wolf es stets nur auf Angehörige der Gilde abgesehen hat?«

»Doch«, gestand er zu, »aber alles zu seiner Zeit. Und nun entschuldigt mich. Meine Leibwache …« – er deutete nach den beiden Kriegern, die am Eingang Aufstellung genommen hatten und mit eisernen Brünnen und gehörnten Helmen gerüstet waren – »… wird für Eure Sicherheit sorgen, ebenso, wie ich es selbst tun würde. Auf bald, Kalliope.«

Er verbeugte sich, dann wandte er sich ab und ging davon, nicht mehr mit den kurzen Schritten eines Dieners, sondern dem selbstsicheren Gang eines Mannes, der sich trotz seiner Jugend seiner Stellung und Verantwortung bewusst war.

In einem Gefühl der Zerrissenheit blieb Kalliope zurück.

So froh sie einerseits darüber war, einen Verbündeten gefunden zu haben, plagten sie gleichzeitig auch Bedenken. Längst trat sie dem Prinzen von Jordråk nicht so distanziert gegenüber, wie sie es ihrer Herkunft und ihrem Eid gemäß hätte tun sollen.

Kalliope beschloss, in Zukunft mehr Vorsicht walten zu lassen. Prinz Eriks Absichten mochten lauter sein und sein Herz so rein, wie es bei einem Primitiven eben möglich war – aber er war auch ein Fremder.

Und, was noch schlimmer war, er war ein Mann.

12. Kapitel

Für Kieron hatte sich nur wenig geändert.

Erneut saß er im Kerker, erneut trennten ihn dicke Gitterstäbe von der Freiheit, die er für kurze Zeit hatte genießen dürfen, und erneut war die Zelle, in die man ihn gesteckt hatte, ein elendes, feuchtes Loch.

Nur einen Unterschied gab es.

Diesmal war Kieron nicht allein.

Der Kerker von Nergal bestand nur aus einer einzigen großen Höhle, deren Zugang vergittert war und streng bewacht wurde. Darin sammelten sich all jene, die mit dem Gesetz der Minenkolonie in Konflikt geraten waren und das Pech gehabt hatten, dabei erwischt zu werden: entlaufene Sklaven, pflichtvergessene Aufseher sowie Eindringlinge von außerhalb, zu denen auch Kieron und seine Gefährten zählten.

Nachdem Croy angesichts der erdrückenden Übermacht nichts anderes übrig geblieben war, als sich zu ergeben, hatten die Goroptera sie ergriffen und zu ihrem Stützpunkt gebracht, einem steinernen Kastell, das auf der Spitze einer Felsnadel thronte und deshalb so gut wie uneinnehmbar war. Eine eigene Landestelle für Sturmwale und Flugdrachen sorgte dafür, dass es aus der Luft versorgt werden konnte und auch im – allerdings äußerst unwahrscheinlichen – Fall eines Aufstands der Gefangenen nicht aufgegeben werden musste.

Irgendwo im Inneren der gewaltigen Steinsäule, auf der das Kastell thronte, befand sich der Kerker – und entsprechend aussichtslos war jeder Versuch, daraus zu entkommen.

Jago kauerte auf dem nackten Felsboden und hatte das schuppige Kinn auf die Fäuste gestützt. »Bist du nun endlich zufrieden, Katzmann? Hast du uns da, wo du uns immer haben wolltest?«

Croy antwortete nichts. Der Pantheride schlich immerzu umher, ein Raubtier, das in einen Käfig gesperrt worden war.

»La-la-lass Croy in Ruhe, Ja-Jago, er kann nichts dafür«, erwiderte Kieron.

Der Chamäleonide hob das Haupt. »Du verteidigst ihn? Obwohl er uns sehenden Auges ins Verderben geführt hat?«

»Ich verdanke ihm mein Le-Leben«, brachte Kieron in Erinnerung. »Außerdem ist noch nicht alles verlo-lo-lo...«

Jago lachte meckernd. »Wenn du das glaubst, bist du noch dämlicher, als ich dachte, Mensch. Hast du dich schon einmal hier umgesehen? Hier führt kein Weg hinaus – außer ...« Um zu verdeutlichen, was er meinte, ließ er seine Zunge aus dem offenen Maul hängen und verdrehte die Augen.

Kieron nickte – zumindest das verstand er sehr gut. Auch er wollte nicht auf diesem elenden Weltenklumpen sterben, aber genau danach sah es im Augenblick aus. Als Eindringlinge, die man gewissermaßen auf frischer Tat ertappt hatte, würden sie entweder den Rest ihrer Tage im Kerker verbringen (bei all dem Gift und den Dämpfen, die die Luft auf Nergal tränkten, ein äußerst absehbarer Zeitraum), oder man würde sie zum Dienst in den Minen verurteilen, was auf dasselbe herauskam.

So oder so – Hoffnung gab es keine.

»Wisst ihr, was ich mich immerzu frage?«, knurrte Croy, ohne stehen zu bleiben. »Wie es ihnen gelingen konnte, uns zu finden.«

»Na, wie wohl?« Der Chamäleonide zuckte mit den dürren Schultern. »Die haben das Feuerwerk gesehen, das dieses Monstrum veranstaltet hat. Die kaiserliche Minenverwaltung hat was dagegen, wenn man ihren Weltensplitter auseinandernimmt.«

»Zugegeben.« Croy hielt inne. »Dennoch muss man bereits nach uns gesucht haben, sonst hätte man uns nicht so rasch aufgespürt. Und da ist noch etwas, das mir nicht aus dem Kopf will ...«

»Ich weiß.« Jago nickte und hob beschwichtigend die Klauenhände. »Ich stelle mir diese Frage auch immerzu. Ist es nicht erstaunlich, dass eine Kreatur, die bereits über so herausragende Fähigkeiten verfügt wie ich, nun auch noch fliegen kann? Und ich habe es in all den Jahren noch nicht einmal bemerkt!«

Croy schickte ihm einen verständnislosen Blick. »Blödsinn, davon spreche ich nicht. Ich meine die Legionäre, die uns gefangen haben – das sind keine gewöhnlichen Aufseher, sondern kaiserliche Gardisten, und ich frage mich, was sie auf Nergal zu suchen haben.«

»Schön für dich«, stichelte Jago, »aber vielleicht solltest du dich lieber fragen, wie wir von hier weg kommen!«

»Überhaupt nicht«, war der Panthermann überzeugt. »Ich habe es dir gesagt – wenn wir gefangen werden, ist es vorbei.«

Jago legte den Kopf schief und starrte ihn an. »Und das sagst du mir mitten ins Gesicht? Ausgerechnet du, der du schon einmal …?«

Es hatte den Anschein, als wäre ihm das letzte Wort im Hals stecken geblieben, denn urplötzlich änderte sich seine Gesichtsfarbe, und seine Augen traten starrend hervor.

»Du!«, brüllte er heiser und sprang auf – da erst bemerkte Kieron den Gefangenen, der sich auf leisen Sohlen an ihnen hatte vorbeischleichen und zu den anderen Häftlingen gesellen wollen, die in der Höhle umherstanden, hockten oder lagen. Auf Jagos Ruf hin war er wie versteinert stehen geblieben – und im spärlichen Fackelschein, der durch das Gitter des Eingangs drang, erkannte Kieron, um wen es sich handelte.

Es war kein anderer als Wits – der Rattenführer, der sie in Thongs Tempel in die Falle gelockt hatte!

»Elender Verräter!«

Mit einem Wutschrei setzte Jago auf den pummeligen Rattenmann zu, der die Zeichen der Zeit erkannte und die Flucht ergreifen wollte – aber der Chamäleonid ließ es nicht dazu kommen. Blitzschnell schoss die klebrige Zunge aus seinem Maul, legte sich um Wits' kaum vorhandenen Hals und zog sich wie eine Schlinge zu.

Der Rattenmann ächzte heiser, allerdings war der Effekt nicht der, den Jago erhofft hatte – und so rannte Wits weiter, und da seine Körpermasse die des Chamäleoniden überwog, zog er Jago hinter sich her, der wohl oder übel loslaufen musste, wenn er die Zunge nicht aus dem Hals gerissen bekommen wollte. So rannten sie einmal quer durch die Höhle, ein geradezu bizarres Schauspiel, das vom panischen Kreischen des Rattenmannes ebenso begleitet wurde wie von Jagos Wehgeschrei – und das endete, als es Croy zu dumm wurde.

Kurzerhand streckte der Pantheride seine zur Faust geballte Rechte aus. In seiner kopflosen Panik rannte Wits geradewegs dagegen und fiel um wie ein nasser Sack. Jago hinter ihm ging keuchend nieder, schon aufgrund seiner noch immer gespannten Zunge nicht fähig, auch nur ein Wort zu sprechen.

»Schluss jetzt mit dem Unfug«, ordnete Croy an. Er bückte sich zu Wits hinab und löste die Zunge um seinen Hals, als wäre sie ein loser Strick. Dann packte er den Rattenmann und riss ihn zu sich empor, dass seine Füße zwei Ellen über dem Boden schwebten. »Jetzt antworte«, knurrte er nur. »Was hast du hier zu suchen?«

»Wits unschuldig«, beteuerte der Rattenmann. Panik sprach aus seinen blutunterlaufenen Augen, die groß und gelb waren wie Spiegeleier. »Nur getan, was Häuptling befohlen!«

»Danach habe ich nicht gefragt«, ließ Croy ihn unbarmherzig wissen. »Ich will wissen, warum du im Kerker bist.«

»Wits gefasst, als zurück zu Stamm«, würgte der Rattenkrieger, während er hilflos mit den kurzen, in der Luft baumelnden Füßen strampelte.

»Warum das? Die Rattenkrieger kennen doch Wege, die die Aufseher nicht kennen.«

»Schon«, gurgelte er, begleitet von heftigen Schluckgeräuschen, »aber viele Soldaten. Überall Soldaten. Viel mehr als sonst.«

»Woher sind sie gekommen?«

»Wits nicht wissen.«

»Sind sie unseretwegen hier?«

»Nichts wissen.«

»Vielleicht solltest du ja jemand anderen fragen, Katzenmensch«, sagte plötzlich jemand.

Croy fuhr herum, wobei er Wits einfach fallen ließ. Der Rattenmann fiel auf die Füße und kippte um, blieb neben Jago liegen, der damit beschäftigt war, seine ausgeleierte Zunge wieder einzurollen, und ihn giftig anblitzte. Auch Kieron hatte sich blitzschnell umgewandt, nur um sich abermals einem vertrauten Gesicht gegenüberzusehen, das er freilich in ebenso schlechter Erinnerung hatte wie das des Rattenmannes.

Shen …

»Sieh an«, sagte die junge Frau mit dem pechschwarzen Haar und der Augenklappe. »Wer hätte gedacht, dass wir uns so bald wiedersehen? Ich hatte euch für tot gehalten.«

»Wir dich ebenso«, versicherte Croy, der nicht besonders überrascht zu sein schien. Anders als Kieron, der aufgesprungen und zu dem Pantheriden geeilt war, die Hände zu Fäusten geballt, um ihm nötigenfalls im Kampf beizustehen. Shen blieb jedoch unbeeindruckt.

»Weißt du, Katzentier, eigentlich hätte ich mir denken können, dass die Ratte zu dir gehört«, spottete sie, mit dem Kinn auf Kieron, den lallenden Jago und den noch immer um Atem ringenden Wits deutend. »Bei all den Verrückten, mit denen du dich umgibst …«

Der Pantheride sah grinsend zu Shens Begleitern hinüber, die sich genau wie bei ihrer ersten Begegnung um ihre Anführerin tummelten – der wortkarge Hüne Darg und der pelzige, spitzschnäuzige Opussum.

»Schon gut.« Sie winkte ab und zuckte mit den Schultern. »Ich denke, wir haben alle bessere Zeiten gesehen. Sonst wären wir wohl kaum hier gelandet.«

»Was uns betrifft, hätte es so weit nicht zu kooo- zu kommen brauchen«, ereiferte sich Kieron, den ihre selbstgefällige Art ärgerte. »Wenn ihr unseren Flugdrachen nicht geschhh-gestohlen hättet …«

Shen wandte sich ihm zu. Ihr verbliebenes Auge musterte ihn vom Scheitel bis zur Sohle. »Schnee von gestern«, sagte sie achselzuckend. »Der Drache wurde von den Felsmassen erschlagen, wir haben ihn also auch nicht mehr.«

»Aaa-aber wir hätten ihn noch, wenn ihr uns nicht beraubt hättet«, erwiderte Kieron, dem die seltsame Logik der Diebin nicht recht einleuchten wollte. »Das ist nicht gerecht!«

»Nicht gerecht?« Ihr Blick wechselte von Herablassung auf Erstaunen, und obwohl sie nur wenige Zyklen älter sein konnte als er, hatte er das Gefühl, dass sie ihm an Erfahrung weit voraus war. »Wer hat gesagt, dass es im Sanktuarion gerecht zugeht?«

»Fest steht, dass ihr uns beee-bestohlen habt.«

»Und? Was willst du nun machen?« Sie legte herausfordernd den Kopf schief. »Kämpfen?«

»Der Junge hat recht mit allem, was er sagt«, beschied Croy ihr mit einem Seitenblick. »Aber es lohnt nicht, sich um Wasser zu streiten, das längst verschüttet wurde.«

»Sieh an«, konterte sie. »Da scheint jemand schon einmal auf Bazarra gewesen zu sein und die dortigen Weisheiten zu kennen.«

»Genau wie du«, entgegnete Croy, und es hatte den Anschein, als würden sie sich auf eine unausgesprochene und für Kieron auch nicht nachvollziehbare Weise verstehen.

»Vielleicht«, sagte sie, »haben wir ja mehr gemeinsam, als uns bislang klar gewesen ist.«

»Wir und etwas gemeinsam?«, meldete Jago sich nun zu Wort. Der Chamäleonide hatte es geschafft, sich seine malträtierte Zunge wieder ins Maul zu stopfen, jedoch versah sie nur unzureichend ihren Dienst. »Nichts haben wir gemeinsam, verschlagenes Menschenweib, gar nichts!«

»Willst du dich mit mir anlegen?« Sie bedachte ihn mit einem geringschätzigen Blick. »Dann stell dich hinten an, Ringelschwanz. Der Junge war zuerst dran.«

»Hhh-hör endlich auf, mich immer einen Jungen zu nennen«, protestierte Kieron. »Das bin ich nicht me-mehr!«

»Nein«, gab sie mit einem unverschämten Grinsen zu. »Aber ein Mann wohl auch noch nicht.«

»Schluss jetzt«, verschaffte Croy sich Gehör. »Dieser sinnlose Streit endet jetzt, oder ich werde ihn persönlich beenden.« Zur Sicherheit ließ er seinen Worten ein kehliges Knurren folgen, bleckte die Zähne und starrte von einem zum anderen, aber niemand war erpicht darauf, sich mit ihm anzulegen.

»Du sagtest vorhin, dass du wüsstest, woher die Soldaten gekommen seien«, wandte er sich dann an Shen.

»Das habe ich nicht gesagt.« Sie lächelte matt. »Ich schlug nur vor, dass du jemand anderen fragen sollst und nicht den Rattenmann.«

Croy seufzte. »Du solltest keine Spiele mit mir treiben.«

Sie hielt seinem bohrenden Blick stand. »Nachdem wir den Flugdrachen bei dem Steinschlag verloren hatten, versuchten wir, einen der Pfade zu finden, die hinauf zum Felsgrat führen. Dabei sahen wir sie.«

»Wen?«, wollte Kieron wissen.

»Sturmwale, zu Dutzenden. Der ganze Himmel war davon übersät. Und plötzlich war da eine ganze Meute dieser geflügelten Affenmenschen, die uns auf unserem Pfad entdeckten ...«

»Sie sind die Elite der kaiserlichen Legion«, erklärte Croy. »Sie nennen sich ›Goroptera‹.«

»Also, diese fliegenden Bastarde griffen uns an, und da wir in der Minderzahl waren und nur unzureichend bewaffnet, überwältigten sie uns und brachten uns in die Garnison, wo sie uns in diesen Kerker steckten. Aber vorher hatte ich noch Zeit, mich ein wenig umzusehen.«

»Und?«, Croy reckte wissbegierig das schmale Kinn vor.

»Soldaten, wohin das Auge blickte. Die Garnisonsfestung platzt aus allen Nähten. Fast könnte man meinen, sie hätten auf etwas Bestimmtes gewartet.«

»Oder auf jemanden.« Croy nickte.

Kierons Blick sprang verwirrt zwischen den beiden hin und her. »Wa-was bedeutet das?«

»Damit will die Katze sagen, dass all diese Legionäre euretwegen nach Nergal gekommen sind«, erklärte Shen. »Wenn das so ist, seid ihr von jemandem verpfiffen worden.«

»Was?« Kieron schüttelte den Kopf. »Von wem denn?«

»Von Novaro natürlich, Schwachkopf«, tönte Jago, der allmählich zu seiner alten Form und Sprechweise zurückfand. »Der Mistkerl wollte uns in eine Falle locken!«

»Blödsinn.« Croy schnaubte. »Wir saßen doch bereits in seiner Falle, bevor er uns gehen ließ. Es ist unübersehbar, dass es um mehr geht als darum, ein paar hergelaufene Glücksritter unschädlich zu machen. Womöglich ist Novaro selbst ins Visier der kaiserlichen Behörden geraten – das würde bestätigen, was ich von Beginn an vermutet habe, nämlich dass der Großmercator eigenmächtig und ohne Wissen des Kontors gehandelt hat. Möglicherweise wurde er selbst verraten.«

»Großmercator?«, wiederholte Shen und machte große Augen. »Handelskontor? Was habt ihr mit denen zu schaffen?«

Croy antwortete nicht. Aber an der Art, wie sich seine Ohren spitzten und seine Züge veränderten, war zu erkennen, dass er etwas wahrgenommen hatte. Ein Geräusch von außerhalb …

»Wir bekommen Besuch«, verkündete der Pantheride prompt, und im nächsten Moment vernahm auch Kieron die stampfenden Schritte, mit denen eine Abteilung Legionäre den Gang herabkam. Dann erschienen sie auch schon jenseits des Gitters – keine Goroptera, sondern gemeine Soldaten, Schakalkrieger mit ledernen Hauben und oval geformten Schilden, auf denen die Pyramide von Karnak abgebildet war, das Symbol des Kaiserhauses.

Mit einem heiseren Befehl brachte ihr Anführer die Abteilung zum Stehen. Dann wandte er sich dem Gitter zu und spähte durch die Stäbe. Die meisten der Gefangenen, die vorn am Gitter kauerten, sprangen auf und huschten, krochen oder schleppten sich davon. Nur jene blieben, die nicht mehr die Kraft oder den Willen hatten zu fliehen.

Auch Jago wollte die Flucht ergreifen, aber Croy packte ihn und hielt ihn unnachgiebig fest. »Bleib«, raunte er ihm zu. »Wenn du jetzt fliehst, machst du dich nur verdächtig.«

Das Tor wurde geöffnet, und eskortiert von seinen Soldaten, betrat der Anführer den Kerker. Kieron konnte die Furcht, die die kaiserlichen Legionäre verbreiteten, beinahe körperlich spüren, ganz abgesehen von dem Verwesungsgestank, der ihnen vorauseilte und der ihm fast den Magen umdrehte.

»Keine Sorge, Junge«, murmelte Croy, »wir werden gleich erfahren, was sie vorhaben.«

Der Pantheride ahnte nicht, wie recht er behalten sollte. Denn der Pulk der Legionäre kam geradewegs auf ihn und seine Gefährten zu. Innerhalb von Augenblicken waren sie eingekreist und sahen sich von Speerspitzen umgeben, drei Menschen und zwei Animalen gegen eine Übermacht von zwanzig Legionären.

»Was wollt ihr von uns?«, fragte Croy.

»Sehr einfach«, erwiderte der Schakalkrieger, der den Trupp anführte, und für Kieron sah es aus, als würde sich sein Maul dabei zu einem Grinsen verziehen. »Wir wollen dich, Panthermann!«

13. Kapitel

Beinahe lautlos glitt der Schlitten durch den Schnee.

Es war ein abenteuerliches Gefährt, das in Form und Konstruktion einem Streitwagen ähnelte, jedoch mit Kufen statt Rädern versehen war. Gezogen wurde es von vier Eisrennern – von mit zottig-weißem Fell überzogenen Kreaturen, die Pferden nicht unähnlich waren, jedoch über mächtige, nach hinten gebogene Hörner verfügten.

Die Bahn, auf der sie sich bewegten, war gerade breit genug, das Gespann passieren zu lassen – rechts davon ragte eine von Eis und gefrorenem Schnee bedeckte Felswand empor, auf der anderen Seite fiel der Boden steil in die Tiefe, ohne Geländer oder eine sonstige Begrenzung. Jenseits des Abgrunds erstreckte sich die atemberaubendste Landschaft, die Kalliope in ihrem Leben gesehen hatte – und das, obschon sie fest entschlossen gewesen war, sich von dieser feindseligen und barbarischen Welt nicht beeindrucken zu lassen.

Schnee bedeckte die Senke, die sich tief unter ihnen erstreckte und in der Ferne von einer Bergkette begrenzt wurde, die im fahlen Licht des Morgens violett schimmerte. Aus der Schneewüste jedoch erhoben sich bizarre, spektakuläre Formen aus Fels und Eis: riesige Pfeiler und kühn geformte Bogen, dazu Gebilde, die wie riesige, erstarrte Monstren anmuteten. Es war unmöglich zu sagen, wo das Gestein endete und das Eis begann; unter dem Einfluss von Kälte und Wind waren die Elemente zu einer Einheit verschmolzen und hatten Formen hervorgebracht, die in ihrer Einzigartigkeit und schieren Größe alles übertrafen, was Kalliope je gesehen hatte. Atemlos blickte sie auf die Landschaft hinab, an der sie vorüberglitten. Nur das Schnauben der Eisrenner, deren Hufe so breit waren, dass sie im hart gefrorenen Firn nicht einsanken, störte ab und an die Stille. Und das Knallen der Peitsche, mit der Erik die Tiere antrieb.

Mit bewundernswertem Geschick lenkte der Prinz von Jordråk den Schlitten über die schmale Bahn, die sich in abenteuerlichen Windungen an den eisverkrusteten Fels schmiegte. Als sich die Strecke unvermittelt zu einem kleinen Plateau erweiterte, zügelte Erik die Pferde. Der Schlitten kam zum Stehen, und es bot sich ein atemberaubender Ausblick über die Ebene und die Wolken, die sich grau und düster darüber ballten.

»Ich hoffe, Ihr seid beeindruckt?«, erkundigte sich Erik mit einem Siegerlächeln.

»Das bin ich«, versicherte sie, »von der Schaffenskraft der Urmutter und von der Ausgewogenheit der Elemente.«

»Und von meiner Fahrkunst?«

Kalliope erwiderte sein Lächeln, eine Antwort blieb sie schuldig.

»Dies ist die Ebene von Vigrid«, erklärte der Prinz von Jordråk weiter. »In der Überlieferung heißt es, dass sich die Götter und die Giganten des Eises hier vor langer Zeit eine Schlacht geliefert hätten. Viele Hundert Zyklen tobte der Kampf, der schließlich damit endete, dass Midgard, die Welt der Sterblichen, zerriss – dies war der Beginn dessen, was Ihr als das Sanktuarion bezeichnet, wir hingegen als Ginnungagap, die Große Kluft.«

»Und daran glaubt Ihr?« Kalliope konnte die Überraschung in ihrer Stimme nicht ganz verbergen. »Denkt Ihr allen Ernstes, die Geschichte des Sanktuarions hätte hier ihren Anfang genommen? Auf einer Welt, die so entlegen ist wie die Eure?«

»Warum nicht?« Erik ließ abermals die Peitsche knallen. »Große Dinge pflegen oft im Verborgenen ihren Anfang zu nehmen.«

Kalliope zog die Nase kraus. Die Art und Weise, wie er mit ihr sprach, hatte etwas Belehrendes, dabei war er doch der Barbar und sie die Gildeschwester. »Fast jedes Volk hat seinen eigenen Mythos darüber, wie das Sanktuarion entstanden ist«, entgegnete sie. »Wusstet Ihr das?«

»Nein«, gab Erik zu. »Aber das bedeutet nicht, dass unser Glaube falsch sein muss, oder?«

Sie seufzte. »Und wie endet die Geschichte vom Kampf zwischen den Göttern und den Eisgiganten?«

»Die Götter obsiegten und verbannten die Giganten nach Jordråk, wo sie in ihrer Missgunst und ihrer Bosheit zu Eis erstarrten. Dort unten« – er deutete hinaus in die Ebene und auf die bizarren Gebilde – »könnt ihr sie sehen.«

»Eine schöne Geschichte«, bestätigte sie und gab sich Mühe, unbeeindruckt zu klingen. »Aber habt Ihr schon jemals von den Wundern Etheras gehört? Von den Hallen der Erleuchtung? Den Säulen der Weisheit? Dem Schwebenden Tor?«

»Nein. Sollte ich?«

»Das will ich meinen! Die Hallen der Erleuchtung gehören anerkanntermaßen zu den größten Kunstwerken, die je von Menschenhand erschaffen wurden!«

»Daran könnt Ihr ersehen, wie weit Ihr mir überlegen seid, Gildeschwester«, entgegnete Erik, während er den Schlitten wieder anfahren ließ und zurück in die Spur lenkte, »denn ich habe Jordråk noch nie verlassen.«

Kalliope blieb eine Erwiderung schuldig. Hatte sie das Duell gewonnen, oder forderte Erik sie nur heraus?

Um sich abzulenken, blickte sie sich nach dem zweiten Schlitten um, der ihnen in einigem Abstand folgte und inzwischen ebenfalls das Plateau erreicht hatte. Auf der Plattform standen zwei grobschlächtige Männer mit Kettenpanzern und Umhängen aus Fell. Ihr rotblondes Haar war zu Zöpfen geflochten, auf ihren Häuptern ruhten gehörnte Helme. Wie Kalliope erfahren hatte, hörten die beiden auf die Namen Einar und Sven. Als Angehörige der Einherjar, wie die Leibwächter des Fürsten und seines Sohnes genannt wurden, hatten sie darauf bestanden, ihren Prinzen zu begleiten.

Wohin es ging, war Kalliope nicht bekannt. Erik hatte ihr lediglich mitgeteilt, dass es sie zweifellos interessieren würde – und ihr einen aus Eisbärenhaut gefertigten Mantel gereicht, den sie nun trug und dessen dichtes Fell sie zuverlässig vor der Kälte schützte. Eine ebenfalls aus Bärenfell bestehende Kapuze hielt den Wind ab, der an den Felswänden entlang strich und dabei ein schauriges Heulen vernehmen ließ.

»Ist dies der Grund für diese Ausfahrt?«, erkundigte sie sich. »Wolltet Ihr mir die Sehenswürdigkeiten Eurer Welt vor Augen führen?«

»Nein«, wehrte Erik ab, »denn ich bin mir darüber im Klaren, dass nichts auf unserer Welt, und wäre es noch so wunderbar, eine Gildeschwester zu beeindrucken vermag.«

Erik streckte die Hand aus, in der er die Peitsche hielt, und deutete am Rand der Felsklüfte entlang nach Norden. »Seht Ihr die Brücke dort?«

Kalliope verengte die Augen. Hätte man ihr nicht gesagt, dass es sich um eine Brücke handelte, hätte sie das abenteuerlich anmutende Gebilde, das sich in einiger Entfernung erhob, nur für eine weitere Laune der Natur gehalten. Woraus die Brücke bestand, ob aus Fels, aus Eis oder aus beidem, war auf die Entfernung nicht zu erkennen. Aber sie schien sich quer über die Ebene zu spannen.

»Was ist damit?«

»Diese Brücke trennt das Fürstentum meines Vaters vom Gebiet der Skolls. Jenseits davon befindet sich die Fenrismark, das Land der Wölfe. Wenn es ein Skoll war, der Eure Mitschwester und Eure Meisterin ermordet hat, so ist er von dort gekommen.«

Kalliope schluckte. Ein Schauder befiel sie, als sie erneut in Richtung der Brücke blickte, und es kam ihr vor, als ob die Wolken dort, wo sie die Ebene überwand, ein wenig dunkler und dräuender wären.

»Was habt Ihr vor?«, erkundigte sie sich.

»Wie ich schon sagte – nach Spuren suchen«, entgegnete der Prinz und steuerte das Vierergespann der Brücke entgegen. Die Einherjar folgten ihm ohne Zögern, und Kalliope begann zu ahnen, weshalb sie ihren jungen Herrn so unbedingt hatten begleiten wollen.

»Ihr wollt die Brücke überqueren?«, fragte sie.

»Warum? Fürchtet Ihr Euch?«

»Eine Gildeschwester zeigt grundsätzlich keine Furcht vor Animalen oder anderen niederen Kreaturen«, stellte sie klar.

»Dann braucht Ihr Euch ja nicht zu sorgen«, versetzte er und ließ die Peitsche abermals knallen.

Die Eisrenner trabten daraufhin noch entschlossener an, und ihre stampfenden Hufe wirbelten weißen Staub auf, der im frühen Tageslicht glitzerte. In rascher Fahrt legte der Schlitten ein gutes Stück Weg zurück, dicht gefolgt vom Gefährt der Einherjar, an deren Speeren graue Fetzen im Wind flatterten – die Mähnen im Kampf getöteter Skolls, die nach Fenrismark zu tragen als Zeichen besonderen Mutes und herausragender Tapferkeit galt. Einen lebenden Skoll hatte Kalliope noch nie zu Gesicht bekommen, aber sie nahm an, dass es furchterregende Kreaturen waren, von roher Grausamkeit und Wildheit. Und wenn sie ehrlich war, musste sie sich eingestehen, dass sie die Wolfsmenschen durchaus fürchtete.

Furcht ist der natürliche Feind der Levitatin, zitierte sie in Gedanken zum ungezählten Mal den Codex, *denn Furcht stört das innere Gleichgewicht …*

Wie immer verströmten die Worte eine beruhigende Wirkung, aber sie genügte nicht, um Kalliopes Unruhe zu vertreiben. Was würden sie im Land der Skolls antreffen? Was für Spuren hoffte Erik zu finden? Und führten diese zu Cedaras Mörder?

Die Brücke war nun immer deutlicher zu erkennen. Wie Kalliope feststellte, gab es eigentlich nicht nur eine, sondern zwei Brücken, die in der Mitte der Ebene von einem gewaltigen Pfeiler gestützt wurden. Zwar handelte es sich wohl nur um einen riesigen, von Schnee und Eis überzogenen Felsblock, jedoch wirkten die schroffen Gesteinsformationen wie die Türme einer trutzigen Burg, ein letzter Grenzposten der Menschheit. Die Brücken selbst waren atemberaubend anzusehen und, wenn auch nur wenige Klafter Stärke messend, sie schienen den Elementen seit Äonen zu trotzen. Es war schwer vorstellbar, dass sie nicht von Menschenhand erbaut worden waren, aber so musste es sein, denn wann hätten Menschen jemals etwas so Großes errichtet?

Erik trieb die Zugtiere zur Eile an. In rasender Schnelle flog der Schlitten am Abgrund entlang. Noch eine weite Kurve, dann ging es hinaus auf die Brücke.

Der schroffe Fels der Klippen fiel zurück, und Kalliope hatte das Gefühl, über die eigentümliche Landschaft hinwegzufliegen, die sich zu beiden Seiten der Brücke erstreckte. Je näher sie dem Pfeiler kamen, desto deutlicher wurde, dass es sich tatsächlich um einen Grenzposten handelte, ein Brückenhaus, das dazu diente, die Pforte nach Thulheim zu sichern. Mächtige Tore waren in das von Eis überzogene Gestein eingelassen, darüber und auf den Türmen patrouillierten schwer bewaffnete Krieger, deren gehörnte Silhouetten sich gegen den grauen Himmel abzeichneten.

»Dies«, erklärte Erik dazu, »ist Heimdall, die Burg der Wächter. Wer immer die Brücke passiert, muss an Heimdalls Kriegern vorbei.«

»Und Ihr glaubt, dass die Skolls den Weg über die Brücke genommen haben?«

»Das wohl nicht – aber vielleicht haben die Wächter etwas gesehen.«

Mit atemberaubender Geschwindigkeit jagten die Schlitten auf Heimdall zu. Erst kurz vor dem Tor zügelten Erik und Einar die Eisrenner, und der Prinz rief etwas in seiner rauen Sprache zum Torposten hinauf. Es schien sich um eine Losung zu handeln, denn im nächsten Moment öffnete sich einer der Torflügel, der breit genug war, um die Vierergespanne passieren zu lassen.

Schlagartig wurde es dunkel. Das fahle Tageslicht wich dem Schein mehrerer Feuer, die gleichzeitig für ein wenig Wärme sorgten. Kalliope konnte einige schemenhafte Gestalten erkennen, hünenhafte Krieger, die an grob gezimmerten Tischen saßen. Strenger Geruch lag in der Luft, der einerseits von dem Fleisch stammen mochte, das über einem der Feuer gebraten wurde, andererseits auch von den Tieren, die auf der anderen Seite der Halle in einem Pferch gehalten wurde – Kalliope erkannte einige Eisrenner, aber auch einen Elefanten mit langem, grauweißem Fell, der offenbar als Lasttier benutzt wurde.

Eriks Eintreffen sorgte unter den Anwesenden für helle Freude. Fast alle kamen herbei, um dem Sohn des Fürsten die Hand zu schütteln, einer reichte ihm gar ein Horn mit Met, das Erik ohne Zögern und zur sichtlichen Erbauung der Krieger bis auf den Grund leerte. Auch die beiden Einherjar wurden freudig begrüßt – Kalliope hingegen traten die Männer von Heimdall mit Vorsicht entgegen. Ihre Blicke verrieten gleichermaßen Misstrauen wie Furcht – vermutlich, dachte Kalliope beklommen, war das die Reaktion, die sie als Mitglied der Gilde hätte erwarten sollen. Die Sache war nur, dass sie sich dadurch ausgeschlossen fühlte.

Einsam.

Aber dies war bedauerlicherweise kein neues Gefühl für sie.

»Wohin geht Ihr?«, fragte sie Erik, als dieser vom Schlitten stieg.

»Hinauf auf den Turm zum Hauptmann«, entgegnete er, »wartet hier auf mich.« Und ehe Kalliope etwas erwidern konnte, war er inmitten eines Pulks breitschultriger, mit Fellen und Eisen bekleideter Leiber verschwunden, die ihn zu einer steilen Treppe eskortierten.

Kalliope blieb nichts übrig, als zu warten, und bis Erik zurückkehrte, hatte sie das Gefühl, eine Ewigkeit wäre verstrichen. Die bohrenden Blicke, die strengen Gerüche, die Sprache, die sie nicht verstand – all das machte ihr unmissverständlich klar, dass sie eine Fremde war auf dieser Welt. Und während sie bislang Wert darauf gelegt hatte, sich von den so primitiven Bewohnern dieses Weltensplitters zu unterscheiden, fühlte sie zum ersten Mal eine Spur von Bedauern, eine unbestimmte Sehnsucht nach einem Dasein, das einfacher war und freier als das Leben, dem sie sich bislang verschrieben hatte.

»Alles in Ordnung?«, erkundigte sich Erik, der den Schlitten wieder bestiegen hatte.

»Natürlich«, versicherte sie schnell. »Hattet Ihr Gelegenheit, den Hauptmann zu sprechen?«

Erik nickte. »Er sagt, dass sich schon lange kein Skoll mehr im Umkreis von Heimdall hätte blicken lassen. Vor fünf Nächten jedoch haben seine Männer und er eine Beobachtung gemacht.«

»Fünf Nächte?« Kalliope rechnete kurz nach. »Das war kurz vor Meisterin Cedaras Tod.«

»In der Tat.«

»Was haben die Männer gesehen?«

»Feuer«, entgegnete Erik leise. »Eine lodernde Flamme auf der anderen Seite der Brücke. Offenbar haben Krieger der Skolls dort gelagert. Und ihrem Heulen nach, das in jener Nacht zu hören war, hatten sie einen Grund zum Feiern.«

»Was bedeutet das?«, wollte Kalliope wissen.

»Um das herauszufinden, sind wir hier.«

»Ihr wollt also tatsächlich auf die andere Seite? Nach Fenrismark?«

»Ihr etwa nicht?«

Kalliope gab sich Mühe, Zuversicht in ihre Worte zu legen. »Wenn es dort die Wahrheit zu finden gibt, bin ich bereit.«

Er nickte entschlossen, und nachdem er sich mit knappen Worten von den Wächtern Heimdalls verabschiedet hatte, lenkte er den Schlitten über das Stroh, mit dem der Boden bedeckt war, zum anderen Ausgang der Halle. Das Tor wurde geöffnet, und helles Licht und eisig kalter Wind fluteten herein. Die Peitsche knallte, und im nächsten Moment befanden Kalliope und ihre Begleiter sich auf der zweiten Brücke, die den Bogen von Thulheim ins Land der Wölfe schlug.

Inzwischen hatte es zu schneien begonnen. Winzige Flocken sausten durch die Luft, die nach Eis und Kälte roch. Ein Blick zurück zeigte Kalliope, wie Heimdall in Dunst und Ferne verschwand. Dann waren sie ringsum von Kälte und Schnee und heulendem Wind umgeben. Mit einer Hand klammerte sich Kalliope an die hüfthohe Brustwehr des Schlittens, mit der anderen zog sie ihre Kapuze enger, um sich vor der eisigen Kälte zu schützen.

Je näher sie der anderen Seite und den schroffen, von Schnee gekrönten Bergen kamen, desto dunkler wurde es. Das Grau der Wolken schien sich über der Fenrismark dichter zu ballen als an jedem anderen Ort der Welt, und immer wieder zogen gewaltige Blitze über den Himmel, denen dumpfes Donnergrollen folgte. Schwermut legte sich auf Kalliopes Herz, und in Gedanken wiederholte sie den Lehrsatz über die Furcht und das innere Gleichgewicht wieder und wieder, bis sie die andere Seite erreichten.

Hier gab es keine Spur, die durch den Schnee führte – die Straße verlor sich schon nach wenigen Schritten zwischen kantigen, grüngrau schimmernden Felsen, die sich dem Besucher wie feindselige Klingen entgegenreckten. Kalliope fühlte Beklemmung, so als könnte sie das Böse, das jenseits dieser Felsen lauerte, körperlich spüren.

Auch aus den Zügen Eriks und seiner beiden Leibwächter war die unbekümmerte Sorglosigkeit, die sie vorhin noch zur Schau getragen hatten, gewichen. Sie hatten die Schlitten zum Stehen gebracht und blickten sich vorsichtig um. Dann stieg Erik als Erster vom Schlitten.

»Bleibt bei ihr«, wies er seine beiden Gefolgsleute an, auf Kalliope deutend, »ich sehe mich um.«

»Aber Herr«, widersprach Sven und schüttelte die blonde Mähne. »Wir sind für Euren Schutz verantwortlich, nicht für den der Gildeschwester.«

»Und ich habe geschworen, sie zu beschützen«, konterte Erik, »also tut, was ich Euch sage.«

»Aber Euer Vater …«

Als Erik diesmal antwortete, tat er es in seiner eigenen Sprache, sodass Kalliope ihn nicht verstehen konnte, aber die Worte hörten sich hart und schneidend an und beendeten den Wortwechsel abrupt. Mit einem entschlossenen Nicken wandte der Prinz sich um und stieg die verschneite Anhöhe hinauf. Auf dem Grat blickte er sich noch einmal um, dann verschwand er auf der anderen Seite, und Kalliope zählte endlos lange Augenblicke, bis er wieder auftauchte. Mit einem Wink bedeutete er Kalliope und den anderen, ihm zu folgen – die Luft schien rein zu sein.

Eskortiert von den beiden Einherjar stieg auch Kalliope den Hang hinauf, wobei sie sich vorsehen musste, um auf vereistem Gestein und hart gefrorenem Schnee nicht auszugleiten. Endlich erreichte auch sie den Grat, und Eriks Hand streckte sich ihr helfend entgegen. Auf der anderen Seite fiel das Gelände zunächst ab, ehe es am Fuß einer Felswand endete.

»Seht Ihr das?« Erik deutete auf den Platz unterhalb der Felswand. »Dort ist das Eis dünner, und der Fels darunter ist geschwärzt.«

»Und was folgert Ihr daraus?«, fragte Kalliope.

»Dass hier vor nicht allzu langer Zeit ein Feuer gebrannt hat.« Der Prinz stieg die Senke hinab und stocherte mit dem Stiefel im hart gefrorenen Schnee herum, während die beiden Einherjar zurückblieben und Wache hielten. Auch Kalliope suchte nach Hinweisen auf das Feuer, das die Wächter von Heimdall vor einigen Nächten gesehen haben wollten – auch wenn sie sich nicht denken konnte, was genau dies mit der Ermordung ihrer Meisterin zu tun haben sollte.

Es dauerte nicht lange, bis sie fündig wurden – unter einer ellendicken Schicht aus Firn stießen sie tatsächlich auf schwarze Asche. »Ihr hattet recht«, stellte Kalliope fest. »Aber was sagt uns das?«

»Zum einen, dass tatsächlich Skolls an der Brücke gewesen sind«, erwiderte Erik. »Zum anderen, dass sie keine friedlichen Absichten hatten«, fügte er hinzu und deutete auf etwas, das er ausgegraben hatte. Kalliope prallte entsetzt zurück, als sie sah, dass es schwarz verbrannte Knochen waren.

Ein Menschenschädel war darunter, aber auch solche von Phociden. In stummer Anklage schienen sie Kalliope anzustarren.

»Was hat das zu bedeuten?«, fragte sie.

Erik zögerte einen Augenblick, ehe er antwortete. »In Nächten des *Fulmåne*, des vollen Mondes, pflegen sich die Skolls leichte Opfer zu suchen, an deren Fleisch sie sich weiden und an deren Blut sie sich berauschen.«

»Ihr meint, diese elenden Kreaturen …?« Kalliope konnte ihren Blick nicht von den starrenden Schädeln wenden.

»In jenen Nächten«, fuhr Erik leise fort, »beten die Skolls dunkle Götter an, deren Namen wir nicht kennen und deren Heimat jenseits der Wolken liegt, in der ewigen Dunkelheit.«

»Ihr sprecht vom Nox«, deutete Kalliope die Worte des Prinzen auf ihre Weise. »Die Skolls sind nokturnen Mächten verfallen. Sie sind Diener des Bösen …«

»… und sie waren hier, kurz bevor Eure Meisterin getötet wurde«, fügte Erik hinzu, auf die verkohlten Knochen deutend. »Sie haben ihre dunklen Rituale abgehalten und Mordpläne geschmiedet. Das war es, was ich wissen wollte.«

»Aber sagtet Ihr nicht, dass kein Skoll ungesehen in die Festung Eures Vaters eindringen könnte?«

Eriks Blick war lange und prüfend. »Das sagte ich«, bestätigte er. »Aber vielleicht sollten wir eine neue Möglichkeit in Betracht ziehen – nämlich dass die Skolls Hilfe von innerhalb der Festung hatten.«

»Hilfe von innerhalb?« Kalliope erschrak. »Ihr meint einen Verräter? Einen Animalen?«

»Weshalb seid Ihr so überzeugt davon, dass ein Tiermensch der Verräter sein muss?«

»Weil Animalen niedere Kreaturen sind, nicht Mensch und nicht Tier und von der Schöpfung nicht gewollt.«

»Wenn sie nicht gewollt waren, warum existieren sie dann?«, wollte Erik wissen.

»Nun, es heißt, sie sind die Strafe dafür, dass sich lasterhafte Menschen mit Tieren verbunden haben«, erklärte Kalliope, »deshalb besitzen sie weder Seele noch Verstand.«

»So heißt es«, Erik blickte sie eindringlich an. »Aber denkt Ihr auch so?«

Kalliope wartete lange mit einer Antwort. »Ihr etwa nicht?«

Der Prinz kam nicht mehr dazu, zu antworten, da plötzlich etwas seine Aufmerksamkeit erregte. Das Schwert, das bislang an seiner Seite in der Scheide geruht hatte, flog in seine rechte Hand.

»Was …?«, flüsterte Kalliope, aber er hob abwehrend die Hand. Seine Aufmerksamkeit galt den umgebenden Felsen.

»Einar?«, erkundigte er sich bei seinem Gefolgsmann.

»Ich habe es auch gehört«, knurrte der Einherjar durch seinen dichten Bart. In leicht gebückter Haltung stand er da, den Speer mit beiden Händen fassend. Sven, der nur wenige Schritte von ihm entfernt stand, wog den Speer in der einen, die Axt in der anderen Hand.

Erik legte den Kopf schief wie ein Raubtier, das lauschte. Tatsächlich schien er etwas zu vernehmen, während Kalliope nichts als das Heulen des Windes hörte. Der Schneefall hatte noch zugenommen, sodass Burg Heimdall zu einer fernen, schemenhaften Ahnung verkommen war.

»Sie sind hier«, sagte Erik leise. »Hier in der Nähe.«

»Von wem sprecht Ihr?«

»Skolls«, erwiderte er, während er wachsam die Umgebung taxierte. »Sie beobachten uns.«

»Dann lasst uns umkehren!« Kalliope schielte in Richtung des Schlittens, der auf der anderen Seite des Grates stand.

»Dazu ist es bereits zu spät …«

Einen quälenden Augenblick lang herrschte Schweigen. Lautlose Blitze flackerten in der Ferne, die Zeit über der Fenrismark schien stillzustehen.

Dann begann es.

Mit einem hellen Zischen.

Kalliope glaubte zu sehen, wie etwas durch die Luft jagte – im nächsten Moment zuckte Einar, der nur einen Steinwurf von ihr entfernt auf dem Grat stand, zusammen – ein langer Pfeil ragte aus seinem Hals, treffsicher unterhalb der Panzerung. Der Leibwächter riss den Mund zu einem Schrei auf, doch ein grellroter Blutschwall war alles, was ihm über die Lippen kam. Kalliope kreischte vor Entsetzen, während der Krieger niederging, den Schnee mit Blut besudelnd.

»Standhogg!«, brüllte Sven, dass es von der Felswand widerhallte. Im nächsten Moment zeigten sich die Angreifer, und zum ersten Mal bekam Kalliope Skolls zu sehen.

Es waren scheußliche Kreaturen.

Nicht so sehr, weil ihre Körper mit grauschwarzem Fell überzogen waren und ihre Mäuler vor mörderischen Zähnen starrten. Auch nicht, weil ihnen Geifer von den Lefzen troff und ihre Augen in scheußlicher Blutrunst leuchteten. Sondern weil sie sich anmaßten, wie Menschen zu sein.

Nahezu aufrecht auf den Hinterbeinen laufend, trugen sie Kettenpanzer aus rostigem Eisen, die sie im Kampf erbeutet haben mussten. Auf ihren hässlichen Schädeln ruhten gehörnte Helme, die sie zu Zerrbildern der Krieger von Thulheim machten. Bewaffnet waren sie mit Äxten, schartigen Schwertern oder primitiven Totschlägern, einige auch mit Bogen, die schussbereit auf die verbliebenen drei Menschen zielten.

Die Raubtierzähne gefletscht, grinsten sie höhnisch von den Felsen herab, auf denen sie unvermittelt erschienen waren; ob sie sich dort verborgen oder im Schutz des Schneetreibens angeschlichen hatten, wusste Kalliope nicht zu sagen. Alles, was sie sah, waren die mörderischen Waffen in ihren Klauen und die Mordlust in ihren Augen.

Heiseres Kampfgebrüll entrang sich Svens Kehle. Außer sich über den Tod seines Freundes, der aus dem Hinterhalt erfolgt und eines Kriegers deshalb unwürdig war, schleuderte er seinen Speer in Richtung eines Wolfsmenschen, und obwohl dieser noch auszuweichen versuchte, fand das Geschoss sein Ziel. Mit urtümlicher Wucht bohrte sich die Spitze in die Brust des Skolls, der daraufhin seine Waffen fallen ließ und in scheußliches Heulen verfiel, ehe er vornüber vom Felsen kippte, sich in der Luft überschlug und in den Schnee stürzte, der ihn mit dumpfem Geräusch verschluckte.

Es schien, als wäre dadurch ein Bann gebrochen worden. »Fort von hier, rasch!«, rief Erik Kalliope zu, während er sie auch schon an der Schulter packte und mitzog. In diesem Augenblick gingen die Skolls zum Angriff über.

Die Bogenschützen ließen Pfeile von den Sehnen schnellen, die übrigen Krieger – Kalliope schätzte, dass es um die zwanzig waren – setzten unter fürchterlichem Knurren und Gebrüll von den Felsen. Die Axt zum Schlag erhoben, stellte sich Sven ihnen entgegen. Der erste Skoll, der sich ihm näherte, verlor sein Haupt, das in hohem Bogen und von einer Blutfontäne begleitet davonflog. Kalliope, die solch rohe Gewalt noch nie mit angesehen hatte, schrie entsetzt, während Erik sie über den Grat und den Hang hinabzerrte, zurück zum Schlitten und hinter dessen schützende Brustwehr.

»Bleibt unten!«, schärfte er ihr ein, und sie verharrte kauernd, während das Heulen und Fauchen der Wölfe ihr fast den Verstand raubte. Ein Schatten wischte heran, doch Erik hatte ihn kommen sehen und riss sein Schwert empor. In seiner Raserei stürzte der Skoll geradewegs in die Klinge, die ihn durchbohrte und in seinem Rücken wieder austrat. Mit dem Fuß stieß Erik die sterbende Kreatur von sich und bekam das Schwert auf diese Weise wieder frei – gerade in dem Augenblick, als der nächste Angreifer heran war.

Der Skoll schwang seine schartige Axt mit tödlicher Wucht, jedoch war er langsam und träge. Erik wich dem Hieb aus, der daraufhin den hölzernen Handlauf des Schlittens zertrümmerte, ansonsten jedoch keinen Schaden anrichtete – der Skoll hingegen wurde von einem Schwertstreich ereilt und sank röchelnd und mit zerschnittener Kehle nieder. Blut spritzte, das Kalliope besudelte. Entsetzt schrie sie auf und streckte abwehrend die Hände aus, wünschte sich mit aller Macht an einen anderen Ort als diesen – doch ihr Wunsch blieb unerfüllt.

Zwei weitere Skolls setzten heran und stürzten sich auf Erik. Den einen wehrte der Prinz mit einem beherzten Fußtritt ab, mit dem anderen kreuzte er die Klingen. Funken flogen, als Metall auf Metall traf. Gebannt verfolgte Kalliope den Kampf auf Leben und Tod, begleitet von grässlichem Heulen und markerschütterndem Gebrüll … und Blut. Wohin sie auch blickte, besudelte es den Schnee, floss in solchen Strömen, dass ihr davon übel wurde. Wie versteinert kauerte sie auf der Plattform des Schlittens, sah Erik und den Wolfsmenschen miteinander fechten, unfähig, in den Kampf einzugreifen oder auch nur zu fliehen. In rascher Folge trafen die Klingen aufeinander, und der Wolfsmensch brachte Erik eine Schnittwunde im Gesicht bei. Dann jedoch gelang es dem Sohn des Weltenherrschers, mit einer geschickten Finte die Aufmerksamkeit seines Gegners in eine andere Richtung zu lenken – in diesem Augenblick bohrte sich kalter Stahl durch die Eingeweide des Wolfs.

Jaulend fiel die Kreatur in den Schnee, ihr Kumpan, der sich von dem Fußtritt erholt hatte und wieder angreifen wollte, endete mit einer klaffenden Wunde, die quer über seinen Brustkorb verlief.

Schwer atmend, die blutige Klinge noch in der Rechten, sprang Erik auf die Plattform des Schlittens, griff mit der linken Hand nach den Zügeln und ließ sie schnalzen. Sofort trabten die Eisrenner an, und das Gefährt setzte sich in Bewegung – zur hellen Aufregung der Skolls, die in noch wütenderes Gebrüll verfielen. Pfeile zischten durch die Luft, allerdings zu hastig verschossen und ihr Ziel verfehlend. Indem er hart an den Zügeln riss, wendete Erik den Schlitten.

»Sven!«, rief er heiser.

Der Einherjar, der sich den Wölfen mutig entgegengestellt hatte, war umtost von einem Dutzend Angreifern, die ihn von allen Seiten bedrängten.

»Flieht, Herr!«, brüllte er aus Leibeskräften, während er die Axt kreisen ließ und einem Skoll die Klaue vom Handgelenk trennte. »Rettet Euer Leben!«

»Nein!«, widersprach Erik und wollte die Peitsche knallen lassen, um seinen Schlitten in den Pulk der wütenden Wolfskrieger zu lenken – aber dann fiel sein Blick auf Kalliope, und er schien sich zu besinnen.

»Flieht! Rasch!«, schrie Sven noch einmal. Seine Axt fuhr nieder und spaltete einem Angreifer Helm und Schädel, aber dann zuckte eine Speerspitze vor und durchbohrte seinen Arm – es war abzusehen, dass er der Übermacht nicht mehr lange würde trotzen können. Spätestens dann würden sich auch jene Skolls, die er bislang an sich gebunden hatte, auf Erik und Kalliope stürzen.

Es war dem Prinzen anzusehen, dass er lieber an der Seite des Gefährten gefallen wäre, als sich zur Flucht zu wenden, dennoch schwang er in einem bitteren Entschluss die Peitsche. Die Pferde stemmten sich in das Gurtzeug des Schlittens, und das Gefährt setzte sich ruckartig in Bewegung. Ein Skoll, der sich ihm in den Weg stellen wollte, geriet unter die Hufe der Eisrenner und wurde von ihnen zerschmettert.

Abermals knallte die Peitsche, der Schlitten schoss hinaus auf die Brücke – doch noch gaben die Wolfskrieger ihre Beute nicht verloren. Ein besonders großer, furchterregender, dessen Helm der Schädel eines Menschen verunzierte, holte mit gewaltigen Sprüngen auf.

»Erik!«, rief Kalliope.

Der Prinz fuhr herum, gerade in dem Augenblick, als der Wolf ihn ansprang. Blitzschnell riss er seine Klinge empor, und der Skoll stürzte mit dem ganzen Gewicht seines sehnigen Körpers in den Stahl, der bis zum Heft in seine Brust fuhr. Erik blieb nichts übrig, als sein Schwert zu opfern. Sowohl der Skoll als auch die Klinge verschwanden im Abgrund, der beiderseits der Brücke klaffte.

Sogleich wandte sich Erik wieder um und griff nach den Zügeln – gerade noch rechtzeitig, um den Schlitten vor dem Absturz in die Tiefe zu bewahren. Hart riss er die Pferde zurück und brachte das Gefährt wieder auf Kurs, Heimdall entgegen, das durch den Schleier des Schneegestöbers wie eine ferne Verheißung wirkte.

Unerreichbar …

Kalliope blickte zurück. Sie sah Sven auf dem Hügelgrat, während er den Kampf gegen die Übermacht verlor. Die Skolls stürzten sich auf ihn, und der tapfere Recke verschwand in einem wirren Knäuel fellbesetzter Leiber. Doch längst hatten sich auch einige der Wolfsmenschen den Flüchtlingen zugewandt und setzten ihnen geifernd hinterdrein, nun nicht mehr aufrecht gehend, sondern, ihre wahre Natur offenbarend, auf allen vieren.

Gebannt sah Kalliope sie aufholen, selbst der rasende Galopp der Eisrenner schien ihnen nicht überlegen zu sein. Immer näher kamen sie heran – und ein Blick gen Heimdall, das immer noch in weiter Ferne lag, bewies Kalliope, dass sie es nicht schaffen würden.

»Erik!«, rief sie.

»Ich weiß, ich sehe sie«, versicherte der Prinz, während er unentwegt die Peitsche schwang. Die Eisrenner gaben ihr Möglichstes. Die gehörnten Häupter gesenkt, stampften ihre Hufe in atemberaubend schneller Folge durch den Schnee – und waren doch nicht schnell genug.

Schon waren die Verfolger bis auf wenige Baumlängen heran, und der Abstand schmolz weiter. Indem er sich umwandte und mit der Peitsche um sich hieb, suchte Erik, die Skolls auf Distanz zu halten, doch sobald er die Zügel vernachlässigte, drohte der Schlitten aus der Spur zu geraten und von der Brücke zu stürzen. Kalliope setzte alles daran, die Verfolger abzuwehren – als einer von ihnen so nahe heran war, dass er auf die offene Plattform des Schlittens springen wollte, trat sie mit den Füßen nach ihm. Der Skoll fiel jaulend zurück und wurde von der Meute seiner nachfolgenden Kumpane überrannt. Schon im nächsten Augenblick war der nächste Wolfskrieger heran.

Zwar konnte man nun von Heimdall hellen Hörnerklang hören, der vermuten ließ, dass die Wächter mitbekommen hatten, was geschah, und Verstärkung schickten, doch man brauchte kein Hellseher zu sein, um zu wissen, dass die Hilfe zu spät kommen würde. Wieder setzte einer der Verfolger zum Sprung an, katapultierte sich durch die Luft und landete tatsächlich mit den Vorderbeinen auf der Plattform. Kalliope schrie und trat auf ihn ein, aber erst ein Peitschenhieb Eriks fegte den Skoll in die Tiefe. Sofort setzten die übrigen Verfolger nach, sie würden sie jeden Augenblick erreichen …

So also endete ihr Leben, dachte Kalliope beklommen – nun endlich wusste sie, wieso alles in ihr sich gesträubt hatte, nach Jordråk zu reisen. Ihre dunkle Vorahnung hatte sich erfüllt.

»Kalliope!«

Sie hörte Erik rufen, allerdings nicht auf die Weise, als ob er neben ihr stünde und gegen das Gebrüll ihrer Verfolger und den eisigen Fahrtwind anzuschreien hätte. Ganz deutlich und klar vernahm sie seine Stimme, ebenso wie das Heulen der Wölfe und das Schnauben der Eisrenner.

Ihren heiseren, dampfenden Atem.

Jeden einzelnen ihrer Tritte im Schnee …

»Kalliope!«

Alles schien gleichzeitig auf sie einzustürzen und war unmöglich voneinander zu trennen, ein Kosmos sensorischer Empfindungen, die dort, wo sie sich befand, keinen Sinn mehr ergaben. Denn inmitten all dieser Eindrücke, der Stimmen und Schreie, der Formen und Farben, die auf sie einprasselten, fand die Gildeschülerin jenen geheimen Ort in ihrem Inneren, der Ruhe und Rettung verhieß.

Den Ort des Gleichgewichts …

Kalliope riss die Augen auf – und ähnlich, wie sie zuvor den Eindruck gehabt hatte, alles viel deutlicher zu hören, hatte sie nun auch das Gefühl, schärfer zu sehen als je zuvor. Gebannt starrte sie auf die Skolls, die den Wagen nun fast erreicht hatten, und konnte jede Einzelheit an ihnen erkennen, jedes Haar in ihrem Fell, jeden Tropfen Schweiß und Geifer.

Sie setzten zum letzten Angriff an.

Unter grässlichem Gebrüll katapultierten die Wolfskrieger ihre sehnigen Körper durch die Luft, um sich auf die verhassten Menschen zu stürzen – doch ihre Klauen griffen ins Leere.

Die Kufen des Schlittens hatten die Brücke verlassen, zusammen mit den Tieren, die ihn zogen.

Zwar galoppierten die Eisrenner ihrem Instinkt gehorchend noch immer weiter, doch war kein Schnee mehr unter ihren Hufen. In steilem Winkel stach das Gespann in den Himmel. Die Brücke und die Angreifer darauf fielen darunter zurück – und Kalliope begriff, dass sie gerettet waren. Sie sah zu Erik auf, der neben ihr stand, sich an die Brustwehr des Schlittens klammernd, und sie fragend anstarrte.

Da erst wurde ihr klar, dass sie es war, die das Gespann in der Luft hielt, dass es ihre mentalen Kräfte gewesen waren, die den Schlitten im letzten Augenblick den Skolls entzogen hatten. Rasend vor Wut wanden sich die Wolfskreaturen im Schnee, ballten Klauen zu Fäusten und heulten wüste Verwünschungen – ihre bereits sicher geglaubten Opfer jedoch waren ihnen dennoch entkommen. Und Kalliope wurde klar, dass sie in diesem Augenblick ihre Berufung gefunden hatte.

Cedara hatte recht gehabt.

Sie war eine Levitatin.

14. Kapitel

Croy war den Legionären gefolgt, ohne Widerstand zu leisten. Zum einen, weil es aussichtslos gewesen wäre. Zum anderen aber auch, weil er selbst herausfinden wollte, was hinter dieser ganzen Sache steckte.

Wieso setzte ein Großmercator des Handelskontors alles daran, einen Gegenstand in die Hände zu bekommen, der auf einem entlegenen Minensplitter verborgen war? Warum bediente er sich dabei der Dienste eines Diebes, den er in die Falle lockte und erpresste? Und weshalb schien man Croy und seine Gefährten bereits erwartet zu haben?

Für ihn stand fest, dass er in eine Intrige geraten und zur Spielfigur der Mächtigen geworden war, und er wollte nicht sterben, ohne nicht wenigstens herausgefunden zu haben, worum es dabei ging.

Man brachte ihn in eine Kammer, die keine Fenster besaß und nur eine Tür, an der sich zwei Schakalkrieger als Wachen postierten. Die Luft in dem Gewölbe war getränkt von Angstschweiß und Blutgeruch und beleidigte den feinen Geruchssinn des Pantheriden. Vier Legionäre stießen ihn unter der Aufsicht ihres Anführers in die Mitte des Gewölbes, wo eiserne Fesseln an rostigen Ketten von der Decke hingen. Über eine Rolle waren sie mit einer Winde verbunden.

Croy wusste nur zu gut, wozu sie diente.

Er war schon einmal hier gewesen, an diesem düsteren Ort, und obwohl es viele Zyklen zurücklag, hatte er den Eindruck, er hätte diesen Ort nie verlassen.

Grauen erfasste ihn, aber wieder leistete er keinen Widerstand, als die Legionäre ihm die Kleider herabrissen und die Fesseln um seine Fußgelenke legten. Die Ketten klirrten, mit metallischem Klang rasteten die Bolzen ein. Dann gab der Anführer den Befehl, an der Winde zu drehen.

Croy war klug genug, sich auf alle viere niederzulassen, ehe ihm die Beine unter dem Körper weggezogen wurden. Ein Ruck durchlief seinen Körper, und unter dem höhnischen Gelächter der Schakalkrieger wurde er hinaufgezogen. Mit den Füßen voran ging es zur Decke, wo man ihn hängen lassen würde wie ein Stück Fleisch in der Vorratskammer. Dennoch schwieg der Panthermann und ließ alles über sich ergehen – den Triumph, ihn um Gnade winseln zu sehen, wollte er seinen Häschern nicht gönnen.

Dennoch fiel es ihm schwer, ruhig zu bleiben, während er das Gefühl hatte, seine Arme und Beine würden ihm aus den Gelenken gerissen.

»Panthermann«, begann der Hauptmann der Legionäre, »offenbar hast du einen mächtigen Feind.«

»Wovon sprichst du?«, ächzte Croy.

Der Anführer der Schakale brauchte nicht zu antworten, denn in diesem Augenblick öffnete sich die Tür der Kammer, und ein geradezu riesenhafter Mensch trat ein, neben dem selbst Shens Begleiter Darg wie ein Zwerg gewirkt hätte. Als wäre seine Erscheinung noch nicht eindrucksvoll genug, war er mit blankem Stahl gerüstet und trug ein Breitschwert an seiner Seite – aus seinen narbigen Zügen sprach, dass er es zu gebrauchen wusste. Auf seiner Schulter saß ein eigentümliches Wesen mit langem Schwanz, hellem Fell und dunklen Augen, jenem nicht unähnlich, das auch auf Novaros Schulter gekauert hatte und das der Großmercator von Madagor als sein »Memento« bezeichnet hatte. Oder war es am Ende ein und derselbe?

»Was hat das zu bedeuten?«, fragte Croy den Menschen, der sich breitbeinig und mir vor der Brust verschränkten Armen vor ihm aufbaute. »Wer bist du und was willst du von mir?«

Der Mensch gab keine Antwort. Gleichmütig starrte er den gefangenen Pantheriden an.

»Willst du mir nicht antworten?«, fragte dieser. »Nachdem du mich verhaften und wie ein verdammtes Stück Fleisch hast aufhängen lassen?«

Der Mensch erwiderte auch diesmal nichts – dafür regte sich das Wesen auf seiner Schulter. »Willst du mich beleidigen?«, fragte es mit hoher, durchdringender Stimme. »Warum richtest du das Wort an meinen Diener statt an mich?«

Croy betrachtete das unscheinbare Wesen auf seiner Schulter.

»Wer bist du?«, fragte er den kleinwüchsigen Affenmenschen.

»Mein Name tut nichts zur Sache«, bekam er zur Antwort. »Aber du sollst wissen, dass ich im Auftrag der Kaiserin handle.«

Im Auftrag der Kaiserin …

Croy, dessen Kopf mit hämmerndem Schmerz erfüllt war, begriff. Der kleine Kerl war ein Spitzel des berüchtigten kaiserlichen Geheimdiensts …

»Ich habe nichts mit der Kaiserin zu schaffen«, versicherte der Panthermann schlicht.

»Tatsächlich nicht?« Der kleine Primat erhob sich. Zu sehen, wie er mit energisch in die Hüften gestemmten Ärmchen auf der Schulter seines riesenhaften Dieners stand, war auf bizarre Weise komisch. Und zugleich beängstigend, so als wären die Gesetze der Natur außer Kraft gesetzt.

»Wenn dem so ist, hättest du dich von ihrer Minenkolonie fernhalten sollen, Croy Nachtschatten.«

»Du kennst meinen Namen.«

»Mir bleibt nichts verborgen, auch nicht der Grund deines Hierseins.«

»Das bezweifle ich.«

»Dann begehst du denselben Fehler, den schon andere vor dir begangen haben. Viele andere.«

Croy stieß verächtlich Luft aus. Die Bedrohung, die in den Worten des kaiserlichen Agenten mitschwang, blieb ihm jedoch nicht verborgen.

»Du unterschätzt mich«, beschied ihm der Affenmensch. »Glaubst du, ich wüsste nichts von Novaros Plänen? Von dem Artefakt, das du auf Nergal suchen und finden sollst?«

»Novaro? Nie gehört.« Seinem Entsetzen zum Trotz gab Croy sich alle Mühe, gleichgültig zu klingen. Der kleine Kerl war verdächtig gut informiert. Dutzende von Fragen kreisten plötzlich in Croys pochendem Schädel.

Wie konnte die Kaiserin von diesen Dingen erfahren haben? Hatte Novaro tatsächlich sein eigenes Spiel getrieben und war dabei ertappt worden …?

Die Augen des Äffchens weiteten sich und verfärbten sich dabei rötlich. Dann flüsterte es etwas ins Ohr seines Dieners, der nur schwerfällig nickte, dann zu einer der Fackeln trat, die in den Wandhalterungen steckten, und sie herauszog. Und noch ehe Croy etwas entgegnen konnte oder auch nur wusste, wie ihm geschah, hatte der Riese ihm die Flamme bereits in die Seite gestoßen.

Der Schmerz war stärker als alles, was ihm bisher widerfahren war.

Der Panthermann, der wehrlos von der Decke hing und dem Feuer schutzlos ausgeliefert war, brüllte gequält auf, als es ihm das Fell versengte. Der bittere Geruch seiner eigenen verbrannten Haut stieg ihm in die Nase und verursachte ihm Übelkeit. Der Mensch grunzte zufrieden und trat wieder einen Schritt zurück. Die Fackel behielt er in seinen Pranken.

»Nur eine Warnung«, stellte sein kleinwüchsiger Herr klar. »Du solltest nicht versuchen, mit mir zu spielen, Nachtschatten – das kann ich besser als du.«

»Offensichtlich«, presste Croy hervor.

»Ich weiß von deinem Handel mit Novaro. Und ich weiß auch, dass er dich hierhergeschickt hat, um das Artefakt zu stehlen, das hier vor langer Zeit verborgen wurde.«

»Davon weiß ich nichts.«

»Dir eilt ein gewisser Ruf voraus. Novaro hat dich nicht von ungefähr ausgewählt. Sechzehn bewaffnete Überfälle allein innerhalb der vergangenen zwei Zyklen, dazu zahllose Einbrüche in Lagerhäuser des Handelskontors sowie die völlige Zerstörung eines Handelsschiffes werden dir zugeschrieben.«

»Was du nicht sagst.«

Das Äffchen kicherte auf geradezu kindliche Weise. »Das Handelskontor interessiert mich nicht. Ich stehe nicht in den Diensten des Kontors und seiner raffgierigen Mercatoren. Meine Ziele sind sehr viel edlerer Natur.«

»Davon bin ich überzeugt«, knurrte Croy. »Lässt du mich deswegen foltern?«

»Die Folter ist ein Instrument, das der Wahrheitsfindung dient. Solltest du dich entschließen, mir zu helfen, entgehst du ihr.«

»Und was willst du wissen?«

»Kannst du dir das nicht denken?« Der kleine Kerl reckte wissbegierig den Kopf. »Das Artefakt, Katzenmensch. Ich will das Artefakt.«

»Ich habe es nicht«, entgegnete Croy. Sein Schädel schmerzte immer mehr, das Sprechen fiel ihm allmählich schwer.

»Und du erwartest, dass ich dir das glaube?«

»Was du erwartest und was nicht, ist mir ziemlich gleichgültig«, erwiderte der Pantheride – und brüllte erneut gequält auf, als der Mensch die Fackel zum Einsatz brachte, diesmal auf der anderen Körperseite.

»Ich gebe zu, dass es mir eine gewisse Freude bereitet, andere Kreaturen zu quälen«, erklärte der Primat grinsend, »ganz besonders, wenn es sich dabei um Exemplare von Spezies handelt, die meinesgleichen gerne als Beute sehen. Und ich bin sehr geduldig. Also gebe ich dir Gelegenheit, deine Antwort noch einmal zu überdenken. Du wirst diese Kammer nicht lebend verlassen, wenn du mir nicht verrätst, wohin du das Artefakt gebracht hast.«

Croy fletschte die Zähne.

Seine einzige Erwiderung war ein tiefes Knurren.

»Du willst nichts sagen? Dann sollte ich dir deine Lage wohl noch einmal auseinandersetzen. Novaro hat dich hereingelegt, Nachtschatten. Er hat dich benutzt, um etwas in seinen Besitz zu bringen, das ihm nicht gehört und auch nie gehören darf.«

Croy schnaubte. Er hatte recht gehabt. Novaro hatte versucht, in die eigene Tasche zu wirtschaften und war dabei aufgeflogen. Aber weshalb war der Großmercator so erpicht auf jenes Artefakt gewesen? Und warum trachtete es auch die Kaiserin in ihren Besitz zu bringen?

Alles in ihm wand sich vor Abscheu. Er hatte sie so satt, die Lügen und Intrigen der Mächtigen, mit denen sie sich einfach nahmen, was sie begehrten – und wenn es ihnen jemand gleichtat, dann war er ein Dieb und wurde mit unnachgiebiger Härte verfolgt …

»Du bist Novaro keine Loyalität schuldig«, fuhr der Affenmensch fort, als habe er Croys Gedanken gelesen. »Mein Wohlwollen hingegen solltest du dir sichern, denn ich bedeute für dich den Unterschied zwischen Leben und Tod.«

Croy schwieg weiterhin.

Er kannte die Schliche der Mächtigen.

Lügen und Intrigen, nichts weiter.

Es war genau wie damals – und deshalb wusste er, was folgen würde. Er schloss die Augen und hörte, wie der Riese auf ihn zutrat. Dann kam erneut der Schmerz, der ihn bis an die Grenze der Besinnungslosigkeit trieb. Diesmal hatte der Bastard es auf seine Leibesmitte abgesehen, die gleichermaßen schutzlos wie schmerzempfindlich war, und Croy schwor sich, dass er, sollte er die Folter überleben, ihm irgendwann das Herz aus der Brust reißen würde – aber so wie die Dinge standen, waren die Aussichten darauf wohl mehr als schlecht …

»Die letzte Warnung, Nachtschatten«, stellte sein kleinwüchsiger Peiniger klar. »Zwinge mich nicht, dir etwas abzusengen, für das du womöglich noch Verwendung hast – oder trägst du dich nicht mit dem Gedanken, dich fortzupflanzen?«

»Nicht in einer Welt, in der Kreaturen wie du etwas zu sagen haben«, stieß Croy stöhnend hervor.

»Sieh an! Er bricht sein Schweigen, das ist immerhin etwas. Also verrate mir, wo sich das Artefakt befindet, das du gestohlen hast!«

»Wer sagt, dass ich es gefunden habe?«

»Komm schon, Nachtschatten.« Der kaiserliche Scherge verzog das Gesicht. »Wie ich schon sagte, ich kenne deine Vergangenheit. Ich weiß, wer du bist und dass du schon einmal hier gewesen bist. Angeblich bist du der Einzige, der je von Nergal entkommen konnte.«

»Und?«

»Das dürfte bedeuten, dass du dich auf diesem elenden Klumpen Dreck besser auskennst als die meisten – und du genügend Verstecke kennst, um etwas, das nicht gefunden werden soll, kurzerhand verschwinden zu lassen.«

»Ich weiß nicht einmal … was es ist«, sagte Croy nur.

Sein Peiniger lachte auf. »Nichts für ungut, Nachtschatten, aber du solltest bei deinem Leisten bleiben. Ich denke nicht, dass du auch nur annähernd verstehen würdest, welche Bedeutung dieses Artefakt hat. Nicht einmal Novaro wusste es genau, er ist lediglich seiner Gier gefolgt, wie es unter seinesgleichen üblich ist. Aber wir schweifen von unserem eigentlichen Thema ab.« Der Mensch versetzte ihm einen erneuten Flammenstoß.

»Du solltest nicht meine Widerstandskraft unterschätzen«, fauchte Croy, obwohl er inzwischen das Gefühl hatte, sein Körper würde vor Schmerz bersten. »Vergiss nicht, wer ich bin.«

»Ein Pantheride, natürlich.« Der kleine Kopf mit den roten, schwarz geränderten Augen pendelte zustimmend auf und ab. »Pantheriden sind ebenso berühmt für ihre Tapferkeit wie für ihre Sturheit – das ist wahrscheinlich auch der Grund dafür, dass es nur noch so wenige von euch gibt. Aber vielleicht, mein rabenschwarzer Freund, wirst du heute ja feststellen, dass beides auch seine Grenzen hat.«

Wieder raunte er seinem Diener etwas ins Ohr, und der Riese ging abermals an sein blutiges Handwerk – und diesmal war der Schmerz so überwältigend, dass Croy fast das Bewusstsein verlor. Seine Brust schien lichterloh zu brennen, während der Folterknecht ihm das Fell absengte bis auf die Haut, die unter der Hitze der Flammen Blasen warf. Blut trat hervor, das sofort zischend verdunstete und entsetzlich stank. Der Atem stockte dem Panthermann, dann holte er tief Luft und verfiel in schmerzvolles Gebrüll, und einen Augenblick lang hatte er das Gefühl, durch seine weit aufgerissenen Augen jemand anderen vor sich zu sehen.

Eine schlanke, fast hagere Gestalt in einem schwarzen Kapuzenmantel.

Eine Menschenfrau …

»Du schweigst immer noch?«, riss die Stimme des Äffchens ihn in die Gegenwart zurück. »Weshalb tust du das? Um Novaros Interessen zu schützen? Das ist lächerlich. Er an deiner Stelle hätte die Beute längst preisgegeben!«

Croy würgte an dem Blut, das sich in seinem Mund und seiner Nase gesammelt hatte, dann schluckte er es hinunter, zusammen mit dem Schmerz, der inzwischen seinen ganzen Körper erfasst hatte. »Du glaubst, ich tue das, um Novaro zu schützen?«, fragte er und brachte ein kurzes, kehliges Gelächter zustande. »Dann kennst du mich wohl doch nicht so gut, wie du behauptest – denn mir geht es einzig und allein darum, dir zu widerstehen, Affenmännchen. Mein Körper gehört mir allein. Ich bestimme, was ich tue und was nicht, und ich allein habe zu verantworten, was dann mit mir geschieht.«

Der kleine Primat beugte sich über Kopf, damit er seinen Gefangenen richtig herum betrachten konnte. »Ja, wie es aussieht, ist es dir ernst«, sagte er dann mit einem Seufzen. »Nun gut, Panthermann. Ich habe entschieden, dein Leben und deine Qualen zu verlängern. Du wirst in den Kerker zurückkehren.«

Croy horchte auf, ließ sich jedoch nichts anmerken. Sollte seine Beharrlichkeit ihn ans Ziel geführt haben? Sollte der Spitzel der Kaiserin seine Bemühungen tatsächlich aufgeben und ihn am Leben lassen wollen …?

»Du hast recht gehört«, bestätigte dieser. »Du wirst in den Kerker zurückkehren und über mich nachdenken, jederzeit, ob du wachst oder schläfst. Und damit du dich daran erinnerst, werde ich dir noch etwas geben, über das es sich nachzudenken lohnt.«

Er hatte kaum zu Ende gesprochen, als sein Diener das Breitschwert zog. Mit hellem metallischem Klang fuhr die Klinge aus der Scheide, der Stahl glänzte im Licht der Fackeln.

»Was soll das werden?«, stöhnte Croy.

»Eine Erinnerung an mich, die du nicht vergisst«, erklärte der Winzling – und in diesem Augenblick schlug der Riese zu.

Entsetzt sah Croy seine linke Klaue auf dem Boden landen, gefolgt von schreiend rotem Blut.

Dann kam die Übelkeit.

Und der Schmerz.

15. Kapitel

Die Große Halle von Thulheim erneut zu betreten, fühlte sich seltsam an – denn dieses Mal war Kalliope allein.

Bei ihrem letzten Besuch war sie zusammen mit ihrer Meisterin hier gewesen, kurz nach ihrer Ankunft auf Jordråk. Seither hatte Fürst Magnusson ihr keine Audienz mehr erteilt, noch nicht einmal nach Cedaras Tod; dass er sie nun doch zu sich gerufen hatte, war für Kalliope überraschend und hing natürlich mit den dramatischen Ereignissen zusammen, die sich an der Grenze zur Fenrismark abgespielt hatten.

Sie schritt die Mitte der Halle hinab, auf den Sitz des Herrschers zu. Anders als bei ihrem letzten Besuch war weder Richttag noch sonst eine Versammlung, sodass die Tische zu beiden Seiten des Saales leer waren. Nur das Knistern eines kleinen Feuers war zu hören, das im Kamin brannte, dessen Wärme sich jedoch in der Halle verlor. Kalliope fröstelte, was allerdings auch an dem eisigen Blick liegen mochte, mit dem Fürst Magnusson sie empfing.

Der Herrscher von Jordråk erwartete sie am Ende der Halle, auf dem mit Eisbärenfell überzogenen Sessel thronend, den silbernen Reif auf der Stirn und auf das Schwert seiner Ahnen gestützt. Erik stand neben ihm, nunmehr in einer strahlenden Rüstung, deren Brünne mit Runenzeichen versehen war, das lange blonde Haar fiel ihm über die Schulter. Während auf seinen Zügen ein wohlwollendes Lächeln lag, war die bärtige Miene des Fürsten grimmig und unbewegt.

Der Lehren ihrer Meisterin eingedenk, denen zufolge eine Repräsentantin der Gilde niemals anmaßend, jedoch auch niemals untertänig aufzutreten hatte, blieb Kalliope in einigen Schritten Abstand vor dem Thron stehen und verbeugte sich knapp und nicht zu tief. Sie hatte das Gefühl, dass die Feder, die sie seit dem Tod ihrer Meisterin zu deren Andenkem im Haar trug, ihr zusätzlichen Schutz gab.

»Seid gegrüßt, Gildeschwester«, sagte Magnusson ohne erkennbare Regung.

»Ihr habt mich rufen lassen?«, fragte sie.

Magnusson nickte. Die blaugrauen Augen, die sein Sohn fraglos von ihm hatte, betrachteten sie aufmerksam. »Denn ich muss etwas tun, das einem alten Recken wie mir nicht leichtfällt, zumal bei einer Vertreterin Eurer Zunft.«

»Wie darf ich das verstehen?«

»Ich möchte Euch danken, Gildeschwester«, entgegnete der Fürst von Jordråk, wobei er Erik mit einem Blick streifte. »Dafür, dass Ihr das Leben meines leichtfertigen und sich selbst überschätzenden Sohnes gerettet habt.«

»Dankt mir nicht«, wehrte Kalliope ab. »Was ich getan habe, tat ich, um meine eigene Person vor Schaden zu bewahren. Es war sehr viel weniger edelmütig, als es Euch erscheinen mag.«

»Eure Bescheidenheit spricht für Euch«, entgegnete der Fürst, wie es schien, mit einigem Wohlwollen, »aber sie ändert nichts daran, dass ich ein Vater ohne Sohn wäre, wenn Ihr nicht eingegriffen hättet. Ich stehe folglich in Eurer Schuld, und wenn es etwas gibt, das ich für Euch tun kann, so stehe ich bereit.«

Kalliope zögerte. »Ich fürchte, die Gelegenheit ist bereits verstrichen.«

»Wovon sprecht Ihr?«

Kalliope schürzte die Lippen und nahm all ihren Mut zusammen. Es fiel ihr nicht leicht, die Worte auszusprechen, aber sie würde es sich niemals verzeihen, wenn sie es nicht tat. »Ich hätte mir gewünscht, dass Ihr meiner Meisterin mehr Respekt erweist und ihr die Ehre bezeugt, die sie verdient gehabt hätte.«

Magnussons Züge verhärteten sich. »Ich habe Eure Meisterin geehrt, so gut ich es vermochte«, entgegnete er bedächtig. »Aber Ihr dürft nicht vergessen, wer ich bin. Ich habe Pflichten zu erfüllen und ein Amt, das mich bindet.«

»Das verstehe ich – dennoch hatte sie es nicht verdient, heimlich und in aller Stille beigesetzt zu werden. Hättet Ihr sie so gut gekannt wie ich, wüsstet Ihr, wie unangemessen dies gewesen ist.«

»Ich kannte Eure Meisterin kaum, das ist wahr«, räumte Magnusson ein, »dennoch wollte ich weder Euch noch ihr Andenken beleidigen. Nehmt meine Entschuldigung dafür, wenn dieser Eindruck entstanden sein sollte.«

Kalliope fühlte Genugtuung. Ihr war klar, dass dies das Äußerste war, wozu sich der Fürst von Jordråk herablassen würde, und dies vermutlich auch nur unter dem Eindruck der jüngsten Ereignisse. Dennoch konnte sie der Versuchung nicht widerstehen, noch einen Schritt weiter zu gehen …

»Welcher Eindruck sollte denn sonst entstanden sein?«, fragte sie höflich, jedoch mit einer Spur von Provokation.

Magnusson wandte sich an seinen Sohn. »Sie ist voller Stolz«, stellte er fest. »Voller Stolz und Unbeugsamkeit.«

»Das hatte ich dir bereits berichtet, Vater«, bestätigte Erik. »Und sie ist von großer Klugheit und Stärke.«

»Klugheit?« Der Fürst von Jordråk wandte sich wieder Kalliope zu und taxierte sie von Kopf bis Fuß. »Natürlich ist sie klug wie alle Frauen ihres Schlages – so klug, dass einem davon schwindlig wird und man niemals weiß, woran man ist.«

»Wie meint Ihr das?«, fragte Kalliope, die nicht recht wusste, ob man ihr soeben ein Kompliment gemacht oder sie beleidigt hatte.

Magnusson betrachtete sie noch einen Augenblick länger. Dann nickte er bedächtig und beugte sich auf seinem Sitz nach vorn. »Ihr habt recht«, stellte er fest. »Lassen wir das Versteckspielen und sprechen wir offen aus, was wir voneinander denken. Ich weiß, Gildeschwester, warum Eure Meisterin und Ihr nach Jordråk gekommen seid.«

»Tatsächlich?« Kalliope schüttelte den Kopf.

»Jordråk mag eine entlegene Außenwelt sein und abseits der großen Handelsrouten liegen«, knurrte der Fürst, »aber das bedeutet nicht, dass wir nicht wüssten, was andernorts vor sich geht, denn unsere Falken fliegen schnell und tragen die Kunde von anderen Welten rasch zu uns. Und was wir lesen, bereitet uns große Sorge.«

Magnusson blickte sie weiter unverwandt an, so als wolle er abwägen, ob sie sich nur unwissend stellte. »Seit undenklichen Zeiten«, eröffnete er schließlich, »beherrscht die Levitatengilde die Lüfte, und obschon es auf den Welten des Sanktuarions viele gibt, die sich Häuptlinge, Fürsten und gar Könige nennen, ist es in Wahrheit die Gilde, die die Macht in ihren Händen hält.«

»Die Schöpfung hat uns dazu auserwählt, eine große Aufgabe zu erfüllen«, drückte Kalliope es sehr viel wohlwollender aus. »Wollt Ihr uns das zum Vorwurf machen?«

»Nein.« Der Fürst schüttelte das Haupt. »Aber ich frage mich, warum Ihr Euch mit der Machtfülle, die Euch zuteilwurde, nicht mehr zufriedengeben wollt.«

»Wer sagt, dass wir das nicht tun?«

»Sollte es purer Zufall sein, dass nach den unzähligen Zyklen, in denen sich die Völker des Sanktuarions dem Willen der Gilde gebeugt haben, in diesen Tagen vermehrt von Übergriffen gegen die Schwesternschaft berichtet wird?«, fragte Magnusson lauernd dagegen. »Dass Levitatinnen ausgesandt werden, die angeblich die Aufgabe haben, den plötzlichen Tod oder das mysteriöse Verschwinden ihrer Mitschwestern aufzuklären?«

»Angeblich?«, fragte Kalliope, der allmählich zu dämmern begann, worauf der Fürst hinauswollte. »Glaubt Ihr, die Untersuchung von Meisterin Glennaras Tod wäre nur ein Vorwand gewesen? Dass wir in Wahrheit nach Jordråk geschickt wurden, um im Auftrag der Gilde zu spionieren?«

»Unter meinen Gefolgsleuten gibt es viele, die so denken«, gab Magnusson ausweichend zur Antwort. »Und an manchen Tagen frage ich mich, ob sie nicht recht haben …«

»Das ist also Eure Art, Euch erkenntlich zu zeigen«, lachte Kalliope auf. »Indem Ihr mich beschuldigt, ein Spitzel der Gilde zu sein? Das ist also der Grund, weshalb Meisterin Cedaras Tod von Euch keine Anteilnahme erfahren hat.«

»Wie ich schon sagte«, entgegnete der Fürst, »ich habe ein Herrscheramt zu erfüllen und vielen gerecht zu werden – vor allen Dingen aber meinen eigenen Leuten.«

»Ich verstehe.« Kalliopes anfängliche Befangenheit war blanker Wut gewichen. »Nur scheint Ihr zu vergessen, dass es allem Anschein nach die Skolls gewesen sind, die meine Mitschwestern ermordet haben.«

»Das eine schließt das andere nicht aus«, gab Magnusson ruhig zu bedenken. Die Art, wie er es sagte und sie dabei ansah, verschlug Kalliope für einen Moment die Sprache.

»Ihr … Ihr behauptet, dass die Gilde selbst dahintersteckt?«, hauchte sie, nachdem das erste Entsetzen verwunden war. »Dass sie ihre eigenen Mitschwestern ermorden ließ? Dass sie sich der Dienste primitiver Animalen bedient, nur um ihre Interessen zu wahren?«

»Kalliope«, sagte Erik, der sich wohl genötigt fühlte einzugreifen, »was mein Vater meint, ist …«

Sie hob die Hand und gebot ihm zu schweigen. »Ihr denkt, das alles wäre ein Komplott?«, hakte sie weiter nach, während ihr Tränen ohnmächtigen Zorns in die Augen schossen. »Muss ich Euch daran erinnern, dass meine Meisterin ermordet wurde? Dass sie eine *numerata* und ein Mitglied des Gilderats gewesen ist? Was für eine infame Strategie sollte das sein, die den Tod einer so wertvollen Gildeschwester vorsieht?«

»Ich weiß es nicht«, gab Magnusson kopfschüttelnd zu. »Aber ich weiß, dass es seit vielen Zyklen keinem Skoll gelungen ist, die Mauern von Thulheim zu überwinden – nun ist es gleich zweimal hintereinander geschehen. Sie sind grausam und hinterlistig wie selten zuvor.«

»Und daran gebt Ihr uns die Schuld? Wollt Ihr so von Eurem eigenen Versagen ablenken?«

»Kalliope«, wollte Erik erneut beschwichtigen, doch die Worte waren bereits ausgesprochen, und Kalliope dachte nicht daran, diese ungeheure Anschuldigung auf sich und der Gilde sitzen zu lassen.

»Vielleicht«, fügte sie hinzu, »überschätzt Ihr ja auch einfach die Bedeutung Eurer Welt, wenn Ihr glaubt, der Gilde wäre so sehr daran gelegen.«

»Ihr wisst nichts über Jordråks Vergangenheit, nicht wahr?«, erwiderte Magnusson. »Und auch nichts über die Rolle, die Euresgleichen darin gespielt hat.«

»Das brauche ich nicht«, versetzte Kalliope trotzig und wischte sich die Tränen mit dem Ärmel ihres Kleides ab, »denn ich kenne die Gilde und ihre Ideale und weiß, wofür sie stehen.«

»Tut Ihr das?« Der Fürst nickte. »Dann wäre es vermutlich besser gewesen, wenn Ihr Ethera nie verlassen hättet – denn womöglich werdet Ihr außerhalb der Gildewelt Dinge erfahren, die Ihr niemals wissen wolltet.«

Dass ihre Vorwürfe wirkungslos abprallten und sie stattdessen noch geschulmeistert wurde, machte Kalliope nur noch wütender. »Was erdreistet Ihr Euch?«, fuhr sie den Herrscher von Jordråk an. »Glaubt Ihr denn, es hätte mich danach verlangt, hierhergeschickt zu werden, auf diesen elenden Klumpen Eis im Nirgendwo? Glaubt Ihr, ich wäre nicht lieber auf Ethera geblieben, wo ich Freunde hatte und ein Leben in Sicherheit? Was mich betrifft, so hatte ich von Beginn an Bedenken gegen diese Fahrt, und wie sich herausgestellt hat, waren sie nur zu berechtigt – und Ihr werft mir vor, ich würde die Augen vor der Wirklichkeit verschließen? Mein Leben, wie ich es einst kannte, existiert nicht mehr, und das nur, weil auf einer entlegenen Außenwelt, deren Namen ich zuvor noch nie gehört hatte, ein Weltenherrscher nicht in der Lage ist, für Recht und Ordnung zu sorgen.«

Erik sah nervös zu seinem Vater, offenkundig in banger Erwartung von dessen Reaktion – doch Thor Magnusson blieb weiter beherrscht.

»Sieh an«, sagte er nur und hob eine buschige Braue, »das klingt schon eher nach Euresgleichen, Gildeschwester. Zeigt Ihr nun Euer wahres Gesicht?«

»Was erwartet Ihr? Die Skolls haben zwei meiner Mitschwestern bestialisch getötet, doch anstatt Eure Mitverantwortung für ihren Tod zuzugeben und Euer Versagen einzugestehen, versucht Ihr, anderen die Schuld zu geben!«

»Das sind schwere Anschuldigungen, die Ihr gegen meinen Vater vorbringt«, wandte Erik in einem weiteren Vermittlungsversuch ein. »Was hätte er Eurer Ansicht nach tun sollen?«

»Was wohl? Diese elenden Kreaturen bekämpfen, solange Zeit dazu war«, zischte Kalliope.

»Glaubt Ihr, das hätte ich nicht getan?«, fragte Magnusson. »Die Bewohner der Fenrismark sind von jeher unsere Feinde.«

»Ich weiß, dass Ihr sie bekämpft, die aufgespießten Häupter über den Zinnen Eurer Burg und das Wolfshaar an den Speeren Eurer

Krieger sprechen eine deutliche Sprache«, räumte Kalliope ein. »Aber Ihr tut es, um Eure Ehrsucht zu befriedigen und Eure Lust am Kampf, und nicht, um der Ordnung zum Sieg zu verhelfen und eine dauerhafte Lösung zu schaffen.«

Ein undeutbares Lächeln spielte um die bärtigen Züge des Weltenherrschers. »Wie sollte eine solche Lösung aussehen?«

»Das fragt Ihr mich, eine einfache Schülerin?« Kalliope schüttelte den Kopf. »Dabei wisst Ihr es doch längst selbst. Die Skolls sind eine Bedrohung für uns alle. Sie hätten längst vernichtet werden sollen.«

»Ihr würdet eines einzigen Mörders wegen ein ganzes Volk vernichten.«

»Kein Volk«, verbesserte sie, »nur geistlose Animalen, um das Gleichgewicht der Kräfte im Sanktuarion zu wahren.«

»Gleichgewicht«, fiel Magnusson ihr spöttisch ins Wort. »Die Gilde spricht gern vom Gleichgewicht.«

»Das Gleichgewicht ist der Ursprung unserer Existenz«, erinnerte ihn Kalliope. »Ohne Gleichgewicht kann nichts auf Dauer bestehen.«

»Ist das Euer Verständnis von Gleichgewicht, wenn eine ganze Art ausgerottet wird?«, fragte der Fürst. »Ihr dürft mir glauben, Gildeschülerin, dass ich die Skolls nicht weniger hasse als Ihr. Sie haben meinen Vater und meinen Bruder getötet, als ich noch ein Junge war, und gerade genug von ihnen übrig gelassen, dass meine Mutter und ich sie bestatten konnten.«

»Das … wusste ich nicht«, sagte Kalliope, immer noch wütend.

»Jedes Mal, wenn ich diese elenden Kreaturen sehe oder sie auch nur rieche, überkommt mich Ekel«, fuhr der Herr von Jordråk fort, »und den Schmerz, den sie mir zugefügt haben, werde ich wohl nicht mehr los bis zu dem Tag, da mich mein eigenes Ende ereilt. Aber dennoch«, fügte er grimmig hinzu, »haben sie ebenso ihre Berechtigung im Plan der Götter wie wir. Sie sind ein Teil des Lebens, ebenso wie die Geburt, der Kampf und der Tod. *Das* ist Gleichgewicht, Gildeschülerin – und nicht das, was Euresgleichen darunter versteht. Wenn die Gilde vom Gleichgewicht des Sanktuarions spricht, dann ist damit vor allem *ihr* Gleichgewicht gemeint. Das, was der Gilde dient.«

»Das ist nicht wahr«, wandte Kalliope ein.

»Mein Alter und meine Erfahrung befähigen mich dazu, Euch zu beurteilen, Gildeschwester«, sagte Magnusson, »deshalb kann ich sehen, dass Ihr in fester Überzeugung sprecht und in bester Absicht handelt. Das wahre Wesen der Organisation jedoch, in deren Dienst Ihr Euer Leben gestellt habt, habt Ihr nicht im Ansatz durchschaut.«

Kalliope erwiderte nichts. Hätte der Weltenherrscher sie lauthals beschimpft und für ihre Anmaßung gescholten, wäre es einfach gewesen, seine Worte zu ignorieren. So jedoch trafen sie wie Pfeile.

»Wie Ihr schon sagtet«, fuhr der Fürst fort, »bin ich nur Herrscher einer entlegenen Außenwelt und daher nicht in der Lage, die Pläne der Gilde zu durchschauen. Aber ich weiß, dass sie einem gefräßigen Monstrum gleicht, das der Weltenschlange Jormungand ähnlich immer noch größere Teile des Sanktuarions verschlingt und ihrer Kontrolle zu unterwerfen sucht. Und womöglich ist es ja ihr Ziel, die absolute Herrschaft über die Große Kluft zu erlangen, auf dass es keinem Wesen mehr erlaubt sei, frei zu atmen, sei es nun Mensch oder Chimäre.«

Kalliope schüttelte blind vor Wut den Kopf.

So nachdenklich sie seine Worte anfangs gemacht haben mochten – nun hatte Thor Magnusson eine Grenze überschritten, die zu verletzen auch einem Weltenherrscher nicht gestattet war. Kalliope hatte das Gefühl, es der Gilde, sich selbst und nicht zuletzt Meisterin Cedara schuldig zu sein, auf die einzig mögliche und angemessene Weise zu antworten. Sie wandte sich ab und verließ die Halle ohne ein weiteres Wort.

»Kalliope!«, rief Erik ihr nach.

»Was ist, Gildeschülerin?«, erhob sich Magnussons donnernde Stimme, die von Wänden und Decke widerhallte, »habt Ihr Angst vor der Wahrheit?«

Kalliope antwortete auch diesmal nicht.

Eilig durchmaß sie die Gänge und hoffte, dass niemand sah, wie sie am ganzen Leib zitterte vor Zorn, Scham und Verwirrung – und sie war froh, als sich die Pforte der Großen Halle hinter ihr schloss.

»Du bist zu weit gegangen, Vater«, sagte Erik, als die Gildeschwester den Saal verlassen hatte.

»Ich denke, nicht. Wie anders sollte ich sonst in ihr Inneres blicken?«

»Und?«, wollte der Prinz wissen. »Hat ihr Verhalten dir einen Einblick gewährt?«

Der Herrscher von Jordråk nickte nur.

Erik beugte sich zu ihm vor. »Was hast du gesehen, Vater?«

Thor Magnusson sah auf. Eine seltsame Mischung aus Mitleid und Misstrauen stand in seinen Augen zu lesen. »Ich fürchte, dass du dich irrst«, eröffnete er leise. »Sie ist nicht die, die wir suchen.«

»Aber …«

»Hast du nicht ihre Worte vernommen? Hast du ihr nicht zugehört, ihren Hochmut und ihre Arroganz verspürt?«

»Das habe ich«, versicherte Erik, »und dennoch hege ich die Hoffnung, dass sie diejenige ist, auf die wir gewartet haben.«

Der Fürst sah grimmig zu Boden.

»Sie *muss* es sein«, erinnerte ihn Erik. »Sonst ist alle Hoffnung verloren.«

16. Kapitel

Das Gleichgewicht war wiederhergestellt.

Zumindest für diesen kurzen, zerbrechlichen Augenblick.

Über dem Boden schwebend, die Fingerspitzen aneinandergelegt und die Augen geschlossen, weilte Meisterin Harona an jenem Ort, der tief in ihrem Inneren lag und zu dem niemand anders Zugang hatte als sie selbst.

Für jede Levitatin gab es einen solchen Ort, er war die Quelle ihrer Kraft und ihr *arcanum*, ihr ureigenstes Geheimnis. Jede Gildeschwester pflegte ihn nach ihren Vorstellungen zu gestalten, eine Projektion ihrer Wünsche und Hoffnungen, aber auch ihrer Ängste und Befürchtungen. Ein Ort, an dem Traum und Wirklichkeit, Fiktion und Wahrheit eine eigenartige Verbindung eingingen. Ein Ort, an dem es keine Masken gab und man auf das reduziert wurde, was man tatsächlich war, die reinste Form des Seins, der Schöpfung selbst am nächsten.

Ihrem asketischen Wesen entsprechend war Haronas Traumort einfach gehalten.

Es war eine quadratische Kammer, deren vier Fenster in alle Himmelsrichtungen blickten. Darin saß die Gildemeisterin, jung und anmutig, das Gesicht von langem, blondem Haar umrahmt, und blickte hinaus auf ferne Horizonte, die alle in Flammen standen, das Ende einer alten und der Beginn einer neuen Ära, die aus Feuer geboren wurde.

Doch Harona war nicht allein in diesem Raum, der nur in ihrer Vorstellung existierte und dennoch von realer Bedeutung war. Ein steinerner Sarkophag stand aufrecht in einer Ecke des Raumes, groß genug, um einen Menschen darin aufzunehmen. Ein schmaler Schlitz war in Gesichtshöhe darin eingelassen.

»Nun?«, tönte es daraus hervor. »Bist du mit dem, was du erreicht hast, zufrieden?«

»Durchaus.« Harona nickte.

»Auf Tridentia mögen deine Pläne aufgegangen sein, aber wie verhält es sich auf den anderen Welten?«

Die Gildemeisterin dachte kurz nach, ehe sie antwortete. »Alles wurde hinreichend vorbereitet«, erwiderte sie. »Du brauchst dich nicht zu sorgen.«

Die Stimme aus dem Sarkophag – Harona pflegte sie ihren »Geist« zu nennen – lachte leise. »Du weißt, dass das nie die Dinge waren, um die ich mich gesorgt habe.«

»Allerdings«, versicherte sie. »Deine Befürchtungen haben stets anderen Dingen gegolten. Und sieh, wohin es dich gebracht hat.«

»Wir sprechen hier aber nicht über meine Pläne, sondern über deine. Was bringt dich dazu anzunehmen, alles hätte sich zu deinen Gunsten entwickelt?«

»Die viele Zeit, die ich in die Entwicklung dieser Pläne investiert habe«, erwiderte Harona ohne Zögern, »die nicht enden wollenden Stunden der Vorbereitung. Ich habe nichts dem Zufall überlassen.«

»Nein«, gab die Stimme zu. »Du hast sie alle manipuliert, hast sie dazu gebracht, das zu tun, was du wolltest – genau wie damals, nicht wahr?«

»Was denn?« Sie sandte dem Sarkophag einen despektierlichen Blick, wobei sie sich mit jugendlicher Kokettheit durch das blonde Haar fuhr. »Bist du etwa eifersüchtig? Nach all den Jahren?«

»Nein, aber ich habe dich fürchten gelernt«, drang es aus der Truhe, »dich und deinen Ehrgeiz.«

»Mein Ehrgeiz hat mich vorangebracht«, verteidigte sie sich. »Er hat mich durch dunkle Zeiten getragen und mich dorthin gebracht, wo ich jetzt bin. Und er wird mich auch weiter tragen, meiner Bestimmung entgegen.«

»Sei gewarnt«, sagte die Stimme nur. »Hochmut kommt vor dem Fall, wie es bei den Menschen heißt. Und damit haben sie ausnahmsweise einmal recht.«

»Und das sagst ausgerechnet du? Einst hast du geglaubt, mich aufhalten zu können – und nun bezahlst du den Preis dafür, auf Ewigkeit lebendig begraben.«

»Glaubst du, du müsstest keinen Preis bezahlen für das, was du getan hast?«, drang es aus dem Sarkophag. »Hohe Ziele erfordern Opfer – gerade du solltest das wissen.«

Harona lachte spöttisch auf und strich sich abermals durch das Haar – nur um festzustellen, dass es sich büschelweise von ihrem Kopf löste! »Nein! Nein!«, schrie sie und versuchte verzweifelt, ihre Haarpracht festzuhalten, als hinter ihr eine Tür geöffnet wurde.

Die Kammer verschwand, ebenso wie der Sarkophag und die Fenster, exakt in dem Augenblick, da ihre Füße den Boden berührten und ihr Geist ins Hier und Jetzt zurückkehrte.

»Gildemeisterin?«

Sie fuhr herum.

Auf der Schwelle der Amtsräume, die einst den königlichen Hausmeier beherbergt hatten und nun ihr zur Verfügung standen, erschien ein schmächtiger Diener, einen Ausdruck heilloser Furcht im blassen Gesicht.

»Inquisitorin?«

»Was gibt es?«

»Ihr wolltet gerufen werden, wenn die Feuer brennen. Es ist so weit.«

Harona hatte nie verstanden, weshalb die Erhabene Schwester den Weg guten Einvernehmens suchte, wenn es doch um so vieles einfacher war, sich die Menschen mit Furcht gefügig zu machen. Ungleich weniger Aufwand war dazu nötig, und das Ergebnis war sehr viel effektiver.

Aber auch das würde sich bald ändern.

So wie alles im Begriff war, sich zu verändern.

Die *numerata* griff nach ihrem Umhang und legte ihn sich um, dann trat sie nach draußen, eine hagere, von schwarzem Stoff umwehte Gestalt, die innerhalb kürzester Zeit zum Inbegriff des Schreckens im Palast geworden war.

Schon von Weitem konnte sie den Widerschein der Flammen sehen, der durch die hohen Fenster drang.

Und sie hörte die Schreie.

Über die breite Treppe gelangte sie in die Eingangshalle, von dort nach draußen auf den Richtplatz – und ihr Innerstes atmete zufrieden auf, als sie die Feuer erblickte.

Es waren drei.

Harona kannte ihre Namen nicht.

Vermutlich waren es Hofbeamte, Männer von niederem Adel, die gehofft hatten, sich durch Dienst am Hof des Königs eine Sonderstellung zu erwerben. Ihr Pech war es gewesen, dass sie zur falschen Zeit am falschen Ort gewesen waren – oder auch genau am richtigen, es kam auf den Standpunkt an. Aus Haronas Sicht spielte es keine Rolle, wer dort auf dem Scheiterhaufen brannte. Es kam auf die Wirkung an, die diese Feuer erzeugten, auf den Eindruck, den sie bei denen hinterließen, die sich zu Hunderten versammelt hatten und in die Flammen starrten. Mit Genugtuung sah Harona das Grauen in ihren Gesichtern, ihre in stillem Entsetzen geöffneten Münder, die Furcht in ihren Augen. Jedem einzelnen von ihnen, ob Knecht, Soldat oder von hohem Adel, war inzwischen bewusst geworden, dass ein neues Zeitalter angebrochen war.

»Die Inquisitorin kommt! Die Inquisitorin!«

Sie hatte den Kordon der Schaulustigen, die sich rings um das grausige Schauspiel geschart hatten, noch nicht erreicht, als die Menschen bereits vor ihr zur Seite wichen.

Kaum jemand wagte es, ihr ins Gesicht zu blicken. Die meisten starrten zu Boden, um nicht den Verdacht der Ketzerei auf sich zu lenken. Animalen, Caniden, die als Leibeigene auf Tridentia weilten, ergriffen jaulend die Flucht. Lediglich die Kinder schienen noch nicht zu wissen, wer die geheimnisvolle Frau in Schwarz eigentlich war, aber auch sie würden es bald erfahren. Harona hatte verfügen lassen, dass die Kinder den Verbrennungen beizuwohnen hatten.

Ganz vorn, wo die Hitze der Flammen bereits schmerzte, stand eine weitere schlanke Gestalt, die die Robe der Schwesternschaft trug.

Bewaffnete Wächter standen bei ihr, doch sie hätte dieser Unterstützung nicht bedurft. Zufrieden stellte Harona fest, dass man ihrer Schülerin fast mit derselben Mischung aus Furcht und Vorsicht begegnete wie ihr selbst. »Inquisitorin.« Prisca verbeugte sich, als Harona neben sie trat, wandte ihren Blick jedoch nicht von der Feuersbrunst. Ihre sonst so blassen Züge waren gerötet – ob vor Erregung oder infolge der Hitze der Flammen war nicht festzustellen.

»Nun?«, fragte die Gildemeisterin nur.

»Ich habe getan, was Ihr mir aufgegeben habt. Die Überführten wurden gerichtet.«

»Sehr gut.« Harona blickte an den Stangen empor, die aus dem Meer der Flammen in den nächtlichen Himmel ragten. Hier und dort glaubte sie noch zu sehen, wie sich etwas inmitten des lodernden Feuers regte, doch vermutlich war es nur eine Täuschung. Die Schreie waren bereits verstummt, und der bittere Geruch, der über dem Richtplatz lag, verriet, dass die Delinquenten ihre Strafe erhalten hatten.

»Was empfindest du, Schülerin?«, fragte Harona.

Prisca stand völlig reglos.

»Verspürst du Mitleid mit diesen Kreaturen? Oder bereust du gar, was du getan hast?«

Prisca sah ihre Meisterin direkt an. Im Schein der lodernden Flammen konnte Harona deutlich den Schrecken erkennen, den die Hinrichtung in Priscas Zügen hinterlassen hatte.

»Nein«, beteuerte die Schülerin.

»Bist du sicher?«

»Diese elenden Kreaturen hatten ihre Chance, sich zwischen Licht und Finsternis zu entscheiden. Sie haben das Nox gewählt.« Prisca schwieg einen Augenblick. »Ich verspüre Zufriedenheit. Die Zufriedenheit, Euch und der Gilde dienen zu dürfen, Inquisitorin.«

»Gut gesprochen.« Harona nickte. »Ich wusste stets, dass ich mich auf dich verlassen kann, meine Elevin – die du ab heute keine Elevin mehr bist.«

Der Ausdruck in Priscas Gesicht wechselte von stillem Entsetzen in maßloses Erstaunen.

»Was … meint Ihr damit?«

»Was du heute getan hast, hat dir den ersten Grad der Reife eingetragen.«

»Den ersten Grad der Reife«, hauchte sie atemlos. »Aber das bedeutet, dass …«

»Dass du nun ein vollwertiges Mitglied der Gemeinschaft bist, mit allen Rechten und Pflichten«, bestätigte Harona.

»Aber – ich glaubte, nur die Erhabene Schwester kann dies …?«

»Die Erhabene Schwester teilt meine Einschätzung«, erklärte Harona nur. »Die Windweihe wird schon in Kürze vorgenommen.«

Sie genoss es zu sehen, was im Gesicht ihrer ehemaligen Schülerin vor sich ging, denn es erinnerte sie an sich selbst, als sie in Priscas Alter gewesen war. Auch sie hatte damals den ersten Reifegrad erlangt, zu einer Gelegenheit, die dieser nicht unähnlich gewesen war.

»Ich gratuliere dir, mein Kind«, fuhr sie fort, und etwas leiser fügte sie hinzu: »Und ich rate dir, niemals zu vergessen, wer dir diese Gunst zuteilwerden ließ.«

»Das werde ich nicht«, versicherte Prisca und sank vor der *numerata* auf die Knie, ergriff ihre Hand und küsste sie.

»Und nun?«, fragte Harona, nachdem sie sich wieder erhoben hatte. »Was empfindest du nun?«

»Stolz«, antwortete Prisca ohne Zögern, und mit Genugtuung entdeckte Harona in ihren Augen das Blitzen von jemandem, der Blut geleckt hatte, den unverhohlenen Hunger nach mehr. »Ich habe das Gefühl, dass alles möglich ist.«

»Diene mir auch weiterhin«, sprach Harona ihr zu, »und ich werde dir vieles ermöglichen. Die Gilde braucht junge Menschen, die die Notwendigkeit harter Entscheidungen begreifen, heute mehr als zu jeder anderen Zeit.«

»Ich habe es Euch schon einmal gesagt, und ich sage es Euch wieder«, erklärte Prisca. »Ihr könnt jederzeit auf mich zählen.«

»Ich weiß«, entgegnete Harona nur.

17. Kapitel

»Kalliope?«

Es war nicht der Klang ihres Namens, der Kalliope aufschreckte, sondern die Stimme, die ihn rief. Unter allen Menschen, die auf diesem elenden Klumpen Eis ihr Dasein fristeten, wollte sie *ihn* am allerwenigsten sehen.

Er hatte sie enttäuscht, und in den Stunden, die sie allein verbracht hatte, um wieder zu sich zu finden und das Gleichgewicht zurückzuerlangen, das sein Vater ihr so brutal geraubt hatte, war sie zu der Einsicht gelangt, dass es ein Fehler gewesen war, mit ihm zusammenzuarbeiten.

Statt allein zu bleiben und sich selbst zu genügen, wie es einer Gildeschwester zukam, hatte sie den Kontakt zu einem Fremden gesucht, im Ansatz sogar Vertrauen zu ihm gefasst. Ein Vergehen, das sich bitter gerächt hatte.

»Geht fort!«, rief sie barsch über die Schulter zurück, während sie auf der Turmplattform stand. Die Kapuze ihres Gewandes hatte sie hochgeschlagen, um sich vor der eisigen Kälte zu schützen, und starrte hinaus in die Weite des Sanktuarions, dorthin, wo sich irgendwo unter den im Abendlicht orangerot leuchtenden Wolken Ethera befand. »Ich will nicht mit Euch sprechen.«

»Ihr vielleicht nicht«, räumte Erik ein, »aber ich würde gerne mit Euch sprechen. Bitte hört mich an.«

»Ich wüsste nicht, was es noch zu reden gäbe. Euer Vater hat alles gesagt. Er hat mich verleumdet und beleidigt.«

»Ihr habt ihn ebenfalls beleidigt.«

»Doch nur, weil er …« Sie unterbrach sich und seufzte. Es war sinnlos. Er würde sie doch nicht verstehen. Vermutlich war er noch nicht einmal in der Lage dazu. Das Elend dabei war nur, dass ein Teil von ihr unbedingt *wollte*, dass er sie verstand.

»Ich weiß, dass ich Euch enttäuscht habe«, gestand er zu ihrer Überraschung ein, »und das bedaure ich. Nach allem, was Ihr für mich getan habt, hattet Ihr das nicht verdient.«

»Ich habe nichts für Euch getan«, widersprach sie, »das habe ich schon Eurem Vater gesagt. Ich habe mich lediglich selbst gerettet.«

»Nachdem ich Euch in tödliche Gefahr gebracht hatte«, ergänzte er. »So oder so stehe ich in Eurer Schuld, und ich möchte es wiedergutmachen.«

»Tatsächlich? Und wie wollt Ihr das tun?«, fragte sie.

»Indem ich Euch etwas zeige. Etwas, das Euch interessieren wird«, fügte er hinzu. »Jedenfalls, wenn ich recht behalten sollte und mein Vater unrecht.«

Überrascht wandte sie sich zu ihm um. In seiner strahlenden Rüstung stand der Prinz von Jordråk vor ihr, den Umhang um die breiten Schultern und die Rechte wie immer in Leder gehüllt.

»Ihr seid mit Eurem Vater uneins?«, erkundigte sie sich.

»Mein Vater bedauert seine unbeherrschten Worte«, entgegnete Erik ausweichend. »Er wünschte, das Treffen wäre anders verlaufen.«

»Und warum erklärt er sich nicht persönlich?«

Ein Lächeln spielte um die bärtigen Züge des Prinzen, das gleichzeitig Bewunderung und Tadel zum Ausdruck brachte. »Wenn der Sohn des Weltenherrschers Euch dies sagt, sollte es Euch genügen«, stellte er klar.

»Und wenn nicht?«

»Woher rührt nur diese Unbeugsamkeit?«, fragte er. »Woher dieser Stolz?«

Kalliope zuckte mit den Achseln. »Vielleicht, weil ich im Dienst von etwas stehe, woran ich aus tiefster Überzeugung glaube«, vermutete sie.

»Und diesen Glauben kann nichts erschüttern?«

»Nichts, was Ihr sagen oder tun könntet«, versicherte sie.

Erik nickte. »Folgt mir also«, forderte er sie auf und schickte sich an, die Turmplattform zu verlassen.

»Wohin?«

»Wie ich schon sagte – ich will Euch etwas zeigen. Vielleicht werdet Ihr dann anders über meinen Vater denken und über diese Welt, die Euch so verhasst ist.«

»Erik?«

»Ja?«

Kalliope blickte zu Boden, als wären dort die Worte zu finden, nach denen sie suchte. »Es tut mir leid, was ich über Jordråk gesagt habe«, gestand sie leise. »Es war im Zorn dahingesagt und nicht so gemeint.«

Erik grinste abermals. »Doch«, war er überzeugt, »Ihr habt es genau so gemeint. Aber ich nehme es Euch nicht übel, denn vermutlich würde ich ebenso denken, wenn ich von einer reichen Innenwelt hierherkäme. Aber Jordråk ist nun einmal meine Heimat. Hier liegen meine Wurzeln. Von hier stammt alles, was ich bin.«

»Ich weiß«, versicherte sie.

»Also werdet Ihr nun mit mir kommen?«

Sie schürzte die Lippen und wich seinem Blick aus, hatte plötzlich das Gefühl, ihm etwas schuldig zu sein. »Schön«, erklärte sie sich einverstanden, obwohl eine innere Stimme ihr sagte, dass sie dabei war, einen weiteren Fehler zu begehen.

Sie verließen die Turmplattform über die enge Wendeltreppe und stiegen bis zur Gesindehalle hinab, wo die Diener, Knechte und Mägde wohnten und schliefen. Von dort gelangten sie in einen schmalen Nebengang, der offenbar nur selten benutzt wurde und sich schon bald in Dunkelheit verlor. Aus einer Wandhalterung nahm Erik eine Fackel und ging weiter voraus. Obschon sich Kalliope alle Mühe gab, die Orientierung zu behalten, wusste sie schon bald nicht mehr, wo in der Burg sie sich befanden, und sie gestand sich ein, dass sie wohl nicht das Gespür ihrer Meisterin hatte.

Über eine Treppe, die in den nackten Fels gemeißelt war, ging es in die Tiefe, in schummriges Halbdunkel, das der Lichtschein der Fackel nur unzureichend zu vertreiben vermochte. Der Treppe schloss sich ein Gewölbe an, dessen Decke niedrig war und in der ein muffiger Geruch hing – und plötzlich hatte Kalliope das Gefühl, wieder unter Deck der *Volanta* zu sein.

Die Erinnerungen fluteten so unwillkürlich in ihr Bewusstsein, dass sie sie nicht zurückdrängen konnte. Angstschweiß stieg ihr auf die Stirn.

»Was habt Ihr?«

Sie zuckte zusammen.

»Achtet nicht auf mich …« Sie schluckte den Kloß hinunter, der sich in ihrer Kehle gebildet hatte. »Ich musste nur gerade an etwas denken. Also, warum habt Ihr mich hergebracht?«

»Wie ich schon sagte – ich möchte Euch etwas zeigen.«

»Was für ein Ort ist dies?« Ihre Stimme hallte nach – das Gewölbe schien tiefer zu sein, als es den Anschein hatte.

»Einer, der dem Andenken an die Vergangenheit gewidmet ist«, gab Erik rätselhaft zurück. Er hielt die Fackel so, dass ihr Schein eine glatt gehauene Felswand erfasste, die von Menschenhand bemalt worden war.

Vor langer, sehr langer Zeit.

Neugierig trat Kalliope näher und nahm die Zeichnungen, die teils aufgemalt, teils in das Gestein gemeißelt waren, näher in Augenschein. Sie entstammten einer primitiven Kultur und waren entsprechend schlicht gestaltet, jedoch war deutlich zu erkennen, was sie darstellten.

Sie sah Zeichnungen von Menschen.

Von einfachen Häusern.

Und von Schiffen …

»Dies«, erklärte Erik dazu, »ist die Geschichte meines Volkes. Die Saga der Herren von Jordråk, von ihren Anfängen bis heute. Wie es heißt«, führte er weiter aus, auf die Schiffe deutend, die mit geblähten Segeln über ein großes Gewässer zu fahren schienen, »sind sie einst von weit her gekommen, von einem Ort, den sie Midgard nannten.«

»Ein jedes Volk des Sanktuarions hat seine eigene Version von der Entstehung seiner Welt und seiner Kultur«, gab Kalliope wenig beeindruckt zurück. »Sehr oft ist darin von Schiffen und von weiten Reisen die Rede. Auch wir Gildeschwestern glauben, dass die Gründerinnen unserer Schwesternschaft an Bord eines großen Schiffes nach Ethera gekommen sind, das sie *archa* nannten und das nach der Großen Flut …« Sie verstummte, als ihr klar wurde, dass sie von Dingen sprach, die keinen Außenstehenden etwas angingen. Sie rügte sich innerlich für ihre Unvorsichtigkeit.

»Und glauben die Gildeschwestern auch an Ragnarök?«, fragte Erik.

»Was ist das?«

»Erinnert Ihr Euch an das, was ich Euch über die Ebene von Vigrid erzählte?«

»Ja.« Kalliope nickte. »Ihr sagtet, dass zwischen Euren Göttern und den Giganten des Eises eine große Schlacht stattgefunden hätte, aus der schließlich das Sanktuarion hervorging.«

»In der Tat«, bestätigte Erik. »Dies war Ragnarök. Der letzte Kampf.«

»Wir nennen es die Apokalypse«, entgegnete Kalliope, »der Beginn von allem.«

»Oder das Ende«, erwiderte Erik rätselhaft.

Sie waren weitergegangen, während sie sprachen, und hatten eine Reihe von Wandgemälden passiert, die all das illustrierten, wovon der Sohn des Fürsten gesprochen hatte: vom Kampf der Götter und Riesen bis zur Zerstörung Midgards und der Flucht seiner Bewohner an die Gestade einer Insel.

Jordråk.

»Hier ist zu sehen, wie unsere Vorfahren von dem neuen Land Besitz genommen haben«, erklärte er weiter. »Hier wird gezeigt, wie sie die ersten Kämpfe gegen die Skolls führten. Und hier …« Er unterbrach seine Erläuterungen und überließ es Kalliope, sich die Bilder anzusehen und sich ihre eigenen Gedanken dazu zu machen.

Kalliope traute ihren Augen nicht.

Auf den nächsten Darstellungen glitten Vögel auf weiten Schwingen majestätisch durch die Lüfte, und auf dem Rücken dieser Tiere – saßen Menschen!

Krieger mit gehörnten Helmen und langen Lanzen, an denen bunte Banner flatterten.

Und sie flogen …

»Was ist das?«, wollte sie mit belegter Stimme wissen.

»Die Adler des Eises«, gab Erik zur Antwort. »Mächtige geflügelte Kreaturen, die die Lüfte beherrschten, lange bevor die Gilde es tat.«

Kalliope hatte befürchtet, dass er etwas Derartiges sagen würde. »Das ist Blasphemie«, stieß sie hervor. »Kennt Ihr den Wortlaut des Paktes nicht?«

»Es ist Blasphemie, die Geschichte seines Volkes zu kennen?«, fragte Erik.

»Nein.« Verwirrt schüttelte Kalliope das Haupt. »Es ist Blasphemie, die Vorherrschaft der Gilde infrage zu stellen.«

»Damals gab es noch keine Gilde«, gab Erik zu bedenken, »und daher auch noch keinen Pakt.«

Kalliope starrte weiter wie gebannt auf die Zeichnungen. Die Vorstellung von Menschen, die auf riesigen Vögeln ritten, war zugleich faszinierend und erschreckend. »Was ist aus ihnen geworden?«, fragte sie.

»Aus den Adlern des Eises? Die meisten starben in einem verheerenden Krieg, der zwischen unseren Vorfahren und den Skolls tobte. Der Rest wurde planmäßig verfolgt und getötet.«

Kalliope drehte sich zu ihm um und schaute ihn fragend an. »Von wem?«, wollte sie wissen, wobei sie wachsendes Unbehagen verspürte.

»Seltsam, dass Ihr danach fragt«, entgegnete er. »Von der Gilde natürlich. Von Euresgleichen.«

Sie schüttelte den Kopf. »Das ist nicht wahr. Habt Ihr mich hierhergeführt, um mir Lügen zu erzählen?«

»Es sind keine Lügen«, beharrte er. »Es sind die Mythen meines Volkes.«

»Lügen oder Mythen, wo ist der Unterschied? Ihr könnt weder das eine noch das andere beweisen.«

»Und wenn ich es doch kann?« Er legte den Kopf schief und sah sie durchdringend an. »Würdet Ihr mir dann glauben?«

»Das könnt Ihr nicht«, war sie überzeugt. »Was wollt Ihr mir zum Beweis vorlegen? Noch mehr alte Geschichten? Noch mehr ungelenkes Gekritzel an den Wänden?«

Mit einem hintergründigen Lächeln wandte er sich ab und ging weiter.

»Wohin wollt Ihr?«, fragte sie.

Er gab keine Antwort, und so blieb Kalliope nichts anderes übrig, als ihm weiter durch die Dunkelheit zu folgen, bis sie schließlich an eine Pforte gelangten, die aus Metall geschmiedet war. Dem Rost und dem Sand nach zu urteilen, der sich in den Fugen abgelegt hatte, war sie seit Urzeiten nicht mehr geöffnet worden. Erik drehte sich um und zeigte Kalliope einen Schlüssel, den er plötzlich in den Händen hielt.

»Hinter dieser Tür ruht ein altes Geheimnis«, erklärte er. »Nur der Fürst von Jordråk ist berechtigt, sie zu öffnen.« Damit steckte er den Schlüssel ins Schloss. Es knackte geräuschvoll, als er ihn herumdrehte, dann musste er sich mit aller Kraft gegen das metallene Türblatt werfen, um es wenigstens einen Spalt weit zu öffnen.

Mit der Fackel in der Hand schlüpfte er als Erster hinein und bedeutete Kalliope dann nachzukommen. Mit pochendem Herzen zwängte sie sich durch die Öffnung, gespannt darauf zu erfahren, was sich jenseits der Tür befand. Wie, in aller Welt, wollte der Prinz von Jordråk die ungeheuerlichen Geschichten beweisen, die er so vollmundig von sich …?

Kalliope hatte die angrenzende Kammer kaum betreten, als sie wieder zurückprallte. Denn was sie sah, war im wahrsten Wortsinn so ungeheuerlich, dass es ihre Vorstellungskraft bei Weitem überstieg.

Auf einem steinernen Podest, durch ein Gerüst aus rostigem Metall miteinander verbunden, ruhten die Knochen eines Skeletts.

Es war das Skelett eines riesigen Vogels.

18. Kapitel

»Er wird sterben.«

Shen untersuchte den Pantheriden, der ausgestreckt vor ihr auf dem Boden lag und nur halb bei Bewusstsein war. Sein schwarzes Fell war nass von Schweiß, sein Körper von Brandwunden entstellt. Und anstelle seiner linken Hand wies sein Arm nur einen blutigen, notdürftig verbundenen Stumpf auf.

Es lag so viel Endgültigkeit und so wenig Anteilnahme in ihren Worten, dass Kieron, der an der Seite des Verletzten gekauert hatte, zornig in die Höhe schoss.

»Haaabe ich dich nach deiner Meinung gefff-fragt?«, fuhr er die junge Frau an.

»Nein«, entgegnete sie ruhig. »Aber ich habe auch keine Meinung geäußert, sondern nur festgestellt, was offensichtlich ist. Der Verlust seiner Hand hat den Katzenmann eine Menge Blut gekostet, und seine Wunden werden sich entzünden. Er hat Fieber, und die giftige Luft tut ein Übriges dazu, ihn dahinzuraffen. In spätestens zwei Tagen wird er tot sein, ob es dir gefällt oder nicht.«

Kieron kämpfte mit den Tränen. Natürlich wusste er, dass sie recht hatte, aber alles in ihm sträubte sich dagegen, die schreckliche Wahrheit anzuerkennen.

Der Moment, in dem Croy in den Kerker zurückgekehrt war, stand ihm noch immer vor Augen. Zwei Schakalwachen hatten den einstmals so starken Pantheriden stützen müssen, damit er sich überhaupt auf den Beinen halten konnte. Schon von Weitem war zu sehen gewesen, dass man ihn schwer misshandelt hatte. Aber erst als sie ihn auf den Kerkerboden warfen, wo er keuchend liegen blieb, sah Kieron, dass sie ihn auch verstümmelt hatten.

Croys linke Pranke fehlte.

Man hatte sie ihm kurzerhand abgeschlagen.

Wut, Trauer und Entsetzen erfüllten Kieron zu gleichen Teilen. Nicht nur, weil er fassungslos war über diese sinnlose Gewalt, sondern auch, weil er den Animalen, dem er so viel verdankte, in sein Herz geschlossen hatte. Von all den Kreaturen, denen Kieron im Lauf seines noch nicht allzu langen Lebens begegnet war, kam der Pantheride einem Freund am nächsten, und er wollte ihn nicht verlieren.

Nicht auf so grausame, sinnlose Weise.

»Herrje«, stöhnte Jago, der nicht weit entfernt am Boden hockte. »Sind das Tränen, die ich da sehe? Reiß dich zusammen, Junge! Du kannst nichts mehr für den Katzmann tun. Er hat gespielt und verloren, so ist das Leben.«

Kieron starrte ihn feindselig an. »Würdest du au-au-auch so sprechen, wenn du verwundet wärst?«

»Wohl kaum«, gab der Chamäleonid unumwunden zu, »aber darum geht es nicht, sondern darum, das Unausweichliche hinzunehmen. Das Mädchen hat recht. Der Katzenmann ist hinüber, er weiß es nur noch nicht. Aber wenn es dich tröstet – wir werden ihm schon sehr bald folgen.«

»Das tröstet mich k-keineswegs«, erwiderte Kieron gepresst. »Ich will nicht sterben – und ich will auch nicht, dass Croy stirbt. Ko-ko-komm schon«, sprach er dem Pantheriden Mut zu, »du musst durchhalten, hörst du? Bitte la-lass mich nicht im Stich, Croy. Lass mich nicht allein …«

Der Panthermann hörte ihn schon nicht mehr. Croy hatte vollends das Bewusstsein verloren.

»Bitte!« Kieron fasste die verbliebene Pranke des Pantheriden. »Du darfst mich nicht verlassen! Du bist der einzige Fff-Freund, den ich habe …«

»Du hattest den Katzenmenschen wirklich gern, was?«, erkundigte sich Shen.

»Sprich nicht von ihm, als ob er schon to-tot wäre«, erwiderte Kieron. »No-noch ist er am Leben, und wenn du nichts für ihn tun kannst oder willst, dann geh.«

»Und wenn ich doch etwas für ihn tun könnte?«, fragte die junge Frau zu Kierons Verblüffung.

»Was meinst du?«

Shen lächelte schwach, ein Grinsen huschte über ihre schönen, markanten Gesichtszüge. »Ich bin nicht immer eine Gefangene gewesen«, antwortete sie.

»Du … du bist eine Heilerin?«, fragte Kieron hoffnungsvoll.

»Das nicht. Aber ich habe mir auf meiner Heimatwelt Katana gewisse Kenntnisse erworben, die vielleicht von Nutzen sein könnten. Beispielsweise darin, wie man einen Schwerverletzten verbindet und seine Wunden versorgt.«

»Wo-worauf wartest du dann noch?«

»Was bekomme ich dafür, wenn ich der Katze helfe?«

Kieron starrte sie fassungslos an, doch das eine Auge verriet keine Regung.

»Wohltaten zu verteilen, liegt nicht in meiner Natur, Junge, das solltest du dir merken.«

»Und du solltest dir me-merken, dass ich kein Ju-Junge mehr bin«, erwiderte er trotzig und erhob sich, die Hände zu Fäusten geballt.

»Was hast du vor?« Sie musterte ihn mit demonstrativer Geringschätzung, ihr Tonfall jedoch verriet zumindest einen Ansatz von Unsicherheit. »Willst du mich zwingen?«

»Wenn es sein mmm-muss«, bestätigte Kieron ohne Zögern. »Aber ich gebe dir noch einen Grund, Croys Leben zu retten.«

»Nämlich?«

»Er ist schon einmal aus diesem Gefängnis geee-geflohen. Wenn wir also noch irgendeine Chance haben, zu entfliehen, dann nur mit iii-mit iii-mit ihm.«

»Ist das wahr?«, erkundigte sie sich bei Jago.

»Schon«, gab der Chamäleonide verdrießlich zu. »Allerdings wäre es das erste Mal, dass uns der Katzmann aus Scherereien herausholt. Bislang hat er uns immer nur welche eingetragen.«

»Croy ist die be-beste Chance, die wir haben«, bekräftigte Kieron, ohne auf den Einwurf einzugehen. »Er kennt jeden Gang und jeden Wi-Winkel in dieser Anlage. Er hatte vor zu fliehen – und wir mit ihm.«

»Wenn du uns etwas vorgemacht hast …« Shens verbliebenes Auge verengte sich kritisch.

»Hilf ihm einfach!«, fiel Kieron ihr ins Wort, auf den reglos am Boden liegenden Pantheriden deutend.

»In Ordnung«, bestätigte sie, während sie sich zu ihm niederließ, »aber ich kann nichts versprechen. Der Katzmann ist mehr tot als lebendig.«

»Ich weiß«, erwiderte Kieron gepresst. »Gibt es etwas, das ich tun kann?«

»Wir müssen etwas gegen den Wundbrand unternehmen. Opossum – ich brauche Feuer.«

Der Angesprochene, der dabeigestanden, aber kein Wort gesagt hatte, nickte und ging los.

»Darg«, wandte sich Shen dann an ihren hünenhaften Gefährten, der bislang unbeteiligt auf einem Felsblock gehockt hatte. »Leg die Katze dort drüben hin, da ist mehr Licht.«

»Und ich?«, fragte Kieron.

»Du pflückst Moos von den Wänden. Aber nur das Zeug, das im Dunkeln leuchtet.«

»Verstanden«, bestätigte Kieron. »Und wooo-wozu?«

»Willst du, dass ich deinem Katzenfreund helfe, oder nicht?«, fragte sie barsch dagegen. »Also halt die Klappe. Und wenn es Götter gibt, an die du glaubst, solltest du anfangen zu beten.«

19. Kapitel

Kalliope hatte alles versucht.

Alles, um Eriks Worte als verleumderische Lüge zu entlarven, alles, um sich nicht eingestehen zu müssen, dass der Prinz von Jordråk ihr die Wahrheit gesagt hatte, sowohl, was die Vergangenheit seines Volkes betraf, als auch die der Schwesternschaft. Doch sie brauchte nur an die Knochen zu denken, die dort unten in jener Kammer ruhten, aufbewahrt seit Hunderten von Zyklen, und all die Gedankengebäude, die sie kunstvoll errichtet hatte, um sich das Offenkundige nicht eingestehen zu müssen, brachen in sich zusammen.

Jenes Skelett dort unten war so wirklich wie sie selbst, daran konnte nicht der geringste Zweifel bestehen – aber warum gab es diese Tiere nicht mehr? Die Antwort, die Erik ihr auf diese Frage gegeben hatte, war ebenso ungeheuerlich wie bestürzend, und sie war der Grund dafür, dass Kalliope noch immer schwer an jener Entdeckung zu tragen hatte.

Sollte es wirklich sein, wie er behauptet hatte? Sollte die Gilde dafür gesorgt haben, dass jene Kreaturen vom Himmel verschwanden, damit sie selbst die Vorherrschaft über die Lüfte erlangen konnte? Sollten Gildeschwestern willentlich in den Lauf der Schöpfung eingegriffen haben, um ihre eigene Macht zu mehren und ihre Interessen zu wahren?

Der Gedanke allein schon war Verrat an dem Eid, den Kalliope geschworen hatte. Aber musste Kalliope im Interesse des Gleichgewichts nicht zumindest in Erwägung ziehen, dass der Sohn des

Fürsten die Wahrheit sprach? Zumal es nicht die einzigen Vorwürfe waren, die er gegen die Gilde erhoben hatte …

»Die Gilde spricht gerne vom großen Plan und von der Ausgewogenheit der Schöpfung, wenn es ihren Zwecken dient«, hatte er gesagt. »Dabei ist sie selbst es gewesen, die massiv in diesen Plan eingegriffen hat, nicht nur hier auf Jordråk, sondern auch auf anderen Welten.«

»Inwiefern?«, hatte Kalliope wissen wollen.

»Habt Ihr Euch nie gefragt, weshalb es keine großen Kreaturen des Himmels mehr gibt? Nichts, das stark genug wäre, um einen Menschen oder auch nur eine Last von einer Welt zur anderen zu tragen? Die Erzählungen der Völker sind voll von fliegenden Kreaturen – wohin sind sie alle verschwunden? Wo sind all die mächtigen Vögel und Drachen, von denen die alten Geschichten berichten?«

»Märchen. Sie haben nie existiert.«

»Sie haben existiert«, hatte Erik beharrt und auf das Skelett des Eisadlers gedeutet, »und dies ist der Beweis.«

»Wenn Ihr recht hättet – warum wissen so wenige Menschen von diesen Dingen?«

»Weil die Kenntnis darüber aus den Chroniken getilgt und ins Reich der Legenden verwiesen wurde – und weil die Gilde selbst es bei Strafe verboten hat, sich jener Zeiten zu erinnern, in denen die Lüfte des Sanktuarions noch nicht ihr allein gehörten. Blasphemie pflegt sie das zu nennen und es mit aller Härte zu bestrafen.«

»Wenn es so ist«, hatte Kalliope gefragt, »weshalb habt Ihr dann die Erinnerung bewahrt?«

»Sehr einfach«, hatte Erik geantwortet, »weil ohne Wurzeln nichts existieren kann.«

Die Worte waren ihr seither nicht aus dem Kopf gegangen. Ungezählte Male hatte sie darüber nachgedacht, während sie versucht hatte, nach außen hin Gleichmut zu bewahren. Aber es ließ sich nicht leugnen, dass ihr Weltbild weitere Risse bekommen hatte. Vieles von dem, was sie als sicher gegeben angenommen und woran sie sich ihr Leben lang geklammert hatte, schien plötzlich infrage zu stehen.

Warum hatte ihre Meisterin ihr nie etwas von diesen Dingen gesagt? Hatte sie selbst nichts davon gewusst, obschon sie eine *numerata* war und dem Rat angehörte? Kalliope bezweifelte es. Ihre Hoffnung war es, dass es einen guten Grund für all dies gab, einen geheimen Plan, von dem sie nichts wusste und der all die schrecklichen Verdächtigungen und Zweifel, die wie Schlangen aus den Tiefen ihres Bewusstseins krochen und sich mit ihrem Gift auf sie stürzten, auf einen Schlag zunichtemachen würde …

»Seid Ihr bereit?«

Eriks Stimme brachte sie ins Hier und Jetzt zurück. Sie war so sehr in ihre Gedanken vertieft gewesen, dass sie für einen Moment alles um sich herum vergessen hatte.

Das Bankett, rief sie sich ins Gedächtnis zurück.

Sie befanden sich auf dem Weg zu einer Feier, die in der Halle der Krieger stattfinden sollte. Schon von Weitem hörte Kalliope Musik und das Grölen heiserer Stimmen.

»Nein«, entgegnete sie, »ich bin nicht bereit. Um ehrlich zu sein, steht mir der Sinn nicht nach Gesellschaft.«

»Von den Einherjar eingeladen zu werden, ist eine Ehre, die nur wenigen Außenstehenden zuteilwird«, erklärte Erik, der in weite, an den Unterschenkeln geschnürte Hosen und eine schlichte Tunika gekleidet war. »Es ist ihre Art, sich bei Euch zu bedanken.«

»Sich zu bedanken? Wofür?«

»Dafür, dass Ihr mein Leben gerettet habt«, entgegnete der Prinz von Jordråk mit verlegenem Lächeln. »Die Kunde von Eurem mutigen Eingreifen in der Fenrismark hat sich wie ein Lauffeuer verbreitet, müsst Ihr wissen.«

»Und wenn ich mich gar nicht so mutig fühle? Ich sagte doch schon, dass ich mich im Grunde nur selbst retten wollte. Dass Ihr ebenfalls auf dem Schlitten wart, war nur ein Zufall.«

»Ein äußerst glücklicher Zufall für mich«, bestätigte Erik lächelnd. »Dennoch solltet Ihr Eure Sicht der Dinge für Euch behalten.«

»Soll ich mich lieber mit Ehren schmücken, die mir nicht zukommen?«, fragte sie. »Das wäre falsch und prahlerisch.«

»Dass Ihr unser beider Leben gerettet habt, steht außer Frage – in welcher Gesinnung Ihr es tatet, ändert nichts daran. Außerdem gebt

Ihr den Menschen etwas, an dem sie sich festhalten und an das sie glauben können.«

»Und das wäre?«, verlangte Kalliope zu wissen.

»Heldentum, Mut und Ehre«, erwiderte Erik ohne Zögern, »die höchsten Ideale unserer Welt.«

Kalliope verdrehte die Augen. Sie verspürte wenig Lust, sich dem Treiben zuzugesellen, dessen Lärm nun immer lauter wurde. Nicht nur, weil ihr nicht zum Feiern zumute war und sie immer noch überzeugt war, eine Ehrung nicht verdient zu haben. Sondern auch, weil sie sich unwohl dabei fühlte, den Bewohnern Jordråks unter die Augen zu treten. Stets war sie überzeugt gewesen, als Angehörige der Gilde anderen Menschen überlegen zu sein und stets auf der richtigen Seite zu stehen – doch diese Überzeugung stand nicht mehr so unerschütterlich fest wie zuvor.

Vor einer breiten, zweiflügeligen Tür blieb Erik stehen und bedeutete den Dienern zu öffnen. Schlagartig nahm der Lärm zu, als die Türflügel aufschwangen, aber schon einen Augenblick später, als Erik und Kalliope ihren Fuß über die Schwelle setzten, verstummten sowohl das Gegröle als auch die Musik. Die Augen aller Anwesenden richteten sich auf die Gildeschwester, die ebenso zaghaft wie beschämt zurückblickte.

Die meisten Anwesenden, die an den langen, um eine Feuerstelle gruppierten Tischen saßen, waren vierschrötige Gesellen, einer abenteuerlicher anzusehen als der andere. Nicht nur, dass ihre Kleider derb und kriegerisch waren und sie weder ihre Waffen noch ihre Kettenhemden zum Essen abzulegen schienen; ihre wettergegerbten Gesichter, aus denen stahlblaue Augenpaare blickten, waren von wildem Haar und ungepflegten Bärten halb überwuchert, und ihre geröteten Nasen und der strenge Geruch in der Halle ließen vermuten, dass sie dem Alkohol zugesprochen hatten. Zu ihrer Verblüffung sah Kalliope auch einige Frauen in vornehmer Kleidung – vermutlich die Gemahlinnen einiger der Kämpfer, die jedoch nicht weniger trinkfest zu sein schienen als die Männer.

Über dem Feuer, das in der Mitte der Halle brannte, drehten sich mehrere große, seltsam anmutende Tiere am Spieß – die vordere Hälfte schien einem Schwein zu ähneln, die hintere einer Robbe. Ein ganzer Schwarm von Köchen, Dienern und Mägden wuselte um die Tische und war dabei, den Kriegern aus großen Krügen Met einzuschenken, der an diesem Abend in Strömen zu fließen schien. Viele der Diener waren Phociden, wovon niemand gesonderte Notiz zu nehmen schien. Auch Kalliope hatte sich an den Anblick gewöhnt. Viel eher störte sie, dass auch das Gesinde inzwischen verharrt war und sie mit einer Mischung aus Erwartung und Unbehagen anblickte.

Die Gildeschwester sandte Erik einen hilflosen Blick. Sic fand keine Worte, zumal sie trotz der Einladung, die man ihr hatte zukommen lassen, nicht das Gefühl hatte, wirklich erwünscht zu sein. Doch die einzige Antwort, die der Sohn des Fürsten ihr gab, war ein ermunterndes Lächeln.

»Tapfere Krieger von Jordråk«, sagte sie deshalb, »ich bin Euch allen sehr dankbar für die Ehre und die Anerkennung, die Ihr mir zukommen lassen wollt. Allerdings muss ich Euch sagen, dass ich sie in keiner Weise verdient habe.«

Wohin sie auch blickte, sah sie nur Verwirrung und blankes Unverständnis.

»Was ich tat, tat ich vor allem, um mein eigenes Leben zu retten. Es war schrecklich dort draußen, an den Gestaden der Fenrismark. Die Skolls waren plötzlich überall. Sie töteten unsere Leibwächter, die bis zuletzt tapfer Widerstand leisteten, und es war offenkundig, dass sie auch uns töten würden, wenn es uns nicht gelang, ihnen zu entkommen. Ihr Heulen und Brüllen erfüllte die Luft, und ich hatte schreckliche Angst.«

Wieder blickte sie in die Runde und konnte hier und dort ein zaghaftes Nicken erkennen. »Während Prinz Erik versuchte, den Streitwagen über die Brücke zu lenken und den Skolls zu entrinnen, zitterte ich am ganzen Körper vor Furcht. Ich konnte sehen, wie die Skolls aufholten und immer näher kamen, und dann, im Augenblick der größten Verzweiflung …« Sie brach ab und schüttelte den Kopf. »Ich weiß selbst nicht, wie es dazu gekommen ist«, gestand sie freimütig ein. »Aber wir sind hier und am Leben, und nur das zählt.«

Im Saal blieb es still.

Weder die Krieger noch ihre Frauen oder das Gesinde wussten, wie sie auf dieses Geständnis reagieren sollten. Einige starrten zu

Boden, offenbar peinlich berührt, andere blickten Kalliope zweifelnd an. Ihr wurde unwohl in ihrer Haut, und sie sah ein, dass Erik recht gehabt hatte. Die Menschen *wollten* Helden, zu denen sie aufblicken konnten, und wenn sie die Wahl hatten zwischen der Wahrheit und einer schönen Lüge, zogen sie die Lüge allemal vor …

»Gildeschwester!«

Einer der Krieger stand plötzlich auf und trat vor. Ein Auge fehlte ihm, das ihm der Narbe nach ein Falke ausgeschlagen hatte, sein blondes Haar hatte sich weißlich verfärbt. Seine Bekleidung bestand wie die der anderen aus Leder und Fell, über dem er einen Schuppenpanzer trug. Seine Arme waren nackt bis auf bronzene Spangen um die Handgelenke. Der Griff seines Schwertes war glatt vom häufigen Benutzen, und die Farbe seines Gesichts und seiner knollenförmigen Nase ließ darauf schließen, dass er dem Alkohol bereits üppig zugesprochen hatte. Schwerfälligen Schrittes wankte er auf Kalliope zu. In seiner fleischigen Rechten hielt er ein riesiges, mit reichen Schnitzereien verziertes Trinkhorn, das so üppig gefüllt war, dass es überschwappte.

»Gildeschwester!«, rief er mit donnernder, vom Grölen heiserer Stimme in die Stille. »Dies ist die Halle der Krieger! Ich bin Urgar Thjursohn, der Erste und Älteste der Einherjar!«

Kalliope hielt den Atem an.

»Und ich heiße Euch im Namen der Krieger willkommen.«

Die anderen schlugen mit ihren Fäusten auf die Tische, sodass es klirrte und krachte.

»Dies«, fuhr er fort und hob das Gefäß in seinen Händen, »ist das Horn der Einherjar! Nur denen, die ihr Leben einsetzen, um den Fürsten und seinen Sohn zu schützen und vor Schaden zu bewahren, ist es gestattet, daraus zu trinken – und nach allem, was Ihr getan habt, habt auch Ihr Euch dieses Recht erworben!« Er hielt Kalliope das Horn hin. »Trinkt deshalb – auf Euer Wohl und das unseres Fürsten. Und um all jene zu ehren, die vor uns den Weg des Kriegers gegangen sind, auf dass ihr Ruhm auf Erden niemals verblasse!«

Wieder schlugen die Einherjar mit den Fäusten auf die Tische, hier und dort wurde zustimmend gegrölt. Kalliope jedoch hatte nur Augen für das ihrem Empfinden nach riesige Trinkgefäß, dass Urgar ihr hinhielt. Sie sah die erwartungsvollen Blicke, die nicht nur der Anführer der Einherjar, sondern auch alle anderen Anwesenden ihr zuwarfen, einschließlich der Diener und der Phociden.

»Aber ich …«, wandte sie leise und ein wenig hilflos ein.

»Helden werden nicht geboren, Gildeschwester«, vertraute Urgar ihr an und entblößte sein lückenhaftes Gebiss zu einem breiten Grinsen. »Erst der Augenblick der Bewährung lässt sie dazu werden.«

War das nicht genau das, was auch Meisterin Cedara gesagt hatte? Dass erst das wirkliche Leben wahre Meisterschaft hervorbringe? Plötzlich sah sie den einäugigen Krieger mit dem wilden Haar und dem ungepflegten Gebiss mit anderen Augen. Es kam ihr vor, als würden die Lektionen ihrer Meisterin in diesem Moment abgeschlossen. An einem Ort, der unendlich weit entfernt war von Ethera, und von einem Mann, der ganz sicher noch nie in seinem Leben etwas von den Thesen Auroras oder dem Codex der Schwesternschaft gehört hatte.

Sie griff nach dem Horn, das Urgar ihr so bereitwillig darbot. Auch wenn die Regeln von Ehre, Mut und Tapferkeit, die das Leben dieser Männer bestimmten, sehr einfach, ja nach Maßstäben der Gilde geradezu primitiv waren, schien ihnen dennoch eine gewisse Weisheit innezuwohnen, die weder in komplizierten Regelwerken noch in philosophischen Diskursen wurzelte, sondern in der Schöpfung selbst. Leben und Tod, Freude und Trauer, wärmendes Feuer und eisige Kälte – all dies schien im Dasein dieser Leute einen Platz zu haben und in ausgewogener Balance zu sein. Konnte es eine vollendetere Form des Gleichgewichts geben? Und war die Erlangung von Gleichgewicht nicht das, wonach eine jede Gildeschwester zu streben hatte? War diesen Menschen auf einfache Weise gelungen, wonach viele Meisterinnen vergeblich gestrebt hatten?

Kalliope nahm das Horn entgegen. Sie musste es mit beiden Händen fassen, um es überhaupt halten zu können. Von neugierigen Blicken begleitet, hob sie es an ihre Lippen.

Der süßlich-bittere Geruch des Mets flog ihr entgegen und machte ihr klar, dass sie im Begriff war, etwas Verbotenes zu tun. Alkohol jeglicher Art war einer Gildeschwester untersagt.

Alkohol verwirrt die Sinne.

Alkohol stört das innere Gleichgewicht.

Dennoch setzte Kalliope das Gefäß an ihre Lippen und trank. Der Met prickelte auf ihrer Zunge, und er schmeckte ebenso süß wie bitter. Zum ersten Schluck musste Kalliope sich noch überwinden, den zweiten trank sie schon bereitwilliger – und schließlich fand sie sogar Gefallen an dem Getränk, das das Süße und das Bittere zu vereinen schien und damit ein weiteres Beispiel war für die wunderbare Ausgewogenheit im Leben dieser einfachen Menschen.

Zug um Zug schluckte sie die ölige Flüssigkeit, hörte, wie ein Raunen durch die Menge ging. Ganz offenbar hatten die Einherjar erwartet, dass sie nur daran nippen würde – eine Gildeschwester, die ein Trinkhorn ansetzte und es in tiefen Zügen leerte, hatten sie noch nie gesehen.

Kalliope hielt die Augen geschlossen.

Da sie nie zuvor Alkohol getrunken hatte, spürte sie seine Wirkung, noch während sie trank. Dennoch war ihr, als würde sie nach all den Regeln und Gesetzen, den Einschränkungen und Verboten, die ihr auferlegt worden waren, das pure Leben in sich aufsaugen. Sie konnte nicht davon lassen. Immer steiler neigte sich das Trinkhorn in ihren Händen, bis der letzte Tropfen über ihre Lippen rann. Erst dann setzte sie es wieder ab – und blickte in Dutzende großer, vor Erstaunen weit geöffneter Augen.

Im nächsten Moment brach Jubel aus.

Der Erste, der die Arme in einer Siegerpose emporriss und lauthals brüllte, war Urgar. Die anderen folgten einen Herzschlag später. Aus voller Kehle schrien die Krieger ihre Begeisterung hinaus, viele schlugen mit den Fäusten auf die Tische, einige mit ihren Helmen, was noch lauter krachte. Allenthalben wurde gelacht und anerkennend genickt. Mit der Rettung ihres Prinzen mochte Kalliope sich die Anerkennung der Einherjar verdient haben – mit dem Leeren des Trinkhorns ihre Sympathie. Es war ganz einfach, so wie fast alles im Leben dieser Menschen. *Wohltuend einfach,* wie Kalliope fand, deren Sinne plötzlich Mühe hatten, alles zu erfassen.

Sie wankte ein wenig, und sie war froh, dass Erik neben ihr stand, an den sie sich ein wenig anlehnen konnte.

»Alles in Ordnung?«, raunte er ihr ins Ohr.

»Natürlich.« Sie lächelte ihn breit und entwaffnend an. »Was sollte nicht in Ordnung sein?«

»Ihr steckt voller Überraschungen, Gildeschwester, wisst Ihr das?«

»Bitte«, sagte sie leise und griff sich an den Kopf, der vom Met und vom Gegröle der Krieger dröhnte, »nennt mich nicht so. Nicht heute.«

»Wie Ihr wünscht, Kalliope.« Er lächelte ebenfalls. »Wollt Ihr tanzen?«, fragte er dann.

»Tanzen?« Selbst durch die Nebel des Alkohols war ihr klar, dass diese Bitte ungewöhnlich, ja anmaßend war. Sie war eine Angehörige der Levitatengilde. Gildeschwestern tanzten nicht. Sie waren von tiefem Ernst erfüllt und gaben sich nicht geistloser Zerstreuung hin, die …

»Musik!«, brüllte Urgar in diesem Moment bereits aus Leibeskräften. »Wir brauchen Musik!«

Zustimmende Rufe waren zu hören, und von irgendwo hinter den Tischen kam jemand mit watschelndem Gang herbeigeeilt. Es war Hakkit, der Diener, der eine weite Robe über seiner gedrungenen Gestalt und seiner dicken Lederhaut trug. Der Bart des Walrossmanns bebte, und trotz der bedrohlichen Eckzähne, die sein Gesicht verunstalteten, lag ein freundliches Lachen in seinen Zügen. Unter seinem wulstigen Arm hielt er, zu Kalliopes Überraschung, eine Harfe, die nur wenige Saiten besaß.

»Zu Euren Diensten, mein Prinz«, sagte er und verbeugte sich. »Euer ergebener Skalde ist bereit, Eure Ohren mit Lautenklängen zu betören.«

»Skalde?«, fragte Kalliope nach. »Ihr seid kein Diener?«

»Nein«, gab Hakkit zu und verbeugte sich abermals. »Ich bin Dichter und Sänger und habe mich der Wahrung der Tradition verschrieben.«

»Aber warum …?«

»Es war mein Wunsch«, meldete Erik sich zu Wort. »Mir war klar, dass ein gewöhnlicher Animalendiener Euren hohen Ansprüchen niemals gerecht würde. Also habe ich Hakkit gebeten, diese Aufgabe zu übernehmen.«

»Und wir haben auf ihn herabgeblickt und auf einem menschlichen Diener bestanden«, fügte Kalliope hinzu und fühlte trotz – oder gerade wegen? – ihres vom Met beeinträchtigten Zustands ehrliches Bedauern. »Bitte, Hakkit«, sagte sie, »nimm meine Entschuldigung dafür.«

Das Grinsen im Gesicht des Walrossmanns wurde noch breiter, selbst seine kleinen Augen schienen nun zu lachen. »Ich nehme Eure Entschuldigung bereitwillig an«, versicherte er. »Doch grämt Euch nicht mehr deswegen, sondern nutzt die Gunst, die Euch diese Stunde bietet, und erfreut Euch an den einfachen Dingen des Lebens.«

Die einfachen Dinge des Lebens ...

Die Worte klangen in ihrem Kopf nach wie die Lehrsprüche, die ihre Meisterin ihr mit auf den Weg gegeben hatte, und schon im nächsten Moment vermischten sie sich mit den melodischen Klängen, die der Skalde seinen wulstigen Gliedmaßen zum Trotz der Laute entlockte. Es war eine simple Weise, die die Einherjar begleiteten, indem sie im Takt auf die Tische schlugen – und schließlich begann Hakkit zu singen.

Es war Kalliopes feste Überzeugung gewesen, dass Animalen und Chimären zur Kunst nicht fähig wären, dass ihr tierisches Erbe und das Fehlen einer Seele sie stets daran hindern würden, schöpferisch tätig zu werden. Ein Irrtum, wie sie nun feststellen musste.

Denn die Stimme des Walrossmanns war von einer Stärke und Klarheit, wie sie sie bei menschlichen Barden nur selten gehört hatte, ein Bass, der so abgrundtief und doch so melodisch war, dass er alles ringsum in Schwingung zu versetzen schien. Den Wortlaut der Weise verstand Kalliope nicht, aber die schnelle, aus wilden Tonfolgen bestehende Melodie fand direkt in ihr Herz. Der Klang war fremd, ganz anders als die Choräle, die von den *musae* im *artificium* angestimmt wurden, oder die Gesänge der Eunuchen am Baum des Lebens, so voller Kraft und Lebensfreude, dass Kalliope sich ihm nicht entziehen konnte.

»Ja«, sagte sie an Erik gewandt, und zum ersten Mal nach Meisterin Cedaras Tod fiel ihr das Lächeln leicht. »Lasst uns tanzen.«

Er fasste sie an den Händen, und noch ehe sie sich's versah, drehten sie sich bereits im Kreis. Die Damen erhoben sich von ihren Plätzen und versammelten sich rings um die Tanzenden, wobei sie rhythmisch in die Hände klatschten. Sogar die Mägde gesellten sich hinzu, und schon im nächsten Moment waren sie umgeben von einem Band wohlwollender, menschlicher Wärme.

Berauscht vom Met und von den raschen Drehungen des Tanzes ließ Kalliope all ihre Ängste und Befürchtungen fahren und vertraute sich ganz dem Rhythmus der Musik an, lauschte dem Klang von Hakkits Stimme und blickte ins Gesicht des Mannes, dessen Hände inzwischen auf ihren Hüften lagen und den sie mit anderen Augen sah als noch vor einigen Tagen. Durch ihn tat sie Dinge, die sie nie zuvor getan hatte, von denen sie jedoch merkte, dass sie ihr wohltaten.

Nicht länger fühlte sie sich allein und einsam, sondern war Teil einer Gemeinschaft geworden, wenigstens so lange, wie die Musik und der Tanz andauerten – und sie spürte, dass sie für den Prinzen von Jordråk auf eine Weise zu empfinden begann, die ihr verboten war.

Denn sie riskierte, dadurch alles zu verlieren.

»Wie fühlst du dich?«

Die Frage war blanker Hohn.

Croy sah aus, als wäre er unter einen Elefanten geraten – und genauso schien er sich auch zu fühlen. Seine Züge waren ausgemergelt, das Fell stumpf und fleckig, der Blick seiner Augen trübe.

Zwar war es Shen gelungen, durch gezielte Waschungen und das Verbinden mit Moosflechten die zahlreichen Brandwunden so zu versorgen, dass die Entzündungen zurückgegangen und der Schmerz nachgelassen hatte; auch hatte sich das Fieber gesenkt. Jedoch war der Pantheride noch weit davon entfernt, wieder der Alte zu sein. Immerhin war er noch am Leben – und das war weit mehr, als noch vor wenigen Tagen zu erwarten gewesen war.

»Nicht so schlecht, wie ich mich wohl fühlen sollte«, entgegnete Croy, seiner mitgenommenen Erscheinung zum Trotz. »Wie lange war ich …?«

»Drei Tage«, antwortete Shen, die auf der einen Seite des kargen Strohlagers kauerte, das sie ihm auf dem Höhlenboden bereitet hatten. Kieron hockte auf der anderen Seite.

»Drei Tage«, wiederholte Croy. Die ohnehin raue Stimme des Panthermannes hörte sich an, als dringe sie vom Grund einer tiefen Schlucht. »Was ist inzwischen geschehen?«

»Niii-nicht sehr viel«, gab Kieron zur Antwort. »Ein Mensch war da und hat sich nach dir erkundigt. Er wollte wissen, ob du noch le-lebst.«

»Wie sah er aus?«

»Ziemlich grooo-groß und kräftig, ein Riese geradezu«, berichtete Kieron. »Auf seiner Schulter saß so eine seltsame Kreatur, genau wie bei No-No-Novaro ...«

Croy lachte bitter auf. »Dieses Wesen versteht sich in der Tat gut zu tarnen.«

»Was meinst du?«

»In Wahrheit ist es der Herr und der Riese sein Diener. Er steht im Dienst des kaiserlichen Geheimdiensts ...«

»Der Sphinx?« Shen hob die Brauen.

Croy nickte. »Seine Körpergröße entspricht seinen Skrupeln, und hinter seinem harmlosen Äußeren verbirgt sich ein messerscharfer Verstand ... Er war es, der mich verhört hat.«

»Was genau ist passiert?«, wollte Kieron wissen.

»Es ging um das Artefakt«, erstattete Croy Bericht. Das Reden schien ihm noch schwerzufallen, er sprach bedächtiger als sonst. »Der Winzling wollte es um jeden Preis.«

»Was für ein Artefakt?«, wollte Shen wissen.

»Der Grund, warum wir hier sind«, erklärte Croy. »Ein Gegenstand, den wir suchen und finden sollten.«

»Aber du hast ihn doch gaaa-gar nicht«, wandte Kieron ein.

»Was den Spion der Kaiserin nicht davon abgehalten hat, mich zu befragen und zu foltern«, entgegnete der Panthermann müde. »Die Mächtigen haben ihre eigene Version der Wahrheit, das ist schon immer so gewesen.«

»Was also hast du gesagt?«

»Nichts.«

»Du-du hast einfach geee-geschwiegen?« Kieron war fassungslos.

»Was hätte ich sagen sollen?«

»Du hättest zum Beispiel sagen können, dass sich das Ding im Besitz der Raaa- der Rattenmänner befindet.«

»Das hätte ich – und was hätte es mir gebracht? Glaubst du, sie hätten mich dafür freigelassen? Ganz sicher nicht, und das Artefakt befände sich womöglich jetzt schon in ihren Händen.«

»Womöglich«, gestand Shen ein, »aber vielleicht hättest du dann noch *beide* Hände.«

Der Panthermann hob seinen linken Arm und betrachtete den Stumpf. »Es war meine Entscheidung«, sagte er nur.

»Eine verdammt törichte Entscheidung, die dich um ein Haar das Leben gekostet hätte. Außerdem wird dein Schweigen nichts nützen, denn früher oder später werden sie das Ding sowieso finden, und dann …«

»Ich erwarte nicht, dass du mich verstehst, Menschin«, fiel Croy ihr ins Wort. »Aber ich danke dir für alles, was du für mich getan hast.«

»Anfangs dachte ich nicht, dass du es schaffen würdest – ich musste die Wunde ausbrennen, sonst hättest du womöglich den ganzen Arm verloren. Aber du bist ein ebenso sturer wie zäher Bastard, Katzenmann. Das hat dir das Leben gerettet.«

»Hab Dank dafür.«

»Dein Dank in allen Ehren«, erwiderte sie. »Aber sicher weißt du, dass es auf den Welten nichts geschenkt gibt.«

»Diese Erfahrung habe ich gemacht«, stimmte Croy zu und wandte sich an Kieron. »Wovon spricht sie?«

»Nun«, erwiderte Kieron, dem klar war, dass nun die Wahrheit ans Licht kommen würde, »iii-ich …«

»Er hat mir erzählt, dass du schon einmal hier gewesen bist«, half Shen aus, die damit ungleich weniger Probleme hatte.

»Und?«, fragte Croy.

»Er hat auch gesagt, dass du jeden Gang hier kennst und dass du vorhast, erneut zu flüchten. Ist das wahr?«

Der Panthermann starrte zuerst Shen, dann Kieron eine endlos scheinende Weile lang an, wobei es unmöglich war zu sagen, was hinter den schattenhaften Gesichtszügen vor sich ging. »Nein«, eröffnete er schließlich.

»Wusste ich's doch«, zischte Shen und blitzte Kieron dabei so feindselig an, dass dieser entmutigt Kopf und Schultern sinken ließ.

»Es ist wahr, dass ich schon einmal hier gewesen bin«, führte Croy weiter aus, »und es entspricht auch den Tatsachen, dass ich den Ausbruch plane«, fügte er mit einem bedeutsamen Blick in Kierons Richtung hinzu. »Aber es stimmt nicht, dass ich jeden Gang hier kenne. Dazu liegt meine Flucht zu lange zurück. Seither sind viele neue Stollen und Gänge hinzugekommen.«

»Also?«, fragte Shen, die merkte, dass er auf etwas hinauswollte.

»Also braucht man einen ortskundigen Führer, wenn man von hier verschwinden will.«

»Natürlich.« Sie schüttelte den Kopf, dass ihr langes Haar wild umherflog. »Man braucht ja auch nur zu fragen. Ich bin sicher, die Wachen werden uns bereitwillig Auskunft erteilen.«

»Davon ist nicht auszugehen«, räumte Croy ein. »Aber es gibt jemanden, der uns führen könnte.«

»Von wem sprichst du?«

Statt einer Antwort hob der Panthermann seine verbliebene Hand und deutete an Shen vorbei auf eine Kreatur, die auf der anderen Seite der Kerkerhöhle in einem dunklen Winkel kauerte, so reglos, dass sie bei flüchtigem Hinsehen für einen Felsblock hätte gehalten werden können.

»Ist das dein Ernst?«, fragte sie. »Der Rattenzahn hat euch doch bereits einmal verraten, oder nicht?«

»In der Tat – aber sein Verlangen danach, an diesem Ort zu sterben, dürfte ebenso gering sein wie unseres.« Erneut sandte er Kieron einen Blick, den dieser nicht recht zu deuten wusste. Lag ein unausgesprochener Vorwurf darin? War es Dankbarkeit? Womöglich war es auch eine eigentümliche Mischung aus beidem, doch in jedem Fall war der Junge dankbar dafür, dass Croy seine Notlüge nicht hatte auffliegen lassen.

»Ich will offen mit dir sein«, sagte der Pantheride zu Shen. »Für den Jungen, das Chamäleon und mich gibt es keine andere Wahl mehr, als die Flucht zu versuchen – andernfalls werden sie uns nacheinander verhören und umbringen. Für dich gilt das nicht, Menschenfrau.«

»Willst du mich für dumm verkaufen?«, fragte sie barsch. »Ich weiß, was mich in den Minen erwartet. Ich bin schon einmal von dort entkommen, und ich würde lieber auf der Flucht sterben, als dorthin zurückzukehren.«

»Also schön.« Croy deutete ein Nicken an. »Ich stehe in deiner Schuld, und Pantheriden pflegen ihre Schulden stets zu begleichen. Ich werde dich also mitnehmen.«

»Auch meine Leute«, stellte sie klar.

»Da-da-das sind zu viele«, wandte Kieron mit Blick auf den Hünen und den Tiermenschen ein.

»Wir gehen alle oder keiner«, stellte Shen klar. »Oder wäre es euch lieber, wenn ich eure Pläne an die Wache verpfeifen würde?«

Wütend kniff Kieron die Lippen zusammen. Es hätte allerhand zu sagen gegeben, aber ihm war klar, dass es sinnlos gewesen wäre. Shens Dreistigkeit ärgerte ihn, während er sie zugleich einmal mehr für ihre Entschlossenheit bewunderte.

»Einverstanden«, sagte Croy, der ähnlich zu empfinden schien. »Bleibt nur noch ein Problem zu lösen.«

»Nämlich?«, fragte sie.

»Der Rattenmann kann uns durch die Stollen führen, und wenn wir erst draußen sind, weiß ich, wie es weitergeht – aber wir müssen noch einen Weg finden, aus der Zelle zu entkommen.«

Shen erhob sich, ein siegessicheres Grinsen auf ihren Zügen. »Ich kenne eine Methode, die schon einmal gut funktioniert hat.«

»Ich habe nichts anderes erwartet«, gestand der Panthermann lächelnd.

»Wann?«, fragte Shen nur.

»Noch heute Nacht.«

»Ne-nein«, wandte Kieron ein, »dazu bist du noch zu schwach!«

»Schwach oder nicht – wenn die mitbekommen, dass ich wieder bei Bewusstsein bin, werden sie mich abholen, um mich erneut zu befragen. Bis dahin muss ich verschwunden sein.«

20. Kapitel

Veränderungen waren am Hof von Tridentia eingetreten, und sie hatten sich so rasch und deutlich manifestiert, dass niemand, vom König bis hinab zum geringsten Diener, sich ihren Auswirkungen entziehen konnte.

Den Sterblichen zu dienen, wie die Grundsätze der Gilde es verlangten und es einst im Wortlaut des Paktes festgehalten worden war, war ein ehrenvolles und geachtetes Amt, dem die Menschen für gewöhnlich mit einigem Respekt begegneten; jedoch zu sehen, wie sie aus dem Weg gingen, sobald sich ihnen eine Gildeschwester näherte, wie sie die Blicke zu Boden schlugen und sich die Mienen furchtsam verkrampften, erfüllte Prisca mit ungleich größerer Genugtuung.

So großartig und wunderbar sie auch sein mochte – die Fähigkeit der Levitation, die die Gilde über viele Generationen hinweg bereitwillig in den Dienst der Allgemeinheit gestellt hatten, hatte ihr nicht annähernd so viel Respekt eingetragen wie die Exempel, die Meisterin Harona statuiert hatte.

Sechzehn Menschen waren innerhalb der letzten Tage bei lebendigem Leibe verbrannt worden.

Sechzehn Ketzer, die mit dunklen Mächten paktiert und den Tod dafür mehr als verdient hatten.

Sechzehn Feuer, deren lodernde Flammen sich unauslöschlich ins Bewusstsein der Menschen eingebrannt hatten – anders konnte Prisca sich die Furcht nicht erklären, die ihre bloße Erscheinung auslöste.

Ihre Meisterin hatte sie zur Unterredung in den Thronsaal bestellt, und eigentlich wünschte die junge Gildeschwester nur, möglichst rasch dorthin zu gelangen. Doch während sie die Gänge der Königsfestung mit eiligen Schritten durchmaß, blieb ihr nicht verborgen, dass die Menschen bei Hofe – nicht nur die Diener und Angehörigen des niederen Adels, sondern auch der Hochadel und die Hofbeamten – ihr alle mit derselben Mischung aus Furcht und Vorsicht begegneten. Und sie hätte lügen müssen, hätte sie behaupten wollen, dass ihr das nicht gefiel.

Prisca genoss den Schrecken, der sie wie eine Aura zu umgeben schien, schützend und Ehrfurcht gebietend. Was König Ardath der Gilde in jüngster Zeit nicht mehr zu gewähren vermocht hatte, nämlich zuverlässigen Schutz, das hatte Harona innerhalb von Tagen erreicht, und Prisca fühlte einen Stolz, der weit über die Bewunderung einer Schülerin für ihre Meisterin hinausging. Harona hatte nicht nur neue Wege beschritten, hatte nicht nur die Politik feiger Beschwichtigung, die die Gilde über viele Zyklen hinweg verfolgt und die ihr letztlich doch nichts als Missachtung eingetragen hatte, im Alleingang beendet. Sondern sie hatte auch dafür gesorgt, dass Begriffe wie Ehrfurcht und Respekt, die früher untrennbar mit der Gilde und ihren Mitgliedern verbunden gewesen waren, in der neuen Zeit wiederhergestellt worden waren.

»Die Inquisitorin kommt! Die Inquisitorin!«

Prisca konnte sie tuscheln hören, als sie an ihnen vorüberschritt, und es erfüllte sie mit grimmiger Genugtuung. Nicht länger waren die Gildeschwestern schwache Wesen, über die man beliebig Scherze treiben, die man hinter ihrem Rücken verspotten und ungestraft bedrohen konnte. Meisterin Harona hatte deutlich gemacht, was denjenigen erwartete, der wider das Gesetz des Paktes handelte – und die Botschaft war angekommen.

Endlich hatte Prisca den Thronsaal erreicht. Die vor der Pforte postierten Wachen nahmen Haltung an und öffneten ihr augenblicklich. Prisca bedankte sich mit einem knappen Nicken, dann betrat sie den prächtigen Saal, der fast menschenleer war – auch dies war ein Zeichen der neuen Zeit, die auf Tridentia angebrochen war. Versammlungen, wie sie früher abgehalten worden waren, gab es nicht mehr. Die Gerichtsbarkeit war der Inquisitorin übertragen worden, auf dass sie im Auftrag des Königs Recht spräche, die Hofbeamten bis auf wenige Ausnahmen entlassen worden. Vorbei waren die Zeiten, in denen ein Hofstaat von Nokturnen und Schmarotzern jede Gelegenheit genutzt hatte, um die Gedanken des Königs zu vergiften. Vorbei auch die Zeit, in der Ketzer und Blasphemiker am Königshof ein und aus gegangen waren.

Ardath II. saß auf seinem Thron. Seine Gestalt war zusammengesunken, das von langem Haar besetzte Haupt stützte der König auf die goldberingte Rechte, so als ob es zu schwer wäre, um es aufrecht zu halten.

Bei ihm stand Meisterin Harona, aufrecht und erhaben. Zu sehen, wie der Herrscher über ungezählte Welten vor ihr das Haupt beugte, erfüllte Prisca mit Stolz. Lautlos trat sie hinzu und lauschte dem Wortwechsel, der zwischen ihrer Meisterin und dem König im Gange war.

»Und Ihr … Ihr seid sicher, dass es neuer Gesetze bedarf?«, erkundigte sich der König fast wie ein Kind.

»Allerdings, Majestät«, entgegnete Harona mit aller Überzeugung. »Es ist dringend notwendig, dass wir die Rechte Eurer Höflinge weiter einschränken. Tun wir es nicht, so riskieren wir, dass sie sich erneut versammeln und die Köpfe zusammenstecken, um Intrigen gegen Euch und uns zu spinnen. Gerade erst haben wir mit vereinter Kraft das Schlangennest des Verrats ausgehoben – wollt Ihr riskieren, dass sich sogleich ein neues bildet? Ihr dürft Euch zu keinem Augenblick sicher wähnen, Majestät! Vergesst nicht, dass Ihr von nokturnen Kräften umgeben seid!«

»Glaubt Ihr?«, fragte der König und hob das Haupt, um eingeschüchtert an ihrer hageren, schwarz gewandeten Gestalt emporzublicken. »Das hätte ich niemals vermutet.«

»Dennoch ist es so«, entgegnete die Inquisitorin unbarmherzig. »Ihr könnt von Glück sagen, dass meine Elevin und ich gekommen sind, um Euch im Kampf gegen die Verräter beizustehen und die Wahrheit ans Licht zu bringen.«

»Ich bin Euch dankbar, Gildemeisterin, das müsst Ihr mir glauben. Aber jene neuen Dekrete …« Er wedelte mit der linken Hand, auf einen Stapel vorgefertigter Schriftstücke deutend, die auf einem Tisch neben dem Thron bereitlagen und nur darauf zu warten schienen, mit dem königlichen Siegel versehen und somit rechtskräftig zu werden.

»Die neuen Dekrete sind unabdingbar, wenn Ihr die Krone auf Eurem Haupt noch länger aufbehalten wollt«, stellte Harona unmissverständlich klar. »Die Gilde ist bereit, Euch bei der Bekämpfung von Lüge und Verrat an Eurem Hof beizustehen, mein König – aber Ihr müsst das Eure dazu beitragen, sonst werden alle unsere Bemühungen vergeblich sein. Die neuen Gesetze müssen nicht nur auf Tridentia gelten, sondern auch auf allen Euren Lehenswelten. Ob auf Kolchis, auf Ayforas oder auf Ker Daban – überall wurden Gildeschwestern bedroht oder gar tätlich angegriffen, was darauf schließen lässt, dass dort ebenfalls Umtriebe gegen den Pakt im Gang sind. Verstöße gegen den Pakt jedoch sind ein Akt der Revolte und können nicht tatenlos hingenommen werden – andernfalls wird auf all jenen Welten schon bald die Flamme des Aufstands lodern.«

Ardath ertrug den tadelnden Blick der Gildemeisterin nicht länger. Seufzend starrte er zu Boden und musste auch noch die andere Hand zu Hilfe nehmen, um sein Haupt am Sinken zu hindern. »Wie«, stöhnte er, »konnte es nur so weit kommen?«

»Das will ich Euch sagen, Majestät – durch Eure eigenen Versäumnisse. Ihr habt die Pflichten, die Euer Vater Euch übertragen hat, sträflich vernachlässigt. An dem, was geschehen ist, habt Ihr nicht unerheblichen Anteil – aber ich bin nicht hier, um Eure Schuld aufzurechnen, sondern um Euch zu helfen. Tut, was ich Euch sage, und Ihr könnt darauf vertrauen, dass die Macht bald schon wieder ganz in Euren Händen liegen wird. Wollt Ihr das tun?«

Der König zögerte noch einen Augenblick, wobei er jedoch nicht wagte, noch einmal zu ihr aufzuschauen. Dann griff er nach dem obersten Schriftstück und presste den Siegelring in das noch weiche Wachs.

»Ihr verlangtet mich zu sprechen, Inquisitorin?«, fragte Prisca in die entstandene Stille.

»In der Tat.« Harona nickte, ohne ihren Blick von Ardath zu wenden. Der Vergleich mit einer Aufseherin, die dafür zu sorgen hatte, dass ein Gefangener seiner vorgeschriebenen Aufgabe nachkam, drängte sich auf. »Vor Kurzem ist Kunde von Ethera eingetroffen. Es gibt Neuigkeiten.«

»Welcher Art?«, wollte Prisca wissen und wappnete sich innerlich, denn der Tonfall ihrer Meisterin ließ nichts Gutes erahnen.

»Auf Jordråk hat es erneut einen Zwischenfall gegeben. Unsere Gesandten dort wurden tätlich angegriffen.«

»Was ist geschehen?«, fragte Prisca, die, ob sie es wollte oder nicht, plötzlich Furcht verspürte. »Ist Kalliope ...?«

Nur für einen kurzen Moment wandte Harona ihren Blick – der jedoch war vernichtend. »Sorge dich nicht um deine Schwester. Sie ist wohlauf und am Leben. Meisterin Cedara jedoch ist tot, niedergestreckt von feiger Mörderhand.«

21. Kapitel

»Verdammt noch mal, ist das ein Gestank!«

Das Chamäleon schrie so laut, dass sich seine dünne, quäkende Stimme fast überschlug. »Das ist ja nicht auszuhalten! Verdammt, kann denn niemand was unternehmen …?«

Für einige Augenblicke sah es so aus, als würde sein Lamento einmal mehr unbeachtet verklingen. Von den Mitgefangenen, von denen sich die meisten auf den nackten Stein gelegt hatten, um ein wenig Schlaf zu finden, reagierte niemand, und auch jenseits des Gitters, das die Kerkerhöhle verschloss, schienen die Worte des Chamäleoniden zunächst ungehört zu verhallen. Erst als er wieder schrie, wurde es einem der Schakalkrieger, die im Vorraum der Kerkerhöhle patrouillierten, zu viel.

»Was willst du, Echsenschwanz?«, bellte er und trat ans Gitter. Seine Rüstung schimmerte matt im Fackelschein. »Was hast du hier herumzubrüllen?«

Der Chamäleonid watschelte vor ans Gitter. »Der Katzmann ist tot. Zuerst sah es aus, als würde er sich erholen, aber dann hat er doch ins Gras gebissen.«

»Das freut mich«, erwiderte der Posten nur. Er hatte ohnehin nichts dafür übrig, dass Legionäre der kaiserlichen Armee gemeinen Kerkerwachdienst versehen mussten, entsprechend hielt sich sein Mitleid mit den Gefangenen in engen Grenzen.

»Nur macht es das nicht besser«, widersprach das Chamäleon, auf den reglosen Körper deutend, der einige Schritte von ihm entfernt in der Nähe des Tores lag. »Sein Kadaver muss unbedingt verschwinden!«

»Wir schaffen ihn morgen raus«, versicherte der Legionär.

»Bist du verrückt, der Gestank ist nicht zu ertragen«, beharrte der Gefangene und sprang zeternd am Gitter auf und ab.

Ein zweiter Posten gesellte sich hinzu. »Was geht hier vor?«, wollte er wissen.

»Der Katzenmann hat ins Gras gebissen«, erklärte sein Kamerad, »und das Glubschauge beschwert sich über den Gestank.«

»Jago«, erklärte der Chamäleonid, »mein Name ist Jago – und ich halte das einfach nicht mehr aus! Und auch die anderen Gefangenen nicht, das könnt ihr mir glauben!«

»Wie war das?« Der zweite Wächter senkte den Speer und bedrohte den Gefangenen durch das Gitter. »Bist du dabei, eine Meuterei anzustiften?«

»Da brauche ich nichts anzustiften. Wenn sich dieser elende Gestank erst im ganzen Kerker ausgebreitet hat, wird es ohnehin zum Aufstand kommen. Riecht doch nur einmal …«

Die beiden Posten ließen sich dazu herab, in Richtung des toten Pantheriden zu schnüffeln – und wanden sich mit Grausen. Denn der Verwesungsgestank war tatsächlich so stark und durchdringend, dass er wie eine Messerklinge in ihre Nasen stach und ihnen augenblicklich davon übel wurde.

»Du meine Güte«, machte der eine mit einem Seitenblick auf den Leichnam. »Wie kann eine einzelne Kreatur nur so erbärmlich stinken?«

»Das habe ich mich auch gefragt«, stimmte das Chamäleon zu. »Andererseits hat der Katzmann schon zu Lebzeiten nicht besonders gut gerochen.«

»Wir bringen ihn nach oben und werfen ihn über die Mauer«, schlug der andere Wächter vor. »Die Aasfresser werden sich freuen.«

»Von mir aus«, raunzte sein Kamerad, »aber ich werde es auf keinen Fall tun. Schon schlimm genug, dass wir hier unten Dienst schieben müssen. Als Leichengräber betätige ich mich nicht auch noch.«

»Das ist auch nicht notwendig.« Sein Kamerad ging einige Schritte am Gitter entlang, am verrottenden Kadaver des Pantheriden vorbei zu den Gestalten, die am Boden lagen und schliefen – die meisten von ihnen waren Menschen, wie geschaffen für diese Art von Drecksarbeit …

»He, ihr da! Sofort aufwachen!«, herrschte er sie an. »Hört ihr nicht? Macht gefälligst die Augen auf!« Um seinen Worten Nachdruck zu verleihen, stocherte er mit dem Speer durch die Gitterstäbe. »Wollt ihr wohl aufstehen, faules Pack? Es gibt Arbeit!«

Die Gefangenen erwachten. Im einen Moment rieben sie sich noch die Augen, dann begannen sie sich auch schon über den beißenden Gestank zu beschweren, der sich immer weiter ausbreitete.

»Wenn euch der Geruch nicht passt, dann tut was dagegen«, verlangte der Wächter und deutete auf den toten Pantheriden. »Der Katzenmann ist dahin, also bringt ihn nach oben. Los doch, worauf wartet ihr?«

»Croy?« Einer der Gefangenen, ein junger Bursche mit kurzem schwarzem Haar, schien erst jetzt zu begreifen, was geschehen war. Ungläubig starrte er in Richtung des toten Panthermannes. »Nein«, ächzte er mit brüchiger Stimme. »Das kann nicht sein!«

Hastig stürzte er zu dem Leichnam und vergewisserte sich, dass er tatsächlich tot war, worüber Jago nur hämisch lachen konnte. »Was soll das, Junge?«, fragte er. »Der Kerl ist so tot, wie er nur sein kann, riechst du das nicht?«

»Aber er … er … er … war auf dem Weg der Besserung!«

»Na wennschon! Nun hat sich sein Zustand eben verschlechtert. Endgültig, sozusagen.«

»Aber er … er war mein Freund!«

»Dann wirst du dir wohl einen neuen Freund suchen müssen.«

Die Wächter lachten derb und sorgten dafür, dass auch die anderen Gefangenen erwachten, die vorn am Gitter lagerten – eine Menschenfrau und ein Mann, außerdem ein Tiermensch von einer eigentümlichen Spezies, wie die Schakale sie noch nie zu Gesicht bekommen hatten.

»Los doch, los doch! Worauf wartet ihr? Der Katzenmann muss nach oben gebracht werden, ehe sein Gestank den ganzen Kerker verseucht!«

»Nein! Nein!«, schrie der Junge und brach bei dem Leichnam nieder, klammerte sich hilflos daran fest. »Croy!«

Die anderen Gefangenen wollten den Kadaver zum Tor tragen, aber der Junge ließ sie nicht. »Wagt es nicht, ihn anzurühren, hört ihr?«, schrie er sie an und erhob sich, die Hände zu Fäusten geballt. »Wer ihn anrührt, wird von mir erschlagen, ha-ha-habt ihr verstanden?«

»Was soll das Theater?«, fragte der Wachtposten, als die anderen Gefangenen zurückwichen. »Lasst ihr euch von so einem Grünschnabel einschüchtern? Du, hau dem Jungen was aufs Maul und dann tragt den Kadaver endlich hier raus!«

Der Angesprochene, ein rothaariger Fleischberg von einem Mann, nickte und bewegte sich auf den Jungen zu, der sich jedoch nicht einschüchtern ließ. »Ich warne dich«, stieß er hervor – und als der Hüne die Pranken hob, um ihn zu packen, schlug er zu. Der Fausthieb traf den Hünen so hart am Kinn, dass er stöhnend niederging.

»Das darf doch nicht wahr sein«, schnauzte der Wachtposten.

»So sind die Menschen eben«, erklärte der Chamäleonid von der anderen Seite des Gitters, »für alles zu dumm und für nichts zu gebrauchen.«

»Das werden wir sehen!« Mit vor Wut zitternden Klauen griff der Posten nach dem Schlüssel, den er an seinem Gürtel trug.

»Was hast du vor?«, fragte der andere.

»Ich habe genug von diesen Schwachköpfen«, gab er zur Antwort und öffnete die schwere Kette, mit der der Zugang zum Kerker gesichert war. Rasselnd fiel sie zu Boden, mit metallischem Krächzen schwang die Gittertür auf. Mit gesenkten Speeren drangen die beiden Wächter in das Gefängnis ein.

»Zurück! Los, zurück!«, fuhr der eine der beiden den jungen Menschen an, der noch immer über dem toten Panthermann kauerte und seiner Trauer freien Lauf ließ. »Verschwinde endlich, oder ich sorge dafür, dass man dich gleich mit nach oben tragen muss, hast du verstanden?«

Der Junge nickte. Schwerfällig richtete er sich über dem leblosen Körper auf – und hatte zur Verblüffung des Wächters ein breites Grinsen im Gesicht.

»Was bei den Feuern von Apex ...?«

Der Gedanke, dass sie hereingelegt worden waren, dämmerte den beiden Legionären in dem Augenblick, als sich die Augen des toten Pantheriden öffneten.

»Hallo«, sagte Croy trocken.

Einen Augenblick lang waren die beiden Schakalkrieger wie erstarrt vor Überraschung.

Ein Augenblick, der sie das Leben kostete.

Den einen tötete Darg, indem er ihn von hinten packte und mit derartiger Wucht an seinem Genick riss, dass es brach. Den anderen erschlug Shen mit einem scharfkantigen Stein, den sie unter ihrer Tunika verborgen hatte. Schnell schleppten sie die Wärter aus dem Lichtschein der Fackeln, die draußen auf dem Gang brannten. Durch das Geschrei und den Kampflärm waren inzwischen auch andere Gefangene erwacht, die vorn am Gitter lauerten. Schlaftrunken richteten sie sich auf, wurden jedoch sofort hellwach, als sie sahen, was vor sich ging.

»Wird es gehen?«, erkundigte sich Kieron bei Croy, während er sich den unverletzten Arm des Pantheriden über die Schulter legte, um ihn beim Aufstehen zu stützen.

»Keine Sorge«, brummte der.

»Croy?«

»Ja, Junge?«

»Ich bin fff-froh, dass du leee-lebst.«

Der Panthermann grinste. »Geht mir nicht anders.«

Shen und Darg kamen zurück. Sie hatten die Waffen der Legionäre an sich genommen und waren nun mit deren Sichelklingen und Speeren bewehrt – ob es viel nützen würde, wenn sie auf ihrer Flucht auf Widerstand trafen, bezweifelte Kieron allerdings.

»Los jetzt«, drängte Shen, die sich wachsam umblickte. Die ersten Mitgefangenen hatten sich erhoben und kamen näher, betrachteten das offen stehende Tor mit ungläubigen Blicken. »Lasst uns verschwinden. Wo ist unser Führer?«

»Wits hier«, meldete der Rattenmann, der sich abseits von den anderen gehalten hatte, um, falls die Sache schiefging, nicht mit ihnen in Verbindung gebracht zu werden.

»Also schön«, knurrte Croy. »Du weißt, was du zu tun hast. Und ich warne dich! Versuche noch einmal, uns zu hintergehen, und ich stopfe dir dein hässliches Gesicht in den Hals!«

»Wits verstanden«, versicherte der Ratterich und huschte auf seinen kurzen Beinen durch das offene Tor. Die anderen folgten ihm.

Shen und Kieron, die die Nachhut übernehmen sollten, huschten als Letzte hinaus. Das Gitter ließen sie offen stehen – zwar würde ihre Flucht dadurch eher bemerkt, jedoch würden die anderen Gefangenen so viel Unruhe stiften, dass die Wachen zunächst anderes zu tun haben würden, als eine Handvoll Flüchtlinge zu verfolgen.

Durch den Vorraum der Kerkerhöhle ging es in einen nur spärlich beleuchteten Stollen, auf den ein weiterer Gang mündete. Daraus waren leise Stimmen und lautes Schnarchen zu hören – ganz offenbar befand sich dort das Wachlokal, in dem die Soldaten die Zeit zwischen ihren Patrouillen verbrachten. Dass die Gefangenen von Legionären bewacht wurden, ließ vermuten, dass Allegras Spitzel den Wächtern der Minenkolonie nicht vertraute. Entweder, überlegte Kieron, der kleinwüchsige Spion der Kaiserin war von Natur aus ein argwöhnischer Geselle. Oder aber, er hatte allen Grund, misstrauisch zu sein, weil es bei der Jagd nach dem geheimnisvollen Artefakt um sehr viel mehr ging, als Rigo Novaro ihnen offenbart hatte …

»Eines muss ich dir lassen, Mensch«, raunte Jago Kieron über die Schulter zu, während sie durch die unterirdischen Stollen huschten, »du warst wirklich verdammt überzeugend.«

»Du aaa-aber auch.«

»Ich brauchte nicht zu spielen – dieser erbärmliche Gestank hat mich wirklich um ein Haar zum Kotzen gebracht.«

»War mir ein Vergnügen«, sagte Opossum, der lautlos neben ihm herschlich – der Atem der eigentümlichen Kreatur aus Shens Gefolge war es gewesen, der den beißenden Verwesungsgeruch verströmt und ihn entlang der Gitterstäbe verteilt hatte.

»Spart euch das Gequatsche«, zischte Shen, die sich immer wieder um ihre Achse drehte, um sich zu vergewissern, dass ihnen niemand folgte. Die Sichelklinge, die sie dem toten Schakalkrieger abgenommen hatte, hielt sie dabei mit beiden Händen. »Wenn wir hier raus sind, könnt ihr euch mit Komplimenten überschütten. Aber nicht vorher, verstanden?«

Sie gelangten in einen Gang, in dem es so dunkel war, dass nur noch der Rattenmann an der Spitze etwas sehen konnte. Sie entzündeten Fackeln, die sie aus Wandhalterungen nahmen, und huschten weiter durch das Labyrinth der Stollen, immer tiefer hinein in das felsige Fundament der Festung – bis Shen stehen blieb.

»Einen Augenblick!«

»Was ist?« Jago wandte sich zu ihr um.

»Ich frage mich, wohin der Rattenzahn uns eigentlich führt. Eigentlich müssten wir die Oberfläche längst erreicht haben – stattdessen sind wir immer nur bergab gegangen.«

»Das ist richtig«, bestätigte Croy, der ebenfalls stehen geblieben war und sich zu ihr umgewandt hatte. Mit dem einen Arm stützte er sich auf Kieron, mit dem anderen auf Wits. »Wir gehen nicht zur Oberfläche zurück.«

»Ach nein?« Shen stemmte die Arme in die Hüften und legte den Kopf schief. »Kann es sein, dass du vergessen hast, mir etwas mitzuteilen, Katzenmensch?«

»Oben in der Zitadelle wimmelt es von Legionären und Goroptera«, erklärte Croy. »Unsere Chancen, ungesehen von dort zu entkommen, waren von Beginn an aussichtslos, also ist es nur vernünftig, einen anderen Weg zu wählen.«

»Und wie sollen wir an ein Schiff oder einen Flugdrachen herankommen?«

»Das werden wir sehen, wenn es so weit ist. Vorher haben wir noch etwas zu erledigen.«

»Was du nicht sagst.«

»Das Artefakt«, erklärte Croy rundheraus. »Im Austausch für sein Leben hat Wits versprochen, mich zum Artefakt zu führen. Das ist der Handel, den ich mit ihm geschlossen habe.«

»Wie bitte?«, schnappte Jago. »Haben sie dir im Zuge der Folter auch den Verstand geröstet?«

»Ich werde Nergal nicht ohne das Artefakt verlassen.«

»Pah«, machte Jago und wandte sich ab. Auch Shen und ihre Leute machten kein Hehl daraus, dass ihnen die Sache nicht gefiel, zumal sie nicht vorher eingeweiht worden waren.

»Es ist entschieden«, machte Croy ihnen klar. »Findet euch damit ab oder lasst es bleiben.«

»Ich lass es bleiben«, verkündete Jago großspurig. »Ich habe es satt, nach deiner Pfeife zu tanzen, Katzmann. Ich will zurück nach

Madagor, wo es mir gut ging und ich keine Sorgen hatte – bis zu dem Tag, da du mein Lokal betreten hast.«

»Ich werde dich nicht aufhalten«, forderte Croy ihn auf. »Das gilt auch für alle anderen.«

»Nicht für mmm-mich«, versicherte Kieron ohne Zögern. »Ich werde bei dir b-bleiben.«

»Ist das dein Ernst?« Jago glotzte ihn fassungslos an. »Du bist nicht sein Sklave, Mensch! Du musst das nicht tun!«

Kieron nickte grimmig. »Aber ich will es. Croy ist mein Freund. Außerdem habe ich nicht vergessen, dass er der Einzige ist, der weiß, wie man von Nergal flü-flü-flü…«

»Gutes Argument«, kam Shen nicht umhin zuzugeben.

»Was soll daran gut sein?«, tönte Jago. »Merkt ihr nicht, dass der Katzmann schon wieder dabei ist, uns zu manipulieren?«

»Nein.« Croy schüttelte entschieden den Kopf. »Ich zwinge euch nicht, mir zu helfen. Es steht euch frei zu gehen.«

Shens einzelnes Auge musterte ihn prüfend. »Was ist der Grund für all das?«, wollte sie wissen. »Was ist so wichtig an dem verdammten Artefakt, dass es alle so unbedingt haben wollen?«

»Das weiß ich nicht«, gestand der Pantheride ein. »Aber wenn ein Großmercator sich dafür gegen das Kontor wendet und die Kaiserin des Sanktuarions ihren berüchtigten Geheimdienst schickt, dann muss es sich entweder um einen Gegenstand von beträchtlichem Wert oder aber von großer Machtfülle handeln.«

»Und wenn du ihn hast? Was willst du damit anfangen? Ihn meistbietend verkaufen?«

»Keine schlechte Idee«, meinte Jago, seiner angeblichen Abneigung gegen Croys Plan zum Trotz.

»… oder ihn gar zerstören?«, fragte Shen weiter.

»Was für ein Unsinn!«, rief Jago aus. »Wer wäre denn so dämlich, sein Leben für etwas zu riskieren, das er nachher zerst…« Er verstummte, als er das Blitzen in den gelbgrünen Raubtieraugen sah. »Katzmann?«, fragte er verunsichert.

»Sie haben uns übel mitgespielt«, gab Croy zur Antwort. »Novaro, indem er uns manipuliert und über die wahre Natur dieses Auftrags im Unklaren gelassen hat. Und die Kaiserin, indem sie mir ihren

Schergen auf den Hals gehetzt hat, der mir das hier angetan hat.« Er hob demonstrativ seinen verstümmelten Arm. »Lieber will ich das Artefakt vernichten, als dass einer von beiden in seinen Besitz gelangt – das ist meine Rache.«

»Verdammt«, sagte Jago nur.

»Und dafür sollen wir unser Leben riskieren?«, fragte Shen.

»Seht es als einen Tausch an«, erwiderte Croy. »Im Gegenzug zeige ich euch, wie man von hier entkommt – wobei ich euch nichts versprechen kann.«

»Schöne Aussichten.« Ein wenig ratlos wog sie das Sichelschwert in ihren Händen. »Darg?«, fragte sie dann.

»Von mir aus«, knurrte der Hüne. »Es wird nicht funktionieren – aber vielleicht erhalte ich so Gelegenheit, noch einigen Schakalen den Hals umzudrehen.«

»Opossum?«

»Ich bin nicht einverstanden«, erklärte der Tiermensch mit der rosafarbenen Schnauze. »Aber da die Katze weiß, wie man von hier entkommt, bleibt uns wohl nichts anderes übrig, als bei ihm zu bleiben.«

»Also gut.« Shen nickte. »Der Handel gilt.«

»Und mich fragt niemand?«, blaffte Jago und blickte vorwurfsvoll von einem zum anderen.

»Du hast es gehört, Wits«, wandte sich Kieron an den Rattenmann, der auf dem Boden kauerte und den Wortwechsel mit fliegenden Blicken und nervös zuckender Schnauze verfolgt hatte. »Bring uns also dorthin, wo dein Volk Thongs Schatz aufbewahrt. Aber ich warne dich, versuche nicht noch einmal, uns zu hintergehen, hast du verstanden?«

»Nicht sorgen«, entgegnete der Rattenmann mit einem Blick, als könnte er kein Wässerchen trüben. »Wits euch führt. Aber warnen. Schatz von Rattenkriegern gut bewacht.«

»Und wenn schon«, meinte Croy, über dessen ausgemergelte Züge zum ersten Mal wieder jenes wilde Raubtierlächeln glitt, das Kieron so an ihm mochte. »Wozu bin ich ein Dieb?«

22. Kapitel

»Was ist es, das Ihr mir zeigen wollt?«

»Habt Geduld.«

»Wollt Ihr es mir nicht verraten?«

»Es ist eine Überraschung.«

»Und was für eine Überraschung?«

»Nun – wenn ich Euch das sagen würde, wäre es keine Überraschung mehr, nicht wahr?«

Kalliope fiel keine Erwiderung mehr ein – Eriks Antwort war von geradezu entwaffnender Logik.

Der Prinz von Jordråk hatte sie an der Hand genommen und durch mehrere Gänge geführt; nun ging es steil hinauf, über eine Treppe, die sich in einen hohen Turm zu winden schien. Wo genau sie sich befanden, wusste Kalliope nicht, denn Erik hatte darauf bestanden, ihr die Augen zu verbinden, sodass sie nicht sehen konnte, wohin der Ausflug ging. Anfangs hatte sie sich dagegen gewehrt, aber nachdem ihm so überaus viel daran zu liegen schien, hatte sie schließlich eingewilligt. In all der Zeit, die sie zusammen verbracht hatten, hatte er unzählige Male Gelegenheit gehabt, ihr zu schaden, und es doch niemals getan.

Kalliope merkte, dass sie sich verändert hatte. Jene Gildeschülerin, die vor einigen Wochen zusammen mit ihrer Meisterin nach Jordråk gekommen war, verängstigt und eingeschüchtert, wäre dem Sohn des Weltenherrschers niemals mit verbundenen Augen an einen unbekannten Ort gefolgt; die Kalliope jedoch, die all die Fährnisse überstanden, die ihre Meisterin verloren und um ein Haar von reißenden Wolfsbestien getötet worden wäre, hatte anders entschieden.

»Habt Ihr gut geruht?«, fragte Erik, so als wollte er sie ablenken, während sie immer weiter hinaufstiegen.

»Allerdings, das habe ich.«

»Ihr habt viel getanzt gestern – und noch mehr Met getrunken.«

»Nicht so viel, als dass ich mich nicht noch genau erinnern könnte«, versicherte sie lachend. »Ich hätte niemals angenommen, dass Hakkit ein solch begnadeter Sänger ist.«

»Ich weiß«, erwiderte Erik. »Aber verbergen wir nicht alle bisweilen Eigenschaften, die nicht auf den ersten Blick ersichtlich sind?«

Etwas an der Art, wie er es sagte, erweckte Kalliopes Unbehagen. Die Heiterkeit war aus seiner Stimme gewichen.

»Was habt Ihr?«, wollte sie wissen.

»Nichts. Es ist nur so, dass ich das, was ich Euch zeigen will, noch niemandem zuvor gezeigt habe.«

Sie waren stehen geblieben, und sie konnte hören, wie er sich an einem Schloss zu schaffen machte. Eine Kette klirrte, dann schwang eine Tür mit lautem Knarren auf. Eisig kalte Luft schlug Kalliope entgegen.

»Tretet vor«, verlangte er.

Kalliope hörte den Wind pfeifen und spürte, wie er ihr das offene Haar zerwühlte – so als stünde sie am Rand eines gähnenden Abgrunds. Unweigerlich blieb sie stehen.

»Was ist?«, fragte Erik. »Vertraut Ihr mir nicht?«

»Ich möchte nur wissen, wo wir sind.«

»Auf dem höchsten Turm von Thulheim«, gab er zur Antwort, und sie glaubte, in seiner Stimme eine Spur von Bedauern zu hören. »Er ist verlassen, seit ihn vor einigen Jahren der Zorn der Götter ereilte. Viele wagen sich nicht mehr hierher und sagen, dieser Ort sei von den Göttern verflucht. Deshalb ist er so geeignet für meine Zwecke. Jedenfalls während der Zeit des Eises.«

Kalliope schürzte die Lippen. Trotz ihrer kriegerischen Kultur und der einfachen Lebensweise war den Bewohnern von Jordråk ein gewisser Hang zu bildhaften Ausdrücken zu eigen – wenn ein Turm vom »Zorn der Götter ereilt« wurde, so bedeutete dies vermutlich nichts anderes, als dass ein Blitz eingeschlagen und ihn in Flammen hatte aufgehen lassen. Tatsächlich vermeinte Kalliope auch, in der nach Eis und Schnee riechenden Luft Spuren von Brandgeruch wahrzunehmen. Erik schien also die Wahrheit zu sagen, dennoch hatte sie noch immer das Gefühl, dass er ihr etwas verschwieg.

Etwas, das ihn bedrückte.

Als sie über die Schwelle trat, kündigte er an, ihr die Augenbinde abzunehmen.

»Schließt Eure Augen«, schärfte er ihr ein, »und öffnet sie erst, wenn ich es Euch sage.«

Kalliope tat ihm auch diesen Gefallen, es war nicht mehr von Belang. Sie hatte in den letzten Tagen so viele Dinge getan, die noch vor einigen Wochen undenkbar für sie gewesen wären und die weder im Einklang mit den Ordensregeln noch mit dem gesunden Menschenverstand waren. Doch sie nahm das Leben viel intensiver wahr, seit sie beschlossen hatte, nicht mehr nur auf ihren Verstand, sondern auch auf ihr Herz zu hören – und ihr Herz sagte ihr, dass sie Erik vertrauen konnte.

»Nun öffnet die Augen«, forderte er sie auf.

Kalliope tat, was er verlangt hatte – und wurde von Erstaunen, ja, von Ehrfurcht erfüllt. Mit einem solchen Anblick hatte sie nicht gerechnet.

Sie befand sich in einem Wald.

Einem Wald, der rings von der kreisrunden, brüchigen Turmmauer begrenzt wurde und über dem sich dichte Wolken ballten. Doch es waren keine Bäume, die sich in den grauen Himmel Jordråks reckten – es waren Skulpturen, lebensgroße Figuren! Hier sah Kalliope einen Krieger, der mit einer Schlange rang; dort einen Zwerg an einem Amboss; hier eine Frau, die an einem Spinnrad saß, dort einen Wolf im Sprung. Sie alle waren von kunstfertiger Hand aus Eisblöcken geschnitten worden, sodass das Tageslicht teils durch sie hindurchschien und sich teils an ihrer glitzernden Oberfläche brach. In ihrem ganzen Leben hatte Kalliope nichts Vergleichbares gesehen.

»Erik«, stieß sie hervor, »das ist wundervoll!«

»Und vergänglich«, erwiderte er. »Denn wenn die Zeit des Eises zu Ende geht und die Winde sich erwärmen, wird alles Eis zu Wasser werden.«

»Unendlich schade«, bedauerte sie.

»Ist das Euer Ernst? Gefällt es Euch wirklich?«

Sie nickte, während sie die Darstellung eines hünenhaften Kriegers betrachtete, der ein großes Horn in den Händen hielt.

»Dies ist das Gjallahorn«, erklärte Erik ihr dazu. »In der Prophezeiung von Ragnarök heißt es, dass es dereinst geblasen wird, wenn sich die Mächte des Lichts und der Finsternis erneut zum Kampf gegenüberstehen.«

»Und dies?«, fragte Kalliope, auf die Frau mit dem Spinnrad deutend.

»Frigg, die Göttin des Sanktuarions. Mit ihrem Spinnrad, das mit Edelsteinen besetzt ist, spinnt sie die Wolken und die Farben des Himmels. Und dies«, fuhr Erik fort, auf den Wolf deutend, der so aussah, als wollte er sich jeden Moment auf sie stürzen, »ist Fenris, der Urahn der Skolls.«

»Furchterregend«, sagte Kalliope voller Bewunderung, »und zugleich voller Schönheit. Wer ist der Künstler, der all diese Skulpturen geschaffen hat?«

»Er steht vor Euch.«

»Ihr?« Sie sah ihn verblüfft an.

»Ist dieser Gedanke so abwegig für Euch?«

»Nein«, versicherte sie rasch. »Ich hätte nur nicht geglaubt, dass ...«

»Was? Dass jemand, der ein Schwert zu führen vermag, auch in der Kunst beschlagen sein könnte? Haltet Ihr mich für solch einen Barbaren?«

»Verzeiht, ich fürchte, es gibt noch viel, das ich lernen muss.«

»Schon gut.« Er lächelte, und sie gingen durch das Labyrinth der Skulpturen, die sich tatsächlich wie ein Wald rings um sie erhoben. Auch Darstellungen von Gebäuden und Gegenständen waren darunter – eine Brücke, ein Turm, ein Schlitten, der von zwei gehörnten Ziegen gezogen wurde.

»Wie ich schon sagte, wir alle tragen Fähigkeiten in uns, die nicht auf den ersten Blick ersichtlich sind«, erinnerte er sie.

Sie lachte auf. »Damit mögt Ihr recht haben.«

»Und was ist Eure verborgene Eigenschaft, Kalliope?«

»Ich habe keine.«

»Das glaube ich Euch nicht.« Er lächelte.

Sie blieb stehen. »Offen gestanden habe ich darüber nie nachgedacht. Als Levitatin der Gilde geht es vor allem darum, die *eine* Fähigkeit zu erlangen …«

Er nickte. »Eine mächtige Fähigkeit, fürwahr. Aber was vermögt Ihr darüber hinaus? Was tut Ihr, wenn Ihr keine Levitatin seid?«

»Levitatin zu sein ist keine Tagesarbeit, die man am Morgen beginnt und am Abend beendet«, antwortete sie mit einem Zitat aus dem Lehrbuch, »es ist eine Herausforderung, der sich eine Gildeschwester ihr Leben lang stellen muss.«

»Und das genügt Euch?«

Nun war sie es, die lächelte. »Das fragt Ihr nur, weil Ihr nicht wisst, wie sich die Levitation anfühlt. Sie ist mit nichts anderem zu vergleichen, das Sterbliche empfinden können. Man befindet sich in einem Zustand vollkommenen Gleichgewichts, hat das Gefühl, eins zu werden mit der Schöpfung.«

»So wie bei der Vereinigung von Mann und Frau«, sagte er – um sich gleich darauf zu entschuldigen, als er merkte, wie sie errötete. »Verzeiht, das war töricht von mir. Ich wollte Euch nicht in Verlegenheit bringen.«

»Das … habt Ihr keineswegs«, beteuerte sie. »Es ist nur – wir sprechen nicht über solche Dinge.«

»Ich verstehe.«

»Was nicht bedeutet, dass ich nicht … Ich meine …« Kalliope unterbrach sich. Sie hatte das Gefühl, etwas sagen zu müssen, kam sich jedoch vor wie eine ausgemachte Närrin. »Ich wäre Euch dankbar, wenn wir das Thema wechseln könnten.«

»Natürlich, wie Ihr wünscht. Wann habt Ihr zum ersten Mal gespürt, dass Ihr jene Gabe in Euch tragt?«

»Als ich noch ein kleines Mädchen war. Ich erinnere mich, dass ich auf einer großen Wiese war, um Blumen zu pflücken, und dass mir das Herz vor Freude überging. Die erste Levitation, müsst Ihr wissen, steht häufig mit freudigen Ereignissen im Bunde. Plötzlich stellte ich fest, dass ich ein gutes Stück über dem Boden schwebte. Ich erinnere mich noch, dass ich den Strauß, den ich gepflückt hatte, vor Überraschung fallen ließ. Die Blüten fielen zurück ins grüne Gras, das sah wunderschön aus …«

»Und Eure Eltern?«, wollte Eric wissen. »Haben sie sich gefürchtet?«

»Meine Eltern?« Sie sah ihn nachdenklich an. »Solange ich denken kann, befand ich mich in der Obhut der Gilde.«

»Tatsächlich?«

»Die Schwestern der Gilde halten auf allen Welten nach Mädchen Ausschau, die die Voraussetzungen für die Entwicklung der Fähigkeit erfüllen. Werden sie fündig, so nehmen sie das Kind mit nach Ethera, wo es zur Levitatin ausgebildet wird, sobald sich die Fähigkeit gezeigt hat.«

»Warum nur Mädchen und keine Jungen?«

»Weil männliche Wesen nicht … fähig sind, jenes innere Gleichgewicht zu erlangen, das für die Ausübung der Fähigkeit unerlässlich ist«, erwiderte sie. »Die Schöpfung hat es so eingerichtet, dass die Männer mit ihrer Kraft und dem Schwert über den Erdboden gebieten – die Frauen jedoch, mit ihrem Geist und Verstand, herrschen über die Lüfte.«

»Was immerhin bedeutet, dass beide sich ergänzen«, folgerte Erik. Der Blick seiner blaugrauen Augen war so entwaffnend, dass er jedes Versteckspiel unmöglich machte.

»Kalliope«, sagte er nur und trat auf sie zu.

»Ja?«

»Wisst Ihr, dass ich diesen Ort noch niemandem zuvor gezeigt habe?«

»Dann hättet Ihr ihn mir ebenfalls nicht zeigen sollen, denn ich bin seiner gewiss nicht würdig.«

»Im Gegenteil«, widersprach er. »Ich denke, dass Ihr gar nicht wisst, wer Ihr seid und was Ihr vermögt.«

»Wovon sprecht Ihr?«

»Ich spreche davon, dass Ihr mich verzaubert habt, Kalliope, vom Augenblick unserer ersten Begegnung an. Eure Schönheit, Euer Stolz, Eure unbeugsame Art, all das hat mich zutiefst erinnert an …«

Sie legte einen Finger an die Lippen. »Sprecht nicht weiter. Ihr würdet Dinge sagen, die nicht angemessen wären.«

»Nicht angemessen?« Er hob die Brauen. »Ihr fürchtet, ich könnte sagen, dass ich Euch liebe?«

Sie schloss für einen Moment die Augen, um die Gefühle zu vertreiben, die sie ergriffen.

»Was würdet Ihr erwidern?«

»Ich würde Euch fragen, was Ihr Euch einbildet und ob Ihr nicht wisst, welches Benehmen sich einer Gildeschwester gegenüber geziemt.«

»Das weiß ich durchaus«, versicherte Erik. »Mir ist aber auch bekannt, dass die Angehörigen der Schwesternschaft sich an gewisse Regeln zu halten haben – und zu singen und zu tanzen und Met zu trinken, gehört ganz sicher nicht dazu.«

»Damit mögt Ihr recht haben«, räumte Kalliope ein, »und ich versichere Euch, dass ich für alles, was ich getan habe, Abbitte leisten werde, wenn meine Mitschwestern eintreffen.«

»Das wäre schade, denn ich habe Euch beobachtet, Kalliope, und deshalb weiß ich, dass Ihr anders seid als die Levitatinnen, die vor Euch auf Jordråk waren. Ihr seid keines jener blutleeren Wesen, die uns die Gilde gewöhnlich schickt. Das habe ich vom ersten Augenblick an erkannt – und mich in Euch verliebt.«

»Dann habt Ihr einen Fehler begangen«, beharrte sie.

»Einen Fehler? Hakkit, der Skalde, pflegt zu sagen, dass Herzensdinge niemals falsch sein können, lediglich unwahr.«

»Dann müsst Ihr Eure Empfindungen leugnen!«

»Nur, wenn Ihr mir hier und jetzt sagt, dass Ihr für mich nicht ähnlich empfindet«, konterte er.

»Wie Ihr wollt – ich liebe Euch nicht«, erwiderte Kalliope hastig. »Ich kann Euch nicht lieben, denn die Liebe ist der Gegner der Weisheit.«

»Was soll das nun wieder heißen?«

»Aurora zufolge kennt die Weisheit fünf Feinde«, erklärte Kalliope, »nämlich die Gier, die Furcht, das Unwissen, den Zweifel und die L…«

Sie verstummte, als er seine Hand ausstreckte und seine Fingerspitzen ihr Gesicht berührten. So viel Wärme, so viel Zärtlichkeit lag in der Berührung, dass sie innerlich erschauderte. Sie ergriff seine Hand, und noch ehe sie recht begriff, was sie tat, hatte sie einen sanften Kuss darauf gehaucht, worauf er noch einen Schritt näher trat.

Er strich über ihr Haar und über die Feder, die darin steckte. Dann schloss er seine Arme um sie und zog sie sanft zu sich heran.

Kalliope schloss die Augen, während sich ihre halb geöffneten Münder aufeinander zubewegten. Es kam ihr vor, als wäre sie von einer schützenden Blase umgeben, in der die Gesetze der Natur keine Gültigkeit mehr hatten. Sie fühlte sich frei und schwerelos, fast wie im Zustand der Levitation, ihr Herz schlug ihr bis zum Hals, und sie hatte das Gefühl, als würde alles mit unendlicher Langsamkeit vor sich gehen ... bis zu dem Augenblick, da ihre Lippen einander berührten.

Kalliope riss die Augen auf.

»Nein!«

Sie drehte den Kopf, entwand sich Eriks Umarmung und wich vor ihm zurück.

»Was ... was hast du?«

»Ich ... ich kann nicht«, entgegnete sie, noch immer mit pochender Brust und rosigen Wangen, die ihre Erregung verrieten. »Ich darf nicht!«

Sie atmete mehrmals tief ein und aus, um ihr inneres Gleichgewicht zumindest ansatzweise wiederherzustellen, obwohl die Stelle an ihrer Wange, wo er sie berührt hatte, wie Feuer brannte und das Verlangen, das sie empfunden hatte, wie ein Echo in ihrem Bewusstsein nachhallte.

»Ich habe einen feierlichen Eid geleistet, mich niemals im Leben einem Mann hinzugeben«, erwiderte sie dennoch. »Andernfalls hätte ich die Folgen zu tragen.«

»Was für Folgen?«

Sie sah die Enttäuschung und die Bitterkeit in seinen Zügen und rang mit den Tränen. »Ich würde alles verlieren, wofür ich mein Leben lang gekämpft habe«, erklärte sie leise. »Meinen Platz in der Gemeinschaft – und meine Fähigkeiten als Levitatin.«

»Das ... kann ich nicht glauben.«

»So ist es überliefert von alters her. Nur ... nur Jungfrauen sind in der Lage, ihr *arcanum* zu finden, jenen Ort tief in ihrem Inneren, der frei ist von Leidenschaft und aus dem wir Levitatinnen unsere Kraft beziehen.«

»Ich … verstehe.« Erik nickte. Ratlos stand er vor ihr, und einen Augenblick lang befürchtete sie, er würde wütend werden und sie den einzigen Freund verlieren, der ihr noch geblieben war. Aber einmal mehr zeigte sich, dass sie den Prinzen von Jordråk unterschätzt hatte.

Seine sehnige Gestalt straffte sich. Dann trat er einen Schritt zurück und verbeugte sich. »Verzeih mir«, sagte er dazu. »Ich wusste nicht, dass mein Verhalten dich in solche Schwierigkeiten bringen würde.«

»Es ist nicht deine Schuld«, versicherte sie. »Aus Furcht vor ihren Feinden hält die Gilde Informationen wie diese geheim. Die Schuld trifft allein mich, Erik, denn ich hätte es besser wissen müssen.«

»Können wir einander dennoch … verbunden bleiben?«, fragte er leise.

»Das würde ich liebend gerne. Aber das, was du in mir zu sehen glaubst, werde ich niemals sein. Wir stammen aus Welten, wie sie verschiedener nicht sein könnten, und es führt kein Weg von einer zur anderen.«

»Wenn es so ist, wie du sagst, woher rührt dann das Vertrauen zwischen uns beiden? Woher die Zuneigung? Oder willst du wirklich behaupten, dass es keine Zuneigung gibt? Dass du nichts für mich empfindest?«

»Nein«, entgegnete sie seufzend, »das will ich nicht. Aber ich darf nicht so empfinden, Erik. Es ist der Pfad ins Chaos, in die Dunkelheit des Nox.«

»Das Nox?«, fragte er. »Das ist es, was dir Angst macht? Warum fürchten sich die Schwestern der Gilde so sehr, wenn sie doch über größere Kräfte verfügen und der Schöpfung näher stehen als jeder andere?«

»Vielleicht, weil wir dadurch auch mehr über das Wesen der Dinge wissen«, entgegnete Kalliope. »Das Sanktuarion ist sehr viel größer und komplizierter, als du es dir vorzustellen vermagst, Erik, voller Fragen und ungelöster Rätsel – und wir sind nicht mehr als Staubkörner darin.«

»Vielleicht«, räumte der Prinz unbeeindruckt ein, »aber manchmal liegen die Dinge auch sehr einfach« – und er hob demonstrativ den rechten Arm, der wie immer im ledernen Handschuh des Falkners steckte.

Kalliope hatte sich so sehr an den Anblick gewöhnt, dass sie ihn zuletzt kaum noch wahrgenommen hatte. »Was tust du?«, wollte sie wissen.

»Dir meine Zuneigung auf andere Art beweisen«, erwiderte er, während er damit begann, die Verschnürung des Handschuhs zu lösen. »Indem ich dir etwas offenbare, was außer meinem Vater niemand weiß.«

Kaum hatte er zu Ende gesprochen, zog er die lederne Hülle herab, die die ganze Zeit über seine rechte Hand und seinen Unterarm bedeckt hatte.

Darunter befand sich, Kalliope traute ihren Augen nicht, eine behaarte Pranke.

Es war die Klaue eines Wolfs.

Drittes Buch

MUNDI COINCIDENT

»… und so ruht im tiefen Fels,
was Meisterhand geschmiedet.
Doch wenn des Hornes Klang ertönt
und die Krieger ruft zur Schlacht,
wahrt einer Fremden zarte Hand
uns vor Tod und dunkler Nacht.«

Prophezeiung von Ragnarök · Schlussgesang

1. Kapitel

An einem Seil in die Tiefe zu gleiten, war ungleich schwerer, wenn man nur eine Klaue zur Verfügung hatte. Croy musste all sein Geschick aufwenden, um nicht in die dunkle Tiefe zu stürzen, die unter ihm gähnte wie ein offener Rachen.

Wits hatte Wort gehalten und die Gefährten zum Eingang des Verstecks geführt – das sich ziemlich unspektakulär als ein tiefes Loch im Boden erwiesen hatte. Für bepelzte Wesen, die sich von Aas ernährten und in der Lage waren, in fast völliger Dunkelheit zu sehen, mochte es die ideale Schatzkammer sein – für Croy hingegen glich es einem Albtraum, sich in den schmalen dunklen Schlund hinabzulassen, von dessen Grund beißender Gestank heraufstieg.

Dennoch hatte er sein Ziel fest vor Augen.

Er wollte das Artefakt.

Um jeden Preis.

Vorsichtig glitt er an dem Seil in die Tiefe, in das in regelmäßigen Abständen Knoten geschlungen waren. Ohne diese Hilfe wäre es ihm wohl nicht möglich gewesen, mit nur einer Hand zu klettern – so konnte er seine Füße zu Hilfe nehmen.

Der Panthermann versuchte die Strecke zu schätzen, die er bereits zurückgelegt hatte – vielleicht fünfzehn Klafter. Unter ihm war am Ende der Röhre schwacher Lichtschein zu erkennen, und er hörte Stimmen – kreischende, näselnde Stimmen im eigentümlichen Singsang der Rattenkrieger. Und je tiefer er gelangte, desto beißender wurde der Gestank.

Es war unbegreiflich, unter welchen Voraussetzungen Rattenkreaturen überleben konnten. Sie waren die einzige halbwegs intelligente Spezies, die sich trotz der widrigen Bedingungen, trotz der Hitze und der giftigen Dämpfe dauerhaft auf Nergal zu behaupten vermochte. Croys schwarzes Fell hingegen glänzte vor Schweiß; seine linke Körperhälfte war ein einziger Schmerz, und er hatte das Gefühl, als wollte sein Schädel jeden Augenblick platzen; wenn er diese Sache nicht rasch zu Ende brachte, würde es das Letzte sein, was er tat.

Das Ende des Schachts kam näher, und mit jedem Stück, das er tiefer gelangte, vergrößerte sich der Ausschnitt, den Croy von der darunter liegenden Höhle sehen konnte.

Das Erste, was er erblickte, waren wild durcheinanderwimmelnde, mit grauschwarzem Fell besetzte Leiber, die sich um irgendetwas zu balgen schienen. Dann sah er die Knochen, die auf dem Boden verstreut waren, die meisten säuberlich abgenagt, einige noch mit fauligen Fleischresten, die für ekelhaften Geruch sorgten. Croy verzog das Gesicht. Er wollte lieber nicht darüber nachdenken, von wem diese Knochen stammten. Die Vermutung, dass auch unvorsichtige Sklaven darunter waren, lag allerdings nahe.

Die spärliche Beleuchtung, die das nicht besonders hohe, aber etwa einhundert Fuß durchmessende Gewölbe erfüllte, stammte aus einigen Behältern, die mit einer zähen, grün leuchtenden Substanz gefüllt waren – dem Kot der Höhlenmaden, die in den Stollen Nergals lebten und sich von fluoreszierendem Moos ernährten. Croy kannte das Zeug, das bisweilen auch in den Minenstollen als Lichtquelle verwendet wurde. Nicht nur, dass es seinen Teil zum erbärmlichen Gestank beitrug, es war auch hochgiftig und ätzend und deshalb unter den Sklaven gefürchtet.

Da er das angebliche Artefakt nirgendwo entdecken konnte, blieb Croy nichts übrig, als tiefer zu klettern und den Schutz des Schachts zu verlassen. Er fand sich in einem Wald aus Tropfsteinen wieder, die von der Höhlendecke hingen und mit wilden Bemalungen versehen waren. Die Steine und die schwache Beleuchtung würden ihn vor neugierigen Blicken schützen.

Jedenfalls, solange er sich nicht bewegte.

Im spärlichen Schein des Madenkots versuchte Croy, die weiter hinten liegenden Bereiche der Höhle auszuspähen. Vorausgesetzt, Wits hatte diesmal die Wahrheit gesagt, musste irgendwo dort das Artefakt sein, das die Rattenkrieger aus Thongs Tempel entwendet hatten …

Tatsächlich!

An der Rückwand der Höhle, jenseits des Knäuels sich balgender Leiber, gab es eine Art Schrein, den man aus Geröllsteinen errichtet hatte. Darauf thronte eine aus rostigem Metall bestehende Truhe, die Wits' Beschreibung zufolge das Artefakt enthielt. Vorausgesetzt, der Rattenmann hatte diesmal die Wahrheit gesagt.

Croy ließ sich ein Stück weiter am Seil hinab, das fast bis zum Boden reichte, sodass die kleinwüchsigen Ratten, die es selbst zum Auf- und Abstieg nutzten, es gut erreichen konnten.

Der Panthermann versuchte die Wachen zu zählen, doch sie wimmelten so rasch durcheinander, dass es unmöglich war, ihre genaue Stärke zu bestimmen. Es mochten dreißig oder vierzig sein – zu viele, um sich ihnen im offenen Kampf zu stellen. Ein Rattenmann allein mochte für einen Pantheriden keinen ernst zu nehmenden Gegner darstellen – vierzig davon waren sein sicherer Untergang.

War er erst auf dem Boden, musste es also schnell gehen.

Croy hatte das Ende des Seils fast erreicht. Von hier war es nur noch eine Manneslänge bis zum Boden. Dann jedoch musste er die Wegstrecke bis zum Schrein zurücklegen, und das zwischen den Wächtern hindurch. Natürlich hatte er die Überraschung auf seiner Seite, aber der Panthermann bezweifelte, dass das allein genügen würde. Dreistigkeit machte nur einen vergleichsweise geringen Teil eines erfolgreichen Raubzugs aus – Realitätssinn einen weitaus größeren.

Fieberhaft blickte sich Croy um.

Hätte er noch beide Hände besessen, wäre es ihm ein Leichtes gewesen, sich an den Stalaktiten bis über das Artefakt zu hangeln und so an den Rattenkriegern vorbeizukommen – vorausgesetzt, die Tropfsteine waren fest genug. Mit nur einer Klaue war die Herausforderung bedeutend größer, aber Croy beschloss, sich dennoch darauf einzulassen.

Kurzerhand löste er sich vom Seil und sprang zum nächstbesten Tropfstein, auf den jemand mit ungelenker Hand eine grausig grinsende Fratze gemalt hatte. Indem er beide Arme darum schlang, gelang es ihm, sich festzuhalten, während er mit den Beinen bereits wieder Schwung holte – und schon ging es weiter zum nächsten Stein. Sich nur mit einer Hand festkrallen zu können, bedeutete einen größeren Kraftaufwand, und schon nach dem zweiten Tropfstein dämmerte Croy die hässliche Erkenntnis, dass er noch zu geschwächt war, um die ganze Strecke durchzuhalten. Seine ohnehin nur unzureichend wiederhergestellten Kräfte verließen ihn, und ihm war klar, dass er in wenigen Augenblicken mitten hineinstürzen würde in das Knäuel der Wächter, die sich, wie er jetzt sah, um den Kadaver einer riesigen Höhlenmade stritten, aus deren wabbelig-weißem Fleisch sie große Brocken rissen und gierig verschlangen.

Wartet nur, dachte Croy. Euer widerlicher Appetit wird euch gleich vergehen.

Er spürte, wie er den Halt verlor. Im Fallen versetzte er einem benachbarten Tropfstein einen Tritt, sodass dieser mit lautem Knacken brach – und wie ein Pfeilgeschoss senkrecht in die Tiefe fiel. Da er schwerer war als Croy, gelangte er einen Lidschlag schneller als dieser auf dem Grund der Höhle und bohrte sich geradewegs in den aufgedunsenen Leib der Made.

Dieser platzte mit einem hässlichen Geräusch, und eine gallertartige Substanz spritzte nach allen Seiten und besudelte die Ratten, die in aufgeregtes Geschrei verfielen. Kaum jemand beachtete den Panthermann, der in ihrer Mitte landete und sich mit einem weiten Sprung in Richtung des Schreins katapultierte.

Im nächsten Moment hatte er ihn auch schon erreicht, packte den Deckel der metallenen Truhe und riss ihn auf – um überrascht zu verharren.

Denn zwar erblickte er das Symbol mit den beiden Halbkreisen und der senkrecht kreuzenden Linie, das ihm sagte, dass er am Ziel seiner Suche war. Der Gegenstand jedoch, auf dem es prangte, war so unscheinbar, wie er es nur sein konnte.

Es war ein Schild.

Kreisrund und von einer Armlänge Durchmesser. Der Stahl war makellos und glatt poliert und verfügte weder über einen Buckel noch über eine erkennbare Form von Verstärkung. Lediglich das Zeichen war erhaben und schien aus purem Gold zu sein – aber war das bisschen Gold den ganzen Aufwand wert?

Croy bezweifelte das ernstlich, aber es blieb ihm auch keine Zeit, um weiter darüber nachzudenken, denn inzwischen hatten die Rattenwächter ihren Schreck überwunden. Hastig griff er in die Truhe, nahm den Schild an sich und fuhr herum – um sich einer Phalanx gefletschter Zähne und giftgetränkter Speerspitzen gegenüberzusehen.

Croy sandte dem Seil, das jenseits der blutlüsternen Meute aus dem Ende der Öffnung baumelte und den einzigen Ausweg aus der Höhle bot, einen sehnsüchtigen Blick.

Es gab nur eine Möglichkeit ...

Die Gesichtszüge des Panthermannes wurden zu einer steinernen Maske, während er mit dem rechten Arm in das Gurtzeug des Schildes schlüpfte. Einen Augenblick lang standen sich der Dieb und die Wächter lauernd gegenüber, dann ließ Croy ein wildes, furchterregendes Gebrüll vernehmen – und rannte los, die Stufen des Podests hinab und hinein in die Menge, den Schild hielt er dabei schützend vor sich.

Auf den ersten Schritten ging sein Plan auf.

Die Wucht des Zusammenpralls war so groß, dass die Rattenkrieger in der vordersten Reihe schlicht davon umgerissen wurden. Speerspitzen und rostige Klingen zerbarsten an der Hülle des Schildes, und Croy setzte einfach über die fellbesetzten Leiber hinweg. Wie der Bug eines Schiffes pflügte der Schild durch die Masse der Rattenkrieger – bis er sich schließlich darin festfraß.

Jäh kam Croys Sturmlauf zum Stehen, und wohin er auch blickte, sah er sich von schartigen Klingen und aufgerissenen Mäulern umgeben, aus denen die Rattenmänner Verachtung und Hass spien. Der Panthermann wartete nicht ab, bis sie mit ihren Waffen auf ihn einstachen, sondern holte mit dem Schild zu einem Schlag aus, den er rundum führte und mit dem er sich seine Gegner vom Leib zu halten suchte.

Vergeblich.

Von allen Seiten drängten sie heran, und obwohl Croy alles tat, um sich seiner Haut zu erwehren, drangen einige Klingen durch und brachten ihm blutende Schnittwunden bei.

»Verschwindet!«, brüllte er, aber die Ratten, völlig außer sich und von der Masse getrieben, drangen nur noch wütender auf ihn ein. Da er den Schild am rechten Arm trug, konnte er sich kaum zur Wehr setzen; sein linker Arm, verstümmelt, wie er war, und noch dazu bei jeder Bewegung schmerzend, war ihm kaum von Nutzen. Plötzlich sprang einer der Rattenwächter vor und klammerte sich mit allen vier Gliedmaßen an den Schild. Mit einem Ruck riss Croy den Schildarm empor, sodass der Rattenmann den Halt verlor und in hohem Bogen durch die Luft geschleudert wurde. Dies verschaffte dem Pantheriden ein wenig Luft. Es reichte aus, um weitere zwei Sätze in Richtung der rettenden Deckenöffnung zu machen, aber die Wächter ließen nicht von ihm ab. Wie, bei Iriks finstersten Dschungeln, sollte er sie nur loswerden?

Der Leuchtbehälter!

Wenn es ihm gelang, ihn rechtzeitig zu erreichen …

Im nächsten Moment tat der Pantheride bereits, was eben noch eine vage Idee gewesen war. Er trat gegen den Zuber mit dem Madenkot, der auf den Boden schlug und seinen Inhalt den Rattenkriegern entgegenspie.

Die Wächter quiekten entsetzt, als die leuchtende Substanz auf sie schwappte, gegen die offenbar auch sie nicht gefeit waren. Wer damit in Berührung kam, verfiel in schmerzvolles Geschrei. Rücksichtslos fraß sich die stinkende Masse durch Fell, Haut und Fleisch und machte auch vor den rostigen Rüstungsteilen nicht halt, die die Rattenkrieger am Leib trugen. Einige waren von den Spritzern im Gesicht getroffen worden, sodass sich ihre Fratzen förmlich aufzulösen begannen.

Das lärmende Chaos, das nun in der Höhle ausbrach, war unbeschreiblich. Croy wollte es nutzen, um zur Deckenöffnung vorzudringen, als er von hinten angesprungen wurde und sich messerscharfe Klauen in seinen Nacken bohrten.

Der Pantheride schrie auf. Vergeblich suchte er den Angreifer, der sich in seinem Nacken festgebissen hatte, mit dem Stumpf des linken Armes abzuwehren – er musste den Schild fallen lassen, um die gesunde Rechte frei zu bekommen. Zwar bekam er den zappelnden Rattenmann zu fassen, riss ihn los und schleuderte ihn von sich. Als er sich jedoch umwandte, um den Schild wieder vom Boden aufzulesen, musste er feststellen, dass sich dieser selbstständig gemacht hatte. Wie ein riesiger metallener Käfer kroch er über den Boden, von zwei kurzen, haarigen Beinpaaren getragen.

»Dageblieben!«, brüllte er und sprang kurzerhand auf den gewölbten Rücken des Schildes, worauf die beiden Träger unter der Last zusammenbrachen. Croy kippte nach vorn, doch noch im Fallen gelang es ihm, nach dem Schild zu greifen und sich daran zu klammern. So ging er nieder und überschlug sich. Ein Rudel überraschter Rattenkrieger, die sich nicht rechtzeitig in Sicherheit brachten, wurde kurzerhand überrollt. Benommen kam Croy wieder in die Höhe – nur um verblüfft festzustellen, dass er sich genau unter der Deckenöffnung befand!

Hastig band er sich den Schild auf den Rücken und wollte nach dem Seil greifen – aber es war nicht mehr da!

Croy fragte sich noch, wem er diese böse Überraschung zu verdanken hatte – Jago? Shen? –, als ihn heiseres Geschrei herumfahren ließ. Die Rattenkrieger hatten sich von ihrem Schrecken erholt und griffen an.

Croy gab sich keinen Illusionen hin.

Offenbar hatten seine sogenannten Gefährten es sich anders überlegt und sich auf eigene Faust auf die Suche nach dem Ausgang gemacht. Er bezweifelte, dass sie erfolgreich sein würden, aber das war nicht mehr von Belang.

Die Ratten waren heran!

Der Pantheride schlug mir der rechten Kralle zu und schlitzte dem Wächter, der zuvorderst stürmte, die Kehle auf. Ein Sturzbach dunklen Blutes ergoss sich über den Boden und ließ die anderen zumindest kurz innehalten. Ihre Speere drohend erhoben, kreisten sie Croy ein, wissend, dass er ihnen nun nicht mehr entkommen konnte.

Die grünen Augen des Pantheriden verengten sich.

Er hatte sich stets gefragt, wann er seinen letzten Kampf führen würde. Ganz sicher hatte er nicht damit gerechnet, dass es ausgerechnet hier sein würde, aber vielleicht war es nur fair.

Es hatte hier begonnen.

Also sollte es auch hier enden …

»Hey, Katzentier, brauchst du Hilfe?«

Croy traute seinen Ohren nicht, als er von oben eine vertraute Stimme vernahm. Verblüfft warf er das Haupt in den Nacken – nur um sich Shen gegenüberzusehen, die kopfüber aus der Deckenöffnung hing. Das Seil, das er so schmerzlich vermisst hatte, war um ihre Fußgelenke geknotet.

»Worauf wartest du?«, zischte sie und streckte ihm die Hände entgegen. »Rasch, ehe ich es mir anders überlege!«

Croy dachte nicht lange nach.

Kurz entschlossen sprang er hinauf und fasste ihren Unterarm, worauf sie beide Hände um seine Rechte schloss – und schon einen Lidschlag später ging es mit atemberaubender Geschwindigkeit in die Höhe.

Die Rattenkrieger, die einen Augenblick lang zu verblüfft gewesen waren, um zu reagieren, stürmten nun alle dorthin, wo Croy eben noch gestanden hatte. Wie die Wogen einer wilden See sah Croy die Rattenleiber unter sich zusammenschlagen, mit Geifer statt Schaum auf den Kronen.

Rasch ging es hinauf.

Croy war am Ende seiner ohnehin strapazierten Kräfte, aber er hielt sich weiter fest, wobei er sich mühte, nicht seine Krallen zu benutzen, um seine Retterin nicht zu verletzen. Als seine Kräfte zu ermatten drohten, schloss er die Augen und begann in Gedanken zu zählen.

Eins.

Zwei …

»Durchhalten, hörst du?«, redete Shen ihm zu, die merkte, wie sein Griff sich lockerte.

Sechs.

Sieben …

»Verdammt, Katzenmensch, halte durch! Du hast versprochen, uns hier rauszubringen!«

Zehn.

Elf …

Seine Kräfte verließen ihn, er konnte nichts dagegen tun.

Zwölf.

Dreizehn.

»Halt dich fest, verdammt noch mal!« Shens Stimme war nur noch wie aus weiter Ferne zu hören, Panik schwang in ihrer Stimme mit. »Ich kann dich nicht mehr halten!«

Dreizehn.

Dreizehn …

Croy ließ los, der Schmerz und die Erschöpfung ließen ihm keine Wahl – als etwas ihn plötzlich packte.

»He-helft mir, ihn festzuhalten!«

In seiner Benommenheit merkte er kaum, wie helfende Hände nach ihm griffen und ihn über sicheren Grund zerrten, auf dem er keuchend liegen blieb, erschöpft und, wie er fand, mehr tot als lebendig. Als er nach einer endlos scheinenden Weile die Augen öffnete, blickte er in die besorgten Züge Kierons.

»Biii-bist du in Ordnung?«

Der Pantheride deutete ein Nicken an.

»Du bist zu schwer, Katzenmensch, weißt du das?«, fragte Shen, die das Seil von ihren Beinen gelöst hatte und sich die schmerzenden Handgelenke rieb.

»Und du bist ziemlich kräftig«, meinte Croy.

»Ich habe dich nur festgehalten. Darg hat dich raufgezogen«, erwiderte sie, auf den schweigsamen Hünen deutend. »Und der Junge hatte die Idee.«

»Danke.« Croy nickte zuerst Darg, dann Kieron zu.

Der Junge lächelte. »Gern geschehen. Als wir das Geschrei hörten, ahnten wir, dass du tief in der Ti-in der Ti-in der Ti-« Er stampfte wütend mit dem Fuß auf. »In der Scheiße sitzt.«

»Gut erkannt.« Croy grinste.

»Und wo ist das Artefakt?«, fragte Jago, der nervös von einem Bein auf das andere sprang. »Hat sich der ganze Irrsinn wenigstens gelohnt?«

»Hier«, erwiderte Croy und deutete mit der unverletzten Hand über seine Schulter.

»Hä?« Der Chamäleonide starrte voller Unverständnis auf den Schild, den der Pantheride noch immer auf dem Rücken trug wie eine Schildkröte ihren Panzer. »Das kann nicht dein Ernst sein!«

»Erkennst du das Zeichen nicht?«

»Ja, aber … ein Schild?« Jagos Tonfall zeigte an, dass er kurz vorm Überschnappen war. »Was, bitte, hat denn …?«

»Wir sollten das später diskutieren«, riet Shen, die an der Bodenöffnung Posten bezogen hatte. »Ich habe das Seil zwar abgeschnitten, aber die Ratten klettern an der Felswand herauf – und sie sehen ziemlich angefressen aus.«

»Krieger von Thong gute Kletterer«, stimmte Wits mit unüberhörbarem Stolz zu. »Das schon immer so.«

»Dann sollten wir besser verschwinden«, entschied die junge Frau von Katana. »Wir haben unseren Teil der Abmachung erfüllt – jetzt bist du dran, Panthermann.«

»Keine Sorge«, versicherte Croy, während er sich auf Kieron stützen musste, um wieder auf die Beine zu kommen. »Schon in wenigen Stunden sind wir von hier fort.«

»Ach ja?«, fragte Jago, wobei er nach der Öffnung schielte, aus der bereits wütendes Kreischen zu hören war. »Und wie, bitte, soll das vonstatten gehen?«

»Überlass das getrost mir, ich bin schon einmal mit dem kaiserlichen Patrouillenboot gereist.«

»Du … du willst dich auf einem Boot der Kaiserlichen verstecken? Diese Schiffe sind besser bewacht als die Krone von Lagos, und schon die kriegt das Volk bekanntlich nur alle neunundneunzig Zyklen zu sehen!«

»Ich geb's nicht gerne zu«, wandte Shen ein, »aber ich fürchte, Schuppenmaul hat recht. Ist das dein ganzer Plan? Du willst dich auf ein kaiserliches Schiff schleichen?«

»Keine Sorge.« Croy lächelte rätselhaft. »Ich habe nicht vor, mich *auf* das Schiff zu schleichen …«

2. Kapitel

Wut.

Entsetzen.

Trauer.

Enttäuschung.

Ein Wort allein genügte nicht, um Kalliopes Gemütszustand zu kennzeichnen, so abgrundtief war die Verwirrung, in die Eriks unerwartete Enthüllung sie gestürzt hatte.

Der Prinz von Jordråk war kein Mensch.

Was dies zu bedeuten hatte, vermochte Kalliope noch nicht annähernd zu ermessen. Sie wusste nur, dass sie getäuscht worden war und entsprechend tief verletzt – und weit davon entfernt, im Gleichgewicht zu sein. Oben und unten, hell und dunkel, richtig und falsch – alles schien im Fluss begriffen. Und während Kalliope versuchte, in dem Durcheinander an Gefühlen und Empfindungen den Überblick zu wahren, fragte sie sich immer wieder, wie Erik sie so hatte täuschen, wie er eine solche Wahrheit überhaupt vor ihr hatte verbergen können.

Seit Anbeginn der Welten gab es zwei Arten von Lebewesen, Menschen und Tiere. Beide waren im Schöpfungsplan vorgesehen, nicht jedoch die Animalen, die erst später hinzugekommen und aus einer frevlerischen Kreuzung beider Arten entstanden waren. Von allen Kreaturen des Sanktuarions jedoch war die Chimäre die verachtenswerteste, denn nach außen gab sie vor, ein Mensch zu sein, vereinigte in sich jedoch die Eigenschaften eines Tieres. Weder besaß sie eine Seele noch hatte sie ein Gewissen, weshalb ein uralter, noch aus den Tagen der *primae* stammender Grundsatz besagte, dass Gildeschwestern sich von ihnen fernhalten sollten, da sie unrein waren und mit der Sünde ihrer Existenz behaftet. Wie hatte Erik ihr dies nur vorenthalten können? Wie hatte sie nicht merken können, dass er eine Kreatur ohne Seele war? Die ganze Zeit über hatte sie geglaubt, dass der lederne Handschuh an seiner Rechten nur der Falkenjagd diene – nun hatte er sich als Maskerade herausgestellt, als dreiste Täuschung, und Kalliope hatte plötzlich das Gefühl gehabt, einem Fremden gegenüberzustehen.

Diese Erkenntnis wirkte noch immer nach. Sie war die Ursache der Verwirrung, die Kalliope empfand, denn zu ihrem eigenen Entsetzen war ihre Sympathie für den Prinzen Jordråks nicht in dem Augenblick erloschen, da er ihr die Wahrheit offenbarte. Stattdessen ertappte sie sich dabei, dass sie Mitgefühl für ihn hegte, obschon sein Verhalten ebenso verwerflich war wie seine Herkunft. Kalliope wusste, dass dies einer Gildeschwester unwürdig war, dass der Rat der *numeratae* sie dafür gerügt, womöglich gar aus der Gemeinschaft ausgeschlossen hätte, und sie schalt sich eine Närrin dafür. Eine Chimäre, auch das war allgemein bekannt, war nicht in der Lage, Zuneigung zu empfinden, ebenso wenig wie Mitgefühl oder Reue.

Aber es war nicht zu leugnen, dass unter den vielen Gefühlen, die sie empfand, auch Schmerz war. Schmerz darüber, dass sie einen Freund verloren hatte, den einzigen wirklichen Verbündeten, den sie auf dieser Welt gehabt hatte – oder war auch das nur Täuschung gewesen? Kalliope wusste es nicht mehr, und das brachte sie fast um den Verstand. Fassungslos über ihre eigene Dummheit, verabscheute sie sich selbst dafür, dass sie begonnen hatte, Sympathie für Erik zu hegen.

»Kalliope?«

Der Klang seiner Stimme durch die geschlossene Tür ließ sie in die Höhe schnellen. Sie hatte auf dem Bett gesessen, in der Einsamkeit ihrer Kammer, in die sie sich zurückgezogen hatte. Sich der bitteren Tränen schämend, die sie vergossen hatte, wollte sie zunächst nicht antworten.

»Kalliope?«, fragte Erik noch einmal. Seine Stimme war sanft und voller Bedauern. Sicher nicht so, wie Kalliope sich das Organ einer Bestie vorgestellt hätte. »Ich muss mit dir reden.«

»Geh weg«, verlangte sie nur und hasste sich dafür, dass ihre Stimme zitterte und ihr Körper bebte. »Du hast mich getäuscht!«

»Das habe ich«, gab der Prinz unumwunden zu, »aber nicht in schlechter Absicht.«

»Ach nein? Wurde jemals in guter Absicht getäuscht?«

»Hättest du mir zugehört, wenn ich dir von Beginn an offenbart hätte, was ich bin? Hättest du mir dein Vertrauen geschenkt?«, wollte er wissen, und etwas leiser fügte er hinzu: »Und deine Zuneigung?«

»Zuneigung.« Sie spie das Wort trotzig aus – während sie sich widerwillig eingestehen musste, dass er nicht unrecht hatte. Aber er war eine Halbkreatur, eine Chimäre! Chimären waren von unreinem Blut und von Sünde zerfressen, Lüge und Täuschung waren ein Teil ihrer frevlerischen Natur …

»Ich weiß, was man dir über meinesgleichen erzählt hat«, drang es durch die Tür, als könnte er ihre Gedanken lesen, »aber ich versichere dir, dass nichts davon der Wahrheit entspricht. Weder ich noch meine Eltern haben irgendetwas getan, das das Wolfsmal verschuldet hätte.«

»Woher willst du das wissen?«, rief Kalliope in ihrer Wut und Verzweiflung. »Dein Vater ist ein Barbar, genau wie du!«

»Und was bedeutet das?«, fragte er dagegen. »Dass wir Unzucht mit Animalinnen treiben? Hast du in der Zeit, die du nun hier weilst, denn gar nichts gelernt?«

»Doch«, versicherte sie voller Bitterkeit. »Ich habe gelernt, dass ich niemandem trauen darf. Meine Meisterin hat es mir gesagt, aber ich hatte es für eine Weile vergessen. Dir kommt das Verdienst zu, mich wieder daran erinnert zu haben.«

»Willst du so werden wie sie?«, fragte Erik durch die Tür.

»Was?«

»Ist es das, was du willst, Kalliope? So werden wie deine Meisterin?«

»Ja, das will ich«, versicherte sie, »mehr als alles andere!«

»Du willst in Einsamkeit leben? Einer Organisation verpflichtet, die sich nicht an ihre eigenen Regeln hält?«

»Was willst du damit sagen?«

»Das weißt du genau. Ich habe es dir gezeigt, Kalliope. Du hast es mit eigenen Augen gesehen. Ich mag dich über meine wahre Natur im Unklaren gelassen haben, Kalliope, das bedaure ich sehr. Aber die Gilde hat dich noch ungleich mehr getäuscht.«

»Das ist nicht wahr!«

»Glaubst du, ich wüsste nicht, wie ihr über meinesgleichen denkt? Dass wir Kreaturen ohne Gewissen und ohne Seele wären? Dass wir selbst Schuld trügen an unserer Existenz? Das alles ist nicht wahr, Kalliope! Niemand hat in der Hand, ob er als Chimäre geboren wird oder nicht. Auch bei meinem Großvater ist es so gewesen, während mein Vater davon verschont geblieben ist. Es ist ein Wink des Schicksals, eine Laune der Natur …«

»Die Natur kennt keine Launen«, widersprach Kalliope. »Alles ist im Plan der Schöpferin berücksichtigt.«

»Wenn eure Schöpferin alles in ihrem Plan berücksichtigt hat, dann doch sicher auch Wesen wie mich.«

»Nein«, widersprach Kalliope entschieden. »Unzucht und Bosheit haben euch erschaffen!«

»Das hat man dich gelehrt? Aber würde das nicht bedeuten, dass die Unzucht und die Bosheit der Sterblichen stärker wären als die Kraft der Schöpferin? Dass sie in ihrem Plan nicht alles berücksichtigt hätte?«

Kalliope blieb eine Antwort schuldig. War dies tatsächlich ein Widerspruch? Eine Priesterin oder Schriftenkundige hätte fraglos eine passende Erwiderung parat gehabt – Kalliope jedoch, innerlich erregt und aufgewühlt, wie sie war, konnte sich eines gewissen Zweifels nicht erwehren.

Sollte Erik womöglich recht haben? Wurden die Schwestern der Gilde bewusst getäuscht? Oder war es nicht vielmehr andersherum, und die Chimäre tat genau das, wovor man die Gildeschülerinnen stets warnte, nämlich ihr Netz aus Lüge und Intrige auszuwerfen, auf dass sich Unschuldige darin verfingen und verdorben würden …

»Du lügst!«, rief sie trotzig. »Alles, was du sagst, ist Lüge!«

»Die Entscheidung darüber musst du selbst treffen«, erwiderte er.

»Da gibt es nichts mehr zu entscheiden! Schon in wenigen Tagen werden meine Mitschwestern eintreffen, um den Mord an Meisterin

Cedara zu untersuchen. Dann werde ich diese Welt verlassen und niemals wieder zurückblicken.«

»Du glaubst, das könntest du?«

»Ich weiß, dass ich es kann.«

»Dann sag mir, dass es dir nicht gefallen hat«, verlangte Erik. »Dass du die Gesellschaft der Menschen auf Jordråk nicht genossen hast. Dass du hier bei uns das Leben nicht von einer Seite kennengelernt hast, die dir bislang verschlossen war. Sag es mir, und ich werde gehen und dich in Ruhe lassen.«

Kalliope zögerte, und es war ihr, als würde in ihrem Kopf Meisterin Cedaras Stimme ertönen, die ihr die Worte des Codex vortrug: *Von allen Kreaturen jedoch hüte dich am meisten vor der Chimäre, denn ihr Blut ist unrein und ihre Verschlagenheit groß. Sie wird versuchen, dein Wohlwollen zu gewinnen oder dein Mitleid zu erregen. Weh der Schwester, die ihren Lügen erliegt …*

Gerade wollte Kalliope etwas erwidern, als sie hörte, wie Eriks Schritte sich entfernten.

Mit leisem Nachhall verklangen sie, und Kalliope war wieder allein – doch sie verspürte keine Erleichterung.

Die Tränen, die sie zuletzt mühsam zurückgehalten hatte, brachen sich wieder ungehindert Bahn, und sie wusste nicht, ob es Tränen der Wut waren oder der Trauer.

3. Kapitel

Das Tier, dessen weit gespannte, von glatter Haut überzogene Flügel die Farbe von Schiefer hatten, glitt mit atemberaubender Geschwindigkeit durch die Lüfte.

Es war ein Carcharodon, eine jener Kreaturen, die in den Untiefen zwischen den Randwelten auf Beutejagd gingen und weithin gefürchtet waren. Sturmhaie, wie sie auch genannt wurden, waren Einzelgänger. Sie waren schwer zu zähmen und noch schwerer zu lenken, doch wer sie zu beherrschen vermochte, den trugen sie rasch und zuverlässig, selbst im Kampf.

Auf dem Rücken des Tieres, hinter dem konisch geformten Haupt mit dem zähnestarrenden Maul, ruhte das Patrouillenboot der kaiserlichen Flotte, dessen Besatzung den Auftrag hatte, die Luftfahrtswege von und nach Nergal zu überwachen; im Heck des Bootes stand der Lenker des Sturmhais, dessen Zügel mit den empfindlichen Seitenorganen des Tieres verbunden waren; auf dem Hauptdeck drängte sich die Besatzung, die sich aus Legionären der kaiserlichen Armee rekrutierte; im Bug jedoch, in dem kleinen Laderaum, der sich unter dem schmalen Vordeck befand, drängten sich sieben blinde Passagiere.

Croy, der bereits einmal auf diese Weise von der Minenwelt entkommen war; Kieron, der den Panthermann keinen Moment lang aus den Augen ließ und sich mehr um sein Wohlergehen als um sein eigenes sorgte; Shen, die die Sichelklinge, ihre einzige Waffe, mit beiden Händen umklammert hielt; Darg und Opossum, die ihre Anspannung geschickt verbargen; Wits, der sich, seinem tief verwurzelten Überlebensinstinkt folgend, den Flüchtlingen kurzerhand angeschlossen hatte; und schließlich Jago, dessen eigentlich grüne Schuppenhaut rötliche Flecken bekommen hatte – ein untrügliches Zeichen dafür, dass der Besitzer des »Feuerkürbis« panische Angst hatte.

Croy hatte sein Versprechen eingelöst, und zwar im wörtlichen Sinn. Er hatte sie alle sicher aus dem Labyrinth der Minenstollen zurück an die Oberfläche geführt und es dabei geschickt vermieden, auf Aufseher oder Legionäre zu stoßen. Auf einem geheimen Weg, der durch eine unwegsame Schlucht führte, waren sie dicht an den Hafen der Garnison herangelangt, wo zahlreiche Schiffe der kaiserlichen Flotte vor Anker lagen. Die Gefährten hatten sechs Galeeren gezählt, die sich wie jene, mit der sie nach Nergal gekommen waren, mithilfe riesiger, Gas atmender Monodonten fortbewegten; aber es gab auch kleinere Schiffe, Patrouillenboote, die von Sturmhaien getragen wurden und von denen eines zum Auslaufen bereit gewesen war. Indem Opossum einmal mehr von seiner denkwürdigen Gabe Gebrauch gemacht hatte, war es ihnen gelungen, die Wachen vom Pier zu vertreiben und ungesehen unter Deck zu gelangen. Und hier waren sie nun, aneinandergedrängt wie Würmer auf einem Teller madagorischer Grütze, und warteten darauf, dass das Boot die Giftnebel Nergals hinter sich ließ …

»Wie lange dauert das denn noch?«, zischte Jago gegen den Wind, der um den Rumpf des Bootes strich und die Seile und Planken knarren ließ. »Womöglich wissen sie längst, dass wir hier sind!«

Kieron schluckte hart. Der Gedanke erschreckte ihn. Zwischen den Planken des Decks hindurch drang nur spärliches Licht in den Bugraum, das zudem bereits an Kraft verloren hatte. Der Tag neigte sich dem Ende, schon bald würde das Sanktuarion in Dunkelheit versinken. Unmöglich, dann noch zu bestimmen, welchen Kurs der Sturmhai nahm.

»Seid ihr bereit?«, fragte Croy. Allenthalben wurde entschlossen genickt, einzig Jago schien sich alles andere als sicher zu sein.

»Wollt ihr das wirklich tun? Da draußen sind wenigstens zehn Soldaten …«

»Elf«, verbesserte Shen. »Den Lenker des Tieres mitgerechnet.«

»Den übernehme ich«, erklärte Croy, seinem lädierten Zustand zum Trotz.

»Bist du sss-sicher?«, fragte Kieron in ehrlicher Sorge.

»Kannst du einen Sturmhai lenken?«

Der Junge schüttelte den Kopf. »Aber ich kann dir dabei heee-helfen.«

Croy war der Widerwille deutlich anzusehen, aber schließlich auch die Einsicht. »Nun gut«, sagte er, »dann ist es entschieden. Der Steuermann gehört uns, ihr übernehmt den Rest.«

»Den Rest?« Jagos Blicke pendelten zwischen seinen Gefährten hin und her. »A-a-aber das ist doch Wahnsinn!«

»Wusstest du schon, dass du einen Sprachfehler hast, Schuppe?«, beschied Shen ihm trocken.

»Ja«, stimmte Kieron feixend zu. »Du sto-stotterst.«

»Worauf warten wir noch?«, fragte Darg, dem nicht nur das Gerede, sondern auch die drückende Enge zuwider zu sein schien. »Wenn wir schon sterben müssen, dann bringen wir es hinter uns.«

»Das ist das erste vernünftige Wort, das ich heute höre«, erwiderte Shen – und noch ehe einer ihrer Gefährten etwas erwidern konnte, hatte sie bereits die Sichelklinge zwischen die Zähne genommen und stieß die Luke zum Deck, die sich genau über ihrem Sitzplatz befand, ein Stück weit auf. Blutrotes Abendlicht flutete herein, das von einem feurig gefärbten Himmel rührte, hinter dem bereits die Sterne zu erkennen waren – sie hatten den Nebel hinter sich gelassen.

»Los!«, ordnete Croy an, worauf Darg die Falltür nach oben stieß. Der Deckel flog auf, und Shen schnellte wie von einem Katapult geschleudert lotrecht nach oben.

»N-nicht schlecht«, stieß Kieron hervor.

»Ja«, stimmte Croy zu, »sie macht das wohl nicht zum ersten Mal. Ich fürchte, die Vergangenheit unserer Freundin ist eher zweifelhaft ...«

Von oben war bereits Kampflärm zu hören. Schwertergeklirr, dazu das Heulen der überraschten Schakale. Als Nächster hatte sich Darg durch die Öffnung gezwängt, die gerade groß genug für ihn war. Gerade schlüpfte Opossum hindurch, wobei er ein schrilles Pfeifen ausstieß. Wits übte sich, seiner Art entsprechend, in Zurückhaltung, während Jago reglos in der Ecke kauerte und die Augen zusammenkniff. Abgesehen von den roten Flecken, die er nicht ganz loszuwerden vermochte, hatte seine Haut die Farbe der Umgebung angenommen, sodass er im Halbdunkel kaum noch auszumachen war.

Die Reihe war an Kieron und Croy.

Rasch kletterten auch sie auf das Deck, hinein in ein wildes Scharmützel. Ein Schakalkrieger lag mit durchschnittener Kehle auf dem Vordeck – er hatte wohl das Pech gehabt, dort zu stehen, wo Shen wie ein Geist aus der Tiefe aufgetaucht war. Ein zweiter flog gerade über Bord und verschwand unter fürchterlichem Geheul in der Tiefe – Darg hatte ihn kurzerhand über die Reling geworfen. Opossum, der mit einem der erbeuteten Speere bewaffnet war, lieferte sich einen wilden Kampf mit einem weiteren Legionär, während Shen mit zweien gleichzeitig focht.

Kieron beobachtete Shen. Im »Feuerkürbis« auf Madagor war er oftmals Zeuge von Fechtduellen und Messerstechereien geworden, jedoch hatte er nie zuvor jemanden mit größerer Eleganz ein Schwert führen sehen. Die junge Frau von Katana bewegte sich so rasch und mit derartigem Geschick, dass ihre beiden Kontrahenten ihr kaum etwas entgegenzusetzen hatten. Blitzschnell wirbelte sie um ihre Achse und schlug zu. Schon hatte der eine seine Schwerthand eingebüßt und verfiel in heiseres Gebrüll, während er auf den blutigen Stumpf starrte. Der andere war geschickter und wehrte Shens Angriffe mit dem Schild ab, ehe er selbst zum Angriff überging. Kieron, der mit einem der erbeuteten Speere bewaffnet war, wollte ihr zu Hilfe kommen, aber Croy hielt ihn zurück.

»Glaub mir, sie kommt allein zurecht«, schärfte er dem Jungen ein. »Unser Ziel ist der Steuermann!«

Er deutete zum Heck des etwa dreißig Fuß langen Bootes. Dort stand ein mit zottigem Fell bewachsener und von ausladenden Hörnern gekrönter Animale; in seinen Pranken hielt er die ledernen Zügel, die wiederum mit dem aus Ketten gefertigten Geschirr des Sturmhais verbunden waren. Als netzartiges Geflecht umhüllte es die spitze Schnauze des Tieres und hinderte es daran, sein furchterregendes Maul zu öffnen und so womöglich Schiff und Mannschaft zu gefährden.

Auf Kieron gestützt, humpelte Croy über das Deck, während links und rechts von ihnen weiter gefochten wurde. Shen hatte ihren Gegner inzwischen besiegt, während Darg in ein Handgemenge mit einem Schakalkrieger verwickelt war, der auf die hölzerne Back gesprungen war und ihn von dort aus mit Keulenhieben eindeckte. Plötzlich sahen sich auch Kieron und Croy einem Feind gegenüber – der aufwendigeren Rüstung und dem wehenden Umhang nach war es der Kommandant der Patrouille.

»Im Namen der Kaiserin, ergebt Euch!«, schleuderte er ihnen entgegen und riss sein Schwert aus der Scheide. Croy mochte geschwächt sein von den Strapazen der Flucht, vom Verlust seiner linken Hand und den zahlreichen Verwundungen, die er erlitten hatte – jedoch reichten seine Reflexe noch immer aus, um seine Klinge zur Abwehr emporzureißen. Aber der Hieb, den der Unterführer vortrug, war mit derartiger Wucht geführt, dass die Kräfte des Pantheriden nicht ausreichten, ihn zu parieren. Zwar drang die Klinge nicht durch, jedoch wurde Croy von Kierons Seite gerissen und ging nieder – und im nächsten Augenblick sah sich der Junge dem Kommandanten des Schiffes allein gegenüber, stand sein Speer gegen den schwer bewaffneten Streiter der Kaiserin.

Die rötlichen Augen des Schakalkriegers musterten ihn geringschätzig, und einen Moment lang schien der Kommandant des Bootes zu überlegen, ob der schmächtige Mensch die Mühe eines Schwerthiebs überhaupt wert war – als Kieron bereits zustieß. Durch die zusammengebissenen Zähne fluchend, rammte er die Speerspitze dorthin, wo zwischen der Brünne und dem Helm des Unterführers eine ungeschützte Stelle klaffte – und der Stahl drang mit erschreckender Leichtigkeit hindurch. Blut rann am Schaft herab und über Kierons Hände, ließ das Holz warm und glitschig werden, während der Schakal Schwert und Schild fallen ließ und sich an die Wunde griff. Kieron wurde übel. Er ließ den Speer los, worauf sein Gegner niederging, die tödliche Waffe noch in der Kehle. Kieron fuhr zu Croy herum, der dabei war, sich wieder aufzurichten, und half ihm vollends auf die Beine. Dann setzten sie ihren Weg zum Achterdeck fort, das sie schon im nächsten Moment erreichten. Über eine kurze Leiter enterten sie auf und fanden sich dem Steuermann gegenüber, der ihnen, zu Kierons Verblüffung, ein höhnisches Lachen entgegenbrachte.

»Ihr Dummköpfe«, brüllte der Animale mit dem zottigen Fell, »glaubt ihr, ihr könntet einen Carcharodon lenken? Wenn ihr nicht in den Orcus stürzen wollt, solltet ihr euch gut überlegen, ob ihr eure Hand gegen mich erhe…«

Die letzten Worte blieben ihm im Hals stecken.

Er starrte auf den Schwertgriff, der aus seiner Brust ragte – kurzerhand hatte Croy seine Waffe geworfen.

»Halt sie fest!«, rief er, als der Animale zusammenbrach und sich die Zügel seinem Griff entwanden. Kieron gehorchte und fasste die sechs losen Enden, die, so nahm er an, für die in der Luft möglichen Richtungen standen. Über ein kompliziertes Gewirr von Gurten und Tauen, das der Junge nicht durchschaute, war es offenbar möglich, den Sturmhai zu dirigieren – vorausgesetzt, man beherrschte diese Kunst.

Das Tier spürte bereits, dass etwas nicht stimmte. Seines Führers ledig, begann es mit dem mächtigen Schwanz zu schlagen und änderte dadurch abrupt die Flugrichtung, sodass das Boot gefährlich schwankte.

»Die Zügel! Rasch!«, verlangte Croy, der den Platz des Steuermanns eingenommen hatte und die Arme nach den ledernen Bändern ausstreckte – jedoch erst in diesem Augenblick schien ihm zu dämmern, dass sich seit dem letzten Mal, da er einen Carcharodon steuerte, etwas entscheidend verändert hatte …

Einen Augenblick stand Croy wie versteinert, während das Schiff geräuschvoll ächzte. Der Carcharodon unter ihnen schlug wild mit dem Schweif und wehrte sich gegen das Geschirr, das ihm aufgezwungen worden war. Wenn sie nicht rasch die Kontrolle zurückgewannen, würde sie das Tier in den Abgrund reißen …

»Du musst mir helfen«, wies Croy Kieron an und packte nur drei Zügel, die übrigen ließ er in den Händen des Jungen. »Tu genau, was ich dir sage!«

»A-a-a-aber ich bin nicht stark genug!«

»Einen Sturmhai zu beherrschen, ist nicht nur eine Frage der Körperkraft, sondern auch des überlegenen Verstandes!«, widersprach Croy. »Sieh her!«

Er fasste einen der Zügel mit den Zähnen und zog daran. Der Sturmhai begriff, dass ein neuer Herr dabei war, ihm seinen Willen aufzuzwingen, aber die furchterregende Kreatur, die einen Augenblick lang den Odem der Freiheit gewittert hatte, schien noch nicht gewillt, sich zu fügen. Mit aller Kraft stemmte er sich gegen das Geschirr und brach unerwartet zur Seite aus, beschrieb eine enge Kurve, worauf das auf seinem Rücken befestigte Boot zur Seite kippte.

Kieron, der damit gerechnet hatte, hielt sich an der Reling fest, Croy nahm auch noch den Rest der Zügel zwischen die Zähne und benutzte seine verbliebene Hand, um sich einzuklammern. Für die Kämpfenden auf dem Vordeck jedoch kam der Kurswechsel ohne jede Vorwarnung.

Der Legionär, der mit Darg gekämpft hatte, verlor das Gleichgewicht und kippte von der Back, rutschte über den sich windenden Körper des Carcharodons und stürzte in die Tiefe. Auch der Hüne wäre vermutlich über Bord gegangen – hätte der Sturmhai nicht in diesem Moment erneut die Flugrichtung gewechselt. Wie ein Pferd, das seinen Reiter abwerfen wollte, bäumte er sich mit abruptem Flügelschlag auf, um dann zu einem steilen Sturzflug anzusetzen.

Ein weiterer Legionär ging über Bord. Den Gefährten gelang es zwar, sich festzuhalten, jedoch war fraglich, wie lange sie sich würden behaupten können.

»Zieh!«, schrie Croy Kieron über den rauschenden Flugwind hinweg zu. »Du musst an dem breiten Zügel ziehen!«

Kieron überlegte nicht lange – er tat einfach, was der Pantheride ihn hieß. Erst jetzt bemerkte er, dass die Lederstränge, die er in den Händen hielt, unterschiedlich geformt waren. Kurzerhand nahm er das breite Band und zog mit aller Kraft daran, stemmte sich förmlich dagegen – und plötzlich verflachte der Winkel, mit dem der Sturmhai in die Tiefe stieß. Croy, der es dadurch wagen konnte, die Reling loszulassen, zog an seinen eigenen Zügeln, und er tat es mit derartiger Entschiedenheit, dass der Hai seinen Widerstand endgültig aufgab. Indem er ihn unnachgiebig zurück auf den ursprünglichen Kurs dirigierte, machte der Panthermann der um so vieles größeren Kreatur klar, dass er ihr Herr und Meister war, und das Boot fing sich.

Kieron atmete auf. Erst jetzt bemerkte er, dass außer dem Pfeifen des Windes kein Geräusch mehr auf Deck zu hören war. Der Kampf war zu Ende – Shen und ihre Leute hatten die Verwirrung genutzt, um ihn siegreich für sich zu entscheiden. Nun waren sie bereits dabei, die Leichen der getöteten Legionäre loszuwerden, indem sie sie kurzerhand über Bord warfen – natürlich erst, nachdem sie sie um ihre Waffen erleichtert hatten. Und das taten sie mit derartiger Routine, dass es kaum vorstellbar war, dass sie es zum ersten Mal taten.

Auch Jago und Wits hatten inzwischen erkannt, dass der Kampf vorüber war. Kopfschüttelnd wuselte der Chamäleonide über die blutbesudelten Planken zum Achterdeck. »Ihr habt den Verstand verloren«, stellte er fest. »Was, wenn die Kaiserlichen herausfinden, wer ihr Patrouillenboot gekapert hat?«

»Wie sollen sie?«, fragte Shen mit dünnem Grinsen. »Ist keiner mehr da, der es ihnen verraten könnte.«

»Aber sie werden irgendwann herausfinden, dass wir geflüchtet sind«, konterte Jago, »und sie werden schlau genug sein, eins und eins zusammenzuzählen, wenn ihr possierliches Tierchen nicht mehr zurückkehrt!«

»Bis dahin werden wir nicht mehr in diesem Teil des Sanktuarions sein«, rief Croy von der Ruderbank aus, während Kieron und er den Sturmhai dirigierten. Kieron erinnerte sich, dass der alte Simrod ihm einst einen Drachen gebaut hatte, den sie von der Krone eines Shantik-Baumes aus hatten steigen lassen – den Carcharodon zu lenken, fühlte sich ähnlich an.

»Was meinst du damit?« Jago glotzte ihn fragend an. »Willst du nicht nach Madagor zurück?«

»Sicher nicht«, wehrte der Pantheride ab. »Zum einen wartet dort Novaro, zum anderen werden sie dort zuerst nach uns suchen.«

»Aha«, machte Jago, »und wohin geht die Reise stattdessen? Du hast dir doch bestimmt schon etwas ausgedacht …«

»Bazarra«, sagte Croy nur. Das Sprechen schien ihn anzustrengen, das Lenken des Sturmhais erforderte seine ganze Konzentration.

»Bazarra?«, echote Jago und überlegte, was er über jenen Weltensplitter wusste. »Bazarra ist eine Wüstenwelt. Sie gehört Fata Califa an, einem Fürstentum an der Seidenroute …«

»… dessen Händler und Karawansereien in scharfer Konkurrenz zum Kontor stehen«, fügte Shen hinzu. »Deshalb ist Bazarra für uns das ideale Versteck.«

»Sieh an«, spottete Jago. »Da scheint jemand aus Erfahrung zu sprechen. Das ändert allerdings nichts daran, dass Bazarra ein dröger Staubklumpen ist, der nicht nur von Schlangen und Skorpionen verseucht ist, sondern auch gefährlich nah am Mahlstrom liegt. Was, wenn der Orcus uns alle verschlingt?«

»Dann b-brauchen wir uns wegen der Kaiserin keine Sorgen mehr zu machen«, erwiderte Kieron trocken. Alle grinsten, Opossum kicherte leise.

»Das findet ihr wohl komisch, was?« Jago schnalzte verdrießlich mit der langen Zunge. »Ich kann daran nichts Komisches finden – und vielleicht wird euch das genauso ergehen, wenn wir erst in den Mahlstrom gezogen werden.«

»Das wird nicht geschehen«, war Croy überzeugt.

»Ach ja? Ganz ehrlich, du hast schon mal besser ausgesehen, Katzmann. Wenn ich mir dich so ansehe, dann weiß ich nicht, ob du das Viech dort unten steuerst« – er deutete nach dem Carcharodonten – »oder ob es nicht vielmehr umgekehrt ist.«

»Mach dir deswegen keine Sorgen«, gab Croy zurück. »Ich werde Kieron beibringen, den Sturmhai zu lenken. Schon in einigen Tagen werden wir Bazarra erreichen.«

»Der Stotterer soll uns hinfliegen?« Die Schuppen des Chamäleoniden verfärbten sich braun. »Du hast ja schon allerhand Unsinn verzapft, Katzmann, aber das ist nun wirklich der größte Blödsinn, den du je …«

»Jago?«, fragte Kieron, der es satt hatte, sich ständig von seinem einstigen Herrn verspotten und herabsetzen zu lassen. Er war ein Teil dieser Mannschaft, hatte auf Leben und Tod gekämpft und sein Hände mit Blut besudelt. Ganz sicher verdiente er mehr Anerkennung.

»Was denn, Menschlein?« Jago starrte ihn unwirsch an.

»Halt die Klappe«, sagten Kieron und Shen entschieden und wie aus einem Munde. Verblüfft sahen sich die beiden an, und für einen kurzen Augenblick – oder erlag Kieron einer Täuschung? – lächelte sie.

4. Kapitel

Ihren Vorsätzen gemäß hatte Kalliope ihre Kammer nicht mehr verlassen, weder zu den Mahlzeiten noch aus sonst einem Grund.

Seit fast einer Woche hatte sie nichts gegessen – die Speisen, die ein Diener vor ihrer Tür abstellte, ließ sie unangetastet, was sie inzwischen einige Überwindung kostete. Doch es war ihre Art, ihren Protest und ihre Abscheu gegen Eriks Täuschung zum Ausdruck zu bringen – und um sich selbst zu bestrafen für ihre Leichtgläubigkeit und Naivität.

Ihren Durst stillte sie, indem sie Schnee von der Fensterbank nahm, ihn in eine Schüssel gab und darin schmolz; ihre Notdurft verrichtete sie in der dafür vorgesehenen Nische in der Außenwand des Turmes. Nahrung gaben ihr die Bücher ihrer Meisterin, in denen sie während der Tagesstunden las, von den Weisheiten Auroras, die Cedara stets so am Herzen gelegen hatten, über die gesammelten Schriften der Metasophie bis hin zu den *chronicae primarum*, in denen die Frühgeschichte der Gilde festgehalten war. Vieles fand sie darin niedergeschrieben, aber nichts, das auch nur den geringsten Hinweis darauf gab, dass Erik die Wahrheit gesprochen hatte, als er von der Vergangenheit seines Volkes und den angeblichen Untaten der Gildeschwestern erzählte.

Es war – wie wohl alles, was den Prinzen von Jordråk betraf – nur eine Lüge gewesen, eine arglistige Täuschung mit dem Ziel, sie vom Pfad der Tugend abzubringen. Und nicht viel hätte gefehlt, und Kalliope wäre ihm verfallen.

»Was hast du dir nur dabei gedacht, mein Kind?«

In der Einsamkeit ihrer Kammer, frierend vor Kälte und ausgezehrt vom Hunger, war ihr, als könnte sie die Stimme ihrer Meisterin hören.

»Ich weiß es nicht«, entgegnete Kalliope halblaut und niedergeschlagen. Auf der Suche nach Trost hatte sie begonnen, mit der tönernen Urne zu sprechen, die Cedaras Asche enthielt und die sie nach Ethera zurückbringen wollte, um sie dort dem Codex gemäß den Schwingen des Windes zu überantworten. Und irgendwann hatte ihre Meisterin geantwortet.

»Hatte ich dich nicht ausdrücklich gewarnt? Hatte ich dir nicht gesagt, dass du dich nicht mehr auf der Gildewelt befindest? Dass du dich wappnen musst gegen unsere Feinde?«

»Ich weiß«, erwiderte Kalliope wieder. »Aber Ihr wart nicht da, und der Schmerz und die Trauer …«

»Es ehrt mich, dass du so empfindest, Kind«, sagte Cedara wieder mit jener Sanftmut, die Kalliope so an ihr geschätzt hatte, »aber der Tod ist nicht alles. Auch du wirst eines Tages feststellen, dass dort, wo wir das Ende wähnen, der Neubeginn von etwas anderem liegt.«

»Was meint Ihr damit?«

»Hast du das Stundenglas noch?«

Kalliope nickte. Vom Boden, auf dem sie mit angewinkelten Beinen saß, konnte sie Audras Geschenk sehen. Es stand auf dem Tisch, umgeben von Schriftrollen und aufgeschlagenen Folianten.

»Kann der Sand darin begreifen, was mit ihm geschieht?«, fragte Cedara rätselhaft. »Oder kennt er den Unterschied zwischen oben und unten?«

»Was bedeutet das, Meisterin?« Kalliope schüttelte verständnislos den Kopf.

»Das musst du selbst herausfinden. Audra hat dir den Pfad gewiesen, nun musst du ihm weiter folgen. Dann, mein Kind, wirst du auch herausfinden, wer mich getötet hat.«

»Ihr … Ihr kennt den Namen Eures Mörders?«

»Ebenso, wie du ihn kennst. Benutze deinen Verstand, Kalliope, und durchforsche dein Inneres nach Antworten. Alles, was du wissen musst, ist bereits dort. Du musst es nur finden.«

»Was soll das heißen?«, fragte Kalliope verwirrt. »Wie soll ich …?«

»Indem du das Gleichgewicht wahrst. Es wird dir den Weg zeigen, das Rätsel zu lösen.«

»Das Gleichgewicht wahren?« Kalliope starrte resignierend zu Boden. »Davon bin ich weiter entfernt als je zuvor! Ich bin ganz allein auf dieser Welt, und der einzige Freund, den ich zu haben glaubte, hat mich auf schändliche Weise hintergangen! Er hat mir verschwiegen, dass er …!«

Sie verstummte in ihrer Rede, als sie eine Folge entsetzlicher Gedanken durchzuckte.

Meisterin Cedaras Tod.

Ihr schreckliches Ende.

Die Wolfsklaue Eriks.

Plötzlich ergab alles Sinn. Hatte Cedara nicht soeben gesagt, dass Kalliope den Mörder kenne? Dass die Antworten in ihrem Inneren lägen und sie nur danach zu suchen brauche?

Kalliope schoss in die Höhe. Sie war so schwach, dass sie sich kaum auf den Beinen halten konnte und schwankte. Da es die letzten beiden Nächte nicht geschneit hatte, hatte es keinen Schnee gegeben, den sie hätte schmelzen können, und so hatte sich zu ihrem nagenden Hunger auch noch brennender Durst gesellt, der zusätzlich an ihren Kräften zehrte. Dennoch – oder gerade aus diesem Grund? – hatte sie plötzlich das Gefühl, alles klar vor Augen zu sehen.

»Er ist Euer Mörder«, sagte sie, wobei der krächzende, tonlose Klang ihrer eigenen Stimme sie schaudern ließ. »Er wollte den Verdacht auf die Skolls lenken, doch in Wahrheit ist er es gewesen, nicht wahr, Meisterin?«

Kalliope lauschte, doch von Cedara kam keine Antwort mehr. Erschrocken sah sich Kalliope in der Kammer um, doch von ihrer Meisterin, die sie eben noch bei sich wähnte, war nichts zu sehen. Nur der Tisch mit den Büchern darauf, die Kisten und Truhen, die Schlafstatt, das Fenster mit dem Vorhang. »Meisterin Cedara?«

Noch einmal rief Kalliope ihren Namen, doch die *numerata* kehrte nicht zurück – wohl deshalb, weil Kalliope die Wahrheit endlich erkannt hatte. War es das gewesen, was Cedara ihr noch im Sterben hatte sagen wollen? Dass kein anderer als der Prinz von Jordråk ihr

Mörder war? Dass sich hinter seinem so ansehnlichen und harmlos wirkenden Äußeren eine blutrünstige Bestie verbarg? Hatte sie ihn in ihrer Weisheit durchschaut? Hatte sie geahnt, dass all dies geschehen würde, als sie von der großen Bewährung sprach, der sich Kalliope schon bald ausgesetzt sehen würde …?

Plötzlich schlug jemand energisch mit der Faust an die Tür der Kammer.

»Gildeschwester?«

Kalliope zuckte zusammen. Unwillkürlich wich sie zurück, die Urne wie einen Schatz an sich pressend. »Was willst du?«

»Öffnet die Tür, Gildeschwester! Unverzüglich!«

Ein Schauer des Entsetzens durchrieselte sie, als sie die Stimme Eriks erkannte. Sie klang anders als bei ihrer letzten Begegnung, feindselig und fordernd … »Ich werde nicht öffnen«, kündigte Kalliope trotzig an. »Ich weiß, was du getan hast!«

»Das letzte Mal, als ich hier stand, habe ich Euch gebeten, Eure Kammer zu verlassen, Gildeschwester«, entgegnete Erik mit einer Kälte, die schmerzte. »Nun gebe ich Euch den Befehl dazu. Öffnet die Tür und kommt heraus!«

»Du hast mir nichts zu befehlen«, erwiderte Kalliope. »Als Angehörige der Gilde nehme ich nur Anweisungen der Erhabenen Schwester entgegen!«

»So werden wir die Tür gewaltsam öffnen.«

»Das wagt ihr nicht«, rief Kalliope, wobei sie ihre ganze verbliebene Autorität in die Worte legte.

Einen Lidschlag später krachte erneut etwas gegen die Tür, doch diesmal war es keine Faust, sondern etwas, das ungleich härter und kraftvoller war. Kalliope stieß einen spitzen Schrei aus. Ein zweiter Schlag folgte, unter dem die Tür erzitterte. Dann ein dritter – und zu ihrem Entsetzen konnte Kalliope sehen, wie sich Holzsplitter lösten.

Beim vierten Hieb gab das Türblatt bereits nach. Zwar hielten die Beschläge und Scharniere dem Angriff stand, doch das Holz splitterte, und der mit Eisenstacheln bewehrte Kopf eines Rammbocks brach hindurch.

Kalliope wich bis zur Wand zurück, sich an die Urne klammernd wie ein Ertrinkender an ein Stück Treibholz. Der Rammbock verschwand, dafür wurden Äxte angelegt, die die Überreste der Tür aus den Angeln fegten. Zwei Männer erschienen, die volle Rüstung trugen und mit Hörnern bewehrte Helme, und mit Entsetzen erkannte Kalliope, dass sie die beiden kannte. Es waren Einherjar, Kämpfer des Königs, die sie zuletzt bei der Feier zu ihren Ehren gesehen hatte. Den Namen des einen kannte sie nicht, der andere war Urgar Thjurson, der Anführer der königlichen Leibwächter.

Die Axt in den Händen, die Zähne zusammengebissen und die Augen blutunterlaufen, bot er einen furchterregenden Anblick. Kalliope wollte noch weiter zurückweichen, als er in die Kammer stürmte, aber die Wand hinderte sie daran. Schon standen Urgar und sein Kumpan vor ihr und bedrohten sie mit ihren schlagbereit erhobenen Waffen.

Hinter ihnen war Erik eingetreten. Auch der Prinz von Jordråk trug volle Rüstung, auch den Handschuh hatte er wieder angelegt. Seinen mit Nasen- und Wangenschutz versehenen Helm hatte er unter dem Arm, seine blonde Mähne wallte offen über die Schulter und ließ ihn wie einen Löwen wirken, der seiner Beute gegenübertrat. Seine Miene war versteinert, sein Blick nicht weniger finster und bedrohlich als der seiner Männer.

»Was hat das zu bedeuten?«, stieß Kalliope hervor, entsetzt von einem zum anderen blickend.

»Kommt Ihr freiwillig mit uns?«, fragte Erik nur. Nicht nur, dass er wieder in die formelle Ansprache gewechselt war; seine Stimme klang hart und unverhohlen drohend.

»Nein«, erwiderte Kalliope trotzig – worauf der Prinz seinen Männern einen knappen Befehl gab.

Die Einherjar traten daraufhin vor und wollten sie ergreifen, aber die Gildeschülerin dachte nicht daran, sich ohne Widerstand in ihr Schicksal zu fügen. »Nein!«, rief sie abermals und wich Urgars Griff aus. Dadurch kam sie in Reichweite des anderen Kriegers, der sie zu fassen bekam und zu sich riss. Der Ruck war so stark, dass sich die Urne, die Kalliope nach wie vor an sich gepresst hatte, ihrer Umklammerung entrang. Vergeblich versuchte sie, erneut danach zu greifen – mit einem entsetzten Aufschrei sah sie, wie das tönerne Gefäß zu Boden fiel und mit einem profanen Geräusch zu Bruch ging. Graue Asche quoll hervor und verteilte sich über den steinernen Boden.

»Nein!«

Der Einherjar schien selbst so entsetzt über seine Tat, dass er Kalliope losließ. Sie fiel auf die Knie nieder, konnte sich der Tränen nicht erwehren, die ihr in die Augen schossen, während sie versuchte, das wenige, das von ihrer Meisterin geblieben war, mit bloßen Händen zu fassen und in die Überreste des zerbrochenen Gefäßes zu geben. »Was habt Ihr getan?«, rief sie dabei und sah unter Tränen zu Erik und seinen Schergen auf. »Was habt Ihr nur getan?«

»Es tut mir leid«, versicherte der Sohn des Fürsten, und für einen winzigen Augenblick hatte es den Anschein, als zeigte seine ansonsten unbewegte Miene einen Ausdruck von Bedauern.

»Es tut dir leid?« Kalliope war außer sich. Sie sprang auf, die Hände zu Fäusten geballt, um sich in hilfloser Wut auf ihn zu stürzen. »Lügner!«, brüllte sie dabei aus Leibeskräften. »Du hast sie ermordet! Kein anderer als du ist es gewesen …!«

Seinen unbewegten Zügen war keine Reaktion auf den Vorwurf zu entnehmen, aber er unternahm auch keinen Versuch, sich zu verteidigen. Ihre Fäuste hätten ihn im nächsten Moment erreicht, hätten die Einherjar sie nicht aufgehalten. Von beiden Seiten packten sie Kalliope, und obwohl sie sich nach Kräften wehrte, war sie ein leichtes Opfer. Natürlich versuchte sie, ihre Fähigkeiten zur Verteidigung einzusetzen, so wie Meisterin Cedara es getan und wie sie selbst es an jenem Tag an der Fenrismark getan hatte. Doch ihr innerlich wie äußerlich geschwächter Zustand ließ es nicht zu. Ihre Seele war in Aufruhr, die Quelle der Kraft war ihr verschlossen, und so blieb ihr nichts, als hilflos um sich zu schlagen, doch ihre Hiebe prallten wirkungslos an den Rüstungen ihrer Häscher ab, und so ermattete Kalliopes Widerstand.

»Gildeschwester, Ihr seid eine Gefangene des Fürsten von Jordråk«, beschied Erik ihr.

»Weshalb?«, rief sie außer sich. »Was habe ich getan?«

Der Fürstensohn antwortete nicht. Er machte auf dem Absatz kehrt und verließ die Kammer, und seine Leute folgten ihm mit der Gefangenen.

5. Kapitel

»Nein!«

Mit einem Aufschrei fuhr Kieron in die Höhe, die Hände schützend vors Gesicht gerissen. »Der Wolf! Er wird dich …!«

Er verstummte, als ihm bewusst wurde, wo er war.

Nicht auf jener kalten, von Eis überzogenen Winterwelt, auf der er sich eben noch gewähnt hatte, und das Flackern, das er durch die geschlossenen Lider wahrgenommen hatte, stammte auch nicht vom Schatten eines grässlichen Untiers, sondern von einem brennenden Lagerfeuer. Verwirrt wandte er sich um, sah die Felswände um und über sich und roch den süßlichen Duft der Wüste … Bazarra!

Vor zwei Tagen hatten sie die Wüstenwelt erreicht. Jagos Bedenken zum Trotz war es ihnen gelungen, den Sturmhai ans Ziel der Reise zu lenken. In einer Schlucht, die ausreichend Platz für das große Tier bot und an deren Ende eine Höhle als Obdach für die Nacht lag, hatten sie ihr Lager aufgeschlagen. Darg und Opossum hatten sich auf die Jagd begeben und ein großes, ziemlich seltsam aussehendes Tier erlegt, das auf vier Beinen ging und riesige Ohren hatte. Croy hatte es »Fennek« genannt, und die letzten Reste davon brieten noch über dem Feuer.

»Verdammt!«, ereiferte sich Jago, der vor der Felswand, an der er kauerte, kaum auszumachen war. Offenbar hatte der Chamäleonide bereits geschlafen. »Könntest du dir das dämliche Geschrei vielleicht bald abgewöhnen?«

Kieron war noch immer wie benommen – denn was nur ein Traum gewesen sein konnte, hatte sich nicht wie einer angefühlt. Noch ganz deutlich konnte er die Bilder jener Winterwelt vor seinen Augen sehen. Er hatte den Wind gespürt, den Geruch des Eises in der Nase gehabt. Und auch die Bedrohung durch jene furchterregende Wolfsbestie hatte sich erschreckend wirklich angefühlt …

Woher, fragte er sich, kamen diese Träume? Und wieso verfolgten sie ihn, seit er Madagor verlassen hatte?

»Weißt du, was ich denke?«, maulte Jago weiter. »Ich denke, dass deine dämliche Träumerei schuld ist an deinem Gestammel. Würdest du nicht ständig irgendwelchen Unfug träumen, müssten wir uns auch nicht fortwährend dein elendes Radebrechen anhören«, war der Chamäleonide überzeugt.

»M-meinst du?«

»Unsinn«, knurrte Croy, der auf der anderen Seite des Feuers saß und dabei war, einen erbeuteten Dolch zu Wurfzwecken zurechtzuschleifen. Immer wieder zog er die Klinge über einen flachen Stein, dann prüfte er den Schliff im Feuerschein. »Das eine hat mit dem anderen nichts zu tun.«

»Womit denn sonst, Katzmann?«, fragte Jago, der offenbar Streit suchte. »Mit dem großartigen Artefakt, das du gefunden hast? Mit diesem Blechschild, dessentwegen wir alle unsere Haut riskiert haben?«

»Das Zeichen ist immerhin aus Gold«, gab Shen zu bedenken, die soeben mit Opossum von ihrer Wachschicht zurückkehrte. Die nächste Runde würden Darg und Wits übernehmen.

»Vielleicht«, wandte Jago giftig ein. »Vielleicht ist's aber auch nur Katzengold, das wäre doch passend, oder nicht? Wäre schließlich nicht die erste Enttäuschung, die wir auf dieser Fahrt erleben.«

»Aaa-also ich bin ganz zufrieden«, meinte Kieron, der sich von seinem Albtraum wieder einigermaßen erholt hatte. »Immerhin sind wir von Nergal entkommen, und ich bin lieber hier, als zu Hause auf Madagor im Kerker zu schaaa-machten.«

»Schmachten«, verbesserte Jago. »Kannst du nicht mal mit dem Unfug aufhören?«

Kieron errötete.

»Wie lange sprichst du schon so?«, erkundigte sich Shen, die sich ein Stück Fennek-Fleisch abgeschnitten hatte und sich damit zu Kieron setzte.

»Seit ich de-de-denken kann.« Kieron errötete noch mehr. Das Thema war ihm unangenehm. »Ei-ei-eigentlich schon immer.«

»Wie wahr«, pflichtete Jago entnervt bei.

»Halt die Klappe, Schuppenmaul«, fuhr Shen ihn an. »Auf meiner Heimatwelt Katana«, wandte sie sich dann wieder an Kieron, »heißt es, dass jene, deren Augen mit Blindheit geschlagen sind, dafür mit dem Herzen sehen. Und dass jene, die viel besitzen, oft arm sind an Geist und an Seele. Für alles, was wir haben oder nicht haben, schafft die Natur an anderer Stelle Ausgleich. Es ist das Gesetz der Schöpfung.«

Kieron lächelte. Weder hatte er erwartet, jemals etwas Derartiges aus dem Mund der jungen Frau zu hören, die er zuletzt als ebenso geübte wie erbarmungslose Schwertkämpferin erlebt hatte, noch hatte er auch nur im Ansatz eine Ahnung, was die Worte zu bedeuten hatten.

»Damit will ich sagen, dass deine Unzulänglichkeit nicht von Bedeutung ist. Deine Sprache mag unzureichend sein, dein Herz ist es nicht. Du hast Verstand bewiesen, als es darum ging, den Katzenmann zu retten, und Mut, als wir kämpfen mussten. Und du hast einiges Geschick darin gezeigt, den Carcharodon zu steuern – das ist doch auch etwas.«

»Da-danke«, brachte Kieron nur hervor.

»Womöglich ist da noch mehr, du weißt es nur noch nicht«, beschied Shen ihm mit einem Lächeln, das unerwartet sanft war. »Und bis du es herausgefunden hast, solltest du dir von niemandem etwas anderes erzählen lassen. Von niemandem, hast du verstanden?«

Kieron nickte.

Shen riss ein Stück von dem Fleischbrocken ab, den sie sich abgeschnitten hatte. »Hunger?«

Er schüttelte den Kopf.

»Auch gut«, sagte sie mit einem Schnauben, das einem Tauriden zur Ehre gereicht hätte, und schob sich das Fleisch selbst in den Mund. Alle Sanftmut schien plötzlich aus ihrem Augenspiel gewichen.

»Die Menschenfrau hat unrecht«, tat Croy von der anderen Seite des Feuers seine Meinung kund. Den Dolch hatte er fertig bearbeitet. Nun war er dabei, sich eine zweite Klinge vorzunehmen.

Shen warf ihm einen finsteren Blick zu.

»Inwiefff-fern?«

»Deine seltsame Sprache. Sie hat mit etwas zu tun, das in dir ist und das dich hemmt.«

»Wa-was meinst du?«

»Deine Ängste«, erwiderte der Pantheride unumwunden. »Du solltest dich ihnen stellen und versuchen, der zu sein, der du tief in deinem Herzen bist. Nicht mehr und nicht weniger.«

»We-wer ich bin?«, fragte Kieron ratlos. »Aber das weiß ich doch schon lä-längst.«

Der Blick der Raubtieraugen wurde forschend. »An deiner Stelle wäre ich mir da nicht so sicher. Denn eines weiß ich ganz bestimmt.«

»Wa-was?«

»Du hast vorhin im Schlaf gesprochen«, beschied Croy ihm über die Flammen hinweg. »Und dabei, mein Junge, hast du keine Spur gestottert.«

6. Kapitel

»Wohin bringt ihr mich?«

Kalliope stellte die Frage, obwohl sie wusste, dass sie keine Antwort bekommen würde. So, wie sie sich im Griff ihrer Häscher wand, obwohl ihr klar war, dass sie nicht die geringste Chance hatte. Jedenfalls nicht, solange die Wirrnis in ihrem Inneren andauerte und die Quelle der Kraft ihr verschlossen war.

Die Einherjar würdigten die Gildeschwester keines Blickes, während sie sie durch die Gänge der Burg bugsierten. Das letzte Mal hatten sie zusammen gegessen, hatten gelacht, getanzt, gefeiert – nun waren sie wie Feinde, und Kalliope fragte sich, wie sie jemals so einfältig hatte sein können. Hatte man ihr nicht stets eingeschärft, dass den Schwestern der Gilde eine Sonderstellung zukam? Dass es ihr nicht möglich war, ihre Freunde unter gewöhnlichen Menschen zu suchen? Wieso hatte sie geglaubt, dieses ungeschriebene Gesetz brechen zu können? Weshalb hatte sie überhaupt das Wohlwollen dieser Barbaren gewinnen wollen, deren junger Anführer sich als seelenlose, dem Nox verfallene Kreatur erwiesen hatte?

Auch Erik, der der kleinen Gruppe vorausschritt, wandte sich nicht ein einziges Mal zu ihr um – dabei war er es, der sie getäuscht und belogen hatte und der womöglich …

Den Gedanken zu Ende zu bringen, war ihr unerträglich.

Am Treppenabsatz befand sich eine Tür, die Erik öffnete und durch die er nach draußen schritt. Grelles Tageslicht fiel herein, das Kalliope blendete, während auch sie durch die Tür auf den angrenzenden Söller trat, der in schwindelerregender Höhe über Jordråks östlichem Weltenrand thronte. Doch es waren weder die senkrecht abfallenden Klippen noch die jenseits davon klaffende Leere, die Kalliopes Aufmerksamkeit auf sich zog, sondern der Anblick der zwei Dutzend Schiffe, die drohend wie ein Ungewitter am grauen Himmel hingen. Kriegsschiffe unter voller Bewaffnung, und sie trugen das königliche Banner am Mast.

»Nun?«, fragte Erik nur und blickte sie durchdringend an.

»Was meinst du?«

»Woher kommen diese Schiffe?«

»Von Tridentia, nehme ich an. Sie tragen das Banner der königlichen Flotte.«

»Und warum sind sie hier?«

Kalliope starrte den Prinzen verständnislos an. Es dauerte einen Moment, bis sein vorwurfsvoller Blick sie erkennen ließ, worauf er hinauswollte. »Du glaubst, dass ich etwas damit zu tun hätte.«

»Habt Ihr etwa keine Nachricht nach Ethera geschickt?«, fragte er ungerührt.

»Doch, um meine Mitschwestern über den Tod von Meisterin Cedara in Kenntnis zu setzen«, versicherte sie. »Ganz sicher jedoch habe ich nicht um eine militärische Intervention gebeten.«

»Eure Mitschwestern, wie Ihr sie nennt, sehen dies offenbar anders.«

Kalliope deutete hinaus auf die Flotte. »Dies sind königliche Schiffe. Was bringt dich auf den Gedanken, dass die Gilde etwas mit ihrem Auftauchen zu tun haben könnte?«

Erik erwiderte nichts. Wortlos hielt er ihr ein Stück Pergament hin, das sie sorgsam entrollte. Es trug das Wappensiegel Tridentias, die drei übereinandergestellten Kronen – ein königliches Dekret.

Es war ein Ultimatum.

Eine Aufforderung zur kampflosen Übergabe von Thulheim an die königlichen Truppen bis Sonnenuntergang. Nach erfolgter Übergabe sollte die Stadt besetzt und die Herrschaft über Jordråk in die Hände des militärischen Oberbefehlshabers gegeben werden, um, wie es weiter hieß, der Inquisitorin der Levitatengilde volle Handlungsfreiheit bei der »Aufdeckung verschwörerischer und blasphemischer Umtriebe« zu gewähren.

Unterzeichnet war das Schreiben von Ardath Durandor II., König von Tridentia.

»Ardath«, stieß Erik wie ein unheilvolles Echo hervor. »Der Goldene König hat seine Bluthunde geschickt. Er wird nicht zögern, Thulheim anzugreifen und es dem Erdboden gleichzumachen, wenn wir seine Forderungen nicht erfüllen.«

»Eine Inquisitorin?« Kalliope, deren Erstaunen purer Verwirrung gewichen war, überflog das Schreiben noch einmal. »Das kann nicht sein. Die Inquisition endete vor vielen Jahren. Sie war ein Irrweg, der …«

»Offenbar«, schnaubte Erik, »sind die Schwestern von Ethera auf diesen Irrweg zurückgekehrt – und der König scheint sie dabei tatkräftig zu unterstützen. Fragt sich nur, wer sie auf den Gedanken gebracht hat, dass ihr Eingreifen hier vonnöten sein könnte – denn darum ist es doch immer gegangen, nicht wahr? Genau wie mein Vater es vermutet hat.«

»Du denkst, ich wäre das gewesen?« Kalliopes Verwirrung schlug in blanken Zorn um. »Vielleicht, Erik Thorson, solltest du dich lieber fragen, welche Schuld du selbst trägst an dem, was dort draußen geschieht.«

»Wovon sprecht Ihr?«

»Das weißt du genau«, erwiderte Kalliope, die ihrem Gegenüber die respektvolle Anrede weiter verweigerte. »Du bist es gewesen, der meine Meisterin bestialisch getötet hat.«

Erik stand wie versteinert.

»Alles spricht dafür, dass du es warst«, beharrte sie.

»Alles? Wovon redet Ihr?«

»Deine Kenntnis des Ortes, dein Hass auf die Gilde … und die Bestie in dir«, fügte sie nach einer kurzen Pause mit Blick auf seine behandschuhte Rechte hinzu. Mit Genugtuung nahm sie zur Kenntnis, dass Erik dabei zusammenzuckte und für einen kurzen Moment zu den Einherjar blickte. Offenbar kannten selbst seine Leibwächter das Geheimnis nicht, und Kalliope erwog, ob sie diese Tatsache nutzen, ob sie versuchen sollte, die beiden Krieger gegen ihren Herrn aufzubringen.

Sie entschied sich dagegen.

Die Folgen waren zu unabsehbar …

»Was Ihr sagt, ergibt keinen Sinn«, verteidigte Erik sich.

»Nein?« Trotz ihrer misslichen Lage blitzte Kalliope ihn wütend an, ihre Entrüstung war größer als ihre Furcht. »Wie kommt es dann, dass du genau wusstest, wo meine Meisterin getötet worden war? Dass du so überaus versessen darauf warst, den Verdacht auf die Wolfsmenschen zu lenken?«

»Das habe ich nicht getan«, verteidigte er sich. »Im Gegenteil habe ich immer wieder versichert, dass kein Skoll in Thulheim eindringen kann.«

»Weil du glaubtest, dass dieser scheinbare Widerspruch mich entmutigen und ich die Dinge auf sich beruhen lassen würde. Als du aber merktest, dass ich bitter entschlossen war, Cedaras Mörder zu finden, hast du so getan, als wolltest du mir dabei helfen – dabei ist es dir nur darum gegangen, deine eigenen Spuren zu verwischen.«

»Du redest Unsinn!«, widersprach Erik heftig. »Hast du vergessen, dass zwei meiner Männer an der Fenrismark gefallen sind? Glaubst du, ich hätte ihre Leben geopfert, nur um von meiner eigenen Untat abzulenken? Oder glaubst du, ich hätte dir von meinem Misstrauen gegen die Gilde erzählt und von der Vergangenheit meines Volkes, wenn mir doch klar sein musste, dass ich mich dadurch nur verdächtig mache? Ich wollte dir die Augen öffnen, das ist alles!« Seine Stimme war so laut geworden, dass sie sich zuletzt überschlagen hatte. Sein bärtiges Gesicht war gerötet, sein Brustkorb hob und senkte sich heftig unter der Schuppenbrünne, und er brauchte einen Moment, um sich zu sammeln. »Ich habe deine Meisterin nicht getötet, Kalliope«, sagte er dann, »das musst du mir glauben!«

»Offen gestanden weiß ich nicht mehr, was ich glauben soll und was nicht. Ich dachte, du wärst mein Verbündeter, mein Freund!«

»Das war ich.« Er deutete hinaus auf die Schiffe. »Ehe du des Königs Schlächter nach Jordråk gerufen hast!«

»Du hast keinen Grund, mir zu misstrauen«, machte Kalliope klar. »Ich bin es nicht gewesen, der Dinge verheimlicht und Wahrheiten bewusst verschleiert hat!«

Erik nickte und hob seine zur Faust geballte Rechte. »Und du glaubst, das macht mich zu einem Mörder?«, fragte er.

»Und du denkst, meine Zugehörigkeit zur Gilde macht mich zur Verräterin?«, fragte sie dagegen.

Einen ausgedehnten Augenblick lang standen sie einander auf dem Söller gegenüber, umgeben von den trutzigen Burgmauern auf der einen und den angriffsbereiten Schiffen auf der anderen Seite, über ihnen der düstergraue Himmel. Beide wussten, dass es an der Zeit war, eine Entscheidung zu treffen ...

»So kommen wir nicht weiter«, fasste Kalliope zusammen.

»Nein«, gab Erik zu. »Was also schlägst du vor?«

»Lass mich gehen«, erwiderte sie.

»Das kann ich nicht. Mein Vater hat befohlen, dich zu ihm zu bringen, und er duldet keinen Widerspruch. Seiner Ansicht nach bist du unsere letzte Sicherheit, ein letztes Faustpfand gegen einen Angriff der königlichen Truppen.«

»Er – will mich als Geisel festhalten?«

»Als Sicherheit«, drückte Erik es freundlicher aus. »Er glaubt, dass man uns nicht angreifen wird, solange du dich in unserer Gewalt befindest.«

»Da irrt er«, widersprach Kalliope. »Wenn die Gilde von eurer Schuld überzeugt ist, wird sie nicht einer Schülerin wegen zögern, sondern ihr Leben für das Allgemeinwohl opfern. Das Schicksal des Einzelnen zählt nicht, von Belang ist nur die Wiederherstellung des Gleichgewichts – so steht es im Codex geschrieben, und es ist unsere feste Überzeugung. Euch bleiben nur zwei Möglichkeiten – die Bedingungen anzunehmen und den königlichen Truppen Zugang zur Stadt zu gewähren ...«

»Niemals!« Eriks Gestalt straffte sich, seine Rechte fuhr an den Griff seines Schwertes.

»... oder mich gehen zu lassen, damit ich meine Mitschwestern aufsuchen kann.«

»Und was willst du ihnen sagen?«, fragte Erik bitter. »Dass der Mörder deiner Meisterin in Thulheim weilt?«

Kalliope sah ihn lange an – und entschied mit dem Herzen.

»Nein«, hörte sie sich selbst mit bebender Stimme sagen, noch ehe ihr Verstand dem Entschluss zugestimmt hatte, »ich bin bereit, dir zu glauben. Lass mich gehen, und ich verspreche dir, dass ich mich für Jordråk verwenden werde. Bei alldem kann es sich nur um ein schreckliches Missverständnis handeln, und ich werde alles daransetzen, es aufzuklären.«

Erik biss sich auf die Lippen. »Und mein Vater? Was wird er sagen, wenn ich dich gehen lasse?«

»Es ist nicht seine Entscheidung, sondern deine«, stellte Kalliope klar. »Eine weise Frau pflegte einst zu sagen, dass nur das wahre Leben Meisterschaft hervorbringt, und sie hatte damit recht. Wichtig ist nicht, wer wir sind oder was wir gelernt haben, sondern was wir im entscheidenden Moment tun.«

»Aber wenn ich mich falsch entscheide …«

»Du hast dich bereits entschieden«, war Kalliope überzeugt, »sonst hättest du mich nicht hierhergeführt, sondern gleich zu deinem Vater gebracht.«

Er sah sie unverwandt an, und sie hatte das Gefühl, in der abgründigen Tiefe seiner blaugrauen Augen zu versinken. Eine Kreatur, die keine Seele hatte, sagte sich Kalliope, hätte sie niemals auf diese Weise anzusehen vermocht …

»Also gut«, sagte Erik. »Ich bin einverstanden.«

7. Kapitel

Es war der vierte Tag auf Bazarra.

Die meiste Zeit über hielten sich die Gefährten im Schutz der Höhle auf, die Croy für sie ausgewählt hatte und die sich am Ende eines schmalen Canyons befand, der durch den rötlich braunen Fels des Wüstensplitters schnitt. Jeweils zwei der Gefährten übernahmen eine Wachschicht; zwischen den glatten, sandgestrahlten Felsen des südlichen Canyonrands sitzend, blickten sie hinauf auf die Dünen, die den größten Teil von Bazarra bedeckten und hinter denen sich irgendwo Al Battra befand, die nächstgelegene Siedlung. Wenn überhaupt, war wohl nur von dort ein Angriff zu erwarten, sodass das Versteck gut gewählt war. Jago hatte dennoch etwas auszusetzen …

»Bah«, machte der Chamäleonid, der die Wache zusammen mit Kieron innehatte. Es war nach Mittag, und die Sonne, die erbarmungslos vom blassblauen Himmel brannte, ließ den Sand und die Felsen erglühen. Die Luft ringsum flimmerte, heißer Wind trieb Sand und Staub über die Dünen. »Dieses Klima ist nichts für mich. Ich werde hier noch vertrocknen – und der verdammte Katzmann trägt Schuld daran.«

»Du mmm-magst Croy nicht, oder?«, fragte Kieron, der neben ihm kauerte. Um seine noch immer helle Haut vor der erbarmungslosen Sonne zu schützen, hatte er sich ein Tuch um den Kopf geschlungen.

»Hab keinen Grund dazu. Der Katzmann ist schuld an allem, was geschehen ist. Er war es, der in mein Gasthaus eingedrungen ist und mich bestohlen hat. Nur ihm habe ich es zu verdanken, dass ich beinahe im Kerker geendet wäre. Und nur seinetwegen sitze ich jetzt hier in diesem elenden Glutofen fest.«

»W-w-wir leben«, meinte Kieron, »das ist doch eee-etwas.«

»Ja, aber wie lange noch? Das Wasser, das wir am anderen Ende der Schlucht gefunden haben, wird nicht lange reichen – allein schon das verdammte Riesenvieh säuft in der Stunde mehr als wir alle den ganzen Tag über!«

»Der Sturmhai muss leben«, sagte Kieron.

»Und ich etwa nicht?«, fragte Jago dagegen. »Du solltest dich reden hören, Mensch – du klingst schon wie der Katzmann. Nicht mehr lange, und dir werden Klauen wachsen und ein schwarzes Fell.«

»Das will ich nicht hhh-hoffen«, entgegnete Kieron lächelnd. Sogar über Jagos verärgerte und bräunlich verfärbte Züge glitt der Anflug eines Grinsens.

»Ja-Jago?«

»Hm?«

»Wa-was weißt du über mich?«

Der Chamäleonid schickte Kieron einen geringschätzigen Blick. »Was soll ich über dich wissen? Dass du ein Nichtsnutz warst in all den Jahren!«

»Ich w-weiß«, versicherte Kieron. »Aber ich würde tro-tro-tro…«

Der Chamäleonid verdrehte die halbrunden Augen. »Trotzdem«, knurrte er.

»… ge-gerne wissen, wer ich bi-bin«, führte Kieron den Satz zu Ende.

»Wer sollst du schon sein? Einer von zigtausend Sklaven, die auf Madagor ihren Dienst versehen.«

»Wa-wa-war ich schon immer ein Sklave?«

»Warum fragst du?« Jago sah ihn forschend an und nickte dann. »Verstehe. Der Katzmann, nicht wahr? Er hat dir den Floh ins Ohr gesetzt.«

»Er sa-sagte, ich solle herausfinden, wer ich b-bin.«

»Da gibt es nicht viel herauszufinden. Ein Sklave bist du, und das schon immer.«

»B-bist du sicher?«

»Natürlich. Du warst in der Konkursmasse, als ich den ›Feuerkürbis‹ übernahm. Damals war das Lokal eine üble Spelunke. Heute ist es dank meines Zutuns ...«

»... no-noch immer eine Spelunke«, versicherte Kieron.

»Ja, aber eine, die ordentlich Gewinn abwirft«, konterte Jago grinsend. »Das ist unter meinem Vorgänger anders gewesen. Oder warum, glaubst du, hat er den ›Feuerkürbis‹ beim Spiel versetzt? Er hatte nichts zu verlieren.«

»Wa-was weißt du über ihn?«

»Über den stinkenden Loduco? Nicht sehr viel, außer dass er ein Halsabschneider und Säufer gewesen ist wie alle Schlangenmänner.«

»Woher stammte er?«

Jago zuckte mit den schmächtigen Schultern. »So gut habe ich ihn nicht gekannt – nur gut genug, um zu wissen, dass er gerne würfelte. Also habe ich mit ihm um den Besitz des ›Feuerkürbis‹ gespielt – und gewonnen. Bettelarm bin ich nach Madagor gekommen, und nun sieh, was ich aus mir gemacht habe!« Stolz wie ein Tauride breitete er die Arme aus. Erst nach einigen Augenblicken schien er sich seines schäbigen Äußeren und der unwirtlichen Umgebung bewusst zu werden, und sein Lächeln bröckelte aus seinem Gesicht wie Putz von einer alten Mauer. »Nun ja«, fügte er verdrießlich hinzu, »jedenfalls, wenn ich erst zurück auf Madagor bin. Aber danach sieht es vorerst nicht aus, denn der Katzmann hat nicht vor, das Artefakt an Novaro herauszurücken. Dabei ist es offensichtlich, dass er sich geirrt hat.«

»Inwiefff-fern?«

»Weißt du noch, was er uns auf Nergal erzählt hat?«, fragte Jago. »Dass es sich bei dem Artefakt um einen Gegenstand von beträchtlichem Wert und großer Machtfülle handle! Und was hat er uns schließlich angeschleppt? Einen dämlichen Schild, nichts weiter.«

»Vie-vielleicht verfügt der Schild über besondere Kräfte«, gab Kieron zu bedenken.

»Natürlich – und Schweine können fliegen.«

»Nnn … na ja«, meinte Kieron, »im ›Feuerkürbis‹ hatten wir mal einen Porciden zu Gast, der konnte tatsächlich …«

»Jetzt werd nicht frech«, knurrte Jago und senkte seine Stimme zu einem Flüstern, während seine halbkugelförmigen Augen argwöhnisch nach zwei verschiedenen Seiten spähten. »Hast du dir den Katzmann in letzter Zeit mal näher angesehen?«

»Was me-meinst du?«

Der Chamäleonid tippte sich vor seine hervorspringende Stirn. »Der Kerl ist verrückt! Lässt uns alle hier festsitzen, nur weil er noch eine Rechnung mit dem Handelskontor offen hat. Wir sollten aufhören, nach seiner Pfeife zu tanzen, schließlich sind wir nicht mehr auf Nergal. Und der Schild gehört uns ebenso wie ihm, denn wir haben Kopf und Kragen dafür riskiert.«

»Und das be-bedeutet?« Kieron merkte, wie sich seine Nackenhaare sträubten. Die Richtung, in die sich das Gespräch entwickelte, gefiel ihm nicht.

»Wir sollten den Schild an uns nehmen«, fuhr Jago in seiner Verschwörerstimme fort. »Dann könnten wir ihn nach Madagor zu Novaro bringen und unseren Teil des Handels erfüllen. Dann wäre die Sache erledigt und jeder von uns könnte wieder tun und lassen, was er will.«

»D-du denkst wirklich, es wä-wäre so einfach?«

»Natürlich, warum denn nicht?«

»Du vergisst wohl, dass auch der Geheimdienst der Kai-Kai-Kaiserin hinter uns her ist …«

»Schwachsinn«, blaffte der Chamäleonid. »Das Schoßäffchen der Kaiserin ist nicht hinter uns her, sondern hinter dem Schild. Wenn also jemand Probleme bekommen wird, dann ist es Novaro, aber ganz sicher nicht wir.«

»Vielleicht«, gab Kieron zu. »Und wer soll deiner Ansicht nach den Schhh-Schild an sich nehmen?«

»Ich sicher nicht«, wehrte Jago ab. »Sobald ich mich in die Nähe wage, würde mir der Katzmann den Kragen umdrehen. Aber dir vertraut er.«

»Nein«, wehrte Kieron kopfschüttelnd ab. »Das wi-will ich nicht.«

»Was willst du nicht?«

»Croy bestehlen. Und ich wi-will auch nicht zuuu-zurück nach Ma-Ma-Madagor.« Es kostete den Jungen einige Überwindung, die Worte auszusprechen, entsprechend unsicher klangen sie.

»Warum nicht?«

»We-weil ich dort nur ein Sklave bin. Da-da-darum.«

»Bilde dir bloß nichts ein«, fuhr Jago ihn an. »Du magst das Sklavenband nicht mehr um deinen dürren Hals tragen, aber das bedeutet nicht, dass sich zwischen uns irgendetwas geändert hätte. Der Katzmann kann erzählen, was er will – es ändert nichts daran, dass du nach wie vor mein Eigentum bist und ich dein Herr!«

»Da-das ist nicht wahr!«

»Und ob das wahr ist – willst du die Urkunde sehen?«

»We-wenn alles so ist, wie du sagst«, erwiderte Kieron leise und mit bebender Stimme, »warum sollte ich dir dann he-helfen? Croy ist mein Freund.«

»Blödsinn. Der Katzmann denkt nur an sich selbst. Nur aus diesem Grund sitzen wir auf diesem elenden Staubklumpen fest.«

»Aaa-aber er ist immer gut zu mir gewesen, im Gegensatz zu di-di-dir.«

»Mir kommen gleich die Tränen«, versicherte Jago. »Und wenn ich dir etwas geben könnte, was unsere Samtpfote dir nicht geben kann?«

»Wa-was zum Bei-Beispiel?«

»Nun« – der Chamäleonide grinste – »vielleicht weiß ich doch etwas über deine Vergangenheit.«

»Du lü-lü-lügst!«

»Bisweilen«, gab Jago unumwunden zu, »doch nicht in diesem Fall. Zumindest eine Sache hat mir der alte Trottel nämlich anvertraut, kurz bevor er starb.«

»Wer? Loduco?«

»Nicht doch«, wehrte Jago ab. »Simrod natürlich!«

Schon die Erwähnung des Namens genügte, um Kieron innerlich zusammenfahren zu lassen. Simrod war der alte Sklave gewesen, der sich wie ein Vater um ihn gekümmert und ihn so viele nützliche Dinge gelehrt hatte …

»Wa-wa-was hat er gesagt?«, wollte er sofort wissen.

Jago grinste breit. »Das, mein Junge, werde ich dir verraten, sobald wir zurück in Shantanpur sind.« Er atmete tief durch, sog die heiße Wüstenluft in seine Lungen, nur um gleich darauf von einem heftigen Hustenanfall geschüttelt zu werden. »Ich muss rasch fort von hier«, meinte er, »dieses trockene Klima ist wirklich Gift für meinesgleichen …«

8. Kapitel

Das Gefährt, mit dem Kalliope zur königlichen Flotte übersetzte, war eine kleine Gondel, wie sie auch auf Ethera zum Transport einzelner Personen oder kleiner Gruppen verwendet wurde. Mit dem Unterschied, dass diese aus Holz gefertigt war und ein Dach die Passagiere vor dem rauen Wetter Jordråks schützte.

Erik hatte darauf bestanden, dass Urgar und der andere Einherjar Kalliope begleiteten; auf diese Weise hatte er wohl das Gefühl, die Kontrolle über die Geschehnisse nicht vollständig aus den Händen zu geben. Kalliope hingegen hatte sich Kapitän Baramiro als Begleiter ausbedungen, der mit der *Volanta* noch immer im Hafen von Thulheim festsaß. Trotz allem, was geschehen war, war sie offiziell noch immer eine Schülerin; wenn Baramiro jedoch berichtete, was sich am Ende ihrer Überfahrt zugetragen hatte, verlieh das Kalliopes Worten womöglich mehr Gewicht …

»Was hat das alles zu bedeuten?«, fragte der Kapitän mit Blick auf die königlichen Schiffe, die wie ein drohendes Ungewitter am Himmel über Jordråk hingen.

»Um das herauszufinden, sind wir hier«, entgegnete Kalliope, während das Boot dem Flaggschiff der königlichen Flotte entgegenschwebte. Nicht ihr Wille war es, der es in der Luft hielt, sondern der einer der Gildeschwestern, die auf dem Flaggschiff weilten. So froh Kalliope darüber war, ihre ohnehin stark strapazierten Kräfte nicht einsetzen zu müssen, war sie doch verwundert über diese Geste, die sie nicht anders deuten konnte denn als Zeichen des Misstrauens.

»Glaubt Ihr, wir werden Jordråk bald verlassen können?«, fragte Baramiro, der sich noch immer nicht rasiert hatte – infolgedessen wucherte ein wüstes grauschwarzes Ungetüm in seinem hageren Gesicht. »Meine Männer werden allmählich unruhig. Sie wollen nach Hause.«

»Ich kann Eure Männer gut verstehen, Kapitän«, versicherte Kalliope. »Keiner von ihnen hat damit gerechnet, so lange in der Fremde verweilen zu müssen. Vielleicht dürfen wir ja alle bald nach Hause zurückkehren.«

Nach Hause …

Der Nachklang dieser Worte berührte Kalliope auf seltsame Weise. Einerseits sehnte sie sich noch immer danach, Ethera endlich wiederzusehen – andererseits ertappte sie sich dabei, dass ihr der Gedanke, Jordråk zu verlassen, bei Weitem nicht so gefiel, wie er es hätte tun sollen …

Sie näherten sich dem Flaggschiff.

Es war größer als die übrigen und verfügte zusätzlich zum Heckkastell über weitere Aufbauten, die es wie eine fliegende Festung wirken ließen; nicht nur, dass das Schanzkleid mehrfach verstärkt und mit Zinnen versehen war, es gab auch zwei halbrunde Türme, die das Vordeck zu beiden Seiten säumten und mit *ballistae* versehen waren. Mittschiffs war eine weitere Pfeilschleuder montiert, die sich schwenken ließ und die, zu Kalliopes Irritation, in diesem Augenblick auf die Gondel ausgerichtet wurde. Nicht nur sie fragte sich, was dies zu bedeuten haben mochte, auch Baramiros hohe Stirn legte sich in Falten. Der Kapitän ließ ein besorgtes Knurren vernehmen, sagte aber nichts. Fast hatte es den Anschein, als wollte ihnen die Levitatin, die die Gondel lenkte, einen Eindruck von der Kampfkraft und Stärke des königlichen Flaggschiffs geben. Denn statt die Besucher direkt dorthin zu bringen, ließ sie sie das Schiff einmal umrunden, vorbei an den Seitentürmen und unter dem steil aufragenden Bug hindurch, ehe sie auf dem Hauptdeck zur Landung ansetzte.

Der Empfang war alles andere als freundlich.

Eine Abteilung schwer bewaffneter Soldaten, die die Kesselhaube und den blauen Rock der königlichen Truppen trugen, stand bereit, um die Gildeschwester und ihre Begleiter in Empfang zu nehmen.

Unbehelligt ließ man Kalliope und Kapitän Baramiro aussteigen. Als sich die beiden Einherjar jedoch ebenfalls anschickten, die Gondel zu verlassen, blickte ihnen eine Phalanx gesenkter Knebelspieße entgegen.

Kalliope sah das Unverständnis und den Zorn in Urgars Gesicht – waren sie nicht treue Vasallen Tridentias? Warum wurden sie so feindselig behandelt? Sie nickte dem alten Kämpen zu und gab ihm mit einem Blick zu verstehen, dass sie sich um alles kümmern und das Missverständnis aufklären wollte. Daraufhin schien er sich ein wenig zu beruhigen.

Sein Kamerad und er blieben an Bord der Gondel zurück, während Kalliope und Baramiro einem Unterführer folgten, der sie nach achtern zum Kastell brachte. Durch einen überdachten Niedergang gelangten sie unter Deck, und der Soldat führte sie in eine Kajüte, die ganz offenbar für Verhandlungen bestimmt war. In der Mitte des länglichen Raumes, der keine Fenster besaß und von mehreren von der Decke hängenden Öllampen beleuchtet wurde, stand ein Tisch. An der Stirnwand hing eine blaue Standarte mit den drei Kronen Tridentias darauf.

»Warum bringst du mich hierher?«, verlangte Kalliope von dem Unterführer zu wissen. »Wer führt den Befehl über dieses Schiff? Ich bin eine Angehörige der Levitatengilde und verlange eine meiner Mitschwestern zu sprechen.«

»Deinem Wunsch wurde bereits entsprochen«, sagte jemand hinter ihr.

Kalliope fuhr herum. Erst jetzt bemerkte sie die Gestalt, die in der nur spärlich beleuchteten Ecke stand. In dem schwarzen Gewand, das sie trug, war sie gegen den dunklen Hintergrund kaum auszumachen.

»Wer …?«, wollte Kalliope fragen, als die Gestalt bereits vortrat und ihre Kapuze zurückschlug.

Prisca.

Kalliope wusste nicht, ob sie verwundert oder bestürzt, freudig erregt oder verärgert sein sollte. Spontane Freude drängte sie dazu, auf die Freundin zuzustürzen und sie herzlich zu umarmen, doch etwas sagte ihr, dass Vorsicht angeraten war.

Prisca hatte sich verändert.

Nicht länger trug sie die helle Robe einer Schülerin, sondern war in tiefstes Schwarz gekleidet, gerade so wie ihre Meisterin. Auch hatte sie ihr rotes Haar nicht mehr lang und offen, wie sie es früher meist getragen hatte, sondern kurz geschnitten, sodass ihre blassen Gesichtszüge hart und markant hervortraten. Eine Aura der Unnahbarkeit umgab sie, kein Aufflackern von Freude war in ihren Augen zu erkennen.

»Prisca …«

»Ich grüße dich, Schwester«, entgegnete die Freundin kühl. »Waren die Schwingen des Windes dir gewogen?«

Kalliope war wie erstarrt. Nicht nur, weil sie nicht damit gerechnet hatte, der Freundin zu begegnen. Sondern auch, weil sich diese der offiziellen Begrüßungsformel bediente.

»Sie haben mich nach dem Willen der Urmutter hierhergetragen und das Gleichgewicht wiederhergestellt«, antwortete Kalliope mit der formellen Entgegnung, und beide verbeugten sich.

»Du siehst überrascht aus, Schwester«, stellte Prisca fest.

»Das bin ich«, gab Kalliope unumwunden zu. »Eben noch weilen wir beide als Schülerinnen auf Ethera, und nun …«

»Ich bin keine Schülerin mehr«, gab Prisca bekannt. »Nachdem ich mich im Einsatz bewährt habe, hat mich Harona in den Reifegrad erhoben. Ich bin jetzt eine Meisterin.«

»Ich gratuliere.« Kalliope bemühte sich redlich, den bitteren Beigeschmack zu verdrängen und sich für die Freundin zu freuen. Dass ihre Meisterin auch sie kurz vor dem Tod zur Levitatin gemacht hatte, behielt sie für sich. Später würde noch Zeit genug sein, dergleichen zu besprechen – vorerst gab es wichtigere Dinge zu klären …

»Ist es erlaubt zu fragen, was hier vor sich geht?«, ließ sich nun erstmals Kapitän Baramiro vernehmen. »Bei allem Respekt, Gildemeisterin, ich habe ein Schiff im Hafen liegen und eine Besatzung, die …«

»Seid unbesorgt, Kapitän«, gab Prisca dem Luftschiffer zur Antwort, »an Euch und Eure Männer wurde gedacht. Sobald die Übergabe der Stadt vollzogen ist, wird eine Levitatin an Bord der *Volanta* kommen und sie sicher zurück in den Innensektor geleiten. Die

Gilde dankt Euch für Eure treuen Dienste und wird sich entsprechend erkenntlich zeigen.«

»Mehr wollte ich nicht hören«, erwiderte Baramiro. »Ich danke Euch, Gildeschwester.«

»Die Gilde hat zu danken, Kapitän. Wenn Ihr uns nun entschuldigen würdet.«

Die Worte waren mit jener unnahbaren Autorität gesprochen, die auch Harona ihr Eigen nannte – Prisca hatte von ihrer Meisterin viel gelernt. Der Kapitän verbeugte sich tief und wandte sich zum Gehen, der Unterführer begleitete ihn nach draußen und schloss die Tür hinter sich.

Kalliope und Prisca waren allein.

Zum ersten Mal seit jener Nacht auf Ethera, die so undenklich lange zurückzuliegen schien.

»Die Übergabe?«, hakte Kalliope nach. »Du rechnest also damit, dass Fürst Magnusson Thulheim aufgeben wird?«

Wenn sie angenommen hatte, dass Prisca nun, da sie ungestört waren, einen vertraulicheren Ton anschlagen würde, so hatte sie sich geirrt. »Magnusson hat keine andere Wahl«, entgegnete die Freundin sachlich, »unsere Übermacht ist zu erdrückend. Wenn er sich unserem Willen nicht fügt, wird er die Folgen seines aufrührerischen Verhaltens am eigenen Leib zu spüren bekommen.«

»Aufrührerisches Verhalten? Er hat nichts getan!«

Prisca starrte sie kalt an. »Das sagst ausgerechnet du? Solltest du vergessen haben, dass deine Meisterin hier auf Jordråk ermordet wurde?«

»Nein«, versicherte Kalliope mit bebender Stimme, »das habe ich keineswegs vergessen, und ich habe alles darangesetzt, den Mord an meiner Meisterin aufzuklären. Allerdings habe ich keinen Hinweis darauf gefunden, dass Fürst Magnusson oder einer seiner Leute damit in Verbindung stehen.«

»Wirklich nicht?« Der Blick von Priscas grauen Augen wurde unangenehm, geradezu durchdringend.

»Nein«, wiederholte Kalliope unbehaglich.

»Wer ist dann der Mörder? Bist du bei deinen Ermittlungen zu einem abschließenden Ergebnis gekommen?«

»Es gibt hier eine Rasse von Animalen, die sich Skolls nennen und die jenseits der Ebene von Vigrid siedeln«, erklärte Kalliope, »Wolfsmenschen, blutrünstige Kreaturen niederster Art. Sie sind es gewesen, die sowohl Schwester Glennara als auch meine Meisterin getötet haben.«

»Kannst du das beweisen?«

»Prisca ...«

»Kannst du es beweisen, will ich wissen?«

»Noch nicht, aber ...«

»Das hat meine Meisterin auch nicht angenommen«, fiel Prisca ihr ins Wort. »Deshalb hat sie mich geschickt, um die Untersuchung abzuschließen und dafür zu sorgen, dass sich dergleichen nicht wiederholt.«

Kalliope starrte sie verständnislos an.

»Es haben sich einige Dinge geändert, seit du Ethera verlassen hast. Harona wurde als ständige Vertreterin nach Tridentia bestellt und weilt nun am Hof des Königs. Sie hat dort großen Einfluss gewonnen und nutzt ihn, um auf der Königswelt für Ordnung zu sorgen.«

»Das verstößt gegen den Codex«, wandte Kalliope ein. »Ist es den Schwestern der Gilde nicht untersagt, sich in Belange der Politik einzumischen? Waren die *primae* nicht der Ansicht, dass die Gilde dadurch zu mächtig werden und ihre Mitglieder der Macht der *hybris* erliegen könnten?«

»Was wäre die Alternative?«, fragte Prisca dagegen. »Tatenlos zuzusehen, wie immer noch mehr unserer Mitschwestern spurlos verschwinden oder ermordet werden? Wie die Flamme der Revolte eine Außenwelt nach der anderen erfasst? Wie das Nox immer mehr an Macht gewinnt und die Menschheit in Barbarei und Dunkelheit zurückstürzt?«

»Aber ...«

»Wir leben in Zeiten der Veränderung, Schwester. Was wir erleben, ist erst der Anfang.«

»Der Anfang wovon?«

»Vom Ende«, erwiderte Prisca lächelnd. »Wenn wir nichts unternehmen, wird die Gilde untergehen. Die Erhabene Schwester hat das längst erkannt, und es wird Zeit, dass wir uns dieser Herausforderung stellen. Deshalb werden wir ein Exempel statuieren, um eine klare Botschaft ins Sanktuarion hinauszuschicken und zu zeigen, was denen widerfährt, die ihre Hand gegen die Gilde erheben.«

»Wie ich schon sagte«, wandte Kalliope abermals ein, sich mühsam beherrschend, »die Menschen von Jordråk können nichts dafür. Sie bekämpfen die Skolls von alters her.«

»Offenbar nicht entschieden genug«, beharrte Prisca. »Aber auch diesem Mangel werde ich abhelfen.«

»Du?«

»Ich werde Jordråk im Namen des Königs übernehmen«, bestätigte die Freundin, »und zwar so lange, wie es nötig sein wird, um die nokturnen Verschwörer auszumachen und ihrer gerechten Strafe zuzuführen.«

Kalliope erschrak über die Kälte in ihrer Stimme. Sie erinnerte sich an den Wortlaut des königlichen Dekrets, das Erik ihr gezeigt hatte – und sie begriff …

»Die Inquisitorin … bist du!«

»Ich bekleide lediglich das Amt, das meine Meisterin mir übertragen hat«, entgegnete Prisca mit einer Bescheidenheit, die unaufrichtig wirkte.

»Aber die Inquisition existiert nicht mehr! Sie wurde abgeschafft, schon vor vielen Jahren …«

»Ein Fehler«, konterte Prisca, »denn ganz offenkundig bedürfen wir ihrer, um uns zu schützen. Nur Stärke vermag uns vor dem zu bewahren, was dort draußen auf uns lauert – und die Furcht, die wir verbreiten.« Sie war hinter den Tisch getreten und stützte sich mit den Armen darauf ab, sodass sie in ihrer schwarzen Robe wie ein bedrohlicher Schatten wirkte.

»Das alles klingt weniger nach ihr als vielmehr nach deiner Meisterin«, stellte Kalliope fest.

»Warum auch nicht?« Prisca nickte. »Harona hat sich stets für eine starke Gilde eingesetzt, und sie hatte recht damit. Wohin hat es uns gebracht, den Völkern des Sanktuarions selbstlos zu dienen? Was soll alle Selbstbescheidung, wenn sie unsere Feinde nur dazu ermutigt, uns zu bedrohen? Nur wenn sie uns fürchten, sind wir vor ihnen sicher. Harona weiß das, deshalb hat sie entsprechende Maßnahmen ergriffen.«

»Wovon genau sprichst du?«, wollte Kalliope wissen. Die Art, wie die Freundin sprach, und der seltsame Glanz, den sie dabei in den Augen hatte, gefielen ihr nicht.

»Ich spreche von der reinigenden Kraft des Feuers, von der leuchtenden Botschaft, die es in alle Himmelsrichtungen sendet und die von der Macht und dem Einfluss der Gilde handelt! Ich habe Dinge getan, Kalliope, die du dir noch nicht einmal vorstellen könntest. Dennoch sind sie notwendig und müssen getan werden.«

»Was für Dinge?«

Statt zu antworten, streckte Prisca die rechte Hand aus. Ihre Augen wurden milchig weiß, während eine der Öllampen ihre Halterung verließ und durch die Luft schwebte. »Ich habe gelernt, unsere Fähigkeit anders einzusetzen.«

»Auf welche Weise anders?«

»Wirkungsvoller«, sagte Prisca nur – und die Öllampe wurde von unsichtbarer Kraft zerquetscht. Die Flamme erlosch, das Öl platschte zu Boden und bildete eine kleine Pfütze, in der schließlich auch die Überreste der Lampe landeten.

»Du meinst zur Zerstörung?«, fragte Kalliope unbeeindruckt.

»Ich meine zur Verteidigung«, widersprach Prisca, deren Blick sich wieder geklärt hatte. »Hast du einmal darüber nachgedacht, welche Macht die Gabe der Levitation uns verleihen würde, wenn wir sie frei und ohne Hemmungen benutzten?«

»Das habe ich«, versicherte Kalliope, »und auch die *primae* haben das getan. Deshalb haben sie den Codex erlassen. Sie wussten, dass solch große Macht gefährlich wäre …«

»Das sagst du nur, weil du nicht ahnst, wie es sich anfühlt, die Gabe auf diese Weise zu benutzen.«

»Ich weiß es«, versicherte Kalliope, »und ich verabscheue es, denn ich habe dabei nicht das Gefühl, meine Fähigkeit zu kontrollieren, sondern dass es genau umgekehrt ist.«

»Dann bist du zu schwach dazu!«

»Es ist keine Frage der Stärke. Auch die Schwestern der Inquisition glaubten einst, ihre Kräfte auf diese Weise nutzen zu können. Heute wissen wir, dass dies ein Irrweg gewesen ist …«

»Nein!«, widersprach Prisca so schneidend, dass Kalliope einen Schritt zurückwich. »Ein Irrweg war es, die Inquisition zu beenden, denn nur dadurch konnte es zu diesen Übergriffen kommen. Wir haben Ketzern und Chimären das Feld geräumt, wo wir hätten kämpfen sollen!«

»Wir wollten niemals vergessen, woher wir kommen«, brachte Kalliope in Erinnerung. »Gewalt ist nicht unser Weg.«

»Deine Meisterin war anderer Ansicht.«

»Unsinn.«

»Hat sie dir nie davon erzählt?«, fragte Prisca genüsslich.

»Was meinst du?«

»Dass sie einst selbst zu jenem Kreis gehörte«, wurde die Freundin deutlicher. »Dass sie eine Inquisitorin gewesen ist.«

»Das ist nicht wahr!«

»O doch. Harona hat es mir verraten. Nur hat deine Meisterin anders als meine nie den Mut gehabt, sich zu ihren Taten zu bekennen.«

Kalliopes Gedanken stockten ebenso wie ihr Atem.

Sollte Prisca die Wahrheit sagen? War Cedara einst eine Inquisitorin gewesen? Aus tiefster Überzeugung hätte Kalliope dies verneint und schon den bloßen Gedanken lächerlich gefunden – wären da nicht die Bilder gewesen, die wie ungebetene Gäste aus dem Hintergrund ihres Bewusstseins auftauchten: der Matrose, wie er zur Decke gerissen wurde und sich das Genick brach; der Schiffskoch, wie er sich selbst erdolchte …

Cedara hatte sich von einer Seite gezeigt, die Kalliope zuvor nie an ihr gesehen hatte. Womöglich, sagte sie sich, gab es noch mehr verborgene Seiten …

»Cedara war eine von uns«, fasste Prisca zusammen, »und du solltest dich uns ebenfalls anschließen.«

»Euch?« Kalliope hob die Brauen.

»Sie nennen uns die ›Neue Inquisition‹. Ein Bund von Schwestern, die sich ihrer Verantwortung nicht länger entziehen. Einige Meisterinnen, die Harona nahestehen, gehören bereits zu uns, und du solltest das ebenfalls tun, um unserer gemeinsamen Vergangenheit willen.«

»Ich soll eine Inquisitorin werden?«, fragte Kalliope spitz. »Um was zu tun? Dir dabei zu helfen, andere Kreaturen zu quälen und zu foltern?«

»Nein. Um die Schuldigen zu finden.«

»Natürlich – und wie unterscheiden wir die Schuldigen von den Unschuldigen? Begreifst du nicht, dass genau das der Punkt war, an dem die Inquisition gescheitert ist?«

»Die alte Inquisition ist gescheitert, weil die Erhabene Schwester ihre Notwendigkeit nie begriffen hat. Nun jedoch weiß sie, dass nichts anderes die Gilde vor dem Untergang bewahren kann, denn sie hat es selbst gesehen.«

»Die Gabe der Hellsicht.« Kalliope nickte. »Meisterin Cedara hat es mir gesagt.«

»Hat sie dir auch gesagt, dass die Erhabene Schwester dem Tode nah ist?«

Kalliope stand wie versteinert. Dann war ihre Befürchtung zutreffend gewesen.

»Cedara hat auch das gewusst«, eröffnete Prisca ihr genüsslich, »aber wie ich deiner Reaktion entnehme, hat sie dir davon nichts gesagt. Die Erhabene Schwester hat ihr Ende gesehen. Und es ist nahe.«

Kalliope rang mit den Tränen, so sehr wühlte sie die Erkenntnis auf. Sie musste an das Stundenglas denken, das wieder und wieder auf den Kopf gestellt wurde – so wie ihre Welt. Und natürlich fragte sie sich, weshalb ihre Meisterin ihr nicht die ganze Wahrheit gesagt hatte. Hatte sie sie beschützen wollen? Hatte sie ihr nicht genug vertraut?

Dann, plötzlich, erinnerte sie sich an ein Gespräch, das sie auf der *Volanta* geführt hatten, kurz nachdem sie das Tor von Ulster passiert hatten. Cedara hatte gesagt, dass sie die Vögel beneide – nicht um ihre Fähigkeit zu fliegen, sondern um ihre Unwissenheit die eigene Zukunft betreffend …

»Aber die Erhabene Schwester sah nicht nur ihr Ende, sondern auch das unsere«, fuhr Prisca unbarmherzig fort, »den Untergang der Welten, das Ende des Sanktuarions. Das Nox wird über uns alle kommen. Nur wenn wir zusammenstehen und Stärke zeigen, werden wir die Katastrophe überleben.«

Kalliope starrte sie an. »Indem wir die Werte des Codex verraten?«, fragte sie mit bebender Stimme. »Das ist es nicht, was die *primae* wollten.«

»Die *primae* waren nicht allwissend. Sie konnten nicht ahnen, was die Zukunft bringen würde.«

»Wohl nicht.« Kalliope nickte. Sie schloss die Augen und brauchte einen Moment, um sich zu fassen. »Aber ich werde lieber dem Untergang der Gilde beiwohnen«, sagte sie dann ruhig, aber mit unverhohlenem Trotz, »als ihren Regeln zuwiderzuhandeln.«

»Muss ich dich daran erinnern, dass du einen Eid geleistet hast? Einen Eid, unsere Gemeinschaft zu schützen und vor Schaden zu bewahren?«

»Ebenso, wie ich geschworen habe, den Sterblichen zu dienen und meine Fähigkeiten zu ihrem Wohl und zum Erhalt des Friedens einzusetzen.«

»Was wir tun, dient dem Frieden.«

»Nein.« Kalliope schüttelte den Kopf so heftig, dass die Feder in ihrem Haar hin- und herflog. »Nur dem, was ihr darunter versteht.«

Noch einen Augenblick lang starrte Prisca sie über den Tisch hinweg an. Dann richtete sie sich auf, so als hätte sie jedes Interesse an einer Fortsetzung des Gesprächs verloren. »Ich bedaure, dass du es so siehst«, sagte sie. »Aber ich hätte es wohl wissen müssen. Harona hatte mich gewarnt.«

»Wovor?«

»Dass ich an dir meine Zeit verschwenden und dir deine Gefühle immer im Weg stehen würden – und Gefühle, wie du weißt, sind ein Feind der Weisheit.«

»Vielleicht«, räumte Kalliope ein. »Aber sie machen uns auch zu menschlichen Wesen.«

»Wer hat dir das beigebracht?« Priscas Blick verriet nun unverhohlene Geringschätzung. »Deine Barbarenfreunde? Harona hatte schon geargwöhnt, dass du dich mit ihnen verbünden würdest. Sie sagte, du wärst zu schwach, um über einen längeren Zeitraum hinweg für dich allein zu existieren.«

»Bist du fertig?« Kalliope setzte alles daran, sich nicht anmerken zu lassen, wie sehr die Worte sie trafen. Harona schien sie komplett durchschaut zu haben – war Kalliope tatsächlich so schwach? War dies der Grund, weshalb Cedara ihr nicht vertraut hatte …?

Sie verabschiedete sich mit einem knappen Nicken und schickte sich an, die Kajüte zu verlassen.

»Wo willst du hin?«

»Zurück auf meinen Posten«, gab Kalliope zur Antwort. »Mein Platz ist auf Jordråk, solange ich nicht offiziell von dort abberufen wurde.«

»Das ist soeben geschehen.«

»Nur der Rat, mit Zustimmung oder im Auftrag der Erhabenen Schwester, kann eine Gesandte entsenden oder zurückrufen.«

»Oder eine Beauftragte des Rates«, stellte Prisca klar. »Du weißt, dass ich dich nicht nach Thulheim zurückkehren lassen kann.«

»Dann wirst du mich aufhalten müssen«, konterte Kalliope und wandte sich um. Sie öffnete die Tür, die nicht verschlossen war, und schritt durch den überdachten Aufgang auf Deck zurück, wo noch immer die Gondel stand.

Prisca schien ihr nicht zu folgen. Zielstrebig trat Kalliope auf die Gondel zu – bis sie bemerkte, dass etwas nicht stimmte. Das Boot war verlassen, die beiden Einherjar verschwunden. Nur Kapitän Baramiro war noch dort, und seine hageren, sonnengebräunten Züge hatten sich aschfahl eingefärbt.

»Was …?«

Sie erkannte, dass er nach oben sah, und folgte seinem Blick – um einen entsetzten Schrei auszustoßen.

Von der untersten Rah baumelten die nackten, leblosen Körper zweier Männer, die am Halse gehängt worden waren. Ihre Haut war so bleich wie der Schnee auf Jordråks Klippen, ihr langes Haar und ihre Bärte wehten im eisig kalten Wind.

Urgar und sein Begleiter …

Kalliope verspürte Übelkeit.

»Nein!«, rief sie und konnte die Tränen nicht länger zurückhalten. »Neeein …!«

»Ich ahnte, dass du mich nicht verstehen würdest«, beschied ihr Prisca, die lautlos neben sie getreten war, »deshalb habe ich vorgesorgt.«

»Aber … warum musstest du sie töten?«

»Nicht ich habe sie getötet, sondern du. Wärst du nicht so störrisch gewesen, hätten sie nicht sterben müssen. Es ist an der Zeit, dass du erkennst, dass alles im Sanktuarion miteinander verbunden ist – und dass du dich nicht einfach aus deiner Verantwortung stehlen kannst. Die Zukunft gehört denen, die sie zu gestalten wissen.«

»Sie gestalten? So?« Kalliope deutete auf die Gehenkten.

»Ihr Beispiel wird anderen als Abschreckung dienen. Sie sind also nicht vergeblich gestorben, wenn es das ist, was dich quält. Die Ziele der Gilde haben Vorrang. Sie sind unendlich wichtiger als das Schicksal Einzelner …«

»… oder einer einzelnen Welt«, ergänzte Kalliope.

Prisca nickte. »Du beginnst allmählich zu begreifen.«

»Ja«, bestätigte Kalliope, die in diesem Augenblick an Erik denken musste, an ihr dramatisches Erlebnis an der Fenrismark, an die unzähligen Gespräche, die sie miteinander geführt, an die Dinge, die er ihr über die Gilde erzählt, an das Geheimnis, das er ihr offenbart hatte, und die Ängste, die sie damit verband. »Allmählich verstehe ich tatsächlich.«

»Und? Wie lautet deine Entscheidung?«

Kalliopes Blick glitt zu dem bärtigen Hünen hinauf, dessen nackter Leichnam von der Rah hing.

»Ich habe mich bereits entschieden«, sagte sie nur.

»Du erreichst damit nichts. Jordråk wird fallen, ob du mit uns oder gegen uns bist.«

Kalliope sandte ihrer einstigen Seelenschwester einen zweifelnden Blick. »Was ist nur geschehen?«, fragte sie, sich der Gelehrtensprache bedienend, damit die Soldaten auf Deck sie nicht verstehen konnten. »Was ist nur aus dir geworden? Wir sind Freundinnen gewesen, Schwestern in der Tat wie im Geist …«

»Nein«, widersprach Prisca, »denn eine Schwester hätte mir niemals angetan, was du getan hast, damals, in jener Nacht.«

»Wir haben es … beide getan.«

»Es war ein Fehler, das wusstest du genau«, zischte Prisca, und für einen kurzen Augenblick schien sie nicht die mächtige Inquisitorin zu sein, sondern nur das verletzte Mädchen.

»Ja, Prisca«, stimmte Kalliope leise zu. »Ich fürchte, das war es.«

Mehrere Bewaffnete traten auf sie zu, die sie in Gewahrsam nahmen und abführten, während Prisca – nun wieder in kalter Beherrschtheit – die Verhandlungen für gescheitert erklärte und den Befehl zum Angriff gab.

9. Kapitel

Es war nur ein Traum.

Kieron wusste es – und dennoch erlebte er alles, was vor seinen Augen geschah, mit einer Intensität, als würde es sich tatsächlich ereignen.

Die Schiffe hatten beigedreht … Fremdartige Schiffe mit kurzen, breiten Rümpfen und turmartigen Aufbauten, fliegenden Festungen ähnlich. Und, was Kieron am meisten verblüffte, es gab keine Tiere, die sie in der Luft hielten! Keine Sturmhaie, keine Gasatmer und keine Drachen, auf deren Schwingen sie reisten! Im Gegenteil schienen die Schiffe, die unter voller Takelung segelten, einfach nur in der Luft zu schweben, von unsichtbarer Kraft gehalten – und sie waren zum Angriff übergegangen!

Zu einer breiten Formation aufgefächert, hatten sie begonnen, die Festung zu beschießen, die über den Klippen des Weltenrandes thronte. Langen Feuerzungen gleich zogen die Brandgeschosse ihre Bahn am glutroten Abendhimmel, ehe sie mit vernichtender Wucht einschlugen und die hölzernen Hurden in Brand setzten, die über den Mauern der Festung errichtet worden waren. Die Verteidiger der Festung leisteten erbitterten Widerstand, doch ihre Brandpfeile verfehlten meist ihr Ziel. Lediglich eines der Schiffe ging in Flammen auf, als seine Takelage Feuer fing – die anderen rückten unaufhaltsam vor.

Schon hatte eines von ihnen die Mauer erreicht und ging längsseits. Hölzerne Stege, an deren Enden metallene Haken befestigt waren, fielen herab und überwanden die Kluft zwischen dem Schiffsdeck und den Zinnen der Burg – und schon im nächsten Augenblick stürmten Reihen in blaue Röcke gekleideter Kämpfer über die soeben geschlagenen Brücken.

Ein heftiger Kampf entbrannte, dessen atemloser Zeuge Kieron wurde. Er konnte sehen, wie der vorderste Angreifer von den Zinnen kippte, eine klaffende Wunde im Brustkorb, die die Axt eines Verteidigers geschlagen hatte. Doch schon einen Augenblick später hatte ein halbes Dutzend weiterer Kämpfer die Kluft überwunden, und auf dem Wehrgang setzte ein entsetzliches Gemetzel ein. Die Verteidiger – wild aussehende, bärtige Männer, die gehörnte Helme trugen und breite Äxte schwangen – wehrten sich mit aller Macht, aber der zahlenmäßigen Übermacht des Feindes hatten sie nichts entgegenzusetzen. Ein Brandgeschoss schlug ein, das die Hälfte der Krieger vom Wehrgang fegte. Dann machte ein zweites Schiff fest, und der Widerstand brach endgültig zusammen.

Die Festung stand in Flammen. Wohin er auch blickte, sah Kieron Rauchsäulen emporsteigen. Er hörte Schreie und roch den bitteren Odem des Feuers, sah Kämpfer beider Seiten sterben … und plötzlich erblickte er *sie*.

Eine junge Frau.

Sie mochte etwa in seinem Alter sein und trug ein schlichtes graues Kleid. In ihrem schwarzen Haar, das in sanften Locken auf ihre Schultern fiel, steckte eine Feder. Ihr Gesicht war blass und ebenmäßig und von sanfter Schönheit … und er konnte die Furcht in ihren blauen Augen sehen.

»Kieron! Kieron …!«

Mehrmals hintereinander rief sie seinen Namen, dann hob sie die Hand und deutete nach oben. Kieron blickte hinauf zum orangeroten Himmel – nur um zu erkennen, dass sich die Rauchsäulen, die allenthalben aufstiegen, dort zu einem Zeichen vereinigt hatten, zu einem Symbol, das er nur zu gut kannte: zwei Halbkreise, die sich im Scheitel berührten, von einem lotrechten Balken durchzogen …

»Das Symbol auf dem Schild!«

Mit einem Ruck fuhr Kieron in die Höhe. Zwar wusste er diesmal sofort, wo er sich befand und dass es nur ein Traum gewesen war – das Bild, das er zuletzt gesehen hatte, ließ ihn dennoch nicht los.

»Das Symbol auf dem Schild«, wiederholte er atemlos, »ich habe es gesehen ...«

»Ruhig, Junge. Ganz ruhig ...«

Erst als Croys Stimme erklang, die beschwichtigend auf ihn einsprach, wurde Kieron bewusst, dass er noch immer nicht ganz wach gewesen war. Die Augen hatte er bereits offen gehabt, seine Umgebung jedoch nahm er erst jetzt wirklich wahr, und aus dem Vorhof seiner Träume kehrte er nach Bazarra zurück, in jene Höhle, die ihnen seit Tagen als Versteck diente.

Es war Nacht. Zwei Sterne waren zu sehen, um die herum sich eine schemenhafte Gestalt abzeichnete. Erst ganz allmählich wurde Kieron klar, dass es Croy war, der über ihm stand, und dass die beiden Gestirne in Wahrheit die Augen des Pantheriden waren, die prüfend auf ihn herabschauten.

»Geht es wieder?«

»Wa-wa-was ist geschehen?«

»Du hast geträumt«, erklärte Croy, »und im Schlaf gesprochen. Du kannst von Glück sagen, dass das Chamäleon auf Wache ist – andernfalls hätte er dir wohl Sand in den Mund gestopft.«

Kieron setzte sich auf seiner Decke auf und rieb sich die Schläfen. »Es war ein sss-seltsamer Traum.«

Croy brummte etwas Unverständliches und ließ sich auf die angewinkelten Hinterläufe nieder. »Willst du mir davon erzählen?«

»Iii-ich habe von Krieg geträumt.«

»Von Krieg?«

»Vom Angriff auf eine Feee-Festung.«

»Das wundert mich nicht«, meinte der Panthermann. »Im Sanktuarion toben ständig irgendwelche Kriege. Die Kaiserin ist darauf versessen, die Grenzen ihres Reiches auszudehnen, und das Handelskontor ist ihr dabei nur zu gerne behilflich – denn der Krieg, musst du wissen, ist ein einträgliches Geschäft. Unzählige Welten haben sie in ihrer Gier bereits verschlungen.«

»Vo-von diesen Dingen weiß ich n-nichts.« Kieron schüttelte den Kopf. »Ich weiß nur, dass es keine kai-kaiserlichen Schiffe waren, die ich gesehen habe.«

»Was bringt dich darauf?«

Kieron zögerte. Eben noch, in seinem Traum, war ihm alles so wirklich erschienen, so real und schlüssig. Nun, als er darüber sprechen sollte, kam es ihm plötzlich absurd vor, und es war ihm peinlich, davon zu erzählen. »Es die-dienten Menschen auf diesen Schiffen«, erklärte er. »Me-Menschen, die Krieger waren und gegen andere Menschen kämpften. Und die Schiffe wurden nicht von flievon fliegenden Kreaturen getragen, sondern schwebten aus ei-eieigener Kraft am Himmel.«

»Aus eigener Kraft?« Croy hob die buschigen Brauen.

Kieron nickte betreten. Er konnte sich selbst keinen Reim auf das machen, was er gesehen hatte – die Vorstellung, dass Menschen nicht als Sklaven dienten, sondern Soldaten waren und gegen ihresgleichen kämpften, erschien ihm nun, im wachen Zustand, völlig abwegig. »Ist das ni-nicht ein unheimlicher Traum?«, fragte er deshalb.

»Allerdings.« Inzwischen hatten sich Kierons Augen so weit an die Dunkelheit gewöhnt, dass sie Einzelheiten im Gesicht des Pantheriden ausmachen konnten. »Hast du getan, wozu ich dir geraten habe?«, wollte Croy wissen. »Hast du in deiner Vergangenheit nach Antworten gesucht?«

»J-ja«, bestätigte Kieron in Erinnerung an das Gespräch, das er mit Jago geführt hatte. »Aber ich habe keine Aaa-Antworten gefunden, sondern nur neue Fra-Fragen.«

»Was für Fragen?«

»Wie wird es mit uns wei-wei-weitergehen?«, sprach Kieron eines der Themen an, die ihn seit seiner Unterhaltung mit Jago nicht mehr aus dem Kopf gingen. »Was hast du vor?«

»Wir werden abwarten, bis man nicht mehr nach uns sucht«, gab Croy zur Antwort. »Danach werde ich den Schild benutzen, um das Kontor und den kaiserlichen Geheimdienst gegeneinander auszuspielen.«

»Ich d-dachte, Novaro arbeitet nicht für das Kontor, sondern auf eigene Rechnung.«

»Das nehme ich an«, stimmte der Panthermann zu. »Aber wenn es etwas gibt, das das Handelskontor antreibt und zusammenhält, dann ist es Gier. Wenn es von dem Artefakt erfährt, so wird es nichts unversucht lassen, um in seinen Besitz zu gelangen – und der Geheimdienst der Kaiserin wird alles unternehmen, um genau das zu verhindern. Ich brauche sie also nur gegeneinander aufzuhetzen, und schon werden sie sich gegenseitig an die Gurgel fahren. Und mir«, fügte er mit einem grimmigen Grinsen hinzu, »wird es eine Freude sein, ihnen dabei zuzusehen.«

»Waaa-warum?«

»Weil ich mit beiden noch eine Rechnung zu begleichen habe, Junge«, entgegnete Croy ohne Zögern – welcher Art die Schuld war, die er einzutreiben gedachte, sagte er jedoch nicht dazu, und Kieron wagte auch nicht, danach zu fragen. Allerdings kam er nicht umhin, sich einzugestehen, dass Jago zumindest in dieser Hinsicht recht gehabt hatte. Dem Pantheriden ging es vor allem um seine Rache …

»U-und wir?«, erkundigte sich Kieron kleinlaut.

»Ihr könnt tun, was euch beliebt«, erwiderte Croy. »Vorerst ist es notwendig, dass ihr hier auf Bazarra bleibt, denn noch sucht man nach uns, und wenn ihr diese Welt verlassen und dabei geschnappt würdet, dann würde das den Geheimdienst direkt zu mir führen.«

»Uuu-und wenn wir versprechen, nichts zu verraten?«

Der Panthermann lächelte nachsichtig. »Ich fürchte, der kaiserliche Geheimdienst kennt Mittel und Wege, jede Zunge zu lösen. Ihr müsst also vorerst auf Bazarra bleiben und euch mit mir verstecken.«

»Verstehe«, erklärte Kieron. Croys Argumentation leuchtete ihm so sehr ein, dass er daran nichts Verwerfliches finden konnte. Jeder Grund, den Panthermann zu verraten oder zu bestehlen entfiel damit also, und Kieron wäre am liebsten auf der Stelle zu Jago gegangen und hätte ihm das gesagt – wäre da nicht etwas gewesen, was der Chamäleonide hatte und was Kieron dringend benötigte …

»Nutze die Zeit, die sich dir hier bietet, Junge«, schärfte Croy ihm ein. »Suche nach Antworten.«

»Uuu-und wenn ich dafür Dinge tun muss, die ich gar nicht tun wi-will?«

»Lass nicht zu, dass deine Furcht dir im Weg steht«, entgegnete der Panthermann ohne Zögern. »Um herauszufinden, wer du bist, darfst du nichts unversucht lassen – denn nur so wird es dir gelingen, das Geheimnis deiner Träume zu entschlüsseln.«

»Iii-ich verstehe«, versicherte Kieron leise und nickte. »Ich verstehe …«

10. Kapitel

Der Kampf um Thulheim tobte.

Von der östlichen Mauer aus hatten sich die Angreifer Zugang zur Festung verschafft und waren von dort immer tiefer in die Burganlage vorgedrungen. Ein Schiff nach dem anderen war vor den Mauern längsseits gegangen, und über die Rabenschnäbel, die in Windeseile Brücken zwischen den Decks und den Zinnen der Festung schlugen, waren die Soldaten des Königs in Thulheim eingefallen.

Zunächst nur ein paar Dutzend.

Später dann Hunderte.

Nie zuvor in ihrer langen Geschichte war die Festung einem derart massiven Angriff ausgesetzt gewesen, weder durch die Skolls noch durch die Menschen, als die Stämme Jordråks noch verfeindet gewesen waren und einander blutige Fehden geliefert hatten. Dennoch stellten sich die Kämpfer von Thulheim den Invasoren tapfer entgegen, allen voran der Weltenherrscher und sein Sohn, doch gegen die erdrückende Übermacht der Angreifer hatten sie keine Chance. Mauer um Mauer, Turm um Turm wurde von den königlichen Truppen eingenommen, wer ihnen in die Hände fiel, wurde niedergemacht. Die Zahl derer, die den Angreifern Widerstand leisteten, schrumpfte von Augenblick zu Augenblick. Immer weiter zogen sich die Verteidiger ins Innere der Festung zurück – bis in die Große Halle, wo sie ihre letzte Stellung bezogen.

Aus den Tischen, die die Längsseiten säumten und an denen an glücklicheren Tagen der Fürst und seine Krieger gesessen, dem Gesang des Skalden gelauscht und Met getrunken hatten, wurden in aller Hast Barrikaden gebaut, hinter denen sich die Krieger verschanzten. Von den fünfhundert Recken, die Magnusson zu Gebote standen, waren nur knapp fünfzig übrig geblieben – der Rest lag erschlagen oder verwundet oder war vom Kern der Festung abgeschnitten. Die meisten der verbliebenen Kämpen waren Einherjar, die geschworen hatten, das Leben ihres Fürsten bis zum letzten Atemzug zu verteidigen, aber es waren auch gewöhnliche Kämpfer sowie einige Phociden darunter, die sich Seite an Seite mit ihren menschlichen Herren der Invasion zu erwehren suchten, die unaufhaltsam voranschritt.

»Sie kommen!«, schrie der Krieger, den Magnusson am Eingang der Halle postiert hatte, und zog sich hinter den behelfsmäßigen Schutzwall zurück – im nächsten Moment krachte etwas mit urtümlicher Wucht gegen das verbarrikadierte Tor. Die Wucht des Aufpralls war so groß, dass sie die Halle in ihren Grundfesten erschütterte. Der mächtige, eisenbeschlagene Riegel bog sich.

»Achtung!«, rief Erik den Bogenschützen zu, die auf der Barrikade Aufstellung bezogen hatten. Auch er selbst legte einen Pfeil auf, wobei seine Hände zitterten – nicht aus Furcht, sondern infolge des Kampfrauschs, der von ihm Besitz ergriffen hatte. Der Prinz von Jordråk war schon häufig gezwungen gewesen, um sein Leben zu kämpfen, die Nähe des Todes war ihm vertraut – doch zum ersten Mal focht er nicht gegen Skolls oder andere Kreaturen der eisigen Wildnis, sondern gegen Menschen …

Wieder ein Schlag gegen das Tor. Die hölzernen Flügel bebten, es war nur eine Frage von Augenblicken, bis sie nachgeben würden. Erik spähte zu seinem Vater, der auf dem mit Fell beschlagenen Sitz des Fürsten stand. Das Schwert, das ihm als Symbol der Macht gedient hatte, hielt er blank in seinen Händen, die Klinge war blutbesudelt. Umlagert wurde er von den Einherjar, deren grimmige Mienen ihre Entschlossenheit verrieten. Auch Hakkit hatte sich zu ihnen gesellt, dessen Stoßzähne zu mörderischen Waffen wurden, wenn er es wollte …

Ein dritter Stoß.

Ein vierter …

»Spannen!«, befahl Erik, worauf er und die Bogenschützen die Sehnen zurückzogen.

Ein endlos scheinender Moment des Wartens verstrich. Dann ein fünfter, letzter Stoß, der den Riegel bersten und die Türflügel aufplatzen ließ wie ein eitriges Geschwür – aus dem sich nun scharenweise der Feind ergoss!

»Jetzt!«, gellte Eriks Befehl.

Der Sohn des Fürsten war der Erste, der seinen Pfeil von der Sehne schnellen ließ. Wie ein Blitz zuckte das Geschoss durch die Luft und durchbohrte die Brust eines der Männer, die den Rammbock geführt hatten. Der Soldat brach zusammen, gleichzeitig ging ein ganzer Hagel von Pfeilen nieder, sodass die hereindrängenden Angreifer gegen eine unsichtbare Mauer zu rennen schienen. Einige der Geschosse endeten an den Schilden, die die Kämpfer Tridentias schützend vor sich hielten, doch die meisten fanden ihr Ziel, und so sanken Dutzende von Männern tot oder verwundet nieder. Infolge der Übermacht vermochte dies ihren Ansturm jedoch nicht aufzuhalten. Die Bresche war geschlagen, und so drangen immer noch mehr feindliche Kämpfer in die Halle ein, denen schließlich auch die Pfeile der Einherjar nicht mehr Einhalt gebieten konnten.

»Für Jordråk und die Freiheit!«, gab Thor Magnusson mit lauter Stimme die Losung aus, die seine Kämpfer aus voller Kehle wiederholten, während die Angreifer bereits heranstürmten, die Speere gesenkt, die Klingen zum tödlichen Streich erhoben. Und in der Großen Halle von Thulheim setzte ein blutiger Kampf ein.

Erik, der in aller Hast den Bogen von sich geworfen und sein Schwert gezückt hatte, schlug den Schaft eines Speers beiseite, dessen Spitze ihn andernfalls durchbohrt hätte. Der Angreifer, ein hagerer Mann, der den blauen Rock und den Eisenhut der königlichen Armee trug, grunzte verärgert und wollte nachsetzen, doch Erik ließ es nicht dazu kommen. Mit furchtbarer Wucht fiel seine Klinge herab und grub sich in die Schulter des Soldaten. Das Kettengeflecht der Halsbrünne verhinderte, dass der Stahl tief eindrang, aber der Ansturm des Gegners kam zu einem abrupten Halt. Mit dem Fuß stieß Erik den Verwundeten zurück, sodass er seinen nachdrängenden Kameraden entgegentaumelte und einige von ihnen mitriss.

Auch die Einherjar kämpften mit aller Verbissenheit. Schulter an Schulter, Schild an Schild standen sie auf dem Kamm der Barrikade, einer lebenden Mauer gleich, die dem Ansturm der königlichen Soldaten trotzte – ungeachtet der messerscharfen Eisenspitzen, die nach ihnen stachen und derer sie sich mit ihren Äxten zu erwehren suchten. Aus dem Augenwinkel sah Erik, wie Ulf Svensson, einer der jüngsten Einherjar, der erst vor wenigen Wochen seinen Schwur geleistet hatte, seine Axt kreisen ließ und damit ein halbes Dutzend feindlicher Speere kappte. In dem Augenblick jedoch, als er seine Waffe herumwirbeln ließ, um sie in einem weiteren mörderischen Hieb gegen den Feind zu führen, traf ihn ein Schwertstreich am Bein. Einen Schrei ausstoßend, ging er nieder, kippte von der Barrikade – und fand ein blutiges Ende unter den Klingen des Feindes.

Wütend schwang Erik sein eigenes Schwert und ließ es ein um das andere Mal niedergehen. »Für Jordråk und die Freiheit!«, brüllte er, als der Stahl in die Brust eines königlichen Soldaten fuhr, der versucht hatte, an der Barrikade emporzuklettern. Einem weiteren, der es versuchte, schlug ein Einherjar das Haupt von den Schultern.

Wie Henkerbeile fuhren die Äxte der Verteidiger nieder, durchschlugen Helme und drangen durch Kettengeflecht. Das Gemetzel, das sie dabei anrichteten, war entsetzlich. Blutfontänen spritzten, Gliedmaßen fielen zu Boden, reihenweise sanken die Gegner am Fuß der Barrikade nieder. Das Gebrüll der Kämpfenden und die Schreie der Verwundeten vermischten sich zu einem grauenvollen Chor, der die große Halle erfüllte, der Boden war schon bald mit Bächen aus schreiend rotem Lebenssaft überzogen – doch der feindliche Ansturm ließ noch immer nicht nach.

Wieder sah Erik einen der Seinen fallen – diesmal ein Robbenmann, der der Dienerschaft angehörte. Die feindliche Klinge durchdrang sein Fell und wühlte sich tief in seine Eingeweide. Mit einem erstickten Schrei fiel er vornüber von der Barrikade, und seine Leibesfülle ließ eine Lücke offen, in die der Feind sofort nachsetzte!

Zwar unternahmen die Einherjar alles, um die Kluft rasch zu schließen, doch hatten bereits ein, zwei feindliche Kämpfer den Wall erklommen und widersetzten sich mit ihren Schilden den wütenden Axthieben. Ein weiterer Kämpfer Jordråks fiel, niedergestreckt von einem Speer, der nach ihm geworfen worden war – und der Wall der Verteidiger wankte!

»Haltet die Stellung! Um jeden Preis!«, brüllte Erik aus Leibeskräften, während er selbst zu tun hatte, sich der feindlichen Klingen zu erwehren, die unentwegt nach ihm stocherten. Doch obwohl die Einherjar alles gaben und Hakkit unter Einsatz seiner mörderischen Zähne gleich mehreren Angreifern klaffende Wunden beibrachte, nahm der Druck des feindlichen Angriffs immer noch zu.

»Es sind zu viele!«, schrie jemand. »Zu viele …!«

Eine Speerspitze durchdrang die Brünne eines Knechts mit derartiger Wucht, dass sie tief in seine Brust fuhr und die Widerhaken sich verfingen. Als die Waffe zurückgerissen wurde, nahm sie ihr schreiendes Opfer mit und riss eine weitere Lücke im Wall der Verteidiger, durch die die Soldaten des Königs im nächsten Moment gebrochen wären – hätte nicht Thor Magnusson in den Kampf eingegriffen.

Der Fürst, der sich bislang zähneknirschend aus dem Kampf herausgehalten hatte, weil sein Sohn und die Einherjar ihn dazu gedrängt hatten, sprang unter markerschütterndem Gebrüll von seinem Sitz auf den behelfsmäßigen Wall, furchterregend anzusehen in seiner Rüstung aus Eisen und Fell und mit dem gehörnten Kronhelm auf dem Haupt. Die Zähne gefletscht, das Schwert Nortung mit beiden Händen umklammernd, fiel er wie eine Naturgewalt über die Soldaten König Ardaths her.

Der Angreifer, der zuvorderst stand und den Knecht getötet hatte, wurde von einem furchtbaren Hieb enthauptet. Der Streich war mit derartiger Wucht geführt, dass er das Haupt von den Schultern hob und seinen Kumpanen entgegenschleuderte, und zumindest dies brachte ihren Angriff für einen Moment ins Stocken – Zeit, die der Fürst von Jordråk nutzte, um mit weiteren Hieben noch zwei königliche Soldaten zu fällen, die leblos am Fuß des Walls niedersanken. »Kommt doch!«, brüllte er dabei und schleuderte Ardaths Kämpfern all seinen Zorn und seine Verachtung entgegen. »Hier steht Thor, Sohn von Magnus, Herr von Thulheim und Fürst von Jordråk! Wenn ihr meine Krone wollt, dann müsst ihr sie euch holen!«

Die Soldaten stellten sich zum Kampf, jedoch nur halbherzig. Zwar trafen ihre Klingen und das Schwert des Fürsten mehrmals aufeinander, sodass grelle Funken stoben, doch niemand schien darauf erpicht, den Stahl zu schmecken. Magnussons fürchterliche Erscheinung tat ein Übriges, und so wichen einige der Angreifer zurück. Dabei stießen sie mit ihren nachdrängenden Kumpanen zusammen, und ein Handgemenge entstand unter ihnen, in dessen Wirrnis sie nicht fähig waren, ihre Waffen zu benutzen.

»Vorwärts!«, ordnete Fürst Magnusson mit donnernder Stimme an. »Drängt sie hinaus! Vertreibt sie aus dieser Halle, die großen Kriegern vorbehalten ist!«

Er selbst und Erik, der seinem Vater beistehen wollte, waren die Ersten, die die Barrikade verließen. Die Einherjar folgten ihnen ohne Zögern. Mit wütenden Hieben trieben sie die Schergen des Königs vor sich her, die kaum in der Lage waren, sich zu widersetzen, und mit klaffenden Wunden zu Boden sanken. Panik setzte unter ihnen ein, und wie eine Herde aufgeschreckter Eisrenner drängten sie zum Tor der Halle, durch das sie eben noch so siegessicher gestürmt waren.

Magnusson und seine Krieger kannten keine Gnade. Ardaths Soldaten waren widerrechtlich in ihre Welt eingefallen, hatten Thulheim überfallen und unschuldige Menschen getötet – in diesem Augenblick bekamen sie den Zorn der Gepeinigten zu spüren. In einem wilden Sturmlauf setzten die Einherjar ihnen nach, erschlugen noch ein Dutzend von ihnen und trieben den Rest aus der Halle. Kaum hatte der Letzte den Fuß über die Schwelle gesetzt, wurden die Türflügel donnernd geschlossen und verbarrikadiert.

Einen Augenblick lang war es still, nur das Keuchen der Männer und das Stöhnen der Verwundeten erfüllte die Halle.

Dann verfielen die Einherjar in lautes Gebrüll, in dem sich ihr Triumph Bahn brach, aber auch ihre Freude darüber, noch am Leben zu sein. Fäuste wurden emporgereckt, die blutige Klingen und Äxte umklammerten, der Fürst und sein Sohn in Sprechgesängen gepriesen. Der Sieg gehörte ihnen – auch wenn jedem klar war, dass er nicht von Dauer sein würde.

Sie kehrten zur Barrikade zurück, zu deren Fuß sich die Leichen der Gefallenen türmten. Magnusson wies die Knechte und Diener an, sich um die Verwundeten zu kümmern, die Einherjar sollten den an einigen Stellen eingebrochenen Wall verstärken und mit einer Phalanx aus Speeren versehen, die sie von gefallenen Soldaten einsammelten. Der Fürst selbst schien erschöpft vom Kampf, schwerfällig ließ er sich auf seinen Sitz nieder, das Schwert noch immer umklammernd. Eine Blutspur zog sich vom Rand seines Helmes über seine Schläfe und versickerte in seinem Bart.

»Alles in Ordnung, Vater?« Erik beugte sich über ihn.

»Es geht mir gut«, versicherte Magnusson mit galligem Grinsen, »was ich einzig und allein Nortungs Schärfe verdanke und nicht deiner vielgepriesenen Gildeschwester.«

»Ich bin sicher, Kalliope hat alles versucht, um Unheil von uns abzuwenden«, erwiderte Erik, der sich weder etwas anderes vorstellen wollte noch konnte. »Es muss etwas vorgefallen sein.«

»Ich werde dir sagen, was vorgefallen ist – verraten hat sie uns. Das ist es.«

»Nein.« Erik schüttelte entschieden den Kopf. »Das glaube ich nicht.«

»Du bist ein Träumer«, beschied ihm sein Vater. »In all den Jahren haben wir dem König treu gedient. Wir haben unseren Tribut entrichtet und für seinen Vater in fünf Kriegen gekämpft – und was ist der Dank dafür?«

Erik ließ seinen Blick durch die Halle schweifen, über die Leichen der erschlagenen Feinde und der gefallenen Einherjar hinweg zu jenen erschöpften, blutbesudelten Gestalten, die noch am Leben waren. Das wilde Feuer, das sonst in ihren Augen glomm, war nahezu erloschen. »Er wird dafür bezahlen«, war Erik überzeugt. »Ardath wird diesen Verrat büßen.«

Magnusson lachte nur. »Die Mächtigen bezahlen nie für das, was sie tun. Zudem entbehrt Ardath den Mut und die Entschlussfreude seines Vaters. Etwas muss ihn dazu bewogen haben, uns anzugreifen – womöglich Kalliopes Rat …«

»Nein.« Erik schüttelte den Kopf. »Ich vertraue ihr.«

»Wach endlich auf, Sohn!«, rief der Fürst beschwörend. »Sie ist nicht die, für die du sie gehalten hast. Sie ist eine Gildeschwester, nicht mehr und nicht weniger.«

»Aber die Prophezeiung …«

»Ist dir nicht längst in den Sinn gekommen, dass die Prophezeiung falsch sein könnte?«

»Das darfst du nicht sagen!«

»Weil ich damit unsere Hoffnungen zerstöre?« Erneut ließ Thor Magnusson ein kehliges Lachen vernehmen. »Unsere einzige Hoffnung, Sohn«, sagte er dann, auf das Schwert in seinen Händen deutend, »ist blanker Stahl. Zumindest er verrät uns nicht.«

»Kalliope kann uns retten«, beharrte Erik störrisch. »Sie ist diejenige, von der die Prophezeiung spricht.«

»Mit Verlaub, Prinz«, wandte Hakkit ein, der zu Füßen seines Herrn auf dem Boden kauerte und sich von den Strapazen des Kampfes zu erholen suchte. Gleich mehrere Wunden übersäten seinen gedrungenen Körper, die langen Zähne des Skalden waren blutig verfärbt. »Die Prophezeiung ist sehr ungenau, was das betrifft. Es könnte sehr gut sein, dass …«

»Sie ist es«, sagte Erik bestimmt. »Sie und keine andere.«

»Du solltest dich reden hören.« Der Fürst schnaubte. »Glaubst du, ich wüsste nicht, was deinen Verstand benebelt? Meinst du, ich hätte nicht bemerkt, wie du sie angesehen hast?«

»Das eine hat mit dem anderen nichts zu tun.«

»Rede dir das ruhig ein.« Magnusson nickte. »Aber du brauchst dich nur umzusehen, um zu wissen, dass ich recht habe. Ich hatte dir von Beginn an gesagt, dass einer Gildeschwester nicht zu trauen ist, aber du wolltest nicht auf mich hören. Während du dir darin gefallen hast, dich wie ein liebeskranker Narr zu benehmen, hat dein Liebchen die Vernichtung unseres Volkes vorbereitet.«

Erik wollte entschieden widersprechen, aber er kam nicht dazu – denn in diesem Moment gab der Wächter vorn am Tor Alarm.

»Sie kommen zurück! Sie haben sich neu formiert und greifen wieder an – und es sind noch mehr als zuvor.«

»Da hast du den Beweis, Sohn«, knurrte der Fürst und raffte sich schwerfällig wieder auf die Beine. »Da hast du den Beweis.«

11. Kapitel

Die Sturmhaie kamen bei Tagesanbruch.

Mit rauschenden Schwingen senkten sie sich aus dem dunklen Himmel, zwei furchterregende Kreaturen, deren Navigatoren sie trefflich zu lenken wussten.

Mit für ihre Größe wunderbarer Eleganz landeten die riesigen Körper auf dem sandigen Grund, und während ihre Lenker sie am Boden hielten, verließen die Besatzungen die Boote auf ihrem Rücken. Rasch kletterten die Legionäre an den Strickleitern hinab. Noch während sie sich formierten, sanken auch einige Gardisten der Goroptera aus dem dämmrigen Himmel, die die Sturmhaie begleitet hatten.

Die Fährtenleser nahmen sofort die Arbeit auf. Ein gedrungener Urside untersuchte die Luft nach verräterischen Gerüchen, ein langhalsiger Vogelmensch, dessen Augen in der Lage waren, Dinge zu sehen, die anderen verborgen blieben, trachtete danach, in der Umgebung Spuren zu entdecken.

»Was bringt Euch auf den Gedanken, dass die Flüchtigen ausgerechnet hier sein könnten?«, fragte der Hauptmann der Goroptera, ein geradezu riesenhaft anmutender Primat, dessen nur halb gefaltete Flügel ihn noch größer erscheinen ließen. »Es gibt unzählige Welten, auf denen sie sich verkrochen haben könnten.«

Das Wesen, dem die Worte galten, nahm sich im Vergleich zu ihm geradezu winzig aus – ein kleiner Affenmensch mit grauweißem Fell und dünnen, zerbrechlich wirkenden Gliedmaßen, der mit großen, rötlich gefärbten Augen zu dem Hauptmann aufblickte.

Dennoch war unübersehbar, wer von beiden die größere Machtposition innehatte …

»Dessen bin ich mir bewusst, Hauptmann«, versicherte der Agent des kaiserlichen Geheimdiensts. »Wenn Ihr jedoch von Strategie nur halb so viel verstehen würdet wie ich, würdet Ihr diese Frage nicht stellen. Hier geht es um die hohe Kunst der Antizipation.«

»Der – was?«

»Der Fähigkeit, die nächsten Schritte des Gegners vorauszusehen und entsprechend zu handeln«, übersetzte das kleine Wesen, das sich den Namen »Aenigma« gegeben hatte. Nachdem die Gefangenen aus dem Kerker verschwunden waren und eine der Patrouillen nicht zurückgekehrt war, hatte nicht viel dazu gehört, sich auszumalen, was geschehen war. Sogleich hatte der Spion der Kaiserin die Suche nach den Flüchtlingen angeordnet und Schiffe in alle Richtungen geschickt – Aenigma selbst jedoch hatte sich jenem Suchtrupp angeschlossen, von dem er glaubte, dass er die größte Erfolgsaussicht hatte …

»Wir wissen, dass der Pantheride schon früher hier gewesen ist«, führte Aenigma seine Gedanken weiter aus, mehr aus Eitelkeit denn um sie dem Hauptmann zu erklären. »Möglicherweise gibt es hier also Verstecke, die er nutzen, oder Personen, zu denen er Kontakt aufnehmen und die er um Hilfe bitten kann. In beiden Fällen wird es nicht lange dauern, bis wir ihn und seine Komplizen gefunden haben.«

»Und wozu das alles? Was haben diese Menschen ausgefressen, dass der Geheimdienst hinter ihnen her ist?«

Aenigmas filigranes Gesicht zerknitterte sich in geheucheltem Bedauern. »Zerbrecht Euch nicht Euren klugen Kopf, Hauptmann, sondern führt die Befehle aus.«

Der Gardeoffizier kniff die wulstigen Lippen zusammen, wagte jedoch keine Erwiderung.

Der erste Fährtenleser kehrte zurück. Es war der Urside, dessen feiner Geruchssinn die trockene Wüstenluft nach Hinweisen durchforstet hatte – und tatsächlich etwas gefunden zu haben schien.

»Was gibt es?«, wollte Aenigma wissen.

Der Bärenmann, der ihn an Körpergröße beinahe um das Zehnfache übertraf, verbeugte sich ehrerbietig. »Eine Spur in dieser Richtung«, gab er bekannt und deutete auf die Sanddünen, die sich in südöstlicher Richtung erstreckten, bis sie sich an einem Gebirgszug zu brechen schienen. »Könnte sich um diesen Opossum handeln.«

»Könnte. Was nützt mir das?« Der Blick von Aenigmas roten Augen wurde stechend. »Was ist mit den Menschen?«

»Keine Menschen.« Der Sucher schüttelte das mächtige Haupt. »Aber ihr Geruch könnte auch von Opossum überdeckt werden.«

»Verstehe.«

Aenigma ließ den Ursiden gehen und wartete ab, bis auch der zweite Fährtensucher zurückkehrte – und wie sich zeigte, hatte er gute Nachrichten.

»Ich habe Markierungen gesehen, Herr.«

»Du meinst, eine Fährte?«

»Nein, Herr.« Der Vogelmann legte den Kopf schief. »Ich spreche von Markierungen. Eine Fährte wird nicht absichtlich hinterlassen – hier jedoch hat sich jemand viel Mühe gegeben, im Sand eine Spur zu legen.«

»Mit … mit Pisse?«, fragte der Gardehauptmann und verzog verächtlich das Gesicht.

Der Fährtenleser neigte den Kopf zur anderen Seite. »Ich berichte nur, was ich gesehen habe.«

Aenigma winkte ab. »In welche Richtung führt die Spur?«, wollte er wissen – und lächelte zufrieden, als der Vogelmann in dieselbe Richtung deutete wie zuvor der Urside. »Das bedeutet wohl, dass wir unsere Flüchtlinge gefunden haben.«

»Vielleicht«, wandte der Hauptmann ein. »Möglicherweise handelt es sich aber auch um eine Falle.«

Der Spion schickte ihm einen spöttischen Seitenblick. »Seit wann fürchten sich die Goroptera vor einem Hinterhalt? Die Flüchtlinge sind nur eine Handvoll – Euch hingegen steht eine ganze Meute zu Gebote!«

»Ich fürchte mich nicht«, erklärte der Offizier. »Ich bin nur vorsichtig.«

»Das bin ich auch, Hauptmann«, versicherte Aenigma, »deshalb habe ich auch diese Möglichkeit in meine Überlegungen mit einbezogen – und das Rätsel gelöst.«

»Ach ja?«

»Die Flüchtlinge wissen, dass sie verfolgt werden – und offenbar gibt es einen unter ihnen, der mit uns verhandeln möchte.«

»Ihr meint – einen Verräter?«

»Nein.« Aenigma verstummte und starrte den Hauptmann so durchdringend an, dass dieser Gänsehaut bekam. »Ich spreche von jemandem mit Weitblick«, fuhr das Äffchen schließlich fort. »Lasst Eure Männer antreten, Hauptmann – wir nehmen die Verfolgung auf.«

12. Kapitel

Wie viele Angreifer es waren, konnte Erik nur schätzen.

Von der Barrikade bis zum Eingang der Großen Halle wogte ein Meer aus blauen Röcken und stumpfgrauen Kesselhelmen. Zweihundert mochten es sein, vielleicht auch mehr, und sie setzten den Verteidigern furchtbar zu.

Wieder hatten sie sich mit einer Ramme Zugang verschafft, und wieder hatten die Kämpfer Jordråks sie mit einem Schwarm von Pfeilen begrüßt. Doch diesmal waren die Angreifer besser vorbereitet gewesen.

Die meisten der Geschosse waren an den Schilden zerschellt, die die kaiserlichen Soldaten schützend vor sich hielten, dann hatten sie ihrerseits mit einer Salve von Brandpfeilen geantwortet, die sie durch die Halle schickten. Die zum größten Teil aus Möbelstücken bestehende Barrikade hatte daraufhin sofort Feuer gefangen. Zwar hatten die Verteidiger alles darangesetzt, die Brände zu löschen – die Phociden unter ihnen benutzten ihre Flossenhände dazu, die Flammen zu ersticken; doch der gleichzeitig einsetzende Angriff der Soldaten hatte dafür gesorgt, dass einer der Brände weiterschwelte, bis er schließlich nicht mehr gelöscht werden konnte.

Inmitten der Halle loderte eine Feuersbrunst empor, die die Reihen der Verteidiger spaltete und sie dazu zwang, sich den Angreifern in zwei getrennten Gruppen zu stellen; die eine wurde von Fürst Magnusson persönlich befehligt, der es sich nicht länger nehmen ließ, selbst zu kämpfen, die andere von Erik.

Immer wieder spähte der Prinz von Jordråk durch die Flammen zu seinem Vater hinüber, um sich zu vergewissern, dass er unverletzt war, während er selbst um Leib und Leben kämpfte. Gerade erst hatte er nach zähem Ringen einen Gegner gefällt, da war bereits der nächste zur Stelle, der die Barrikade erklimmen wollte, eine mit mörderischen Dornen versehene Keule schwingend. Erik riss seinen Schildarm empor und blockte den mörderischen Hieb ab. Das Holz des Schildes knirschte und gab nach, zwei der Dornen drangen hindurch. Dadurch hatte der Angreifer Probleme, seine Waffe wieder freizubekommen. Mit einer geschickten Drehung seines linken Arms entwand Erik sie seinem Griff – und nutzte die Gunst des Augenblicks, um erbarmungslos zuzustoßen.

Die Klinge seines Schwertes durchdrang die Brust des Soldaten und fuhr in sein Herz. Mit vor Überraschung geweiteten Augen starrte der tödlich Verwundete Erik an, ehe dieser ihn zurückstieß in die wogende Masse. Mit einem Seitenblick suchte er sich einen Überblick zu verschaffen. Noch hielten die Einherjar dem Ansturm stand, aber die Lage wurde immer unübersichtlicher. Der Rauch, der von der Brandstelle aufstieg, hatte sich unter der Decke verdichtet und senkte sich nun wie ein dunkles Leichentuch herab, dämpfte die Schreie der Kämpfenden und das Geklirr der Waffen und beeinträchtigte die Sicht. Eriks Augen begannen zu tränen, die von bitterem Brandgeruch durchsetzte Luft brannte in seinen Lungen – dennoch focht er verbissen weiter und sprang in die Bresche, als einer der Einherjar fiel und der Damm zu brechen drohte.

Sofort war Erik zur Stelle, warf sich dem Soldaten todesmutig entgegen, der ein Schwert in der einen und eine kurzstielige Axt in der anderen Hand trug. Seines Schildes, in dem noch immer die Keule steckte und der ihm deshalb nur hinderlich war, entledigte sich der Prinz von Jordråk kurzerhand, dafür fasste er sein Schwert beidhändig und drang damit auf den Feind ein. In – gemessen am Gewicht der Waffen und der bereits währenden Dauer des Kampfes – atemberaubend rascher Folge traf Stahl auf Stahl, Funken schlagend und dem jeweiligen Gegner nach dem Leben trachtend.

Erik musste vorsichtig sein – er hatte nur sein Schwert, während der Soldat gleich mit zwei Waffen um sich schlug, die er trotz ihres unterschiedlichen Gebrauchs geschickt einzusetzen wusste. Bald benutzte er die Streitaxt, um Eriks Hiebe abzublocken, und trug überraschende Attacken mit dem Schwert vor; dann wechselte er ansatzlos und schwang die Axt mit mörderischer Wucht nach seinem Gegner.

Mit Mühe wich Erik einem Hieb aus, der seinen Beinen gegolten hatte, und trug seinerseits einen Angriff vor, den der Soldat mit dem Schwert parierte. Über die gekreuzten Klingen hinweg blickten sich die beiden Kontrahenten in die Augen, wissend, dass der Kampf erst enden würde, wenn einer von ihnen erschlagen in seinem Blut lag. Wer das sein würde, daran schien zumindest der Scherge des Königs nicht einen Augenblick zu zweifeln, denn ein überlegenes Grinsen spielte um seine von Kettengeflecht umrahmten Gesichtszüge – und einen Lidschlag später zuckte erneut die Axt heran.

Diesmal kam der Hieb von oben, und Erik hatte nicht die geringste Chance, den Angriff abzuwehren, solange seine Klinge gebunden war. Er sah ins grinsende Gesicht seines Gegners und begriff, dass es das Letzte sein würde, was er in seinem Leben sah. Die Axt fiel herab – als plötzlich etwas heranwischte und sie nur einen Handbreit vor seiner Stirn stoppte. Es war die Klinge eines Einherjar, der seinem Herrn beigesprungen war, obschon er selbst aus zahlreichen Wunden blutete.

Erik nutzte den Augenblick, um den Kampf zu beenden. Er stieß seinen verblüfften Gegner von sich, und noch ehe dieser zu einem weiteren Angriff ausholen konnte, durchtrennte die Klinge des Prinzen seinen Schwertarm knapp unterhalb des Handgelenks. Der Soldat schrie auf und ließ auch die Axt fallen, der Einherjar gab ihm den Rest.

Schwer atmend fuhr Erik herum und versuchte, durch den immer dichter werdenden Rauch zu seinem Vater zu spähen. Was er sah, erfüllte ihn mit Entsetzen: Thor Magnusson war von drei Gegnern umringt, zwischen denen er blutüberströmt niederging, gerade in diesem Augenblick …

»Vater!«

Erik brüllte aus Leibeskräften, aber der Kampflärm verschluckte sein Gebrüll. Kurzerhand sprang der Prinz hinter den Wall, umrundete das Feuer und eilte zu seinem Vater, der inmitten des Handgemenges verschwunden war, das auf der Barrikade wütete. Die Einherjar ringsum lagen tot oder verwundet oder waren ihrerseits in heftige Kämpfe verstrickt.

Dafür war Hakkit zur Stelle.

Der Walrossmann kauerte dort, wo auch Eriks Vater liegen musste. In lauernder Haltung, mit zu Schlitzen verengten Augen taxierte er die drei Soldaten, die den Fürsten überwältigt hatten. Als einer der Kerle vorsprang, geriet er in Reichweite der mörderischen Zähne des Skalden. Hakkit schlug unbarmherzig zu. Wie Dolche durchstießen die Zähne den Oberschenkel des Mannes und ließen grellrotes Blut hervorschießen. Schreiend ging der Soldat nieder – doch schon waren seine Kumpane zur Stelle, und noch ehe Hakkit wieder hochkam, um sich dem nächsten Gegner zu stellen, zuckte ein Speer vor und durchdrang die ledrige Haut des Walrossmanns.

»Nein!«, hörte Erik sich selbst brüllen, während er die letzten Schritte zurücklegte.

Er sah, wie der Soldat den Speer aus der Brust des Skalden riss, der daraufhin blutend niedersank – und wie er die Waffe erneut hob, um dem verwundet zu seinen Füßen liegenden Thor Magnusson den Todesstoß zu versetzen.

Jetzt war Erik heran.

Mit einem Satz sprang er auf die Barrikade, fällte einen feindlichen Schergen, der ihm den Weg versperrte, warf sich auf den Kerl mit dem Speer, noch ehe dieser zustoßen konnte.

Der Zusammenprall war ebenso hart wie heftig. Die beiden Männer taumelten, stießen gegen andere Kämpfende und gerieten an den hinteren Rand der Barrikade. Sie bekamen das Übergewicht und stürzten, und im nächsten Moment fand Erik sich auf dem Boden wieder, inmitten der leblosen Körper gefallener Einherjar und in tödlicher Umklammerung mit dem Gegner.

Seinen Speer hatte der Soldat beim Aufprall verloren, und so rangen sie um den Besitz von Eriks Schwert. Anfangs sah es so aus, als behielte Erik die Oberhand, dann aber drosch ihm sein Gegner mehrmals hintereinander den Ellbogen ins Gesicht. Er verlor seinen

Helm und sah Sterne vor den Augen, und für einen Moment fragte er sich, weshalb er nicht einfach aufgab und die Welt seiner Väter ihrem Schicksal überließ …

Nein!

In einem verzweifelten Aufbäumen gelang es Erik, seinen Gegner abzuschütteln und seine Schwerthand freizubekommen. Er warf sich herum, als sich der Soldat erneut auf ihn stürzen wollte – und damit geradewegs in die Klinge lief. Der Stahl durchdrang die Ringe des Kettenhemdes und fuhr tief in die Eingeweide des Mannes.

Erik stieß ihn von sich und raffte sich auf die Beine, hastete zurück zu seinem Vater. Er fand den Herrn von Jordråk unter den Leichen zweier Einherjar, die sich, so schien es, über ihren Herrn geworfen hatten, um ihn selbst über den Tod hinaus zu beschützen.

»Vater! Vater …!«

Das Kampfgeschehen ringsum nahm Erik nicht mehr wahr – er hatte nur Augen für seinen Vater, dessen sehnige Gestalt von Wunden übersät war. Auch am Haupt hatte der Fürst von Jordråk eine tiefe Schnittwunde erlitten, von der gezackte Blutfäden herabliefen.

»Sohn …«

»Ich bringe dich von hier fort«, versprach Erik und wollte bereits unter Schultern und Beine des Vaters greifen, als eine schneidende Stimme erklang.

»Im Namen der Inquisition – ergebt euch, oder ihr seid alle des Todes!«

Erst jetzt nahm Erik wahr, dass der Kampflärm abgeebbt war. Überraschend hatten die Soldaten in ihrem Ansturm innegehalten. Diejenigen Verteidiger, die noch auf den Beinen standen – insgesamt nicht mehr als zwölf Einherjar und zwei Diener –, standen blutbesudelt und schwer atmend auf der Barrikade. Sie alle starrten auf die unheimliche Gestalt, die unvermittelt aus den Rauchschwaden aufgetaucht war.

Ihrer Kleidung nach handelte es sich um eine Gildeschwester, und sie mochte ungefähr in Kalliopes Alter sein – mit dem Unterschied, dass ihre Robe so schwarz war wie die Nacht. Ihr Haar, das im

Widerschein der Flammen feuerrot leuchtete, war kurz geschnitten, ihr Gesicht so bleich wie das einer Toten. Die Soldaten des Königs wichen vor ihr zurück. Nicht nur aus Respekt, sondern auch aus Furcht.

»Gebt euren Widerstand auf«, verkündete sie noch einmal, »oder ihr werdet vernichtet. Alle.«

»Wer sagt das?«, rief Erik ihr entgegen. »Wer seid Ihr?«

»Prisca, Inquisitorin und Bevollmächtigte Seiner Majestät des Königs Ardath Durandor II.«, scholl es zurück. »Und Ihr?«

»Erik, Prinz von Jordråk«, gab er bekannt und erhob sich zu seiner vollen Größe, das blutige Schwert noch in der Hand. »Warum habt Ihr uns ohne jeden Grund überfallen?«

»Wo ist Euer Vater, Erik, *ehemaliger* Prinz von Jordråk?«, fragte sie nur.

Erik schluckte unbändige Wut herunter. »Was gilt es Euch?«

»Nur er kann dieses sinnlose Blutvergießen beenden.«

»Sinnlos?« Erik glaubte, nicht recht zu hören. »Ihr wagt von einem sinnlosen Blutvergießen zu sprechen? Nachdem Ihr uns ohne jeden Grund überfallen und angegriffen habt?«

»Ihr habt ein königliches Dekret missachtet«, konterte die Inquisitorin kalt. »Ihr habt mir keine andere Wahl gelassen, als darin einen feindlichen Akt zu sehen. Aber wir können diese Auseinandersetzung hier und jetzt beenden, wenn Euer Vater …«

»Ich bin hier, Weib!«, rief Fürst Magnusson mit brüchiger Stimme und versuchte, seinen Oberkörper aufzurichten. Zwei der Einherjar kamen ihm zu Hilfe.

»Sieh an«, sagte die Inquisitorin mit einer Geringschätzung, für die Erik sie am liebsten erschlagen hätte. Seine Rechte umklammerte das Schwert. Aber ihm war klar, dass er die Gildeschwester niemals erreicht hätte – die königlichen Soldaten, die den Weg säumten, hätten ihn in Stücke gehackt …

»So sagt mir also, Magnusson«, fuhr Prisca fort, »soll dieser überflüssige Konflikt noch weitergehen oder seid Ihr bereit, die Herrschaft über Thulheim zu übergeben? Inzwischen müsstet Ihr erkannt haben, dass Ihr gegen die königlichen Truppen ohne Chance seid.«

»Diebespack!«, ereiferte sich Magnusson. »Elendes Gesindel! Mein Leben lang habe ich dem Haus Durandor treu gedient, und dies ist der Dank dafür!«

»Ihr hättet Euch der Weisung des Königs beugen sollen, solange Zeit dazu war. Was geschehen ist, ist allein Eurem Starrsinn zuzuschreiben! Aber Ihr könnt weiteren Schaden von Jordråk abwenden, indem Ihr Euch ergebt.«

»Euch?« Der Fürst lachte spöttisch auf, dabei trat Blut über seine Lippen. »Niemals!«

»Dann ladet Ihr noch mehr unschuldiges Blut auf Euer Gewissen. Denn ich fürchte, wenn die Soldaten des Königs erst Geschmack daran gefunden haben, wird sie nichts und niemand davon abhalten können, nicht nur die Festung, sondern auch die Häuser und Gassen von Thulheim zu plündern – und danach werden sie jedes einzelne Dorf auf Eurem Weltensplitter aufsuchen und es bis auf die Grundmauern niederbrennen!«

»Das würdet Ihr nicht zulassen!«

»Ich würde mit Freuden dabei zusehen«, widersprach sie.

»Schlange!«, rief Erik wütend. »Ihr seid noch schlimmer als die Skolls!« Erneut erwog er, sich auf sie zu stürzen. Unbändiger Zorn gärte in ihm, der mehr Animalisches denn Menschliches an sich hatte, und womöglich hätte er es getan, hätte sein Vater ihn nicht gerufen.

»Erik, komm zu mir …«

»Vater?«

Erik sank bei ihm nieder. Der Fürst von Jordråk war schwer gezeichnet von seinen Verwundungen, die Farbe war aus seinem Gesicht gewichen. Dennoch hegte Erik keinen Zweifel daran, dass er das Angebot der Inquisitorin lieber ausschlagen und einen blutigen Tod sterben wollte, als sich dem Unrecht zu fügen. So war Erik erzogen worden, so hatte man es ihm von Kindesbeinen an beigebracht – lieber frei zu sterben, als in Ketten zu leben …

»Sohn«, knurrte der Herrscher von Jordråk, wobei erneut Blut aus seinen Mundwinkeln rann, »ich fürchte, ich habe keine Wahl, als mich zu fügen …«

»Aber Vater! Nichts von dem, was sie sagt, ist wahr! Du hast dir nichts zuschulden kommen lassen!«

»Ich weiß das – aber weiß es auch unser Volk? Kann ich ganz Thulheim nur um meiner Ehre willen opfern?«

»Unsere Ehre ist alles, was wir haben«, hielt Erik dagegen. »So hast du es mich gelehrt.«

»Ich weiß ...« Thor Magnusson verzog das Gesicht, das Sprechen schien ihm schwerzufallen. Keine der Verwundungen, die er davongetragen hatte, war tödlich, doch gemeinsam zehrten sie an seinen Kräften. »Aber im Alter sieht man vieles in einem anderen Licht. Wenn ich mich ergebe ...«

»Wenn Ihr Euch ergebt, wird Jordråk versklavt!«

»Und wenn ich es nicht tue, wird jeder Mann, jede Frau und jedes Kind getötet.«

»Das würde sie nicht wagen.«

»Die Gilde hat bereits bei früheren Gelegenheiten bewiesen, dass sie weder Gnade noch Nachsicht kennt«, entgegnete der Fürst. »Soll es so weit kommen? Sollen die Skolls am Ende über unsere Welt herrschen, weil es hier keine Menschen mehr gibt?«

Erik brauchte nicht nachzudenken. »Nein, Vater.«

»Unser Volk muss leben«, schärfte Magnusson ihm ein. »Versprich mir, dass du alles daransetzen wirst, dass unser Volk lebt«, verlangte der Fürst und blickte seinem Sohn dabei tief und durchdringend in die Augen.

»Ich ... verspreche es, Vater.«

»Gut.« Magnusson nickte, und die Andeutung eines Lächelns glitt über seine verhärmten, blutigen Gesichtszüge. »Ihr habt gewonnen, Gildeschwester!«, rief er daraufhin. »Ich, Thor Magnusson, Fürst von Jordråk, lege die Herrschaft über meine Welt in Eure Hände – zum Wohl und zum Schutz meines Volkes.«

»Wie außerordentlich klug Ihr seid für einen ehemaligen Fürsten.« Die Inquisitorin nickte. »Befehlt Euren Männern, die Waffen zu strecken.«

Magnusson tat ihr auch diesen Gefallen, sehr zum Verdruss der Einherjar, die sich nur widerwillig von ihren Waffen trennten. Auch Erik kam sich wie ein Verräter vor, als er das Schwert ins Holz der Barrikade rammte. Mit aller Macht redete er sich ein, dass es der ausdrückliche Wille des Fürsten war und es zum Wohl des Volkes geschah.

Einige Soldaten traten vor und sammelten die Waffen ein, geschützt von ihren Kumpanen, die in den Rauchschwaden lauerten. Ein paar weitere gingen daran, den Brand zu löschen.

»Und was geschieht jetzt?«, wollte Magnusson wissen.

»Ihr werdet in Gewahrsam genommen«, erwiderte die Inquisitorin schlicht.

»Was?«, begehrte Erik auf. »Das war nie Teil der Abmachung!«

»Es gibt keine Abmachung«, brachte Prisca in Erinnerung. »Euer Vater hat sich dem Sieger gebeugt und sich damit seiner Gnade ausgeliefert. Er wird sich vor dem Gericht der Inquisition verantworten müssen.«

»Weswegen?«

»Wegen Hochverrats an der Krone«, erwiderte die Gildeschwester ohne Zögern. »Euer Vater wird verdächtigt, mit nokturnen Mächten in Verbindung zu stehen und den gewaltsamen Tod zweier Gildemeisterinnen herbeigeführt oder zumindest beauftragt zu haben.«

»Was?« Erik schüttelte den Kopf, konnte nicht glauben, was er da hörte. »Das ist nicht wahr!«

»Dann braucht Ihr Euch auch nicht zu sorgen, denn die Wahrheit wird ans Licht kommen. Zu diesem Zweck wurde ich hierhergeschickt.« Kurzerhand befahl sie ihren Soldaten, den Fürsten zu ergreifen und abzuführen – doch Erik war nicht gewillt, es dazu kommen zu lassen.

»Einherjar!«, rief er – und tat das, was er schon die ganze Zeit über hatte tun wollen.

Mit einem Satz sprang er von der Barrikade, geradewegs auf die Soldaten zu. Die Einherjar folgten ihm ohne Zögern, um ihren Weltenherrn notfalls auch ohne Waffen und mit bloßen Händen zu beschützen.

»Nicht, Erik! Nein!«, hörte der Prinz seinen Vater rufen, aber er war zu sehr in Rage, als dass er noch auf ihn gehört hätte. In die Ecke gedrängt, gedemütigt und verspottet, hatte das Tier in ihm die Oberhand gewonnen.

Und es wollte Blut …

Rasch löste er die Schnallen des Handschuhs an seiner Rechten und streifte ihn ab. Im nächsten Augenblick stand er den königlichen Schergen bereits gegenüber – und schlug unbarmherzig zu.

Der vorderste der Soldaten sank blutüberströmt zu Boden, die Wolfsklaue hatte ihm das ungeschützte Gesicht zerfetzt. Schon wollte sich Erik auf den nächsten Gegner stürzen, als ihn etwas in den Rücken traf. Es war der Hieb einer Keule, nicht schwer genug, um seine Brünne zu durchdringen, jedoch so heftig, dass er in die Knie brach.

»Nein!«, hörte er seinen Vater abermals rufen. Dann traf ihn etwas mit derartiger Wucht am Kopf, dass er das Gefühl hatte, sein Haupt würde von seinen Schultern gerissen. Die Welt um ihn herum versank in Schmerz – und es wurde dunkel.

13. Kapitel

Wieder war es Nacht auf Bazarra, doch Kieron fand keine Ruhe. Zum einen ging ihm zu viel im Kopf herum, zu viele Fragen, auf die er keine Antwort wusste. Zum anderen fürchtete er sich davor einzuschlafen.

Was hatten all die Träume zu bedeuten, die ihn verfolgten, seit er Madagor verlassen hatte? Warum fühlten sie sich so wirklich an? Und wie kam es, dass sich zumindest ein Teil davon tatsächlich bewahrheitet hatte?

Kieron wusste sich auf all das keinen Reim zu machen. Er war verwirrt und verspürte eine unbestimmte Furcht, deren Ursprung tief in seinem Inneren lag, fast so, als hätte er all dies schon einmal erlebt, in einem Leben, an das er sich nicht erinnern konnte. Natürlich war das Unsinn, und er hütete sich davor, es seinen Gefährten zu erzählen. Croy hätte ihn wohl nur in noch größere Verwirrung gestürzt, Shen hätte ihn vermutlich ausgelacht, und Jago …

Jago!

War Kierons einstiger Herr womöglich der Schlüssel zur Lösung des Rätsels? Hatte Simrod ihm tatsächlich von Dingen erzählt, die all dies erklären konnten? Kieron hatte inzwischen große Zweifel daran. Jago war ein Großmaul und Aufschneider und hätte so ziemlich alles getan, um von Bazarra wegzukommen. Aber was, wenn er dennoch die Wahrheit sagte? Wenn schon, es spielte keine Rolle. Der Preis, den der Chamäleonide verlangte, war der Verrat an Croy, und dazu war Kieron nicht bereit.

Oder doch …?

Kieron spürte, wie seine Gedanken verbotene Wege gingen. Ihm war klar, dass dies die Saat des Misstrauens war, die Jago ausgebracht hatte und die nun aufzugehen begann, dennoch konnte er sich nicht ganz dagegen erwehren. Hatte der Chamäleonide nicht auch zumindest ein wenig recht gehabt? Schließlich hatte Croy über ihrer aller Köpfe hinweg entschieden, seine Rachegelüste über alles andere gestellt. Und stimmte es nicht, dass der Panthermann seine Gefährten stets nur mit Andeutungen und Halbwahrheiten abspeiste?

Kieron hielt es nicht länger auf seinem Lager aus. Die Unruhe, die er verspürte, trieb ihn auf die Beine, er wollte hinaus vor die Höhle und kühle Nachtluft atmen. Auf leisen Sohlen schlich er sich an seinen schlafenden Gefährten vorbei, die er im Mondlicht, das durch den Höhleneingang fiel, deutlich erkennen konnte. Opossum schlief auf dem nackten Boden, zu einem Fellbündel zusammengerollt; Jago hatte sich zwei Decken übergeworfen, damit er in der kalten Wüstennacht nicht fror; Darg schnarchte wie ein ganzes Rudel madagorischer Nashörner und bot mit offenem Mund und gelbem Gebiss einen wenig erbaulichen Anblick … anders als Shen.

Bei ihr hielt Kieron einen Augenblick lang inne und betrachtete sie. Im Schlaf schien alle Härte aus ihren Zügen gewichen, zurück blieb nur ihre Schönheit. Ohne Frage war sie das anmutigste Geschöpf, dem Kieron je begegnet war, aber er hätte sich im Leben nicht getraut, ihr das zu sagen. Vorausgesetzt, er hätte es überhaupt über die Lippen gebracht, hätte sie ihn wahrscheinlich nur ausgelacht – oder ihn ohne Federlesens erschlagen. Dennoch glaubte Kieron zu spüren, dass sich unter der rauen Schale, die sich die junge Frau von Katana zugelegt hatte, ein weiches und empfindsames Wesen verbarg …

»Hmmm?«

Sie regte sich auf ihrer Decke, schien im Schlaf zu bemerken, dass er sie beobachtete. Rasch schlich er weiter, bemüht, dabei kein Geräusch zu verursachen. Wits' Schlafplatz war leer, ebenso wie der von Croy, da beide auf Nachtwache waren. Als Kieron die Stelle passierte, wo der Panthermann zu nächtigen pflegte, fiel sein Blick auf den Schild.

Das Artefakt war in eine Decke gewickelt, seine charakteristischen Formen zeichneten sich jedoch deutlich darunter ab. Plötzlich – Kieron vermochte selbst nicht zu sagen, woher der Drang rührte – verspürte er das dringende Bedürfnis, den Schild zu betrachten. Ihm war klar, dass er damit gegen Croys ausdrückliches Verbot verstieß, aber was konnte es schaden, wenn Kieron einen Blick darauf warf? Immerhin hatten sie alle ihren Teil dazu beigetragen, das Artefakt aus dem Besitz der Rattenkrieger zu entwenden; und der Schild war schließlich der Grund dafür, dass sie alle auf Bazarra festsaßen …

Noch ehe er sein Handeln recht bedenken konnte, war Kieron bereits dabei, die Decke zurückzuschlagen. Blankes Metall kam zum Vorschein, das im blauen Mondlicht glänzte. Vorsichtig streckte Kieron seine Hand danach aus und berührte es – um sie erschrocken wieder zurückzuziehen.

War er einer Sinnestäuschung erlegen, oder war soeben ein schwacher Blitz auf seine Hand übergesprungen? Der Schmerz in seinen Fingerspitzen fühlte sich danach an, also musste es wohl passiert sein, auch wenn Kieron es sich nicht erklären konnte.

Es kostete den Jungen einige Überwindung, das Metall ein zweites Mal zu berühren. Blitz und Schmerz blieben diesmal aus, und er griff fester zu, befühlte die glatte, gewölbte Oberfläche. Zu seiner Überraschung war sie nicht kalt, sondern fühlte sich warm an. Und war da nicht ein leises Summen, das von dem Schild ausging?

Verstohlen blickte sich Kieron nach den schlafenden Gefährten um – als sich das Summen plötzlich verstärkte. Instinktiv ließ er den Schild los, worauf das Summen verebbte. Was, bei allen Welten, hatte das nun wieder zu bedeuten? Kieron musste an Croys Worte denken – dass es sich keineswegs um einen gewöhnlichen Schild handeln könne und es eine besondere Bewandtnis damit haben müsse, wenn sich gleich mehrere, noch dazu so mächtige Parteien dafür interessierten. Offenbar hatte der Panthermann einmal mehr recht gehabt …

Vorsichtig befühlte Kieron das goldene Symbol auf dem Rücken des Schildes – jenes Symbol, das er auch in seinem Traum gesehen hatte und das der einzige Hinweis gewesen war, den Rigo Novaro ihnen gegeben hatte. So fremd ihm das Zeichen damals auf Madagor erschienen war, so vertraut war es ihm nun, da er seine Biegungen und Linien mit den Fingern nachfahren konnte. Ein eigenartiger Reiz ging davon aus, der etwas tief in ihm erwachen ließ, eine seltsame, unbestimmte Sehnsucht.

»Was bist du?«, flüsterte Kieron. »Was ist deine Bestimmung? Verrate es mir …«

Ein Impuls drängte ihn dazu, den Schild herumzudrehen und die Innenseite zu betrachten. Das Metall war so glatt poliert, dass es wie ein Spiegel wirkte. Kieron konnte sich selbst darin sehen, was ihm eigenartig vorkam. In seinem bisherigen Leben hatte er kaum Gelegenheit gehabt, sich selbst zu betrachten, allenfalls in den Regenpfützen, die es auf Madagor zuhauf gab. Auch hatte er sich bislang nie Gedanken über sein Äußeres gemacht – nun fragte er sich zum ersten Mal, ob ihm gefiel, was er sah, ein blasses, hohlwangiges Gesicht, aus dem ihn ein blaues Augenpaar neugierig anstarrte.

Was andere wohl in diesem Gesicht sehen mochten?

Was *sie* wohl darin sehen mochte …?

Kieron hing noch seinen Gedanken nach, als sich das Bild im Spiegel veränderte. Sein Antlitz verschwomm, und es hatte den Anschein, als würde sich das eben noch blanke Metall eintrüben. Es wurde dunkel, und plötzlich sah Kieron Formen, die sich voneinander lösten. Einen Augenblick lang schwebten sie wild durcheinander, dann wurden sie zu etwas, das Kieron bekannt vorkam und das ihm Unbehagen verursachte.

Gedrungene, vor urwüchsiger Kraft strotzende Gestalten.

Ledrige Schwingen, die die Luft geißelten.

Helme, die im Mondlicht blitzten …

Goroptera!

Die Erkenntnis traf Kieron wie ein Hammerschlag, aber noch ehe er begriff, was er sah, war das Bild verschwunden.

War er einer Täuschung erlegen? War er für einen Moment eingeschlafen und hatte geträumt? Oder bedurfte er jetzt schon keines Schlafes mehr, um von Traumbildern verfolgt zu werden?

Ein hässlicher Gedanke beschlich Kieron, lautlos und gefährlich wie eine giftige Natter.

Verlor er allmählich den Verstand?

Verraten.

Von ihresgleichen.

Schlimmer noch, von der einzigen Person im Sanktuarion, von der sie geglaubt hatte, dass sie ihr völlig vertrauen könnte.

Was, so fragte sich Kalliope, war nur mit Prisca geschehen? Was war ihr widerfahren, das sie so verändert hatte? Was musste die Freundin erlebt haben, um sich von dem warmherzigen, mitfühlenden Wesen, als das Kalliope sie gekannt hatte, in jenes kalte, gefühllose Monstrum zu verwandeln, dem sie auf dem Flaggschiff begegnet war?

Obwohl in Wahrheit nur Wochen seit ihrer letzten Begegnung vergangen waren, kam es Kalliope wie eine Ewigkeit vor. Welten schienen die einstigen Freundinnen zu trennen, sodass Kalliope sich immerzu fragte, wie so etwas plötzlich möglich war. Die Antwort, die ihr dämmerte, während sie in Gedanken versunken in der Kerkerzelle saß, in die Prisca sie hatte werfen lassen, gefiel ihr nicht, aber es war die einzig plausible Begründung.

Prisca hatte sich nicht verändert, ebenso wenig, wie Kalliope selbst sich verändert hatte. Es war nur so, dass die strenge Ordnung Etheras eine Gemeinsamkeit geschaffen hatte, auf deren Grundlage sie geglaubt hatten *sorores facto animoque* zu sein. Kaum war diese jedoch entfallen, hatte jede von ihnen sich nach ihren ursprünglichen, eigentlichen Neigungen entwickelt. Prisca, indem sie sich den radikalen Lehren ihrer Meisterin verschrieben hatte; Kalliope, indem sie eine Welt kennengelernt hatte, die einfacher und freier war als das von Regeln bestimmte Leben einer Gildeschwester, aber deshalb nicht weniger wahrhaftig.

Natürlich verspürte Kalliope Enttäuschung, und natürlich war sie verletzt, aber sie gab Prisca nicht die alleinige Schuld dafür. Je länger sie Gelegenheit zum Nachdenken hatte, desto deutlicher ging ihr auf, dass auch sie Fehler gemacht hatte. Sie neigte dazu, Menschen, die sie mochte und zu denen sie Vertrauen gefasst hatte, als ein Idealbild zu verehren, dem die Realität niemals standhalten konnte. Schon bei Meisterin Cedara war dies so gewesen und vermutlich auch bei Prisca. Wahrscheinlich, sagte sie sich, war die Freundin niemals das gewesen, was sie in ihr gesehen hatte, und hätte sie die

Möglichkeit gehabt, so hätte sie das Rad der Zeit zurückgedreht und dafür gesorgt, dass jene Nacht niemals geschehen wäre. Jene Nacht, in der sie einander so nahe gewesen waren, wie zwei Menschen es nur sein konnten – und gleichzeitig doch so weit voneinander entfernt.

Was würde nun werden?

Den Geräuschen nach zu urteilen, die ab und an in ihre Zelle drangen, war der Kampf um Thulheim entschieden. So tapfer sie vermutlich gekämpft hatten – der Übermacht von Ardaths Truppen hatten die Kämpfer Jordråks nichts entgegenzusetzen gehabt. Kalliope konnte hören, wie immer mehr von ihnen in den Kerker der besetzten Festung gebracht wurden, und ihr Herz war voller Trauer. Nicht nur, weil hier ein schreckliches Unrecht geschah, sondern auch, weil sie mit den Kämpfern Jordråks fühlte, die lediglich ihr Heim und ihre Familien verteidigt hatten; und weil sie sich immer wieder fragte, was Erik widerfahren sein mochte. War der Prinz von Jordråk noch am Leben? War er womöglich im Kampf gefallen? Der Gedanke war unerträglich für sie.

Im Dunkel ihrer Zelle, in die Priscas Schergen sie gesteckt hatten, sah Kalliope vieles mit anderen Augen. Noch vor wenigen Wochen hatte sie sich nicht vorstellen können, dass im Namen der Gilde ein Unrecht geschah, und als Erik sie in die Katakomben der Festung führte und ihr das Geheimnis aus alter Vergangenheit offenbarte, hatte sie es nicht glauben wollen. Nun jedoch stellte sich manches anders dar. Kalliope hatte die dunkle Seite der Gilde kennengelernt, die zu allem fähig schien und nicht davor zurückschreckte, die Gabe der Levitation zu missbrauchen, um ihre Interessen durchzusetzen.

Diese dunkle Seite hatte einen Namen.

Inquisition.

Kalliope hatte gewusst, dass es vor einigen Dekaden eine solche Bewegung gegeben hatte, ihr jedoch nie große Bedeutung beigemessen. Die Inquisition, so hatte man ihr beigebracht, war eine Vereinigung junger Gildeschwestern gewesen, die den Codex der Schwesternschaft auf radikale Weise gedeutet und sich dadurch auf einen Irrweg begeben hätten – jedoch sei dieser nur von kurzer Dauer gewesen, sodass am Ende nicht mehr als eine Fußnote in den

Chroniken übrig blieb. Hatte die Gilde dieses dunkle Kapitel ihrer Geschichte absichtlich verschwiegen? Hatte Meisterin Cedara deswegen nicht darüber gesprochen, weil sie selbst eine dieser fehlgeleiteten Schwestern gewesen war?

Kalliope musste an Meisterin Audra denken, an das seltsame Gespräch, das sie kurz vor der Abreise geführt hatten. Audra hatte die *numeratae* Heuchlerinnen genannt, und ganz offenbar hatten sie und ihre einstige Schülerin Cedara sich überworfen – war womöglich die Inquisition der Grund dafür?

Kalliope hatte das Gefühl, in einen Abgrund zu blicken, der immer noch tiefer und drohender wurde, je länger sie hineinstarrte. Die bittere Erkenntnis, dass die Gilde der Levitatinnen nicht jene glorreiche, selbstlose und über den Dingen stehende Organisation war, für die sie sie stets gehalten hatte, drang in ihr Bewusstsein ein, und ihr wurde klar, dass jene, die der Schwesternschaft mit Misstrauen oder gar Ablehnung begegneten, nicht zwangsläufig nur von Neid und Missgunst getrieben waren, sondern womöglich gute Gründe dafür hatten. Wie viele dunkle Geheimnisse mochten noch in der Vergangenheit der Schwesternschaft ruhen? Wie viele Dinge, die man den Schülerinnen verheimlichte, weil sie nicht in das makellose Bild passten, das die Gilde von sich selbst zu vermitteln pflegte und an das Kalliope ihr Leben lang geglaubt hatte? Wie einfältig sie doch gewesen war, wie dumm und naiv … oder gab es auch noch andere, die so dachten wie sie? Die an die Werte und Ideale der Gilde glaubten und auch in diesen dunklen Zeiten daran festhielten?

Kalliope schalt sich eine Närrin.

Wenn es stimmte, dass das Ende der Welten bevorstand, so spielte all dies keine Rolle mehr. Die Erhabene Schwester lag im Sterben, ohne sie würde die Gilde dem Chaos und der Dunkelheit schutzlos ausgeliefert sein, und in dem Sturm, der über das Sanktuarion hereinbrach, würden die Schwesternschaft und ihre Werte ohnehin untergehen. Selbst dann, wenn es der Inquisition gelang, den Sturm zu überstehen. Denn was, so fragte sich Kalliope, nutzte es, die Ideale der Gilde zu verteidigen, wenn am Ende nichts davon übrig blieb?

Kalliope wusste nicht mehr zu sagen, wie oft sie sich diese Fragen gestellt hatte, ohne zu einem Ergebnis zu kommen. Sie hatte keine

Ahnung, wann sie zuletzt gegessen, getrunken oder geschlafen hatte – im Zuge ihrer Ausbildung hatte sie gelernt, körperliche Belange zu vernachlässigen. Geräusche von außen drangen nur gedämpft durch die eiserne Zellentür, das spärliche Licht, das durch die kleine Öffnung fiel, reichte gerade aus, um verschiedene Schattierungen von Grau zu unterscheiden. Doch nicht nur ihre Sinne, auch Kalliopes Gabe war in ihrer Zelle nutzlos. Offenbar hatte Prisca Vorsichtsmaßnahmen getroffen und dafür gesorgt, dass innerhalb der Kerkerwände keine Levitation möglich war. Vermutlich waren Gildeschwestern dazu abgestellt worden, ihre Kräfte zu unterbinden, indem sie ihre eigenen entgegensetzten.

Wie lange, fragte Kalliope sich, wollte Prisca sie hier also schmoren lassen? Abgesehen davon, dass sie sich geweigert hatte, die Werte der Gilde zu verraten und sich der Inquisition anzuschließen, hatte sie sich nichts zuschulden kommen lassen – aber vielleicht genügte das in diesen Tagen schon, um auf alle Zeit in einem dunklen Kerkerloch zu verschwinden. Der Wind hatte gedreht, die Verhältnisse im Sanktuarion sich grundlegend geändert. Freunde waren zu Feinden geworden, die alten Regeln besaßen keine Gültigkeit mehr – und sie, eine Gildeschülerin, war nur ein Staubkorn im Mahlwerk der Geschichte, das niemand vermissen würde.

Verzweiflung bemächtigte sich ihrer, so dunkel und tief wie der Abgrund, vor dem sie stand. Obwohl Kalliope alles daransetzte, ihr nicht nachzugeben, hatte sie das Gefühl, kopfüber hineinzustürzen – als sich in ihrer Zelle etwas regte.

Anfangs war es nur ein leises Scharren, und sie zog angewidert die Beine an sich heran, weil sie glaubte, es handle sich um eine Ratte. Aber dann war ein Knirschen zu vernehmen, und zu Kalliopes Verblüffung bildete sich im Boden der Kerkerzelle plötzlich ein feurig leuchtendes Quadrat. Sie brauchte einen Moment, um zu begreifen, dass es in Wahrheit einer der Bodensteine war, der von unten hochgehoben wurde, sodass Fackelschein durch die Ritzen drang. Sie sog scharf nach Luft und war einen Augenblick lang fassungslos – bis sie das Gesicht sah, das unter dem Stein zum Vorschein kam und verwegen grinste.

Es gehörte Erik.

14. Kapitel

Das Metall des Schildes blieb stumpf.

Sosehr Kieron sich auch bemühte, die Bilder zurückzuholen, die er für einen Augenblick (oder war es in Wahrheit sehr viel länger gewesen?) in der Innenseite des Schildes gesehen hatte – sie kehrten nicht wieder. Im Gegenteil hatte der Junge das Gefühl, als würde sich das spiegelblanke Metall immer noch mehr eintrüben, je länger er darauf starrte, fast so, als wäre der Schild nicht bereit, sein Geheimnis zu offenbaren.

Was für ein Unsinn! Wie konnte ein Schild, ein lebloses Ding aus Metall, ein Geheimnis haben, geschweige denn es bewahren wollen? Schließlich handelte es sich um einen toten Gegenstand und nicht um ein Lebewesen. Andererseits – hatte er nicht selbst gefühlt, dass der Schild aus mehr bestand als aus bloßem Metall? War dies die Antwort auf die Frage, warum alle so versessen darauf waren, ihn in ihren Besitz zu bringen?

Der Gedanke erschreckte ihn. Mehr noch als zuvor wollte er, dass die Bilder wiederkehrten, aber sie taten es nicht. In seiner Verzweiflung riss Kieron ein Stück Stoff von seiner Tunika ab und polierte die Innenseite des Schildes. Doch die Eintrübung des Spiegels ließ sich damit nicht entfernen.

Das Metall blieb dunkel.

Ein weiterer furchtbarer Gedanke befiel Kieron plötzlich: Was, wenn Croy die Veränderung bemerkte? Es gehörte nicht viel dazu, sich auszumalen, dass jemand das Artefakt unerlaubt an sich genommen hatte, und der Pantheride würde nicht lange brauchen, um herauszufinden, wer das gewesen war, und Kieron würde sich entscheiden müssen, auf wessen Seite er stand.

Panisch blickte sich der Junge im Halbdunkel der Höhle um. Was konnte er nur tun, um …?

Sein Blick fiel auf den ledernen Wasserschlauch, der unweit von ihm am Boden lag. Der Brunnen, aus dem sie das lebensnotwendige Nass schöpften, lag in Richtung Al Battra, einen halben Tagesmarsch entfernt – folglich stellte Wasser ein kostbares Gut dar. Andererseits, wenn es half, den ursprünglichen Zustand des Spiegels wiederherzustellen, war Kieron jedes Mittel recht.

Er ließ den Schild sinken und legte ihn so, dass er wie eine Schüssel auf dem Boden lag. Dann sprang er auf, huschte an seinen schlafenden Gefährten vorbei und holte den Wasserschlauch. Besonders leise sein musste er dabei nicht – Dargs Schnarchen überdeckte jedes andere Geräusch.

Rasch kehrte Kieron zum Schild zurück, entkorkte den Schlauch und schüttete die Hälfte des Inhalts in die Schüssel. Für einen Augenblick sah es so aus, als wären seinen Bemühungen von Erfolg gekrönt – der Beschlag, der sich über das Metall gelegt hatte, schien tatsächlich für einen Augenblick zu weichen, und Kieron konnte sich wie zu Beginn selbst darin sehen. Dann jedoch erblindete der Spiegel erneut, und es half auch nichts, dass Kieron wie von Sinnen darin herumzuwischen begann. Das Plätschern, das er dabei verursachte, war ein fremder Klang in der Dürre der Wüste – und blieb nicht unbeachtet …

»Was treibst du da?«, wollte Jago wissen, der aus dem Schlaf geschreckt war.

»Ni-nichts«, versicherte Kieron, der ihm den Rücken zuwandte und den Schild mit dem Körper verdeckte.

»Hört sich aber nicht nach ›nichts‹ an«, versetzte der Chamäleonide, nunmehr hellwach, und sprang auf die dünnen Beine. »Solltest du vorhaben, dich an unseren Wasservorräten zu vergreifen, dann sag es mir wenigstens, damit ich ebenfalls …«

Er stutzte, als er Kieron am Boden kauern sah, den mit Wasser halb gefüllten Schild vor sich. »Sag, hast du den Verstand verloren? Du sollst das verdammte Ding stehlen und nicht spülen. Wenn es dich gelüstet, Geschirr zu waschen, hättest du auch einfach im ›Feuerkürbis‹ bleiben können. Das hätte uns viel Ärger erspart.«

»Da-das ist es nicht«, versicherte Kieron. »Ich habe etwas gesehen, hier drin …«

»Natürlich, deinen hässlichen Schädel.«

»Ne-nein.« Kieron spähte verstohlen zu den anderen, die noch immer schliefen. »Da war noch etwas anderes.«

»Und was?«, fragte der Chamäleonide zweifelnd.

»Das we-weiß ich nicht, aber ich …«

Plötzlich war von draußen ein gellender Schrei zu hören, gefolgt von heiserem Gebrüll.

Croy!

»Verdammt«, zischte Jago gereizt, »was ist nun wieder?«

»We-weck die anderen«, beschied Kieron ihm, während er bereits aufsprang und nach draußen eilte. Dabei riss er den Dolch heraus, den er von einem Schakalkrieger erbeutet hatte – denn ein Teil von ihm ahnte bereits, was draußen geschehen war.

So schnell er konnte, hastete er durch den Felsengang ins Freie – und stand plötzlich vor Opossum, der die Augen seltsam verdreht hatte und dessen rosafarbene Zunge seitlich aus seiner langen Schnauze hing. Der Animale, der auf dem Weg zur Höhle gewesen war, kippte nach vorn wie ein nasser Sack – und mit Entsetzen gewahrte Kieron die beiden Armbrustbolzen, die in seinem Genick und in seinem Rücken steckten!

Erschrocken sah er nach oben zu den Affenkriegern, deren Umrisse sich gegen die Sterne abzeichneten. Von ihren dunklen Schwingen getragen, schwebten sie am Himmel – und Kieron begriff, dass das, was er im Spiegel des Schildes gesehen hatte, kein Trugbild gewesen war, sondern die Wirklichkeit! Es blieb keine Zeit, darüber nachzudenken, wie das möglich war, denn unmittelbar neben ihm bohrte sich ein weiterer Bolzen in den Sand, der ihn nur knapp verfehlte …

»In Deckung, Junge!«

Croy setzte durch das Halbdunkel heran, wobei er auch seine Arme zu Hilfe nahm. Mehrere Bolzen zischten durch die Luft, verfehlten den Pantheriden jedoch jeweils um Haaresbreite.

»Wir wurden entdeckt! Los, zurück in die Höhle!«

Unfähig, eine eigene Entscheidung zu treffen, fuhr Kieron herum und rannte in die Richtung, aus der er eben gekommen war, vorbei am leblosen Körper von Opossum. Kieron beschloss, später in angemessener Form um den Gefährten zu trauern, der ihnen die Flucht aus dem Kerker von Nergal ermöglicht hatte – vorausgesetzt, er endete nicht selbst mit einem Armbrustbolzen im Genick!

Wilde Haken schlagend, hastete er zum Eingang der Höhle zurück, Croy hinterdrein. Dabei konnte er das Rauschen der Flügel hören, als die Goroptera herabstießen. In wildes Kampfgeschrei verfallend, schossen die geflügelten Kreaturen heran, nunmehr geschwungene Klingen in den Pranken, mit denen sie alles niedermähen würden …

Kieron rannte, so schnell er konnte – als er die Schatten gewahrte, die an den Felswänden herabkletterten.

Schakalkrieger!

Ihre Augen funkelten blutlüstern im Mondlicht, und sie hatten den Grund der Schlucht fast erreicht …

Mit bellendem Geschrei setzte einer von ihnen herab und versperrte Kieron den Zugang zur Höhle. Der Junge riss den Dolch empor, um sich auf den hoffnungslos überlegenen Gegner zu stürzen, doch es kam nicht zum Kampf. Eine Pantherpranke packte den Kopf des Schakals und riss ihn mit derartiger Wucht herum, dass das Genick mit hässlichem Knirschen brach. Schlaff und leblos sank der Animale nieder, hinter ihm stand Croy.

»Komm schon, Kleiner! Hör auf zu trödeln!«

Kieron rannte weiter, während der Panther einen seiner Dolche warf und damit einen der Schakalkrieger von den Felsen holte. Die übrigen Legionäre blieben daraufhin auf Distanz, und Kieron und Croy erreichten unbehelligt den schützenden Überhang des Höhleneingangs. Shen und Darg warteten dort bereits, ihre Waffen in den Händen.

»Opossum?«, fragte Shen.

Croy schüttelte nur den Kopf – für Erklärungen blieb keine Zeit. Fürs Erste waren sie den Angreifern entronnen, aber die Ruhe würde nicht von langer Dauer sein.

Die Soldaten der Kaiserin hatten sie entdeckt – und sie würden nicht aufgeben, bis sie die Flüchtlinge entweder wieder gefasst hatten … oder sie alle umgebracht.

Es hatte nur Augenblicke gedauert.

Mit einer Geste hatte Erik Kalliope bedeutet zu schweigen; dann hatte er das Loch im Boden vollends geöffnet und ihr geholfen, zu ihm hinabzusteigen.

Der Sohn des Fürsten hatte die Bodenplatte wieder eingesetzt und den Zugang sorgfältig verschlossen. Unter der Zelle verlief, zu Kalliopes Verblüffung, ein gemauerter Schacht, der nur zwei Ellen breit und gerade so groß war, dass man aufrecht darin knien konnte. Welchem Zweck er einst gedient haben mochte, war nicht festzustellen, aber Kalliope war froh, dass es ihn gab.

Auf allen vieren schlichen sie davon, Erik voraus, die Fackel zwischen den Zähnen, Kalliope hinterdrein. Ihre Robe war ihr beim Kriechen hinderlich, aber die Aussicht, ihrem Gefängnis zu entkommen, verlieh ihr zusätzliche Kraft. Schließlich mündete der Schacht auf einen Gang, der etwas breiter war und höher, sodass man – wenn auch in gebückter Haltung – darin gehen konnte. Nachdem sie ihm eine Weile lang gefolgt waren, brach Erik endlich sein Schweigen.

»Geht es dir gut?«, erkundigte er sich.

Sie nickte. »Was ist geschehen?«, wollte sie wissen. »Wie kommt es, dass du …?«

»Wir haben gekämpft bis zuletzt«, erstattete Erik in aller Kürze Bericht, »aber dann wurde mein Vater verwundet, und man hat uns überwältigt. Meinen Vater haben sie zur Befragung mitgenommen, mich haben sie in eine Kerkerzelle gesteckt. Allerdings«, fügte er grinsend hinzu, »bin ich nicht sehr lange dort geblieben. Ein Glück, dass ich diese Gänge kenne.«

»Das ist wahr.« Kalliope nickte. »Woher stammen sie?«

»Die Herren von Thulheim haben sie einst anlegen lassen. Ein ganzes Netz von Geheimgängen durchzieht die Festung, allerdings sind sie nur wenigen bekannt.«

»Ich verstehe.« Kalliope nickte. Sie hatte sich oft gefragt, wie Erik damals ungehindert in ihr Gemach hatte eindringen können – nun kannte sie die Antwort. »Aber woher wusstest du, in welcher Zelle ich gefangen war?«

»Ich wusste es nicht. Ich hörte Wachen darüber sprechen, dass du festgenommen worden seist, also habe ich nach dir gesucht. Es gibt nur wenige Zellen, die über die geheimen Stollen zu erreichen sind. Wie es heißt, hat einer unserer Vorfahren sie anlegen lassen, weil er eine Revolution fürchtete. Im Fall eines Aufstandes wollte er seinem eigenen Gefängnis entkommen können.«

»Wie konnte er wissen, dass man ihn ausgerechnet in eine dieser Zellen sperren würde?«

Erik grinste. »Es sind die schäbigsten im ganzen Kerker.«

Kalliope lächelte matt. »Dann sollten wir ihm für seine Weitsicht dankbar sein. Und unseren Häschern sollte ich dafür danken, dass sie uns in die miesesten Löcher im Kerker gesteckt haben. Und dir«, fügte sie leise hinzu, wobei sie beschämt den Blick senkte, »danke ich dafür, dass du mich befreit hast, obwohl du keinen Grund dazu hattest.«

»Was ist geschehen, nachdem du Jordråk verlassen hattest?«

»Ich bin einem Geist aus der Vergangenheit begegnet«, erwiderte Kalliope leise. »Einem dunklen Geist …«

»Ich fürchte, diesem Geist bin ich auch begegnet«, knurrte Erik. »Und was ist mit den Einherjar?«

Kalliope schloss die Augen und schüttelte den Kopf. »O Erik«, gestand sie flüsternd, »du hattest recht, und ich hatte unrecht. Die Gilde ist nicht das, wofür ich sie stets gehalten habe. Da ist zweifellos Licht, und ich wünschte, ich könnte es dir zeigen … aber da ist auch Schatten. Die Schwesternschaft ist in Aufruhr. Unsere Anführerin liegt im Sterben, und Harona, ein Mitglied des Schwesternrates, hat eine neue Inquisition ausgerufen, die die Werte des Codex mit Füßen tritt. Niemals hätte ich geglaubt, dass sie zu so etwas fähig wäre.« Sie unterbrach sich, als ihr die Stimme versagte. »Und da ist Prisca, meine Vertraute und Freundin«, fügte sie flüsternd hinzu. »Sie ist eine Inquisitorin geworden, Erik. Sie ist es, die den Angriff auf Jordråk zu verantworten hat. Ich konnte nichts dagegen tun. Die Eroberung eurer Welt war bereits beschlossen, als die Unterredung begann.«

»Ich dachte es mir.«

»Und dennoch hast du mich befreit? Obwohl ich mein Versprechen nicht gehalten habe?«

»Weil ich weiß, dass du anders bist, Kalliope«, entgegnete er. »Ich habe es vom ersten Augenblick an gewusst – ebenso wie ich wusste, dass ich dich liebe.«

Bestürzt sah Kalliope zu ihm auf. »Bitte nicht«, hauchte sie, »das darfst du nicht sagen. Ich bin eine Schwester der Levitatengilde. Wenn wir uns nicht mehr an die Gesetze halten, welche Sicherheit bleibt uns dann noch?«

»Wach auf, Kalliope!« Erik fasste sie bei den Schultern, als wollte er sie wachrütteln. »Es gibt keine Gesetze mehr und auch keine Sicherheit! Ardath, der König, dem wir Treue geschworen haben und der gelobt hat, uns zu beschützen, hat uns widerrechtlich angegriffen. Hunderte unserer Krieger sind gefallen, die Gassen von Thulheim sind rot von Blut. Er ist es gewesen, der die Regeln gebrochen hat!«

»Und ich fürchte, dass es Schwestern der Gilde waren, die ihn dazu angestiftet haben«, stimmte Kalliope ernüchtert zu. Erik ließ sie los, und sie sank an der Stollenwand herab, entkräftet nicht nur von Hunger und Durst und den Entbehrungen ihrer Gefangenschaft, sondern auch von Trauer und Enttäuschung. »Du hattest recht, von Anfang an, ich wollte es nicht wahrhaben.«

»Das konntest du nicht«, entgegnete er milde, »denn du hast nicht gewusst, was wir wissen.«

Kalliope sah auf. »Was meinst du?«

»Hast du dich nicht gefragt, was der Grund für all dies ist? Für das Auftreten der Inquisitorin, den Angriff der königlichen Flotte …«

»Nun«, erwiderte sie, »ich nahm an, es ginge dabei um den Mord an den beiden Gildeschwestern …«

»Vordergründig, ja«, räumte er ein. »In Wahrheit jedoch drehte es sich stets um etwas anderes.«

»Wovon sprichst du?«

Erik hockte sich hin, sodass er ihr direkt in die Augen blicken konnte. »Erinnerst du dich an den Tag eurer Ankunft? Als ihr zum ersten Mal die Große Halle betratet? Mit welchem Misstrauen euch mein Vater begegnete?«

»Natürlich.«

»Er hatte allen Grund dazu«, eröffnete Erik rundheraus, »denn es gibt einen geheimen Schatz, den Thulheim hütet – und den die Gilde seit vielen Zyklen in ihren Besitz zu bringen trachtet.«

»Ein w… geheimer Schatz?« Kalliope schüttelte verständnislos den Kopf.

»Du hast nie von Culanns Schirm gehört? Von Jordråks Schutz?«

»Niemals.«

»Auch deine Meisterin nicht? Hat sie niemals etwas angedeutet, was die wahre Natur ihres Auftrags betraf?«

»Niemals, ich schwöre es«, versicherte Kalliope. »Es ging stets nur darum, den Mord an unserer Mitschwester Glennara aufzuklären, und auch dies wurde mir erst offenbart, nachdem wir Ethera verlassen hatten. Meine Meisterin wollte mich nicht beunruhigen.«

»Ich verstehe.« Erik nickte. »Dann ist auch sie nur eine Figur in diesem Spiel gewesen, so wie wir alle. Sie wurde eingesetzt und geopfert.«

»Geopfert? Von wem? Was meinst du damit?«

»Du kennst die Antwort«, war Erik überzeugt.

»Du willst sagen, dass …« – Kalliope suchte nach passenden Worten – »… dass die Gilde selbst hinter dem Mord an Meisterin Cedara stecken könnte?« Erneut war ihre Stimme zu einem Flüstern verblasst.

»Wir wissen inzwischen, dass es Skolls gewesen sind«, brachte Erik in Erinnerung, »aber jemand hat sie dazu getrieben. Und wer immer das war, hat gewusst, dass ein zweiter Mord an einer Gildeschwester, noch dazu an einer *numerata*, einen Angriff auf Jordråk rechtfertigen würde.«

»Das kann ich nicht glauben«, stieß Kalliope hervor.

»Nein? Obwohl du gesehen hast, wozu die Gilde fähig ist?«

Eriks Worte trafen wie Pfeile. Noch als sein Vater jenen Verdacht geäußert hatte, hatte Kalliope ihn als völlig abwegig verworfen – nun jedoch zweifelte sie. Sie wusste inzwischen, dass die Schwesternschaft nicht ohne Fehler war und eine dunkle Seite hatte. Aber eine Intrige, die den Tod einer *numerata* voraussetzte, war noch nicht einmal den Mitgliedern der Inquisition zuzutrauen … oder?

»Wir müssen gehen«, stellte Erik klar, der sich wieder erhoben hatte. »Irgendwann werden unsere Bewacher merken, dass wir nicht mehr in unseren Zellen sind, und womöglich werden sie dann die geheimen Gänge entdecken.« Er wandte sich der steinernen Stollenwand zu, die er im Halbdunkel befühlte.

Als er gefunden hatte, wonach er suchte, presste er das untere Ende der Fackel auf einen im Mauerwerk versenkten Stein – und betätigte damit offenbar eine verborgene Vorrichtung. Ein dumpfes Knirschen erklang, und eine Steinplatte glitt zur Seite und öffnete unvermittelt einen Ausgang.

Kalliopes Mund blieb vor Staunen offen.

»Komm mit«, forderte Erik sie auf und streckte die Rechte aus, um ihr auf die Beine zu helfen.

Erst jetzt bemerkte sie, dass er keinen Handschuh trug. Die Hand, die sich ihr helfend entgegenreckte, war die Klaue eines Skolls. Kalliopes Zögern währte nur einen Augenblick. Dann griff sie zu und ließ sich auf die Beine ziehen, folgte Erik durch die geheime Tür in den angrenzenden Gang. Schon nach wenigen Schritten betätigte er erneut einen Mechanismus, und eine weitere Geheimtür öffnete sich, die in einen dunklen Raum führte. Dem Hall ihrer Schritte nach war er ebenso groß wie leer. Hohe Wände erschienen im Lichtkreis der Fackel, Säulen und ein erloschener Kamin – und Kalliope wurde auf einmal bewusst, dass sie diesen Ort kannte.

Es war die alte Fürstenhalle, jener Ort, an dem sowohl Meisterin Glennara als auch Meisterin Cedara ermordet worden waren … von einem Wolfsmenschen, der durch einen geheimen Zugang in die Festung gelangt war!

Schaudernd blickte Kalliope an sich herab, sah die fellbesetzte Klaue, die ihre Hand umklammerte.

Und plötzlich ergab alles Sinn.

15. Kapitel

Sie saßen in der Falle.

Zwar war es ihnen gelungen, sich ein wenig Luft zu verschaffen, indem sie sich in den Schutz des Höhleneingangs zurückgezogen und zwischen den Felsen Zuflucht gesucht hatten; doch war ihnen klar, dass es nur eine Frage der Zeit sein würde, bis die Legionäre erneut angriffen …

»Verdammt«, stieß Shen hervor, die ihren Bogen schussbereit in den Händen hatte und wachsam hinaus in die Dunkelheit spähte, »wie konnten die uns nur so rasch finden?«

»Ich weiß es nicht«, gab Croy verdrießlich zu. »Allerdings passiert mir das in letzter Zeit öfter.«

»Vieee-vielleicht wussten sie, wo wir uns ver-ver-verstecken würden«, gab Kieron zu bedenken.

»Unsinn.« Der Pantheride schüttelte den Kopf. »Wie sollten sie?«

»Sagtest du nicht, du wärst schon früher auf Bazarra gewesen?«, fragte Shen.

»Genau wie du. Und?«

Die Kriegerin von Katana grinste freudlos. »Ich glaube, Katzenmann, es gibt noch viel, was du über den kaiserlichen Geheimdienst lernen musst.«

»Vorsicht«, knurrte Darg und hob die Axt, die er im Kampf um den Sturmhai erbeutet hatte. »Sie kommen zurück!«

Tatsächlich war plötzlich wieder das unheimliche Rauschen von Goroptera-Schwingen zu hören. Bedrohliche Schatten senkten sich aus dem Nachthimmel herab, während gleichzeitig eine Horde hinter ihre Schilde geduckter Gestalten die Felsenschlucht heraufkam – auch die Schakalkrieger griffen wieder an.

Shen verlor keine Zeit.

In einer fließenden Bewegung zielte sie hinauf zum Himmel und schickte den Pfeil auf Reisen, der jedoch fehlging und sich wirkungslos in der sternenübersäten Schwärze verlor. Sofort schickte sie ein zweites Geschoss hinterher – und diesmal verriet ein heiserer Aufschrei, dass es sein Ziel gefunden hatte. Einer der flatternden Schatten verlor an Höhe, die übrigen kamen näher …

Darg knurrte und wollte aufstehen, um sich den Angreifern zum Kampf zu stellen, aber Croy hielt ihn zurück. »Bleib in Deckung«, mahnte er. »Genau das ist es, was sie erreichen wollen. Sobald wir uns vor die Höhle wagen, wird es uns so ergehen wie Opossum, und wir werden aus der Luft mit Pfeilen gespickt.«

»Und wenn wir bleiben, werden sie unser Versteck ausheben wie ein Krokodilsnest«, fügte Shen grimmig hinzu. Wieder legte sie einen Pfeil auf die Sehne und schickte ihn in die Nacht hinaus, doch das Geschoss zerschellte am Schild eines der Legionäre.

»Wir sollten uns zuuu-zurückziehen«, schlug Kieron vor. »Tiefer in den Schhhh-Schutz der Höhle.«

Darg fluchte. »Es macht keinen Unterschied, ob wir dort sterben oder hier.«

»Aber hier am Eingang können sie uns alle gleichzeitig aaa… angreifen«, gab Kieron zu bedenken. »In die Hhh-Höhle können jeweils nur ein paar von ihnen.«

»Guter Standpunkt«, sagte Shen.

»Der Junge hat recht«, stimmte auch Croy zu. »Los, zurück!«

Sie hatten sich kaum von den Felsen gelöst, als auch schon heftiger Beschuss einsetzte. Einige der Schakalkrieger warfen ihre Speere, Pfeile flogen durch die Nacht. Auch aus dem dunklen Himmel, wo die Goroptera ihre Bahnen zogen, zuckten einige Geschosse herab, jedoch in zu steilem Winkel, als dass sie weit in die Höhle hineingeflogen wären. In geduckter Haltung hasteten die Gefährten bis ans Ende ihres Schlupfwinkels, wo sich ihre Schlaflager befanden und wo noch immer der Schild lag, ausgewickelt und halb mit Wasser gefüllt.

Wenn Croy es bemerkte, so kümmerte er sich nicht darum. »Verschanzt euch hinter den Felsen«, wies er seine Kameraden an, auf die Gesteinsbrocken deutend, die den Rand der Höhle säumten. »Sie werden jeden Augenblick hier sein.«

»Sie … sie kommen hierher?« Jago, der zusammen mit Wits im Schutz der Höhle zurückgeblieben war, glotzte den Panthermann verständnislos an. »Ist das alles, was ihr dort draußen erreicht habt, ihr tapferen Helden?«

»Halt bloß die Klappe, Krötenmaul«, fuhr Shen ihm über den Mund, während sie hinter einem der Felsen Zuflucht suchte und rasch einen neuen Pfeil auf die Sehne ihres Bogens legte. »Da draußen tobt eine ganze Horde Schakale und Goroptera. Wenn sie die Höhle stürmen, bleibt keiner von uns am L…«

»Panthermann!«, ließ sich in diesem Moment eine Stimme vernehmen, die zumindest Croy sofort erkannte – denn sie gehörte dem ebenso kleinen wie erbarmungslosen Wesen, das ihm die Hand hatte abschlagen lassen! »Kannst du mich hören?«

»Was willst du?«, rief der Pantheride zurück, die ohnmächtige Wut, die ihn überkommen wollte, nur mühsam beherrschend. Kieron, der neben ihm in der Deckung kauerte, konnte sehen, wie das schwarze Fell bebte.

»Ihr habt etwas gestohlen, das dem Haus Karnak gehört«, fuhr der Spitzel der Kaiserin fort, »und jetzt holen wir es uns zurück.«

»Was du nicht sagst«, konterte Croy feindselig. »Und ich dachte, es gehört den Rattenmännern.«

»Diese verabscheuungswürdigen Kreaturen hatten es selbst gestohlen – was nichts daran ändert, dass es in Wahrheit Ihrer Majestät der Kaiserin gehört. Gebt es freiwillig heraus, und ich gewähre euch Schutz und freies Geleit«, versprach der kaiserliche Scherge.

»Und wenn nicht?«

»Dann«, hallte es drohend durch die Höhle zurück, während dunkle Silhouetten vor dem Höhlenausgang auftauchten, »werde ich zusehen, wie die Goroptera euch die Eingeweide aus dem Leib reißen …«

»Du«, stieß Kalliope hervor.

Sie hatte sich Eriks Griff entwunden und wich furchtsam vor ihm zurück. »Du bist es gewesen!«

»Was?« Er starrte sie verständnislos an.

»Meisterin Cedara war überzeugt davon, dass der Täter durch einen geheimen Eingang in den Saal gelangt sei«, erklärte Kalliope mit tonloser Stimme. Sie trat noch weiter zurück, bis sie mit dem Rücken gegen eine der Säulen stieß. »Das war es, wonach wir in jener Nacht gesucht haben, als sie starb. Aber das weißt du ja, nicht wahr? Denn du hast sie ermordet!«

»Fängst du schon wieder damit an?« Seine Augen verfinsterten sich.

»Du besitzt die Waffe«, führte Kalliope ihre Folgerungen weiter aus, auf seine Wolfsklaue deutend, »und du hattest einen Grund, sie zu töten, denn du wolltest nicht, dass sie in den Besitz eures Schatzes gelangt.«

»Unsinn«, widersprach er. »Wäre ich der Täter, hätte ich dir doch nicht von diesen Dingen erzählt!«

»Das musstest du, denn es genügte dir nicht, den Verdacht auf die Skolls zu lenken. Du wolltest auch die Gilde beschuldigen ...«

»Die Gilde *ist* schuldig«, verbesserte er. »Schuldig, sich widerrechtlich zur Herrscherin über die Lüfte aufgeschwungen zu haben. Schuldig, Jordråk ohne jeden Grund angegriffen zu haben. Schuldig am Tod unzähliger Menschen ...«

»Warum hast du mir nichts von den geheimen Gängen erzählt?«, fragte Kalliope, die nicht gewillt war, sich ablenken zu lassen. Ihre Stimme bebte, ihre Hände zitterten.

»Weil mich ein Schweigegelübde bindet, das ich meinem Vater gegenüber geleistet habe, so wie du dich der Gilde verschrieben hast. Wie ich schon sagte, gibt es in Thulheim nur wenige, die von der Existenz dieser Gänge wissen.«

»Du solltest aufhören zu reden«, empfahl sie ihm, »denn mit jedem Wort machst du dich nur noch mehr verdächtig. Wenn es ein Skoll war, der Cedara ermordet hat, wie konnte er dann von dem Geheimgang wissen?«

»Das haben mein Vater und ich uns auch gefragt«, versicherte Erik. »Es muss einen Verräter in unseren Reihen geben, der von der

Existenz zumindest einiger Gänge weiß. Finden wir ihn, haben wir auch den Mörder deiner Meisterin.«

»Du lügst«, beharrte sie, Tränen der Wut und des Zweifels in den Augen, für die sie sich schämte.

»Wenn ich Cedaras Mörder wäre, welchen Nutzen hätte es für mich, dich aus deiner Zelle zu befreien?«, fragte er. »Welchen Grund hätte ich überhaupt noch, dir zu vertrauen? Gehörst du nicht zu denen, die meine Heimat angegriffen und die Burg meiner Väter in Brand gesteckt haben?«

Sie starrte ihn an.

Was er sagte, leuchtete ihr ein – andererseits waren da die, so schien es, erdrückenden Beweise. War Erik der Mörder und versuchte lediglich, von seiner Tat abzulenken? Oder waren sie alle, einschließlich Meisterin Cedara, Opfer einer Intrige, deren wahre Dimensionen sie noch nicht einmal erahnen konnten?

Erik schien die Zweifel in ihren Zügen zu lesen. »Wir müssen einander vertrauen, Kalliope«, beschwor er sie, »sonst haben wir keine Chance.«

»Kann ich das denn?«, fragte sie dagegen. »Mein Leben lang hat man mich Treue und Gehorsam gelehrt, und nun handle ich gegen meine eigenen Leute …«

»Weil du ein starkes Herz hast und weißt, was richtig ist und was falsch«, bekräftigte er.

»Glaubst du?« Tränen traten ihr in die Augen. Seine Worte wühlten sie auf – obschon er den Lehren der Gilde zufolge noch nicht einmal eine Seele besaß. »Wie soll ich das denn noch wissen? Alles ist so verwirrt …«

Statt etwas zu erwidern, trat er kurzerhand auf sie zu, zog sie an sich heran und küsste sie ebenso heftig wie innig auf den Mund. Sie wehrte sich nicht dagegen. Vielleicht, weil auch sie es insgeheim die ganze Zeit über gewollt hatte. Vielleicht aber auch, weil es sich nicht wie Frevel anfühlte, in seinen Armen gehalten zu werden und seine Lippen auf den ihren zu spüren. Sondern wie Geborgenheit.

Trost.

Erfüllung …

Nach einer Weile, die ewig hätte währen können, trennten sie sich wieder voneinander, gegenseitig in ihren Blicken gefangen.

»Ist das Antwort genug?«, fragte Erik leise. »Ich liebe dich, Kalliope, und ich würde nie etwas tun, das dir schaden könnte. Das musst du mir glauben.«

»Ich weiß«, entgegnete sie. Sie war nicht fähig, seine Liebeserklärung zu erwidern. Noch immer fühlte sie den Geschmack seiner Lippen auf den ihren, ihr Herz schlug heftig.

»Komm mit mir«, forderte Erik sie auf.

»Wohin?«

»Ich möchte dir etwas zeigen, das auch deine letzten Zweifel ausräumen wird.«

Sie nickte und folgte ihm durch die Halle. Vorsichtig öffnete Erik das Eingangstor und spähte nach draußen. Der Gang, der sich jenseits davon erstreckte, schien menschenleer zu sein. Gemeinsam huschten sie ihn hinab und die angrenzende Treppe hinauf – als sie plötzlich Stimmen hörten, die sich lauthals in der Sprache der Sommerweltler unterhielten.

Soldaten des Königs!

Abrupt blieb Erik stehen. Die Fackel steckte er kurzerhand in eine Halterung, dann duckte er sich in den Schutz der Wand, Kalliope hielt sich dicht hinter ihm. Schritte waren zu hören, die sich rasch näherten. Kalliope hielt den Atem an. Bange Augenblicke vergingen – dann entfernten sich die Schritte wieder. Erik wartete noch, bis er sicher sein konnte, dass die Patrouille ganz vorüber war. Dann erst holte er die Fackel zurück und huschte die restlichen Stufen hinauf, nur um unversehens eine weitere geheime Tür im Mauerwerk zu öffnen.

Rasch schlüpften sie hinein, und wieder folgten sie einem Gang, der bald in die Tiefe führte und bald hinauf und sich dazwischen unzählige Male verzweigte. Kalliope bezweifelte, dass es einen übergeordneten Plan gab; jeder Herr von Thulheim schien dem System geheimer Türen und Gänge ein paar weitere hinzugefügt zu haben. Womöglich, fügte sie in Gedanken beklommen hinzu, aus Furcht vor der Gilde.

Eine Treppe schraubte sich in engen Windungen in die Tiefe. Erik und Kalliope folgten ihr, tief hinein in den Felsen, auf dem die Festung ruhte. Je weiter sie vorstießen, desto kälter wurde es, Eis überzog die Wände und schließlich auch die Stufen, sodass das Hinabsteigen zu einer halsbrecherischen Angelegenheit wurde. Kalliope atmete auf, als die Treppe schließlich endete und in eine Höhle führte, die jedoch schon nach wenigen Schritten endete. Erik lächelte.

»Bleib zurück«, wies er sie an und trat an die Wand, um unter Schichten von Eis einen weiteren verborgenen Mechanismus freizulegen. Diesmal war es kein Zugang in der Wand, der sich öffnete – das Eis, das die Höhlenwände überkrustete, hätte dies nicht zugelassen. Dafür tat sich plötzlich eine Falltür auf, die mit dumpfem Krachen in die Tiefe fiel. Firnstaub wirbelte und glitzerte im Schein der Fackel. Als er sich wieder legte, konnte Kalliope sehen, dass sich unter der ersten Höhle noch eine zweite befand, die größer und geräumiger zu sein schien. In den Stein gehauene Stufen führten hinab.

Obwohl Neugier eine unter Gildeschwestern verpönte Eigenschaft war, konnte Kalliope sich ihrer nicht erwehren. Gespannt folgte sie dem Prinzen, der sie an der Hand nahm und über die schmalen Stufen in die Tiefe führte – in eine geheimnisvolle Welt, wie Kalliope staunend feststellte.

Dergleichen hatte sie noch nie gesehen.

Die Höhle war mit Eis überzogen, dessen Oberfläche so glatt war, dass sie wie ein Spiegel wirkte; nicht nur das Licht der Fackel reflektierte sich darin, auch sich selbst und Erik konnte Kalliope dutzendfach sehen, und das Gewölbe schien sich nach allen Seiten unendlich weit zu erstrecken. Seine tatsächlichen Abmessungen ließen sich dadurch nur schwer erahnen, aber Kalliope nahm an, dass es in Wahrheit sehr viel kleiner war, als es den Anschein hatte. Und noch einen Effekt hatten die zahllosen Spiegelungen – nämlich dass das Herzstück der Höhle geschickt verborgen wurde.

Kalliope bemerkte die Säule aus Eis erst, als sie unmittelbar davor stand, und selbst dann nahm sie zuerst die verzerrten Abbilder von sich und Erik wahr.

»Sieh«, sagte der Prinz deshalb und deutete nach oben, und nun erst erkannte Kalliope den Gegenstand, der in den rund zwei Klafter durchmessenden Pfeiler eingelassen war.

Es war ein Schild, aus Metall gefertigt und von kreisrunder, gewölbter Form.

Noch mehr als der Schild selbst jedoch nahm Kalliope der Anblick des Zeichens gefangen, das als golden schimmernde Verzierung auf seinem Rücken prangte: zwei Halbkreise, die sich im Scheitel berührten, dazu ein Strich, der sie senkrecht durchlief …

Die Assoziationen brachen unerwartet über sie herein.

Ihre ohnmächtige Furcht.

Das Keuchen ihres Peinigers.

Sein grinsendes Gesicht.

Das Bild auf seiner nackten Brust …

Kalliope stieß einen Schrei aus und sank in die Knie, wäre gestürzt, wenn Erik sie nicht aufgefangen hätte.

»Was hast du?«, fragte er besorgt.

»Dieses … dieses Zeichen«, stammelte sie, auf das Symbol auf dem Schildrücken deutend.

»Du kennst es?«

»Ich habe es schon einmal gesehen«, antwortete sie ausweichend, während sie sich wieder zu fassen suchte.

»Und weißt du auch, was es bedeutet?«

Sie schüttelte den Kopf.

»Weißt du es nicht, oder willst du es mir nicht sagen?«, hakte Erik nach. Es schwang keine Bitterkeit in seiner Frage mit, er schien es nur einfach wissen zu wollen.

»Ich weiß es wirklich nicht«, erklärte Kalliope. »Dieses Zeichen ist mit bereits begegnet, aber weder weiß ich, was es zu bedeuten hat, noch warum es ausgerechnet hier zu finden ist. Warum hast du mich hierhergeführt? Was hat es mit dieser Kammer auf sich?«

»Dieser Schild«, erwiderte Erik, »ist der Grund, warum die Gilde sich so für Jordråk interessiert.«

Kalliope schüttelte den Kopf. »Du musst dich irren. Ich wüsste nicht, was …«

»Es heißt, der Schild hätte besondere Kräfte«, eröffnete Erik, während er bewundernd an der Säule emporblickte.

»Was für Kräfte?«

»Das weiß niemand. Der Schild wurde uns lediglich zur Aufbewahrung überlassen.«

»Von wem?«

»Von einem Fremden. Er war ein Schmied, aber zugleich auch ein Gelehrter. Ein Mann der Wissenschaft.«

»Die Wissenschaft ist eine gefährliche Disziplin«, zitierte Kalliope das, was ihr ein Leben lang beigebracht worden war. »Sie versucht das Wirken der Urmutter zu verstehen und sucht die Gesetze der Natur zu beugen.«

»Jener Mann, von dem ich spreche, war auf der Flucht«, fuhr Erik in seinem Bericht fort. »Nachdem man ihn durch die Weiten des Sanktuarions gejagt hatte, gelangte er schließlich nach Jordråk, wo mein Vater ihm Obdach gewährte und ihm eine Zuflucht gab. Zum Dank übergab er uns diesen Schild, als er uns verließ – er sagte, er würde uns eines Tages von großem Nutzen sein.«

»Wann ist das geschehen?«

»Ich war noch ein kleiner Junge. An den Fremden kann ich mich kaum erinnern – aber er war es, der meinen Vater die Schrift lehrte und ihn dazu überredete, auch mich in Sprache und Künsten unterweisen zu lassen.«

»Ein kluger Mann«, anerkannte Kalliope. »Aber warum erzählst du mir das alles? Was hat dieser Schild mit der Gilde zu tun? Weshalb glaubst du, dass sie ihn haben will?«

»Weil uns jener Fremde gewarnt hat, ehe er uns verließ. Er sagte, dieser Schild sei Jordråks größter Schatz. Und dass einst mächtige Feinde kommen und danach trachten würden.«

»Und das habt Ihr ihm geglaubt?«

Erik lächelte müde. »Du musst uns für sehr naiv halten, nicht wahr?«, fragte er. »Erinnerst du dich an das, was ich dir über Ragnarök erzählt habe? Über den Krieg zwischen Göttern und Eisriesen, aus dem das Sanktuarion hervorgegangen ist.«

»Natürlich.« Sie nickte.

»Die Geschichte war noch nicht zu Ende. Im Lied von Ragnarök heißt es weiter, dass sich die Mächte der Finsternis dereinst erneut erheben werden und dass es dann an den Sterblichen sein wird, die Welt vor dem Untergang zu bewahren.«

Ein Schauer durchfuhr Kalliope, unwillkürlich fühlte sie sich an die Vision der Erhabenen Schwester erinnert. »Was weißt du über den Weltuntergang?«

»Im Lied von Ragnarök heißt es, dass eines Tages des Hornes Klang erneut erklingen und die Krieger zur letzten Schlacht rufen wird.«

»Das Gjallahorn«, flüsterte Kalliope in Erinnerung an die Eisskulptur, die Erik ihr gezeigt hatte.

»Doch dem Klang des Gjallahorns werden Zeichen vorausgehen, die im Gesang von Ragnarök beschrieben sind.«

»Was für Zeichen?«

Erik schluckte sichtbar. »Es heißt, dass sich die Wölfe erheben werden«, erwiderte er dann. »Es heißt, dass eine Frau von hoher Herkunft ein grausames Ende finden wird. Und es heißt außerdem«, fügte er leise hinzu, »dass Jordråk angegriffen und erobert wird. Wenn all dies geschieht, ist der letzte Kampf nicht mehr fern.«

»Bei allen Welten«, hauchte Kalliope. Noch vor nicht allzu langer Zeit hätte sie vermutlich keinen Deut auf alte Mythen und Weissagungen gegeben, zumal, wenn sie von einer wilden, barbarischen Welt stammten. Aber konnte sie das noch immer? Waren die Mythen und Prophezeiungen der Völker des Sanktuarions womöglich alle miteinander verknüpft, als Ausdruck eines übergeordneten, größeren Schöpfungsplans?

»Was wird laut eurer Prophezeiung geschehen?«

»Im Schlussgesang von Ragnarök heißt es, dass ein Feind von außerhalb kommen und jene Mächte entfesseln wird, die die Götter einst in ihr dunkles Reich verbannten. Gemeinsam werden sie die Welten des Ginnungagap in ewige Nacht stürzen.«

»Das Nox«, flüsterte Kalliope das Wort, das die Gildeschwestern für die große Dunkelheit gebrauchten. »Und ihr denkt, dass dieser Feind von außerhalb … die Gilde ist?«

»Was würdest du an unserer Stelle denken?«

»Aber die Gildeschwestern fürchten das Nox ebenso sehr wie ihr! Sie verabscheuen die Finsternis und das Chaos und würden alles daransetzen, das Sanktuarion davor zu bewahren – selbst und vor allem jene, die sich der Inquisition verschrieben haben!«

»Vielleicht«, räumte Erik ein, »aber bisweilen sind es die besten Absichten, die die größten Katastrophen heraufbeschwören.«

»Du meinst, gerade dadurch, dass sie das Sanktuarion zu schützen versuchen, könnten die Schwestern der Inquisition den Untergang heraufbeschwören?« Der Gedanke ließ Kalliope schwindeln. Das Verhältnis zwischen Ursache und Wirkung war eines der strittigsten Themen in der Metasophie. War es möglich, dass sich eine Voraussage erst dadurch erfüllte, dass man die prophezeiten Ereignisse zu verhindern suchte?

»Wenn es so ist«, führte Kalliope ihren Gedanken flüsternd zu Ende, »welche Hoffnung bleibt uns dann?«

Erik lächelte abermals. »Seltsam, dass du fragst.«

»Was meinst du?«

»Am Ende des Liedes von Ragnarök findet ein Schild Erwähnung – ein Schild, geschmiedet von Meisterhand, der uns in jenem letzten Kampf beschirmen und uns vor Tod und dunkler Nacht bewahren wird.«

Kalliope deutete zur Eissäule. »Du meinst – diesen Schild?«

Er lächelte nur.

»Aber wie kann das sein?« Sie schüttelte zweifelnd den Kopf. »Sagtest du nicht, dass das Lied von Ragnarök uralt wäre? Wenn der Schmied, der diesen Schild gefertigt hat, Jordråk erst vor zwanzig Zyklen verlassen hat, wie kann der Schild dann in dem Lied Erwähnung finden?«

»Sag du es mir«, erwiderte Erik leise.

»Wieso ich?«

»Im Schlussgesang heißt es, dass der Schild von einer Fremden zarter Hand geführt wird«, eröffnete der Prinz von Jordråk. »Von dir.«

Kalliope sog scharf nach Luft. »Wie bitte?«

»Alles, wovon in der Prophezeiung die Rede ist, ist eingetroffen: die Übergriffe der Skolls, die Ermordung deiner Meisterin, die Eroberung von Thulheim. Also muss auch der Rest der Wahrheit entsprechen, und ich hege keinen Zweifel, dass du diejenige bist, die uns mithilfe dieses Schildes vor weiterem Unheil bewahren wird.«

»Ich?« Sie schüttelte den Kopf und hob abwehrend die Hände. »Aber ich weiß doch nichts von diesen Dingen. Ich kann unmöglich diejenige sein, nach der ihr sucht.«

»Du musst es sein, eine andere Möglichkeit gibt es nicht! Von einer Fremden ist die Rede …«

»Fremd bin ich auf dieser Welt, das stimmt«, räumte Kalliope ein, »aber ich weiß nichts über diesen Schild. Noch nicht einmal über das Zeichen, das darauf abgebildet ist!«

»Du sagtest aber, es wäre dir bekannt …«

»Ja«, ächzte Kalliope, »weil ich es auf der Brust eines Mannes gesehen habe, der mich während der Überfahrt nach Jordråk … vergewaltigen wollte! Es wäre mir lieber gewesen, ich hätte es nie zu Gesicht bekommen!«

Das hoffnungsfrohe Lächeln gefror auf den Zügen des Prinzen. »Es schmerzt mich, dass du das erleben musstest. Aber die Prophezeiung irrt nicht«, beharrte er hilflos. »In so vieler Hinsicht hatte sie recht …«

»Vielleicht trifft sie auch hier zu«, räumte Kalliope ein, »aber hast du je daran gedacht, dass jemand anders als ich gemeint sein könnte? Womöglich war Meisterin Glennara die hohe Dame, die getötet wurde, und Meisterin Cedara diejenige, von der die Prophezeiung spricht! Oder ich hätte getötet werden sollen, und Meisterin Cedara …«

»Genug!«, rief er und riss abwehrend die Hände hoch. »Du bringst alles in Verwirrung!«

»Die Dinge sind bereits verworren, Erik«, stellte Kalliope klar, »niemand vermag sie mehr zu durchschauen. Glaubst du, es ginge mir anders als dir? Ich bin entsetzt über das, was ich gesehen und herausgefunden habe, und ich weiß nicht mehr, wohin ich gehöre. Nur eines weiß ich sicher, nämlich dass ich nicht eure Retterin bin, sondern nur eine einfache Levitatin – und womöglich noch nicht einmal das.«

»Aber du …« Es war schrecklich für sie zu sehen, was ihre Worte in seinem Gesicht anrichteten. Eriks Züge waren aschfahl geworden, Traurigkeit sprach aus den graublauen, sonst so zuversichtlich blickenden Augen.

»Es tut mir leid«, flüsterte sie.

»Dann ist alles verloren«, erwiderte er leise.

Einige Augenblicke lang stand er nur da, das Haupt gesenkt und scheinbar unfähig, ein Wort zu sprechen. Dann, in einer Reaktion, die Kalliope so nicht erwartet hatte, warf er sich in hilfloser Wut gegen die Säule aus Eis.

»Was … was tust du?«

»Der Schild«, stieß er hervor, während er sich abermals gegen die schimmernde Säule warf, die sich jedoch nicht rührte. »Wenn die Gilde ihn so unbedingt haben will, soll sie ihn bekommen. Für uns ist er nutzlos geworden.«

Wieder warf er sich mit einem dumpfen Aufschrei dagegen, aus dem sein ganzer Schmerz und seine Enttäuschung herauszuhören waren, aber wieder gab das Eis nicht nach. Dafür knackten Eriks Schulterknochen.

»Halt ein!«, rief Kalliope. »Was hast du vor?«

»Den Schild gegen meinen Vater eintauschen«, presste Erik hervor. »Vielleicht kann uns das Ding wenigstens auf diese Weise nützlich sein.« Wieder warf er sich dagegen. Es krachte, und er schrie auf vor Wut und Schmerz, aber das Eis zeigte noch nicht einmal Sprünge.

»Erik, nicht«, bat Kalliope, die sich schlecht und schuldig fühlte. »Du wirst dich verletzen!«

»Und? Wem schadet es? All dies hier wird in Kürze ohnehin nicht mehr existieren!«

Wieder rannte er in ohnmächtiger Wut gegen die Säule an, gerade so, als wollte er sich für seine eigene Naivität bestrafen. Diesmal zog er sich blutige Schrammen an den Händen zu, der Anblick des Blutes, das am Eis haften blieb und sofort gefror, schien ihn mit grimmiger Genugtuung zu erfüllen. Er holte tief Luft und trat einige Schritte zurück, bereit, sich ein weiteres Mal gegen das Hindernis zu werfen – als Kalliope vortrat und ihm den Weg versperrte.

»Lass mich«, schnaubte er.

»Bleib zurück«, wies sie ihn an. »Zumindest *dabei* kann ich dir helfen.«

Sie wandte sich der Schildsäule zu und schloss die Augen, und obschon ihr Innerstes in Aufruhr war, bereitete es ihr keine Schwierigkeit, ihr *arcanum* zu finden, den Ort ihrer Kraft – vielleicht, weil sie es unbedingt wollte. Vor ihrem geistigen Auge sah sie die Säule, versenkte sich tief hinein, bis sie das Gefühl hatte, jeden einzelnen Eiskristall zu fühlen. Dann stellte sie sich vor, dass die Säule ein Schiff wäre, das sie hochzuheben hätte, legte all ihre Gedankenkraft hinein …

… und wenige Augenblicke später verriet ihr ein markiges Knacken, dass ihre Bemühungen von Erfolg gekrönt waren.

Die Eissäule zerbarst unter den unsichtbaren Kräften, die auf sie einwirkten. Splitter fegten nach allen Seiten und glitzerten im Licht der Fackel, ehe sie auf den ebenfalls von Eis überzogenen Boden fielen und zersprangen.

Einen Augenblick lang wankte Kalliope unter der Anstrengung. Ihre Arme, die sie in Richtung der Säule ausgestreckt hatte, um ihre Kräfte zu bündeln, sanken langsam herab. Dann schlug sie die Augen auf, ihr Blick klärte sich – und sie sah die unzähligen Eisbrocken wie eine Welt aus Splittern, in deren Mitte der Schild lag. Von seiner eisigen Kruste befreit, wirkte er noch um vieles eindrucksvoller und makelloser als zuvor, das goldene Zeichen schimmerte im Fackelschein.

»Ich … ich danke dir«, sagte Erik verblüfft und trat über das knirschende Eis auf den Schild zu, um ihn vom Boden aufzuheben. Kaum hatte er ihn jedoch angefasst, ließ er ihn mit einem Aufschrei der Überraschung wieder los.

»Was ist?«, wollte Kalliope wissen.

»Er fühlt sich warm an«, erwiderte Erik verwundert.

»Wie ist das möglich?« Kalliope schüttelte den Kopf. Der Schild hatte über viele Zyklen hinweg unter Schichten von Eis gelegen, und nach allem, was sie über Metalle wusste …

Sie trat ebenfalls vor und bückte sich, um die Hand danach auszustrecken. Erik hatte recht. Das Metall fühlte sich warm an, und sie hatte das Gefühl, von einer Welle unsichtbarer Energie durchströmt zu werden, als sie es berührte. Fast wie bei einem Lebewesen …

»Ist das nicht eigenartig?«

Kalliope nickte. Doch nicht nur die eigenartige Beschaffenheit des Metalls erregte ihre Aufmerksamkeit, sondern auch der Schild selbst, der nun, da er vom Eis befreit war, eine seltsame Faszination auf sie ausübte, so als wäre er etwas Altvertrautes, das sie zum ersten Mal nach langer Zeit wiedersah. Fasziniert sah sie zu, wie die Eissplitter, die sich in der Wölbung des Schildes gesammelt hatten, zu schmelzen begannen. Schon bedeckte Wasser die spiegelglatte Innenseite, und Kalliope konnte sich darin sehen.

Ihre blassen Gesichtszüge.

Das dunkle, streng zurückgekämmte Haar.

Die blauen Augen …

Plötzlich stieß sie einen überraschten Schrei aus. Sie wusste nicht zu sagen, ob sich das Bild verändert hatte, während sie darauf starrte – aber auf einmal wurde ihr klar, dass es nicht ihr Gesicht war, das ihr aus dem Spiegel des Schildes entgegenblickte.

Sondern das eines jungen Mannes.

16. Kapitel

»Nun? Ich warte!«

Haronas von Askese und Verzicht gestählten Gesichtszüge hatten einen harten, geradezu unbarmherzigen Ausdruck angenommen. Prisca war es gewohnt, sich stets den höchsten Anforderungen stellen zu müssen – so harsch jedoch war sie von ihrer Meisterin noch niemals gerügt worden.

»Es kann nicht mehr lange dauern«, suchte Prisca ihre Meisterin zu beschwichtigen. Unerwartet war Harona in der Großen Halle von Thulheim aufgetaucht, die nach dem Sieg über Fürst Magnusson und seinen Sohn zum Sitz der Inquisitorin geworden war. Der königliche Statthalter, der die Streitmacht begleitete und der offizielle Repräsentant Ardath Durandors war, hatte mit kleineren, weniger repräsentativen Räumlichkeiten auskommen müssen.

»Das hoffe ich sehr – in deinem Interesse«, beschied Harona ihr kalt. »Die Erschütterung, die ich gespürt habe, war heftig. Etwas hat sich verändert, und wir tun gut daran, herauszufinden, was genau das gewesen ist.«

»Seid unbesorgt«, suchte Prisca ihre Meisterin zum ungezählten Mal zu beschwichtigen. »Ihr werdet sehen, dass alles seine Ordnung hat.«

Haronas Gesichtszüge verzerrten sich. »Wenn du wüsstest, was auf dem Spiel steht, würdest du nicht so leichtfertig sprechen. Habe ich dir nicht beigebracht, deine Pflichten stets zu meiner größten Zufriedenheit zu erfüllen?«

»Das habe ich, Inquisitorin.«

Harona erwiderte etwas Unverständliches. Sie wandte sich ab und ging mit auf dem Rücken verschränkten Armen auf und ab. Es war seltsam, sie so zu sehen und doch zu wissen, dass sie nicht wirklich da war.

Prisca hatte stets geahnt, dass die Fähigkeiten ihrer Meisterin die einer gewöhnlichen Levitatin bei Weitem übertrafen. Sie hatte gewusst, dass Gildeschwestern gegen Ende ihres Lebens oftmals weitere Gaben wie die der Hellsicht entwickelten; in Haronas Fall jedoch waren die Fähigkeiten ganz andere, und anders als etwa die Erhabene Schwester stand sie in der Blüte ihres Lebens. Für Prisca stand fest, dass diese ungeheure Stärke das Verdienst einer enthaltsamen, auf die Gilde und ihre Gesetze ausgerichteten Lebensweise war, und sie hoffte, einst ähnliche Kräfte zu erlangen, wenn sie ihrer Meisterin nur gut genug diente und ihrem Beispiel folgte.

»Du weißt nicht, was du sprichst, leichtfertiges Ding«, machte Harona ihrer Wut abermals Luft. »Falls deine einstige verräterische Schwester den Gegenstand in ihre Hände bekommt, kann das unseren Plänen gefährlich werden.«

»Wie sollte sie?«, fragte Prisca. »Und außerdem …« Sie stockte, als ihr klar wurde, dass sie einen Einwand hatte vorbringen wollen. Einen Einwand, der durchaus auch als Kritik verstanden werden konnte.

Harona jedoch hatte den Unterton in ihrer Stimme bereits bemerkt. »Ja?«, hakte sie nach. »Was wolltest du sagen?«

»Ich habe mich nur gefragt …«, begann Prisca leise.

»Nur weiter.«

»… weshalb Ihr Kalliope nach Jordråk geschickt habt, wenn es ein solches Risiko birgt.«

»Risiken? Was weißt du von Risiken?« Die Inquisitorin warf das kahle Haupt in den Nacken und lachte spöttisch auf. »Was von Faktoren, die es zu berücksichtigen gilt, von den unzähligen kleinen Dingen, die ein Vorhaben erst zum Plan machen? Was von dem Geheimnis, das gerade diese Welt umgibt? Was von der Vergangenheit?«

»Nichts«, gestand Prisca eingeschüchtert und senkte schuldbewusst das Haupt.

»Genau wie ihre Meisterin ist auch Kalliope nur eine Figur in unserem Spiel, Prisca. Hätte der gedungene Mörder zu Ende gebracht, was er begonnen hatte, wäre sie ohnehin nicht mehr am Leben. Auf dein Bitten hin habe ich ihr die Chance gegeben, sich zu läutern und unserer Sache anzuschließen, doch sie hat sich gegen uns entschieden. Nun hat das Sanktuarion keine Verwendung mehr für sie.«

»Ihr wollt sie also … töten.«

»Wenn ich alles erfahren habe, was sie …«

Harona unterbrach sich, als sich Schritte näherten. Rasch trat sie hinter eine Säule, um von den beiden Männern, die die Halle betraten, nicht gesehen zu werden.

Es waren zwei Hauptleute der königlichen Armee – und ihren gehetzten Mienen nach hatten sie schlechte Nachrichten.

»Inquisitorin!«

»Was ist?«, fragte Prisca, nun wieder aufrecht gehend und jene Furcht verbreitend, die sie selbst vor ihrer Meisterin empfand. »Was habt ihr zu berichten?«

»Die Zelle der Gildeschwester ist leer, Inquisitorin!«, meldete einer der beiden Hauptmänner, wobei er unbeholfen das behelmte Haupt neigte.

»Ich verstehe nicht.«

»Leer.«

Harona und Prisca wechselten einen Blick.

»Was soll das heißen?«, fragte Prisca, der das Herz bis in den Hals schlug. »Ist sie … geflohen?«

»Wir fanden ihre Zelle verschlossen, von der Gefangenen jedoch fehlt jede Spur.«

»Das ist nicht möglich.«

»Wir wissen nicht, wie das geschehen konnte«, entgegnete der Hauptmann, wobei er seinem Kameraden einen unsicheren Seitenblick zuwarf.

»Ihr wisst es nicht? Dann findet es heraus!«, herrschte Prisca den Offizier an, fassungslos über so viel Dummheit und Ungeschick. »Findet die Gefangene und fangt sie unverzüglich wieder ein – oder ich schwöre euch, dass ihr brennen werdet.«

»Verstanden, Inquisitorin.«

Prisca atmete tief ein und aus, um die Kontrolle über ihr inneres Gleichgewicht zu wahren. Noch während sich die beiden Hauptleute entfernten wie aufgescheuchte Ratten, suchte sie nach einer Entschuldigung, nach einer Art und Weise, wie sie ihrer Meisterin plausibel machen konnte, was …

»Entkommen also«, erklang Haronas Stimme, kaum dass die beiden die Halle verlassen hatten.

»Ich kann es erklären! Es war nur ein bedauerlicher Irrtum, ein Zufall …«

»Zufall?«, brach es aus der *numerata* hervor wie glühende Lava aus einem Vulkan. »Du glaubst, dass es Zufall gewesen sei, ahnungslos, wie du bist? Törichtes Ding, hast du vergessen, dass alles einem Plan unterliegt?«

»Verzeiht, Meisterin«, erwiderte Prisca, »ich vergaß …«

»Inquisitorin«, zischte sie, »vergiss das nie wieder.« Harona legte die kalten Hände aufeinander. »Die Mauern dieser Festung sind von geheimen Gängen durchzogen, offenbar führen einige davon in den Kerker.«

»Das … wusste ich nicht.«

»Nun weißt du es. Du wirst deine Leute begleiten und dafür sorgen, dass die kleine Kalliope wieder eingefangen wird. Du wirst sie in Ketten legen und unverzüglich zu mir nach Tridentia bringen lassen – und ich rate dir, mich nicht noch einmal zu enttäuschen.«

»Verstanden.« Prisca starrte vor sich hin. »Und – wenn Kalliope sich widersetzt?«

»In diesem Fall«, sagte Harona fast flüsternd, »wirst du sie töten – du selbst, hast du verstanden? Mit deinen eigenen Kräften!«

Priscas Zögern währte nur einen Augenblick.

»Ja, Inquisitorin«, bestätigte sie dann.

»Was mich betrifft – ich bin niemals hier gewesen, und du hast mich nicht gesehen.«

»Ich verstehe.«

»Noch muss verborgen bleiben, was ich vermag«, fügte Harona hinzu, während ihre dunkle Gestalt sich bereits aufzulösen begann, »aber der Tag wird kommen, dass alle Welten es erfahren.«

Und innerhalb eines Lidschlags war die Inquisitorin verschwunden.

»Na los, worauf wartest du?«

Jago sah Croy auffordernd an.

»Was willst du?«, wollte der Pantheride wissen.

»Da fragst du noch?« Jagos ohnehin schon gefleckte Gesichtszüge wurden dunkelbraun. »Du sollst den verdammten Schild hergeben, damit wir von hier verschwinden können!«, zischte der Chamäleonide, während sie hinter den Felsen hockten und die Köpfe einzogen. »Oder glaubst du, ich will deines sturen Schädels wegen draufgehen, Katzmann?«

»Reg dich ab, Ringelschwanz«, versetzte Shen, die ebenfalls im Schutz der großen Steine kauerte. Nur noch ein Pfeil war in ihrem Köcher, den vorletzten hatte sie auf der Sehne liegen. »Denn ich fürchte, so einfach ist es nicht. Wenn wir denen geben, was sie haben wollen, gibt es keinen Grund mehr, uns am Leben zu lassen.«

Jago holte scharf Luft.

»Für eine so ehrliche Haut wie dich muss das eine ziemlich fürchterliche Erkenntnis sein«, feixte Croy, »aber Shen hat recht. Der Schild ist im Augenblick alles, was uns davor bewahrt, mit durchschnittenen Kehlen zu enden. Wenn sie ihn erst haben, ist es vorbei.«

»Schöne Aussichten.« Jagos Hals verdickte sich, als er geräuschvoll schluckte. »Und wenn wir uns weigern, den Schild herauszugeben, kommen sie in die Höhle und holen ihn sich.«

»Genau das«, stimmte Shen grimmig zu und hob den Bogen. »Aber ehe es so weit ist, werden zumindest ein paar von ihnen den Heldentod sterben.«

»Und das war's dann?« Jagos Augen blickten ungläubig von einem zum anderen. »Das ist euer ganzer Plan?«

»Hast du einen besseren Vorschlag?«

»Allerdings – jemand von uns sollte da rausgehen und mit denen verhandeln.«

Shen hob eine Braue. »Mit dem kaiserlichen Geheimdienst? Du hast keine Ahnung, wovon du redest.«

»Ich bin Geschäftsmann«, stellte Jago klar. »Wir haben etwas, das sie haben möchten, also werden wir es ihnen so teuer wie möglich verkaufen …«

»Nichts anderes habe ich vor«, versicherte Croy mit verwegenem Grinsen.

»... ohne dabei ins Gras zu beißen«, fuhr der Chamäleonide fort. »Ich jedenfalls habe das nicht vor. Ich werde jetzt rausgehen und mit denen reden.«

»Dann bist du in wenigen Augenblicken tot.«

»Ich glaube eher, dass sie mir auf jeden Fall zuhören werden. Die Goroptera mögen brutale und dämliche Kreaturen sein, aber ihr kleiner Anführer weiß den Wert einer guten Information zu schätzen.«

»Und was willst du ihm sagen?«

»Das werde ich sehen, wenn es so weit ...«

Plötzlich nahmen die Ereignisse eine unerwartete Wendung.

Wits, der zusammen mit Darg hinter einem Felsen gekauert und sich bislang völlig still verhalten hatte, sprang aus seiner Deckung. Nackte Panik sprach aus seinen kleinen Augen, die Fühler in seinem fellbesetzten Gesicht zitterten.

»Warte«, rief Shen, »wo willst du hin?«

»Hinaus«, erwiderte der Animale nur, während er auf seinen kurzen Beinen losrannte. »Wits muss hinaus! Muss verhandeln! Will nicht sterben ...!«

»Bleib hier, du Narr!«, rief Croy ihm hinterher – aber der Rattenmann war nicht mehr aufzuhalten.

In heilloser Panik rannte er dem Höhlenausgang entgegen, wobei er die Arme in die Luft warf und lauthals schrie.

Im nächsten Moment erklang ein flirrendes Geräusch.

Der Armbrustbolzen traf ihn zwischen die Augen und riss ihn zu Boden. Er war tot, noch ehe er den Boden erreichte.

Für einen Moment kehrte Schweigen ein.

»So ein Idiot«, knurrte Jago. »Was hat er sich nur dabei gedacht?«

»Er wäre noch am Leben, wenn du ihn mit deinem dämlichen Gequatsche nicht nervös gemacht hättest«, zischte Shen.

»Was du nicht sagst.«

»Jedenfalls«, grollte Croy, »wissen wir jetzt, dass wir hier nicht lebend rauskommen. Es sei denn, es geschieht ein Wunder«, fügte er leiser und wenig hoffnungsvoll hinzu.

Es war derselbe Moment, in dem Kieron, der ein Stück abseits im Schutz der überhängenden Höhlenwand kauerte, ein Gesicht in der Wölbung des Schildes erblickte. Nicht sein eigenes – sondern das einer jungen Frau.

Sie war eine Schönheit mit makelloser Haut und ebenmäßigen Zügen, die von schwarzem Haar umrahmt wurden. Ihre Augen waren blau wie seine eigenen, und die Art und Weise, wie sie ihn anblickten, hatten etwas Vertrautes.

Kieron wurde klar, dass er sie schon einmal gesehen hatte – in dem seltsamen Traum, den er gehabt hatte und in dem ihm auch das Zeichen des Schildes erschienen war.

Und er konnte nicht anders, als seine Hand nach ihr auszustrecken, um sie zu berühren …

17. Kapitel

Kalliope stieß einen spitzen Schrei aus.

»Was ist?«

Erik fuhr herum – nur um zu sehen, wie die Fingerspitzen einer rechten Hand aus der Wölbung des Schildes auftauchten.

»Was zum …?«

Seine Mundwinkel fielen herab, und er hob die Wolfsklaue, um nötigenfalls damit zuschlagen zu können. Doch Kalliope hielt ihn zurück.

»Nicht«, flüsterte sie. »Tu das nicht …«

Atemlos beobachteten beide, wie sich die Hand noch weiter aus dem Tauwasser streckte und schließlich ganz sichtbar wurde, sich bis zum Ellbogen erhob.

»Was ist das?«, fragte Erik leise.

»Ich weiß es nicht.« Kalliope schüttelte kaum merklich das Haupt, voller Faszination auf die Hand starrend, die, so nahm sie an, dem fremden Jungen gehörte. Sie konnte dem inneren Drang, ihre eigene Rechte auszustrecken und sie zu berühren, nicht widerstehen.

»Vorsicht«, mahnte Erik sie. »Wir wissen nicht, ob …«

Die Warnung kam zu spät.

Schon berührten Kalliopes Fingerspitzen die der Hand. Anders, als sie erwartet hatte, war nichts Unheimliches oder gar Grauenvolles dabei. Die Haut, die trotz ihrer Jugend schwielig und von harter Arbeit gezeichnet war, fühlte sich warm und lebendig an, die Hand eines Menschen …

Endlich fasste sich Kalliope ein Herz und ergriff sie. Gefühle von alter Vertrautheit durchströmten sie – doch plötzlich wurde der Griff fester, und die fremde Hand begann, Kalliope an sich zu ziehen.

»Vorsicht«, mahnte Erik, der mit wachsendem Misstrauen zusah – anders als Kalliope, die gleichermaßen gebannt wie fasziniert war. Schon war die Hand des Jungen im Wasser verschwunden, und ihre eigene tauchte darin ein. Seltsamerweise traf sie nicht auf Widerstand, denn der Grund des Schildes war verschwunden! Stattdessen hatte sich eine Öffnung gebildet, eine Art Tunnel, der sich in ungeahnte Tiefen zu erstrecken schien – und der Kalliopes Arm bereits bis über den Ellbogen verschlungen hatte!

»Nein!«

Erik hielt es nicht mehr aus. Er packte Kalliope, die tief über den Schild gebeugt am Boden kauerte, bei den Schultern und riss sie zurück.

Kalliope, die wie in Trance versunken gewesen war, erschrak heftig – aber sie ließ die Hand nicht los, von der sie nicht wusste, ob sie ihre Rechte umklammerte oder ob es in Wirklichkeit umgekehrt war. Und so zerrte sie mit der ganzen Kraft, mit der Erik sie zurückriss, die Hand des Jungen zu sich heran.

»Habt ihr das gesehen?«

Jagos Stimme schnitt durch die Luft wie einer der Pfeile, die jetzt wieder vom Eingang herflogen, dicht über die Köpfe der Gefährten hinweg.

»Was soll ich gesehen haben?«, knurrte Croy unwirsch, dem diese Art zu kämpfen widerstrebte. Ein offener Kampf, ein Schlagabtausch Mann gegen Mann wäre ihm tausendmal lieber gewesen.

»Der Stotterer – ist verschwunden!«

»Was?« Shen fuhr herum, nur um festzustellen, dass der Chamäleonide recht hatte. Von Kieron fehlte jede Spur, lediglich der Schild lag noch da.

Mit einem Satz sprang Shen aus ihrer Deckung, ungeachtet der Geschosse, die durch die Luft wischten. Pfeil und Bogen ließ sie fallen und setzte mit einem weiten Sprung auf Jago zu, packte ihn und presste ihn so gegen die Felswand, dass ihm die Zunge seitlich aus dem Maul fiel.

»Du ... zerquetschst ... mich ...«

»Mir egal«, beschied sie ihm. »Was hast du mit dem Jungen gemacht? Los, sag es mir!«

»Weiß nicht«, röchelte er heiser. »War plötzlich weg ...«

Shen musterte den Chamäleoniden prüfend durch ihr verbliebenes Auge. »Ist das wieder einer von deinen miesen Tricks? Was versuchst du uns diesmal vorzuspielen?«

»Nichts, gar nichts! Im einen Moment war der Junge noch da ... dann war er verschwunden!«

»Du redest Blödsinn!«

»Ich schwör's! Du siehst doch, dass er nicht mehr da ist ...«

»Eure Bedenkzeit ist um«, drang in diesem Moment die Stimme des kaiserlichen Agenten vom Eingang her. »Ihr hattet eure Chance, zu uns zu kommen – jetzt kommen wir zu euch!«

»Wir bekommen Gesellschaft«, knurrte Croy. In seiner verbliebenen Hand hielt er einen Speer, das zweite Wurfmesser hatte er zwischen den Zähnen.

Shen stieß Jago angewidert von sich. Während sie zurück in ihre Deckung eilte und Pfeil und Bogen vom Boden auflas, sank der Chamäleonide pfeifend an der Felswand herab. Kaum hatte er wieder etwas Atem gefasst, kroch er auf allen vieren zu dem Schild, der herrenlos am Boden lag. Welchen Weg hatte der Junge nur genommen?

Vor dem Eingang der Höhle erklang lautes Geheul. Die Schakalkrieger stürmten herein, ihre Schilde schützend vor sich haltend. Hinter ihnen, in einer zweiten Angriffswelle und gegen das Licht der Morgendämmerung nur als dräuende Schemen zu erkennen, folgten die Goroptera.

Shen ließ ihren vorletzten Pfeil von der Sehne – er traf einen Schakalkrieger knapp oberhalb der Schildkante und durchbohrte seinen Hals. Das Geheul des Animalen verstummte augenblicklich, und er ging nieder, doch seine Artgenossen stürmten unverdrossen weiter. Einige von ihnen warfen ihre Speere, die meisten zogen es jedoch vor, noch näher heranzustürmen und ihre Waffen im Nahkampf einzusetzen. Schon hatte Shen den letzten Pfeil aufgelegt und schickte auch ihn dem Feind entgegen – aber angesichts der Übermacht war dies ein Tropfen auf den heißen Stein.

Inzwischen hatte Jago den Schild erreicht. Neugierig blinzelte er hinein, sah jedoch nichts als blankes Metall und eine Wasserpfütze darin – aus der plötzlich eine Hand emporschoss und ihn am Kragen seines Mantels packte!

Der Chamäleonide kam noch dazu, einen erstickten Schrei auszustoßen, dann wurde er kopfüber in den Schild gerissen, sodass nur noch die dürren Beine und der Schwanz herausragten, der wie eine Peitsche umherschlug.

»Schuppenmaul ...?«

Shen fuhr herum und konnte es kaum glauben, als sie Jago im Schild versinken sah wie in einem tiefen Loch.

Inzwischen waren die Legionäre fast heran.

In geschlossener Formation drängten sie in die Höhle, eine tödliche Phalanx aus Speeren und Klingen vor sich hertragend, die die Gefährten jeden Augenblick erreichen würde.

Shen zögerte nicht. In gebückter Haltung huschte sie auf den Schild zu. Dabei sah sie, dass sich das Innere des Artefakts gleichsam aufgelöst hatte und zu einem dunklen, wirbelnden Strudel aus Formen und Farben geworden war. Für einen Moment glaubte sie noch die rötlich verfärbte Haut Jagos darin zu erkennen, dann war der Chamäleonid komplett darin verschwunden – wie offenbar Kieron vor ihm.

Shen fiel auf die Knie nieder und griff in den Strudel – und schon im nächsten Augenblick spürte sie den Sog, der sie geradewegs in die bodenlose Tiefe zog!

Shen ahnte, dass es kein Zurück mehr gab, aber es scherte sie nicht. Sie wusste nicht, wohin dieser seltsame Tunnel führte, aber alles war besser, als hierzubleiben und von den Legionären massakriert zu werden.

Sie schob die Beine nach, um nicht wie Jago kopfüber zu versinken. »Darg!«, rief sie laut, während ihre Hüften bereits versanken.

Der Hüne, der hinter seinem Felsen gekauert und kurz davor gewesen war, hervorzuspringen und sich auf die Schakale zu stürzen, fuhr herum. Seine Augen weiteten sich, als er sah, was mit der Gefährtin vor sich ging. »Was, beim Orcus, ist das für ein fauler Zauber?«, grollte er.

»Fauler Zauber oder nicht«, erwiderte Shen, »er bringt uns von hier fort, also komm!«

Der Hüne zögerte keinen Augenblick. Er gab seine Deckung auf und rannte, von einigen Wurfgeschossen begleitet, die ihn knapp verfehlten, zum Schild. Er langte in dem Augenblick an, als Shen unterging, und setzte ihr kurzerhand hinterher – gerade in dem Augenblick, als die Legionäre Croys Stellung erreichten.

Unter wütendem Kampfgebrüll sprang der Panthermann in die Höhe, schlug einem der Legionäre, die in vorderster Reihe marschierten, den Schild vom Arm und stieß erbarmungslos mit dem Speer zu. Der Schakalkrieger sank nieder, und seine Gefährten stachen mit ihren Klingen nach Croy – doch der war bereits wieder verschwunden. Indem er seinen Dolch warf, erwischte er einen weiteren Angreifer, der so unvorsichtig gewesen war, den Schild sinken zu lassen – die Klinge bohrte sich geradewegs in seine Fratze. Zwei Goroptera drängten in die Höhle, doch die niedere Decke ließ nicht zu, dass sie ihre Schwingen ausbreiteten. Daher griffen sie zu Fuß an und kamen sich dabei mit den Legionären ins Gehege, sodass Tumult ausbrach. Dies nutzte Croy, um mit einem weiten Sprung in Richtung des Schildes zu setzen.

Von allen Gefährten war der Panthermann am wenigsten überrascht über die Kräfte, die dem Artefakt innewohnten, ebenso wenig wie es ihn verwunderte, dass es ausgerechnet Kieron gewesen war, der die Magie in Gang gesetzt hatte. Von dem Augenblick an, da er ihm im »Feuerkürbis« begegnet war, hatte Croy stets das Gefühl gehabt, dass der Junge zu etwas Besonderem auserwählt sei und über besondere Gaben verfüge – dies war der endgültige Beweis.

Ohne Zögern sprang Croy in den Schlund – und war im nächsten Augenblick darin verschwunden.

Der Kampflärm war mit einem Mal verstummt.

Die Schakale heulten, die Goroptera verfielen in wütendes Gebrüll – und Aenigma ahnte, dass dies kein gutes Zeichen war.

Auf der breiten Schulter des Ursidenspähers thronend, hatte der Sonderbeauftragte des kaiserlichen Geheimdiensts vor dem Höhleneingang abgewartet, solange im Inneren noch gekämpft wurde. Nun jedoch wurde er unruhig.

»Hinein, los!«, wies er den Ursiden an, der im Vergleich zu ihm geradezu riesenhaft wirkte. Schwerfällig setzte sich der Späher in Bewegung und trug ihn in die Höhle, die sich die Flüchtlinge als Zuflucht ausgewählt hatten – mit einigem Geschick, wie Aenigma zugeben musste. Ganz in der Nähe gab es eine Schlucht, in der sich der Sturmhai verstecken ließ, zudem gab es Wasser in Reichweite. Dennoch war die Höhle weit genug von der nächsten Siedlung entfernt, um nicht weiter aufzufallen – wären da nicht die Hinweise gewesen, auf die Aenigmas Späher immer wieder gestoßen waren. Jemand unter den Flüchtlingen hatte also *gewollt*, dass sie gefunden wurden. Aenigma grinste zufrieden, als er an diesen unbekannten Helfer dachte.

Dann fiel sein Blick wieder auf die Legionäre, die hilflos umherstanden und sich anbrüllten. »Wo sind sie?«, erkundigte er sich schneidend.

Das Geschrei der Kämpfer verstummte, ihre Reihen teilten sich. Doch statt, wie er gehofft hatte, den Panthermann und seine Gefährten in ihrem Blut zu erblicken, sah Aenigma nur den Schild am Boden liegen, den die Kaiserin so unbedingt haben wollte. Zumindest dieser Teil des Auftrags war damit erfüllt – aber etwas schien mit dem Ding nicht zu stimmen …

»Absetzen!«, wies Aenigma den Ursiden an, worauf dieser ihn von seiner Schulter nahm und ihn, so sanft er es in seinem Ungeschick eben vermochte, auf den Boden stellte.

Mit lautlosen Schritten eilte Aenigma in die Mitte des Kordons, den die Legionäre um den mit der Wölbung nach unten liegenden Schild gebildet hatten. Niemand hatte es gewagt, ihn zu berühren, und das aus gutem Grund: Das Innere des Schildes war nicht zu sehen, stattdessen schien sich eine Art Strudel darin zu drehen, ein pulsierender Abgrund, der in ungeahnte Tiefen zu führen schien.

»Wo sind die Flüchtlinge? Warum habt ihr sie nicht getötet?«

»Sie … sind verschwunden«, erstattete einer der Schakalkrieger Bericht.

»Verschwunden? Wohin?«

Der Legionär streckte seine Klaue aus und deutete in den Schild. »Dort hinein.«

In Aenigmas fellbesetzten Zügen zuckte es.

»Es war, als würden sie in ein Loch stürzen«, berichtete der Schakal, worauf seine Kameraden zustimmend nickten. »Von einem Augenblick zum anderen waren sie weg.«

Aenigmas rote Augen verengten sich zu Schlitzen. »Und warum seid ihr ihnen nicht gefolgt?«

»Gefolgt? Wie …?«

Der kaiserliche Agent gab dem Ursiden, der hinter ihm stand, ein beiläufiges Zeichen – worauf dieser den Legionär packte, ihn entwaffnete und ihn kurzerhand zum Schild trug.

»Nein!«, schrie der Schakal entsetzt und wandte sich im Griff des Bärenmannes, doch dessen überlegene Körperkräfte ließen ihm keine Chance. »Ich will nicht …!«

Den Rest von dem, was er sagte, hörte niemand mehr, denn der Urside hatte ihn kurzerhand in die Schildöffnung gestopft. Das behelmte Haupt, der Oberkörper und die Arme des Schakalkriegers verschwanden im Strudel, und Aenigma stieß einen schrillen Triumphschrei aus.

Zu früh …

Von einem Augenblick zum anderen erlosch der Strudel. Die Farben im Inneren verschwanden. Zurück blieb nur das blanke Metall des Schildes – und der Unterleib des Schakalkriegers, der blutend und zuckend zu Boden fiel.

18. Kapitel

Kalliope schrie entsetzt, als sie auf den beinlosen Torso starrte, der vor ihr auf dem Boden lag und verendete.

Es war ein Animale, ein Canide, der jedoch seltsame Kleidung trug, einen Wangenhelm und eine aus Metallspangen gefertigte Rüstung, wie sie sie noch nie zuvor an einem Tiermenschen gesehen hatte. Von Grauen geschüttelt, riss sie sich von dem Anblick los und wandte sich wieder den fünf eigentümlichen Gestalten zu, die dem Schild entstiegen waren, entgegen allem Begreifen und wider jegliche Vernunft.

Die Frau war etwas älter als sie selbst. Ihr glattes schwarzes Haar hing in schmutzigen Strähnen, über dem linken Auge trug sie eine Binde.

Der Mann war ein wahrer Hüne, mit feuerrotem Haar und kantigen Gesichtszügen, deren Augenspiel keine Deutung zuließ.

Auch die beiden Animalen waren seltsam anzusehen, ein kleinwüchsiger Echsenmann und ein alter, einhändiger Pantheride, der sie argwöhnisch taxierte.

Und da war der Junge, den Kalliope zuerst im Spiegelbild des Schildes gesehen hatte.

Alle machten den Eindruck, als seien sie gerade dem Tode entkommen, ihre Gesichter waren von Schrecken gezeichnet.

»Wer seid ihr?« In Ermangelung einer Waffe hatte Erik die Fackel mit beiden Händen umklammert und hielt sie ihnen drohend entgegen. »Woher kommt ihr?«

Die Fremden schienen über das, was geschehen war, nicht weniger überrascht zu sein als Kalliope und ihr Begleiter. Staunend blickten sie sich um, vor allem das Eis, das die Höhle überzog, schien ihnen unerklärlich.

»Wo sind wi-wir?«, fragte der Junge schließlich, der als Erster die Sprache wiederfand. »Ist dies Baaa-Bazarra?«

Kalliope hatte den Namen nie gehört. Natürlich konnte auch eine Levitatin nicht alle Außenwelten kennen, aber …

»Ihr seid auf Jordråk«, entgegnete Erik, der die Fackel weiter erhoben hielt.

»Jordråk?« Der Name schien den Besuchern fremd zu sein.

»Das beee-bedeutet, dass wir …?«

Der Junge sprach den Satz nicht zu Ende, aber es war offensichtlich, was er meinte.

Die Besucher befanden sich nicht mehr dort, wo ihre Reise begonnen hatte.

Der Schild hatte eine Verbindung zwischen ihrer Welt und Jordråk geknüpft – und Kalliope begriff in diesem Moment, weshalb das Vermächtnis des Schmiedes in der Tat der größte Schatz der entlegenen Eiswelt war. Und weshalb die Gilde danach trachtete, ihn in ihren Besitz zu bringen …

Der Junge trat vor.

Der Blick seiner wachen blauen Augen traf den von Kalliope, und sie hatte das Gefühl, etwas Vertrautes darin zu finden, etwas, das sie gemeinsam hatten, obschon sie einander noch nie begegnet waren.

»Ich … habe dich gesehen«, begann er leise.

»Ich weiß«, erwiderte sie. »Ich habe dich auch gesehen. Kurz bevor …«

Er blieb vor ihr stehen und streckte seine Hand aus – jene Hand, die so unvermittelt aus dem Schlund des Schildes aufgetaucht war. Kalliope zögerte einen Augenblick. Dann aber streckte sie ihre Rechte aus, und sie berührten einander.

»Kieron«, stellte er sich vor.

»Kalliope. Schwester der Levitatengilde von Ethera und …« Sie unterbrach sich und schüttelte den Kopf. »Einfach Kalliope.«

Es war der Augenblick, in dem allen anderen auffiel, was ihnen selbst bislang entgangen war. Unterschwellig mochten beide es bereits wahrgenommen haben, bewusst geworden war es ihnen jedoch noch nicht.

»Bei allen Göttern!«, rief Erik aus.

»Verdammt noch mal«, knurrte die junge Frau.

»Unglaublich!«, staunte der Panthermann.

»Was habt ihr?« Verunsichert wandte sich Kieron nach seinen Gefährten um.

»Da fragst du noch?«, stieß Jago aus, dessen Augen sich ungläubig geweitet hatten.

»Was?« Kalliope hob die Brauen.

»Eure Ähnlichkeit«, erklärte Erik lächelnd, »sie ist einfach verblüffend.«

Kieron und Kalliope sahen sich an – und erkannten, weshalb sie beide zunächst geglaubt hatten, sich selbst im Spiegel des Schildes zu erblicken.

Die gleichen blauen Augen.

Die gleiche blasse Haut.

Das gleiche schwarze Haar …

Keiner der ungleichen Gefährten, die auf solch geheimnisvolle Weise zusammengefunden hatten, dachte mehr daran zu kämpfen. Alle waren vom Zauber des Augenblicks gefangen, und ob sie Mensch, Animale oder Chimäre waren und an das Schicksal, die Vorsehung oder die Schöpferin glaubten – ihnen allen war bewusst, dass etwas Bedeutsames geschehen war.

Die ungeheure Wahrheit jedoch, die ihrer aller Welten in den Grundfesten erschüttern sollte, ahnte keiner von ihnen.

Eine lange verschlossene Verbindung war geöffnet worden – und der Sand begann wieder durch die Spindel der Sanduhr zu fließen.

Epilog

Sie war zurück in jenem Gewölbe, das sich weit unter den Hallen, den Türmen und Palästen Etheras befand, tief im Inneren dieser Welt, die den Schwestern der Gilde einst als Zuflucht gedient hatte und später ihre Heimat geworden war. Und obwohl vergleichsweise wenig Zeit vergangen war, hatte sich mehr geändert, als selbst Harona zu hoffen gewagt hätte. Die Entwicklungen verliefen mehr als günstig, von dem Zwischenfall auf Jordråk abgesehen – doch auch er würde schon bald nicht mehr als eine Episode einer Vergangenheit sein, an die sich ohnehin niemand mehr erinnerte.

Das neue Zeitalter, von dem die Erhabene Schwester gesprochen und das sie in ihren Visionen gesehen hatte, war angebrochen – sie selbst jedoch würde es nicht mehr erleben. Ihr Zustand hatte sich während der letzten Tage dramatisch verschlechtert, und so hatte sie ihre treueste Dienerin nach Ethera zurückgerufen.

»Danke, dass du gekommen bist, Schwester«, sagte die Erhabene Schwester mit nur noch tonlosem Flüstern. Sie war nicht mehr fähig, sich von ihrem Lager zu erheben, umgeben von Schwaden feuchter, süßlich riechender Dämpfe, die ihr jedoch keine Linderung mehr zu verschaffen vermochten.

»Als ich von Eurem Zustand hörte, habe ich mich augenblicklich auf den Weg begeben«, versicherte Harona ohne Zögern.

»Dennoch – wie konntest du so rasch hier sein? Nimmt die Reise von Tridentia nicht mehrere Tage in Anspruch? Und hat die Sonne ihren Lauf nicht nur ein einziges Mal beendet …?«

»Verzeiht, Erhabene Schwester«, erwiderte Harona und senkte ehrerbietig das Haupt, »aber die Sonnenstrahlen dringen nicht bis in Euer Lager. Ich fürchte, das Gespür für Zeit ist Euch entglitten.«

»Ist es nicht seltsam, mein Kind? In jungen Jahren haben wir oft genug das Gefühl, zu viel Zeit zu haben – und je näher wir dem Ende unserer sterblichen Existenz kommen, desto knapper und kostbarer erscheint sie uns ... Was meine eigene Zeit betrifft, so kann ich fühlen, wie sie mir unter den Händen zerrinnt ... oder unter dem«, fügte sie heiser hinzu, »was einmal meine Hände gewesen sind. Deshalb bin ich dankbar, dass du meinem Ruf gefolgt bist.«

»Natürlich, Erhabene Schwester. Mein Leben gehört Euch und der Gilde.«

Die oberste Levitatin deutete ein Nicken an. »Aus diesem Grund wollte ich dich noch einmal sehen, ehe mein Geist diese Welt verlässt, denn es gibt wichtige Dinge zu besprechen.«

»Ich weiß, was Ihr meint.«

»Bei unserer letzten Zusammenkunft habe ich meine Nachfolge an dich und Cedara übertragen ... Zum ersten Mal in der Geschichte der Schwesternschaft sollten zwei *numeratae* die Geschicke der Gilde lenken und sie vor dem Sturm bewahren, der den Welten bevorsteht ... Doch Cedara ist tot, dahingerafft von der Seuche, die über uns alle kommen wird, der Dunkelheit des Nox.«

»Ja, Erhabene Schwester. Es ist entsetzlich.«

»Ich habe lange darüber nachgedacht, wen ich dir zur Seite stellen soll, mein Kind – doch ich bin zu der Überzeugung gelangt, dass du allein die Willensstärke und die Kraft besitzt, um unsere Schwesternschaft durch die Dunkelheit zum Licht zu führen ...«

Harona nickte – sie hatte nichts anderes erwartet. »Ich danke Euch, Erhabene Schwester.«

»... während nur der Gilderat die Weisheit besitzt, deine Kraft und Stärke so zu lenken, dass es zu aller Vorteil ist«, fuhr das Oberhaupt der Gilde fort.

»Schwester, was ...?«

»Eine neue Zeit ist angebrochen, Harona ... und neue Zeiten bedürfen neuer Maßnahmen. Ich möchte, dass der Rat der *numeratae* der Gilde vorsteht, mit dir als seiner Sprecherin.«

»Nein«, widersprach Harona mit derart schneidender Stimme, dass sie selbst durch die Schleier des nahen Todes drang, die die Erhabene Schwester umfingen.

»Was sagst du da?«

»Nein«, wiederholte Harona, ihren Zorn nur mühsam dämpfend. »Ihr habt Cedara und mir das Amt übertragen. Cedara ist tot, folglich fällt es an mich. Alle Schwestern werden das ohne Widerspruch anerkennen.«

»Das ist richtig … Dennoch bin ich das Oberhaupt der Gilde, und es steht mir frei, diese Regelung zu ändern, solange ich noch atme.«

»Mit welchem Recht?«, fragte Harona. »Habe ich nicht stets getan, was Ihr von mir verlangtet? Habe ich nicht jede Mühe ohne Widerspruch hingenommen? Nicht jede Anweisung zu Eurer Zufriedenheit ausgeführt? Und Ihr dankt es mir, indem Ihr mir nehmt, was mir von Rechts wegen zusteht?«

»Niemand hat Anspruch auf dieses Amt, auch du nicht«, wandte die Erhabene Schwester ein.

»Aber von allen *numeratae* habe ich den größten Anspruch darauf«, beharrte Harona. »Ihr solltet sehen, was ich auf Tridentia innerhalb kürzester Zeit bewirkt habe. Ich habe alles wiedergutgemacht, was …«

»Ja?«, fragte die Erhabene Schwester nach, als sie sich plötzlich unterbrach. »Was möchtest du sagen?«

Haronas Zögern währte nur einen Augenblick.

Es war an der Zeit, die Maske fallen zu lassen.

»Ich habe all das getan, was durch Eure Nachlässigkeit versäumt wurde«, erwiderte sie.

»Meine … Nachlässigkeit …«

»Ihr habt versucht, Nachsicht an die Stelle von Respekt zu setzen und den Sterblichen mit Verständnis zu begegnen, ihnen zu dienen, obgleich wir ihnen weit überlegen sind. Das war ein Fehler, denn dadurch sind wir schwach geworden und haben dunkle Kräfte ermutigt, sich gegen uns zu stellen. Aber wir folgen diesem Pfad nicht länger. Die Inquisition hat sich der Sache angenommen und wird sie zu einem zufriedenstellenden Ergebnis bringen.«

»Die … die Inquisition?« Die Erhabene Schwester schüttelte das Haupt. »Was redest du? Die Inquisition existiert nicht mehr …«

»O doch, sie existiert«, versicherte Harona mit einer Genugtuung, die sie noch nie zuvor verspürt hatte. »Ich selbst habe eine neue Inquisition ins Leben gerufen, die zu Ende bringen wird, was ihr von Euch einst versagt wurde.«

»Nein!« Das Oberhaupt der Gilde stöhnte auf. »Die Inquisition ist ein Irrweg ...!«

»Ein Irrweg war es, uns selbst zu bescheiden«, widersprach Harona. »Was hat es uns eingebracht? Ihr braucht Euch nur selbst anzusehen, um zu erkennen, was aus uns geworden ist. Ein Zerrbild unserer selbst, das alt und schwach ist, über das man hinter unserem Rücken nur lacht und spottet. Auf Tridentia jedoch, wo lodernde Feuer unsere Botschaft in die Nacht geschrieben haben, lacht niemand mehr. Diese Botschaft besagt, dass die Gilde wieder mächtig ist, stärker denn je, und dass sie jeden vernichtet, der sich ihrem Willen nicht fügt.«

»Nein, Harona! Nein ...!«

»Warum nicht? Was wollt Ihr dagegen tun?«, fragte Harona lachend. »Habt Ihr nicht selbst gesagt, dass nur eine starke Gilde den Sturm überstehen kann, der vor uns liegt? Habt Ihr nicht genau das gesehen?«

»Das habe ich ... aber ich habe nicht gedacht, dass ...« Die Erhabene Schwester unterbrach sich, und ihr einzelnes Auge, das Harona mit wachsendem Entsetzen angestarrt hatte, weitete sich noch mehr. »Du bist es«, flüsterte sie mit einer Stimme, die dem Tod bereits näher zu sein schien als dem Leben. »Du selbst bist der Sturm, der über uns kommen wird ...«

»Ihr redet irr«, beschied Harona ihr.

»Erst jetzt, da mein Ende naht, erkenne ich, was die ganze Zeit über so deutlich vor mir lag ... Du bist der Sturm! Du bist es, die alles verändern, die Krieg und Vernichtung über das Sanktuarion bringen wird ...«

»Die Zukunft«, konterte Harona ungerührt. »Alles, was ich bringe, ist die Zukunft.«

»Ich muss die anderen Schwestern warnen! Die *numeratae* müssen zusammenkommen ...«

Die Worte der Erhabenen Schwester gingen in ein heiseres Pfeifen über, als die Luft aus ihren löchrigen, auf die feuchte Wärme angewiesenen Lungen wich. Ihr Mund, der kaum noch etwas Menschliches an sich hatte, öffnete sich zu einem Schrei, doch kein Laut kam über ihre Lippen. Sie schoss von ihrem Lager hoch, ein eigentümlicher Anblick angesichts der wabernden, fast formlosen Masse, zu der ihr Körper geworden war, und mit den rudimentären Gliedmaßen versuchte sie vergeblich, Harona zu packen.

»Hilf mir«, flüsterte sie so leise, dass es kaum noch zu verstehen war. »Hilf mir …«

Harona rührte sich nicht.

Schweigend sah sie zu, wie die tentakelhaften Fühler, die aus der Stirn der Erhabenen Schwester gewachsen waren und in heilloser Panik umhertasteten, zu bluten begannen und ihre Haut eine durchscheinende, pergamentartige Beschaffenheit annahm. Ihre Augen erstarrten, so als wollten sie das Entsetzen, das aus ihnen sprach, für immer festhalten. Augenblicke verstrichen, in denen der Anführerin der Levitatengilde klar zu werden schien, dass ihre irdischen Tage unwiderruflich gezählt waren – und dass sie in all dieser Zeit eine Schlange an ihrer Brust genährt hatte.

»Harona«, war das letzte Wort, das ihre erbleichten Lippen formten, dann fiel sie leblos vornüber.

Seines Gleichgewichts beraubt, fiel ihr ungeheurer Körper von der Schlafstatt und riss dabei eine der Schalen um, die das Rauchzeug enthielten. Mit hellem Klang schlug das Metall zu Boden, die glühenden Kohlen schlitterten über das Gestein zum Rand des Zeltes. Harona sah genüsslich zu, wie der Stoff Feuer fing und kleine Flammen emporzüngelten, die sich in Windeseile ausbreiteten.

»Ich danke Euch für das erwiesene Vertrauen, Erhabene Schwester«, sagte Harona und verbeugte sich vor dem in grotesker Verdrehung am Boden liegenden Leichnam. Unwillkürlich fragte sie sich, was die Schwestern der Gilde wohl gesagt hätten, hätten sie gewusst, dass das geliebte Oberhaupt ihres Ordens genau das gewesen war, was aus tiefster Seele zu verabscheuen sie alle gelehrt worden waren.

Eine Chimäre …

Das Feuer verzehrte die Teppiche und die Einrichtung. Brennende Stofffetzen fielen herab und breiteten sich über den Leichnam der Erhabenen Schwester, der schließlich ebenfalls Feuer fing.

Harona, die inmitten des lodernden Infernos stand, wartete lange genug, um sicherzugehen, dass nichts übrig blieb.

Dies war das Ende. Und der Anfang.

Die Erhabene Schwester war tot.

Es lebte die neue Erhabene Schwester.

Und während das Feuer weitertoste und das Zelt und alles, was sich darin befand, ein Fraß der Flammen wurde, löste die hagere Gestalt der Gildemeisterin sich langsam auf, bis sie schließlich ganz verschwunden war.

Personenverzeichnis

(in alphabetischer Reihenfolge):

Aenigma	Spion des kaiserlichen Geheimdiensts
Allegra	Kaiserin des Sanktuarions
Ardath Durandor II.	König von Tridentia
Audra	Gildemeisterin
Baramiro	Kapitän der *Volanta*
Cedara	Gildemeisterin und *numerata*
Croy	ein Dieb
Darg	entlaufener Sklave
Edo	Schiffskoch der *Volanta*
Einar	Krieger der Einherjar
Erik Thorson	Prinz von Jordråk
Glennara	Gildemeisterin und Levitatin
Graia	Gildemeisterin und *numerata*
Grorod	General der kaiserlichen Legion
Hakkit	Diener Eriks
Harona	Gildemeisterin, Sprecherin der *numeratae*
Jago	Besitzer des »Feuerkürbis«
Kalliope	Gildeschülerin Cedaras
Kelso	Bootsmann der *Volanta*
Kieron	ein Sklavenjunge
Loduco	ehemaliger Wirt des »Feuerkürbis«
Loris	Memento des Großmercators
Opossum	entlaufener Sklave
Prisca	Gildeschülerin Haronas
Rigo Novaro	Großmercator von Madagor

Shen	eine Gesetzlose
Simrod	alter Sklave
Sven	Krieger der Einherjar
Thor Magnusson	Fürst von Jordråk
Urgar Thjurson	Anführer der Einherjar
Vana	Gildemeisterin und *numerata*
Wits	Rattenmann

Nachwort

Ein neues Universum.

Neue Welten.

Neue Helden …

Unter diesem Motto habe ich mich 2011 aufgemacht, neues phantastisches Terrain zu erschließen – eine Fantasy-Saga, die nicht auf einer einzelnen Welt spielt, sondern in einem komplexen, aus unzähligen Weltensplittern bestehenden Kosmos, dessen Entstehung und wahre Ausformung ein dunkles Geheimnis umgibt. Die angekündigte Fortsetzung dieses ersten Bands der SPLITTERWELTEN bin ich seither schuldig geblieben – die Vielzahl anderer Projekte, mit denen ich in der Folgezeit befasst war, hat es mir nicht erlaubt, zu den Splitterwelten und ihren Helden, die mir während des Schreibens so sehr ans Herz gewachsen waren, zurückzukehren. Entsprechende Anfragen von Lesern, die auf die Fortsetzung warteten, musste ich deshalb immer wieder vertrösten, eine für die Leser wie für den Autor unbefriedigende Situation. Ich kam zu dem Schluss, dass ich einen Autorenkollegen mit an Bord holen wollte, um das große Abenteuer von Kieron, Kalliope, Croy und natürlich dem ewig lamentierenden Jago weiter zu erzählen.

Aber wem kann man ein solches Mammutprojekt anvertrauen?

Auf der Frankfurter Buchmesse 2015 kommt es zu einer glücklichen Begegnung: Während eines Gesprächs mit meinem Kollegen Christoph Dittert, der als Christian Montillon bereits seit vielen Jahren zu den Stammautoren von PERRY RHODAN gehört und sich u. a. einen Namen als Autor von kniffligen Fällen der Drei ??? gemacht hat, wird mir klar, dass er der richtige Co-Autor sein könnte, zumal wir schon früher gut zusammengearbeitet haben – ein Buchprojekt gemeinsam anzugehen, ist schließlich immer auch Vertrauenssache. Ich frage also ganz vorsichtig an – und ernte ein breites Lächeln und eine handfeste Zusage. Von da an ist die Rückkehr zu den Splitterwelten beschlossene Sache.

Mit Hilfe der Aufzeichnungen, die ich während der Arbeit am ersten Band angefertigt habe und in denen die einzelnen Wesen und Weltensplitter, vom Pantheriden bis zum Sturmhai und vom idyllischen Ethera bis zum eisigen Jordråk, geschildert werden, arbeitet sich Christoph in die Materie ein – mit einem Enthusiasmus, der mir großen Respekt abnötigt. Natürlich habe ich auch Aufzeichnungen darüber, wie es mit den Abenteuern der Helden weitergeht, vor welche neuen Herausforderungen sie in den Fortsetzungen gestellt werden sollen und wie letztlich alles zusammenhängt – und all das fällt bei Christoph auf so fruchtbaren Boden, dass das eben noch so zarte Pflänzchen unserer Zusammenarbeit schon bald starke Wurzeln schlägt und blüht. Es gibt keine lange Anlaufzeit – Christoph hat das Konzept, das hinter den SPLITTERWELTEN steht und einen Bogen zwischen zeitgemäßer Fantasy und den klassischen Welten eines Alex Raymond oder Edgar Rice Burroughs schlägt, instinktiv verstanden. Eine eigene Schöpfung aus der Hand zu geben, und sei es auch nur teilweise, ist nie ganz einfach – Christoph hat es mir leicht gemacht, wofür ich ihm an dieser Stelle herzlichen danken möchte. Ebenso danken möchte ich Carsten Polzin, Programmleiter von Piper Fantasy dafür, dass er den Glauben an die SPLITTERWELTEN in all den Jahren nie verloren hat, sowie meinem Agenten Peter Molden dafür, dass er sich um die organisatorische Seite dieser Kooperation gekümmert hat. Und natürlich bei Ihnen, meinen treuen Lesern, die Sie all die Jahre geduldig darauf gewartet haben, dass es weitergeht.

Nun endlich ist es soweit – mit dieser ergänzten Neuausgabe des ersten SPLITTERWELTEN-Bandes beginnt das große Abenteuer noch einmal, ehe schon im nächsten Monat die Fortsetzung erscheint. Und während Sie diese Zeilen lesen, sind Christoph Dittert und ich dabei, dem Manuskript des letzten und abschließenden Bandes der

Trilogie den letzten Schliff zu geben. Den neuen Abenteuern auf 1000 Welten steht nun nichts mehr im Weg.

MICHAEL PEINKOFER
Im Sommer 2017

Die »Splitterwelten«-Saga geht weiter!

*Cover- und Preisänderungen vorbehalten

Michael Peinkofer / Christoph Dittert
Splitterwelten
Nachtsturm

Piper Taschenbuch, 368 Seiten
€ 14,00 [D], € 14,40 [A]*
ISBN 978-3-492-26976-6

Ein mysteriöses Geheimnis umgibt die Bewohner der Splitterwelten. Ein Geheimnis, das das Schicksal aller bestimmt. Und um hinter des Rätsels Lösung zu kommen, begibt sich der Panthermensch Croy gemeinsam mit der abtrünnigen Gildenschülerin Kalliope und dem Krieger Erik auf einen schwierigen Weg …

Leseproben, E-Books und mehr unter www.piper.de